名著新译书系

WORLD CLASSIC
MASTERPIECES SERIES

茨威格中短篇小说选

[奥] 斯蒂芬·茨威格/著　姬健梅/译

时代文艺出版社

图书在版编目（CIP）数据

茨威格中短篇小说选 / (奥) 斯蒂芬·茨威格著；姬健梅译.
—长春：时代文艺出版社，2018.3

ISBN 978-7-5387-5620-3

Ⅰ. ①茨… Ⅱ. ①斯… ②姬… Ⅲ. ①中篇小说－小说集－奥地利－现代
②短篇小说－小说集－奥地利－现代 Ⅳ. ①I521.45

中国版本图书馆CIP数据核字（2017）第303870号

出 品 人　陈　琛
产品总监　郭力家
选题策划　方　伟
责任编辑　聂文聪
装帧设计　孙　利
排版制作　隋淑凤

茨威格中短篇小说选
［奥］斯蒂芬·茨威格 著　姬健梅 译

出版发行 / 时代文艺出版社
地址 / 长春市泰来街1825号　时代文艺出版社　邮编 / 130011
总编办 / 0431-86012927　发行部 / 0431-86012957　北京开发部 / 010-63108163
官方微博 / weibo.com / tlapress　天猫旗舰店 / sdwycbsgf.tmall.com
印刷 / 北京市兴怀印刷厂
开本 / 710mm × 1000mm　1 / 16　字数 / 359千字　印张 / 25.25
版次 / 2018年3月第1版　印次 / 2018年3月第1次印刷　定价 / 52.80元

图书如有印装错误　请寄回印厂调换

目　　录

家庭女教师　001

灼人的秘密　015

马来狂人　069

一个陌生女人的来信　115

情感的迷惘——枢密顾问R. v. D. 的私人札记　147

夜色朦胧　213

一个女人一生中的二十四小时　239

看不见的收藏——德国通货膨胀时期的一则插曲　288

一颗心的沦亡　300

巧识新艺　326

西洋棋的故事　355

家庭女教师

两个孩子此刻单独待在她们的房间里。灯光已经熄灭，她们之间一片黑暗，只有隐隐的白色微光从两张床之间的缝隙里透出来。两个孩子轻声呼吸，让人以为她们睡着了。

“姐！”一个声音说。是那个十二岁的女孩儿，几乎怯生生地轻声朝着黑暗中发问。

“怎么了？”姐姐在另一张床上应道，她只比妹妹大一岁。

“你还醒着，真好。我……我想跟你说一件事……”

从另一边没有回答传来。只是床上发出一阵窸窸窣窣的响声，姐姐坐了起来，期待地望过来，看得见她的眼睛闪闪发亮。

“你知道……我想要问你……不过，你先告诉我，你不觉得最近这几天我们的家庭教师有点儿怪怪的吗？”

另一个女孩儿迟疑着，显然是在思索，然后说道：“是啊，可是我不确定是怎么回事。她不像以前那么严格了。最近我有两天没写功课，而她根本没说我什么。还有，我说不上来她是怎么了，我觉得她根本就不在乎我们了，总是远远地坐着，不再像从前那样跟我们一起玩儿了。”

“我觉得她心里很难过，只是不想流露出来罢了。她也不再弹钢琴了。”

又是一阵沉默。

接着姐姐提醒道："你先前想跟我说件事。"

"对，可是你不可以告诉别人，真的谁都不能说，不能告诉妈妈，也不能告诉你的朋友。"

"不会，我不会说！"姐姐已经不耐烦了，"到底是什么事？"

"嗯……好吧，我们要睡觉的时候，我突然想到我没有跟老师说'晚安'。我已经把鞋子脱掉了，但还是走到她房间里去，你知道的，我走得很小声，我想吓她一跳。我很小心地把门打开，起初我以为她不在房间里。房间里的灯亮着，可是我没有看见她。然后我突然听见有人在哭，把我给吓坏了，这才看见她躺在床上，把头埋在枕头里，衣服还穿得整整齐齐的。她在啜泣，我吓了一跳，可是她没有发现我。于是我又轻轻地把门关上。我发抖得厉害，不得不站在那里好一会儿。这时候啜泣声又清楚地从门后面传了出来，我就赶紧跑了回来。"

两个女孩儿都沉默了，然后一个声音轻轻地说："可怜的老师！"这句话像一个沉沉的低音，颤抖着在房间里扩散开来，随即又寂静下来。"我想知道她为什么哭。"妹妹开口了，"这几天她又没有跟谁吵架，妈妈也总算不再喋喋不休地去烦她了，而我们也肯定没惹她伤心。那她究竟为什么哭呢？"

"这我可以猜想得到。"姐姐说。

"是为了什么，告诉我，为什么？"

姐姐犹豫着，终于开口说道："我想她恋爱了。"

"恋爱了？"妹妹跳了起来，"恋爱了？爱上谁了？"

"你难道一点儿都没发现吗？"

"不会是爱上了奥图吧？"

"不是奥图还能有谁？难道他没有爱上她？他住在我们家，在这里上大学都已经三年了，以前他从来没有陪过我们，那为什么他这几个月突然每天都来陪我们？在老师来我们这儿之前，他什么时候亲切地对待过我们？现在他整天都在我们身边转来转去。我们老是凑巧碰到他，在国民花园，或是市立公园，还有普拉特游乐场，总是在我们跟老师在一起的时候出现。你难道从来都没注意到吗？”

“对……对，我当然注意到了。只是我一直以为那是……”

她的声音一变，没有再往下说。姐姐说：“起初我也那么以为，我们女孩子总是这么傻。可是我还是及时发现了他只是拿我们当借口。”

这会儿两个女孩儿都沉默了。谈话似乎已经结束，两人都在思索，或许已经进入梦乡。

此时妹妹突然又茫然地在黑暗中说道：“那她又为什么哭呢？他明明很喜欢她。我一直以为，如果恋爱了，一定是很美好的事。”

“我不知道，”姐姐若有所思地说，“我也以为那一定是很美好的事。”

困倦欲睡的女孩儿唇边再一次轻轻地、略带惋惜地说出一句：“可怜的老师！”

房间里随即安静下来。

第二天早上她们不再谈起这件事，然而彼此都能感觉出她们的心思绕着同一件事打转。她们走过彼此身边，互相闪避，然而当她们从旁边打量家教老师的时候，目光又会不经意地交会。吃饭时她们观察着奥图——那位这几年来都住在这里的堂哥，就像在观察一个陌生人。她们没跟他说话，但一再从低垂的眼帘下瞄过去，看他是否在跟她们的老师暗暗示意。两个女孩儿身上有股不安。由于焦急地想要弄清楚这个秘密，今天她们没有玩耍，做着没有用处而且无关紧要的事。到了晚上，一个女孩儿淡淡地问：“你又发现什么了吗？”仿佛她并不在乎这件事。“没有。”另一个女孩儿说，随即转过了身子。说不上来为什么，两人有点儿害怕交谈。就这样又过了几天，这两个孩子默默观察，四下刺探，她们不安而不自觉地感到自己正接近一个闪烁不定的秘密。

终于，几天之后，一个女孩儿注意到女教师在吃饭时悄悄地用眼睛向奥图示意。他点点头，作为回答。女孩儿由于兴奋而颤抖，在桌子底下悄悄去碰姐姐的手。当姐姐朝她转过头来，她和姐姐对望，两眼发亮。姐姐立刻会意，也不安起来。

她们用完餐后刚要起身，女教师就对两个女孩儿说：“你们先回房间自己玩一会儿吧。我头痛，想先休息半个小时。”两个孩子垂下目光，小心翼翼地碰碰彼此的手，像是要互相提醒对方要留心。女教师刚走，妹妹就跳到姐姐面前：“你看着好了，奥图现在会到她房间去。”

“当然！就因为这样，她才把我们支开！”

“我们要在门前偷听！”

“可是万一有人过来呢？”

“谁会过来？”

“妈妈。”

妹妹吓了一跳，吞吞吐吐地说：“这样的话……”

“我有办法了。我在门边偷听，你待在走廊上，如果有人走过来，你就给我打个暗号。这样我们就安全了。”

妹妹露出懊恼的表情，说道：“可是你之后什么都不会告诉我！”

“我会把我听到的一切全部告诉你！”

“真的吗？全部！”

“对，我向你保证。如果听见有人过来，你就咳嗽。”

她们在走廊上等待，兴奋地浑身颤抖，血液急速流动。接下来会发生什么事情呢？她们紧紧地互相依偎着。

一阵脚步声传来。她们飞奔而去，躲入黑暗中。没错，那人是奥图。他按下门把手，门随后关上了。姐姐像支箭一般跟着冲过去，倚在门上，屏住呼吸，竖耳倾听。妹妹巴巴儿地望过去。好奇心煎熬着她，推着她离开了岗位。她偷偷靠过去，但姐姐生气地把她推开。于是她又在外头等待，两分钟，三分钟，时间似乎无比漫长。她由于不耐烦而焦躁，站立难安，宛如站在灼热的地面上。一想到姐姐什么都听见了，而她什么都没听见，由于激动和气愤，她差点儿就要哭了。此时在走廊的另一头，在第三个房间，有一扇门关上了。她咳嗽起来，姐妹俩冲回她们的房间。在那里她们上气不接下气地站了一会儿，心脏怦怦地跳。

然后妹妹急切地催促姐姐：“快和我说说你听到什么了吧。”

姐姐做出深思的表情。终于，她像是在自言自语般地说道：“我不懂！”

“啊？”

“事情好奇怪。”

“什么事……怎么了……”妹妹气喘吁吁地说道。这时姐姐努力回过神来，妹妹紧紧靠着她，很近很近，唯恐听漏了一个字。

“事情很奇怪……跟我先前想的完全不同。我认为他进了房间之后想要拥抱她或是亲吻她，因为她对他说：‘别这样，我有重要的事跟你谈。’我什么也看不见，钥匙从里面插在钥匙孔里，可是我听得很清楚。‘是怎么回事？’奥图接着说，而我从来没听过他这样讲话。你知道的，他平常喜欢大声嚷嚷，但这句话他却说得很胆怯，我马上感觉出他在害怕，不知道为了什么。她也一定察觉了他在说谎，因为她只是小声地说：‘你明明知道。’——‘不，我什么也不知道。’——‘是吗？’她说，很伤心，伤心得要命，‘那你为什么突然不再理我了呢？这八天来，你没有跟我说一句话，你尽可能避开我，不再跟那两个孩子一起走，不再到公园里来。这会儿我对你来说变得这么陌生了吗？噢，你明明知道你为什么突然避开我。’他沉默着，然后说：‘我快要考试了，有很多书要念，没时间做别的事。目前没有别的办法。’这时候她哭了起来，然后带着泪，但是很温柔、很和气地对他说：‘奥图，你为什么要说谎？你就说实话吧，我实在不该受到你这样的对待。我没有要求过你什么，可是我们两个之间总该谈一谈：你明知道我要跟你说什么，我从你的眼睛就看出来了。’——‘是什么呢？’他结结巴巴地说，但是声音很微弱。而她说……”

女孩儿突然发起抖来，由于激动而无法说下去。妹妹跟她靠得更紧了。“什么……她说了什么呢？”

“她说：‘可是我有了你的孩子呀！’”

妹妹像一道闪电般跳了起来：“孩子！孩子！这根本不可能啊！”

“可是她是这么说的。”

“你一定是听错了！”

“没有，没有！而且他把那句话又说了一次。就跟你一样，他吃了一惊，喊道：‘孩子！’她沉默了很久，然后问道：‘现在该怎么办？’后来……”

“后来怎样？”

“后来你就咳嗽了，我只好跑开。”

妹妹愣愣地呆望着前方：“一个孩子！这根本不可能。她的孩子会在哪儿呢？”

“我不知道。这就是我不懂的地方。”

“也许在她家里……在她还没有到我们这儿来之前。因为我们的缘故，妈妈当然不准她把孩子带来，所以她才会那么伤心。”

“才怪，那时候她根本不认识奥图！”

她们再度沉默，不知所措，一边苦苦思索，一边一筹莫展地叹气。这个念头折磨着她们。妹妹又开口了：“一个孩子，这根本不可能！她怎么能有孩子呢？她又没有结婚，只有结了婚的人才会有孩子，这我知道。”

“也许她结过婚。”

“你别傻了，总不会是跟奥图吧。”

“可是为什么……”

她们面面相觑，不知所措。

“可怜的老师。”一个女孩儿难过地说。这句话一再出现，化为一声同情的叹息，而好奇心一再从中闪现。

“不知道那是个女孩儿，还是男孩儿呢？”

“谁知道呢！”

“你觉得……如果我去问她一下的话……很小心、很小心的……”

“你疯了！”

“为什么……她明明对我们那么好。”

“你在想些什么啊！这种事反正大人不会告诉我们的，他们什么都瞒着我们。当我们走进房间，他们总是不再交谈，跟我们说些蠢话，好像我们还是小孩子似的，而我都已经十三岁了。你又何必去问他们，反正他们只会对我们说谎。”

“可是，我很想知道这件事。”

“你以为我不想知道吗？”

“你知道……我最不懂的其实是奥图居然什么都不知道。一个人有孩子的话，他总该知道，就像每个人都知道自己有父母一样。”

“他只是装的，这个坏蛋，他总是装蒜！”

“可是总不会在这种事情上装吧。不过……不过……如果他想要骗我们的话……”

此时老师进来了。她们立刻安静下来，看似在做功课，但是从旁边朝她瞄过去。她的眼睛红红的，声音比平常低沉，也比平常颤抖。两个孩子十分安静，带着一种敬畏的羞怯，她们突然对她感到钦佩。“她有一个孩子。”她们不禁一再地想，“所以她才这么难过。”渐渐地，她们自己也难过起来。

第二天在饭桌上，她们得知一个突如其来的消息：奥图要离开这个家。他向叔叔解释，说他不久之后就要考试了，必须要努力用功，而在这里他太受打扰。这一两个月他会找个地方租个房间，等到一切结束。

两个孩子听到这个消息非常激动。她们猜想到这跟昨天那番谈话有某种秘密的关联，以她们变得敏锐的直觉，她们感觉到这是一种懦弱，一种逃避。当奥图想跟她们道别时，她们无礼地转身背对他。但是当他此刻站在那位女教师面前，她们又偷偷去瞄他们。她的嘴唇在抽搐，但她平静地跟他握手，一句话也没说。

在这几天里，两个孩子完全变了。她们忘了游戏，忘了笑容，眼睛里缺少快活无忧的光芒。在她们的身上有种不安和惶惑，对身边所有人都怀着难以抑制的猜疑。她们不再相信别人对她们说的话，在每一句话里都嗅出谎言和诡计的气息。她们整天都在张望窥探，窥探别人的每一个动作，注意别人脸上每一道细微的抽搐以及发出的每一个声响。她们像鬼魅一样追踪一切，在门前竖起耳朵，偷听别人讲话。她们拼命地想把这张黑色的秘密之网从自己不情愿的肩膀上抖落，或是透过一个网眼朝真实的世界瞥上一眼。那种稚气的信赖、无忧无虑的盲目脱离了她们。再加上从所发生事件的压抑气氛中，她们预感另一件事将要爆发，而她们唯恐会错过这个瞬间。自从她们知道谎言围绕着她们，就变得顽固而有心计，甚至变得狡猾而虚伪。

她们在爸妈身边百依百顺，表现出伪装出来的稚气，然后骤然间变得敏捷机灵。她们整个人都化为一种紧张不安，从前她们的眼睛里带着一种温和的淡淡光芒，如今显得更闪烁、更深沉。在不断的窥伺和刺探中，她们是如此无助，以至于她们彼此之间的爱变得更加真挚。有时候她们感觉自己一无所知，对温柔的渴望顿时在心中涌起，由于过于激动地顺应这份渴望，她们会突然热烈地互相拥抱，或是泪流满面。看上去似乎毫无来由，她们的生活突然成了一场危机。

在她们如今感受到的许多委屈当中，有一个最令她们难受。她们默默无言地担起责任，尽可能为如此伤心的女教师带来喜悦。她们认真而细心地做功课，互相帮忙。她们安安静静，毫不抱怨，不待老师说出就满足她的心愿。可是老师根本没有察觉，这令她们十分难过。最近这段时间里，老师完全变了一个人。有时候，当一个女孩儿跟她说话，她会吓一跳，仿佛从睡梦中惊醒，然后目光才从遥远的远方缩回来。她往往坐在那儿好几个钟头，做梦般地凝视前方。于是两个女孩儿就踮起脚尖悄悄地走来走去，以免打扰到她，她们隐隐感觉到：此刻她在想她的孩子，那个在某个遥远地方的孩子。如今女性的特质从她们心底深处苏醒，她们越来越爱这个老师，她现在变得如此和气而温柔。她原本那种生机勃勃的走路姿势如今变得沉着稳重，她的动作更加小心谨慎，而那两个孩子在这一切当中都感觉到一种隐秘的忧伤。她们从没见过她哭，可是她的眼圈经常是红的。她们察觉到老师想在她们面前隐藏她的痛苦，她们因为无法帮助她而感到绝望。

有一次，当老师转身面向窗户，用手帕擦眼睛时，年纪较小的女孩儿突然鼓起勇气，悄悄地抓住她的手，说道："老师，最近你是这么悲伤，该不会是我们的错吧？"

老师很受感动地看着她，伸手抚摩她柔软的头发。"不，孩子，不是的。”她说，“肯定不是你们。”说着，她温柔地亲吻了她的额头。

她们窥探着，观察着，不放过在她们目光所及之处的任何动静，在这些日子里，一个女孩儿在突然走进房间时偶然听到了一句话。仅仅只是一句话，因为爸妈立刻就中断了谈话，如今每一个字都在她们心中引发千百种揣测。“我也注意到了，”母亲说，“我会好好盘问她。”那个女孩儿起初以为这话说的是她，几近恐惧地急忙跑到她姐姐那儿请求建议和协助。但在中午时，她们发现爸妈的目光在女老师的脸上来回审视，然后彼此交会，老师恍惚出神，对此毫无察觉。

吃过饭后，母亲随口对女老师说：“请到我房间来，我有话跟你说。”老师微微点头。两个女孩儿强烈地颤抖，感觉到有件事情将要发生。

当老师刚走进母亲的房间，她们立刻扑了过去。把耳朵贴在门上，把各个角落搜查一遍，偷听和窥探对她们来说已经成了再自然不过的事。她们再也不觉得这样做有何卑鄙、有何放肆，她们只有一个念头，就是攫取所有的秘密——大人用来蒙住她们目光的那些秘密。

她们贴在门上认真地听着，但只听得到轻声的低语。她们的身体紧张地颤抖，担心会错过一切。

此时房间里一个声音大了起来，那是她们母亲的声音，听起来生气而带着责备：

“你以为所有的人都瞎了，以为别人不会察觉这种事？凭你这样的思想和品德，你是怎么尽自己的本分的，我心里很清楚。而我竟然把孩子的教育托付给你这种人，我女儿的教育，天知道你是怎么忽略了她们……”

女老师似乎回了句什么，但是她说得太小声，两个女孩儿听不清楚。

“借口，都是借口！每个轻浮的女人都有自己的借口。随便碰到一个男人就送上门去，什么都不考虑，以为老天爷自然就会帮忙。这样的人还想当老师，教育女孩子，真是无耻！你总不会以为在这种情况下，我还会继续把你留在家里吧？”

两个孩子在门外偷听，不自觉地打了个寒战。这一切她们都不懂，可是听见母亲的声音如此愤怒，这令她们感到害怕，而此时唯一的回答是老师轻声的啜泣。眼泪从她们眼中流出，但她们的母亲却似乎更加恼怒。

“你现在就只知道哭。这打动不了我，对你这种人我没有同情心。之后你会怎么样，这根本不关我的事。你自然会知道该去向谁求助，我问都不会问。我只知道，像你这样无耻地忽略了自身职责的人，我不会容忍你在我家里多留一天。”

回答她的只有啜泣声，这种绝望的、伤心的啜泣，像一阵高烧一样撼动了门外那两个孩子。她们从不曾听过这种哭泣，而她们隐隐觉得，像这样悲伤地哭泣的人不可能有错。她们的母亲此刻不再说话，等待着，然后突然斩钉截铁地说：“好了，我想对你说的就是这些。今天收拾好你的东西，明天一早来领你的薪水。再见！”

两个孩子急忙从门边跑开，躲进她们的房间里。刚才那是怎么回事？那犹如一道闪电一般在她们面前击落。她们站在那儿，战栗不止。她们头一次意识到现实，也头一次胆敢对父母产生一种类似反抗的情绪。

“妈妈那样做很过分，竟然那样子跟她说话。”姐姐咬牙切齿地说。

妹妹对这句大胆的话还有点儿害怕。“可是我们根本不知道她做了什么。”她结结巴巴地抱怨。

“肯定不是什么坏事，老师不可能做什么坏事。妈妈不了解她。”

“而且她哭成那样，让我好害怕。”

“没错，那很可怕。可是妈妈也那样对她吼。那很过分，我告诉你，那很过分。”

她跺着脚，眼泪遮住了她的眼睛。此时老师进来了，样子很疲惫。

“孩子们，今天下午我有事要忙。你们自己待在这儿，我可以信赖你们的，对吧？晚上我再来看你们。”

她走了，没有察觉到两个孩子的激动。

“你看见了吗？她的眼睛都哭肿了。我不懂，为什么妈妈会那样对她？”

“可怜的老师！”

这句话再度响起，充满了同情和眼泪。她们站在那儿，惊惶不安。此时母亲走进来，问她们要不要跟她一起搭车去兜风。两个孩子支吾了半天，她们对妈妈感到害怕。接着她们感到愤怒，老师被解除了职务，别人却什么也没对她们说。她们宁可独处，像两只燕子一样，待在狭小的笼中飞过来冲过去，谎言和缄默的气氛压抑着她们。她们考虑是否该去找老师，去问问她，跟她谈谈这一切，说她应该留下来，说妈妈错了。可是她们怕这样做会惹她伤心。她们感到羞愧，因为她们所知道的一切都是偷听来的，窃取来的。她们必须装傻，就像两三个星期以前那么傻。于是她们独自度过一个无比漫长的下午，苦苦思索，流泪哭泣，耳中不断响起那吓人的声音，时而是母亲凶恶无情的怒吼，时而是老师绝望的啜泣。

晚上，老师匆匆地到房间来看看她们，跟她们道晚安。两个孩子颤抖着，看着她走出去，很想再跟她说些什么。此刻，当老师已经走到门边，她突然又再度转过身来，仿佛被这个无声的愿望给拉了回来。她眼中有种东西闪闪发亮，湿润而忧郁。她拥抱了两个孩子，她们放声哭泣，她又亲吻了她们一次，然后仓促地走出去。

两个孩子站在那里，眼泪汪汪，感觉到那是告别。

“我们以后再也见不到她了！”一个女孩儿哭着说。

“你瞧着吧，等我们明天放学回来，她就不在了。”

“也许我们以后可以去拜访她，那时候，她一定也会让我们看看她的孩子。”

“对呀，她人这么好。”

“可怜的老师！”这一声像是对她们自身命运的叹息。

“你能想象没有了她会怎么样吗？”

“我永远不会喜欢另一个家庭老师。”

“我也不会。”

“再没有人会对我们这么好。再说……”

她们不敢说出来。可是自从她们知道她有个孩子，一种不自觉的女性意识让她们对她感到敬畏。姐妹俩一再想到这件事，此刻已经不再是带着稚气的好奇，而是深受感动，充满同情。

“哎，”一个女孩儿说，“听我说！”

“说吧。”

“你知道吗，在老师离开之前，我还想再让她高兴一下。让她知道我们喜欢她，知道我们跟妈妈不一样。你想不想呢？”

“这还用问吗！”

“她不是很喜欢白玫瑰吗？所以我想，我们可以明天上学之前买一些给她，然后放到她房间去。”

“可是什么时候放呢？”

“中午的时候。”

“那时候她肯定已经走了。你知道吗？我宁愿一大早就去买，趁着没人发现的时候赶紧买回来，然后我们就把花放进她房间。”

“好，我们一大早就起来。”

她们拿出存钱罐，用力把全部的钱摇出来。自从她们知道还能向老师表达出她们全心全意的爱，她们又开心了一些。

第二天，她们早早起床。她们微微颤抖的手里拿着盛开的白玫瑰，她们敲了敲老师的房门，却没有人响应。她们以为老师还在睡觉，便小心翼翼地溜进去。可是房间里空无一人，床铺也没有人睡过的痕迹。所有的东西都凌乱散放，深色桌布上有几封信微微闪着光亮。

两个孩子吓坏了。到底发生了什么事？

“我去找妈妈。”姐姐果断地说道。

她倔强地站在母亲面前，眼神阴郁，毫无畏惧地问道：“我们的老师在哪儿？”

“应该是在她房间里。”母亲诧异地说。

“她房间里没人，床铺也没有睡过。她一定是昨天晚上就走了。为什么没有人告诉我们呢？”

母亲根本没察觉那生气、质问的语气。她变得脸色苍白，走到父亲的房里去，接着他就迅速地跑进老师的房间。

他去了很久。女孩儿继续用愤怒的目光打量着母亲，母亲显得很激动，眼睛不太敢跟女孩儿的目光相遇。此时父亲回来了，他脸色灰白，手里拿着一封信。他和母亲走进房间，在里面小声地说话。两个孩子站在房间外，突然不敢再去偷听。她们害怕父亲会发怒，他此刻的模样是她们从不曾见过的。

母亲从房间里走出来，眼睛都哭红了，眼神惊惶不安。两个孩子不由得朝她走过去，仿佛受到自身恐惧的驱使，想要去询问她发生了什么事。但她严厉地说："快去上学吧，已经晚了。"

两个孩子不得不去上学。她们在学校里跟其他同学一起坐了四五个钟头，犹如在梦中，一句话也没听进去，放学后她们拼命冲回家。

家里一切如常，只是似乎有个可怕的念头占据了每个人的心。没有人说话，但人人都流露出怪异的眼神，就连仆人也一样。母亲朝两个孩子走过来，似乎准备好要跟她们说些什么。她开口说道："孩子，你们的老师不会再来了，她……"

然而她不敢把话说完，两个孩子的眼睛闪闪发光、咄咄逼人，直视着她的双眼，以至于她不敢向她们说谎。她转过身走开，逃进她的房间里。

下午奥图突然出现在家里。有人唤他过来，有一封给他的信。他也脸色苍白，惊慌失措地在屋里踱步。没有人跟他说话，大家都避开他。这时，他看见这两个孩子蜷缩在角落里，便想跟她们打招呼。

"不要碰我！"一个女孩儿说，身体由于厌恶而颤抖，另一个女孩儿在他面前吐口水。他很尴尬，继续迷惘地走来走去好一会儿，然后就消失了。

没有人跟这两个孩子说话，她们彼此之间也没有交谈。她们脸色苍白，神情惊慌，她们在各个房间里走来走去，像不安的动物，彼此一再相遇，用哭肿的眼睛你看着我我看着你，一句话也没说。如今她们知道了一切，知道别人欺骗了她们，知道所有的人都可以又坏又卑鄙。她们不再爱她们的父母，不再相信他们。她们知道自己将无法再信赖任何人，如今悠悠人生的全副重担将压在她们瘦削的肩膀上。她们宛如从童年的无忧无虑跌入一座深渊。她们还无法理解发生在她们身边的可怕之事，但她们的思绪卡在那些事情上，有令她们窒息的危险。她们的脸颊灼热发烫，露出被激怒的凶恶眼神。她们像是在孤单之中感到寒冷似的，在地上来来回回地乱走。她们看人的眼神非常可怕，谁也不敢跟她们说话，就连她们的父母也不敢。她们不停地走来走去，反映出她们内心的骚动不安。虽然她们彼此之间并不说话，但她们都知道彼此的命运是休戚与共的。这份沉默，这份看不透、不发问的沉默，这份险恶、封闭的痛苦，没有呐喊，没有眼泪，却让每个人都觉得她们陌生而危险。没有人接近她们，通往她们心灵的道路被截断了，这种情况也许会持续好几年。她们周围的人全都感觉到她们是敌人，而且是再也无法原谅他人的坚决的敌人。因为从昨天起，她们就不再是孩子了。

在这个下午，她们长大了好几岁。直到夜里，当她们在房间的黑暗中独处时，儿童应有的恐惧在她们的心中觉醒，对孤单的恐惧，对死者的恐惧，以及对未知事物充满不祥预感的恐惧。全家上下都陷入到了混乱之中，大人忘了替这个房间生火。于是她们打着哆嗦，爬上同一张床，用孩子细瘦的臂膀紧紧相拥，尚未发育的瘦削身体紧紧地贴在一起，像是出于恐惧而寻求援助。她们仍旧不敢交谈，但此刻妹妹终于流出眼泪，姐姐也跟着一起放声哭泣。她们紧紧相拥哭泣，温暖、迟疑但随即迅速滚落的眼泪流过脸庞，她们胸贴着胸，承受彼此身体发出的悲伤的推撞。她们的痛苦合而为一，变成了黑暗中同一具哭泣的身体。她们不再是为了老师而哭，也不是为了从此失去父母而哭，撼动她们的是一种突如其来的恐惧，害怕在这个未知世界里将要面临的一切，今天她们初次瞥见这个世界，就饱受惊吓。她们对自己长大后将要进入的人生感到害怕，这黑黝黝地耸立在她们面前的人生，带着威胁，像一座她们必须穿越的幽暗森林。她们的恐惧越来越模糊，几乎像个梦，哭泣声也越来越小。此刻她们的呼吸轻柔地交融，如同先前流下的眼泪。就这样，她们终于睡着了。

灼人的秘密

对　手

火车头沙哑地叫了起来：塞默灵[①]到了。黑色的车厢在高地的银色光线中休息了一分钟，扔出几个形形色色的人，又把另一些人吞进去，愤怒的人声嚷来嚷去。接着那沙哑的机器再度发出呼喊，隆隆地拖着一长列黑色车厢进入隧道洞口，往前行驶。湿润的风把背景吹得清澈明净，开阔的风景再次安静平和下来。

下车的乘客当中有个衣着考究的年轻人，他的步伐自然有活力，给人亲切的好感，他赶在众人之前搭上一辆出租马车前往饭店。马儿不慌不忙地踩着重重的脚步爬上那条上坡路。春意盎然，不安分的白云在天空飘动，只有五六月份才有这种年轻有活力的白云，在蓝色跑道上嬉戏奔驰，有时蓦地躲在高山背后，互相拥抱，又突然溜走，一会儿像手帕一样皱皱地揉起，一会儿散成缕缕长丝，最后调皮地替山峦戴上白色的帽子。山风也不平静，大力地摇撼着雨后依旧潮湿的细瘦树木，使得树木的关节嘎吱作响，溅出千百个犹如点点火光般的水滴。偶尔也有白雪的凉气从山峦飘

---

① 塞默灵：奥地利境内阿尔卑斯山区一座宁静的山间小镇，是奥地利著名的滑雪和温泉疗养胜地。

过来，让人在呼吸时闻到一种甜而凛冽的气味。空中和地上的一切都蠢蠢欲动。马儿轻轻喘气，此刻跑在下坡路上，铃铛的叮当声远远地跑在它们前面。

一到饭店，年轻人就先浏览了一下住客名单，随即感到失望。“我到底来这儿干吗？”他开始不安地自问。“独自一个人待在山上，还没有同伴，这比待在办公室里更难过。显然我来得太早了，不然就是来得太迟。我休假时运气总是不好。在这些人当中连一个熟识的名字也没有。如果至少能有几个女人在这儿就好了，可以无伤大雅地调个情，就算没能更进一步也无妨，免得这一个星期过得太无聊。”年轻人是个男爵，出身自名声不算显赫的奥地利官僚贵族，任职于地方政府。他丝毫没有休假的需要，之所以来度短假，其实只是因为他的同事全都休了一个礼拜的春假，而他不愿把自己的假期白白送给工作单位。他并不缺乏内在的才能，但天性喜欢社交，他也因此而受到喜爱，在各个圈子里都广受欢迎，而且他完全明白自己没办法独处。他一点儿也不想独自面对自己，并且尽可能避免和自己面对面，因为他根本无意更加认识自己。他知道他需要人群提供摩擦面来点燃他所有的才华、他心中的温暖以及高昂兴致，倘若独自一人，他就像盒里的火柴一样无法发光发热，毫无用处。

他感到扫兴，在空荡荡的大厅里来回踱步，一会儿犹豫不决地翻翻报纸，一会儿又在音乐室的钢琴上试奏一曲华尔兹，但他的手指没能好好地把握节奏。最后他懊恼地坐下，看着外面夜幕逐渐低垂，灰雾犹如蒸汽般自云杉林中升起。他就这样消磨掉一个小时，浮躁不安，无所事事。然后他逃进了餐厅。

餐厅里只有几张桌子坐了人，他用目光匆匆扫过一遍。白费力气！没有熟人，只有那边有个教练向他打了个招呼，他懒懒地回了个礼，另一边有个曾在维也纳环城大道上见过的面孔，如此而已。没有女人，没有什么预示着一场艳遇，哪怕只是匆匆游戏一场。他的坏情绪变得更加难耐。他属于靠着俊秀面孔很吃得开的年轻人，随时准备迎接一次新的邂逅，体验一番新的经历，总是充满期待，想投身于一场未知的冒险中。没有什么会令他们惊讶，因为他们暗中盘算过一切，凡是性感的东西都逃不过他们的眼睛，因为他们第一眼就是打量女人的性感程度，不管对方是朋友的妻子，还是开门的女仆。世人轻蔑地称这种人为“猎艳高手”，却不知道在这个字眼里铭刻了多少由观察而来的真相，因为这种人在蠢蠢欲动中的确闪烁出狩猎的强烈本能，包括寻找猎物的踪迹时那股兴奋及残忍的情感。他们在不断地等候猎物，总是伺机而动，决心追随冒险的踪迹直到深渊边缘。他们永远充满热情，但并非恋爱中人的热情，而是赌徒的热情，那种热情工于心计，冷酷而危险。他们当中有些人直到青春早已逝去仍旧如此，在这份期待中把整个人生变成永远的冒险。对这些人来说，一天化成了几百个小小的情欲经验：擦身而过的一道视线，一闪而过的一抹微笑，对坐时轻触的膝盖；一年则又化作几百个这样的日子。对这种人来说，情欲经验是生命永恒流动的泉源，滋养着他们，激励着他们。

这个寻觅者立刻看出在这里没有游戏对手。当一个赌徒手里拿着牌坐在绿色赌桌前，心里很清楚地知道自己占了上风，却徒然等待对手出现，没有什么比这更令人恼怒了。男爵要了份报纸，闷闷不乐地扫过一行行文字，但他的思绪瘫软无力，像喝醉了似的，踉踉跄跄地追着字句，向前移动。

此时他听见身后有衣服窸窸窣窣，一个微愠的声音装腔作势地用法文说道：“埃德加，安静点儿！”

丝绸衣服经过他桌旁时沙沙作响，一个丰满的高挑儿身影走过，在她身后是个苍白的小男孩儿，身穿黑色丝绒西装，男孩儿好奇地瞄了他一眼。这两人面对面地在预订的席位坐下，小孩儿显然努力要守规矩，却跟他不安分的黑眼珠互相矛盾。年轻男爵眼中只有那位女士，她很注重打扮，穿着高雅，而且是他很喜欢的那种略显丰满的犹太女人，年华即将老去，显然还很热情、有经验，懂得把情感隐藏在高贵的忧郁底下。一开始他还不能贸然直视她的眼睛，只欣赏着她弧度优美的眉毛，线条干净、弯弯地落在细致的鼻子上方，那鼻子虽然透露出她的种族，但形状美好，令她的侧面轮廓鲜明而引人注意。她的头发出奇地丰盈，一如这具饱满身体上所有的女性特征。她似乎由于常被赞美而对自己的美丽充满自信，这份美丽因而变得饱满而耀眼。她轻声点餐，斥责把叉子玩得哐当作响的男孩儿，看来毫不在乎男爵小心翼翼偷瞄过来的目光，似乎浑然不觉。而事实上，就是他的不断注视迫使她不得不谨慎自持。

男爵脸上的阴霾顿时一扫而空，神经暗中活跃起来，抚平了皱纹，绷紧了肌肉，整个人抬头挺胸，眼里闪出光芒。就像有些女人需要有男人在场才会展露出全部风华，只有情欲的刺激才能让他施展出全部精力。他体内的猎人嗅到了猎物。他挑衅的眼神试图与她的目光相遇，她的目光虽然有时会闪烁不定地从他身上扫过，却从不曾明白确切地回应。偶尔他也察觉到在她嘴边有一丝像要绽放的微笑，但这一切都不确定，而正是这份捉摸不定令他兴奋。唯一让他怀抱希望的是她总是避免去看他，因为这既表示抗拒，也显出局促，另外，她跟那孩子之间的谈话方式出奇地谨慎，显然是有人旁观之故。他感觉到这份刻意表现出的平静正意味着她开始感到不安。他也激动起来：游戏开始了。他故意慢慢地享用晚餐，有半个小时几乎目不转睛地盯着这个女子，直到他描摹过她脸上的每一道线条，无形地抚摩过她丰腴身体的每一个部位。外面暮色低垂，巨大的雨云向树林伸出灰色的双手，树林像惊恐的孩子发出呻吟，阴影越发幽暗地涌进室内。由于那份静默，屋里的人似乎越来越感到压抑。他察觉出在这片寂静的威胁下，那对母子间的谈话变得越来越勉强，越来越不自然，眼看即将结束。于是他决定做个测试。他首先站起来，慢慢朝门口走去，长久凝望着那片景色，没有去看她。在门边他仿佛忘了什么似的猛然回头，正好看见她用灵动的眼神目送着他。

这挑动了他。他在大厅里等待，没多久她也出来了，手里牵着那男孩儿，经过放杂志的地方时在那里翻了翻，指着几张图片给孩子看。男爵像是凑巧也走到这桌子旁，看似也在找一本杂志，其实是想更深地看进她湿润闪亮的眼睛，说不定还能展开对话。然而，这时候她转过身去，轻轻拍拍她儿子的肩膀，用法文说道：“走吧，埃德加！上床睡觉了！”便冷淡地从他身旁走过。男爵目送着她，略感失望。本来他打算能在今晚就和她结识，而她不客气的态度令他失望。不过，这份抗拒毕竟有其诱人之处，正是那份捉摸不定点燃了他的欲望。无论如何他找到了对手，游戏可以开始了。

迅速建立的友谊

当男爵第二天早上走进大厅，他看见那个漂亮妇人的小孩儿正和两名电梯服务员热切地谈话，拿着一本卡尔·麦[①]写的故事书里的图画给他们看。他妈妈不在场，显然还在梳妆打扮。男爵这才好好打量了这个男孩儿。他大约十二岁，是个害羞不安、尚未发育完全的男孩儿，动作慌张，眼睛暗中四下转动。他给人一种受惊的印象，这个年纪的孩子往往如此，仿佛刚从睡梦中被拉起来，突然置身于陌生的环境里。他的脸并非不俊秀，但尚未定型，从男孩儿要变成男人的挣扎似乎才刚刚开始，一切还只像是捏成的粗坯，但尚未成形，还没有显露出干净利落的线条，只是苍白而不安地混在一起。此外，他正好处于孩童那个尴尬的年纪，不管穿什么都不合身，衣袖和长裤在瘦削的关节旁松垮地晃荡，还没有虚荣心来提醒他们注意自己的外表。

那男孩儿犹豫不决地在这儿晃来晃去，模样着实可怜。大家都嫌他碍事，一会儿门房把他推到一边，似乎是厌烦了他那各式各样的问题；一会儿他又挡住了入口。显然没有人把他当成朋友，因此，出于孩子爱说话的渴望，他尝试去接近饭店的服务人员，那些人如果刚好有空，就会回答他，可是一有成年人走进视线，或是有正事要做，他们就会立刻中断和他的谈话。男爵露出微笑，饶有兴味地看着这个可怜的男孩儿，男孩儿怀着好奇望向一切，而一切却都不友善地从他身边逃开。有一次，男爵紧紧盯住男孩儿的好奇目光，他一逮着那双在搜寻的眼睛，那双黑眼睛就立刻胆怯地缩了回去，躲进垂下的眼皮里。男爵对此感到有趣。这男孩儿开始引

① 卡尔·麦（1842—1912）：德国知名小说家，他所写的印第安人故事在德国家喻户晓。

起他的兴趣，而他暗忖，这孩子显然只是由于畏惧而害羞，说不定能帮助他以最快的方式来接近那女子。无论如何，他打算试试看。他偷偷跟着那男孩儿，男孩儿刚刚才又晃出门外，由于孩子对温柔的渴望，他抚摩了一匹白马粉红色的鼻孔，直到——这孩子运气实在不好——马车夫相当粗鲁地把他赶开。他受了气，又感到无聊，此刻又闲站着，眼神空洞而略带悲伤。这时男爵跟他攀谈起来。

"嗨，小伙子，你喜欢这里吗？"他突然开口，尽量让这话听起来平易近人。

那孩子红了脸，胆怯地抬起眼睛。出于畏惧，他把手缩回身旁，尴尬地把身体转过来又转过去。这是头一次有一位陌生男士主动跟他谈话。

"谢谢，我喜欢。"他勉强地讷讷吐出这一句。最后一个字与其说是说出来的，不如说是挤出来的。

"这倒奇怪了，"男爵笑着说，"这个地方其实很无趣，对像你这样的年轻人来说尤其无趣。你一整天都做些什么呢？"

男孩儿的心思还太过混乱，无法迅速回答。别人都不理他，这个陌生的高雅男士真有可能想跟他谈话吗？这念头让他既害羞又骄傲。他吃力地打起精神。

"我看书，还有，我们常常去散步。有时候也会搭车出去，就妈妈跟我两个人。我该在这里休养，因为我之前生病了。所以我也需要多晒晒太阳，这是医生说的。"

最后几句话他已经说得很沉稳了。小孩子总是对生病感到自豪，因为他们知道，生病的危险使得他们在家人眼中变得加倍重要。

"的确，阳光对于像你这样的年轻人来说有好处，能把你晒得黑黑的。不过，你也不能整天坐着晒太阳。像你这样的小伙子应该要到处跑一跑，玩儿疯一点儿，也稍微胡闹一下。我觉得你太乖了，手臂下夹着那本厚厚的大书也让你看起来像个书呆子。想起我在你这个年纪的时候实在是个顽皮鬼，每天晚上回家的时候长裤都扯破了。千万别太乖了！"

那孩子忍不住笑了，这让他不再害怕。他很想回句什么，可是又觉得在这位可亲的陌生男士面前这样做太过放肆、太过自信，对方是这么和气地跟他谈话。他从来不抢着说话，总是容易感到难为情，因此，由于快乐和害羞，他此刻大大地不知所措。他很想再继续聊下去，却想不出能说些什么。幸好这时候饭店养的黄色大圣伯纳犬从旁边经过，在他们两人身上嗅了嗅，乐于让人抚摩它。

“你喜欢狗吗？”男爵问。

“噢，我很喜欢。我祖母在她巴登的别墅里有一只，我们住在那儿的时候，它总是整天跟我在一起。不过那只有在夏天，我们去那儿做客的时候。”

“在我们家的庄园里，我想我们有二十几只狗。如果你在这里很乖的话，我就送你一只。一只有白耳朵的棕色小狗。你想要吗？”那孩子开心得红了脸：

“噢，想啊。”

话就这样脱口而出，热切而渴望。但疑虑踉踉跄跄地随之而来，怯生生的，宛如受到惊吓。

“可是妈妈不会准的。她说她不允许在家里养狗。它们太麻烦了。”

男爵微微一笑。总算谈到他妈妈了。

“妈妈这么严格吗？”

那孩子考虑着，朝他看了一眼，仿佛在思量是否可以信赖这位陌生男士。他的回答还是很小心。

“不会，妈妈并不严格。因为我生过病，她现在什么都准许我做。说不定她也会让我养一条狗。”

“要我去替你讲话吗？”

“好啊，拜托您去，”男孩儿发出欢呼，“那么妈妈肯定会答应。它长得什么样子？它有白色的耳朵，对不对？它会把猎物叼回来吗？”

“会呀，它什么都会。”男爵忍不住微笑，笑他这么快就让这孩子的眼睛发出热情的火花。起初的拘束顿时消散，由于害怕而克制住的热情洋溢出来。一眨眼之间，原本害羞胆怯的孩子摇身一变，成了一个兴高采烈的男孩儿。“如果他母亲也是这样就好了，”男爵忍不住这么想，“在害怕背后竟是这般热情！”可是那男孩儿已经兴冲冲地向他提出了二十个问题：

“那条狗叫什么名字？”

“卡洛。”

“卡洛！”那孩子发出欢呼。每一句话都让他忍不住要大笑欢呼，有人亲切地关心他，这令他陶醉。男爵对于这般迅速的进展也感到惊讶，决定要趁热打铁，便邀请男孩儿跟他去散步。这个可怜的男孩儿几星期以来就迫切渴望能有人做伴，对这个提议欣喜若狂。凡是这个新朋友用看似随口问起的问题引诱他说出的，他都不假思索地全盘托出。男爵很快便得知了他家里的一切，尤其是埃德加是维也纳一名律师的独生子，显然出身于富有的中产阶级犹太家庭。透过有技巧的询问，他旋即打听出，待在塞默灵的这段时间，做母亲的并不怎么开心，她曾经抱怨过此地缺少谈得来的交游对象。他问埃德加，妈妈喜不喜欢爸爸，从男孩儿避重就轻的回答方式，他认为甚至可以推断出他们的婚姻状况并非绝佳。要从这个毫无戒心的男孩儿口中套出这许多小小的家庭秘密竟是如此容易，男爵几乎感到羞愧，因为埃德加得意于自己所说的事居然能引起一个大人的兴趣，简直是对他的新朋友推心置腹。男爵在散步时搂住男孩儿的肩膀，让那颗童稚的心怦怦跳动，能被人在公开场合看见他和一个成年人如此亲昵地走在一起，这令他自豪，逐渐忘了自己还是个孩子，叽里呱啦地畅所欲言，仿佛在对一个同龄孩子说话。从埃德加的谈话中可以看出他很聪明，有点儿早熟，就跟大多数身体不好、常待在大人身边的孩子一样。同时他的爱憎出奇地分明，看待任何事物似乎都无法平心静气，说起任何一个人，或是任何一件东西，他若非欣喜若狂，就是流露出强烈的憎恨，以至于那恨意扭曲了他的脸，让那张脸几乎显得恶毒而丑陋。或许是由于最近才战胜了疾病，他说话任性而不太连贯，透着一股狂热。看来，他的笨拙只是来自于勉强压抑自身强烈情感的恐惧。

男爵轻易地赢得了他的信赖，才不过半个小时，就掌握了这颗炽热而不安跳动的心。要欺骗小孩子实在太容易了，他们毫不猜疑，而且很少有人费心去争取他们的爱。男爵只需要忘情于过去的少年时代，这番孩子气的交谈对他来说就自然而然、无拘无束，让男孩儿也完全觉得他就跟自己没有两样，在几分钟之后就觉得彼此之间毫无距离。男孩儿为自己的幸运而欣喜：在这个寂寞的地方突然找到了一个朋友，而且是这么好的朋友！他忘了在维也纳的所有朋友，那些嗓音单薄的小男孩儿，他们的闲聊缺少人生经验，他们的影像仿佛被这崭新的一小时给冲走了！如今他的全部热情都属于这个新朋友——他的大朋友。此刻，当对方在道别时再度邀请他明天上午再到这儿来时，他的一颗心自豪地膨胀起来。这会儿那个新朋友从远处向他挥手，完全像个大哥哥。这也许是他一生中最美好的一刻。要欺骗小孩子实在太容易了，男爵目送着那个跑开的男孩儿，露出微笑。如今他已经赢得了介绍人的好感。他知道那男孩儿现在会喋喋不休地向母亲述说，把每一句话重述一遍，把母亲折腾到筋疲力尽。同时他得意地想起自己有技巧地在话中掺进了对她的恭维，他总是说起埃德加“漂亮的妈妈”。他百分之百确定，这个爱说话的男孩儿在没有把妈妈介绍给他认识之前不会罢休。如今他连一根小指头也不必动，就能缩短他跟那个美丽妇人之间的距离，他可以静静地做梦，眺望风景，因为他知道，一个孩子热情的双手会替他搭起桥梁，通往她的心。

三　重　唱

一个小时后，证明了这个计划直到最小的细节都大为成功。这位年轻男爵故意稍晚一点儿才踏进餐厅，埃德加从椅子上跳起来，热切地向他打招呼，带着喜悦的笑容向他招手，同时扯着母亲的衣袖，急促而激动地对她说话，用引人注目的手势指向男爵。她尴尬地红了脸，制止了他这番过于活泼的举止，却还是免不了顺着男孩儿的心意，朝男爵望了一眼。男爵立刻抓住这个机会，恭敬地向她一鞠躬。他们算是认识了。她必须回礼，可是在这之后，在整个用餐时间她都把脸深深埋在盘子上方，小心翼翼地避免再朝他望过去。埃德加就不同了，他不停地朝男爵望过去，有一次甚至试图向男爵说话，这是不被允许的，立刻就被母亲断然制止。饭后母亲向他表示他该上床睡觉了，母子之间随即展开一番低语，最后他热切的恳求得到许可，获准走到另外那张桌前，去跟他的朋友道别。男爵跟他说了几句亲切的话，让那孩子的眼睛再度闪亮起来，跟他聊了几分钟。但男爵突然有技巧地把话锋一转，站起来，朝另一张桌子转过身去，恭喜邻桌那位有点儿不知所措的女士有这么一个聪明伶俐的儿子，称颂他和那男孩儿一起度过的美好上午。埃德加站在旁边红了脸，既高兴又自豪。男爵最后又问起那孩子的身体情况，许多个别的问题问得十分详尽，以至于那母亲不得不回答。就这样，他们说个不停，作了一番长谈，那男孩儿喜悦地在旁边听着，带着一种敬畏。男爵作了自我介绍，自认为他的贵族姓氏让这个虚荣的妇人留下了印象。总之，她对他异常客气，虽然她不失尊严，甚至早早道别，还抱歉地加了一句，说是为了那男孩儿的缘故。

男孩儿强烈抗议，说他还不累，一整晚都不睡觉也行。然而他母亲已经向男爵伸出手，男爵恭敬地吻了她的手。

这一夜，埃德加睡得很不安稳。他心中混乱，既感到幸福，又怀着孩子气的绝望。因为今天在他生命中有了一个新体验，他头一次干涉大人的命运。在半睡半醒之际，他忘了自己的童年，自认为自己一下子长大了。他寂寞地成长，常常生病，到目前为止没有什么朋友。他渴望温情，可是除了父母和家中仆人，没有什么人能给他这种情感，而且父母并不怎么关心他。倘若只看爱的诱因，而没有考虑到在爱萌生之前，由失望和寂寞构成的空虚黑暗空间所产生的张力——在心灵的所有重大事件之前都先有这股张力——爱的强度往往会被错估。一份过于沉重、尚未损耗的情感等待在这里，如今张开双臂，冲向第一个看似值得付出这份情感的人。埃德加躺在黑暗中，既喜悦又迷惘，想笑又想哭。因为他爱这个人，而他从不曾这样爱过一个朋友，不曾这样爱过父亲母亲，甚至不曾这样爱过上帝。他童年时期不成熟的全部热情都紧紧抱住这个人的影像，在两个小时之前，他甚至还不知道此人的名字。

不过，他毕竟够聪明，不至于被这份新友谊的出奇之处所困扰。让他如此迷惘的是他觉得自己毫无价值，微不足道。“我配得上他吗？我这个十二岁的小男孩儿，还得上学，晚上又得比别人更早上床睡觉。”他苦恼着。“我能算是他的什么人呢？我能给他什么？”他难过于自己没有能力表达情感，正是这种感受令他悲伤。平常他若是喜欢上一个同伴，第一件事就是把书桌里几件小小的珍贵物品与对方分享，像是邮票和石头这种孩子气的童年财产。这些东西昨天对他来说还意义重大，具有罕见的吸引力，此刻似乎骤然失去了价值，显得幼稚可笑而不值一提。他如何能把这类东西送给他的新朋友？他甚至不敢用昵称的“你”来称呼对方，要如何才能表达出他的感受？有可能表达吗？身为一个半大不小、尚未成熟的人——一个十二岁的孩子，他越发强烈地感觉到身为小孩儿的痛苦。他从不曾如此深深厌恶自己是个孩子，衷心渴望能够长大成为不同的人，一如他的梦想：长成一个高大强壮的男子，跟别人一样的成年人。

在这些不安的思绪中，迅速交织了对于成为男子汉的这个新世界的缤纷梦想。埃德加终于带着笑容睡着了，然而，他还惦记着第二天早上的约会，这妨碍了他的睡眠。七点钟他就已经惊醒，唯恐会迟到。他急忙穿好衣服，去母亲房里跟她道过早安，母亲很惊讶，平常她总要费很大的工夫才能叫他起床。她还来不及提出进一步的问题，他就已经冲下楼去了。他不耐烦地走来走去，直到九点，忘了吃早餐，生怕会让要跟他去散步的朋友久候。

九点半时，男爵终于逍遥自在地晃过来，他当然早就把这个约会给忘了。但此刻，当男孩儿急切地朝他冲过来，他不禁为这份热情而微笑，乐意遵守他的承诺。他又挽起那男孩儿的手臂，跟这个神采飞扬的孩子一起来回踱步，只不过拒绝他现在就一起去散步的提议，态度温和但坚决。他似乎在等待什么，他探向门边的不安眼神表明了这一点。突然，他挺起了身子。埃德加的妈妈走进大厅，一边响应他的问候，一边亲切地朝他们两个走过来。听说他们打算去散步，她微笑地表示赞同，先前埃德加没有把散步的事告诉她，因为他觉得这件事太过珍贵。然而，在男爵的邀请下，她很快就被说服一起同行。埃德加立刻闷闷不乐，咬住了嘴唇。真气人，她偏偏在这时候走过来！这趟散步原本只属于他，就算他把他朋友介绍给妈妈认识，那只是出于好意，但他可不愿意跟她分享他的朋友。当他察觉到男爵对他母亲的友善，他心中微微起了妒意。

于是他们三个人一起去散步，而两个大人对这孩子明显的关注，更加助长了孩子心中那份有害的感觉，以为自己很了不起，以为自己突然重要起来。埃德加几乎是他们谈话的唯一主题，母亲谈起他的苍白和神经质，流露出带点儿虚假的担忧，男爵则微笑地拒绝这种说法，大肆称赞起他“朋友”（他这样称呼那男孩儿）讨人喜欢的态度。这是埃德加一生中最美好的时刻。他得到了一整个童年都无权拥有的权利，可以加入谈话，而不会马上遭到呵斥要他安静，甚至可以莽撞地提出各种要求，从前这些要求总会招来不愉快的反应。也难怪他误以为自己是个大人了，这份错觉在他心中滋长。在他明亮的梦中，童年已经远远落在身后，如同一件已经穿不上的衣服。

埃德加的母亲越来越和气，中午，在她的邀请下，男爵和他们同桌用餐。由原来的对面相望变成了并排而坐，相识变成了友谊。这组三重唱已经形成，女声、男声和童声，和谐地共鸣。

进　攻

如今这个不耐烦的猎人觉得潜近猎物的时机到了。在这件事情上，他不喜欢亲密的三重唱。三个人一起聊天固然愉快，但聊天终究不是他的目的。而且他知道，社交往来再加上他隐藏自身欲念的伪装游戏，向来会妨碍男女之情，让言语失去热情，让进攻失去火力。要让她在谈天时永远不会忘记他原本的企图——而他知道她已明白——这一点他很有把握。

他在这个女人身上下的功夫多半不会白费。她正处于女人的关键年龄，开始后悔对自己其实从未爱过的丈夫始终保持忠贞，她犹如夕照一般的美丽面容让她在母性和女性之间做个选择。在这一刻，看似早已有了答案的人生再一次成为疑问，意志那根神奇的针在体验情欲的盼望和彻底认命之间最后一次摆动。于是女人面临危险的抉择：要活出自己的命运，还是为孩子而活？要做个女人，还是做个母亲？男爵对这种事情目光敏锐，在她身上察觉出危险的犹豫不决，在生命的热情与牺牲奉献之间摆荡。在谈话中她经常忘记提起丈夫，丈夫显然只满足了她表面上的需求，却没能满足她因生活优裕而被激起的附庸风雅的欲望，而她内心里对孩子的了解其实也很少。无聊的阴影宛如掩藏在深色眼眸里的忧郁，笼罩着她的生活，使她的性感失去光泽。男爵决定迅速行动，同时又要避免显得心急如焚。反而要像个垂钓者，先放松鱼钩再往回拉，他打算对这份新友谊做出满不在乎的样子，想让对方来追求他，虽然事实上他才是追求者。他决定刻意表现出傲慢，彰显他们之间社会地位上的差异。想到只借由强调他的傲慢，靠着表象、响亮的贵族姓氏和冷淡的态度，就能赢得这具丰腴饱满的美丽肉体，这念头将他撩弄得心痒难耐。

这刺激的游戏已经令他亢奋起来，因此他强迫自己要小心。下午他留在自己房间里，心情愉快地知道对方在找他，在惦记他。然而，她并未特别察觉他没露面，虽然此举本来是针对她，反倒折磨了那个可怜的男孩儿。埃德加一整个下午都感到无比无助和迷惘，怀着男孩儿特有的死忠，他在那漫长的几个钟头里不断地等待他的朋友。假如他就这样走开或是独自做些什么，他会觉得那是对友谊的一种背弃。他无所事事地在走廊上慢吞吞地走来走去，时间越晚，一颗心就越闷闷不乐。在他不安的幻想中，他以为男爵出了意外，或是自己无意间得罪了对方，由于焦躁和恐惧，他差点儿就要哭了出来。

男爵晚上去用餐时受到热烈欢迎。埃德加跳起来，不顾母亲的劝阻，也不在意其他人的惊讶，朝他跑过去，用细瘦的胳膊用力抱住他的胸膛。“您先前在哪儿？您到哪里去了？”他急急地喊道，“我们到处找您。”母亲脸红了，她并不愿意被牵扯进去，相当严厉地用法文说：“规矩一点儿，埃德加，坐下！”（她总是用法文跟他说话，虽然使用这种语言对她来说并非熟练掌握，话一说得长了，就显得吃力。）埃德加听从了，但还是继续盘问男爵。“别忘了，男爵先生想做什么都可以。也许跟我们在一起他感到无聊。”这回她主动把自己包括进去，男爵愉快地感觉到，她的责怪其实是想引来他的恭维。

他体内的猎人苏醒了。他感到陶醉、兴奋，这么快就找到猎物的踪迹，眼看就要射中猎物。他两眼发亮，感觉到血液在血管中轻快地流动，话语滔滔不绝地从口中吐出，他自己都不明白这些话是怎么说出口的。就跟每个天性风流的人一样，当他知道女人喜欢他，他就格外出色，格外能表现出自我，就跟有些演员一样，当他们感觉到听众、活生生的群众完全被他们吸引，他们才会热情澎湃。他向来擅长说故事，能说得绘声绘色，今天他的表现更胜以往。他一边说一边喝了几杯香槟，这瓶香槟是他为了庆祝这份新友谊而点的。他说起自己随着一名英国贵族朋友在印度打猎的故事，他很聪明地挑选了这个话题，一来因为它无关紧要，二来因为他感觉到，凡是有异国情调、对她来说无法企及的事物都会令这个女子兴奋。不过，对他说的故事深深着迷的人主要是埃德加，这男孩儿兴奋得两眼发光，忘了吃，忘了喝，紧紧盯着那些话语从说故事的人口中吐出。他从没想过能亲眼见到一个有那些惊险经历的人，遭遇到他在书里读到的东西：捕猎老虎、棕色人种、印度土著、神庙，还有那个可怕的巨轮，把成千的人埋进它的轮辐之下。以前他从来没想过真有这种人存在，一如他并不相信童话里的王国。在这一秒，某种强烈感受头一次在他体内爆发。他无法把目光从他朋友身上移开，屏住了呼吸，紧紧盯着面前那双曾经杀过老虎的手。他几乎什么也不敢问，一问出声，声音听起来就紧张激动。他丰富的想象力总是幻想出那些故事的影像，他看见他朋友高高地骑在一头大象上，大象身上有紫红色的鞍褥，左右都是棕色皮肤的男子，戴着昂贵的头巾，然后老虎突然出现，龇牙咧嘴地从树丛里跳出来，伸出爪子击向大象的鼻子。这时男爵说起更引人入胜的故事：那些人如何狡猾地捕捉大象，用已驯服的老象把放纵的野生小象引诱至棚屋里。男孩儿的眼睛里迸出火花。此时妈妈突然看着时钟，用法文说：“九点了，该上床睡觉了！”一把刀宛如在他面前骤然落下。

埃德加吓得脸色发白。对所有的小孩儿来说，“上床睡觉去”是一句可怕的话，因为这在大人面前是一种再明显不过的羞辱，承认小孩子需要睡眠，一个童年的标记，表示他们尚未长大。这种侮辱在这引人入胜的一刻尤其可怕，这会让他错过这些从未听闻过的故事。

“让我再听一个故事就好，妈妈，这个大象的故事，只要让我听完这一个！”

他本想要乞求，随即想起他成为大人新有的尊严，就只敢求这么一次。但他母亲今天出奇地严格。“不行，时间已经晚了。上楼去！听话，埃德加。我会把男爵先生说的故事全都再说给你听。”

埃德加踌躇着。平常他上床睡觉时母亲都会陪着他，但他不想在他朋友面前乞求。他那孩子气的自尊心还想让这可怜的退场看起来像是自愿的。

“可是真的噢，妈妈，你要把全部、全部的故事都说给我听！那个大象的故事，还有所有其他的故事！”

“好的，孩子。”

“马上就要讲！今天就要讲！”

“好，好，可是现在上床睡觉去吧。去！”埃德加自己也感到惊讶，他跟男爵和妈妈握手居然没有脸红，尽管他的喉头已经哽咽。男爵和气地揉揉他的头发，让他紧绷的脸上勉强露出了一丝笑容。可是随后他必须赶紧朝门口走去，否则他们就会看见大颗的泪珠从他脸颊上滚落。

大　象

母亲还跟男爵在楼下餐桌旁待了一阵子，但他们谈的不再是大象和打猎。自从男孩儿离开，他们的谈话就有了一股微带压抑的气氛，一阵倏然而起的尴尬。最后他们走到大厅，在一个角落坐下。男爵比任何时候都更出色，她自己则由于几杯香槟而有点儿微醺，于是那番谈话迅速染上危险的气氛。男爵其实称不上英俊，只是年轻，晒黑的脸庞神采奕奕，还像个男孩儿，头发剪得短短的，眼神很有男子气概，他的一举一动朝气蓬勃，几乎显得放肆，这吸引了她。现在她很喜欢从近处看他，也不再害怕他的目光。然而渐渐地，一份大胆悄悄进入他的谈话中，让她心情略微混乱，那份大胆像是要伸手碰触她的身体，轻轻按下又再放松，某种难以理解的欲念让血液涌上她的脸颊。但他随即又轻轻笑起来，大方自然，像个男孩儿，使得那些小小的欲念看起来像是天真烂漫的玩笑。有时候她觉得自己必须不客气地回绝，但她天性喜欢卖弄风情，这些小小的挑逗只会诱使她期待更多。她着迷于这大胆的游戏，到最后甚至仿效他，用眼神送出捉摸不定的小小承诺，在言语和动作之中沉醉忘我，甚至容许他坐得更靠近，他的声音就在耳际，偶尔能感觉到他温暖的呼吸在她肩膀上颤动。一如所有的赌徒，他们忘了时间，完全沉醉在热切的谈话中，直到大厅在午夜时分渐次熄了灯，他们才惊醒过来。

她一惊之下立刻跳起来，蓦地感觉到自己大胆得过分。玩火的游戏原本对她而言并不陌生，但此刻她本能地察觉这个游戏已经接近弄假成真。她战栗地发现她不能把持住自己了，发现体内有某种东西开始滑动，就要被卷进旋涡里，令人害怕。一切在她的脑海中起伏，恐惧、葡萄酒和热情话语构成一个旋涡，一股愚蠢的无名恐惧向她袭来，她一生中曾几度在类似的危险时刻感受到这种恐惧，但从不曾如此眩晕，如此狂暴。“晚安，晚安，明天早上见。”她急促地说，想要逃走。与其说是逃开他，不如说是逃开这一刻的危险，逃开自己心中不曾有过的异样不安。可是男爵轻轻使力，握住她伸出来道别的手，亲吻着，而且不仅是按照礼节吻了一下，而是颤抖地吻了四五下，从她纤细的指尖一直吻到手腕，她则微微打着哆嗦，感觉他粗粗的胡髭令她的手背发痒。一种温热而不安的感觉从手背随着血液流窜全身，恐惧猛然涌起，威胁般地在太阳穴旁敲击，她的头皮发烫，那股无名的恐惧颤动着通过她的全身，她迅速地把手抽了回来。

“留下来吧。”男爵低语。但她已经急忙走开，在仓促中显得笨拙，让她的恐惧和迷惘一目了然。此刻在她体内有种激动，正是对方想要的，她觉得心中一片混乱。那份灼人的恐惧如影随形，害怕身后那个男子会追上来抓住她，然而在逃离之中，她已经感到一份遗憾，遗憾他没有这么做。

她多年来不自觉渴望的事恐怕就要在这一刻发生，那种大冒险，不仅仅是匆促挑逗的调情，她喜欢耽溺在冒险贴近的气息里，而且过去总能在最后一刻脱身。但是男爵太过骄傲，不愿意利用对自己有利的这一秒。他对胜利太有把握，不愿意像个强盗似的，在女人微醺的软弱时刻占有她，相反的，只有在意识清醒下的对抗和献身才能吸引光明正大的赌徒。她是逃不掉的，他察觉到那剧烈的毒液已经在她的血管中发作。

她在楼梯上停下脚步，伸手按住剧烈起伏的胸口，她必须休息一下。她的神经不听使唤。她从胸中吐出一声叹息，半是庆幸脱离了险境，半是遗憾。然而这一切都很混乱，只以一种微微的眩晕继续在血液里窜动。她半闭着眼，像喝醉似的摸索到自己房门前，等到握住凉凉的门把才松了一口气，这才觉得自己安全了！

她轻轻地朝房间里推开门，下一秒就被吓得倒退：房间深处的黑暗中有东西在动。她激动的神经猛烈抽搐，正想要呼救，此时从里头轻轻传出一个睡意蒙眬的声音："妈妈，是你吗？"

"天哪，你在这里干什么？"她冲到沙发旁，埃德加蜷着身体躺在上面，刚从睡梦中醒来。她的第一个念头是这孩子想必生病了，或是需要协助。

可是埃德加说："我等了你这么久，后来我就睡着了。"他还睡意蒙眬，语气中微微带着埋怨。

"为什么呢？"

"为了大象。"

"什么大象？"

这时候她才恍然大悟，她先前答应这孩子，今天要把所有的故事说给他听，那些打猎和冒险的故事，于是这个天真稚气的男孩儿溜到她的房里，满怀信赖地等她回来，在等待时睡着了。她气他夸张的行为，或者说，她其实是在气自己，内疚与羞惭在窃窃私语，而她想要压过这声音。"马上上床睡觉，你这个没有规矩的小鬼头。"她对着他吼。埃德加惊讶地看着她。她为什么生这么大的气？他又没有做什么呀。这份诧异却更加刺激已然动怒的她。“马上回你房间去！”她恼怒地大喊，因为感觉到自己冤枉了他。埃德加一言不发地走了。其实他已经疲倦得要命，透过沉沉的睡意，只隐隐感觉到母亲没有遵守承诺，感觉别人错待了他。但他没有反抗，由于疲倦，他体内的一切都很麻木。再者，他很气自己在这里睡着了，没有醒着等待。“就跟小孩子一样。”他生气地自言自语，随即再度坠入梦乡。

因为从昨天起，他就在痛恨自己还是个孩子。

交　火

男爵睡得不好。调情被打断之后就上床睡觉一向很危险，他一整夜都被春梦干扰而睡不安稳，随即后悔自己没有好好把握住那一刻。早晨他睡意未消地下楼来，情绪欠佳，那男孩儿却从藏身处跳出来，跑到他面前，热情地搂住他，开始用成千个问题烦扰他。男孩儿很开心能够再次独自拥有他的大朋友一会儿，不必与妈妈分享。他纠缠着男爵，要对方只把故事说给他听，不再说给妈妈听，因为她虽然答应了他，却没有把那些奇妙的故事转述给他听。男爵吓了一跳，很难掩饰心中的不悦。男孩儿对他使出上百种稚气的纠缠，在提问中强烈地表达出他的爱，他寻觅良久才找到这位朋友，从一大早就在等待，现在又能单独在一起，他真是开心极了。

男爵没好气儿地虚应着。他开始厌倦这孩子老是在埋伏等待，总是问些幼稚的问题，献上他不想要的热情。成天跟一个十二岁的男孩儿晃来晃去，净聊些蠢话，他觉得累了。此刻他只想要趁热打铁把那个母亲追到手，可是这个孩子硬要在场，让这件事变得很棘手。他原本无意唤起这份友情，如今头一次感到不太舒服，因为他一时找不到机会摆脱这个过于黏人的朋友。

无论如何总得试试看。他跟那位母亲约好了十点去散步，在那之前，他漫不经心地任由男孩儿在他耳边喋喋不休，偶尔跟他讲几句话，以免得罪了他，同时翻阅着报纸。终于，当分针即将指向十二，他像是突然想起了一件事，拜托埃德加替他到另一家饭店跑一趟，去问问他父亲古伦海姆伯爵到了没有。

这个男孩儿毫无疑心，满心喜悦，终于能替他朋友做点儿什么，能当信差令他感到自豪，他立刻跳起来，狂奔上路，让众人讶异地目送他。他一心只想表现一下，当别人派他去传递消息时，他的动作会有多迅速。那里的人告诉他伯爵尚未抵达，事实上，目前根本没接获他要来的通报。他又以冲锋的步伐把这个消息带回去，可是在大厅里已经不见男爵的踪迹。于是他去敲他房间的门，却是白跑了一趟！他不安地跑遍饭店各处，包括音乐室和咖啡厅，激动地跑到妈妈那儿去探听，而她也不在了。最后他在绝望中去询问门房，门房竟说他们两个在几分钟前一起离开了！这消息让他目瞪口呆。

埃德加耐心地等候。他毫不猜疑，没有往坏处想。他深信他们只会离开一会儿，因为男爵需要他带回来的消息。然而好几个小时过去了，他渐渐不安起来。自从那个迷人的陌生人走进这孩子毫不猜忌的小小生命，从那一天起，这孩子就成天紧张兮兮，仓皇匆忙，心情混乱。每一股热情压在孩子这般柔弱的生物身上，都会像压在软蜡上留下痕迹。眼皮又出现不安的颤动，他的脸色也变得更苍白。埃德加等了又等，起初很有耐性，接着大为激动，最后已经快要哭了，然而他始终从未起疑。由于他盲目信赖这个好友，他猜想可能是有误会，然而秘密的恐惧折磨着他，也许是自己误解了对方交代的任务。

他们终于回来了，此刻正愉快地聊天，脸上没有一点儿讶异的神情，这事情多奇怪，他们看起来根本没有特别挂念他。“小埃，我们朝你回程的路走，希望能在路上碰到你。”男爵说，并未问起他先前交代的任务。那孩子吓了一跳，以为他们白费力气去找过他，他保证自己走的是笔直大路，想知道他们是往哪个方向走。这时妈妈打断了他：“好了，好了，小孩子别这么多话。”

埃德加气红了脸。母亲已经是第二次当着他朋友的面这样卑鄙地贬低他。她为什么要这样做？为什么总是要指出他是个孩子？他明明不再是小孩子了。显然她羡慕他有这个朋友，打算把他朋友拉到自己那边去。没错，肯定也是她故意带男爵走错路。但她也该瞧瞧，他不会任她欺侮，他会予以反击。于是埃德加决定，今天在餐桌上只打算跟他朋友说话，一句话也不跟她说。

然而这很难做到。他万万没料到的事情发生了：别人没发现他在闹别扭。是的，昨天他明明还是他们之间的焦点，今天他们根本对他视若无睹！他们两个自顾自地谈话，一起说笑，没有人理会他，仿佛他沉到桌子底下。血液涌上他的脸颊，喉头被一团东西哽住，令他无法呼吸。他战栗地明白自己根本无能为力。难道他只能乖乖坐在这里，看着母亲抢走他的朋友，抢走他唯一爱着的人？自己除了沉默不语，就没有别的办法反抗？他觉得自己必须要站起来，猛然把两只拳头往桌上敲，只为了让他们注意他。但他按捺住了，只是放下刀叉，不再吃一口东西。然而他们也久久没有察觉到他在固执地绝食，直到上最后一道菜时母亲才注意到，问他是否不舒服。“真讨厌，”他心想，“她就只会想到我是不是生病了，其他事情全都不在乎。”他简短地回答不想吃，而她也就满意了。他不管做任何事，都无法得到重视。男爵似乎也把他忘了，至少他不曾对他说过一句话。热泪渐渐盈满他的眼眶，他不得不使出孩子的花招儿，趁着还没人看见眼泪从他脸颊上滚落、咸咸地弄湿他的嘴唇，他把餐巾迅速拿高。用餐完毕时，他松了一口气。

吃午餐时，母亲提议一起搭车到圣母庇护教堂去。埃德加听见了，用牙齿咬住了嘴唇。也就是说，她连一分钟也不愿意再让他跟他的朋友独处。可是她在起身离桌时说：“埃德加，你会把学校的功课全忘光了的，你得留在房间里稍微复习功课！”他的恨意油然而生，再度握紧他的小拳头。她老是想在他的朋友面前贬低他，老是要在公众场合提醒他还是个孩子，还得要上学，大人只是容忍他待在他们中间。然而这一次她的意图太明显，他根本不回答，断然地转过身去。

“啊哈，又生气了。”她微笑地说，随后对男爵说，“要他做一个小时的功课真有那么过分吗？”

这时男爵说："嗯，做一两个小时功课实在没有坏处。"这孩子心里一凉，一颗心僵住了。自称是他朋友的男爵，曾经嘲笑他是书呆子的男爵，竟然说出这样的话。

他们两个讲好了吗？他们果真联合起来对付他？孩子的眼中闪着怒火。"爸爸不许我在这里做功课，爸爸要我在这里休养。"他扔出这句话，对他的病十分自豪，绝望地紧紧抓住那句话，抓住他父亲的权威。他脱口说出的这句话，像个威胁。说也奇怪，这句话似乎的确令那两个人有点儿不自在。母亲移开目光，烦躁地用手指敲着桌面。他们之间出现一阵难堪的沉默。男爵终于勉强露出笑容说："随便你吧，小埃，反正我又不必考试，所有考试我早都考砸了。"

这句玩笑并没有把埃德加逗笑。他只是看着男爵，用审视的目光，迫切渴望的目光，仿佛想探进他灵魂深处。这是怎么一回事？他们之间有什么东西改变了，而这孩子不明白为什么。他不安地移动目光，一柄小小的锤子在他心底匆匆敲击：他开始起了疑心。

灼人的秘密

"是什么让他们变了？"在向前奔驰的马车上，那孩子坐在他们对面思索着，"为什么他们不像先前那样关心我了？妈妈为何在我看着她时避开我的视线？他为什么老是在我面前开玩笑，装疯卖傻？他们两个都不再像昨天和前天那样跟我说话，简直像是换了一副面孔。今天妈妈的嘴唇这么红，一定是涂了口红。我从没见过她这个样子。而他老是皱起眉头，好像是我得罪了他。我并没有做了什么事惹他们生气吧？还是说了什么？不，原因不可能是我，因为他们对待彼此的态度也跟以前不一样了，看起来就像是做了什么事不敢说出来。他们不像昨天那样闲聊，也不笑了，他们感到不自在，在隐藏什么。他们之间有秘密不想泄露出来，我无论如何要弄清楚。我知道了，一定就是他们老是在我面前把门关上的秘密，就是书里提到的那个秘密，还有在歌剧里男人和女人张开手臂，彼此唱着歌，互相拥抱，又把彼此推开的秘密。一定就跟我的法文女老师的秘密差不多，她跟爸爸相处不好，后来被解聘了。这些事情之间全都有关联，我感觉得到，却不知道是什么样的关联。噢，我想知道这个秘密，理解这个秘密，抓住这把能够打开每一扇门的钥匙，不再是被瞒住一切的小孩儿，不再等待，不再任由自己被欺骗。就是现在！我要从他们身上挖出这个可怕的秘密。”他的额头上泛起一条皱纹，这个瘦弱的十二岁男孩儿呈现出老态。他严肃地苦苦思索，没有朝风景望上一眼。窗外景色风光明媚，针叶林纯净的绿色盖住山峦，山谷浸浴在迟来的春天仍旧鲜嫩的光泽里。他只是一直看着对面马车后座上的两个人，仿佛这炙热的目光像根钓竿一样，把秘密从他们眼睛闪闪发亮的深处拉出来。没有什么比一份强烈的怀疑更能磨砺洞察力，没有什么比没入黑暗中的线索更能让一个不成熟的心智发挥出全部潜力。有时候只是一扇薄薄的门，把孩子跟我们所谓的现实世界隔开，一阵凑巧吹起的微风替他们推开了这扇门。

埃德加突然觉得那个陌生的大秘密伸手可及，感到它就在面前，虽然仍旧隐藏着，而且尚未解开，但就在近处，很近很近。这令他兴奋，顿时让他庄重严肃起来，因为他不自觉地预感到自己就站在童年的边缘。

对面那两人隐隐感到面前有股阻力，却没意识到这份阻力来自那男孩儿。三个人同坐在马车里显得局促拥挤。对面那双眼睛暗暗闪着火光，阻碍了他们。他们几乎不敢讲话，几乎不敢去看对方。他们已无法重拾先前轻松的社交口吻。他们深陷在那亲昵的语调中，暗地里触摸所引发的火热淫荡，在危险的话语中颤抖。他们的谈话一再停顿，想要继续下去，却一再被那孩子固执的沉默给踉跄绊住。

他含怒的沉默对他母亲来说尤其是个负担。她小心翼翼地从旁边看他，头一次从那孩子抿紧的嘴唇看出跟她丈夫生气不悦时的相似处，她吃了一惊。她正想跟一场冒险玩捉迷藏，却偏偏在此刻想起丈夫，这念头令她不自在。她觉得那孩子像个鬼魂，像个良知的守卫，在拥挤的车厢里，一双黑溜溜的眼珠在对面相隔十寸的地方，藏在苍白的额头后面窥探，这格外令她难以忍受。此时埃德加的视线突然抬起，就只有一秒钟的时间。

母子两人立刻垂下目光，都感觉到彼此在互相窥探，这在他们生平中是头一遭。到目前为止，他们盲目地互相信任，然而如今在母与子之间，在她与他之间，有个东西突然变样了。他们生平头一次开始互相观察，认为两人的命运分开了，已经暗地里对彼此怀着憎恨，只不过这份憎恨才刚出现，他们还不敢承认。

马车在饭店门口停下时，三个人全都松了一口气。大家都觉得这趟出游很扫兴，却没有人敢说出口。埃德加最先跳下车，他母亲声称头痛，道了歉，急忙走上楼去。她累了，想要独处，把埃德加和男爵留下。男爵付了钱给车夫，看看表，然后朝大厅走去，没去留意那个男孩儿。他从男孩儿身边走过，背部线条优雅苗条，轻快韵律的步伐让那男孩儿十分着迷，昨天他还试图模仿过他的姿态。男爵径自走开，显然忘了那男孩儿，任他站在车夫和马旁边，仿佛这孩子跟自己无关。

埃德加看着男爵这样走过去，那个他仍旧以崇拜之心爱慕的人，他的心被撕成了两半。男爵这样走过去，连大衣都没碰着他，一句话也没跟他说，而他却不知道自己做错了什么，一股绝望从他心底冒出。勉强维持的镇静瓦解了，刻意提高的沉重自尊从他瘦削的肩膀上滑落，他又成了个孩子，跟昨天和以前一样幼小而卑微。一股力量拉着他向前走，违反了他的意愿。他踩着仓促颤抖的步伐跟在男爵身后，在男爵正要上楼时挡住他的去路。他强忍着泪，压低了声音说：

“我做了什么，让您不再理我？为什么您现在总是这样对待我？而妈妈也一样？为什么您总是想把我支开？是我令您厌烦吗？还是我做了什么？”

男爵吓了一跳。那孩子的声音令他不知所措，让他心软。他心里对这个天真的男孩儿涌起一阵同情：“小埃，你这个傻瓜！我只是今天心情不好。你是个可爱的男孩儿，我真的很喜欢你。”男爵一边说，一边用力揉他的头发，却把脸半转过去，以免看到孩子那双含泪乞求的大眼睛。他演的这出戏开始让他难为情。其实他已经为自己无耻地玩弄了这孩子的爱而感到羞愧，而这男孩儿抽噎颤抖的单薄声音令他难过。“上楼去吧，小埃，今天晚上我们又会言归于好了，你看着吧。”他劝慰地说。

“您不会让妈妈马上叫我上楼去，对不对？”

“不，不会的，小埃，我不会让她叫你上楼。”男爵露出微笑，“现在上楼去吧，我得要换衣服去吃晚餐。”

埃德加走了，一时开心了一会儿，但他心里那根锤子随即又敲击起来。从昨天以来，他长大了好几岁，陌生的猜疑已稳稳坐在他童稚的胸膛上。

他等待着，这是关键性的考验。他们一起坐在餐桌旁。九点了，但母亲没有叫他上床睡觉。他开始不安起来，为什么偏偏今天她让他在这里待这么久？平常她是那么严格。难道是男爵向她泄露了他的要求和那番谈话？他顿时十分懊悔，后悔今天满怀信赖地追在男爵身后。十点时，他母亲突然站起来向男爵道别。奇怪的是，男爵似乎一点儿也不纳闷儿她要早早离开，也没有像平常一样试图挽留。那根锤子越来越激烈地敲在孩子的胸口上。

他要做个突击测试。他也假装什么都不知道，没有反驳，跟着母亲朝门口走去。不过在门口时，他突然抬起眼睛向上望。果然在这一秒捕捉到一个微笑的眼神，直接越过他的头顶投向男爵，那是个有默契的眼神，含着某种秘密。也就是说，男爵出卖了他，所以母亲才会早早离席。他们今天想要安抚他，让他有安全感，好让他明天不再妨碍他们。

“骗子。”他喃喃地说。

“你是什么意思？”母亲问。

“没什么。”他从牙缝里挤出这句话。现在他也有了一个秘密。这个秘密叫作恨，对他们两人的极端憎恨。

沉　默

埃德加不再感到忐忑不安。他终于享有一份纯粹明确的感受：憎恨和公然的敌意。由于他明确知道自己妨碍了他们，如今三人共处对他来说成了一种极端复杂的快感。他幸灾乐祸地想着要去打搅他们，凝聚全部敌意来对付他们。他首先要给男爵一点儿颜色看。男爵早上下楼从他身边经过时，亲切地向他打了声招呼："你好啊，小埃。"埃德加只冷冷地哼了一声"早"，没有抬起眼看人，继续坐在椅子上。"你妈妈已经下楼了吗？"埃德加看着报纸说："我不知道。"

男爵愣住了。这是怎么回事？"没睡好吗，小埃？"开个玩笑一向有点儿帮助。但埃德加只是又轻蔑地丢出一句"不是"，然后再度埋头看报。"蠢小子。"男爵嘟哝一声，耸耸肩膀走开了。敌意已经表明。

埃德加也以冷淡而有礼的态度对待妈妈。她笨拙地要打发他去打网球，他冷静地拒绝了。微笑在他唇边淡淡浮现，嘴唇由于怨恨而微微噘起，显示出他不会再受骗。"我宁愿跟你们去散步，妈妈。"他说，带着虚伪的友善望进她眼睛里。这个回答明显令她为难，她犹豫着，似乎在寻找什么。"你在这儿等我。"她终于打定了主意，然后去吃早餐。

埃德加等待着，但他起了疑心，一股不安的本能从那两人的每一句话中推敲出怀有敌意的秘密企图。如今那份疑心让他在做决定时的洞察力特别敏锐。埃德加没有遵照指示在大厅里等候，他宁可到马路上去盯梢，从那里不仅能够监视饭店大门，也能监视所有的门。他隐隐嗅到欺骗的意味，但他们别想再摆脱他。他躲在马路上一堆木头后面，这是他从印第安人的故事书里学到的。在大约半小时后，他果然看见母亲从侧门走出来，手里捧着一束耀眼的玫瑰，男爵跟在她身后，那个背叛者，他得意地笑了。

他们两个看来兴高采烈。莫非是因为躲过了他而松了一口气，守住了他们的秘密？他们有说有笑，打算走上林间小径。

现在是时候了，埃德加悠闲地从木头堆后面慢慢走出来，仿佛他凑巧走过。他朝他们走去，完全不动声色，从容不迫地慢慢走，以便好好欣赏他们吃惊的样子。那两人目瞪口呆，交换了一个诧异的眼神。那孩子缓缓走近，装出一副理所当然的样子，一直用嘲讽的目光盯着他们。"啊，小埃，你在这儿，我们刚才在里面到处找你。"母亲终于说道。"她的谎撒得多么不要脸呀。”孩子心想，但紧紧抿着双唇，把憎恨的秘密藏在牙齿后面。

三个人犹豫不决地站着，一个窥探着另一个。“那我们就走吧。”那个生气的妇人无奈地说，手中剥掉一朵美丽玫瑰的花瓣。她的鼻翼周围微微抽搐，泄露出她的怒火。埃德加站着不动，仿佛事不关己，随意地望向别处，等到他们走开，才去跟在他们后面。男爵再一次缓和气氛：“今天有网球比赛，你看过网球比赛吗？”埃德加只是轻蔑地看着他，根本不想回答，他只把嘴唇噘起来，像是想吹口哨，这就是他的答复。他露出恨意的闪闪白牙。

此刻他的不请自来像个梦魇压在那两人身上，就像走在守卫后面的囚犯，在暗中握紧了拳头。那孩子其实什么也没做，却令他们每一分钟都越来越难忍受，他那窥探的双眼由于强忍住的泪水而湿润，他那神经质的闷闷不乐，把所有亲近的意图都狠狠挡开。“你走前面，”母亲突然恼怒地说，由于他不断偷听而感到不安，“不要一直在我面前跳来跳去，让我神经紧张！”埃德加听从了，但每次走了几步就会回头，如果他们落在后头，他就停下来等待，眼神就像魔鬼靡菲斯特①化身的黑狗那样纠缠着他们，把他们缠进恨意织成的灼热之网，他们觉得陷在网中无法逃脱。

他恶意的沉默像酸液一样破坏了他们的好心情，他的目光败坏了他们谈话的兴致。男爵再也不敢说出一句追求的话，气愤地感觉到这女子再度从他手中溜走，由于害怕这烦人、讨厌的孩子，她那好不容易被点燃的热情此刻再度冷却。他们一再设法交谈，可是对话一再瓦解。最后三个人都沉默不语，慢慢地走在路上，只听见树木相碰发出的低语，还有自己懊恼的脚步声。那孩子扼杀了他们的谈话。

此刻三个人心中都激起了敌意。被背叛的孩子痛快地察觉到，他们堆积的怒气无力抵御他不受重视的存在。偶尔他眨着眼睛，用嘲讽的视线扫过男爵愠怒的脸。他看见男爵咬牙切齿地想咒骂，却必须忍住，以免吐

① 靡菲斯特：歌德诗剧《浮士德》中的魔鬼。

出脏话来；他也怀着恶魔般的乐趣察觉他母亲的怒火渐渐上升。他看出他们两个巴不得能有个理由朝他猛扑过来，把他推开，或是让他不再成为阻碍。但他没给他们机会，他的憎恨经过长时间的算计，不露出任何破绽。

“我们回去吧！”母亲突然说。她觉得再也忍不住了，非得做点儿什么不可，在这番折磨之下至少叫喊出来。“真可惜，”埃德加平静地说，“风景这么美。”

两个人都察觉这个孩子在嘲讽他们，却什么也不敢说。这个小暴君在两天内把自制学得异常出色，脸上没有一丝抽动泄露出尖锐的讽刺。他们无言地走完漫长的归途。当母子两人共处在房间里，她的恼怒依然未平复。她生气地扔开阳伞和手套，埃德加立刻察觉她情绪激动，想要发泄，而他想要她发怒，故意留在房间里刺激她。她来回踱步，又再坐下，手指敲打着桌面，然后又跳起来。“看你的头发有多乱，看你这样脏兮兮地走来走去！在别人面前真是丢脸。以你的年纪，你不觉得惭愧吗？”那孩子没有回嘴，走过去梳梳头发。这份沉默，这份倔强，冷冷的沉默加上嘴唇嘲讽的颤动，令她怒不可遏，恨不得揍他一顿。“回你房间去！”她对着他吼，再也忍受不了他在场。埃德加微微一笑，走开了。

看他们如今在他面前颤抖，看男爵和她害怕跟他在一起的每一刻，害怕他的双眼无情地盯梢！他们越不自在，他就越沾沾自喜，两眼发亮，他的愉悦就越带着挑衅。如今埃德加用小孩子的全部残忍折磨着两个无力抵抗的大人，那种残忍几乎带着兽性。男爵尚且能够抑制怒气，因为他仍旧希望能够左右这个男孩儿，一心只想达到自己的目的。但他的母亲则越来越控制不了自己，朝他大吼能令她轻松一些。“不要玩叉子，”她在餐桌上斥责他，“你是个没规矩的小鬼头，根本还不配跟大人坐在一起。”埃德加总是只露出笑容，微笑着把头微微偏向一边。他知道这吼叫是一种绝望，他为他们如此沉不住气而感到自豪。现在他的眼神十分冷静，冷静得像个医生。从前他也许会使坏去惹她生气，但是人在憎恨中学得又多又快。如今他只是保持沉默，沉默再沉默，直到她在他沉默的压力下开始尖叫。

他的母亲再也受不了了。当她用完餐后站起来，埃德加带着理所当然的忠诚又想跟在后面，她突然发火了。她忘了所有的顾忌，吐出了真相。他这样鬼鬼祟祟地在场令她难受，她反抗了，像匹被苍蝇折磨的马那样纵身腾跃。“你为什么像个三岁小孩儿一样跟着我？我不希望你再待在我身边。小孩子不应该跟大人在一起。记住这一点！自己去玩儿一个钟头，去看书，还是做点儿什么，随你高兴。不要来烦我！你老在我身边晃来晃去，你惹人厌的坏情绪令我心烦气躁！”

他总算让她说出真心话了！男爵和她此刻看起来很尴尬，埃德加却露出微笑。她转过身去想要走开，气自己向那孩子承认了她的不自在。但埃德加只是冷淡地说：“爸爸不希望我自己一个人在这里到处走。爸爸要我答应他：我会小心，会待在你身边。”

他强调“爸爸”这个字眼，因为他察觉到这个字眼能令他们两个羞愧。他父亲想必也被卷入这个炙热的秘密中。爸爸想必具有能支配他们的神秘未知的力量，因为单是提起父亲，似乎就令他们感到害怕而不自在。这一次他们也没有反驳。他们认输了。母亲往前走，男爵和她同行，埃德加跟在他们身后，但并非恭顺地像个仆人，而是像个冷酷无情的狱卒。他摇响了那条无形的锁链，他们摇撼着这条锁链，却无法挣断。憎恨锻炼了这个孩子的力量，他这个无知的人，比两个被秘密绑住双手的人都更强大。

说谎者

然而时间紧迫，男爵只剩下几天时间了，得要好好利用。他俩感觉到这个孩子在闹别扭，要对抗他的固执不会有结果，于是采取了卑鄙的最后手段：逃走，只求能躲开他的专制一两个钟头也好。

“把这些信拿到邮局去寄，要寄挂号。”母亲对埃德加说。母子俩站在大厅里，男爵在外面跟一辆出租马车的车夫讲话。

埃德加猜疑地接过那两封信。先前他注意到有个仆人捎了个消息给母亲，难道到头来他们竟打算联合起来对付他吗？

他犹豫着："你要在哪里等我？"

"在这里。"

"一定会等？"

"对。"

"那你可不许走开！你会在大厅等我回来？"他自觉占了上风，跟母亲说起话来已经像在发号施令。从前天以来，事情有了很大的改变。

然后他拿着那两封信走了。在门口他碰见男爵，两天以来头一次对他说话。

"我只是去寄两封信，妈妈会等我回来。请您不要先走。"

男爵很快地从他身边挤过去："好，好，我们会等你。"

埃德加冲到邮局去。他必须等待，前面一位先生问了一大堆无聊的问题。最后他总算完成任务，立刻拿着收据跑回去，刚好看见他母亲和男爵搭乘出租马车离开了。

他气得呆住了，差点儿要弯下腰拾起一块石头朝他们扔过去。他们终于还是摆脱了他，却用了一个多么卑鄙可恶的谎话！他从昨天起就知道母亲会撒谎，可是她居然能这样不要脸地公然说话不算话，这撕毁了他最后一丝信赖。他原以为话语背后是真相，自从他看见这些话语只是彩色的泡泡，吹胀之后破裂，随即化为乌有，他就不再了解整个世界。竟然让大人对他这个小孩子撒谎，像罪犯一样偷偷溜走，那到底是个多么可怕的秘密？在他读过的书里，为了赢得金钱、权力或王国，那些人会谋杀和欺骗。他们两个又是为了什么？他们想做什么？为什么要躲开他？他们说了那么多谎话是想遮掩什么？他绞尽脑汁，隐隐感觉到这个秘密是童年的门闩，夺获这个秘密就意味着长大成人，终于成为一个男人。噢，他真想了解这个秘密！但他无法再清楚思考。他气他们摆脱了他，这份怒火熊熊燃烧，像烟雾一样遮蔽了他的视线。

他跑进树林里，刚好还来得及躲进黑暗中，在没人看得见的地方，他的情绪爆发了，化为奔流的热泪。"说谎的家伙，狗东西，骗子，坏蛋！"他必须把这些字眼大声喊出来，否则他会窒息。这几天来的愤怒、焦躁、生气、好奇、无助和背叛，在稚气的对抗和自以为长大了的幻想中被压抑下来，这时从胸中爆发，变成了眼泪。这是他童年最后一次哭泣，最后一次号啕大哭，最后一次像个女孩子一样纵情享受流泪的快感。在这一刻，在不知所措的愤怒中，他把一切都哭了出来，信念、爱、信任、尊敬——他的全部童年。

之后回到饭店的那个男孩儿不再是同一个人。他冷漠，行动审慎。他先回到自己房间，好好地洗了脸和眼睛，免得让那两个人得意地看见他流泪的痕迹。然后他准备报复，耐心地等待，没有一点儿焦躁不安。

载着那两名逃亡者的马车重返门外，那时大厅里有不少人。几位男士在下棋，另一些人在看报，女士们在聊天。那个孩子坐在这群人中间一动也不动，脸色有点儿苍白，目光颤抖。此刻他母亲和男爵进门时突然看见他，感到有点儿难堪，结结巴巴地正想说出事先预备好的借口，他挺起身子冷静地朝他们走过去，挑衅地说："男爵先生，我有话想对您说。"

男爵感到不自在，觉得自己好像被逮住了："好的，好的，待会儿，马上！"

可是埃德加提高了嗓门，让周围的人都能听见，洪亮而犀利地说："可是我现在就想跟您说话。您的行为很卑鄙，您对我说谎。您明明知道我妈妈在等我，却……"

"埃德加！"母亲大喊，看见所有视线都投向她，她朝他冲过去。

然而那孩子看得出她想用叫喊盖过他说的话，此刻他突然刺耳地放声尖叫：

"我当着大家的面再跟您说一次。您无耻地撒了谎，那很卑鄙，很过分！"

男爵脸色苍白地站在那里。大家注视着他，有几个人露出了微笑。

母亲抓住那激动得发抖的孩子："马上回你房间去，不然我在这里当着大家的面揍你。"她结结巴巴地说，声音沙哑。

埃德加已经再度冷静下来，后悔自己刚才这么激动。他不满意自己，因为他本来想要冷冷地向男爵挑战，然而怒气却胜过了他的意志。他不慌不忙，冷静地转身走向楼梯。

“男爵先生，请原谅他的无礼。您知道的，他是个神经质的孩子。”她还结结巴巴地说了这几句，周遭的人有点儿幸灾乐祸地盯着她，令她心慌意乱。世上最可怕的事对她来说莫过于丑闻，而她知道此刻必须要保持镇静。她并没有马上逃开，而是先走到门房去询问有无信件，还另外问了一些无关紧要的事，之后才快步上楼，仿佛什么事都不曾发生。但是在她身后留下一阵轻声低语，是众人的窃窃私语和压低的笑声。

途中她放慢了脚步。碰到严重的情况她向来都不知所措，害怕面对这场冲突。她无法否认自己有错，而且她害怕这孩子的眼神，这道陌生的眼神如此不寻常，这令她惶恐不安。出于恐惧，她决定摆出宽容的态度来化解冲突，因为她明白，这个被激怒的孩子现在是这场战争中较强的一方。

她轻轻把门打开。男孩儿坐在那儿，平静而冷漠。他抬起眼睛来看她，那双眼睛毫无畏惧，甚至没有流露出好奇。他看起来十分笃定。

“埃德加，”她尽可能用慈爱的口吻说话，“你是怎么回事？我为你感到羞愧。你怎么能这么无礼？身为小孩子尤其不能这样对大人讲话！你要马上去跟男爵先生道歉。”

埃德加望出窗外，那一声“不要”仿佛是对着树木说的。

他的沉着令她诧异。

“埃德加，你是怎么回事？你跟平常完全不一样了，我根本不懂你了。你以前向来是个聪明乖巧的孩子，跟你可以好好说话，怎么突然之间你变成这副举止，好像魔鬼附身似的。你对男爵有什么不满？你本来不是很喜欢他的吗？他对你一直那么好。”

“没错，因为他想要认识你。”

她觉得不自在：“胡说！你想到哪里去了。你怎么能这么想？”

可是那孩子突然发怒了。

“他是个说谎的家伙，一个虚伪的人。他做的事自私自利又卑鄙。他想要认识你，所以对我和蔼可亲，答应送我一条狗。我不知道他答应了你什么，也不知道他为什么对你和蔼可亲，但是他也想从你这里得到什么，妈妈，肯定是这样。要不然他不会这么有礼貌，这么和气。他是个坏人，他说谎。你只要看看他，他的眼神总是那么狡猾。噢，我讨厌他，这个可恶的骗子，这个坏蛋……”

“可是埃德加，你怎么能说这种话。”她心慌意乱，不知道该怎么回答。她心中涌起一种感觉，觉得这孩子说得没错。

“没错，他是个坏蛋，这一点谁也劝不了我。你自己应该也看得出来。他为什么怕我？为什么在我面前躲藏？因为他知道我看穿了他，知道我了解他，这个坏蛋！”

“你怎么能这么说，怎么能这么说……”她的大脑一片空白，只有失去血色的嘴唇一再结结巴巴地吐出这两句话。此刻她突然感到一股极大的恐惧，她不清楚自己是怕那个男爵，还是怕这个孩子。

埃德加看出他的警告起了作用。他很想把她拉到自己的阵营来，在对男爵的憎恨和敌意中有个同志。他温柔地朝母亲走过去，抱住她，声音由于激动而变得刻意讨好。

“妈妈，”他说，“你自己应该也看得出来，他没怀好心眼儿。他让你完全变了一个人。是你变了，不是我。他挑拨你来讨厌我，只为了单独跟你在一起。他肯定是想欺骗你。我不知道他答应了你什么，我只知道他不会遵守诺言。你应该要当心他。会对人说谎的人，也会对另一个人说谎。他是个坏人，你不应该信赖他。”

这柔和、近乎带泪的声音仿佛发自她自己的内心。从昨天以来，她心里就渐渐有一种不舒服的感觉，向她说着同样的话，而且越来越急迫，然而她不好意思承认自己的孩子是对的，就跟许多人一样，她用生硬的措辞来逃避难以承受的尴尬。她挺起了身子：

“这种事小孩子不懂，你不该插嘴管这些事，只需要守规矩就好。”

埃德加的脸又冷冷地僵住了。“随便你，”他强硬地说，“反正我提醒过你了。”

“你是不打算道歉了？”

“对。”

他们态度生硬地对峙。她觉得这涉及她的权威。

“那你就自己一个人在楼上吃饭。在你没有道歉之前，不准跟我们同桌用餐。我要教会你懂得礼貌。你不准离开房间，直到我允许你离开。听懂了吗？”

埃德加露出微笑，这抹狡猾的微笑似乎已经长在他的嘴上。他在心里生自己的气，他那样做是多么愚蠢呀，竟然再一次泄露了心事，还想去提醒这个说谎的女人。

母亲快步走出去，没有再看他一眼。她害怕这双锐利的眼睛。这孩子变了，自从她觉得他看清一切，并且对她说出她不想知道也不想听的话，这孩子就让她感到不自在。她听见自己内心的声音，她的良知从身上脱离，伪装成小孩儿走来走去，告诫她，嘲讽她，她觉得这非常可怕。在这之前，这孩子一直待在她身边，是件装饰品，是件玩具，是件亲昵可爱的东西，有时候也许是个负担，但一向与她的生活有着相同的节奏，顺着同一股浪潮前进。今天他头一次跳起来抗拒，违抗她的意志。如今想起她的孩子，思绪里总是掺杂着憎恨。

尽管如此，当她有点儿疲倦地走下楼，那童稚的声音却从自己胸中响起。“你应该要当心他。”她无法让这警告安静下来。这时，有一面镜子在她经过时对着她发出光亮，她疑惑地看进镜子里，看得越来越深，直到镜中的双唇微微露出笑容，噘成圆形，像是要说出一个危险的字眼。那声音仍旧从内心响起，但她耸耸肩，仿佛把这些无形的疑虑全都抖落，然后目光明亮地望向镜子，拉起衣裙走下楼去，犹如孤注一掷的赌徒，把最后一枚金币叮咚一声扔到赌桌上。

月光下的踪迹

服务生给被禁足的埃德加送了饭来，随后锁上了房门。上锁的声音在他身后咔嚓一声响起。这孩子气坏了，这显然是他母亲交代的，把他当成凶恶的野兽关起来。他心中响起疑虑。

“我被关在这里的时候，楼下会发生什么事？他们两个现在会商量些什么？难道那件秘密的事情正在上演，而我却不得不错过？噢，这个秘密，无论我走到哪里都时时刻刻感觉到的秘密，当我跟大人在一起，这个秘密让他们在夜里锁上房门，让他们在我突然走进去时压低了谈话声音，这个大秘密这几天来跟我这么接近，伸手可及，我却始终抓不到！为了解开这个秘密，我做了那么多努力！我曾经偷爸爸书桌上的书来读，那里面有好多奇怪的东西，可是我看不懂。那上头一定有个封印，要想找到那个秘密，必须先揭开这个封印，这封印也许在我身上，也许在其他人身上。我问过女佣，央求她解释书中那些部分给我听，但她却嘲笑我。当个小孩儿真可悲，充满了好奇心，却不准向任何人发问，在大人面前永远显得可笑，仿佛自己很笨或是没有用处。但是我会知晓这个秘密的，我感觉事到如今我很快就会知道。一部分秘密已经在我手中，而在我得到全部秘密之前，绝不罢手！”

他竖耳倾听，看是否有人来。外面吹起一阵微风，穿过树木，把凝结如镜的月光在枝丫之间吹破成千百个摇晃的碎片。

“他们两个想做的肯定不是什么好事，否则他们不会编出这么可悲的谎话来把我支开。他们现在一定在嘲笑我，这两个可恶的人，笑他们终于摆脱了我，可是笑到最后的人只能是我。我真笨，让自己被关在这里，给了他们一刻自由，而不能黏在他们身边，监视他们的一举一动。我知道大人总是粗心大意，而他们也会露出马脚。他们总以为我们还小，夜里总是在睡觉，他们忘了我们也可以一边装睡一边偷听，可以装傻但其实很聪明。前不久阿姨生了一个孩子，他们事先早就知道了，只是在我面前假装吃惊，仿佛他们很意外。可是我也知道，因为我在几个星期前的晚上听见他们在谈话，当时他们以为我睡着了。这一次，我也要让他们吃惊，这些卑鄙的人。噢，假如我能穿过这扇门去偷看，趁他们自以为很安全的时候去偷偷观察他们……也许我现在该按铃，那么女仆就会过来把门锁打开，问我要什么。我也可以用力敲门，或是把餐具砸碎，那么他们也会把门锁打开，我就可以趁这一秒溜出去窥视他们。可是不行，我不想这么做。我不希望任何人看见他们用多么卑鄙的方式对待我，这会伤了我的自尊心。我明天再去报复他们。”

下面传来一个女子的笑声。埃德加吓了一跳，那有可能是他母亲。她有理由笑，笑他这个无助的小孩儿，在他成了累赘的时候可以在他身后转动钥匙把门锁上，可以把他像一堆湿衣服一样扔进角落。他小心翼翼地探出窗外。不，那不是她，是几个兴高采烈的陌生女孩儿在逗弄一个男孩儿。

就在这一刻，他察觉窗户距离地面其实没有多高。一个念头随即不知不觉地浮现：跳出去，就是现在，趁他们自以为很安全的时候去窥视他们。这个决定令他高兴得全身发热，他觉得这样做仿佛就能把童年那个闪烁的大秘密抓在手里。“跳出去，跳出去。”他心中颤抖。那并不危险，没有人经过，他随即跳了下去。只有路上的碎石发出轻响，谁也没有听见。

在这两天里，偷偷走近和暗中窥探已经成了他生活中的乐趣。而此刻，他放轻脚步，蹑手蹑脚地绕着饭店走，小心地避开强烈反射的灯光，他感觉到快感里面掺杂了一丝恐惧的战栗。他首先小心地把脸颊贴在窗玻璃上，朝餐厅里望进去。他们平常坐的位子上没有人。于是他继续窥视，从一扇窗到另一扇窗。他不敢走进饭店，担心会在走廊上意外撞见他们。到处都看不见他们，正感到绝望之际，他看见从门里出现两个影子，他赶紧往后退，躲进黑暗中，看见母亲和她如今少不了的陪伴者走出来。也就是说，他刚好及时赶到。他们在说什么？他听不明白。他们说话很小声，而风又太过不安地在树木间呼呼作响。不过，此刻一阵笑声清晰地传过来，是他母亲的声音。他根本不曾听过她这样笑，一种异常尖锐的笑声，仿佛被搔了痒，从而发出的激动不安的笑声，让他觉得陌生，也令他吃惊。她在笑，所以他们瞒着他的不是什么危险的事，不是什么大不了的事。埃德加有点儿失望。

可是他们为什么要离开饭店？此刻在黑夜中他们两个要上哪里去？夜风在高空上以巨大的羽翼拂过，方才还有皎洁月光的纯净天空此刻暗了下来。一只看不见的手扔出黑布，偶尔裹住了月亮，黑夜变得如此浓密，几乎连路也看不见，等到月亮挣脱开来，随即又闪闪发亮。银光冷冷地在大地上流淌，光与影的变化神秘而诱人，犹如女子玩着裸露与遮掩的游戏。此刻，这片大地刚又裸露出发亮的胴体：埃德加看见斜前方路上有两个移动的身影，或者该说是一个身影，因为他们紧紧挨近地走着，仿佛有一股来自内心的恐惧让他们紧紧相依。可是他们两个现在要去哪里？赤松林咿咿呀呀地呻吟，树林里有股阴森的骚动，仿佛有人在林中进行狂野的狩猎。“我去跟着他们，”埃德加心想，“树林里风声阵阵，他们听不见我的脚步声。”当下面那两个人走在宽阔明亮的道路上，他在上方的树丛里从一棵树跃向另一棵树，悄悄地从一片阴影移动到另一片阴影中。他紧紧跟着，感谢风儿让人听不见他的脚步声，也咒骂风儿，因为风老是把两人的话语吹向远方。假如他能听见他们的谈话，只要一次，他深信自己就能掌握那个秘密。

下方那两个人浑然不觉地走着。他们感到独处的幸福，在辽阔迷离的夜色里，沉浸在逐渐升高的兴奋中。没有预感向他们示警，提醒在上方枝丫茂密的暗处有人步步跟踪着，有一双眼睛怀着全部的憎恨和好奇紧紧攫住他们。他们突然停下脚步，埃德加也立刻停下来，紧紧贴着一棵树。一阵强烈的恐惧向他袭来。要是他们现在掉头，赶在他之前回到饭店，要是他无法逃回房间，而母亲发现房间里是空的，那该怎么办？那就一切都完了，他们就会知道他在暗中窥探，而他就永远别再想要从他们身上挖出那个秘密。但是那两个人犹豫不决，显然是意见不同。幸好这时有月光，他能清楚地看见一切。男爵指着一条通往山谷的黑暗狭窄的小路，那儿的月光不像在大路上这样大片饱满地流动，只是从灌木丛中点点滴滴地渗出来。“为什么他想要从那儿往下走？”埃德加心里一惊。他母亲似乎在说“不”，可是另外那人在劝她。从那人的手势和姿态，埃德加能察觉他说得多么迫切。这孩子害怕起来。这个人想对他母亲做什么？这个坏蛋为什么想把她拖进黑暗中？鲜活的记忆从他读过的书里冒出来，关于谋杀和绑架，关于恐怖的犯罪，那些书对他来说就是整个世界。没错，他想要谋杀她，所以才要把埃德加支开，把她单独引到这里来。他该大声呼救吗？“快来抓凶手！”这声呼喊已经冲到他的嗓子眼儿了，但是他的嘴唇太干，发不出声音来。他的神经由于激动而紧绷，他差点儿站不稳，在惊吓中伸手想要寻找支撑，这时一根树枝在他手下咔嚓一声被折断了。

那两个人吓了一跳，转过身来，向黑暗中凝视。埃德加无声地靠在树干上，双臂紧贴身体，把小小的身子缩进阴影深处。四下仍是一片死寂，然而他们似乎被吓到了。“我们回去吧。”他听见他母亲说。这话从她的口中说出，听起来非常恐惧。男爵显然也感到不安，便同意了。两人紧紧依偎着缓缓往回走。他们内心的局促是埃德加的幸运。他手脚并用趴在树丛下方，爬到树林转弯处，双手都磨出血来，从那里他开始全速奔跑，跑得上气不接下气，一直跑到饭店，三两下就冲上楼去。幸好，把他锁在房间里的那把钥匙还插在门上，他转动钥匙，冲进房间里，随即上了床。他必须休息几分钟，因为他的心脏在胸中剧烈跳动，就像钟摆敲打着钟壁。

平静下来后他才敢下床，倚在窗边等待他们回来。时间过了很久，他们想必走得很慢很慢。他小心翼翼地从被阴影遮住的窗框偷偷望出去，此刻他们正慢慢地走过来，月光洒在他们的衣服上。在泛绿的光线中，他们看起来宛如鬼魂，而那股甜蜜的恐惧再度向他袭来：是否果真有一个凶手，因为他的在场，才阻止一件多么可怕的事情？他清楚地看见这两张又白又亮的脸，在他母亲的脸上有股陶醉，男爵则显得冷硬而懊恼，显然是因为他没有达到目的。

他们已经很接近了。直到快到饭店前面，他们的身影才分开。他们会向上看吗？不，谁也没有向上看。“他们把我忘了。”男孩儿心想，怀着强烈的愤怒并且暗暗得意，“可是我没有忘了你们。你们大概以为我在睡觉，以为我不在这个世界上，但是你们会发现自己错了。我会监视你们的每一步行动，直到我从那个坏蛋身上挖出那个秘密，那个让我睡不着的可怕秘密。我会毁掉你们的联盟。我不睡。”

那两人缓缓走进门里。此刻他们一前一后地走进饭店，有一瞬间，投在地上的身影再度互相拥抱，他们的影子合成一条黑色长影进入被照亮的门。紧接着，门前的广场在月光中再度白闪闪的，像一片辽阔的雪地。

偷　袭

埃德加喘着气从窗边退回来。这份恐惧撼动了他，在他一生中还从未如此接近这般神秘的事。那个骚动不安、冒险刺激的世界，书里面描绘的谋杀和诈骗的世界，从前在他看来一向属于童话天地，紧挨着梦想，不真实且无法触及。现在他却似乎突然坠入这个可怕的世界，这出乎意料的接触深深撼动了他。这人是谁？这个突然闯入他们平静生活的神秘人，他果真是个凶手吗？他总是在寻找偏僻的地方，想把他的母亲拖到暗处去。可怕的事似乎就要发生，他不知道该怎么办。明天他想给父亲写封信或是发个电报，这一点他很确定。可是难道事情就不会在现在发生，在今天晚上发生？毕竟母亲还没有回房间，她还跟这个可恨的陌生人在一起。

房间有两道门，外面那道容易晃动的门糊上了壁纸的颜色，在里外两道门之间有一个狭窄的空间，不比衣橱里面的空间大。他挤进这片窄窄的黑暗中埋伏着，等候她的脚步声，因为他下定决心一刻也不要让她落单。此时接近午夜，走廊上空无一人，只有一盏灯微微亮着。

终于——他觉得那几分钟无比漫长——他听见楼梯上传来谨慎的脚步声。他紧张地竖耳倾听，那不是想直接回房时那种迅速的大步前进，而是拖着走、放得很慢的踌躇脚步，像是走在一条艰难陡峭的上坡路上，其间一再停下，伴随着轻声细语。埃德加激动得发抖，难道到头来竟是他们两个人吗？他还一直在她身边？那阵低语太远了，那脚步声却越来越靠近，尽管仍带着踌躇。此刻他突然听见男爵可恨的声音沙哑地轻轻说些什么，他没有听明白，他母亲急急抗拒的声音随即响起：“不，今天不要！”

埃德加在颤抖。他们更接近了，他必须听见一切。不管那脚步再怎么轻，朝他走过来的每一步都令他的胸口作痛。这个可恨之人殷殷追求的恶心声音在他听来是多么下流！“别这么无情，您今晚是这么美。”另一个声音又再响起：“不，我不可以，我不能，放开我。”

他母亲的声音含着那么多恐惧，让这孩子惊慌起来。他到底还想把她怎么样？她为什么害怕？他们越来越接近了，此刻想必已经在他门口。他就站在他们后面，只隔着一点点距离，颤抖着，别人看不见他，在相隔一个巴掌的距离外，只被门的薄薄布面保护着。声音现在近得能听见呼吸。

“来吧，玛蒂尔德，来吧！”他又听见他母亲在叹息，现在弱了些，渐渐地放松抗拒。

可是这是怎么回事？他们在黑暗中继续往前走。他母亲没有走进她的房间，而是从她房间旁边走了过去！他要把她拖到哪里去？为什么她不再说话？是他在她嘴里塞了东西，堵住了她的嘴吗？还是掐住了她的咽喉？这些念头令他发狂。他用颤抖的手把门推开一些，看见那两个人在光线黯淡的走廊上。男爵用手臂环住他母亲的臀部，轻轻地带她往前走，她看来已经让步了。此刻男爵停在他的房门口。“他想把她拖进去，”那孩子惊慌起来，“现在他要做那件可怕的事。”

他猛一下把门打开，冲了出去，追在那两人后面。他母亲喊了起来，感觉到有个东西突然从黑暗中朝她扑过来，她似乎就要晕倒，被男爵勉强扶着。就在这一刹那，男爵感觉到一只弱小的拳头打中他的脸，把他的嘴唇重重打在牙齿上，感觉到有个东西像猫一样紧紧抓住他的身体。他松开受惊的她，她迅速逃开，而他盲目地出拳回击，根本不知道是在跟谁对抗。

那孩子知道自己是较弱的一方，但他不屈服。这一刻终于来临，他渴望多时的这一刻，他把遭到背叛的爱、积压的恨全都猛烈地发泄出来。他伸出小小的拳头盲目地捶过去，在激烈失控的怒气中咬紧了嘴唇。男爵此时认出了他，对这个鬼鬼祟祟的密探也充满了憎恨，这个密探几天来败坏他的兴致，破坏他的计划。男爵不客气地回击，打到哪里算哪里。埃德加发出呻吟，却不放松，也不呼救。他们在午夜的走廊上无言而愤怒地扭打了一分钟。男爵渐渐意识到和一个尚未长大的男孩儿打斗太过可笑，于是紧紧抓住他，想把他甩开。然而那个孩子感觉到自己的肌肉渐渐无力，知道在下一秒钟自己会被击败，被痛揍，于是在狂怒中朝那只强壮有力的、想要抓住他后颈的手咬下去。被咬的人忍不住暗暗叫了一声，松开手，孩子就趁着这一秒逃回房间里，把门闩推上。

这场午夜打斗只持续了一分钟，左右两边都无人听见。一切都静悄悄的，似乎沉浸在睡眠中。男爵用手帕擦去手上的血，不安地朝黑暗中张望。没有人在偷听，只有上方还闪着最后一线灯光，他觉得那像是嘲讽。

暴　风　雨

“那是一场梦吗？一场危险的噩梦？”次日早晨埃德加从混乱的恐惧中醒来，他这么自问。他头发散乱，脑袋嗡嗡作痛，关节僵硬。而此刻，当他向下看着自己，他惊慌地发现他还穿着昨天的衣服。他跳起来，踉踉跄跄地走到镜子前，他那张脸苍白扭曲，额头上一道红肿的伤痕，让他战栗地倒退了一步。他吃力地整理思绪，胆战心惊地回想起一切，想起夜里在外面走廊上的打斗，想起他冲回房间，然后发热颤抖地跳上床，他还穿着衣服，准备好要逃跑。他想必是在床上睡着了，坠入那深沉阴郁的睡眠，在睡梦中一切又重新发生，只是变了样子，而且变得更可怕，带着鲜血流淌的濡湿气味。

下面的石子路上响起叽叽嘎嘎的脚步声，说话声像看不见的鸟儿一样飞上来，阳光深深地照进房间里。上午想必已经过了大半，可是他惊慌地去看时钟，时间却还指着午夜，昨天他在激动中忘了上发条。无法确定时间，这令他不安，这份不安由于无法确知究竟发生了什么事而更加强烈。他匆匆整理了一下仪容，走下楼去，心中忐忑，怀着些微的罪恶感。

在早餐室里，他妈妈独自坐在平常坐的那张桌子旁。他的敌人不在，这让埃德加松了一口气，不必看见那张可恨的脸，昨天他在怒气中出拳击中的那张脸。然而他此刻走近那张桌子，却感到惴惴不安。

“早安。”他打了招呼。

他的母亲没有回答。她甚至没有抬起眼睛，而是用异常呆滞的瞳孔注视着远方的景色。她看起来很苍白，有一点儿黑眼圈，鼻翼周围不安地抽动，明显流露出激动。埃德加咬住了嘴唇，母亲的这份沉默令他疑惑。他其实不知道昨天他是否重重地伤了男爵，也不知道母亲到底知不知道夜里的这场冲突。这份不确定折磨着他。但她的表情一直很僵硬，他根本不想抬起眼睛去看她，担心她此刻垂下的眼睛会突然从眼帘后面跳出来抓住他。他变得十分安静，不敢弄出半点儿声响。他小心翼翼地把杯子举起来，又再放回去，偷偷瞄向他母亲的手指，那手指神经质地玩弄着汤匙，蜷曲起来的手指似乎泄露出隐藏的怒气。他就这样坐了十五分钟，隐隐感觉到有事情就要发生，可是并没有发生。母亲没有说一句话来解救他，一个字也没说。当他母亲站起来，仍然对他视而不见，他不知道自己该做什么，是要独自继续坐在这桌边，还是跟着她？最后他终于还是站了起来，卑微地走在故意忽视他的母亲后面，同时觉得自己这样跟着是多么可笑。他的步子迈得越来越小，就在她身后离得越来越远，她没有理会他，径直走进了她的房间。等到埃德加终于跟上来，面对的只是一扇紧闭的门。

发生了什么事？他不再明白。昨天那份笃定的自信离开了他，难道到头来，昨天那番偷袭竟做错了吗？他们正准备惩罚他，或是要给他一番新的屈辱？某件事情必然会发生，他感觉得到，某件可怕的事想必很快就会发生。在他们之间暴风雨即将来临，现在可以感受得到那份郁闷，两个满载电荷的电极必须要在闪电中释放电压。在寂寞的四个小时里，他拖着这份预感的负担走来走去，从一个房间走到另一个房间，直到他瘦削的后颈被无形的重量压垮。他在中午走到餐桌旁的时候，已经完全屈服了。

“日安。”他又说。他必须要撕破这份沉默，这份咄咄逼人的沉默像一片乌云悬在他头上。

母亲还是没有回答，她又对他视而不见。此刻的埃德加怀着一份新的惊慌，感觉到自己面对一份深沉、积累的怒气，他这一生里还不曾见识过的怒气。到目前为止，他们母子的争吵向来只是由于心情烦躁而爆发的怒气，并不伤感情，在抚慰的微笑中很快就烟消云散。然而这一次，他感觉到他挑起了她本质最深处的一种强烈的情感，并对这股不慎招来的巨大力量感到惊慌。他几乎食不下咽，某种干干的东西在他的喉咙里膨胀起来，几乎要令他窒息。他母亲似乎丝毫没有察觉这一切。不过，此刻她站起来，像是不经意地转过身来说：

“你待会儿上来，埃德加，我有话跟你说。”

这话听起来并不咄咄逼人，却十分冰冷，让埃德加浑身战栗，仿佛有人突然把一条铁链拴在他脖子上。他的倔强被踩扁了，像只挨揍的狗，他随着母亲上楼进了房间。

她沉默了几分钟，延长他所受的折磨。在这几分钟里，他听见时钟敲响，听见外面有个孩子在笑，听见自己的一颗心敲击着胸膛。不过，她心里想必也十分没有把握，因为此刻她跟他说话时没有看着他，而是背对着他。

“我不想再谈起你昨天的行为。那太不像话，这会儿想起来都让我觉得丢脸。后果得归咎于你自己。现在我只想告诉你，那是你最后一次准许单独跟成年人在一起。我刚刚写了信给你爸爸，让他替你请个家庭教师，或是把你送进寄宿学校，好学点儿规矩。我不想再为了你生气。”

埃德加垂着头站在那儿。他感觉得出这只是一段开场白，只是个恫吓，他忐忑不安地等待母亲说到正题。

“现在你要马上向男爵道歉。”

埃德加吓了一跳，但她继续往下说。

“男爵今天起程离开了，你要写封信给他，内容由我来念，你照着写。”

埃德加又动了一下，但他母亲很坚定。

“不准顶嘴。纸和墨水在这里，你坐下来。”

埃德加望向他母亲，她的双眼由于心意已决而变得冷硬。他从来不曾见过母亲这副神情，那样强硬而冷静。他坐下来，拿起笔，却把脸深深埋在桌上。

“上面写下日期。写好了吗？称谓之前空一行。好，就这样写！敬爱的男爵先生！加惊叹号。下面再空一行。我刚刚很遗憾地得知——你写好了吗？——很遗憾地得知，您已经离开了塞默灵——塞默灵的拼法有两个m——所以我必须借由写信来代替我本来打算当面做的事，也就是——写快一点儿，字没必要写得太漂亮！——请您原谅我昨天的行为。如同我妈妈对您说过的，我才刚从一场重病中康复，很容易受到刺激，所以常会把事情看得太严重了，下一刻就感到后悔……”

伏在桌上的那个弯曲的脊背挺了起来。埃德加转过头，他的倔强又苏醒了。

“这个我不写，这不是真的！”

“埃德加！”

她语气里带着威胁。

“这不是真的。我没有做什么让我觉得后悔的事，没有做什么坏事需要去道歉。我只是在你呼叫的时候去帮你的忙！”

她的嘴唇失去血色，鼻翼张开。

“我在呼救？你疯了！”

埃德加发火了，猛一下跳了起来。

“对，你在外面的走廊上呼救，昨天夜里当他抓住你的时候，你喊着：‘放开我，放开我。’喊得那么大声，我在房间里都听到了。”

“你撒谎，我从来没有跟男爵一起待在走廊里。他只陪我走到楼梯……”

听见这个大胆的谎话，埃德加的一颗心都停止了跳动。他发不出声音，两眼无神地呆呆望着她。

“你……不在……不在走廊上？而他……他没有抓着你？没有强拉着你？”

她笑了。那笑声冷冷的，没有丝毫的感情。

“你在做梦。”

这令那孩子无法忍受。如今他早已知道大人会说谎，会厚着脸皮找些小小的借口，会说些能溜出紧密网眼的小谎，会狡猾地说些模棱两可的话。可是像这样无耻地当面冷冷否认，令他怒不可遏。

“那我脸上的伤痕也是我梦见的？”

“谁知道你去跟什么人打架了？不过，我根本没必要跟你讨论，你得乖乖听话，不必多说。快坐下来写吧！”

她脸色十分苍白，努力用最后一丝力气来坚持她的要求。

然而此刻在埃德加心里的最后一丝信赖瓦解了。他无法理解居然有人能够这样践踏事实，就像踩熄一根燃烧的火柴。他的一颗心冰冷地收紧，他所说的一切都变得尖锐、恶毒、毫不克制：

“是吗？那是我梦见的？在走廊上的事，还有我脸上的伤痕？还有你们昨天在月光下散步，他想带你走到通往下面的小路，这件事大概也是我梦见的了？你以为我会像个小孩子一样被关在房间里？不，我不像你们所想的那么笨。我知道，那些事我都已经知道。”

他放肆地凝视她的脸。这令她失去了力量，看见自己的孩子因恨意而扭曲的脸就在面前，她的怒气猛烈地爆发出来。

“去，马上去写！否则……”

“否则怎么样？”他的语气变得放肆挑衅。

“否则我就把你当成小孩子来揍。”

埃德加朝前走近了一步，面带嘲讽，只是笑着。

这时她已经一巴掌掴上了他的脸。埃德加喊了出来，像个溺水之人胡乱划动手臂，只听见耳中嗡嗡作响，眼前闪着红光，于是他盲目地用拳头打了回去。他感觉自己击中了某个柔软的东西，现在打中了脸，他听见一声尖叫……

这声尖叫让他清醒过来，他顿时看见了自己。他意识到发生了一件骇人的事：他打了他母亲。一阵恐惧朝他袭来，他既羞愧又震惊，强烈地渴望就此离开，沉入地底，离开这里，离开，只要不再处于这道目光之下。他冲到门边，匆匆地下了楼，冲出饭店到了马路上，一心只想离开，仿佛他身后有一群咆哮的猎犬在追赶。

初步领悟人生

跑了很远之后，他终于在路边停下来。他必须紧紧靠着一棵树，由于恐惧和激动，他的四肢颤抖得厉害，胸部猛烈起伏，呼吸困难。对于自身行为的害怕如影随形，此刻抓住了他的咽喉，使他像发烧一样浑身摇晃。现在他该怎么办？该逃到哪里去？就在距离他所住饭店十五分钟路程的此处，在附近的树林里，他已经有了被遗弃的感觉。自从他孤立无援以来，一切都显得不同，更带着敌意和仇视。那些树木昨天还像兄弟般在他四周簌簌作响，现在突然阴森地聚拢，摆出咄咄逼人的架势。而他将面对的一切，还不知道会陌生多少。独自面对这个未知的广大世界令这孩子眩晕。不，他还无法承受，还无法独自承受。可是他该逃到谁那里去呢？他怕他父亲，父亲很容易生气，不容易亲近，而且马上会把他送回来。而他不想回去，宁愿走进未知世界陌生的危险当中。他觉得自己仿佛再也无法看着母亲的脸，而不去想到他曾经出拳击中过那张脸。

这时他想起了他的祖母，这个亲切善良的老太太从他小时候就很宠他，当他在家里受到管教、冤枉的时候，总是会保护他。他想躲到她在巴登的家里，等待最初的怒气过去，想从那儿写一封信给他爸妈，向他们道歉。在这十五分钟里，光是想到一个人凭着毫无经验的双手独自立足人间，他就已经谦卑许多，咒骂起自己那份愚蠢的骄傲，一个陌生人用谎言注入他血液中的那份骄傲。其实他只想当从前那个听话顺从的孩子，没有一丝傲慢，现在他感觉出那份傲慢是多么夸张可笑。

可是要怎么到巴登去呢？要如何花几个小时越过那片土地呢？他急忙伸手到他小小的皮制钱包里，那个钱包他一向带在身上。感谢老天，那崭新的二十克朗金币仍然闪闪发亮，那是他的生日礼物。他始终下不了决心花掉，但几乎每天都会查看金币还在不在，欣赏它的模样，感觉自己的富有，然后总是满怀感谢地用手帕把金币擦亮，直到它像个小太阳一样闪闪发光。可是——骤然出现的念头令他惊慌——这钱够用吗？他这一生中搭过许多次火车，却根本没想过搭车得要付钱，更没想过要花多少钱。是一克朗呢，还是一百克朗？他头一次感觉到，生活中有些事他从不曾想过，在他周遭的种种事物，那些他曾拿在指间玩耍的事物，全都含有本身的价值，有着特别的重量。一个小时前他还觉得自己无所不知，此刻他发现自己漫不经心地从千百个秘密和疑问旁走过，他少得可怜的智慧在迈向人生的第一个台阶上就绊倒了，他为此感到羞愧。他越来越气馁，走向车站的不安步伐变得越来越小。多少次他梦想过逃跑，多少次想要冲进人生里，成为皇帝或国王，当个士兵或诗人，如今他踌躇地望向那座明亮的小屋，心里只惦记着那二十克朗是否足够把他带到他祖母那里去。铁轨闪闪发亮，远远地伸展出去，火车站空荡荡的，显得非常荒凉。埃德加怯生生地悄悄走近售票口，轻声地问去巴登的车票要多少钱，免得被其他人听见。一张讶异的面孔从昏暗的小房间里望出来，一双眼睛从眼镜后面对着这个迟疑的孩子微笑：

“一张全票吗？”

“对。”埃德加结结巴巴地说，但没有一丝自豪，只担心那要花太多钱。

“六克朗！”

“请给我一张！”

他松了一口气，把那枚心爱的闪亮金币推过去，找的钱被叮叮当当地推回来。埃德加顿时又感到说不出的富有，他把那张棕色的厚纸片拿在手里，这张纸片确保了他的自由，几枚银币在他口袋里轻轻响着，犹如音乐。

时刻表告诉他火车将在二十分钟后抵达。埃德加蜷缩在一个角落里，有几个人站在月台上，无所事事，也没想什么。然而这个不安的孩子觉得大家似乎都在看着他，大家似乎都在纳闷儿这样一个孩子已经能独自搭车，他的逃跑和他所犯的罪行仿佛都写在他的额头上。当火车终于从远方呼啸起来，随即急驰驶近，他松了一口气。那列火车将把他带进广袤的世界。上车时他才发现他的车票是三等车厢的票，而到目前为止，他一向搭乘头等车厢，这让他再次感觉到事情有了改变，其中有些他从前不曾注意的差别存在。坐在他旁边的人跟以前不同，几个意大利工人坐在他正对面，他们双手粗糙、声音沙哑，手里拿着铁锹和铲子，眼神麻木而绝望地看着前方。他们想必是在道旁干了重活儿，因为其中几个人疲惫不堪，靠在又脏又硬的木椅上，嘴巴张得大大的，在隆隆作响的火车里睡着了。埃德加心想，他们工作是为了赚钱，但无法想象他们赚了多少；他也感觉到金钱不是一种大家自然会有的东西，必须用某种方式去挣来。此刻他头一次意识到他习惯于舒适的气氛，将之视为理所当然，而在他生活的左右两边都有黑暗的深渊裂开，是他的目光从不曾触及的。他顿时明白世上有各种职业和命运，明白在他生活周遭有许多秘密伸手可及，他却不曾留意过。在这一个小时里，埃德加学到了很多，自从他孤身一人，在这个可凭窗眺望野外的狭小车厢里，他开始看见许多东西。在他隐隐的恐惧中有种感觉渐渐浮现，那感觉还不能说是幸福，却已经是对形形色色的生活所感到的惊讶。他逃走是出于恐惧和怯懦，这一点他分分秒秒都感觉得到，然而他头一次独立地做了一件事，体验到一部分的现实生活，那是到目前为止他所忽略的现实。从前，世界对他来说是个秘密，而现在，他本身第一次对他的母亲和父亲来说成了秘密。他换了一个眼光看向窗外，觉得自己仿佛初次看见了一切真实的东西，仿佛有层轻纱从那些事物上飘落，如今向他全然呈现出那些事物的内在意图，以及其活动的秘密脉络。房屋从窗外飞掠，像被风吹走了，他不禁想起住在那些屋子里的人，不知道他们是贫是富，幸运或不幸，是否也跟他一样渴望得知一切，那里是否也有跟他一样的小孩子，到目前为止只把一切当成游戏。铁道看守员拿着飘舞的旗子站在道旁，他们在他眼中头一次不再像是活动的玩偶和没有生命的玩具，而像是由于无关紧要的巧合而被放在那里的东西。如今他明白那是他们的命运，是他们对生活的搏斗。车轮转动得越来越快，盘旋而下的蜿蜒道路让火车向下驶往山谷，山峦越来越平缓，越来越遥远，终于来到了平原。他还回头看了一下，那山峦已经像道蓝蓝的影子遥不可及，他觉得在山峦缓缓融入有雾的天空之处，仿佛躺着自己的童年。

纷乱的黑暗

到了巴登，当火车停下，埃德加独自一人站在月台上，月台上的灯光已经熄灭，信号灯朝远方闪出红绿两色，即将来临的黑夜意外地跟这幅彩色的景象契合。在白天他还觉得很安全，因为毕竟周围都是人，他可以好好休息，在一张长凳上坐下，或是站在店铺前面打量橱窗。可是，当人们都回家了，人人都有一张床，可以聊聊天，然后度过一个安宁的夜晚，他却必须怀着罪恶感，在陌生的寂寞中四处独行，他怎么承受得了呢？噢，只要很快能有个地方栖身，不要在陌生的户外再多待一分钟，这是他唯一明确的感受。

他急急走上那条熟悉的路，没有左顾右盼，直到他终于抵达祖母住的别墅。那栋别墅很漂亮，坐落在一条宽阔的街道旁，并非一眼就能看到，而是藏在一座经过悉心照料的庭园后面，被常春藤和蔓生植物遮住，古老舒适的白色屋子在一片如云的绿荫背后闪出光亮。埃德加像个陌生人隔着栅栏偷窥。里面没有动静，窗户关着，显然大家都跟客人一起待在后院里。他已经把手放在凉凉的门把上，这时奇怪的事发生了：这两个小时以来他想得这么容易、这么理所当然的事，突然之间变得无法想象。他要怎么走进去向大家打招呼呢？他要怎么承受那些询问，怎么回答他们的问题？当他必须述说他是从母亲身边偷偷逃走的，该怎么承受那第一道目光？又该怎么解释他打了母亲的骇人之举？连他自己都无法理解那样的行为！屋里有一扇门开了，一股愚蠢的恐惧顿时向他袭来，他以为有人会过来，于是他继续跑，不知道要跑向何处。

他在温泉公园前面停了下来，因为他见到那儿黑漆漆的，便猜想那里没有人。他也许能够在那里坐下来，终于能够冷静地思考，好好休息，弄清楚他的命运。他怯怯地走进去。前面亮着几盏路灯，让新叶泛着一层透明的绿森森的鬼魅般的朦胧光泽；然而再向里面走，在他必须爬下小丘的地方，一切都躺在提早来临的春夜的迷离黑暗中，像一大块阴森、翻腾不止的黑色物质。有几个人坐在路灯的光晕下聊天或阅读，埃德加羞怯地从他们身旁悄悄走过，他想要独自一人。可是在路灯照不到的通道上，在黑夜投下的暗影中，也同样不安宁。到处充满了鬼鬼祟祟的窸窣声和交谈声，掺杂着穿过柔软枝叶的风声、远方拖拖拉拉的脚步声、压低了嗓子的轻声细语，还有一种可能是由人和野兽以及睡不安稳的大自然同时发出的充满快意的叹息和惊恐不安的呻吟。那种不安宁透着危险，一种隐蔽的、谜样的恐惧在这里活动，在树林中的地下似乎有东西在翻掘，这也许只跟春天的来临有关，却令这个孩子异常恐惧。

他在一张长凳上坐下，坐进这深不可测的黑暗中，把身体蜷缩起来，试着考虑回家之后该说些什么。然而思绪在他还来不及抓住的时候就从脑中溜过，他违背了自己的意志，忍不住一再竖耳倾听，去听那压低的声响，来自黑暗的神秘声音。这黑暗多么可怕，多么令人慌乱，却又美得多么神秘！究竟是动物还是人类，或者只是风儿犹如鬼魅般的手，把所有这些窸窣声、沙沙声、嗡嗡声和引诱声交织在一起？他倾听着。风不安地在树木间悄悄掠过，但此刻他也清楚地看见了人，紧紧依偎，双双对对，从山下明亮的城里走上来，他们谜样的出现让这片黑暗有了生气。他们想做什么？他无法理解。他们没有交谈，因为他没有听见说话声，只有脚步声不安地在石子路上沙沙作响。有时，他看见他们的身形在林间空地匆匆飘过，像影子一般，但总是紧紧依偎成一体，如同他看见他母亲和男爵在一起的模样。所以说，那份秘密也存在这里，那个闪闪发亮、含着危险的大秘密。此刻，他听见脚步声越来越近，也听见了一阵压低的笑声。恐惧朝他袭来，怕那走近的人会发现他，他把自己更加缩进黑暗深处。不过那两个人没有看见他，现在正摸索着走进那片浓密的黑暗中。他们紧紧相依地从旁走过，埃德加刚刚松一口气，他们却突然停下脚步，就在他坐的长凳前把脸凑向彼此。埃德加什么也看不清楚，只听见从那女子口中冒出一声呻吟，那男子则结结巴巴地吐出热烈疯狂的话语，在埃德加的恐惧中掺进某种躁郁的预感，产生一阵狂喜的战栗。那两人这样停留了一分钟，然后石子路又在他们继续前行的脚步底下沙沙作响，那声音随即在黑暗中渐渐消失。

埃德加全身颤抖。此刻血液又再度奔流回到血管中，比先前更激烈，更温暖。而他顿时感到难以忍受的孤单，在这片纷乱的黑暗中，他心中涌起强烈的渴望，想听见一个熟悉的声音，想要一个拥抱，一个明亮的房间，一个爱他的人。他觉得这个混乱的夜晚中那些令人迷惘的黑暗此刻全部压在他身上，使他的胸膛几乎爆裂。

他跳起来，一心只想回家，回家，随便在哪个屋子里，不管是破败的房间，还是明亮的房间，他只想跟其他人在一起，不管他们跟他是何种关系。他能遭遇什么事呢？自从感觉到这片黑暗和对孤单的恐惧，就算别人打他骂他，他也不再害怕了。

他不知不觉地向前走，突然又重新站在别墅前面，手再度按在那凉凉的门把上。此刻他看见窗户发出光亮，从绿荫中闪出微光，脑海中浮现每扇玻璃窗后面熟悉的房间，里面有他的家人。单单是这样挨近他的家人，挨近那些爱他的人，单单是这份最初的令人心安的感受，就已经带给他幸福。他之所以还在踌躇，只是为了更全心地享受这份预感。

这时，一个声音在他身后叫喊起来，带着明显的吃惊：

“埃德加，他在这里！”

他祖母的女仆看见他，朝他冲过来，抓住了他的手。门从里面被扯开，一条狗吠叫着冲到他身边，众人从屋子里提着灯出来，见到他又是欢呼又是惊呼，发出一片欣喜的骚动，呼喊声和脚步声朝他接近，此刻他认出了那些身影。最前面的是他的祖母，朝他伸出了手臂，而在她身后——他以为自己在做梦——是他的母亲。他眼睛都哭肿了，浑身颤抖着，胆怯地站在这股激烈爆发的奔放感觉中，犹豫不决，不知道自己该做什么，该说什么，也不确定感受到的是恐惧还是幸福。

最后的梦

事情是这样的：大家早就在这里寻找他，等待他了。他母亲尽管生气，却还是被这个激动的孩子狂奔而去的一幕给吓坏了，她请人在塞默灵找他。正当众人惶惶不安、作出各种危险的猜测之时，一位先生带来了消息，说他三点左右在火车站售票口看见了那个孩子。从售票口随即得知埃德加买了一张前往巴登的车票，于是母亲毫不犹豫地立刻跟着到了巴登。

发往巴登以及维也纳他父亲那儿的电报比她更快抵达，骚动扩散开来，从两个小时前就动员了一切力量在找这个逃跑的孩子。

此刻他们紧紧抱住他，但并不粗暴。在一股被压抑的欢欣鼓舞中，他被带进了房间，但那种感觉多么奇怪，他们对他的所有严厉责备他都浑然不觉，因为他在他们眼里分明看见了爱和喜悦。就连假装出来的生气也只持续了一会儿，接着祖母就又含着泪水拥抱他，再没有人提起他犯的过错，他感到自己被温馨的关怀围绕。女仆替他脱掉了外套，拿了一件更暖和的衣服给他，祖母问他饿不饿，想不想吃点儿什么，他们问东问西，用温柔的担忧纠缠着他，而当他们看出他的拘束，便不再问他。他满心喜悦地再度感受到身为孩子的纯粹感觉，他如此轻视却又想念的感觉。想起过去这几天的狂妄，自以为想舍弃这一切，用来交换寂寞孤单的虚假喜悦，对此他感到羞愧。

电话在隔壁房间响起。他听见母亲的声音，听见断断续续的话语："埃德加……回来……到这儿来……最后一班火车。"心中纳闷儿她没有激烈地斥责他，只是用异常压抑的眼神包围他。他心中的懊悔越来越强烈，巴不得摆脱祖母和姑姑的关切，走进去请求母亲原谅，全然谦卑地单独对她说，他想再做个孩子，想乖乖听话。然而，当他此刻悄悄站起来，祖母微微受惊地说：

"你要去哪儿？"

他惭愧地站着。他才动了一下，他们就已经为他担忧。他把他们全都吓坏了，现在他们害怕他又想要逃走。他们如何能够明白，这次逃跑，没有人比他自己更后悔！

餐具摆好了，他们替他端来匆匆准备的晚餐。祖母坐在他旁边，目光片刻不离。她和姑姑还有那个女仆把他围在一个宁静的圈子里，而他感到这份温暖让他安下心来。但他母亲没有进房间，只有这件事令他迷惑。假如她能够知道他有多么谦卑，她就一定会过来！

此时外面有辆车叽叽嘎嘎地停在屋前。大家都吓了一跳，这让埃德加也不安起来。祖母走了出去，黑暗之中话语高声地一来一往，而他顿时明白他父亲来了。埃德加胆怯地察觉这会儿他又独自站在房间里，就连这短暂的孤单也令他心慌意乱。他父亲很严格，是他唯一真正害怕的人。埃德加竖起耳朵去听，他父亲似乎很激动，说话大声且带着怒气。其中响起祖母和母亲劝慰的声音，她们显然想让他的情绪缓和下来。但那声音仍旧强硬，一如此刻朝这儿走来的脚步声，脚步声越来越近，已经在隔壁房间里，就在门前，那门被一把扯开。

他父亲个子很高，在父亲面前，埃德加感到自己非常矮小。父亲神情激动地走进来，看起来真的很生气。

“你这小子，怎么会想到要跑掉？你怎么能让你母亲受到这么大的惊吓？”

他的语气愤怒，双手猛烈地挥动。在他身后，母亲此刻轻手轻脚地走了进来，脸上罩着阴影。

埃德加没有回答。他感到必须要为自己辩解，然而，他要如何述说别人欺骗了他，还打了他？父亲会了解吗？

“哼，你不会说话了吗？这是怎么回事？你大可以说出来！有什么事不合你的意？要跑走总该有个理由！有谁伤害了你吗？”埃德加犹豫着。那段回忆又让他气愤起来，他正想要控诉，这时他看见——这让他的心停止跳动——母亲在父亲背后做了一个奇特的手势，一个他起初不明白的手势。然而，现在她看着他，眼里流露出恳求，而她轻轻地、很轻很轻地把手指举到嘴边，做出要他保持沉默的信号。

这孩子顿时感觉到一股温暖而强烈的喜悦流过全身。他明白她要他保守秘密，明白她的命运就系在他小小的嘴唇上。他在心里暗自欢呼，感到特别骄傲，因为他的母亲信赖他，他心中涌起一股自我牺牲的情操，他决心夸大自己的过错，以此来表示他已经是个男子汉。于是他振作起来：

“没有……没什么理由。妈妈对我很好，但是我不听话，我态度很坏……所以……所以我就跑掉了，因为我觉得害怕。”

父亲愕然地看着这孩子，他什么话都料想得到，唯独没料到会听见这番自白。他的怒气消了。

“嗯，如果你觉得抱歉，那就好了。那么我今天就不想再谈起这件事。我相信下一次你就会好好考虑了！这种事不许再发生。”

父亲仍旧站着，看着他，语气温和了些。

“你的脸色很苍白，不过我觉得你好像又长高了。希望你以后不会再做这种幼稚的行为，你真的已经不再是个小男孩儿，应该要懂事了！”

在这整段时间里，埃德加都只望向他母亲。他觉得她眼睛里似乎有什么东西在发亮，莫非那只是灯火的反射？不，那东西湿润而明亮地在发光，而她嘴边露出一丝笑容，向他说着谢谢。现在他们要他上床睡觉，但他并不因为被独自留下而难过。他有这么多事要仔细思考，这么多缤纷丰富的事。过去这几天的所有伤痛都在这初次体验的强烈感受中消失，在一种对人生未来事件的神秘预感中，他感到幸福。外面一片黑暗，树木在漆黑的夜里簌簌作响，但他不再害怕。自从他知道人生是如此丰富，他不再对人生感到不耐烦了。他觉得自己今天仿佛头一次看见赤裸裸的人生，不再被童年的千百个谎言遮盖，呈现出狂喜而危险的全部美丽。他从没想到日子是由一再交替的痛苦和喜悦压缩而成，想到在他面前还有许多像这样的日子，想到一整个人生在等待着向他揭开这个秘密，他便欣喜不已。他心中涌起对于多彩多姿人生的预感，头一次认为自己明白了人类的本质，即世人需要彼此，就算他们看起来互相敌对，而被人所爱是种甜蜜的感觉。他无法怀着憎恨去想起某件东西或是某个人，他对任何事都不懊悔，就连对那个男爵——那个引诱者，他的死敌，他也发现了一种新的感谢之情，因为对方替他打开了这扇通往最初的情感世界的大门。

在黑暗中思考着这一切十分甜蜜，而且令人欣喜，这些回忆已经掺进了梦中的影像，而他几乎就要睡着了。这时他觉得门似乎突然被打开，某个东西悄悄走过来。他不太相信自己的感觉，而且他已经太困，睁不开眼睛。他感觉到一张脸在他上方呼吸，柔软、温暖、轻轻地抚过他的脸，他知道那是他母亲，她亲吻着他，伸手抚摩他的头发。他感觉到那些吻，也感觉到那些泪，他轻轻地回应着这份爱抚，将之视为和解，视为对他保持沉默的感谢。直到多年后，他才在这些无言的眼泪中看出这个芳华渐逝的女子所立下的誓愿，立誓从此只属于他，只属于她的孩子，她拒绝了冒险，向自身所有情欲告别。他不知道她也感谢他，感谢他使她摆脱一次不会有结果的冒险，如今她以这个拥抱，为了他将来的人生，把爱情又苦又甜的负担像份遗产留给了他。这一切，当时那个孩子还不明白，但他感觉到如此被爱十分幸福，也感觉到透过这份爱，他已经跟世间的那个大秘密有了关联。

等她松开了他，把嘴唇从他唇上移开，轻盈的身影飘然离去，还有一股温暖留了下来，一丝气息留在他的嘴唇上。一股渴望飞向他，渴望会常常感受到这样柔软的嘴唇，这样温柔地被人拥入怀抱。不过，睡眠的阴影笼罩住这份预感——对于他渴盼得知秘密的预感。过去这几个小时的所有影像再一次缤纷地掠过，他童年那本书再一次诱人地一页页翻开。然后这孩子睡着了，他人生更深沉的梦就此展开。

马来狂人

一九一二年三月在那不勒斯港，一艘远洋轮船在卸货时发生了一桩不寻常的事故，报纸上针对此事作了大幅报道，但都添枝加叶，加入了不少不切实际的想象。虽然我也是“海洋号”上的乘客，但我就跟其他乘客一样，没能亲眼看见这桩离奇的事件，因为此事发生在轮船夜间装煤卸货的时候。为了避开嘈杂，我们全都上了岸，在咖啡馆或剧院里消磨时间。不过我个人认为，当时我没有公开陈述的一些猜测足以澄清那惊人的一幕。再加上年代久远，如今我应该可以利用当时的一次私下谈话的内容，交谈的时间是在那桩离奇事件快要发生之前。

我在加尔各答的船票代售处想预订搭乘“海洋号”回欧洲的船位，售票员耸耸肩膀表示遗憾，说他还不知道能不能替我弄到一个舱位，因为现在正是雨季来临之前，船票总是在澳洲就已经卖完了，他必须先等待从新加坡发过来的电报。令人欣喜的是，第二天他就通知我，说他还能够替我预订一个位子，不过只是个不怎么舒适的舱房，位于甲板下方，而且在船身的中央部位。我已经迫不及待地想要返乡，于是没有多加犹豫，就请他把那个位子留给我。

那个售票员说得没错，船上拥挤不堪，舱房情况很糟，是个窄小的正方形角落，靠近蒸汽机，只有黯淡的光线从圆形玻璃里照进来。不流通的空气散发出油烟味和霉味，电扇像只发了疯的铁蝙蝠在头顶嗡嗡地转，一刻也摆脱不了。从下面传来机器轰隆隆的呻吟声，像个背煤炭的工人一刻不停地喘着气爬上同一道楼梯，从上面则不断听见游步甲板上来来往往的脚步声。因此，我一把皮箱塞进这由灰色横梁建成的又霉又湿的“坟墓”，就又逃回甲板上。从船舱底下爬出来，我吸进带有甜味的清风，宛如饮进了龙涎香，风从陆地吹过来，吹拂在海浪之上。

然而，就连游步甲板也一样拥挤而不安宁。那儿人来人往，一片嘈杂，大家由于被局限在船上无所事事而烦躁不安，不停地一边闲聊一边走来走去。女人叽叽喳喳地说笑，大家在甲板上狭窄的过道里无休止地兜着圈子，在那些椅子前面，喋喋不休的人群乱哄哄地涌过，一再相遇。这种情况令我不舒服。在那之前，我见识了一个新世界，把迅速交叠的影像匆匆纳入眼帘。如今我想要加以思索、分解、整理，把涌进视线的一切加以仿造重塑，但是在这条犹如拥挤大街的甲板上没有片刻安宁。人群闲聊着走过，匆匆掠过的身影让书中一行行的字变得模糊。在船上这条没有遮阴的流动街道上，要想独处是不可能的。

我尝试了三天，无奈地看着那些人，看着大海，可是大海永远都是那副模样，蔚蓝而空旷，只有在日落时分骤然泼洒上各种色彩。经过七十二个小时，那些人我也早已看熟了。每一张脸都熟悉到令我厌倦，女人尖锐的笑声不再令人心烦，隔壁两名荷兰军官的大声争吵也不再令人生气。那么我只好逃走。可是船舱闷热，大厅里几个英国女孩儿又不停地弹奏钢琴，技巧拙劣地弹着不连贯的华尔兹。最后我下定决心把生活作息整个倒过来，下午就躲进船舱，事先喝了几杯啤酒让自己有了醉意，以便一觉睡到晚餐和舞会之后。

当我醒来，那如同棺材的小小舱房里一片漆黑，散发着霉味。我先前把电扇关掉了，所以太阳穴旁的空气油腻而潮湿。我的意识有点儿昏沉，花了好几分钟才弄清楚现在是何时，而我人在何处。总之，想必已经过了午夜，因为我既没有听见音乐，也没有听见不停歇的脚步声，只有那具机器，这艘庞然大物怦怦跳动的心脏，喘着气，把嘎吱作响的船身推向看不见的前方。

我摸索着爬上甲板。那儿空无一人。我抬眼望向冒着烟的高高烟囱和幽幽发亮的桅杆，神奇的光亮突然涌进眼中。天空发出光芒。相对于席卷了天幕的晶莹星辰，天空是暗的，尽管如此，天空仍旧发出光芒。就像有一幅丝绒的帘幕遮住了强光，仿佛闪烁的星辰只是窗口和缝隙，让那难以形容的光华从中透出来。我从未见过天空像在这一夜里那样发光，那般湛蓝坚硬，却又流泻出灿烂辉煌的光，那光在星月覆盖之下向下流淌，似乎在神秘的苍穹深处燃烧。船身边缘上了白漆，所有的线条都在月光中微微发亮，和黑丝绒般的大海形成对比，缆绳、帆桁、所有细长之物、所有轮廓都融入这片涌动的清辉。桅杆上的灯光和瞭望台的圆窗宛如悬空挂着，在天空的灿烂星辰中，它们是人间的黄色星辰。

在我正上方是神奇的星座南十字星，仿佛是用闪亮的钻石钉子钉在隐形的天幕上，看似在飘动，其实只是这艘船在微微晃动。这个正在游泳的巨人微微颤动着，呼吸的胸膛一起一伏，划破黑暗的波涛前进。我站着向上仰望，感觉像在淋浴，水温暖地从上面落下，只不过落下来的是光，晶莹微温地从我手上冲过，轻轻地淋在肩膀和头上，似乎要渗进我体内，因为我所有的昏沉感都顿时一扫而空。我轻松地呼吸，顿觉喜悦，嘴唇上感觉到那纯净的空气，像一种清澈的饮料，那神奇的空气含着果实的气味和远方岛屿的芳香，柔和、经过发酵、令人微醺。自从我踏上甲板，心中头一次涌起想要做梦的神圣欲望，还有比较属于感官的另一种欲望，想把我的身体像个女子献给周围这片柔和。我想躺下来，举目仰望上方那些白色的象形文字。可是甲板上供人休息的躺椅都被收走了，在这空荡荡的游步甲板上，我找不到一处可供做梦休憩的地方。

于是我摸索着往前走，逐渐接近船身前端，那光似乎越来越强烈地从那些物体上向我照过来，令人目眩。灿烂的星光白若石灰，简直让人眼睛作痛，我渴望能躲进阴影中，躺在一张垫子上，不再感觉到那光芒照在我身上，而只是在我上方，反射在那些对象上，就像一个人从阴暗的房间里望向一片风景。我被缆绳绊到，从那些铁索旁边走过，终于走到龙骨旁，向下看着船头划破黑暗，让融化在水中的月光冒着白沫朝两侧溅起。船头像犁一样一再扬起落下，划破流动的黑色土块，而我感觉到大自然被征服时的所有痛苦，在这场耀眼的游戏中感觉到人类力量的所有喜悦。在观看中，我忘了时间，我在那儿站了一个钟头？还是几分钟？船身这个巨大的摇篮把我摇上摇下，摇出了时间以外。我只感觉到一股犹如快感的疲乏向我袭来，我想要睡觉、做梦，却又不想离开这份魔力，不想回到我那犹如棺材的舱房。我不自觉地用脚碰到下面的一捆缆绳，坐了下去，闭上眼睛，但眼前并非一片漆黑，因为银色的光芒在我的双眼、身上涌动。我感觉到身下的海水在轻轻拍动，上方则是这个世界的白色光河，发出难以听见的声响。渐渐地，这流动的声响流进了我的血液中，我不再感觉到自己，不知道这呼吸声是属于我自己，还是属于这艘船在远处跳动的心脏，我融入这个午夜世界不安宁的簌簌声中，在其中消散。

紧挨着我的地方突然响起一声轻轻的干咳，把我吓了一跳，让我从近乎微醺的梦幻中惊醒。在这之前我闭着眼睛，照在眼皮上的白光令我目眩，这时试探地睁开。在离我很近的对面，在船舷的阴影中有样东西一闪一闪，像是一副眼镜的反光，此时一颗大大的圆形火星亮起，是一支烟斗的火光。我在坐下来的时候，向下只看见溅起白沫的尖锐船头，向上只看见南十字星，显然没注意到旁边这个人，他想必一直都一动不动地坐在这里。我还有点儿恍惚，不由自主地用德文说："对不起！""噢，没关系……"一个声音从黑暗中用德文回答。

这样无言地并肩坐在黑暗中，跟一个自己没看见的人如此靠近，这有种说不出的奇怪，令人心里发毛。我不禁觉得这个人在凝视我，一如我在凝视他，然而上方的光太过强烈，白闪闪地涌动，让我们谁也无法看清对方，除了能看见在阴影中的轮廓。我想我只听见了呼吸声，还有呼噜呼噜吸烟斗的声音。

这种沉默令人难以忍受。我巴不得走开，但那又未免显得太过无礼，太过突兀。由于尴尬，我掏出了一根香烟。火柴嚓一声点燃，火光在这狭窄的空间上亮了一秒钟。我看见在眼镜后面是一张陌生的面孔，我从不曾在甲板上见过，不管是用餐时间，还是在甲板上走动时。而且不知道是由于那火光骤然亮起令眼睛作痛，还是一种幻觉，那张脸看起来扭曲得可怕，阴沉犹如鬼怪。不过，我还来不及仔细看清细部，黑暗就又吞噬了被短暂照亮的面容，我只看见一个身影的轮廓，隐隐地缩在黑暗中，偶尔看见那根烟斗圆圆的红色火圈在半空中亮起。谁也没有说话，这片沉默就像热带的空气一样郁闷而带有压迫感。

我终于受不了了，站起来对那人礼貌地说声："晚安。"

"晚安。"从黑暗中传出回答，那声音又沙哑又生硬，像是生了锈。

我踉踉跄跄地向前走，吃力地穿过索具，绕过柱子。这时一阵仓促不稳的脚步声在我身后响起，是刚才坐在我旁边的那个人。我不由自主地停下来。他没有走得很近，隔着那片黑暗，我从他的步伐中感觉出恐惧和愁闷。

"对不起，"他仓促地说，"我对您有个请求。我……我……"他吞吞吐吐，由于难为情而无法立刻往下说，"我……我有私人的理由……非常私人的理由，要躲在这里……一件丧事……我避开船上的人……我指的不是您……不，不……我只恳求您……请您不要向船上任何人提起，说您在这里看见过我，那我会非常感激……有所谓私人的理由，阻止我走进人群……是的……嗯……如果您对别人提起夜里有人待在这里……提起我……我会觉得很难堪……"他又说不下去了，我迅速排除了他的疑虑，急忙向他保证会满足他的愿望。我们伸手相握。接着我回到我的舱房睡了一觉，那一觉昏昏沉沉，充满了混乱的影像。

我遵守承诺，没有向船上任何人提起这次奇特的邂逅，虽然想要说出来的诱惑不小。因为在一趟航海旅程中，最微不足道的小事也成了大事件，不管是地平线的一面船帆、一只跳出海面的海豚、刚被发现的一桩风流韵事，还是随口说出的一句笑话。此外，我受到好奇心的折磨，想得知更多关于这个不寻常旅客的事。我仔细检视乘客名单，看看哪个名字可能属于他；我打量众人，看他们是否可能跟他有关系。一整天我都感到焦躁不耐烦，一心只等待夜晚来临，看我是否会再度遇见他。谜样的心理状态对我具有一种控制力量，简直令人不安，想要找出来龙去脉的欲望深深刺激着我。凡是奇特的人，单是透过他们的存在就能点燃我的热情，让我想要了解他们，这和想要占有女人的那种热情相差无几。我觉得白天无比漫长，空虚地从我指间逝去。我早早上床睡觉，知道我会在午夜时分醒来，心里那件事会把我叫醒。

果然，我跟昨天在同一个时段醒来。在夜光表面上，时针和分针重叠成一条发光的线。我急忙爬出闷热的船舱，走进更闷热的黑夜。

星辰跟昨夜一样灿烂，在晃动的船上洒下混乱的光芒，南十字星闪亮地高挂在天上。一切都跟昨天一样——在热带地区，白天和夜晚比在中欧地带更像是双生子——不过，我没有像昨夜那样有种轻柔涌动、做梦般的摇晃感。某件东西拉着我，令我心慌意乱，而我知道它要把我拉向何处：去龙骨旁那捆黑色的绳索那里，看看那个神秘的人是否又呆呆地坐在那里。船上的钟在上方敲响，拉着我向前。我听任自己一步一步地前进，虽不情愿却又受到吸引。我还没有走到船壁，那儿突然有个东西动了一下，像只红色的眼睛：是那支烟斗。他果然坐在那儿。

我不禁吓得倒退，脚步停了下来。再过一瞬间我也许就会走开。这时在那黑暗中有个东西动了一下，站起来走了两步，我蓦地听见他的声音就在我面前，彬彬有礼而且压得很低。

“对不起，”他说，“您显然是想回到您的位子上，我觉得您是因为看见了我，才又退了回去。您请坐下吧，我这就走了。”

我急忙要他尽管留下，说我之所以向后退，只是为了不要打搅他。“您没有打搅我，”他说，带着一点儿辛酸，“正好相反，我很高兴偶尔不必一个人独处。十天以来我一句话也没说……其实已经好几年了……这真是不好受，也许正因为我把一切都咽在肚子里，我快要窒息了……我没办法再坐在船舱里，坐在这个……这个棺材里……我受不了……而我也受不了那些人，因为他们成天都在笑……这一切令我现在无法承受……我听见那笑声传进船舱，而我把耳朵塞住……当然，他们并不知道……唉，他们不可能知道，再说，这跟那些陌生人又有什么关系……”

他又说不下去了，然后突然急急地说：“不过，我不想打扰您……请原谅我的多话。”

他鞠了个躬，想要走开。但我急忙反驳他：“您一点儿也没有打扰我。我也很高兴能在这里安静地讲几句话……您要抽根烟吗？”

他拿了一根烟，我替他点燃。那张脸再度亮起，脱离了黑色的船舷，不过此时完全面向着我。眼镜后面那双眼睛急切地打量我的脸，带着一股疯狂的劲头。我害怕起来，感觉这个人想要说话，必须要说话，而我知道我唯有保持沉默才能帮助他。

我们又坐下来。他那儿还有另一张躺椅，他请我坐下。我们的香烟发着光，他那根香烟的光圈在黑暗中不安地抖动，我由此看出他的手在发抖。但我沉默不语，他也沉默不语。然后他突然轻声问道：“您很累了吗？”

“不，一点儿也不累。”

发自黑暗中的声音又犹豫起来：“我很想问您一件事……也就是说，我想跟您说一件事。我知道，清楚地知道，向第一个遇见的人求助是多么荒谬，可是……我……我心理状态非常糟糕……到达了一个临界点，非得跟什么人说话不可……否则我就会崩溃……您会了解的，等我……是的，等我把事情告诉您……我知道您也帮不上我的忙……可是这样沉默下去会令我生病……而对旁人来说，一个病人总是可笑的……”

我打断了他，请他别这样折磨自己，请他尽管跟我说……我说我当然无法承诺什么，但人人都有义务表示乐意效劳。如果看见有人处于困境，自然就有义务去帮忙……

“义务……表示乐意效劳……有义务去帮忙……所以说，您也认为一个人有义务……有义务表示乐意效劳。”

他把这句话重复了三次。这种麻木的、固执的、重复的方式令我害怕。这个人疯了吗？还是喝醉了？

不过，仿佛我把这个猜测大声说了出来似的，他突然换了一种语气说：“您或许会认为我疯了，或是喝醉了。不，我没有——还没有。只不过，您说的那句话很奇怪地打动了我……之所以奇怪，是因为这正是如今正在折磨我的事，即一个人是否有义务……有义务……”

他又口吃了。接着他停顿了一会儿，又再重新开口。

“我是个医生，常常会面对这种情况，这种危险的情况……是的，可以称之为模棱两可的情况，当一个人不知道自己是否有义务……意思是说，义务并非只有一种，除了对别人的义务，也有对自己的义务，对国家的义务，对科学的义务……医生应该要帮助别人，这是理所当然，毕竟行医就是为了助人……可是这种准则毕竟只是理论上的……应该要帮忙到什么程度呢？……就拿您来说吧，您是个陌生人，跟我并不相识，我请求您不要跟别人说您看见了我……好，您没有说出去，您尽了您的义务……我请求您跟我说话，因为再沉默下去我就快死掉了……您愿意听我说……好……可是这很容易……假如我请求您把我抓起来扔出船外……那么您就不能再这么乐于助人了吧？……当事情牵涉到自己的生命、自己的责任……就总有不能再乐于助人的时候……这项义务总得有个限度……还是说，这项义务偏偏在医生身上不能终止？难道医生得是个救世主，什么忙都得帮，就只因为他有一张用拉丁文写的证书？难道他真的要抛开他的生命，不计一切，当哪个女人……哪个人来找他，希望他做个高贵的人，难道他就要心地善良而且乐于助人？没错，这义务总得有个限度……当无法再帮忙的时候，就是在那种时候……”

他又停顿下来，再打起精神。

“请原谅……我说着说着就激动起来……但我没有喝醉……还没有醉……我坦白向您承认，如今我也常常喝醉，在这种犹如地狱的寂寞中……您得考虑到，有七年的时间，我几乎只生活在土著和野兽之中……在这种情况下，一个人会忘了该如何冷静地说话，一打开话匣子就滔滔不绝起来……不过请您稍等一下……对了，我想起来了……我想要问您，想把这样一个情况说给您听，看看一个人是否有义务帮忙……像个天使一样纯洁地去帮忙，是否……不过，恐怕我要说很久，您真的不累吗？”

“不，一点儿也不累。”

“我……谢谢您……您也来一点儿吗？”

他伸手到身后的黑暗中摸索，东西叮叮咚咚地碰在一起，他身旁放着大约两三个酒瓶，总之是好几个。他拿了杯威士忌给我，我喝了一小口，他则一口气把整杯酒灌了下去。我们之间有片刻沉默，这时钟声敲响：十二点半。

“所以……我想说件事给您听。假设有一个医生在……在一个小镇……或者应该说是在乡下……一个医生，他……一个医生，他……”

他又说不下去了，然后他突然把椅子朝我身边挪近：“这样不行。我必须把一切直截了当地告诉您，从头说起，否则您无法明白……这没办法当成例子、当成理论来说……我必须把我的情况告诉您。没什么好害羞的，也没什么好隐藏的……病人在我面前也会脱光衣服，让我看他们的瓣疥、他们的尿液和他们的粪便……如果想要得到帮助，就不能兜着圈子说话，什么也不能隐瞒……所以，我不是要向您述说一个传说中的医生的故事……我赤裸裸地告诉您：我……在这种该死的寂寞中，我已经忘了什么叫害羞，在这个受诅咒的国度，它撕裂一个人的灵魂，吸出一个人的骨髓。”

我想必做了个动作，因为他打断了自己的话。

“啊，您在抗议……我了解，您对印度大为赞叹，欣赏那些庙宇和棕榈树，回味一趟为期两个月的旅行中的所有浪漫。没错，如果是搭乘火车、汽车或者人力车经过，热带地区的确充满魅力。当我在七年前头一次来到印度的时候，我的感觉也没有两样。我梦想着各种事情，想要学习当地的语言，想要用原文阅读经典，想要研究疾病，做科学研究，探索土著的心理，用欧洲人常说的话来说，我想成为人道和文明的传教士。凡是去到那儿的人都做着同样的梦。可是在那座无形的玻璃暖房里，一个人失去了力量，不管吞了多少奎宁，还是会得热病，那病折磨得人苦不堪言，变得懒散无力，像只软绵绵的水母。身为欧洲人，一旦离开了大城市，来到沼泽中一个该死的工作站，在某一方面总是脱离了他真正的本质。或迟或早，每个人都会受到创伤，有些人酗酒，有些人抽鸦片，还有些人跟人打架，成为野兽——每个人都会做出一些蠢事。大家渴望回到欧洲，梦想着有一天能再走上一条街道，在一个石砌的明亮房间里跟白种人坐在一起。大家年复一年地这样梦想着，可是等到休假的时间到了，他们又都没有力气离开了。他们知道自己在家乡已经被人遗忘，成了陌生人，就像这大海中人人去踩的一粒贝壳。于是他们留在湿热的森林里，沉沦、堕落。那一天真该被诅咒，当我把自己卖到这个偏僻的鬼地方来……

“顺带一提，我那样做也不完全是出于自愿。我在德国上大学，成了合格的医师，甚至是个好医师，在莱比锡医院任职。在如今已经找不到的某一年份的医学刊物上，他们曾经把我率先使用的一种新注射针剂大肆渲染了一番。后来发生了一桩跟女人有关的事，一个我在医院里认识的女人。她把她的情人折腾疯了，他拿手枪射伤了她，而没有多久，我就变得跟他一样疯狂。她有一种高傲冷漠的态度，弄得我发狂。我一向就容易受蛮横霸道的女人摆布，可是这个女人把我整得服服帖帖。我对她百依百顺，我——唉，我何不说出来呢，都已经是八年前的事了——我为了她侵吞了医院的公款，当事情被揭发，引起了轩然大波。我一个叔叔替我补偿了亏空的金额，但我的前途却因此断送。那时我刚好听说荷兰政府在替殖民地招募医师，还提供一笔预付款。我立刻想到，既然会提供预付款，肯定不会是什么好差事。我知道，在这些热病猖狂的地区，墓地上十字架增加的速度要比我们那儿快上三倍，可是一个人年轻的时候，总以为热病和死亡只会降临在其他人身上。嗯，当时我也没有太多选择，于是就前往鹿特丹，同意服务十年，拿到一叠厚厚的钞票。我把一半寄回家给那个叔叔，另一半全被码头区一个女人给弄走了，她从我这儿拿走了一切，只因为她跟那个该死的女人长得很像。于是我就这样搭船离开了欧洲，身上没有钱，没有表，也不抱幻想。当船驶出码头，我也并不特别感到难过。然后我就跟您一样，跟大家一样，坐在甲板上，看见南十字星和棕榈树，一颗心兴奋起来——啊，森林、孤寂、宁静，我这样梦想着！嗯，孤寂的滋味我可是尝够了。他们没有把我派到巴达维亚或泗水去，没有派到一个有着人群、俱乐部、高尔夫和书报杂志的城市去，而是——嗯，地名并不重要——派到某个乡下的医疗站，到距离最近的城市去得要花上两天。和我有往来的就只有几名干瘦无趣的官员和几个欧亚混血儿，除此之外，放眼望去就只有森林、种植场、灌木丛和沼泽。

“刚开始时情况还可以忍受，我进行各种研究工作。有一回，当副总督前来巡视，因为搭的汽车翻车而断了一条腿，我在无人协助的情况下替他动了手术，这件事引起了不少谈论。我搜集土著使用的毒药和武器，用几百件小事来让自己忙碌，好维持清醒。然而，这一切只有在我从欧洲带来的力量还能发挥作用时才行得通，之后我就萎靡不振。那几个欧洲人令我厌倦，我断绝跟他们的来往，独自喝起酒来，沉浸于自己的梦想。我的服务期限只剩下两年，之后我就自由了，还能拿到退休金，可以回到欧洲去，展开新的生活。事实上，除了等待，我什么也没做，就只是无所事事地等待。假如她没有……假如那件事没有发生的话，我到今天都还会像那样呆坐着。”

来自黑暗中的声音停住了，就连烟斗也不再发出火光。周围一片寂静，我顿时又听见海水拍击龙骨溅出白沫的声音，还有轮船机器远远传来的沉沉心跳。我很想点燃一根香烟，但又害怕火柴刺眼地亮起，照在他脸上。他仍旧沉默不语，我不知道他是说完了、迷糊了还是睡着了，他的沉默是那般死寂。

这时船上的钟直接有力地敲响了一下：一点了。他吓了一跳。我又听见玻璃叮咚敲响的声音，显然他在伸手摸索那瓶威士忌。咕噜咕噜的吞咽声轻轻响起，然后他突然又说起话来，但此刻似乎更加紧张，更加激动。

“是的……请您稍待……事情是这样的。当时我坐在我那个该死的小窝里，像只蜘蛛一动也不动地坐在网中，已经这样坐了好几个月。那时雨季刚来，雨水接连几个星期噼里啪啦地打在屋顶上，没有人来，没有一个欧洲人来过，我日复一日地坐在那儿，屋里只有那些黄种女人和高级威士忌。当时我心情正低落，非常想念欧洲，如果读到哪本小说里提起明亮的街道和白皮肤的女人，我的手指就开始发抖。我无法向您完整地描述那种状态，那是一种热带疾病，不时将人攫住的一种乡愁，猛烈、激动却又无力。我当时就这样坐着，我记得是在看一本地图，梦想着去旅行。这时有人用力敲门，帮忙跑腿的男孩儿站在门外，还有家里的一个女仆，两个人都吃惊地睁大了眼睛。他们指手画脚地说：有位女士在这儿，一位淑女，一个白种女人。

“我跳了起来。我没有听见车辆驶近发出的声响。一个白种女人到这片荒野中来？

“我想下楼去，但又把自己拉回来，朝镜子里瞄了一眼，匆匆整理了一下仪容。我紧张不安，某种不祥的预感折磨着我，因为我想不出这世上有任何人会出于友谊而来看我。我终于下了楼。

“那位女士在前厅等我，急忙朝我走过来。搭乘汽车时戴的厚厚面纱遮住了她的脸。我想跟她打招呼，但她迅速截断了我想说的话。‘医师，您好，’她用英文说，说得很流畅——有点儿太过流畅，像是事先背熟了——‘请原谅我突然来访。但我们刚好到这个医疗站来，我们的汽车停在那边。’——她为什么不直接开到门口？这个念头在我脑中一闪而过——‘而我想起来您住在这里。我听说过许多关于您的事，您替副总督动的手术简直像是施了魔法一样，他的腿又完好如初了，能跟以前一样打高尔夫球。是啊，在我们那儿大家还一直谈论着这件事，假如您能到我们那儿去，我们愿意把我们那些坏脾气的外科医生拿来交换，再另外加上两个。说真的，您为什么从来不在我们那儿露面？您过得像个修行者……’

“她就这样喋喋不休地说下去，说得越来越急，不让我有开口的机会。她在这番多嘴的闲话中透着一份紧张和慌张，让我也变得不安起来。我在心里自问，她为什么说这么多话？为什么她不作自我介绍？为什么不摘下面纱？她在发烧吗？生病了？发疯了？我越来越紧张，因为我感觉到这一幕的可笑，这样哑口无言地站在她面前，被她滔滔不绝的话语给劈头浇下。终于她停了一会儿，而我请她上楼。她向男仆做了个手势，要他留下，然后就在我前面上了楼梯。

“‘您这儿很舒适，’她在我的房间里四下张望，‘啊，好漂亮的书！我全都想读！’她走到书架旁，端详着那些书名。自从我见到她，她头一次沉默了一分钟。

“‘您想喝杯茶吗？’我问。

“她没有转过身来，仍然看着那些书名。‘不用了，医生，谢谢……我们马上就得走了……我时间不多……只是出来走走……啊，您也有福楼拜的这本小说，这一本我很喜欢……太好了，太好了，这本《情感教育》，看来……您也读法文书……您会的东西真不少！……的确，这些东西德国人在学校里都学过……能懂这么多语言真是了不起！……副总督很看重您，他总是说他只愿意让您在他身上动刀……我们那儿那位善良的外科医师只适合陪着打打桥牌……对了，您知道吗……’——她始终还没有朝我转过身来——‘今天我自己也想到，什么时候该来找您请教一下……因为我们正好开车经过，我就想……嗯，您现在大概有事要忙……我还是改天再来好了。’

“‘你终于掀开底牌了吧！’我心里立刻这样想。但我不露痕迹，向她保证能替她服务是我的荣幸，不管是现在还是任何时候，随她高兴。

“‘不是什么大不了的病，’她说，半转过身来，一边翻着她从书架上拿下来的一本书，‘没什么大不了的……小毛病罢了……女性会有的毛病……眩晕、昏厥。今天早上我们的汽车转弯的时候我突然摔倒了，晕了过去……男仆必须扶我在车里坐起来，去拿水来给我喝……嗯，也许是司机开得太快了……医师，您觉得呢？’

“‘这我还没有办法判断。您经常这样晕倒吗？’

“‘没有……我的意思是……最近……就是最近这一阵子……是的，会像这样晕倒和感到恶心。’

“她又站在书橱前，把那本书放进去，又拿了一本出来翻阅。真奇怪，她为什么老是这样……这样紧张地翻着书？为什么她在面纱底下不把眼睛抬起来？我故意什么都不说，存心让她等待。终于她又说起话来，用她那种满不在乎、絮絮叨叨的方式。

“‘对吧，医师，这没什么好担心的？不是什么热带疾病……没什么危险……’

“‘我得先看看您有没有发烧。我可以量一下您的脉搏吗？’

“我朝她走过去。她向旁边稍微避开。

“‘不，不，我没有发烧……肯定，肯定没有……我替自己量过体温，每天都量，自从……自从这种晕厥发生。我从来没发烧过，总是标准的三十六度四。我的胃也很健康。’

“我迟疑了片刻。这整段时间里，我心中都有种不安的猜疑，觉得这个女人对我有所求。不然不会有人到蛮荒之地来，只是为了来聊福楼拜。我让她等了一两分钟。‘请原谅，’然后我直截了当地说，‘我可以坦白地问您几个问题吗？’

“‘当然可以，医师！您是医生呀。’她回答，但已经又转过身去背对着我，玩弄着那些书。

“‘您怀过孩子吗？’

“‘有的，一个儿子。’

“‘那么您……您先前……我指的是当时……是否也有过类似的状况？’

“‘是的。’

“她的声音现在整个变了，变得十分清晰，十分确定，一点儿也不再絮絮叨叨，不再紧张。‘那么有没有可能，您……请原谅我问这个问题……现在也处于类似的状态？’

“‘有的。’

“她让这两个字像把刀一样锐利地落下，她转过去的头没有一丝颤动。

“‘夫人，也许最好是让我大致检查一下……可以劳驾您……到那边那个房间去吗？’

“这时她突然转过身来。隔着那层面纱，我感觉到一道坚决的冷冷目光朝我投过来。‘不……没有这个必要……我对我的情况完全确定。’”

那声音犹豫了一会儿。斟满的酒杯又在黑暗中闪出光亮。

“请听我说……但请您先仔细思考一下这个情况。一个女人闯到一个寂寞得要死的人那儿，几年以来头一次有白种女人踏进这个房间……而我突然感觉到在房间里有某种不祥的东西存在，有一种危险正向我靠近。这种感觉突然朝我袭来，这个女人钢铁般的坚决令我害怕，她喋喋不休地走进来，然后猛然提出她的要求，就像掏出一把刀一样。因为我知道她想要我做什么，马上就知道了——这不是第一次有女人要求我做这种事，但是她们来时的态度不同，她们羞怯地来，央求地来，流着眼泪，带着恳求。这个女人却是……带着一份钢铁般的、犹如男性的坚决……从第一秒钟起，我就感觉到这个女人比我更强……感觉到她能够强迫我对她百依百顺……可是……可是……在我身上也有种邪恶的东西……一个想要抵抗的男人，怀着某种愤恨，因为……我已经说过了……从第一秒钟开始，没错，在我还没有看见她之前，我就把这个女人视为敌人。

“起初我保持沉默，固执地一言不发。我感觉到她从面纱底下看着我，直直地盯着我，带着挑战的意味，想迫使我开口。但我没那么容易让步。我开始说话，但是……拐弯抹角……不自觉地模仿起她那种喋喋不休、满不在乎的口气。我假装不明白她的意思，因为——我不知道您是否能够体会——我想强迫她把话说清楚，我不想主动提供协助，而想……被央求……尤其是被她央求，因为她是这么霸道……也因为我知道，在女人身上，没有什么比这种傲慢冷漠的态度更令我招架不住。

“于是我兜着圈子说话，说这没什么好担心的，这种晕厥是正常现象，不但不需要担心，还几乎保证了情况发展良好。我举出医学报刊上登载过的例子……我说了又说，说得轻松随意，始终把这件事视为再普通不过……我一直等着她来打断我，因为我知道她会受不了。

“这时她也已经猛然打断了我，伸手一挥，仿佛要把这番安抚的空话给扫开。

“‘医生，让我不安的不是这件事。当年怀我儿子的时候，我的身体情况很好……可是现在我不再那么健康……我的心脏有点儿毛病……’

“‘啊，心脏有毛病，’我重复了一遍，看似不安起来，‘那我想您应该马上来检查一下。’我作势要站起来去拿听诊器。

“但她又打断了我，这时候语气十分锐利而坚定，像在发号施令。

“‘我的心脏是有毛病，医生，我得请您相信我对您说的话。我不想浪费太多时间来做检查。我觉得您对我可以多些信赖，至少我对您表达出足够的信赖。’

“现在那已经成了对抗，是公然的挑战，而我接受了。

“‘信赖包含了坦诚，毫无保留的坦诚。请您把话说明白，我是医生。尤其是请您拿下您的面纱，坐到这里来，放下那些书，不要拐弯抹角。来看医生的时候不该戴面纱。’

“她看着我，站得直挺挺的，神情骄傲。她犹豫了一会儿，然后坐下来，掀起了面纱。我看见一张脸，就跟我所害怕看见的完全一样，一张看不透的脸，严峻、自制，有一种无关年龄的美，脸上是一双英国人的灰色眼睛，眼中看似一片平静，却让人能够幻想在那双眼睛背后的各种激情。薄薄的嘴唇紧抿着，只要它不想，就不会透露任何秘密。我们彼此对视了一分钟，她的眼神同时带着命令和询问，还带着一种冷硬的残酷，让我无法承受，不由自主地别开了目光。

“她用指节轻轻敲着桌面，显示出她其实也很紧张。然后她突然很快地说：‘医生，您知道我想要您做什么吗？还是不知道？’

“‘我想我知道，但是我们最好把话说清楚。您想要结束您目前的状态……您想要我让您不再眩晕，不再恶心，借由……借由排除这些症候的原因。是这样吗？’

“‘是的。’

“这句话像断头台的刀子一样落下来。

“‘您也知道这种尝试具有危险……对双方而言？’

“‘是的。’

“‘也知道法律禁止我这么做？’

“‘在有些情况下并不被禁止，甚至是应当的。’

"'可是这些情况需要有医生的证明。'

"'您会找出证明的。您是医生。'

"她说话时一双明亮的眼睛看着我，目不转睛，眨都没眨一下。那是个命令，而我这个软弱的人颤抖起来，佩服她这种犹如魔鬼般专横的意志。但我还在找借口，不想让人看出我已经被踩得粉碎。渴望在我心中闪动——'先别急！把事情弄得麻烦一点儿！迫使她求我。'

"'这种事并非总是取决于医生的意愿。但我愿意去跟医院里的一位同事……'

"'我不想去找您的同事……我是来找您的。'

"'我可以问一下，为什么您偏偏来找我吗？'

"她冷冷地看着我。

"'我不介意把这话告诉您。因为您住在偏远的地方，因为您不认识我，因为您是个高明的医生，也因为您……'此时她头一次犹豫了一下——'大概不会在这个地方待太久了，尤其是如果您……如果您能够带一笔可观的金钱回家的话。'

"我打了个寒战。这种坚硬如铁、像商人般精确的算计令我眩晕。到目前为止她还没有张口央求，但早已经把一切都算得清清楚楚，先对我进行窥探，然后找上了我。我感觉到她魔鬼般的意志力正在朝我逼近，但我怀着满心的愤恨加以抗拒。我再度强迫自己要就事论事，几乎带着嘲讽。

"'而您打算把这一大笔钱……交给我来支配？'

"'为了您的协助，也为了让您立刻起程离开。'

"'您知道这样一来我会失去我的退休金吗？'

"'我会补偿您的损失。'

"'您说得很明白……但我还想要知道得更清楚一点儿。您打算拿出多少钱来作为酬劳呢？'

"'一万两千荷盾，凭支票在阿姆斯特丹领取。'

"我颤抖起来，由于愤怒，也……是的，也由于钦佩。她把一切都算计过了，金额和付款方式，而那个付款方式迫使我必须起程离开此地，她在尚未认识我之前就对我做过评估，就打算收买我，就已经预感到她的意志力足以支配我。我恨不得赏她一巴掌……可是当我颤抖地站起来——她也站了起来——和她四目相接，互相凝视，当我看着这张紧紧闭着、不愿意央求的嘴，看着她不愿意屈服的高傲额头，一种……一种残暴的欲念突然朝我袭来。她想必也感觉到了，因为她高高扬起了眉毛，像是想把某个讨厌的人打发走。我们之间的恨意突然昭然若揭。我知道她恨我，因为她需要我，而我恨她，因为……因为她不愿意央求。这一秒钟的沉默是我们头一次对彼此坦诚交谈。突然，像被一只爬虫咬了一口，我起了一个念头，而我对她说……对她说……

“不过，请您稍等，您会误解我所做的事……我所说的话……我必须先向您解释……我为什么会起了这个疯狂的念头……”

那个玻璃杯又在黑暗中叮咚响起。他的声音变得更加激动。

“我并不是想为自己辩解，想说明我做的事是正当的，想替自己洗刷罪过……可是我不说清楚的话，您无法了解……我不知道自己究竟算不算是个好人，但……我认为我一向乐于助人……在那个地方、那种糟糕的生活中，帮助别人是我唯一的快乐，能够利用塞进脑子里的那一点儿知识救人一命……是一大快乐……真的，那是我生活中最美好的时刻，当一个黄种小伙子过来，脸色吓得一阵青一阵白，他的腿被蛇咬了一口，高高地肿了起来，大声哭嚎着说他不要截肢，而我成功地拯救了他。我曾经坐了几个小时的车去出诊，如果有哪个女人发着烧躺在床上——像这个女人想做的那件事我也曾帮忙过，在欧洲医院工作时就做过。可是那时候你至少感觉到对方需要你，知道自己拯救了一个人，让对方免于死亡，或是免于绝望。而这就是你在帮一个人的时候所需要的，也就是感觉到对方需要你。

“可是这个女人——我不知道我是否能够向您描述——她激怒了我，从她看似散步般地走进来，她的高傲就激起了我的反抗，她刺激了我的一切——我该怎么说呢——她刺激了我心中被压抑、被隐藏的一切，还有一切的邪恶，让我想要抵抗。她摆出贵妇的姿态，冷淡而难以接近，把生死攸关的事情当成一桩生意来谈，这令我发狂……再说……再说……一个人毕竟不会因为打高尔夫球而怀孕……我知道……我的意思是说，我必须明确地提醒自己——而这就是我当时的念头——这个冷淡、高傲、冷漠的女人，当我只是面露防御……几乎带着排斥看着她，她就把眉毛在钢铁般的眼睛上方高高扬起，我想到她在两三个月之前曾经跟一个男人热情地在床上翻滚，像只动物般赤裸，也许在情欲中呻吟，两具身体像两片嘴唇般交缠在一起……这就是我脑中闪过的灼热念头，当她那样高傲、冷淡、难以亲近地看着我，完全就像个英国军官……这时候，我体内的一切全都绷紧了……我一心只想要侮辱她……从这一秒钟起，我透过她的衣服看见她赤裸的身体……从这一秒钟起，我一心只想要占有她，想从她紧闭的双唇逼出一声呻吟，想感觉到这个冷漠高傲的女人的春情荡漾，如同那个我不认识的男人感觉到的那样。这……这就是我想向您解释的事……虽然我潦倒到那个地步，却从不曾试图以医生的身份来乘人之危……可是这一次，并非出于好色，并非由于发情或性欲，真的不是……假如是的话，我会承认……那只是一种想要征服这份高傲的欲望……想做个能主宰一切的男人……我想我已经跟您说过，高傲而看似冷淡的女人向来具有控制我的力量……而此刻还又加上我在此地住了七年，不曾拥有过一个白种女人，也不曾遭遇过抗拒……因为这儿的女孩子，这些叽叽喳喳、身材娇小的小动物，如果有个白人、有位‘先生’要她们，她们就敬畏得颤抖……她们低声下气，总是敞开怀抱，总是愿意带着咯咯轻笑来服侍你……然而正是这种顺从、这种奴性败坏了你的兴致……现在您明白了吧，明白那对我造成了多大的震撼，当突然有个女人出现，充满高傲和憎恨，直到指尖都包得密不通风，同时闪烁出秘密，满载着昔日的激情……当这样一个女人大胆地走进这样一个男人的笼中，这样一个寂寞、饥渴、遭到禁锢、介于半人半兽之间的男人……这……我就是想告诉您这个，好让您能够了解我现在要讲的事。嗯……怀着某种邪恶的欲望，中了那个念头的毒，想象着赤裸、性感、献出自己的她，我整个人仿佛紧绷起来，却假装漠不关心的样子。我冷淡地说：‘一万两千荷盾？……不，我不会为了这笔钱而做。’

“她看着我，脸色有点儿苍白，大概已经感觉出我之所以抗拒并非出于对金钱的贪婪，但她还是问道：

“‘那么您要什么呢？’

“我不再理会她那冷淡的语气。‘让我们摊开底牌来说话。我不是生意人……不是《罗密欧与朱丽叶》里面那个穷药剂师，为了昧着良心的钱而出售毒药……也许我跟生意人正好相反……用这种方式您是无法达成心愿的。’

“‘也就是说，您不愿意？’

“‘不会为了钱。’

“我们两人之间有一秒钟完全静默，静得让我头一次听见她的呼吸。

“‘那您还会想要什么呢？’

“这下我再也忍不住了。

“‘首先我希望您……不要像面对一个杂货商似的跟我说话，而是像面对着一个人那样。希望在您需要帮助的时候，不要……不要马上拿出您可耻的钱……而是央求我这个人，去帮助您这个人……我不仅是个医生，不是只有看诊时间……我也有其他的时间……也许您就是在这样的时间来的……’

“她沉默了一会儿，然后嘴巴轻轻一撇，颤抖着，很快地说：

“‘所以，如果我央求您……那您就会做吗？’

“‘您又想要做生意了——您要我先答应了，您才想央求。您得要先求我——然后我才会答复您。’

“她扬起了头，像匹倔强的马，愤怒地看着我。

“‘不——我不会央求您，我宁愿死！’

“这时怒气攫住了我，一股炽热、荒唐的怒气。

“‘如果您不想求我，那么我就提出要求。我想我不必说得太明白——您知道我渴望从您那儿得到什么。那样的话——那样的话我就会帮助您。’

“她凝视了我一会儿。然后——噢，我无法告诉您那有多么可怕——然后她绷紧了脸，然后……然后她突然笑了……带着一种说不出的轻蔑冲着我大笑……一种让我化为尘土的轻蔑……同时又令我迷醉……那就像一种爆炸，那么突然，那样猛然地出现，那么强烈地炸开，由于一股巨大的力量，这阵轻蔑的笑声，让我……是的，让我想要将她扑倒在地上，去吻她的脚。那笑声只持续了一秒……就像一道闪电，而我全身仿佛着了火……这时她已经转身，快步走向门口。

“我不由自主地想跟着她……想要道歉……向她乞求……我的力量已完全崩溃……这时她又一次转过身来说……不，是下达命令：

“‘您别想跟踪我或者打听我……您会后悔的。’

“门随即在她身后砰的一声关上。”

又是一阵犹豫，又是一片沉默……又只听见仿佛是月光在流动的簌簌声。然后那个人的声音终于再度响起。

“门关上了……但我还站在原地无法动弹……仿佛被那个命令给催眠了……我听见她走下楼梯，关上大门……我听见了一切，而我一心一意只想追上她……想把她……我不知道……是想把她叫回来，还是想揍她或勒死她……我只想跟着她……跟着她……然而我却办不到。我的四肢仿佛受到电击而麻痹……我的确是被击中了，被这道闪电般的霸道眼神击中，深至骨髓……我知道这无法解释，无法叙述……听起来也许很可笑，但我就那样站着……过了好几分钟，也许是五分钟，也许是十分钟，我才能勉强挪动脚步……

“不过，我的脚一旦动了，我就急躁起来，敏捷起来……立刻跑下楼梯……她只可能走上通往行政中心的那条路……我冲到工具棚去牵脚踏车，发现忘了拿钥匙，就硬把竹子编的门扯开，弄得竹子噼里啪啦地折断……我随即跳上脚踏车，骑得飞快去追她……我必须……必须追上她，在她还没走到汽车旁之前……必须跟她说话……

“道路在扬起的尘土中向后飞逝……这时我才察觉自己在楼上想必站了很久……接着……在树林里转弯处，快要到达行政中心的地方，我看见了她，看见她踩着僵直的步伐急急地向前走，由那个男仆陪着……而她想必也看见了我，因为此刻她跟那个男仆说话，他留在原地，而她独自继续往前走……她想做什么？为什么她要独自一人？……她想跟我说话而不想让他听见吗？……我拼命踩着踏板……突然有个东西从旁边冲到我前面……是那个男仆……我勉强还来得及把脚踏车扭向旁边，就摔倒了……

“我咒骂着站起来……忍不住举起拳头，想朝那个笨蛋挥过去，可是他跳到一旁……我一把扶起脚踏车，想再骑上去……可是那个混蛋跳到我前面，抓住了脚踏车，用蹩脚的英语说：‘你留在这里。’

“您没有在热带地区住过……您不知道这是多么大胆的行为，一个黄皮肤的混蛋抓住一位白人‘先生’的脚踏车，还命令这位‘先生’留在原地。我一拳击中他的脸，用来代替任何回答……他踉跄了一下，但还是紧抓着脚踏车不放……他那双细长胆怯的眼睛睁得大大的，流露出奴隶般的恐惧……但他紧抓着车杆不放……‘你留在这里。’他又结结巴巴地说了一次。幸好我没有带手枪，否则我会一枪打死他。于是我说：‘混账东西，走开！’他把头缩着，却不放开车杆。我又朝他脑袋上揍了一拳，他还是不松手。这时我怒气上涌……我看见她已经走了，也许已经逃脱了……于是我像个拳击手朝他下巴结结实实地打了一拳，打得他飞了出去。现在脚踏车又回到我手里……可是当我跳上车，车子走不动了……在用力硬扯之下，钢丝弯了，我尝试用激动的双手把钢丝扭正……却办不到……于是我把脚踏车往路边一扔，扔到那个混蛋旁边，他流着血站起来，退到一旁……然后——不，您无法体会在众人面前的那一幕有多可笑，当一个欧洲人……唉，我已经不记得我做了什么……我只有一个念头：去追她，追上她……于是我跑了起来，像个疯子一样沿着马路跑，经过那些小屋，黄皮肤的人们目瞪口呆地挤到门前，来看一个白人医生在奔跑。

“我汗流浃背地抵达了行政中心……我问的第一个问题是：那辆汽车呢？……刚刚开走……那儿的人讶异地看着我，我看起来想必像个疯子，我那样汗涔涔、脏兮兮地来到这里，人还没站稳，就先把问题吼了出来……在下方的道路上，我看见汽车扬起白色的烟尘……她成功了……成功了，一如她残忍无情地算计的一切都必然会成功。

“然而，逃跑也帮不了她……在热带地区的欧洲人之间没有秘密可言……人人识得彼此，任何事都会成为事件……她的司机在行政中心的欧式平房里待了一个小时可并没有闲着……在几分钟之内，我就得知了一切……知道她是谁……知道她住在——嗯，住在殖民政府所在地的那座城市，从此地搭火车过去得要八小时……知道她——嗯，姑且说她是个大商人的太太，极为富有，出身高贵，是个英国人……我知道她丈夫这五个月来都在美国，过几天将会回来，要带她一起回欧洲……

“而她——这个念头像毒液一般灼热地流进我的血管中——她有孕在身顶多只有两三个月……”

“到这里我还能把事情说得让您能够理解……也许只是因为到这一刻为止，我还能够理解我自己……身为医生，我总能替自己的状况做出诊断。可是从那一刻开始，我就像是患了热病……失去了对自己的控制……我的意思是说，我清楚地知道我所做的一切有多么荒唐，却不再有力量控制自己……我只是向前跑，一心只想达到我的目的……对了，等一下……也许我还是能够设法让您明白……您知道什么是马来狂吗？”

“马来狂？……我想我记得……是发生在马来人身上的一种醉酒状态……”

“那不仅是一种醉酒状态……而是一种癫狂，一种发生在人类身上的狂犬病……一种偏执狂的爆发，可怕而又荒诞，任何一种酒精中毒都无法与之相提并论……我住在当地的时候曾经亲自研究过几个病例——事情发生在别人身上时，你总是很聪明，能够就事论事——却没能找出这种疾病的根源，找出那个可怕的秘密……这似乎跟气候有点儿关系，跟这种闷热、压抑的气氛有关，这种气氛就像暴风雨一样压迫着神经，直到神经迸裂……所以说，马来狂……是的，马来狂的情形是这样的：一个马来人，随便一个单纯、和善的人，喝着他自己酿的酒……他坐在那儿，麻木无力，满不在乎……就像我坐在我房间里那样……然后他突然跳起来，拿起匕首，冲到街上去……直直地向前跑，始终直直往前跑……不知道要去哪里……凡是挡了他路的东西，不管是人还是动物，他就用马来人所用的匕首刺下去，而鲜血的刺激使他更加激昂……他一边跑着嘴里一边吐出白沫，像个疯子一样嘶吼……而他不停地奔跑，既不看向左边，也不看向右边，就只是这般吓人地直直往前跑，发出刺耳的吼叫，拿着那把血淋淋的匕首……村里的人知道任何力量也阻止不了一个由于马来狂发作而奔跑的人……于是他们在他来到之前先发出警告：'马来狂！马来狂！'大家全部逃走……他却继续跑，什么也听不见，什么也看不见，用匕首刺倒他碰见的东西……直到别人像对待一条疯狗般将他射死，或是他自己口吐白沫体力不支而倒地……

"我曾经见过一次，从我屋子的窗户看出去……那恐怖极了……然而，就是因为我见过，我才能理解在那些日子里的自己……因为就像这样，完完全全就像这样，带着这种可怕的目光，直直地向前跑，既不向左看，也不向右看，我就这样着了魔似的冲出去……去追这个女人……我不再记得我是怎么做的，周围的一切都是在狂奔之中以极快的速度从我身旁掠过……当我得知有关这个女人的一切，她的姓名、她的住处、她的命运，只过了十分钟……不，五分钟，不，两分钟……我就已经骑着一辆匆匆借来的脚踏车赶回住处，把一套西装扔进皮箱，塞了钱在身上，开车前往火车站……我没有向当地的政府官员报备……没有找人代理工作，就那样扔下我的房子，甚至房门还敞着……仆人和女仆围在我身边惊讶地询问，我没有回答，也没有回头……就这样开车到火车站，搭乘下一班火车进城去……自从这个女人走进我的房间，总共只过了一个小时，而我已经把我的全部生活抛在脑后，像马来狂发作的人一样狂奔至空茫之中……

"我直直地向前跑，脑袋撞墙也在所不惜……傍晚六点时我到了城里……六点十分我就到了她家里，请仆人通报……您会了解……那是再荒谬、再愚蠢不过的事……可是马来狂发作的人奔跑时眼神空洞，看不见自己跑向何处……几分钟之后，仆人回来了……语气礼貌却冷淡……说夫人身体不太舒服，无法见客……

我踉踉跄跄地走出门外……还悄悄绕着那栋屋子走了一个小时，一心怀着那疯狂的希望，以为她也许会来找我……然后我先在海滨旅馆要了个房间，带着两瓶威士忌进房……这两瓶酒加上双份剂量的安眠药帮助了我……我终于睡着了……那一觉昏昏沉沉，宛如陷入泥沼中，是这场生与死之间的狂奔当中唯一的休息。”

船上的钟响了，饱满有力地敲了两下，空气几乎静止不动，像个温柔的池塘，那钟声在空中继续回荡，渐渐消失在那不曾间断的汩汩水声中。那水声在龙骨下方，坚定地伴随此人激动的言语。黑暗中坐在我对面的人想必吓了一跳，他的话语停顿了。我又听见他伸手去拿酒瓶，又听见轻轻的吞咽声。接着他仿佛平静下来，用比较稳定的声音开口了。

“从这一刻开始的那几个钟头，我简直没办法向您叙述。如今我认为，当时我在发烧，总之状态过度激动，已经接近疯狂——就像个马来狂发作的人，如同我先前对您说的那样。不过，您别忘了，我抵达时是星期二晚上，而星期六——这一点我当时已经得知——她丈夫就将搭乘‘半岛东方轮船公司’从横滨启航的轮船抵达，也就是说，要下定决心和提供帮助，都只剩下三天的时间，短短三天。请您了解：我知道我必须马上帮助她，却无法跟她说上一句话。我渴望能为了自己疯狂可笑的行为道歉，而正是这份渴望逼得我继续向前。我知道每一分钟都很宝贵，知道这事对她来说攸关生死，却没有机会接近她，哪怕只是对她低声说句话，给她一个暗示。正因为我那样冲动、愚蠢地追着她，把她吓坏了。那就像……嗯，等一下……就像有个人追在另一个人身后，为了提醒那人有凶手要杀他，而对方误以为他就是凶手，结果继续跑向他的不幸……她在我身上只看见那个跟踪她的狂人，想要侮辱她，但我……这就是那可怕的荒谬之处……我根本没再那么想……我整个人已经毁了，我只想帮助她，只想为她效劳……为了帮助她，我会去杀人，会去犯罪……可是她不明白这一点。当我在早上醒来，立刻又跑到她家去，那个男仆站在门口，就是我一拳击中他脸的那一个，当他远远地看见我——他想必是在等我——就溜进了门内。也许他之所以这么做，只是为了暗地里去通报我来了……也许……

唉，这种捉摸不定深深折磨着我……也许他们已经为了接待我而做好准备了……可是当我看见他，就想起了我的耻辱，结果变成我不敢再次登门拜访……我的膝盖在颤抖，就在门槛前面转身走开……走开了，当她也许正在类似的煎熬之中等着我。

“如今我不知道在这座陌生的城市里该做什么，这城市像火一样烧灼着我的脚跟……突然我有个主意，随即叫了辆车去找副总督，就是当年我在医疗站救治过的那一位，请仆人通报我来拜访……我的外表想必已经令人讶异，因为他看着我的目光仿佛受到了惊吓，而他的礼貌中带着不安……也许他已经看出我是个发狂的人……我简短而坚决地告诉他，我请求被调到城里来，说我再也无法在原先那个工作岗位生活……我必须立刻搬迁……他看着我……我无法告诉您他是怎么看着我的……就像一个医生在端详一个病人……‘神经崩溃，亲爱的医师，’他说，‘这我太了解了。嗯，这事我可以安排，不过请您等个……大约四星期吧……我得先找到人来接替您。’‘我没办法等，一天也没办法。’我回答。他又用那种异样的眼光看我。‘不等不行，医师，’他严肃地说，‘医疗站不能没有医生。但我答应您，今天我就会着手安排一切。’我站着没动，咬紧了牙关，头一次明白感觉到我是签了卖身契的人，是个奴隶。我正想要倔强地反抗，但圆滑的他抢在我前面开了口：‘您太少跟人来往了，医师，最后这会变成一种疾病。我们全都纳闷儿您为何从不到城里来，从不休假。您需要更多的社交活动，更多的刺激。至少今天晚上请您过来，今天有政府的接待晚会，整个殖民地的外侨都会参加，有些人早就想要认识您了，还经常问起您，希望您能到这儿来。’

“最后一句话让我精神一振。问起我？莫非是她吗？我顿时判若两人，立刻礼貌地谢谢他的邀请，并且保证我会准时前来。而我也的确准时，太准时了。我得先告诉您，由于焦躁不耐烦，我是头一个抵达官府大厅的人，周围都是黄皮肤的仆人，他们默不作声，打着赤脚匆匆来去，并且——我在混乱的意识中这么想——在我背后笑我。有十五分钟的时间，在这番无声的准备工作中，我是唯一的欧洲人，孤零零完全是一个人，让我能听见背心口袋里的怀表在滴滴答答作响。然后终于来了几名政府官员和他们的家人，接着总督也来了，跟我谈了好一会儿，我殷勤地回答，自认为回答得很得体，直到……直到我突然感到一股神秘的不安，令我失去了所有的圆滑，变得结结巴巴。虽然我背对着大厅的门，却立刻感觉到她走了进来，感觉到想必她一定在场。我无法告诉您，这份突如其来的明确感觉何以那般令我心慌，可是当我还在跟总督谈话，他说的话还在我耳朵里响着，我就已经感觉到她在我身后了。幸好总督随即结束了谈话，否则我大概会无礼地突然转过身去，因为拉扯神经的那股神秘力量是那么强大，那般灼热地激起了我的渴望。果然，我一转身就看见了她，她就站在刚才我无意识地预感到她会站的地方。她站在一群人当中聊着天，身穿黄色晚礼服，瘦削白皙的双肩像象牙一样闪着光泽。她在微笑，然而我却觉得她脸上仿佛有种紧张的表情。我走近了一些——她没看见我，或是不想看见我——我看着她的笑容，这笑容漾在薄薄的嘴唇周围，讨人喜欢而有礼貌。这个笑容再次令我迷乱，因为……因为我知道这微笑是个谎言，是艺术或技巧，是高超的伪装。今天是星期三，这念头在我脑中闪过，星期六丈夫就要搭船回来……她怎么能够这样微笑，这么……这么沉着，笑得这么无忧无虑，慵懒地玩弄着手里的扇子，而没有在恐惧中把扇子扭坏？我……我这个陌生人……从两天以来就担心着那一刻……我这个陌生人用过度的情感分担她的恐惧、她的惊慌……而她却来参加舞会，还笑着，笑着，笑着……

“音乐从背后响起，舞会开始了。一位年长的军官向她邀舞，她向方才一起聊天的那群人道了歉，挽着军官的手臂走向另一间大厅，从我身旁走过。当她看到我，她的脸突然紧紧绷了起来，但只有一秒钟，然后她向我点点头，礼貌地表示认出了我——我还来不及决定要不要跟她打招呼——她就像对一个偶然遇见的熟人一样，说了声：‘医生，您好。’随即走开了。没有人猜得到这道灰色的目光里藏着什么，而我自己也不知道。她为什么跟我打招呼……为什么突然承认与我相识……那是抵抗吗？还是表示亲近？还是只是由于惊讶而起的尴尬？我无法向您描述，留在原地的我有多么激动，我内心翻腾，一切都压缩在一起，一触即发，当我看着她挽着那名军官的手臂慵懒地跳着华尔兹，额头上闪着无忧无虑的冷静光泽，而我明明知道她……知道她跟我一样只想着那件事……知道在这里只有我们两个共享着一个可怕的秘密……而她跳着华尔兹……在这几秒钟，我的恐惧、渴望和钦佩变得比任何时候都要强烈。我不知道是否有人在观察我，但我的一举一动泄露出的心情肯定要多过她隐藏的心情。我无法往别的方向看，我必须……是的，我必须盯着她，我从远处盯着她那张不露声色的脸，想看看那副面具是否会有一秒钟掉下来。这道凝视的目光想必令她感到不自在。当她挽着舞伴的手臂走回来，她闪电般地瞥了我一眼，带着严厉的命令，像是要我走开。那高傲的怒气再度恶狠狠地在她的额头上绷出小小的皱纹，是我先前就见识过的。

“可是……可是……我已经跟您说过……我像个马来狂发作的人，不看向左边，也不看向右边。我立刻明白了她的意思，这个眼神在说：不要引人注目！收敛一点儿！我知道她……我该怎么说？我知道她希望我在这个公众大厅里举止要检点……我明白，如果我现在回家去，明天她肯定会接见我……我明白她只是现在想要避免面对我引人注目的亲昵态度，明白她担心我的笨拙会引起骚动，而她大有理由担心……您看……我什么都知道，我了解这个发号施令的灰色眼神，可是……可是我心中的力量太强大了，我必须跟她说话。于是我摇摇晃晃地走向跟她聊天的那群人，把自己从那个松散的圈子旁边向前推——虽然在场的人我只认识几个——我只想听见她说话，然而我始终垂着头，像只挨了揍的狗，避开她的目光，那道目光冷冷地从我身上扫过，仿佛我是我身后的一片亚麻帷幕，或是轻轻掀动帷幕的空气。然而我站着，渴望听见她向我说句话，渴望她给我一个表示默许的暗示。我站在那群闲聊的人当中，目光呆滞，像块木头，肯定已经引人注目了，肯定如此，因为没有人对我说一句话，而她想必由于我可笑的模样而受着折磨。

“我不知道我这样站了多久……也许站了一辈子……由于意志受到蛊惑，我实在没有办法走开。正是我的偏执令我麻痹……可是她受不了了……她突然以她那份美妙的轻盈转身面对那些男士，说：‘我有点儿累了……今天我想早点儿睡……晚安！’随即从我身边飘然离去，用社交场合少见的方式向我点了点头……我还看见她额头上高高抬起的皱纹，接着就只看见她的背，那白皙、冷淡、赤裸的背。过了一秒钟，我才明白她走了……明白今天晚上，这足以救命的最后一个晚上，我无法再见到她，无法再跟她说话……我还呆呆地站了一会儿，直到我明白……然后……然后……

“不过，等一等……等一等……我得先向您描述一下那整个空间……否则您无法理解我所做的事有多么荒唐，多么愚蠢……那是官府的大厅，灯火通明，偌大的厅堂里几乎空荡荡的……成双成对的男女去跳舞了，男士去玩牌……只有几小群人在角落里聊天……所以说，大厅空荡荡的，一举一动都会引人注目，在刺眼的光线中清楚可见……她缓慢而轻盈地穿过宽广的大厅，肩膀抬得高高的，偶尔以她那种难以形容的姿态向别人回礼……带着庄严、冷峻、高贵的平静，那份平静令我心醉……我……我留在原地，我跟您说过了，在我尚未意识到她离开之前，我仿佛麻痹了……而当我意识到时，她已经走到大厅另一端，快到门口了……这时候……噢，如今回想起来我都还感到羞愧……我猛然一惊，跑了起来——您听到了——我跑了起来……不是用走的，而是鞋子扑通扑通地踩在地上跑，引起了很大的回声，我跑过整座大厅去追她……我听见自己的脚步声，看见所有的目光都惊讶地投向我……我简直就要羞死了……我还在跑的时候，就已经意识到这样做很疯狂……然而我没办法……没办法再回头……在门口我追上了她……她转过头来……她的眼神像一根灰色的钢条刺进我身体，鼻翼由于愤怒而掀动……我正想结结巴巴地开口说话……这时……这时……她突然发出响亮的笑声……那笑声清脆、无忧、真诚，用大家都能听见的声音大声说道：‘啊，医师，这会儿您才想到了要给我儿子的药方………唉，这些研究科学的先生就是这样……’几个站在附近的人也好意地跟着笑了……我会意了，她化解窘境的高明手法令我眩晕……我伸手去拿皮夹，从本子上撕下一张空白的纸，她漫不经心地接过去，然后……

再度露出冷冷的笑容致谢……走了……在起初那一刹那我感到轻松……我看出她的高明手段抵消了我的疯狂，化解了尴尬……但我也立刻知道，一切对我来说全完了，知道这个女人憎恨我这种鲁莽的愚蠢行为……更甚于死亡……知道现在我就算到她家门前去上千百次，她也会把我赶走，就像赶走一条狗。

“我踉踉跄跄地穿过大厅……注意到大家在看我……我的样子想必很奇怪……我走到餐台旁，接连喝了两杯、三杯、四杯白兰地……这让我免于晕倒……我的神经已经被撕裂，再也支撑不住了……然后我从一道侧门溜了出去，偷偷摸摸地，像个犯罪的人……就算把世上哪个王国赏赐给我，我也无法再穿过那座大厅，她的笑声还尖锐地附着在所有墙壁上……我走着……我已经记不清楚当时是往哪儿走……我去了几家酒馆，喝得烂醉……像个想借喝酒失去清醒意识的人……可是……我的意识没有变得模糊……那笑声挥之不去，尖锐而凶恶……我无法压下这笑声，这该死的笑声……之后我还在码头边乱走……我把手枪留在住处了，否则我就会举枪自尽。我心里也只有这个念头，只怀着这个念头回到住处……只想着箱子左边匣子里的手枪……只有这一个念头。

“后来我之所以没有举枪自尽……我向您发誓，那并非出于怯懦……按下已经上膛的冰凉扳机对我来说其实会是种解脱……可是我该怎么向您说明……我感觉到我还有一份义务……想到她可能还需要我，想到她会需要我，这个念头令我发狂……我回到住处时已经是星期四凌晨，而星期六……我已经跟您说过……星期六那艘船就要抵达，而我知道，要这个女人，这个高傲自负的女人在她丈夫和世人面前承受这样的耻辱，她是活不下去的……唉，想到那些无意义浪费掉的宝贵时间，想到我那荒唐的操之过急，阻碍了任何及时的协助，这些念头深深折磨着我……接连几个小时，是的，几个小时，我可以向您发誓，我在房间里走来走去，绞尽脑汁，想着要如何才能接近她，如何弥补一切，如何帮助她……因为我很明白她不会再允许我踏进她的屋子……我的每一根神经都还能感觉到她那阵笑声，还有她由于发怒而颤动的鼻翼……我在那个只有三米长的狭小房间里来来回回地走了好几个小时，真的是走了好几个小时……天已经亮了，已经是上午了……

“突然，一股力量把我扔到了桌前……我抽出一叠信纸，开始给她写信……把一切都写下来……那是封摇尾乞怜的信，我在信里乞求她原谅，称自己为疯子、罪人……我恳请她信赖我……我发誓在下一个钟头就会离开，离开这座城市，离开这个殖民地，如果她希望的话，我也会离开这个世界……只要她原谅我，信赖我，让我帮助她，在这个最后关头……我像发了烧似的一口气写了二十张信纸……那想必是封疯狂的信，难以形容，在一种半昏迷状态中写成，因为当我从桌前站起来，我全身都汗湿了……房间在摇晃，我必须喝杯水……然后我才试着把那封信再读一遍，可是才读了头几句我就感到恐惧……我颤抖地把信折起来，已经伸手去拿信封……这时一个念头突然在脑中一闪而过。我顿时知道了那句具有关键性的真心话。我又拿起笔，在最后一张信纸上写道：‘我在海滨旅馆等待一句原谅的话。如果到了七点还没有得到答复，我就举枪自尽。’

“然后我拿起那封信，按铃唤来一个跑腿的信差，请他立刻把这封信送过去。我总算把一切都说出来了——一切！”

某样东西在我们身边叮叮咚咚地滚动。他一个动作太猛，把威士忌酒瓶碰倒了，我听见他伸手在地板上摸索寻找，然后突然抓住了酒瓶，以高高的弧线把空酒瓶扔下船去。他的声音沉默了几分钟，然后急切地往下说，比先前更激动，更仓促。

“我已经不是个虔诚的基督徒……对我来说没有天堂，也没有地狱……就算有，我也不怕，因为地狱也不会比我从那天上午到傍晚所度过的那几个小时更可怕……请您想象一个小房间，在阳光下很热，在正午的艳阳下越来越炙热……一个小房间，只有一张桌子、一把椅子、一张床……而在这张桌子上就只有一块表和一把手枪，桌前是一个人……他什么也不做，只是凝视着桌面，凝视着那块表的秒针……这个人不吃不喝、不抽烟，一动也不动……始终就只是……您听我说：始终就只是盯着那圆形的白色表面，接连三个钟头，盯着那根滴滴答答绕着圆圈的指针……就这样……我就这样度过了那一天，就只是等待，等待，再等待……然而，那等待就像个马来狂发作的人做着一件没有意义的事，一件带着兽性的事，带着这种疯狂的执拗。

“唉……我不会向您描述这几个钟头……也无法描述……我自己都无法理解一个人如何能够经历这样一段时间而居然没有发疯……后来……在三点二十二分的时候……我清楚地记得这个时间，毕竟我一直盯着那块表……突然有人敲门……我跳起来……就像老虎扑向猎物那样跳起来，猛然跳过整个房间冲到门边，把门扯开……一个胆怯的中国小男孩儿站在门外，手里拿着一张折起来的纸条，我急忙伸手去拿，而他也已经一溜烟地跑走了。

“我扯开那张纸条，想要去读……却无法读……眼前一片红色在晃动……您想想那份折磨，我终于收到了她的回话……此刻我眼前的一切却在颤抖舞动……我把头埋进水里……头脑清楚了些……再把那张纸条拿过来读：

“‘太迟了！但请您留在住处。也许我还会唤您过来。’

“这张揉得皱皱的纸上没有署名，纸是从哪份旧广告上撕下来的……用铅笔匆匆潦草写成，除此之外，是很稳健的笔迹……我不知道这张纸条何以那般令我震撼……某件可怕的事、某种秘密附着在这张纸条上，仿佛是在逃亡途中写成，靠在窗台边或是在行驶中的车上写的……某种难以形容的恐惧、仓促、震惊，冷冷地从这张秘密的纸条上敲进我的灵魂……尽管如此……尽管如此，我还是很高兴：她写了信给我，我还不必死，她还允许我帮助她……也许……我还可以……噢，我完全沉浸在最疯狂不过的推测与希望之中……我把那张小纸条读了几百遍，几千遍，我亲吻那张纸条……仔细寻找是否还有我遗漏的哪个字……我的胡思乱想越来越深沉，越来越混乱，就像是睁着眼睛睡觉那种奇妙的状态……一种瘫痪，介于睡与醒之间的一种既麻木又灵动的状态，也许持续了十五分钟，也许持续了几个钟头……

“突然我惊醒过来……是有人敲门吗？我屏住了呼吸……一分钟，两分钟全然的寂静……然后又响起一阵很轻的敲击声，就像只老鼠在啃东西，很轻，但很急促……我跳起来，脑袋还在眩晕之中，我把门扯开——门外站着那个男仆，她手下的男仆，就是我之前一拳打在他嘴上的那一个……他的棕脸一片灰白，慌乱的眼神述说着不幸……我立刻感到害怕……‘发……发生了什么事？’我勉强结结巴巴地吐出这一句。‘赶快来。’他用英文说……除此之外什么也没说……我立刻冲下楼，他跟在我后面……外头停着一辆小车，我们上了车……‘发生了什么事？’我问他……他颤抖地看着我，咬紧了嘴唇，一言不发……我又问了一次，他还是一言不发……我恨不得再一拳打在他脸上，然而正是他对她这种像狗一般的忠心令我感动……于是我不再问了……那辆小车从人群中急速穿过，打散了人群，引来咒骂，从海边欧洲人居住的地区驶进下城，再继续往前，驶进中国城喧闹的人群中……终于我们抵达一条窄巷，位置在很偏僻的地方……在一栋矮小的房子前面停下来……那房子很脏，像是缩成了一团，前面是个小店，点着蜡烛……是那种藏着烟馆或妓院的小店，是个贼窝或是窝藏赃物的地方……那男仆急急地敲门……一个声音在门缝后面嘶嘶响起，问了又问……我受不了了，从座位上跳下来，撞开了那扇虚掩着的门……一个中国老太太轻轻叫了一声跑掉了……那男孩儿从我身后走过来，带着我穿过走廊……打开了另一扇门……门后是个昏暗的房间，充满烧酒和血块凝结的难闻气味……里面有呻吟声……我摸索着走进去……”

声音又中断了。之后再爆发出来的与其说是话语，不如说是啜泣。

“我……我摸索着走进去……而在那里……在那里一块肮脏的床垫上躺着……一个呻吟的人……由于痛苦而蜷缩着身子……是她躺在那儿……在黑暗中我看不见她的脸……我的眼睛尚未习惯黑暗……于是我只能摸索着向前……摸到她的手……很烫……燃烧般的烫……她在发烧，高烧……我感到一阵战栗，立刻明白了一切……她为了躲开我而逃到这儿来……任由某个中国女人宰割她的身体，只因为她希望这儿的人比较懂得保守秘密……任由某个魔鬼般的巫婆把她谋杀，也不愿信赖我……只因为我这个疯子……只因为我没有顾及她的自尊，没有马上帮助她……因为她怕我更甚于死亡……

“我喊着我需要灯光。那个男仆跳起来，那个中国女人用颤抖的双手端来一盏熏黑的煤油灯……我必须要克制住自己，不要扑上去掐住这个巫婆的咽喉……她把灯放在桌上……黄色的光线明亮地照在那具饱受折磨的身体上……突然之间……突然之间一切都离我远去，所有的麻木、愤怒，那些累积的激情，所有这些污浊之物都离我远去……我就只是个医生，一个帮助别人、有感觉、有知识的人……我忘了自己……以清醒的意识和那可怕的情况搏斗……我摸着我在梦中渴望的赤裸身体，只把它当成……我该怎么说呢……当成一种物质、一种生物……我感觉到的不再是她，而只是个在抵抗死亡的生命，那个在极度痛苦中蜷缩起来的人……她的血，她温热的、神圣的血涌到我手上，但我摸着那血却既没有快感，也不觉得害怕……我只是个医生……我只看见那种受苦……并且看出……

“并且立刻看出一切都已经完了，除非有奇迹出现……她受了伤，大量失血，由于那只罪恶而笨拙的手……而在这个发臭的小屋里，我没有能够止血的东西，就连干净的水都没有……我碰到的所有东西都沾满灰尘……

“‘我们必须立刻到医院去。’我说。可是我这话才出口，那具饱受折磨的身体就痉挛地抬了起来。‘不……不要……宁愿死……不要任何人知道……不要任何人知道……回家……回家……’

“我明白了……如今她要争取的只是那个秘密，她的名誉……不再是她的生命……而我听从了……那个男仆抬了一顶轿子来……我们让她躺进去……就这样……我们连夜抬着她……她已经像具尸体，没有力气而且发着烧……抬着她回家，挡开那些吃惊而想询问的仆人……像小偷一样把她抬进房间里，然后把门闩上……然后……然后就展开了跟死亡的漫长搏斗……”

突然，一只手紧紧握住我的手臂，让我差点儿由于惊吓和疼痛而叫出声来。在黑暗中，那张脸突然像个鬼脸般靠近我，我看见在情绪骤然爆发中亮出的白牙，看见那副眼镜在惨淡月光的反射中像一双巨大的猫眼闪闪发亮。此刻他不再是用说的，而是用吼的，被一种哭嚎的愤怒所震撼：

“您这个陌生人，这样轻松地坐在甲板的躺椅上，旅行世界各地，您可知道一个人死去是怎么回事吗？您曾经亲眼看见过吗？您曾经见过一具身体蜷缩起来，泛青的指甲抓进虚空之中，喉头发出艰难的喘息，四肢都在抗拒，每一根手指都在对抗可怕的死亡，看见眼睛在恐惧中凸出来，那种言语无法形容的恐惧吗？您这个悠闲的人，这个旅游世界的人，把协助说成是义务的您，可曾经历过这一切？身为医生，我经常看见死亡，也视之为……医学案例，视之为事实……可以说是研究过死亡，但要说亲身经历过，就只有那一次，只有在那一夜我陪着经历过，陪着死过……在那可怕的一夜，我坐在那里，绞尽脑汁，想找出办法，找到些什么，发明些什么来止住那流了又流的血，来退掉那将她在我眼前烧尽的热度……来对抗那越来越接近的死亡，但我却无法将死亡从床边驱逐。您明白那意味着什么吗？身为医生，懂得治疗各种疾病的知识——具有协助的义务，如同您很有智慧地说过——却束手无策地坐在一个垂死之人身边，明知她将死，却无能为力……我只知道这件可怕的事实，可我帮不了忙，就算撕裂自己身上的每一条血管也帮不了忙……我眼睁睁地看着一具自己所爱的身体悲惨地大量失血，受到疼痛的折磨，摸到跳得飞快而又逐渐微弱的脉搏……那脉搏在我的手指下消逝……我身为医生却束手无策，毫无办法，一点儿办法也没有……我只能坐在那里，喃喃地吐出祷告，像教堂里的干瘪老太婆，然后又握紧拳头，向可悲的上帝抗议，虽然明知道上帝并不存在……您明白吗？您明白吗？……我……我只有一点不明白……在这样的时刻，一个人如何能够不一起死去……如何能够在次日早晨醒来起床，去刷牙，打上领带……在经历了这件事之后如何还能活下去？我感觉到这份呼吸、这个人在我手底下溜走，这头一个我想要为之抗争、为之搏斗的人，一个我想用灵魂的所有力量将之留住的人……她渐渐从我手下溜走了……不知溜向何处……一分钟一分钟地……越来越快地溜走，而在我发热的大脑里，我想不出任何办法来挽留这一个生命……

“再加上，还有一件事使我的痛苦加倍剧烈……我坐在她床边——为了减轻她的痛苦，我替她打了吗啡，我看着她躺在那里，双颊灼热，脸色灰白——当我这样坐着，我始终感觉到有一双眼睛盯着我的背，带着吓人的紧张……那个男仆坐在我身后的地板上，蜷缩着，喃喃地低声念着某种祷词……当我的目光与他的目光相遇，那么……不，我无法描述……在他那卑微的目光里流露出深深的乞求……深深的感谢，同时他把双手向我举起，仿佛想恳求我拯救她……您明白吗？他像乞求神明一样向我举起双手……对着我这个束手无策的无用之人，我知道一切都已经完了……知道我在这里就跟一只爬在地板上的蚂蚁一样毫无用处……唉，这道目光深深折磨着我，他对我的医术怀着狂热的希望……我很想吼他，用脚踢他，他令我那么难受……然而，我感觉到我们两个由于对她的爱而有了联结……由于那个秘密……他蜷缩着身体坐在我后面，像只窥探的动物，麻木地缩成一团……我若是要什么东西，话才出口，他就用一双赤脚无声地跳起来，颤抖地把东西递给我……他满怀希望，仿佛这件东西就能帮得上忙……就能拯救她……我知道，为了救她，他会愿意割开自己的血管……这个女人就是这样具有支配他人的力量……而我……我却连让她少流一点儿血的力量也没有……噢，这一夜，这可怕的一夜，这介于生与死之间无尽漫长的一夜！

“天快亮时她又醒过来一次……她睁开了眼睛……此刻这双眼睛不再高傲冷漠，仿佛感到陌生地探索着房间，眼里由于发烧而闪着湿润的光芒……然后她看着我，似乎在思索，想要忆起我的脸……突然……我看出……她想起来了……因为她脸上流露出某种惊吓和抗拒……某种敌意和震惊……她挣扎着挥舞双臂，像是想要逃开……远远地逃开我……我看出她想起了那件事……想起当初那个时刻……不过，她随即又思索起来……较为平静地看着我，呼吸沉重……我感觉到她想要说话，想说些什么……她的双手又开始用力……她想把自己撑起来，但她太过虚弱……我安慰她，朝她俯下身子……这时她用一道痛苦的眼神久久地看着我……嘴唇微微颤动……她所说的话只是最后一些即将消失的声音……

“‘谁也不会知道吧……谁也不会？’

“‘谁也不会。’我使出全部的说服力说，‘我向您承诺。’

“但她的眼神仍旧不安……她用灼热的嘴唇努力说出下面的话，声音含糊不清。

“‘请您向我发誓……谁也不会知道……发誓。’

“我像宣誓一样举起了手指。她看着我……用一种……一种难以描述的眼神……柔和、温暖、感激……是的，真心感激……她还想说些什么，但那太过吃力。她躺了很久，由于体力耗尽而虚脱无力，闭着眼睛。然后那可怕的事开始了……那可怕的事……她还辛苦搏斗了整整一个小时，直到早晨才结束……”

他沉默良久。直到从甲板中央传来的钟声划破寂静，重重地敲了一下、两下、三下——三点了。月光黯淡下来，不过，另一种泛黄的光亮已经隐隐在空中颤动，偶尔有一阵微风吹过。再过半个小时到一个小时，天就要亮了，这份阴森就会在明亮的光线中消散。此刻我比较清楚地看见他的面容，由于阴影不再那么浓、那么黑地落进我们这个角落。他摘下了便帽，在裸露的头颅底下，他那张受尽折磨的脸显得更为吓人。但那副闪闪发光的眼镜已经又转向了我，他挺直了身子，语气尖刻，带着嘲讽。

“对她来说是结束了，对我来说却不然。只有我跟那具尸体在一起，却是在一栋陌生的屋子里，在一座容不下任何秘密的城市，而我……必须要保守这个秘密……是的，请您想象一下整个情况：一个来自殖民地上流社会的女子，完全健康，前一天晚上还在政府举办的舞会上跳舞，现在突然死在她的床上……一名陌生的医师在她身旁，据说是她的仆人去唤他来的……屋子里没有人看见他是什么时候来的，从哪里来……夜里有人把她用轿子抬进来，然后锁上了门……而早上她就死了……之后仆人才被叫过来，屋子里突然充满了刺耳的叫喊……邻居立刻就知道了，整座城市都知道了……而只有一个人必须解释这一切……就是我这个陌生人，一个来自偏远医疗站的医师……这个处境真令人愉快，不是吗？

“我知道自己将面对什么样的情况。幸好那个男仆在我身旁，这个勇敢的小伙子，他从我的眼里读懂了每一个暗示。这个迟钝的黄种人也明白，在此地还有一场搏斗要进行。我只对他说：‘太太希望没有人知道发生了什么事。’他看进我的眼睛，用那种卑微、湿润但坚决的目光，用英语说：‘是的，先生。’除此之外，再无他话。但他擦掉了地板上的血迹，把一切都收拾得整整齐齐。正是他的果敢让我也再度振作起来。

“我知道，在我的一生中，我从不曾有过这般集中的精力，而此后也永远不会再有。当一个人失去了一切，他就会为了最后一点儿东西而拼命搏斗，而这最后一点儿东西就是她的遗愿，她的秘密。我十分平静地接见众人，把同样一个编出来的故事说给众人听，说她派那个男仆去请医师，而他凑巧在路上碰到了我。然而，当我这样看似平静地述说，我一直在等待那关键的一刻……等待验尸的人，要等他来过之后，我们才能把她封进棺材里，连同她的秘密一起封住……别忘了，那是星期四，而星期六她的丈夫就要回来了……

“九点时我终于听见有人通报官方的医师已抵达。我请人唤他进来。论职级，他是我的长官，同时也是我的竞争对手，她当初提到他时语气很不屑，而他显然也已经听说了我想要调职。从他投来的第一道目光我就已经得知：他对我怀有敌意。可是这正好使我振作起来。

“在前厅里他就已经问道：‘某某太太’——他提起她的姓氏——‘是什么时候去世的？’

“‘今天上午六点左右。’

“‘她什么时候派人去找您的？’

“‘晚上十一点左右。’

“‘您知道我是她的医生吗？’

“‘知道，但情况紧急……再说……死者明确表示要找我，不许去唤另一位医生。’

“他盯着我看，在他苍白、略胖的脸上泛起红晕，我感觉到他心中的恼怒。而这正是我需要的——我集中全副精力想要速战速决，因为我感觉到我的神经撑不了太久。他想回敬几句带有敌意的话，于是懒懒地说：‘就算您认为用不着我，但我毕竟有职责在身，得要确认这桩死亡，并且……查明死因。’

“我没有回答，让他走在前面。然后我向后退，锁上了门，把钥匙放在桌上。他惊讶地扬起眉毛，问道：‘这是什么意思？’

“我冷静地站在他面前：

“‘现在要做的事不是确认死因，而是找出另一个死因。这位女士把我找来，是为了让我治疗一次失败的手术所造成的后果……我没有能够救她一命，但我承诺要挽救她的名誉，而我也会做到。因此我请求您帮我的忙！’

“他吃惊地睁大了眼睛。‘您的意思总不会是，’他结结巴巴地说，‘要我这个官方医师来遮掩一桩罪行？’

“‘没错，这就是我想要的，我不得不这么做。’

“‘要我为了您的罪行……’

“‘我跟您说过了，我没有碰过这位女士，否则……否则我现在也不会站在您面前，早就已经自我了断了。她所犯的错——如果您想这样说的话——她已经付出代价了，世人没有必要知道，而我不会容忍这位女士的名誉如今无谓地再受到污辱。’

“我坚决的语气只是更激怒了他。‘您不会容忍……是吗？哼，您倒成了我的主管……或者您至少已经自认为是我的上司……您要对我发号施令是吗？那您就来试试看……我立刻就想到一定是有件肮脏的事，如果有人把您从乡下叫过来……您行医还真是正派，小试身手，做得真不赖……但现在是要我来检查，而您可以相信，有我署名的记录会是正确的。我不会在谎言下面签名。’

“我十分冷静。

“‘这一次您却非做不可。因为在那之前您无法离开这个房间。’

“我把手伸进口袋。我身上并没有带枪，但他吓了一跳。我朝他走近一步，看着他。

“‘听我说，我有话对您说……免得事情走上极端。我不在乎我的性命……也不在乎别人的性命——我反正已经走到这一步了……我只在乎履行我的承诺，为这桩死亡的原因保密……听我说：我以我的荣誉向您保证，只要您签署死亡证明，说这位女士是……嗯，是死于偶然，那么我在一周之内就会离开这座城市，离开印度……一旦棺木入土，我能够确定谁也不能……您了解……谁也不能再追究，倘若您要求我举枪自尽我也会照办。这对您来说应该足够了——必须足够了。’

“我的声音里想必带着某种威胁、某种危险，因为当我不自觉地走近时，他向后退缩，一脸震惊，目瞪口呆，就像……就像大家看见马来狂发作的人挥舞着匕首狂奔而来就四散奔逃一样……他的态度一下子就变了……显得畏缩，仿佛瘫痪了……他强硬的态度瓦解了，喃喃表达出最后一次软弱的抵抗：‘这会是我这一辈子头一次签署一张不实的证明……不过，总是能找出办法的……大家反正也知道这是怎么回事……但我总不能就这样随随便便……’

“‘当然不能，’我附和他，以加强他的决心——‘快一点儿！快一点儿！’这个念头在我的太阳穴上滴滴答答地响着——‘可是事到如今，您知道若是不这么做，只会让一个活人伤心，让死者蒙受可怕的耻辱，那么您肯定就不会犹豫。’

“他点点头。我们走到桌旁。几分钟之后，医师证明就写好了——这份证明后来也被刊登在报纸上，可信地描述了一场心脏停搏——然后他站起来，看着我：

“‘您这个星期就会起程，对吧？’

“‘我以名誉向您保证。’

“他又看着我。我察觉他想要摆出严格、务实的态度。‘我立刻找人送一副棺木过来。’他说，为了掩饰他的尴尬。可是在我心里有种东西，让我显得如此……如此可怕……如此痛苦，突然他向我伸出手来，以一种突如其来的真挚跟我握手，说道：‘您好自珍重。’我不知道他是什么意思，是我生病了吗？还是……疯了？我陪他走到门边，打开了门锁，而在他身后把门关上已经用尽了我最后的力气。那阵滴滴答答声又在我太阳穴上响起，一切都在摇晃，都在旋转，而我就在她床前倒下了……就像……就像马来狂发作的人跑到最后，因为神经崩溃而失去意识地倒下。”

他又停顿下来。我感到一阵寒意，是此刻从船上轻轻吹过的晨风所带来的凉意吗？但那张痛苦的脸又再度绷紧，这会儿已经被晨光微微照亮。

“我不知道自己这样在垫子上躺了多久。这时候有东西碰了我一下。我惊醒过来，是那个男仆，他犹豫地站在我面前，带着那副卑躬屈膝的姿态，不安地看进我眼睛里。

“‘有人想进来……想看看她……’

“‘谁也不准进来。’

“‘是……可是……’

“他的眼神流露出惊吓。他想说些什么，却不敢说。这只忠实的动物正承受着某种折磨。

“‘是谁？’

“他颤抖地看着我，像是害怕我会揍他。然后他说——他没有说出名字……这样一个卑贱的人怎么会突然如此懂事？在某些时刻，即便是这样鲁钝的人也会具有善解人意的细腻心思……然后他说……十分胆怯地说……

“‘是他。’

“我跳了起来，立刻明白了，也立刻急着想去见这个陌生人。因为您知道，这是多么奇特……在这一切的痛苦中，在这番由渴望、恐惧和仓皇构成的狂热中，我把‘他’完全给忘了……忘了还有一个男子跟这件事有关……这个女人爱过的男子，她把她拒绝给我的东西热情地给了他……十二个小时以前、二十四个小时以前，我还会憎恨这个男子，还可能会把他撕成碎片……而现在……我无法向您描述我有多么急着想见他……去爱他，因为她曾经爱过他。

“我一个箭步就冲到了门边。一个非常年轻的金发军官站在那儿，十分无措，十分瘦削，十分苍白。他看起来像个孩子，这么……这么令人怜爱……他努力要像个男子汉那样维持镇静……隐藏他的激动……让我感受到难以名状的震撼。当他把手举到帽子旁行礼，我立刻看出他的双手在发抖……我真想要拥抱他……因为他就跟我所希望的一模一样，他就是我所希望曾经占有这个女子的男人……不是个引诱者，不是个高傲的人……不，他还一半是个孩子，是个纯洁温柔的人，而她把自己献给了他。

"这个年轻人站在我面前，十分拘束。我热切的目光和冲动的一跃而起只是令他更加迷惑。他唇上那撇小胡子颤动着，泄露出他的心情……这个年轻的军官，这个孩子，他必须要克制自己不要放声啜泣。

"'请您原谅，'他终于说道，'我还想……还想再看一下……夫人。'

"我情不自禁地伸出手臂搂住他的肩膀，搂住这个陌生人，像带着一个病人一样带领着他。他讶异地看着我，用一种无比温暖而感激的眼神……就在这一秒，我们就已经理解了彼此之间的共同之处……我们走到死者身边……她躺在那儿，浑身洁白，裹在白色的麻布里——我感觉到在我旁边他仍然感到压抑……于是我向后退，把他独自留下来跟她在一起。他缓缓地朝她走近……脚步踌躇迟疑……从他的肩膀我看得出他内心的翻搅和撕裂……他走路的样子就像……就像一个人在一场猛烈的风暴中逆风前进……突然，他在床前双膝一软，跪了下来……就跟我先前倒下了一样。

"我立刻跳向前，把他扶起来，带他到一张椅子上坐下。他不再害羞，啜泣着把他的痛苦发泄出来。我什么话也说不出来，只是不自觉地伸手抚摩他孩子般的柔软金发。他抓住我的手……很温柔，但很胆怯……而我蓦地感觉到他的目光凝视着我……

"'请您告诉我真相，医师，'他结结巴巴地说，'她是自杀的吗？'

"'不是。'我说。

"'那么……我的意思是……她的死要归咎于……归咎于什么人吗？'

"'不。'我又说，虽然我喉头哽咽，很想对他大吼：'都得要怪我！我！我！……还有你！……要怪我们两个！还有她的倔强，她那要命的倔

强！’但我克制住自己，又重复了一次：‘不……谁也不能怪……那是厄运！’

“‘我没办法相信，’他呻吟着，‘我没办法相信。前天她还去参加了舞会，还微笑地跟我打招呼。这怎么可能？这怎么可能发生？’

“我编了个长长的谎话告诉他，并没有向他泄露她的秘密。那几天里我们像兄弟一样谈话，仿佛沐浴在将我们联结在一起的感觉中……我们没有向彼此透露这份感觉，但我们从彼此身上感觉到，我们整个人生都系在这个女子身上……有时候我忍不住想说出来，话已经到了嘴边，但我随即咬紧牙关——他从不知道她怀了他的孩子……这个女人要我杀死那个孩子，他的孩子，最后她带着那个孩子一起坠入了深渊。但在那些日子里，我们谈论的内容就只有她，在那些日子里我藏在他那儿……因为——我忘了告诉您——别人在找我……她的丈夫回来了，那时棺材盖已经封上……他不愿意相信诊断结果……大家都议论纷纷……而他在找我……但是叫我去见他令我无法承受，我知道她跟他在一起过得不快乐……我躲了起来……整整四天没有出门，我们两个都没有离开他的住处……她的情人替我用假名订了一个船位，让我能够逃走……我像个贼一样在夜里偷偷溜上甲板，不让任何人认出我……我抛下了我拥有的一切……我的房子和这七年来的所有工作，我的财产，所有的东西都任人拿取，只要有人想要……而政府官员大概已经将我除名，因为我没有请假就擅自离开工作岗位……但我无法再在这座城市、这间屋子里……在这个世上生活下去，一切都让我想起她……我像个贼一样在夜里逃走……只想摆脱她……只想遗忘……可是……当我上了船……在夜里……午夜时分……我朋友跟我在一起……这时候……这时候……他们正用起重机把某件东西吊上船……那东西是长方形，黑色的……是她的棺木……您听到了：她的棺木……她一直追着我到这儿来，一如我当时追着她……而我必须站在一旁，假装是个陌生人，因为她的丈夫也在一旁……他要带着棺木回英国……也许是想在那里请人验尸……他把她抢回去了……现在她又属于他……不再属于我们……我们两个人……可是我还在这儿……我会一路同行，直到最后一个钟头……她丈夫将不会得知，我永远不会让他得知……我会懂得维护她的秘密，不让任何尝试得逞……不让这个坏蛋得逞，她因为害怕他而走上了绝路……他什么也不会得知……她的秘密属于我，就只属于我一个人……

“现在您明白了……现在您明白……为什么我受不了见到那些人……受不了听见他们的笑声……当他们成双成对地打情骂俏……因为在那下面……在货舱里，在一包包的茶叶和巴西胡桃之间，摆着她的棺木……我没办法进去，那个地方是锁住的……但我全部的感官都知道它在那儿，分分秒秒都知道……就算他们演奏着华尔兹和探戈舞曲……这实在很蠢，大海淹没过几百万个死者，在世人所踩的每一尺土地上，都有一具尸体在腐烂……然而，我就是忍受不了，没法忍受，当他们举行化装舞会，那样放荡地笑着……这个死者，我感觉到她的存在，而且我知道她想要我做什么……我知道，我还有一项义务……我的责任未了……她的秘密尚未被拯救……她还没有给我自由……”

从船身中央传来脚步声和湿布落地的声音：水手开始洗刷甲板了。他吓了一跳，像是被逮住了一般，过度紧绷的脸上露出害怕的表情。他站起来，喃喃地说：“我这就走了……这就走了。”

看着他那副模样是种折磨：由于喝酒或是流泪，他的目光憔悴，眼睛红肿。他闪避我的关切。从他畏缩的样子，我感觉出他为了向我、向这一夜泄露出心事而感到羞愧，无比的羞愧。我不由自主地说：

“我可以在下午的时候到您的舱房里去吗……”

他看着我，嘴唇掀动，露出嘲讽、冷硬、挖苦的表情，他用一种恶毒的语气吐出了每一个字并加以扭曲。

“啊哈……您那了不起的助人为乐的义务……啊哈……用这句名言，您成功地让我多嘴起来。可是，不用了，先生，谢谢。您别以为我现在心里轻松一点儿了，我对您掏心掏肺，连肠子里的粪便都掏出来了。我搞砸的人生再也没有人能够修补……我白白替伟大的荷兰政府服务了……退休金泡汤了，我穷得像条狗一样地返回欧洲……一条跟在一副棺材后面哀鸣的狗……一个人不可能像个马来狂发作的人一样狂奔许久而不受到惩罚，到最后他终究会被击倒，而我希望我离尽头不远了……不，谢了，先生，谢谢您好心地想来拜访……在舱房里我已经有了同伴——几瓶陈年威士忌，它们偶尔能给我安慰，还有我的老朋友，我那把可靠的勃朗宁手枪，只可惜我没有及时向它求助……到头来，它比所有的废话都更能帮助我……拜托，请您不要费神……毕竟，一个人仅剩的最后一项人权就是：选择自己死亡的方式……不受陌生协助打扰。”

他再度嘲讽地看着我，甚至带着挑衅，但我感觉得到那只是羞愧，无尽的羞愧。然后他垂下肩膀，转过身去，没有说再见，穿过已经被天光照亮的甲板，朝着船舱走去，拖长的步伐异常歪斜。我没有再见到他。那一夜跟下一夜我都在原来那个位置上找他，但徒劳无功。他消失了。我原本可能以为这是一场梦，或是一个幻象——如果不是在旅客之中有另一个人引起了我的注意，他手臂上戴着黑纱，是个荷兰大商贾，别人向我证实他刚刚丧偶，他太太死于一种热带疾病。我看见他避开其他人，严肃而痛苦地来回踱步，一想到我知道他最秘密的忧愁，这个念头令我莫名地感到羞怯，当他从我身旁走过，我总是闪到一边，免得在眼神中泄露出我对他的命运知道得比他自己更多。

随后，在那不勒斯港发生了那件不寻常的事故，我认为在那个陌生人的叙述中可以找到解释。大多数的乘客当晚都下了船，我自己到歌剧院去了，之后还去了罗马路上一家明亮的咖啡馆。当我们搭乘一艘橡皮艇回到轮船上，我就已经注意到有几艘小船绕着那艘轮船，在用火把和电石灯搜寻，而在轮船黑暗的甲板上有宪兵和警察神秘地来来去去。我询问一名水手，问他发生了什么事。他避而不答，那态度立刻显示出他曾接获指示要保持沉默。第二天，那艘轮船又安详地继续驶向热那亚，没有一丝痕迹显示曾有事故发生，在船上也无法得知任何消息。后来，我才在意大利文的报纸上读到据说发生在那不勒斯港的那桩意外，当然添加了不少浪漫的描述。据说在那一夜，报上这么写着，一名来自荷属殖民地上流社会的女士的棺木从轮船甲板上被运上一艘小船，为了避免乘客看见而感到不安，选在夜深人静之时进行。工人和她丈夫正一起用绳梯把棺木降下来，此时有件重物从甲板上坠落，把棺木连同搬运工人和那位丈夫一起拉进了海底深处。一份报纸声称是有个疯子下楼梯时跌倒了，摔在绳梯上；另一份报纸则加以粉饰，说绳梯是由于负荷过重而自行断裂。总之，轮船公司似乎竭尽所能来掩饰事实真相。搬运工人和那位丈夫都被人用小船从水里救起，很费了一番工夫，但那具棺材却立刻沉入海底，无法再打捞出来。在另一则短讯中同时提及有一具大约四十岁的男尸漂进了港口，而大众似乎不认为这件事跟那桩被浪漫地加以报道的意外事故有所关联。而我才读了简略的几行字，那张苍白如月光的面容就仿佛又在纸页背后浮现，眼镜镜片闪闪发光，再一次像个幽灵般凝视着我。

一个陌生女人的来信

知名小说家R去山上游憩了三天，于清晨回到维也纳。他在火车站买了份报纸，瞄了一眼日期，突然想起今天是他的生日。他旋即想到他四十一岁了，这件事实既未令他宽慰，也没有令他感伤。他翻了翻沙沙作响的报纸，搭乘一辆出租汽车回到他的公寓。仆人报告在他离家时有两位客人来访，另外还有几通电话，也把这几天累积的邮件放在托盘上端过来。他随便看了看那些信件，有几封信的寄件人引起了他的兴趣，于是他就拆开了几封信；有一封信上的字迹陌生，而且摸上去很厚，被他先搁在一边。此刻茶已经端来，他舒舒服服地坐在扶手椅上，又翻阅了一下报纸和几件印刷品，然后点燃了一根雪茄，伸手去拿那封被搁在一旁的信。

那是二十几张仓促写就的信纸，是个陌生的女子笔迹，字迹潦草，更像是一份手稿，而不像一封信。他不禁又去摸摸信封，看是否还有一张说明忘在里面。可是信封是空的，而且就跟信纸一样，既没有寄件人地址，也没有署名。真奇怪，他心想，又把那封信拿在手里。“你，从来不认得我的你。”这句话写在信的上端，像是称呼，又像是标题。他愣了一下：这指的是他吗？还是一个想象中的人？他的好奇心顿时被唤醒，他开始往下读。

我的孩子昨天死了。为了这个稚嫩的小生命，我和死神搏斗了三天三夜。当流行性感冒摇撼着他发烧的可怜身体，我在他床边坐了四十个小时，替他滚烫的额头冷敷，日日夜夜握住他不安的小手。第三天晚上我累倒了，眼睛再也撑不住，不知不觉就合上了。我在那张硬椅子上睡了大概三四个小时，就在这段时间里，死神带走了他。如今他躺在那儿，那个可爱又可怜的男孩儿，在他窄窄的儿童床上，就跟他死去时一模一样，只是有人合上了他的眼睛，他那双慧黠的深色眼睛，别人把他的双手交叠在白色衣衫上，在床的四角高高地点着四根蜡烛。我不敢望过去，一动也不敢动，因为烛光若是摇曳，就会有影子掠过他的脸和他紧闭的嘴，就仿佛他脸上还有表情，而我会以为他没有死，以为他会再醒过来，用他清亮的声音对我说些天真温柔的话语。但我知道他死了，我不想再望过去，免得我再一次怀抱希望，又再一次失望。我知道，我知道，我的孩子昨天死了，如今在这个世上我还有的就只剩下你，就只有你，对我一无所知的你，你浑然不觉地玩乐，借着事物与人群来消磨时间。就只有你，从不曾识得我的你，我一直深爱的你。

我拿来第五根蜡烛放在桌上，就在这张桌上写信给你。因为我无法单独和我死去的孩子共处，却不把灵魂里的话呐喊出来，而就在这个可怕的时刻，如果不向你诉说，我又该向谁诉说？你曾是我的一切，现在仍是我的一切！也许我无法清楚地向你诉说，也许你也不明白我的意思——此刻的我头脑昏沉，太阳穴一阵阵抽动，像是有人在敲击它们，我的四肢酸痛。我想我在发烧，或许也已经染上流行性感冒，这疾病如今正在挨家挨户地扩散。倘若果真如此，那就好了，因为这样一来，我就可以随着我的孩子而去，不必自行了断。有时候我眼前一片漆黑，也许我连这封信都写不完，但我将鼓起所有的力气，至少向你诉说这一次，就这一次。你啊，我的爱人，从未认出我的你。

我只想对你诉说，头一次把一切都告诉你，我要让你知道我全部的人生，我的人生一直都属于你，而你却对其一无所知。但唯有当我死去，当你无须再给我回答——此刻使我的身体忽冷忽热的疾病确实预示着我生命的终结——你也不用给我回答，我会让你得知我的秘密。要是我能继续活下去，我就会撕掉这封信，继续保持沉默，一如从前。而这封信若是到了你手中，那你就知道，在此向你诉说人生的是个已经死去的女人，她这一生都属于你，从清醒的第一刻直到最后一刻。请别害怕我的话语，已死之人再无所求，既不要爱情，也不要同情和安慰。我只想要你相信我，相信我那颗飞向你吐露伤痛的心所诉说的一切。请相信我所说的一切，这是我对你的唯一请求，谁也不会在自己唯一的孩子死去时说谎。

我想向你透露我的一生，我的人生确实是从我认识你的那一天开始的。在那之前的日子模糊而混乱，我再也不要去回想，那就像间地下室，里面的人与物沾满灰尘，到处都是蛛网，刺鼻的霉味在空气中久久不散，我的心对之不再有记忆。当你出现时，我十三岁，住在你如今所住的那栋屋子里，就是你拿到这封信、拿到我最后一丝生命的那栋屋子，我就住在同一条走廊上，在你那间公寓的正对面。你肯定不记得我们了，那个贫穷的会计师遗孀（她出门总是穿着丧服）和那个半大不小的瘦削女孩儿，毕竟我们是那么安静，仿佛隐没在小市民的贫困生活中。也许你从不曾听过我们的姓名，因为我们的公寓门旁没有名牌，也无人来访，无人关心。再说那也已经是多年前的往事，十五年，十六年，不，你肯定不记得了，我亲爱的。而我，噢，我却热情地记得每一个细节，直到如今都还记得那一天，不，是那一刻，当我头一次听见你的名字，头一次看见你。而我怎么可能不记得呢？因为世界就在那一刻为我敞开了。请有点儿耐心，我亲爱的，容许我把一切从头向你述说，请不要倦于花这一刻钟的时间来聆听，我爱了你一辈子也不曾疲倦。

在你搬进我们那栋屋子以前，在你那扇门后住着丑陋、恶劣、爱争吵的一家人。他们虽穷，却更加厌恶邻居的贫穷，他们恨我们，因为我们不想和他们一样，不想沾染那种堕落的、属于下层阶级的粗野。那个丈夫是个酒鬼，会打他的太太，夜里常有椅子倒下、盘子摔破的声音把我们吵醒，有一次她被打得流血，披头散发地跑到楼梯上，那个醉汉在她身后怪声大吼，直到其他住户从门里出来，威胁他要去叫警察，风波这才平息下来。我母亲从一开始就避免跟他们来往，也禁止我跟他们家的小孩儿说话，因此他们一有机会就报复我。如果他们在街上遇见我，就在我身后喊脏话，有一次他们用坚硬的雪球打我，我的额头都流血了。出于共同的直觉，整栋楼的人都讨厌这一家人。有一天突然出事了，我想是那个丈夫由于偷窃而被关进了牢里，他们必须带着家当搬出去，那时我们全都松了一口气。出租的纸条在屋子大门上贴了几天，随即被取下，很快便从管理员那儿传来了消息，一位作家，一位单身的、安静的先生租下了那间公寓。那是我头一次听见你的名字。

几天之后，粉刷匠、油漆匠、清洁工、裱糊匠就已经来把那肮脏的前住户住过的公寓打扫干净。他们敲敲打打，又擦又刮，但母亲却不嫌吵，她说，如今对面总算不会再又脏又乱的了。你本人我还不曾见过，在搬家期间也不曾见过，所有的工作都由你的仆人来监督，那位矮小严肃、头发灰白的管家，他的态度安静、务实，带着高高在上的神气指挥这一切。我们都很佩服他，首先，因为在我们这栋位于郊区的房子里，一位管家是件新鲜事物；再者，他对所有的人都很有礼貌，却并未因此而把自己跟那些佣人放在同一个位阶上，不会跟他们称兄道弟。从第一天起，他就对我母亲怀着尊重，将她视为一位淑女，就连对我这个小丫头也总是亲切而庄重。每次他提起你的名字，总是带着一份尊敬，一种特别的敬意，别人立刻能看出，他对你的忠诚远远超出一般的仆人。为此我是多么爱他，那个善良的老约翰，虽然我羡慕他能够一直在你身边服侍你。

我亲爱的，我告诉你这一切，所有这些近乎可笑的小事，是为了让你了解，你何以从一开始就能对当年那个害羞、胆怯的我具有这么大的魔力。在你本人尚未进入我的生活之前，就已经有一道光环围绕着你，一种富裕、特殊、神秘的氛围——在那栋位于郊区的小屋子里，我们全都迫不及待地等着你搬进来（生活在狭隘世界的人们对于门前的新鲜事物总是格外好奇）。有一天下午我放学回家，而运送家具的车子就停在屋前，这份对你的好奇在我的心中大大地增长起来。搬运工人已经把大多数的东西搬上去了，比如说那些沉重的家具，现在则正在把较小的零星物品搬上去。我在门口停下脚步，惊羡地看着这一切，因为你的东西都很稀奇，我以前从未见过：有印度神像、意大利雕塑、色彩耀眼的大幅图画，最后则是书籍，那么多，那么漂亮，远远超乎我的想象。那些书全都堆在门边，由那个管家接过去，用掸子仔细掸掉每一本书上的灰尘。我充满好奇，蹑手蹑脚地绕着那堆越来越高的书，管家没有赶我走，但也没有鼓励我，所以我一本书都不敢去碰，虽然有些书的柔软皮面让我很想去摸一摸。我只能怯生生地从旁边看见那些书的名称，其中有法文、英文，还有一些我不认识的文字。我很可能会在那里看上几个钟头，把所有的书名都看一遍，这时候母亲却唤我进屋里去。

接下来那整个晚上我都忍不住地一直想着你，虽然我尚未认识你。我自己只有十几本廉价书籍，装订的厚纸已然磨损，我爱这些书胜过一切，总是读了又读。那个思绪在我脑中萦绕：拥有并读过这许多美好书籍的人会是什么样子？他懂得这么多的语言，如此富裕又如此博学。一想到这许多书，我心中就涌起一股超越尘世的敬意。我试图想象你的样子：你是个戴眼镜的老先生，留着长长的白胡子，就像我们的地理老师，只是更亲切、更英俊、更温和。我不知道自己当时何以就认定你一定很英俊，因为当时我想象中的你还是个老先生呢。就在那一夜，在我尚未认识你之前，我头一次梦见了你。

第二天你搬了进来，可是尽管我拼命侦查，却还是没见到你，而这更增加了我的好奇。终于，在第三天，我见到你了，那番惊奇是何等的令我震撼，因为你跟我想象中的截然不同，跟我天真地想象出的圣父形象毫无相似之处。我梦见的是个戴眼镜的亲切老人，然后你出现了，就跟如今的你一模一样，你这个人始终没有变化，岁月的流逝没有在你身上留下痕迹！你穿着一件迷人的浅棕色运动服，用男孩儿般轻快的步伐爬上楼梯，总是一次跨过两个台阶。你把帽子拿在手里，我看见你明亮生动的面孔和年轻的头发，我的惊讶简直无法形容。真的，我由于惊讶而被吓呆了，你是那么年轻、那么俊秀、那么轻盈苗条又优雅。而且说也奇怪，就在这一秒，我就清楚地感受到你的独特之处，我和所有其他人一样在你的身上一再感受到这份独特：你具有双重性格，既是个热情、逍遥、醉心于游戏和冒险的男孩儿，与此同时，你又在你所从事的艺术中是个无比严肃、具有责任感、饱览群书、深具教养的男子。我不自觉地感受到你过着双重的生活，这一点后来每个人都在你身上感受得到，那生活有明亮的一面，向世界敞开的一面，也有黑暗的一面，只有你自己识得。十三岁的我第一眼看到你，就感觉到这种深沉的双重性格，感到你生命的秘密，并且奇妙地受到吸引。

现在你能了解了，我亲爱的，对于还是个孩子的我，你是个何等的奇迹，何其诱人的谜样人物！大家尊敬你，因为你写书，因为你在另一个广大的世界里名声响亮，而我赫然发现你是个二十五岁的优雅青年，像个男孩儿般开朗！还需要我来告诉你吗？从这一天起，在我们那栋屋子里，在我贫乏的童年世界里，除了你以外，再没有别的事物能引起我的兴趣。我以一个十三岁女孩儿的全部执拗和磨人的固执，只围绕着你的生活、你的生命打转。我观察着你，观察着你的习惯，观察那些来找你的人，而这一切并未减少我对你本人的好奇，反而更增加了我的好奇，因为你的双重性格在来访之人的差异中表露无遗。来的人当中有年轻人，你的同伴，不修边幅的大学生，你跟他们一起纵情欢笑，但也有搭乘汽车前来的女士。有一次是歌剧院的总监，那位大指挥家，我只怀着尊敬远远地看见过他站在指挥台上，另外也有些还在读商业学校的小姑娘尴尬地溜进门里，总之，来找你的女人很多。我并不觉得那有什么特别，就连有一天早晨我去上学时，看见一个蒙着面纱的女士从你那儿离开，我也没觉得那有何特别。毕竟我当时才十三岁，我怀着热烈的好奇窥探着你，但还不知道那份好奇已是爱情。

但是我亲爱的，我还清楚地记得，我把整颗心永远给了你的那一天，那一刻。我跟一个女同学散步回来，正站在大门口闲聊。此时一辆汽车开过来，车刚停下，你就迫不及待地以一种轻快的方式从踏板上跳下来，这一幕直到如今都还吸引着我。你下了车想要走进门去，我不由自主地去替你开门，就这样挡住了你的路，差点儿跟你撞在一起。你看着我，那目光温暖、柔和、深情，像是对我的爱抚，你温柔地——是的，我想不出别的形容词——对我微笑，几近亲昵地轻声对我说：“多谢了，小姑娘。”

全部经过就是这样，我亲爱的。但从这一秒开始，自从我感觉到这道甜蜜、温柔的目光，我就迷恋上了你。后来，没多久我就得知，你把这种目光投向每一个与你擦身而过的女子，每一个卖东西给你的售货小姐，每一个替你开门的女佣。你用这道目光把对方搂住，将对方拉向你，并裹住了对方，同时又替对方宽衣解带，这是天生情圣的目光。我知道你这道目光并非有意，不是出于刻意或者好感，而是因为你对所有女性都温柔以待，当这道目光投向她们，就不自觉地变得柔和、温暖。然而，十三岁的我却没有意识到这一点，我仿佛浸入了火中，以为这份温柔就只是针对我，只针对我一个人。就在这一秒，那个黄毛丫头身上的女性情怀苏醒了，而这个女子永远地迷恋上了你。

“那是谁？”我的女同学问。我一时无法回答，无法说出你的名字，就在这一秒，单单这一秒，你的名字于我而言就变得神圣，就成了我的秘密。“噢，就只是住在这栋楼里的一位先生。”我结结巴巴地说，样子十分笨拙。“那为什么他看着你的时候，你的脸红成这样？”她以一个好奇孩子的幸灾乐祸嘲弄我。正因为感觉到她的嘲弄触及了我的秘密，我的血液更加炙热地涌上脸颊。由于尴尬，我变得粗鲁，愤愤地说了声“蠢丫头”，恨不得把她掐死。但她却笑得更大声，更嘲讽，直到我感觉到由于束手无策的怒气而夺眶而出的眼泪。我跑上楼，任由她站在那里。

从这一秒钟开始我就爱上了你。我知道，被宠坏的你常听见女人这样对你说。但请你相信我，从不曾有人像我这样还是个孩子时就那样爱过你，那样犹如奴隶一般，卑躬屈膝、舍身忘己地爱着你。而在你面前，我始终是个孩子。因为在这世上，没有什么比得上一个孩子暗中的悄悄爱恋，因为这份爱是那般毫无希望、低声下气、委屈逢迎、暗中守候、炽热奔放，和一个成年女子的爱截然不同，成年女子的爱在渴望之外还不自觉地有所要求。只有寂寞的孩子能完全守住自己的热情，其他的人在跟同伴相处时就把自己的感情絮絮叨叨地说尽了，在与友伴的亲昵中把感情耗尽了，关于爱情，她们听过许多，也读过许多，知道爱情是一种共同的命运。她们把爱情当成一种玩具，以此夸耀，就像男孩子夸耀自己抽的第一根烟。可是没有人能让我倾吐心事，没有人教导过我，警告过我，我没有经验，没有思想准备，我一头栽进我的命运中，就像掉进一座深渊。在我心中生长、萌发的一切，我都只向你倾吐，向我梦中的那个你倾吐。我父亲去世得早，母亲总是闷闷不乐，担心微薄的津贴不够用，跟我也不亲近；学校里那些已经有点儿堕落的女生令我厌恶，因为她们轻率地玩弄对我而言是至高情感的爱情。于是我把原本四下分散的心思，把一颗紧紧压抑却又依旧急切地向外翻涌的心都掷向你。对我来说，你是——该怎么说呢？任何比喻都无法描述——你是我的全部，我的整个生命。我的一切都只存在于跟你的关联之中，我生命中的一切都只在跟你有所关联时才有意义。你改变了我的整个人生。在那之前，我对课业并不在乎，在学校里成绩中等，现在我突然成了第一名，我如饥似渴地阅读各种书籍直到深夜，因为我知道你热爱书籍。我突然开始练习弹钢琴，带着近乎执拗的坚持，让我母亲大为讶异，只因为我认为你喜欢音乐。我清洗、缝补衣服，只为了在你面前显得整洁讨喜。我惊骇地发现我那件旧制服左边有块四方形的补丁（那件制服是用我母亲的一件家居服改的），我生怕你会注意到，从而瞧不起我，因此上楼时我总是把书包压在上面，身体由于害怕而颤抖，唯恐你会看见那块补丁。那是多么愚蠢啊，其实你几乎再也不曾正眼看过我。

尽管如此，除了等候你，窥探你，我可以说整天没有别的事可以做。我们家的门上有个小小的窥视孔，是黄铜制的，透过那个圆孔可以看见你的门。这个窥视孔——不，我亲爱的，请别笑，直到今天，直到今天我都不为那些时刻感到羞惭！——那是我通往世界的眼睛，在那里，在那冰冷的玄关里，我担心母亲会猜疑，所以手里拿着一本书，整个下午都坐在那儿窥视，月复一月，年复一年，整个人绷得紧紧的，像根琴弦，当你的出现拨动了这根弦，它便琤琤作响。我的一颗心总是围着你转，为你而颤动。但你丝毫感觉不到，一如你感觉不到口袋里那只怀表绷紧的发条，那只表耐心地在暗中为你计时，以听不见的心跳与你同行，在滴滴答答的几百万秒当中，你只会匆匆朝它瞄上一眼。我知道你的一切，了解你的每一个习惯，识得你的每一条领带、每一套西装，没过多久我就能分辨你的每个朋友，把他们分成两类，我喜欢的和我讨厌的。从我十三岁到十六岁，我时时刻刻都透过你而活。啊，我做过多少傻事！我亲吻你的手碰过的门把，偷走你在进屋前扔掉的一个烟蒂，那烟蒂于我而言是神圣的，因为你的嘴碰过它。晚上我随便找个借口，几百次跑下楼到巷子里，好看看你公寓里哪个房间的灯亮着，以便更清楚地感觉到你在那儿。在你出门旅行的那几个星期里——每次看见善良的约翰把你的黄色旅行袋提下楼，我的心总是害怕得停止跳动——在那几个星期里，我的生活死气沉沉，毫无意义。我闷闷不乐，百无聊赖，生气地走来走去，只是得时时留心，别让母亲从我哭红的眼睛里察觉到我的绝望。

我知道，我现在向你述说的全都是荒诞的情感泛滥，都是幼稚的傻事。我应该为此感到羞惭，但我不觉得羞惭，因为我对你的爱从不曾比这种天真的情感泛滥更为纯洁，更为热情。我可以向你说上几个钟头，甚至说上几天，当年我是如何跟你生活在一起的，而你几乎不曾跟我打过招呼，因为如果我在楼梯上遇见你，而又无处闪避的时候，我就会低下头从你身边走过，为了躲避你灼人的视线，就像一个人为了避免被火烫焦而冲进水里。关于那些早已逝去的岁月，我可以向你说上几个钟头，说上几天，我可以摊开你人生的整本日历，但我不想让你感到无聊，不想折磨你。我只想再次向你吐露我童年最美好的经历，而我请求你别为了那件事的微不足道而嘲笑我，因为对于当年还是个孩子的我，那是件无穷大的事。那应该是个星期天，你出门旅行了，而你的管家把沉重的地毯拖出去拍掉灰尘，再拖回公寓敞开的门里。好心的他拖得很吃力，我一时大胆，走过去问他我能否帮忙。他很讶异，但没有阻止我，于是我看见了——我只能告诉你，我心中的景仰何等崇敬，何等虔诚！——你公寓的内部，你的世界，你习惯坐在前面的那张书桌，桌上放着一个蓝色水晶花瓶，里面插着几朵花，还有你的橱柜，你的画，你的书。那只是朝你的生活偷偷地匆匆一瞥，因为忠诚的约翰肯定会阻止我仔细打量，但我用这一眼吸收了屋内的整个气氛，使我不论是醒是睡都有无尽的养料供我沉思梦想。

这短短的一分钟是我童年最幸福的一刻。我想向你述说这一分钟，让你，不认识我的你，终于能渐渐意识到一个生命是如何依恋着你，并且为你憔悴。我想向你述说最幸福的时刻，还想对你说最可怕的时刻，可惜这一刻跟那一刻是如此接近。我已经跟你说过，为了你，我忘了一切，我没有去留意母亲，不在乎任何人。我不曾注意到有位年长的先生来访的次数越来越频繁，待的时间也越来越久，他是个商人，来自因斯布鲁克，是我母亲的远房姻亲。事实上我欢迎他来，因为偶尔他会带妈妈上剧院，而我可以独自留下，想着你，守候着你，那就是我至高的幸福，是我唯一的幸福。有一天，母亲郑重其事地把我叫进她房间里，说她有重要的事情跟我说。我变得脸色苍白，心脏顿时怦怦跳动。难道她察觉了什么吗？猜到了什么吗？我的第一个念头是你，那个让我与世界相连的秘密。但母亲自己也觉得尴尬，她温柔地亲吻了我两下（平常她从不曾这么做过），把我拉到沙发上坐在她旁边，欲语还休，难为情地说她那位远亲是个鳏夫，说他向她求婚，而她主要是为了我的缘故，决定接受他的求婚。血液更加炙热地涌向我的心脏，我心里只有一个念头，关于你的念头。“但我们还是会住在这里吧？”我只能结结巴巴地吐出这句话。“不，我们要搬到因斯布鲁克去，费迪南在那儿有栋漂亮的别墅。”我眼前一黑，没有听见其余的话。后来我知道我昏了过去，听见母亲小声地向在门后等待的继父说：我突然张开双手向后一退，随即像个铅块一样倒下去。接下来那几天发生的事，我无法向你描述，我这个无能为力的孩子是如何反抗他们强大的意志，直到此刻，当我在写这封信时回想起来都还会为之颤抖。我无法透露我真正的秘密，所以我的反抗显得不过是执拗倔强、故意作对。谁也不再跟我说什么，一切都背着我发生。他们利用我去上学的那几个钟头来处理搬家事宜，等我回到家，总是又有一件家具被搬走了，或是被卖掉了。我看见那间公寓逐渐解体，我的生命也随之解体。有一天，当我回家吃午饭时，搬家具的工人已经来过，把所有的东西都搬走了。在空荡荡的房间里摆着收拾好的皮箱，还有两张行军床：母亲和我将在那里睡上最后一夜，第二天搭车前往因斯布鲁克。

在这最后一天，我突然果断地感觉到，不在你的身旁，我就活不下去。除了你，我不知道还有谁能帮我。当时我究竟是怎么想的，在那绝望之际我究竟还能否清楚地思考，这一点我永远也说不上来，可是突然之间——母亲出门了——我站起来，还穿着制服，走到对面你的公寓去。不，并不是我在走，而是有一股磁铁般的力量推着我，把我推到你门前。我双腿僵硬，关节颤抖。我已经跟你说了，当时我并不清楚知道自己想要什么，也许是想跪在你面前，求你把我留下，当作女仆，或是当作女奴。恐怕你会对一个十五岁女孩儿这种天真的狂热一笑置之，可是——我亲爱的，如果你知道当时我是如何站在门外冰冷的走廊上，身体由于恐惧而僵硬，却还是被一股不可思议的力量推着向前，你就不会笑我了。我简直是把那条颤抖的手臂从身体扯开，让它举起来——我在挣扎，而那可怕的几秒无比漫长——把手指按上门铃的按钮。那尖锐的铃声直到如今还刺进我的耳中，随后是一片寂静，我的心停止跳动，全身的血液停止流动，只竖耳倾听你是否会过来。

但你没有来，谁也没来。那天下午你显然是出去了，约翰则去买东西了。于是我摸索着回到我们那间已被毁弃、空空如也的公寓，已经消逝的铃声仍在耳中轰轰作响，我筋疲力尽，倒在一条毛毯上，从你家到我家那四步路使我疲惫不堪，仿佛在深深的积雪中跋涉了好几个钟头。然而，纵使我筋疲力尽，但是想要在他们把我拉走之前见你一面、跟你说话的决心依旧炽热，并未熄灭。我向你发誓，我当时心中并无情欲，那时我对此还一无所知，正因为我除了你之外什么也没去想，我只想见你，再见你一次，紧紧抱住你。于是我等了你一整夜，我亲爱的，那一整个漫长可怕的夜晚。一等母亲上床睡着，我就蹑手蹑脚地到玄关去，偷听你何时回家。我等了一整夜，而那是一个冰冷的元月夜晚。我很疲倦，四肢酸痛，而且家里也已经没有椅子能让我坐下，于是我平躺在冷冷的地板上，风从门下吹进来掠过地板。我只穿着单薄的衣服，躺在那令人作痛的冰冷地板上，因为我没有拿被子，我不想让自己暖和，怕我会因此睡着，没能听见你的脚步声。那样躺着很痛，我的双脚痉挛，蜷缩起来，我的双臂在颤抖。在那可怕的黑暗中是如此寒冷，我不得不一再站起来。但我继续等了又等，等着你，就像等待着我的命运。

终于——那想必已经是凌晨两三点了——我听见有人打开了楼下的大门，随即听见上楼的脚步声。那寒冷仿佛从我身上抖落，一股热流从我身上掠过，我悄悄打开门，想朝你冲过去，想扑倒在你脚边……唉，我不知道当年那个傻孩子会做出什么事来。脚步声接近了，摇曳的烛光透上来。我颤抖地握住门把。上楼来的人，真的是你吗？

是的，是你，我亲爱的——但你并非独自一人。我听见一阵娇媚的轻笑，一件丝绸衣服的窸窣声，还有你的轻声细语——你带了一名女子一起回家……

我是怎么活过这一夜的，我不记得了。第二天早上八点，他们把我拖去了因斯布鲁克，我不再有力气反抗。

我的孩子昨天夜里死了，倘若我真的要继续活下去，我将再度孑然一身。明天他们将会到这儿来，那些身穿黑衣、粗笨的男子，他们将会带来一具棺木，把我的孩子放进去，我可怜的孩子，我唯一的孩子。也许一些朋友也会过来，带来花环，可是一具棺木上的鲜花有什么意义？他们将会安慰我，跟我说些什么。唉，言词，话语，对我又有什么用？我知道，在那之后我又得再度独自一人。而最可怕的事莫过于在人群中的孤独。这样的经验当年我就有过，在因斯布鲁克那无比漫长的两年，从我十六岁到十八岁，我生活在家人之中，像个囚犯，像个被摒弃的人。继父沉静寡言，对我很好，母亲似乎愿意满足我的所有愿望，像是想弥补一件无心的过错；年轻人对我献殷勤，但我出于一种强烈的倔强，对他们一概地加以拒绝。我不想在远离你的地方过得快乐满足，我把自己埋进自我折磨和寂寞的黑暗世界。他们买给我色彩鲜艳的新衣服，但我不穿；我拒绝去听音乐会、上剧院，也不愿跟大家兴高采烈地去郊游。我几乎不上街。你相信吗？我亲爱的，在我住了两年的那座小城里，我认识的街道不到十条。我在哀悼，我想要哀悼，由于看不见你，我就再也不想拥有其他，并且乐于享受这种匮乏。再者，我不想让别的事物转移了我的热情，一心只想透过你来生活。我独自坐在家里，几个钟头，几天，除了想你之外什么也不做，一而再、再而三地回忆关于你的千百桩小事，回想每一次相遇，每一次等待，在脑海中搬演这些小小的插曲，宛如在剧院看戏一样。由于我把过去的分分秒秒回想过无数次，我的整个童年也因此留在炙热的记忆中，在我的感觉里，过去那几年的每一分钟都生动而鲜活，仿佛那分分秒秒昨天才从我血液中流过。

当时我只透过你而活着。我买了你全部的作品，如果你的名字出现在报纸上，那一天就像个节日。你相信吗？你写的书每一行我都背熟了，因为我读过那么多遍。假如有人在夜里把我叫醒，从那些书里抽出一行念出来，在今天，十三年后的今天，我依然能够接着念下去，就像在做梦一样。你写的每一句话于我而言都像是福音书和祈祷文，整个世界都只存在于和你的关联中。我在维也纳出版的报纸上阅读有关音乐会和首演的消息，只想着这当中哪些会令你感兴趣，到了晚上，我就遥遥地伴随着你：现在他走进了表演厅，现在他坐了下来。这情景我梦想过千百回，因为我曾在一场音乐会上见过你一次，唯一的一次。

可是这一切又何必述说？一个孤单孩子的狂热，猛烈、自毁、悲哀而且毫无希望，何必向一个从未意识到、从不知晓这份狂热的人述说？然而，当时的我果真还只是个孩子吗？我十七岁了，转眼就满十八岁了，在街道上，年轻人开始转过身来看我，但他们只会令我恼怒。因为对其他人的爱情，或者只是在脑子里想象跟其他人玩儿一场爱情游戏，这个念头对我来说无比陌生，无法理解，无可想象，就连那份诱惑在我看来都是种犯罪。我对你的热情始终如一，只不过这份热情随着身体的成长而变得不同，随着情欲的日渐苏醒而更加炙热，更加带有肉欲的情愫，更加具有女性的气息。当年按下你家门铃的那个孩子，在她未受启蒙的模糊意志中无法意识到的，如今成了我唯一的念头：把我献给你，完全委身于你。

别人误以为我害羞，说我腼腆（我坚决不透露我的秘密）。但一份钢铁般的意志在我心中滋长，我一心一意只想回到维也纳，回到你身边。而我坚持贯彻我的意志，就算这意志在别人眼中如此荒唐，如此难以理解。我继父很富有，把我当成自己的孩子来看待。但我异常执拗，坚持要自食其力，最后终于得以到维也纳一位亲戚那儿去，在一家大型服装店工作。

我终于在一个多雾的秋夜抵达维也纳——终于！终于！——我还需要告诉你，到了维也纳，我去的第一个地方是哪里吗？我把皮箱留在火车站，冲上一列电车——那电车行驶得多么缓慢呀，每一次靠站都令我恼怒——我跑到那栋楼前面。你的窗户亮着灯，我的心响起了音乐。此刻整座城市方才活过来，这座城市原本如此陌生，毫无意义地在我周围嗡嗡作响；此刻我才又活了过来，由于我感觉到你就近在咫尺，你，我永远的梦想。我浑然不觉自己距离你的意识同样遥远，不管是相隔了山峦、谷地和河流，还是像现在这样，在你我发亮的目光之间只隔着你窗户那片透出光亮的薄薄玻璃。我就只是抬头望着，望着：灯光在那儿，屋子在那儿，你在那儿，我的世界在那儿。两年来我梦想着这一刻，如今上天把这一刻赐给了我。我站在你窗前，站了长长的一夜，那雾色蒙蒙的一夜，直到灯光熄灭。在那之后，我才去寻找住处。

之后我每天晚上都站在你住的那栋屋子前面。我在店里上班到六点，工作很辛苦，很累，但我喜欢那份工作，因为那份忙碌让我不致过于痛苦地感觉到自己的不安。那道铁卷门刚在我身后哐当落下，我就直奔我心爱的目的地。我一心只想要见到你一次，遇上你一次，只想能够再一次远远地用目光抚摩你的脸。大约过了一个星期后，我终于遇见了你，而且刚巧是在我没有料到的一瞬：就在我抬头向你的窗户张望时，你穿越街道走过来。顿时我又成了那个孩子，那个十三岁的孩子，我感觉到血液涌上脸颊，我不由自主地低下头，违反了我内心深处的冲动，渴望感觉到你目光的冲动，我飞快地从你身旁走过，仿佛被人追赶似的。事后我为了这种小女孩儿般的羞怯逃离感到惭愧，因为如今我很明白自己的意愿：我想要与你相遇，我在找你，想要你认出我来，经过那些在思念中消逝的岁月，我想要被你注意，被你所爱。

但你久久不曾注意到我，虽然我夜夜站在你住的那条巷子里，不论是大雪纷飞，还是寒风肆虐。我往往空等了好几个钟头，然后你终于出门，在朋友的陪伴下离去。有两次我也看见你跟女子同行，这时候我感觉到自己长大了，一颗心突然抽搐，让我明白自己对你有了新的感觉，不同的感觉。看见一个陌生女子泰然自若地与你携手同行，那阵抽搐仿佛撕裂我的灵魂。我并不感到惊讶。童年时期我就知道你常有女性访客，但如今这突然让我在身体上感到痛苦，有种东西在我心中绷紧，既带着敌意抗拒你和另一个女子在肉体上亲昵，自己却又渴望这种亲昵。带着天真的傲气，我一天都没到你住的屋子去，也许直到如今我仍有这份傲气。然而，那个倔强和反抗的空虚夜晚是多么可怕。第二天晚上我又认命地站在你屋前等待，再等待，一如我这一辈子都站在你向我紧闭的生命前等待。

终于，有一天晚上你注意到了我。我看见你远远地走过来，我振作精神，决心不要闪躲。碰巧一辆正在卸货的车子堵在路上，你不得不从我身边走过。你散漫的目光不由自主地从我身上掠过，那道目光一遇上我专注的眼神——我心中的回忆赫然惊醒！——立刻变成你看向女性的那种目光，温柔地裹住了对方，又揭露了对方，将对方紧紧围绕并且抓住，那道目光在我还是个孩子的时候首度唤醒了我，让我成为一个女人，成为一个恋爱的女人。我们四目相接了一两秒，我无法把目光移开，也不想移开，然后你就从我身旁走过。我一颗心怦怦直跳，不由自主地放慢脚步，由于按捺不住的好奇令我转过身去，我看见你停下脚步，朝我望过来。你好奇而感兴趣地打量着我，由此我立刻知道：你没有认出我。

你没有认出我，当时没有，从来没有，你从未认出我来。我该如何向你——我亲爱的，描述我在那一秒的失望——那是我首度承受没被你认出的命运，我一辈子承受这个命运，也在这个命运中死去；没被你认出，始终没被你认出。我该如何向你描述这份失望！要知道，在因斯布鲁克的那两年，我时时刻刻都想着你，什么事也不做，一心幻想着我们在维也纳的首次重逢，视我的情绪而定，我想象过最荒谬的画面，也想象过最幸福的画面。如果我可以这么说的话，我把各种情况都在脑海中想过一遍；在黑暗的时刻，我想象你会拒绝我，会看不起我，因为我太过卑微，太过丑陋，太过缠人。你的猜疑、你的冷漠、你的无动于衷，这种种情绪我全都在热烈的想象中经历过，然而这个情况，这个最可怕的情况，就算在我心情黯淡的时候，在最强烈的自卑感中，我也不敢去想：你根本不曾注意到我的存在。如今我了解——唉，是你教会我了解的！——对一个男人来说，一个女孩儿、一个女人的脸想必变化多端，因为那张脸往往只是面镜子，有时反映出热情，有时反映出天真，有时反映出疲惫，而且就像镜中影像一样易逝，因此男人更容易遗忘女人的面容，因为年龄在那张脸上造成光影的变化，因为每一件衣服都以不同的方式框住那张脸。认命的人其实才是真正深谙世事之人。然而，当年仍是少女的我无法理解你的健忘，由于我毫无节制地不停想着你，于是有了疯狂的念头，以为你一定也常常想着我，也在等着我。假如我知道我对你来说什么也不是，你从来也不曾想起过我，那我如何还能够呼吸！我在你的目光下清醒过来，这道目光告诉我你根本不再认得我，你也一点儿也想不起你的生活与我的生活之间的蛛丝马迹，这份清醒是我跌进现实中的第一跤，我第一次对自己的命运有了预感。

当时你没有认出我。两天后，我们再度相遇，当你的目光带着一种熟悉注视着我，你还是没有认出那个爱你的我，那个被你唤醒的我，你认出的只是两天前在同一个地方朝你迎面走来的十八岁的漂亮女孩儿。你亲切而惊讶地看着我，嘴角泛起一抹微笑。你又从我身旁走过，再一次立刻放慢脚步。我在颤抖，我在欢呼，我在祈祷，希望你会和我攀谈。我感觉到对你来说我头一次活生生地存在，我也放慢了脚步，没有闪避。而我突然感觉到你在我身后，我没有转身，我知道此刻我将第一次听见你用我喜欢的声音对我说话。我心中的期待仿佛麻痹了我，我已经担心到不得不停下脚步，我的心跳得那么厉害，这时你走到我身旁。你轻松愉快地向我攀谈，仿佛我们熟识已久——唉，你没料到是我，你对我的生活从来都一无所知！——你跟我攀谈的方式迷人而自然，让我甚至能够回答你的问题。我们一起走过整条街道，然后你问我要不要一起去吃饭。我说好。我怎么敢拒绝你的邀请呢?

我们一起在一家小餐馆用餐——你还记得是在哪里吗?唉,不,你肯定无法分辨那一晚和其他的类似夜晚,因为对你来说我算什么呢?我只是几百个女子当中的一个,无数艳遇当中的一次。又有什么能让你忆起我呢?我说得很少,因为能在你身边,听见你对我说话,这就足以让我幸福无比。我不想因为问一个问题,或者一句傻话来浪费一秒钟的时间。你给了我这一个小时,我非常感谢你,我永远也不会忘记这一个小时。你的行为让我意识到我对你的热烈崇拜是完全应该的,你是那么的温柔、轻松、得体,一点儿也不纠缠,丝毫没有那种急于献殷勤的温存,并且从一开始就流露出一种沉着亲切的熟悉感,就算我不是早就全心全意地属于你,你也会赢得我的心。啊,你不知道你满足了我多么巨大的期望,没有让我长达五年的幼稚期待失望!

天色已晚,我们起身离开。在餐厅门口,你问我是否急着要走,是否还有时间。事实上我早有准备,我怎么可能对你隐瞒!我说我还有时间。接着你微微犹豫,但随即问我愿不愿意到你那儿去聊一会儿。"我很乐意。"我自然而然地脱口而出,而我立刻察觉,我答应得这么迅速让你有点儿尴尬,也可能是有点儿高兴,无论如何我的回答显然令你惊讶。如今我了解你当时的诧异:我知道女人通常会否认自己愿意献身,就算她们热切渴望献身也一样,她们会假装受到惊吓,或是假装发怒,想要对方用恳求、谎言、誓言和承诺来加以安抚。我知道,也许只有像妓女那种职业的爱人才会如此喜不自胜地接受这种邀请,不然就是十分天真、尚未成年的女孩儿。然而在我身上却是——你又怎么可能知道——只不过是化为言语的意志,累积了上千个日子的思慕终于在此刻爆发。总而言之,你很惊讶,我开始引起你的兴趣。我感觉到,在我们走路时,你一边说话一边从旁边讶异地端详着我。但凡与人性有关之事,你的感觉总是准确得不可思议,你立刻嗅出在这个不怕生的漂亮女孩儿身上有种不寻常之处,有着一个秘密。这唤醒了你的好奇心,你兜着圈子问我问题,加以试探,我察觉你试图探索那个秘密,但我闪躲了。我宁可显得傻气,也不愿向你泄露我的秘密。

我们上楼到你家去。原谅我，我亲爱的，如果我对你说，你不可能了解这趟路、这道楼梯对我的意义，那是多么深的陶醉，多么大的迷惑，何等猛烈的幸福，令人痛苦，几乎致命。直到如今，回想起这段记忆来我都会潸然泪下，而如今我的眼泪已经干涸。但你只要体会一下，那里的每一件事物都仿佛被我的热情渗透，每一件都象征着我的童年，我的思慕：那扇大门，我在门前等过你千百回；那道楼梯，我总是从那儿听见你的脚步声，也在那楼梯上头一次见到你；那个窥视孔，我用全部心灵从中张望；你门前那块地毯，有一次我曾跪在那上面；钥匙转动的咔嚓声，那声音总是让我从守候处一跃而起。我的整个童年，我的全部热情，都盘踞在这几米长的空间里，我全部的人生都在此处，而如今我如愿以偿，我和你走在一起，我和你，在你的屋子里，在我们的屋子里，我过去的生活像暴风雨一样向我袭来。你想一想——这听起来很老套，但我想不出别的说法——直到走到你门前为止，一切事物都是我活了一辈子的现实，是沉闷的日常世界，在你的房门口，便开启了孩子的魔法天地，阿拉丁的王国；你想一想，我曾用炙热的眼睛凝视过千百次的房门，如今我正飘飘然地穿越这扇门，而你就能猜想到——但只是猜想到，永远无法完全明白，我亲爱的！——这迅速流逝的一分钟从我的生命里带走了什么。

那一次我在你那儿待了一整夜。你不知道在那之前不曾有男人碰过我，我的身体不曾有人摸过、看过。但是我亲爱的，你怎么可能知道呢？因为我对你没有丝毫抗拒，我压抑住任何害羞的犹豫，只因为不想让你猜到我爱你的这个秘密，这个秘密肯定会把你吓坏的——因为你只喜欢轻松、嬉戏、了无牵挂，你害怕插手干预一桩命运。你想要挥霍自己的生命，挥霍在所有的事物上，挥霍在这个世界上，而你不想牺牲。如果我现在告诉你，我亲爱的，说我把童贞献给了你，那么求求你不要误解我！我不是在指责你，你没有引诱我，没有欺骗我，没有诱拐我——是我自己挤向你，投身你怀里，一头栽进我的命运中去。我永远不会埋怨你，不，只会永远感谢你，因为这一夜对我来说是多么的欢愉，由于幸福而令人飘飘然。当我在黑暗中睁开眼睛，感觉到你在我身边，我纳闷儿头顶上方竟然没有星辰闪烁，我深觉自己置身于天堂——不，我从不曾后悔，我亲爱的，我从不曾为了这一刻而后悔。我还记得，当你睡着，当我听见你的呼吸，感觉到你的身体，感觉到我离你这么近，我在黑暗中喜极而泣。

第二天一早我就急着走。我得到店里去上班，也想趁管家到来之前离开，我不想让他看见我。当我穿好衣服站在你面前，你搂住我，久久地凝视着我，是一丝黑暗而遥远的回忆在你心中浮现吗？还是你只是觉得我美丽而快乐，一如我当时的心情？然后你在我唇上吻了一下。我挣脱开来，想要离去。这时你问我："想不想带几朵花走？"我说好。你从书桌上那个蓝色水晶花瓶里拿了四朵白玫瑰（啊，我童年时曾对它偷偷一瞥，从此便认得了这个花瓶）给了我。此后接连的几天我都还吻着这些花。

在这之前，我们约好了在另一天晚上见面。我来了，而那一次也同样美好。你又给了我第三个夜晚，然后你说你要出门旅行——噢，我从童年起就多么痛恨这些旅行！——你答应一回来就会通知我。我给了你一个邮局的地址，我将自行去取信。我不想告诉你我的名字，我保守着我的秘密。临别时你又送了我几朵玫瑰作为道别。

接下来那两个月我每天都去问……算了，何必向你描述这种由于期盼、绝望而引起的地狱般的折磨。我并非在指责你，我爱的就是你原本的样子，热情又健忘，体贴但不忠实，我就爱你这个样子，就只爱你这个样子，你向来如此，如今依旧如此。你早就已经回来，我从你亮着灯的窗户看得出来，但你没有写信给我。在我生命的最后这几个钟头，我手边没有你的只言片语，我把生命献给了你，而你却不曾写过一行字给我。我等待着，像个绝望之人那样等待着。但你没有呼唤我，没有写过一行字给我……一行也没有……

我的孩子昨天死了，他也是你的孩子。他也是你的孩子，我亲爱的，孕育自那三个夜晚的孩子，我向你发誓，没有人会在死亡的阴影下说谎。他是我们的孩子，我向你发誓，因为从我献身给你的那一刻，一直到孩子离开我的身体，这当中没有别的男人碰过我。你的碰触让我把自己的身体视为神圣之物，你是我的一切，我如何能够分属于你和其他男人，那些只在我人生中匆匆掠过的男人？那是我们的孩子，我亲爱的，孕育自我心甘情愿的爱情和你无忧、挥霍、几乎不自觉的温存，他是我们的孩子，我们的儿子，我们唯一的孩子。但现在你会问——也许大受惊吓，也许只是讶异——你会问，我亲爱的，何以我这么多年来都绝口不提这个孩子，直到如今才提起他来？此刻他在黑暗中沉睡，永远地沉睡，就要离我远去，再也不会回来，再也不会！然而我又如何能够告诉你？我这个陌生女子，心甘情愿与你共度了三夜，没有丝毫抗拒，而是满心渴望地向你张开怀抱，你永远不会相信，不会相信这个偶然邂逅的无名女子会对你这个不忠实的男子保持忠贞，你永远不会毫无猜疑地把这个孩子视为自己的孩子！就算我的话让你觉得有些许可信之处，你也永远无法摆脱暗中的怀疑，怀疑我试图把我跟别人怀的孩子算在你这个有钱人的头上。你会对我起疑，一道猜疑的阴影将会留下，在你我之间掠过的淡淡阴影，这非我所愿。再者，我了解你，我是如此了解你，就连你都不见得这么了解自己：我知道你喜欢爱情中的无忧、轻松、嬉戏，突然成为父亲，突然要为另一个人的命运负责，这会令你难堪。你这个唯有在自由之中才能呼吸的人会觉得对我负有某种义务，你会为了这份义务而恨我——是的，我知道让你违背自己的清醒意志会令你恨我。也许你只会在几个钟头里，也许只在转瞬即逝的几分钟里，你会觉得我累赘，觉得我讨厌，然而我出于自尊，希望你这一辈子在想起我时都无忧无虑。我宁愿自己扛下一切，也不要成为你的负担，我只想成为你所有女人当中的一个，让你想起我时总是怀着爱意、怀着感谢。只不过，你从不曾想到我，你把我忘了。

我并非在指责你，我亲爱的，不，我不是在指责你。请原谅我，如果我笔下偶尔流露出一丝辛酸，请原谅我——毕竟我的孩子，我们的孩子死了，躺在摇曳的烛光下；我向上帝握紧了拳头，称他为凶手，我的心情抑郁而混乱。请原谅我的哀诉，请原谅！我知道你是个好人，在心底深处乐于助人，你会帮助任何人，只要别人求你，就算是再陌生的人也一样。但你的善心是如此奇特，那善心向所有人敞开，对方想拿多少，就能拿多少，你的善心广大，无尽广大，但这份善心——原谅我这么说——是懒散的。这份善心需要别人来提醒，需要别人来取。当别人呼唤你、恳求你时，你会帮助别人，但你帮助别人是出于羞惭、出于软弱，而非出于喜悦。让我坦白地告诉你，在你眼中，生活在匮乏和苦难中的人，不见得比你幸福的弟兄更加可爱。而那些跟你一样的人，哪怕是他们当中心地最善良的，别人也很难向他们乞求。我还是孩子的时候，有一次我从门上的窥视孔看见你拿了钱给一个来按你门铃的乞丐。他还没向你央求，你就很快地给了他钱，甚至给了很多，但你把钱递给他时带着一种恐惧和仓促，希望他赶紧走开，仿佛你害怕直视他的眼睛。你这种不安、羞怯、怕人感谢的帮助方式，我从来不曾忘记。因此我从不曾向你求助。当然，我知道，就算你不能确定那是你的孩子，当时你也会帮助我。你会安慰我，给我钱，一大笔钱，但总会带着暗暗的不耐烦，想把这件麻烦事从身边推开。是的，我认为你甚至会说服我及早把孩子拿掉。这是我最担心的事——因为只要是你所渴望的事，我什么事不会去做？我如何能够拒绝你！但这个孩子是我的一切，毕竟他是你的孩子，是另一个你，但又不再是你，不是那个快乐无忧、我无法留住的你，而是永远把自己托付给了我的你——我这么想，这个你附着在我体内，和我的生命相连。如今我终于捕获了你，能够感觉到你，感觉到你的生命在我的血液中生长，我的灵魂热切地盼望着能够喂养你，爱抚你，亲吻你。你瞧，我亲爱的，正因为如此，当我知道我怀了你的孩子，我是多么幸福，正因为这样我没有向你提起，因为这样一来你再也无法从我身边溜走。

当然，我亲爱的，那几个月并非如同我预先感受到的那样，尽是些幸福的时光，我也度过了充满恐惧和折磨的几个月，充满了对卑劣世人的厌恶。我过得并不轻松。怀孕的最后几个月我无法再去店里上班，以免被亲戚注意到，免得他们去告诉我的家人。我不想向母亲要钱，于是我靠着变卖我拥有的那一点儿首饰，勉强度过分娩前的那段日子。分娩前一周，一个洗衣妇从柜子里偷走了我最后的几块钱，所以我不得不住进一家产科医院。只有一贫如洗、遭人摒弃和遗忘的女人才会在迫不得已时到那儿去，那个孩子——你的孩子，就在那儿——在那些可怜的社会渣滓中诞生。那是个令人想死的地方：陌生，陌生，一切都无比陌生，躺在那儿的我们对彼此也同样陌生，互相憎恨，只是被不幸，被相同的痛苦推到这个阴郁的大厅，这里充满了氯仿和鲜血的气味，充满了叫喊和呻吟声。穷人必须忍受的凌辱和身心耻辱，我在那儿都遭受了，我必须忍受与妓女和病人同在，她们把共同的命运变成一种下流的行为；必须忍受年轻医生的冷嘲热讽，他们带着讥讽的微笑，掀起那些无力自卫之人的被单，带着虚伪的科学精神去摸她们的身体；必须忍受女性管理员的贪婪——噢，在那里，一个人的羞耻心被别人的目光钉在十字架上，被别人的话语鞭笞。写着你姓名的名牌，在那里就只有这个名牌还是你，因为躺在床上的只不过是一块颤动的肉，被好奇的人触摸，成为一个供人观赏和研究的对象——啊，那些在家里为温柔等待的丈夫生下孩子的女人不会知道，孤独无助地在犹如一张实验桌上生下孩子是怎么一回事！如今当我在书里读到地狱这个字眼，都还会不由自主地突然想起那个大厅，大厅里被塞得满满的，发出难闻的气味，充满叹息、嘲笑和伴随着血污的惨叫，我曾在这座羞耻心的屠宰场那里受苦。

请原谅我，原谅我说起这件事。但我就只说这一次，从此不会再提。十一年来我对此只字未提，不久之后我即将永远沉默。我必须大声喊出来一次，就这一次，喊出这个孩子是我用多大的代价换来的，他曾是我全部的幸福，如今他躺在那儿，没有了呼吸。我原本已经忘了那些时刻，早已在孩子的微笑、孩子的声音、在我的幸福中将之遗忘；然而此刻，当孩子死了，那份痛苦又变得鲜活，而我必须把这份痛苦从灵魂里喊出来，就这一次。但我并不怪你，我只指责上帝，指责他让这份痛苦变得毫无意义。我不怪你，我向你发誓，也从不曾在愤怒中埋怨过你。就算是我在阵痛中蜷起身体的时刻，当我的身体在那些大学生探究的目光下由于羞惭而发烫，就算是在痛楚撕裂我灵魂的那一秒，我也不曾在上帝面前指责过你；我从不曾为那儿夜懊悔，从不怨尤我对你的爱，我始终爱着你，始终为我遇见你的那一刻而感恩。假如我得再度经历分娩时的地狱，假如我事前知道是什么样的命运在等待我，我还是会再做一次，我亲爱的，再做一次，再做千百次！

我们的孩子昨天死了——你从不曾认识他。你的目光从不曾在经过时拂过这个茁壮成长的小生命，你的生命，就算是在匆匆巧遇中也不曾。自从我有了那个孩子，我有很长一段时间都躲着你；我对你的思念不再那么痛苦，是的，自从上天赐给我这个孩子，我想我不再那么狂热地爱着你，至少我不再为了我的爱而那般受苦，我不想把自己分成两半，一半给你，一半给他；于是我尽全力照顾这个孩子，不再管你这个无忧无虑的人，你没有我也可以活得很自在，但他需要我，我必须喂养他，也可以亲吻他，拥抱他。我似乎得救了，从我对你的不安思慕中得到解救，从我的厄运中得到解救，借由这另一个你而被拯救，这另一个你的的确确属于我——我的感情已经很少会再推着我谦卑地走到你屋前。我只会做一件事：在你生日时，我总是请人送去一束白玫瑰，就跟我们初次一夜缱绻之后你送给我的白玫瑰一样。在这十年、十一年里，你可曾问过那花是谁送给你的？也许你曾忆起你曾经送过这种玫瑰给一个女子？我不知道，也不会知道你的答案。我只是暗地里把那束花送给你，一年一次，让那时的回忆在这一刻绽放——这对我来说也就足够了。

你从不曾认识他，我们可怜的孩子。如今我自责我不该把他藏起来，因为如果你见到他，你一定会爱他的。你从不曾认识他，这个可怜的男孩儿，从不曾微笑地看着他，看着他轻轻抬起眼帘，然后用他聪明的深色眼睛——你的眼睛！——把一道明亮愉悦的光芒投向我，投向整个世界。啊，他是那么快活，那么可爱——你整个人那种无忧无虑都在他身上天真地重现，你迅速而灵活的想象力也在他身上重现。他可以深深着迷地跟一些东西玩儿上好几个钟头，就像你游戏人生一样，然后又扬起眉毛，一本正经地坐着看书。他越来越像你，你特有的那种严肃认真和戏谑玩笑并存的双重性格，也开始在他身上明显发展。他越是像你，我就越是爱他。他成绩很好，能像只小喜鹊一样用法语闲聊，他的作业本是全班最干净的，而且他是多么俊秀，穿着黑丝绒的衣服或是白色的水手外套是多么高雅。不管去到哪里，他总是所有人当中最高雅的；当我带他一起去格拉多的海滩，那些妇人会停下脚步来抚摩他长长的金发；在滑雪胜地塞默灵，当他乘着雪橇，众人都赞赏地转过身去看他。他是那么俊秀、那么纤柔、那么可人。当他去年进入泰瑞莎寄宿学校，他穿着制服，配着短剑，像个十八世纪的宫廷侍童。如今他就只穿着一件衬衣，可怜的孩子，他躺在那儿，嘴唇苍白，双手交叠。

但你也许会问，我如何能在这样的富裕环境中把这个孩子养大，如何能让他享有上流世界光明、愉快的生活。亲爱的，我从黑暗中向你述说：我不觉得羞惭，我会告诉你原因，但是我亲爱的，请你不要害怕——我出卖了自己。我并没有变成所谓的街头流莺，变成一个妓女，但是我出卖了自己。我有富裕的男友，富有的情人，起初是我去找他们，后来是他们来找我，因为——你可曾注意到？——我长得很美。每个我曾委身的男人都喜欢我，他们全都感谢我，依恋着我，爱着我——唯独你没有，唯独你没有，我亲爱的！

现在你会看不起我吗？因为我向你透露我出卖了自己？不，我知道，你不会看不起我，我知道你了解一切，也会了解我这样做只是为了你，为了你的另一个自己，为了你的孩子。在那间妇产医院的小房间里，我曾经接触到贫穷的可怕，我知道在这个世界上，穷人总是受到践踏，受到屈辱，总是被牺牲，而我无论如何不想让你的孩子，你那聪明俊秀的孩子，在下层社会长大，在社会渣滓中，在霉味中，在小巷弄的粗鄙中，在后排房屋发臭的空气中长大。他柔软的嘴不该说出粗俗的语言，他白净的身体不该穿上穷人特有的散发着霉味的揉皱的衣服——你的孩子应该拥有一切，拥有世上所有的财富，所有的无忧无虑，他应该上升到你的高度，攀升到你的生活圈子。

为此，就只是为此，我亲爱的，我出卖了自己。那对我来说不是牺牲，因为一般人所谓的荣誉和耻辱对我而言很空洞。我的身体就只属于你，而你不爱我，因此我觉得发生在我身体上的事都无所谓。那些男人的爱抚，就算是最由衷的热情，也无法触及我的内心深处，虽然我对他们当中有些人十分尊重，而我对他们的同情往往令我震动，他们的单恋让我想起自己的命运。我认识的那些男人全都对我很好，他们全都宠爱我、尊重我。尤其有一位年长的鳏夫，他是个伯爵，就是他到处奔走，让这个没有父亲的孩子，你的孩子，得以进入泰瑞莎中学就读，他爱我就像爱一个女儿一样。他三度、四度向我求婚——如果我答应了，我现在可以是伯爵夫人，是提洛地区一座迷人城堡的女主人，可以无忧无虑地生活，因为那个孩子会有一位宠爱他的慈父，而我将有一位安静、高尚、善良的男人在我身旁——但我没有答应他，不管他求了我多少次，也不管我的拒绝伤他多深。也许那样做很愚蠢，因为要不然，如今我就能在某个地方平静度日，并且受到保护，而我所爱的孩子也将跟我一起生活，可是——我为什么不向你承认这一点呢——我不想被束缚，我想要时时刻刻为了你而保持自由。在我内心深处，在潜意识中，我孩童时期的旧梦仍旧活着，也许你会再一次唤我到你那儿去，哪怕只有一小时。为了这可能出现的一小时，我拒绝了一切，只为了在你第一声呼唤下仍是自由之身。自打我从童年中苏醒，我整个人生无非就只是等待，等待着你的呼唤！

而这一刻果真来临。但你并不知晓，你毫无察觉，我亲爱的！在那一刻你还是没有认出我来——你从不曾，从不曾认出我！在那之前我就曾遇见过你好几次，在剧院里，在音乐会上，在普拉特游乐场里，在街上——每一次我的心都在抽搐，但你没有注意到我。毕竟我在外表上也截然不同了，那个害羞的女孩儿变成了一个女人，美丽动人，如同别人所说的那样，身穿昂贵的衣服，被仰慕者围绕。你如何猜想得到我就是你卧室里昏暗光线中那个羞怯的女孩儿！有时候，与我同行的一位先生会跟你打招呼，你回了礼，抬眼望着我，但你的目光是礼貌的陌生，带着欣赏，却没有认出我来，并且那目光陌生得可怕。我几乎已经习惯了没被你认出，然而有一次，我还记得，这却成了炙热的折磨：我和一个朋友同坐在歌剧院的一个包厢里，而你就坐在隔壁的包厢。序曲奏起时，灯光熄灭，我不再看得见你的面容，只感觉到你的呼吸离我那么近，如同当年在那一夜里，而你把手撑在隔开两个包厢的矮墙上，那矮墙裹着丝绒，你的手细致纤柔。那份渴望终于向我袭来，我想要弯下身子谦卑地去亲吻这只手，这只陌生而又被我深爱的手，我曾经感觉到这只手温柔的拥抱。音乐在我四周汹涌起伏，那份渴望越来越强烈，我必须抓紧自己，必须强行振作，一股巨大的力量把我的嘴唇拉向你的手，那只我所爱的手。第一幕结束后，我请求朋友跟我一起离开。我再也承受不了，在黑暗中你如此近在咫尺，却又如此陌生。

但那一刻来临了，再一次到来了，在我浪掷的生命中那是最后一次。差不多就在一年前，在你生日的隔天。说也奇怪，那天我无时无刻不在想着你，因为我总是把你的生日当成节日来庆祝。一大早我就出门去买白玫瑰，每年我都请人把玫瑰送去给你，纪念你遗忘了的那一刻。下午我带孩子出门，带他去德梅尔点心店，晚上带他上剧院，我希望他从小就感受到这一天是个神秘的节日，尽管他并不明白其中的意义。隔天我跟我当时的情人在一起，他来自布伦，是个年轻富有的工厂主，我跟他已经共同生活了两年，他崇拜我，宠爱我，也想跟我结婚，就像其他那些男人一样。而我也同样看似毫无理由地加以拒绝，虽然他买了许多礼物给我们母子，本人也很讨人喜欢，具有一种略显沉闷、低声下气的善良。我们一起去听一场音乐会，在那里碰到一群快活的朋友，在环城大道上的一家餐厅吃晚饭，在那儿，在谈笑声中，我提议再到塔巴兰舞厅去。平常我一向很讨厌这种地方，讨厌那种公式化、由酒精催化的欢乐气氛，就跟讨厌所有的狂欢一样。平常若有人这样提议，我总是反对，可是这一次，我却突然有种无法解释的渴望，仿佛有件特别的事物在那儿等待我，仿佛我体内有股神秘莫测的神奇力量，让我突然不自觉地提出这个建议，其他人愉快兴奋地表示赞同。大家都习惯讨好我，全都迅速站起来，我们到那家舞厅去，喝着香槟，而我体内突然涌起一股兴高采烈的情绪，十分猛烈，几乎令人作痛，是我从不曾有过的。我喝了又喝，和他们一起唱着庸俗的歌曲，几乎忍不住想要跳舞或欢呼。但我突然愣住了，仿佛有某种冰凉或炙热的东西骤然落在我心上：你和几个朋友坐在邻桌，用一种欣赏和渴望的目光看着我，那道目光总是让我心神荡漾。十年以来，你头一次又用你那种不自觉的热情力量看着我。我颤抖着，举起的酒杯差点儿从手中掉落。幸好同桌的朋友没有注意到我的心慌意乱，那份慌乱融入了喧闹的笑声和音乐声中。

你的目光越来越炙热，把我整个浸入火焰中。我不知道，难道是你终于、终于认出我了吗？还是你重新渴望我，把我当成另一个女人，一个陌生女人？血液涌上我的双颊，我心神涣散地回答同桌朋友的问题。你想必注意到你的目光是多么令我心乱。趁其他人没注意时，你动了一下头部，打了个信号，要我到前厅里去一下。然后你引人注目地付了账，向你的朋友道别，走了出去，出去之前又再度向我示意，表示你将在外面等我。我在颤抖，像在发冷，又像在发热，我无法再应答别人提出的问题，无法再控制我沸腾的血液。就在这一瞬间，正好一对黑人男女开始用踢踏作响的鞋跟跳起一种奇特的新舞步，并伴随着刺耳的叫声，大家全都盯着他们看，而我就利用了这一秒。我站起来，跟我男友说我一会儿就回来，便尾随着你出去。

出到前厅，你站在衣帽保管处前面等着我。我出来时，你的眼神发亮。你露出微笑，急忙朝我走过来。我立刻看出你没有认出我来，没认出当年那个孩子，也没认出后来那个少女，你再度视我为另一个人，一个陌生人，你向我伸出手来。“您可不可以也给我一个小时的时间呢？”你亲昵地问，从你那有把握的态度，我感觉出你把我看作是那种女人，愿意出售一夜春宵的女人。“好。”我说，同样那声颤抖又理所当然同意的“好”，就跟十多年以前那个女孩儿在昏暗街道上对你说的一样。“那我们什么时候可以见面呢？”你问。“您想什么时候见都可以。”我回答，在你面前我不觉得羞耻。你有点儿诧异地看着我，带着同样那种惊讶，既猜疑又好奇，就跟当年一样，当年我的迅速答应也同样令你吃惊。“现在可以吗？”你问，略带犹豫。“好的，”我说，“我们走吧。”我想去衣帽保管处拿我的大衣。

这时我想起来，我和男友一起把大衣交付保管，而收据在我男友那儿。若要进去向他索取，那就势必得多费唇舌解释，另一方面，我又不愿意放弃能跟你共度的这一个小时——我多年来渴望的这一个小时。于是我一秒钟也没有犹豫，只把围巾披在晚礼服上就走了出去，走进潮湿多雾的夜晚，撇下那件大衣，撇下那个温柔的好人。多年来我靠他生活，而我在他朋友面前让他丢脸，让他成了个可笑的傻瓜，他多年的情妇在一个陌生男子的第一声呼唤下就跑走了。噢，我深深明白我对待一位诚实朋友的卑鄙可耻、忘恩负义，我感觉到自己行为的可笑，我在疯狂中深深伤害了一个善良的人，永远地伤害了他，我感觉到我把自己的生活从中撕裂，然而，和那份迫不及待相比，友情算什么？我的生计又算什么？我想再次感觉到你的唇，听见你向我吐出温柔的话语。我是这样爱你，如今，当一切都已成为过去，我可以告诉你了。而我相信，如果你在我临死之际呼唤我，我也会顿时有了力气，站起身来走向你。

一辆车停在入口处，我们搭车到你那儿去。我又听见你的声音，感觉到你温柔地贴近，我就跟从前一样陶醉，那样幼稚又幸福地心慌意乱。在十多年后，我怀着何种心情再度爬上那道楼梯——不，不，我无法向你描述，在那几秒钟里我对一切的感受都是双重的，既包括过去的岁月，也包括眼前的时光，而在一切的一切当中，我只感觉到你。你的房间没有多大改变，只是多了几幅画，书也更多了，这儿或那儿有几件我没见过的家具，但一切仍旧令我感到亲切。而在书桌上摆着那个花瓶，里面插着玫瑰——我的玫瑰，是我前一天为了你的生日而请人送来的，作为对一个女子的回忆，你并不记得的那个女子，你并未认出的那个女子，即使在此刻，当她在你身边，手牵着手，唇贴着唇，你也没有认出她来。然而，我很高兴你善待那些花，这样一来，至少有我的一丝生命、我的一缕爱情围绕着你。

你把我拥进怀中。我又在你那儿待了整整一夜，多么美好的一夜。然而即便赤裸着身子，你也没有认出我来。我幸福地承受你熟练的温存，看出你的热情在情人和买来的女人之间不做区分，看出你放纵自己的欲望，带着你那不加思索、任意挥霍的丰富感情。你对我这个从舞厅里带回来的女人是那么温柔、那么温和、那么高尚、那么由衷地尊重，同时却又如此热情地享受着这个女人。我由于过去的幸福而眩晕，再度感觉到你这种独特的双重性，在感官的热情中含有智慧的、精神上的热情，你的这种双重性在我儿时就令我着迷。我从不曾见过一个男人在温存时如此忘情于当下，如此散发光亮，迸发出最深刻的人格特质，却又在事后熄灭成一种无尽的遗忘，几乎不近人情的遗忘。但我也忘了自己：此刻在黑暗中躺在你身旁的是谁？是当年那个满怀渴望的女孩儿？是你孩子的母亲？还是那个陌生女子？啊，在这个热情的夜晚，一切都那么熟悉，是我曾经历过的，却又那般新鲜。而我祈祷着，但愿这一夜永无尽头。

早晨来临，我们起得很晚，你邀请我跟你一起共进早餐。我们一起喝茶，这些都由一个从没露面的人悄悄准备好放在餐厅里，我们一起喝茶，闲聊。你又用你天生的那种坦率、由衷的亲昵跟我说话，仍然没有问起任何不得体的问题，对于我这个人没有任何好奇。你没有问起我的名字，也没有问起我的住处，对你来说，我又只是一次艳遇，一个无名女子，一段热情的时光，在遗忘的烟雾里不留痕迹地消失。你说你打算去远方旅行，到北非去两三个月。我在幸福之中又战栗起来，因为我耳中已经轰轰地响着：结束了，结束了，遗忘了！我恨不得冲过去跪在你面前，恨不得大喊："带我走，好让你终于认出我来，在这么多年之后终于认出我来！"然而在你面前，我是那么羞怯，那么胆小，那么软弱，犹如奴隶。我只能说："真可惜。"你微笑地看着我说："你真的觉得遗憾吗？"

此时一股突如其来的任性攫住了我。我站起来，久久地凝视着你，然后我说："我爱的那个男人也总是旅行在外。"我看着你，直直地看进你的瞳孔。"现在，现在他会认出我来！"我整个人都在颤抖。但你只是对我微笑，安慰我说："他会再回来的。""是的，"我回答，"他会再回来，但那时候他也就遗忘了。"

我说这句话的腔调想必有些奇特，有些激动。因为你也站了起来，看着我，亲切而讶异。你搂住我的肩膀说："美好的事物不会被遗忘，我不会忘记你的。"你说这话时目光垂下，完全投注在我身上，仿佛想牢牢记住这幅肖像。我感觉到这道目光刺在我身上，在探索，在感觉，把我整个人吸过去，这时我以为终于打破了那令人眼盲的魔咒。他将会认出我来，他将会认出我来！这个念头令我的全部灵魂为之颤抖。

可是你没有认出我来。不，你没有认出我，我对你而言从不曾比这一秒更陌生，因为要不然——要不然你就不可能做出你在几分钟之后做的事。你吻了我，又一次热情地吻了我。我必须把弄乱的头发再度弄整齐，当我站在镜子前面，我从镜中看见——而我觉得自己在羞耻和震惊之下就要晕倒——我看见你偷偷塞了几张大钞到我的手笼里。在这一秒我居然没有放声尖叫，居然没有赏你一巴掌——你竟然为了这一夜付钱给我，从儿时就爱着你的我，身为你孩子母亲的我！对你来说，我是个从舞厅带回来的妓女，如此而已——付钱，你竟然付钱给我！被你遗忘还不够，我还得受到这种屈辱！

我匆匆去收拾我的东西。我想要离开，赶快离开，我的心里太痛苦了。我去拿我的帽子，帽子搁在书桌上，在插着白玫瑰的花瓶旁边。这时一股力量攫住了我，难以抗拒，我还想再试一次，试着让你想起来："你愿不愿意给我一朵你的白玫瑰？""很乐意。"你说，立刻去拿。"可是这些玫瑰也许是一个女人送你的，一个爱你的女人？"我说。"也许，"你说，"我不知道。这花是送给我的，而我不知道是谁送的。正因为这样，我很爱这些花。""说不定这些花也是个被你遗忘的女人送的！"

你诧异地望着我。我紧紧盯着你看。"认出我来，终于认出我来！"我的目光在呐喊，但你的眼睛露出一无所知的亲切微笑。你又吻了我一次，但你没有认出我来。

我快步朝门走去，因为我感觉到眼泪就要夺眶而出，而我不想让你看见。在玄关里——我的步伐是如此仓促——我差点儿跟约翰撞在一起，你的管家。他不好意思地急忙闪到一边，打开了公寓的门，让我出去，而此时——在这一秒，你听见了吗？就在我望向他的这一秒，用含泪的眼睛望向他的这一秒，这个已经苍老的男子的眼睛突然一亮。就在这一秒，你听见了吗？就在这一秒，这个老人认出了我，这个从我童年以后就不曾见过我的老人。我真想在他面前跪下，亲吻他的手，就因为他认出了我。而我只能急忙把你用来鞭笞我的那些钞票从手笼里拿出来塞给他。他颤抖着，震惊地抬起头来看着我——在这一秒他对我的了解也许胜过你这一辈子对我的了解。所有的人都宠爱我，都对我好——只有你，只有你，只有你把我忘了，只有你，只有你从不曾认出我来！

我的孩子昨天死了，我们的孩子——如今在这世上除了你以外，我无人可爱。可是对我来说你是谁呢？你，从不曾认出我的你，你从我身旁走过，就像从一条河流旁走过，你踩在我身上就像踩到一块石头，你总是不停地往前走，留下我作无尽的等待。我曾经以为我抓住了你，在那个孩子身上抓住了你，你这个匆匆逃跑的人。可是你的孩子就像你一样：一夜之间，他就残忍地离开了，一去不回。现在又剩下我独自一人，比任何时候还要孤单，我一无所有，没有从你那儿得到任何东西——孩子没有了，没有只言片语，没有记忆，如果有人在你面前提起我的名字，你会觉得陌生，过耳即忘。既然我并没有活在你心里，为何我不该乐于死去，既然你离开了我，为何我不该远远地走开？不，我亲爱的，我不是在指责你，我不想把我的悲伤抛进你欢乐的屋子。别担心我会继续纠缠你——请原谅，我不得不把灵魂里的话大声喊出来一次，在这个时刻，当我的孩子死去，躺在那里，无人理睬。只有这一次我要向你诉说——然后我就再默默回到黑暗中，一如我总是默默地在你身旁。但只要我还活着，你就不会听见这声呐喊——唯有当我死去，你才会收到我这封遗书，来自一个爱你胜过任何人的女子，而你从不曾认出她来，来自一个始终等待着你的女子，而你却从不曾呼唤她。也许，也许你将会呼唤我，但我将第一次对你不忠，在死亡中我将无法再听见你的呼唤。我不留肖像给你，也不留痕迹，一如你什么也不曾留给我。你永远不会认出我来，永远不会。那是我这一生的命运，在我死时亦然。在我临终之际我不会呼唤你，我走了，而你既不知道我的名字，也不识得我的面容。我死得很轻松，因为你从远方感觉不到我的死。如果我的死令你心痛，那我就无法死去。

我无法再写下去了……我的脑袋如此昏沉……我的四肢作痛，我在发烧……我想我得马上躺下。也许一切很快就结束了，也许命运这一次对我很好，而我不必看见他们来把孩子抬走……我无法再写下去了。珍重，我亲爱的，珍重，我谢谢你……无论如何，发生的事都是好的……直到生命的最后一口气，我都在感谢你。我很舒坦：我把一切都告诉了你，如今你知道，不，你只能猜想，我是多么爱你，但这份爱却不会成为你的负担。你不会觉得若有所失——这令我感到安慰。在你美好光明的生活中，什么都不会改变……我的死对你不会有影响……这令我感到安慰，我亲爱的。

可是有谁……现在还有谁会在你生日时送去白玫瑰？啊，那个花瓶将会是空的，一年一度在你四周吹拂的微弱的气息，那一丝丝生命也将会消散！我亲爱的，听我说，我央求你……这是我对你的第一个也是最后一个请求……为了我，请在每一个生日——毕竟生日是让人想起自己的日子——买些玫瑰来插在花瓶里。请这么做，我亲爱的，就像其他人一年一度替一个亲爱的死者做一次弥撒那样。但我不再相信上帝，我不想要弥撒，我只相信你，我只爱你，只想借由你继续活下去……啊，每年只要一天，只要默默地活一天，一如我曾默默地在你身旁活着……我请求你这么做，我亲爱的……这是我对你的第一个请求，也是最后一个……谢谢你……我爱你，我爱你……珍重。

他双手颤抖着把那封信放下，然后沉思良久。他依稀回忆起一个女孩儿、一个少女、一个舞厅里的女子，那份记忆模糊不清，如同一块石头在流动的河水底下微微闪着光亮，没有形状地颤抖。影子来来去去，但没有肖像浮现。他感觉到对那份感受的回忆，但却什么也记不起。他觉得自己仿佛曾梦见过所有这些人物，常常在深沉的梦里梦见，但也只是梦见而已。

此时他的目光落在面前书桌上那个蓝色花瓶上。花瓶是空的，这么多年来，第一次在他的生日时是空着的。他悚然一惊，觉得仿佛有一扇隐形的门突然打开，一道冷风从另一个世界吹进了他宁静的房间。他感觉到一个人的死亡，感觉到不死的爱情，一种感觉在他的心灵涌现，而他想着那个看不见的女子，她飘忽不定，充满热情，犹如远方传来的一阵音乐。

情感的迷惘——枢密顾问R. v. D. 的私人札记

系上的学生和同事是一片好意：为了庆祝我六十岁的生日以及三十年的教学生涯，语文学系的师生编纂了一册装帧精美的纪念文集献给我，并且把印出来的第一本郑重地送来给我。这成了一本地道的传记，编者努力从早被掩埋的纸堆里翻出了我所有的文章，短文、致辞、某一本学术年鉴里无足轻重的一篇书评……无一遗漏。我学术生涯的整个发展过程都被清清楚楚地构建起来，一个阶段一个阶段地直到目前，就像一段扫得干干净净的台阶。真的，我若是没有为了这份令人感动的缜密而感到喜悦，就未免太不知感谢。我自以为早已失去的，又被整齐地纳入这幅完整的图像之中。不，我不能否认，步入老年的我看着这本文集，就像当年身为学生的我一样自豪，当我看着老师给我的评语，首次证明了我具有从事学术工作的能力和意愿。

然而，当我翻阅这勤奋撰写出来的两百页文字，仔细凝视着映照出我心智的镜中影像，我不禁露出微笑。这果真是我的人生吗？我的人生果真是像这样目标明确地走着曲折的道路，从第一刻开始直到如今？就像为我立传之人用文献数据堆栈出来的那样？当我头一次从留声机里听见自己的声音，我也有同样的感觉：起初我根本没听出来，因为那固然是我的声音，却只是旁人听见的声音，而非我透过自己的血液、在我生命内部所听见的声音。虽然我一辈子都借由作家的作品来描绘作家本人，具体呈现出他们所处世界的精神结构。但从我自身的经历，我再度明白，在每一个人的命运中，真正的本质核心是多么难以看透，一切成长都源自其中的核心细胞。我们经历过无数的分分秒秒，然而，只有一秒，单单一秒，使我们的整个内心世界沸腾起来，这一秒（司汤达[①]曾经描述）让内心已经浸润的花朵如闪电般凝成结晶。这一秒就像受孕的那一秒一样神奇，也同样隐藏在温暖的体内，这个秘密看不见、摸不着、感觉不出，只能去体验。代数学无法计算出这一秒，炼金术也猜不出这一秒，而自己的感觉也很少能抓住这一秒。

这本纪念文集对于我心智生命的发展最秘密之处一无所知，因此我忍不住微笑。文集中的一切都是真实的，唯独缺少了最根本的东西。它只描述了我，却没有说明我这个人；它谈的虽然是我，却没有揭露出我的本质。那仔细编纂出的人名索引包含了两百个名字，唯独缺了一个，而我创作的热情全都源于那个名字，那个人决定了我的命运，如今他以双倍的力量再度将我唤回我的青年时代。这本文集中提到了所有的人，却唯独没有提到他，然而是他给了我语言，是他透过我来说话。我顿时觉得自己怯懦地不去提起他是种过错。我一辈子都在描绘人物的形象，将几百年间的人物唤回来，让当代人能够感受，却偏偏没有想到过他，这个对我来说近在眼前的人。所以，就像在诗人荷马的年代，我想让他——这个我心爱的灵魂，喝下我自己的血，在我这个正在老去之人的身旁再度向我说话。我要在那公开的纸页旁边默默地加上一页，在那本学术文集旁边放上一份情感的自白，为了我自己，也为了他，我要叙述自己青年时代的真相。

在开始叙述之前，我再次翻阅了那本描述我一生的文集，而我又忍不住微笑。他们选择了一个错误的入口，又如何能接近我生命真实的内在

---

① 司汤达（1783—1842）：原名马里-亨利·贝尔，司汤达是他的笔名，19世纪法国批判现实主义作家。代表著作有《阿尔芒斯》、《红与黑》、《帕尔马修道院》。

本质？他们的第一步就走错了！一个好意的中学同学（如今他也是枢密顾问）编出了一段故事，说我在中学时代就比其他同学更热爱人文学科。亲爱的枢密顾问，你记错了！对当年的我来说，凡是人文学科都是难以忍受却又不得不学的东西，是我咬牙切齿勉强去读的东西。在德国北部那座小城里，身为校长的儿子，我从小在家里就看见学问被当成谋生之道，正因为如此，我自小就厌恶各种语文学。大自然具有保存创造力的神秘任务，因此总是让孩子对父亲的爱好怀着怨恨和嘲讽。大自然不想要安逸软弱的继承人，不希望下一代只是继承上一代做的事。大自然总是先让父子对立，只有在辛苦地绕道而行之后，才允许子孙回到祖先所走的道路上。我父亲认为知识是神圣的，我却觉得知识只不过是过分仔细地推敲定义；因为他称颂古典作品，视之为模范，我就觉得古典作品爱说教，因此讨厌它们。我身边到处是书，因此我蔑视书籍；父亲总是督促我锻炼心智，因此我抗拒任何借由文字流传的教育形式。所以我只勉强读完了中学，并且强烈地抗拒继续读书，这也就不足为奇。我想成为军官、水手或是工程师，虽然对于这些职业，我也并没有非做不可的偏好。我纯粹只是因为对学问的枯燥和说教感到反感，才想去从事实务性质的工作，不想从事学术工作。然而，我父亲对于与大学有关的一切都充满狂热的尊敬，坚持要我去读大学。我能做的反抗就只是坚持选读英文系，而不去读古典语文系。我之所以接受这个双方都能接受的折中办法，是因为我暗自希望学了这种航海业通行的语言，将来能让我更容易地投入我一心渴望的水手生涯。

所以，他们的说法大错特错，当他们出于好意，在我的生平介绍中声称我从在柏林上大学的第一个学期开始，就在教授卓越的指导下打下了研究语文学的基础。当年的我热情地追求自由，哪里认得什么教授和讲师！我第一次去大讲堂听课，那污浊的空气、牧师讲道般单调却又自负的演讲，就让我疲倦不堪，必须要强打起精神，才不至于把头搁在长凳上打瞌睡。就跟我自以为已经幸运地逃脱了的中学一样，大学的教室也没有两样，有着太高的讲台，凡事都吹毛求疵。我不禁觉得仿佛有沙子从教授张开的薄薄嘴唇里流下来，那本破旧讲义里的字句就那样磨得粉碎、规律地流进浓浊的空气中。在我还是学童时，我就怀疑学校是心智的停尸间，在那里，满不在乎的手在已经死去的东西上到处摸索，进行解剖；在大学里，这份怀疑又重新涌起，这里还在研究早已成了古董的亚历山大体诗句[①]。当我一离开那勉强可以忍受的课堂，走出去到城市的街道上，这份直觉的排斥就变得更加强烈。当年的柏林市发展蓬勃，洋溢着一种突然涌现的阳刚气概，所有的石头和街道都洋溢出活力，把激烈跳动的速度强加于每个人身上，令人无法抗拒。那座城市想要攫取一切的贪婪，跟我自己才刚刚察觉的对于男子气概的醉心极其相似。这座城市跟我都突然挣脱了信奉新教、讲求秩序、有所局限的小市民生活，过于迅速地一头栽进权力和机会构成的狂喜之中。这座城市和我这个刚刚离乡的小伙子一样，由于不安和不耐烦而蠢蠢欲动，就像一台发电机。我从不曾像当年那样了解柏林，喜欢柏林，因为一如在这个人满为患的温暖蜂巢里，我体内的每一个细胞都渴望着立即扩张。除了在这个巨大而热情的女性颤动的怀中——在这座急于散发出力量的城市里，旺盛的青春那种迫不及待还能在哪里发泄出来呢？柏林一下子就收服了我，我投入这座城市，走进它的血管，好奇心促使我跑遍它的全身，城市虽是石头砌的，却给人温暖的感觉。从早到晚，我都在街道上闲晃，或者搭车到湖边，潜近这座城市的隐秘之处。那是种狂热，我无心于学业，疯狂地投入四处侦察的活泼冒险之中。不过这种过度狂热其实只是我天性中的一个特点。从小我就没办法同时做两件事，除了手边正在做的事，我对于其他的事情总是完全无感；不论何时，不论何处，我都展现出这种执着于单单一件事的活力。直到今天，在工作上，我往往还是会狂热地咬住一个问题不放，在没有感觉到牙齿咬住了这问题的最后一丝骨髓之前绝不放松。

---

① 法国诗歌的一种常用题材，起源于12世纪中期由朗贝尔·勒道尔和亚历山大·德·贝尔内合写的一部名为《亚历山大的故事》的诗作，该诗作中的诗句每行均是十二个音节（区别于韵律学当中的音步），故此得名“亚历山大诗体”。亚历山大体诗歌的主要特点为诗句每行有十二个音节，在第六个音节后有个顿挫。

当时在柏林，那种自由的感觉对我而言成了一种极其强烈的迷醉，让我连花一点儿时间去听课都无法忍受，甚至无法忍受被自己的房间包围。凡是不能带来冒险的事在我看来都是浪费时间。这个乳臭未干、刚刚脱离束缚的乡下男孩儿，准备好要做个真正的男子汉。我参加了一个社团，试图让自己原本害羞的天性添加一些大胆、活力和放荡。在柏林住了还不到八天的时间，我的一举一动就像个大城市的居民，像个德国的国民，我以惊人的速度学会在咖啡馆的一角大摇大摆地坐下，伸伸懒腰，活像古典戏剧里满嘴大话的士兵。说到男子气概，自然也少不了女人，或者应该说是娘儿们——我们那些狂妄的大学生这样称呼她们。而我刚好又长得出奇地俊秀，又高又瘦，脸上还有被太阳晒黑的古铜色泽，动作灵活犹如体操选手，比起那些面色苍白、由于长期待在室内而像鲱鱼般干瘦的年轻店员，我占了很大的优势。她们跟我们一样，每到星期天就在哈伦湖和狗喉湖（当时还远在市区之外）的跳舞场所寻找猎物。有时候是个来自麦克伦堡的黄发女仆，皮肤像牛奶般白皙，我跳舞跳得兴起，趁她休假回家之前还把她带回我的房间；有时候是个焦躁不安的犹太女孩儿，来自波兹南，在百货公司卖袜子。她们多半是些廉价的猎物，很容易到手，我很快就把她们转让给了其他同学。然而这种异常轻易地得手，为昔日那个胆怯的中学生带来令人陶醉的惊喜。这些轻而易举的成功让我更加大胆，渐渐地，我只把街道视为猎艳场所，完全不选择对象，只当作运动般去冒险。有一次我追着一个漂亮女孩儿来到菩提树下大道，来到了大学前面——还真是凑巧——想到我已经不知道多久没踏进大学令人尊敬的门槛，我忍不住笑了。出于狂妄，我跟一个朋友一起踏进校园，我们只把讲堂的门稍稍打开，看见（那场景可笑得不可思议）一百五十个学生的背部，他们俯在长椅上振笔疾书，仿佛跟着台上那个吟唱赞美诗的白胡子教授在一起祈祷。我又把门关上，任由教授滔滔不绝的话语像一条混浊的小溪，继续从那些勤学之人的肩上流过，我跟我的同伴狂妄地大步走出校园，走上阳光灿烂的林荫大道。有时候我会觉得，从不曾有哪个年轻人像我在那几个月里那样愚蠢地虚掷光阴。我一本书也没读，深知自己没说过一句理智的话，也不曾有过真正的思想。出于本能，我避开一切有教养的社交活动，只为了用刚刚苏醒的身体更强烈地去感受新鲜的事物，感受在这之前遭到禁止的事物给予的刺激。嗯，这种自我消耗、这种浪费光阴的自毁，也许是突然获得释放的青春的本质。尽管如此，我特有的狂热已经令这种放荡变得危险，若非一桩巧合突然减缓了内心的堕落，我很可能就会完全蹉跎了光阴，至少会陷入情感的麻木之中。

这桩巧合——如今我怀着感恩将之称为一件幸运的巧合——在于我父亲意外接获命令要到柏林出差一天，来参加教育部举行的校长会议。身为专业的教育家，他并未通知我他将前来，而是利用这个机会，试图对我的行为做个抽样检查，来突袭浑然不知情的我。他这次突袭彻底成功了。我住在柏林北区一间出租给学生的便宜房间里，要进房间得经过这户人家的主妇用一条窗帘隔开的厨房。就跟大多数时候一样，晚上有个女孩儿在我房间里来做极亲密的拜访，这时我听见有人敲门。我以为是哪个同学，便不情愿地喊道："我不见客。"可是过了一会儿，敲门声再度响起，敲了一次、两次，然后又敲了第三次，我听得出对方的不耐烦。我怒气冲冲地穿上长裤，想把这个无礼的不速之客赶走。就这样，我的衬衫半敞着，长裤背带垂下来晃来晃去，打着赤脚，我扯开了房门。仿佛有人一拳击中我的太阳穴，我立刻在昏暗的前厅辨识出父亲的身影。在阴影中，我几乎看不清他的脸，只看见他的眼镜镜片闪出光亮。不过这道剪影就足以让我把嘴边那句粗话咽回去，像根尖刺一样卡在喉头。有一刹那，我仿佛麻痹了似的站在那里。然后我只好——那几秒钟真恐怖！——低声下气地请他在厨房里稍等几分钟，等我把房间整理好。我刚才说过，我看不见他的脸，但我感觉得出他明白这是怎么回事。我从他的沉默、从他克制的态度感觉得出来，他没有伸手跟我相握，而是带着厌恶的表情走进窗帘后面的厨房。在那里，在弥漫着温热咖啡和萝卜气味的铁炉前面，这位老人家不得不站着等了十分钟。这十分钟对他和对我而言同样屈辱，直到我把那个女孩儿赶下床去，要她穿上衣服，从被迫聆听这一切的父亲身旁走过，离开这间公寓。他不得不听见她的脚步声，也不得不看见那条窗帘在她匆匆经过时掀起的褶皱。而我仍然无法把他老人家从那个侮辱人的藏身之处接出来，我还得先把过于凌乱的床铺整理一下。然后我才走到他面前，我这一辈子还从不曾如此羞愧。

父亲在这难堪的一刻保持了镇静，直到今天我都还为此感谢他。因为，每当我想要回忆已逝的父亲，我都不愿从学生的角度来看他，学生只把他看成订正错误的机器，习惯轻视他，视他为吹毛求疵、一味追求准确的老学究。而我总是回想起他在这一刻深深流露出的人性的样子：他老人家深感厌恶，却还是克制住自己，无言地跟在我后面，走进闷热的房间。他把帽子和手套拿在手里，不自觉地想找个地方放下，但随即露出感到恶心的表情，仿佛厌恶跟这片脏乱接触。我拿了张椅子请他坐下，他没有回答，只做了个轻蔑的手势，表明他不想跟这个房间的物品有任何关联。

他转过脸站在那儿，过了冷冷的片刻，他终于把眼镜摘下来，大费周章地擦拭镜片。我知道他这个举动泄露出他的尴尬，也注意到当他老人家再度把眼镜戴上，他用手背抹了一下眼睛。在我面前他感到羞愧，而我在他面前也感到羞愧，谁也找不出话来说。我暗中害怕他会开始训话，用带着喉音的语气展开一段苦口婆心的讲道，我从中学时代就讨厌并嘲讽他那种语气。然而——直到今天我都还为此感谢他——他老人家仍旧一言不发，也避免看着我。终于，他走到那个不太稳的架子旁，我的大学用书就摆在那上面。他把书翻开，只看了一眼，想必就明白我不曾碰过这些书，而且大多数连页面都没有裁开。“你上课的笔记！”这道命令是他说的第一句话。我颤抖着把笔记递给他，明知道那些速记下来的摘要只包含了一堂课的内容。他很快地翻了一下，浏览了那两页笔记，没有流露出一丝激动，把笔记本放在桌上。然后他拉了一张椅子过去，坐下来，严肃地看着我，但丝毫不带指责地问道：“嗯，你对这一切有什么想法？你有什么打算？”

这个冷静的问题把我一脚踹到地上，我全身都痉挛起来。假如他斥责我，我会狂妄地顶回去；假如他想动之以情来劝诫我，我会嘲笑他。可是这个实事求是的问题却击溃了我的倔强。这个问题的严肃让我必须严肃以对，它的冷静让我必须表现出尊敬和决心。我当时是怎么回答的，我简直不敢去回想，一如接下来的整段对话，直到如今我还是很难写出来。有一些突如其来的震撼，一种内心的激动，倘若加以重述，听起来也许会显得多愁善感。某些话只有在说出的当下是真实的，在四目相接之下，发自于突如其来的混乱感受。那是我跟父亲唯一做过的一次真正的谈话，而我心甘情愿地把决定权交在他手中。但他只给了我一个建议，要我离开柏林，下学期到一所比较小的大学去就读。他简直像在安慰我，说他相信从现在开始，我会发愤图强，把耽误的课业补回来。他的信赖震撼了我，在这一秒，我感觉到我整个少年时期都错待了这个用冷峻的严格掩护自己的老人。我必须狠狠咬住嘴唇，才能勉强让热泪不要夺眶而出。而他想必也有类似的感受，因为他突然伸出手跟我相握，颤抖地握住我的手一会儿，然后就匆匆走了出去。我不敢跟在他后面，只是心慌意乱地留在房间里，用手帕擦掉嘴唇上的血。为了克制住情感，我是那么用力地把牙齿咬进了嘴唇里。

这是当年十九岁的我经历的头一次震撼，父亲没有说一句重话，就推倒了我在那三个月里建起来的空中楼阁，那浮夸的男子气概、大学生作风、狂妄自负。我觉得自己意志力够坚定，可以放弃所有低等的享乐，迫不及待地想把浪费的精力改用在精神生活上，热切地渴望认真、清醒、纪律和严格。在这段时间里，我发誓要完全献身给学业，就像修道院里的献祭。当然，对于在学术中等待着我的高等陶醉我还一无所知，也无法预知在那更高一等的精神世界里，狂热的人也会面临冒险和危险。

在父亲的同意下，我选择下个学期到德国中部一个偏僻的城市去就读。这座城市在学术上享有盛名，但其盛名却和环绕着大学建筑的寥寥几排屋子极不相称。我先把行李寄放在火车站，没费什么工夫，就一路问到了我要就读的那所学校。而在那栋宽敞的旧式建筑里，我也立刻感觉出，比起在柏林那一大群人当中，在这里要和大学圈子里的人建立起关系会快得多。在两个小时之内我就办妥了注册手续，去见过大多数的教授，只有我的导师，英语系那位老师，我还没能马上见到。不过别人告诉我，下午四点左右可以在讨论课上见到他。

如今我狂热地想追求知识，就跟先前狂热地逃避知识一样，我迫不及待，连一个小时也不想耽搁。我先很快地在城里绕了一圈儿，跟柏林比起来，这里就像是在麻醉中沉睡的小城。四点时，我准时去到别人告诉我的地方，校工把上那门课的教室指给我看。我敲敲门，以为里面有个声音回答了我，就走进教室。

可是我听错了。没有人叫我进来，我所听见的模糊声音只不过是教授提高了嗓门，为了使劲讲话而扬起的声音。一群学生聚拢在他面前，大约有二十多个，他们跟他靠得很近，他显然在作一番即兴演说。我因为自己在未得许可的情况下就进了教室感到很难为情，打算再悄悄溜出去，又怕这样做反而会引人注目，因为到目前为止，听众中还没有哪个人注意到我。于是我留了下来，待在靠近门的地方，不由自主地被迫聆听。

这篇演说看来是从一堂课或一次讨论当中自然而然衍生出来的，至少师生之间那种轻松随意的聚集方式显示出这一点。他并非远远地坐在授课椅上，而是悬着一条腿，几乎像个小伙子一样，大剌剌地坐在一张桌子上，那些年轻人聚集在他周围，他们的姿势都不是刻意摆出来的，想来他们原本是随随便便地坐着，只是因为听得兴起，才让他们像雕塑一样变得一动也不动。看得出来，他们原先想必是站在一起交谈，当老师突然坐上桌子，居高临下，用话语把他们拉向自己，就像用套索一样，并且把他们迷住了，让他们在自己的位置上一动也不动。而只过了几分钟，我就也忘了没人叫我进来，感觉到他讲话的迷人力量发挥了犹如磁铁般的效果。我忍不住走近，为了在听见那些话语之外也能看见他的手势，那手势像是围绕着什么画出奇特的弧形。有时候，当一句话用力吐出，那双手就像翅膀一样张开，颤动地向上举起，再慢慢飘下来，就像指挥家随着音乐做出令人平静的手势。那番话越来越慷慨激昂，老师兴奋起来，随着节奏从桌上站起来，就像站在奔驰的马背上飞驰而去，影像随着奔放的想象力快速闪过。我从不曾听过一个人这样兴奋地说话，能这样把听众拖着一起走，我头一次体会到拉丁文里所说的 raptus（激动忘我），意指一个人被带着走出了自己之外。这张嘴飞快地动着，不是为了自己，也不是为了别人，而是像火焰一样，从一个人被点燃的内心冒出来。

我从未经历过这样的事。讲话讲到心醉神迷，激情的演讲犹如自然界的奇观，这出乎意料的事一下子就吸引了我。一股比好奇心更强大的力量将我吸过去，犹如催眠，我不知不觉地踩着犹如梦游者的步伐，像是被一股神奇的力量推向这个小圈子。我没有意识到自己突然置身于那个圈子内，距离他不到一尺，置身于其他学生当中，他们也同样受到那股魔力吸引，没有注意到我，也没有注意到其他任何事。我被卷进这番话语的洪流中，却并不知道其源头。显然是有一个学生称赞莎士比亚是个犹如流星的人物，可是台上的老师却忍不住想指出莎士比亚乃是一整个时代灵魂的表露和最强烈的表达，是一个热情时代的感性表露。老师只用一张草图就勾勒出当年英国那个非凡的时刻，那狂喜的一刹那，在一个民族的生命中意外爆发，就跟在个人的生命里一样，凝聚了所有的力量，然后猛力一推，推进了永恒之中。地球突然变得很辽阔，人类发现了新大陆，教皇制度这个最古老的强权濒临崩解。自从西班牙舰队在风浪中粉碎，在大海背后出现了新的机会，世界变得辽阔，心灵也不禁扩张开来。心灵也想要变得辽阔，扩展到善恶的极致。心灵想要去发现、去征服，就跟那些征服者一样，心灵需要一种新的语言、一种新的力量。而一夕之间，说这种语言的人——诗人就出现了，在十年之间出现了五十个、上百个，他们是狂野不羁的小伙子，不像从前那些宫廷诗人耕耘着乐土般的小花园，把精心挑选的神话写成诗句。他们向剧场进攻，在戏台上搭起他们的战场，从前只有斗兽和嗜杀的游戏在剧场进行，现在他们的作品里还有鲜血的热气，而他们的剧作本身就是这样的巨大竞技场，各种情感像饥馋的野兽在其中扑向彼此。这些热情不羁的心像狮子般尽情发泄，一个比一个更狂野、更热情洋溢，在表演中一切都被允许，百无禁忌：乱伦、谋杀、恶行、犯罪，各种人性毫无节制的骚动尽情狂欢，如同昔日饥饿的野兽从囚笼中被放出来，怒吼着冲进圆形竞技场，如今醺醺然的激情冲进了木板围成的剧场。一场大爆发像爆竹一样炸开，持续了五十年，一场大咯血，一次独一无二的放纵，攫住了整个世界，撕裂了整个世界。在这场力的狂欢中，你几乎听不到个别的声音，感觉不到个别的人物。一个作家向另一个作家挑战，每个人都从别人那儿学习、剽窃，每个人都拼命想要超越别人、胜过别人，然而他们全都只是单单一场盛会中的精神战士，是锁链被解开的奴隶，被那个时代的精神鞭策着向前走。他们从郊外破败昏暗的小屋里走出来，也从宫殿中走出来，本·琼森[①]是砌墙工人的孙子，马洛[②]是鞋匠之子，马辛杰[③]是宫廷仆役的后代，席德尼是富有而博学的政治家，然而那炙热的旋涡把他们全都卷到一起，今天他们还受到欢呼，明天就命丧黄泉，基德和海伍德命运多舛，史宾塞饿倒在国王大道上，他们都不是守规矩的好市民，是好打架的人、皮条客、戏子、骗子，但他们全都是诗人，诗人，诗人。莎士比亚只是他们的中心，是他那个时代的代表人物，但世人根本无暇特别看待他，那片骚动席卷而出，一件件作品丰富地涌现，一种热情更胜于一种热情。而突然之间，人类这种灿烂至极的爆发战栗着再次瓦解，一如其战栗着升起。戏剧走到了尽头，英国精疲力竭，泰晤士河潮湿的灰雾再度沉沉地笼罩在人心之上。在一次冲锋之中，整个民族经历了热情的所有高峰和低谷，把过度满溢、疯狂的心灵从胸膛里吐了出来。如今这个国度躺在那里，气力用尽，吹毛求疵的清教徒关闭了剧场，锁住了热情的话语，《圣经》再度被奉为圭臬、是神的言语。在这个国家，最人性的话语说出了人类史上最炽热的忏悔，一个燃烧的时代空前绝后地替成千个时代活过了。

---

① 本·琼森（约1572—1637）：英国诗人，剧作家，评论家。他的作品以讽刺剧见长，代表作有《福尔蓬奈》和《炼金士》等，主要诗集有《格言诗》《森林集》等。

② 马洛（1564—1593）：英国诗人，剧作家，代表作有《浮士德博士的悲剧》《帖木儿大帝》《马耳他岛的犹太人》等。

③ 马辛杰（1583—1640）：英国剧作家，是17世纪早期英国剧作家中编剧技巧最好的人之一，代表作有《偿还旧债的新方法》《米兰公爵》《捉住老家伙的妙计》等。

话锋突然一转，演讲的话题出乎意料地转到我们身上："现在你们就能了解，为什么我讲课不按照历史顺序从英国文学的开端讲起，从亚瑟王[①]和乔叟[②]讲起，而是违反了常规，从伊丽莎白一世那个时代的作家讲起。你们也了解，我为何首先要求你们要熟悉这个时期的作家，要求你们体会这种至高无上的生命力。因为缺乏体验，就无法理解一种语文，我们不能纯粹从文法上去理解一个字，而不去认出其价值，你们年轻人若是想要征服一个国家、一种语言，首先应该去看它最美的形式，去看它青春时期的强壮模样，看它最激烈的热情。你们得先从创造出语言并使之完美的诗人那里听见那种语言，在我们开始解析文学之前，你们得先用心去感觉文学的气息和温暖。因此我总是从那些文学之神讲起，因为英国就是伊丽莎白一世，就是莎士比亚和莎士比亚时代的作家，在那之前的一切都是酝酿，在那之后的一切都是无力的追随，追随这朝向永恒的大胆一跃。在莎士比亚的时代，你们年轻人可以感觉到这个世界最为朝气蓬勃的青春，你们也应该自己去感觉。我们一向只能在每个人物散发出热情的模样中看清他们。因为凡是心灵都源自身体，凡是思考都出于热情，凡是热情都来自倾心赞叹，所以我先讲莎士比亚和他那个时代的作家，他们能让年轻人真正年轻起来！先要有热忱，然后再努力，先谈莎翁，世上最登峰造极、最精彩的教材，再来学习那些文字！"

"今天就到此为止——再见！"他猛地把手一挥，画了个弧形表示结束，出人意料地骤然收束，同时从桌子上跳下来。那一群紧密聚拢的学生顿时惊起，松散开来，椅子被拉得砰砰响，桌子被挪动，二十几个原本闭着的喉咙突然开始说话，开始咳嗽，开始大口呼吸。现在才看得出那股磁铁般的吸引力有多大，把这些呼吸的嘴巴全给封住了。因此，在窄小的教

---

① 亚瑟王：又译阿瑟·潘德拉贡，史称亚瑟王，是传说中的古不列颠最富有传奇色彩的伟大国王。人们对他感性认识更多的是来自凯尔特神话传说和中世纪的野史文献，是一位近乎神话般的传奇人物。

② 乔叟（1343—1400）：英国小说家、诗人，被誉为"英国诗歌之父"，其代表作《坎特伯雷故事》奠定了英国文学传统的基础，对英语文学的发展产生了重大影响。

室里，那番混乱这会儿更为激烈而没有节制。几个学生走到老师身边去向他道谢，还是说些别的话，其他那些兴奋的脸庞则互相交换感想，没有人静静地站着，没有人不被那股像电一般的张力给触动，电流虽然骤然中断，但电压的气息和火花似乎还在浓密的空气中噼啪作响。

我自己连动都没法动，一颗心仿佛被击中了。我原本就是个热情的人，只能用热情倾注所有的感官来理解一切，而我头一次觉得有一个老师、一个人掌控了我，感觉到一种高于我的力量，屈服于这个力量应该是种义务，也是种愉悦。我感觉到血液沸腾起来，呼吸加快，这快速的节奏直敲进我体内，不耐烦地扯动每个关节。终于，我任由自己慢慢地挤向前排，去看看这个男子的脸，说也奇怪，当他说话时，我根本没注意到他的相貌，他的面容完全消融在他的话语中。此刻我也只能看见一个模糊的侧影：他站在从窗户透进来的昏黄光线里，侧对着一个学生，把手亲昵地搁在对方的肩膀上。就连这个转瞬即逝的动作也带着真挚和优雅，我从来没想过这种动作可能出现在一名教师身上。

这时候有几名学生注意到了我。为了不显得我是擅自闯入，我又朝教授走近几步，等他结束那番对话。我这才看清他的脸：一个像罗马人的头部，饱满的光洁额头，浓密的白发呈波浪状向后梳，过于浓密的两鬓闪闪发亮，头的上半部洋溢出才智，让人印象深刻，在深深的眼圈下方却迅速变得柔和，下巴几乎像女性一般圆而平滑，不安的嘴唇显露出多变的情绪，一会儿泛起微笑，一会儿不安地微微张开。他的额头让脸的上半部呈现出阳刚之美，这份阳刚气质在肌肉较为柔软的部位被削弱了，成为略显松弛的脸颊和不安定的嘴。乍看之下，他相貌堂堂而有君王气概，若从近处看，他的脸则流露出费力绷紧的神情。他的姿势也流露出同样的双重性格，左半身随便倚着桌子休息，至少看起来是在休息，因为他的足踝不断地微微抖动。他的手指细长，不耐烦地在桌面画着看不见的图形，就男人的手来说，有点儿太过纤细柔软，眼睛被沉重的眼皮覆盖，在谈话中关切地垂下。不知道他是感到不安，还是被挑起的神经还在激动中颤抖，总之，那只手流露出无法克制的慌张，跟那张脸的静静聆听与等待有所矛盾，那张脸看来疲惫，却专心沉浸在跟学生的对话中。

终于轮到我了。我走向前，报出姓名和意图，他那几乎发出蓝光的瞳孔立刻向我绽放光芒，足足有两三秒的时间，这道光芒探询地打量我的脸，从下巴到头发。在这番微带盘问之意的打量下，我大概脸红了，他看出我的慌乱，马上露出微笑。“这么说来，您想在我系上注册，那么我们得更详细地谈一谈。请原谅我没法马上和您谈，我还有点儿事要处理。也许您可以在校门口等我，然后陪我一起走路回家。”他一边说一边向我伸出手来，那只纤细的手搁在我手指上，感觉比一只手套还要轻，同时他已经和气地转身面对下一个在等候的学生。

我在校门口等了十分钟，一颗心怦怦地跳。如果他问起我的学业，我该说些什么？我该怎么向他坦诚，跟文学有关的一切我不仅从没研习过，就连在休闲时间里也不曾读过。他会不会看不起我呢？会不会从一开始就把我排除在那个互动热烈的圈子之外？今天神奇地将我包围的那个圈子。不过，当他面带笑容快步朝我走来，一走到我面前，我所有的局促就消失了。他并未要求我说，我就向他忏悔（在他面前我无法隐藏自己），说我的第一个学期等于是浪费掉了。那道关切的温暖目光再度围住了我，他微笑着鼓励我说：“休止符也是音乐的一部分。”显然他不想让我为了自己的无知而感到惭愧，就只问起我一些生活上的事，问起我的家乡，还有我打算住在哪里。当我告诉他到目前为止我还没有找到房间，他表示愿意帮忙，建议我可以先在他住的那栋屋子里问问看，那儿有位半聋的老太太出租一个不错的小房间，曾在那儿住过的学生都很满意。其他的事则由他来操心，如果我确实有意认真看待学业，那么他很乐意用各种方式来协助我，把这件事视为他的责任。到了他家门口，他又伸手跟我相握，并且邀请我第二天晚上到他家来拜访，我们可以一起拟定一份学习计划。我没有料到他会这么亲切，心里十分感激，就只是恭敬地摸了摸他的手，慌乱地摘下帽子，而忘了向他说一句感谢的话。

我理所当然地租下了同一栋屋子里的小房间。假使我根本不喜欢那个房间，我也一样会租下来，单单就只是出于天真的感激之情，想在空间上跟这位具有魔力的老师更为接近，他在一个小时里给我的东西就远胜过其他人。不过，那个房间很迷人：位于我老师所住公寓的阁楼，由于在木头三角墙之下而略显昏暗，从窗户看出去视野宽广，可以看见邻屋的屋顶和教堂的尖塔，远处可以看见已有绿意的方形场地，上方则是令人思乡的云朵。房东老太太双耳全聋，用动人的母爱照料每一个房客；不到两分钟我就跟她谈妥了，一个小时之后，我就把皮箱搬上嘎吱作响的木头楼梯。

那天晚上我没有再出门，甚至忘了吃东西，也忘了抽烟。我从皮箱里拿出的第一件东西是那本凑巧装进来的莎士比亚，我迫不及待地去读（好几年来第一次重读）。那番演讲强烈地点燃了我的好奇心，我以前所未有的方式来读这创作出来的文字。谁能解释像这样的蜕变？文字的世界在我面前蓦然开展，一字一句跳向我，仿佛它们从几百年前就在找我；诗句像一团火浪窜进血管中，深深地吸引了我，让我感觉到太阳穴上异样地放松，犹如在梦境中飞翔。我战栗、颤抖，感觉到血液更为温热地流遍全身，像发烧一样。在这之前，这一切从不曾发生在我身上，而我只不过是听了一场热情的演讲而已。但我想必仍然为了这番演讲而陶醉，当我大声地复诵一行诗，我听见自己的声音不自觉地去模仿他的声音，句子以同样飞快的节奏涌出，而我的双手想跟他的双手一样伸出去画着弧形。犹如透过魔法，在这一个小时里，我刺穿了一直以来挡在我和精神世界之间的那堵墙，热情的我发现了一种新的爱好：在具有灵魂的文字中共享一切尘世事物的乐趣。这项爱好直到如今都对我保持忠诚。我读到的凑巧是《科利奥兰纳斯》[1]，而我感到眩晕，在自己身上发现这个罗马人当中最奇特之人的所有特质：自负、高傲、愤怒、嘲弄、讽刺。我忽然神奇地意识到这一切，了解这一切，这是多么新鲜的一种乐趣！我读了又读，直到眼睛灼

---

① 《科利奥兰纳斯》：莎士比亚晚年撰写的一部罗马历史悲剧，讲述了罗马共和国的英雄马歇斯（被称为科利奥兰纳斯），因性格多疑、脾气暴躁得罪了公众而被逐出罗马的悲剧。作者以英雄与群众的关系为主线，揭示出人性的弱点。

热。当我看向时钟，已经凌晨三点半了。这六个小时刺激了我的所有感官，也麻醉了我的所有感官，这股新的力量简直把我吓了一跳。我熄了灯，但那些影像仍然在我心中继续发亮、跳动，怀着对明天的渴望和期待，我几乎睡不着觉，明天将为我拓展这个如此神奇展开的世界，让这个世界完全属于我。

然而，第二天早晨带来了失望。我迫不及待地抵达大讲堂，属于最早到的那几个学生之一，我的老师（此后我都将这样称呼他）将要讲授英语语音学。他才走进来，我就吃了一惊：这人跟昨天那人是同一个人吗？还是只是我激动的心情和记忆把他变成了科利奥兰纳斯，在古罗马广场上唇枪舌剑，像英雄般勇敢，既威武又有魅力？拖着轻轻的脚步走进来的是个疲惫的老人。仿佛有人从他脸上移开了一块发亮的毛玻璃，我从第一排长凳上注意到他那几乎像是有病的疲倦面容，布满了深深的皱纹和一道道皲裂，青青的暗影在松垮的灰白脸颊上挖出小沟。过于沉重的眼皮在这授课之人的眼睛上投下阴影，过于苍白单薄的嘴唇无法让说出的话语响亮起来。他的轻松愉快到哪儿去了？他的欢欣鼓舞到哪儿去了？就连他的声音都让我感到陌生，那声音仿佛由于讲课主题跟文法有关而冷静下来，以令人昏昏欲睡的单调步伐僵硬地走过沙沙作响的干燥沙地。

我感到不安。这根本不是我从一大早就在等待的那个人。昨天像星辰一样发亮的面容到哪儿去了？眼前只是一位老教授平实地背诵出他要讲的主题。我一再怀着恐惧去听他说出的话语，想听听昨天那种语调是否还会再回来，那温暖的振动，像只发出声响的手，拨动了我的感觉，将之升高为热情。我的目光越来越不安地望向他，去摸索那张变得疏远的脸，心中充满了失望。无可否认，这张脸仍是同一张脸，但仿佛空掉了，所有的创造力都被挖走了，疲惫而苍老，像一个老人的羊皮纸面具。可是真有这种事吗？一个人有可能在前一个钟头还那么年轻，而在下一个钟头就完全变了样？心智有可能这样突然激昂起来，能用话语来塑造面容，使之年轻几十岁？

这个疑问折磨着我。我心中燃起强烈的渴望，想要多了解这个具有双重性格的人。他一离开讲台，看也没看我们一眼就从我们身旁走开，我灵机一动，急忙跑到图书馆去要求借阅他的著作。也许他今天只是疲倦，由于身体不适而失去了活力，而在这些经年累月的文献资料中，总该能找到了解他的钥匙，了解这个令我费解的人物。工友把书拿来了，我很诧异数量居然那么少。在二十年里，这个逐渐老去的人就只发表了这几本单薄的小书，导论、引言、一篇讨论莎士比亚剧作《配力克里斯》[①]真实性的论文、一篇针对荷尔德林[②]和雪莱[③]所做的比较（不过此文是在这两位作家尚未被其同胞视为天才时所写），除此之外，就只有几篇关于语文学的小文章。不过，在所有这些文章里都提到他正准备要写一部上下两册的作品：《环球剧院之历史、演出及创作者》。然而，尽管头一次预告此作品的时间早在二十年前，图书馆员在我再次询问下证实这本书从不曾出版。我有点儿迟疑，只剩下一半的勇气，翻了翻那几篇文章，渴望从中重新听见他激昂的声音和澎湃的节奏。可是这些文章的语气始终是严肃的，在任何地方都找不到昨天那番激昂演讲那种犹如层层掀起的波浪般激动的节奏。多么可惜呀！我心中起了叹息。由于愤怒和猜疑，我真想揍我自己，气我操之过急而又太过轻信地对他付出了感情。

然而下午在讨论课上，我又认出了昨天的他。这一次，他自己一开始时并没有说话。按照英国大学的习惯，二十几名学生被分成正方和反方进行讨论，题目仍然出自他喜爱的莎士比亚，即《特洛伊罗斯与克瑞西达》[④]（他最喜欢的作品）的主角是否可被视为谑仿的人物，那部作品本身是否

① 《配力克里斯》：传奇剧《泰尔亲王配力克里斯》是莎士比亚晚年与人合写的。故事主要取材于英国14世纪诗人高厄的《情人的自白》。故事主要讲述主人公配力克里斯识破安提奥克斯父女的乱伦隐私，惧其权势，逃离本国。他以为自己的妻女已死，但最后奇迹般地发现她们还活着，并与她们团圆。这部戏剧以悲剧开始、以喜剧结束，富有道德感化意义。

② 荷尔德林（1770—1843）：德国著名诗人，古典浪漫派诗歌的先驱，代表作有《自由颂歌》《人类颂歌》等。

③ 雪莱（1792—1822）：英国著名作家、浪漫主义诗人，被认为是历史上最出色的英语诗人之一，代表作有《西风颂》等。

④ 《特洛伊罗斯与克瑞西达》：莎士比亚创作的悲剧之一。这部戏剧根据中世纪的传奇编写，故事讲述了特洛亚之战和战争中特洛伊罗斯与克瑞西达的爱情悲剧。

可视之为羊人剧[①]，或是一出藏在嘲讽背后的悲剧。没有多久，在他灵巧的手的煽风点火下，心智的对话激动得犹如触电一般。具有说服力的论点驳斥了轻率的看法，插入的呼喊尖锐地打断了讨论，使得讨论更加激烈，直到那些年轻人几乎怀着敌意互相攻击。一直到了火光四溅的时候，他才跳出来，让过于激烈的攻击缓和下来，巧妙地把讨论导回主题，但同时将讨论暗中推向超越时代限制的方向，赋予这番讨论更强的活力。就这样，他突然站在这场辩论的炮火当中，自己也兴奋起来，鼓励这番不同意见之间的斗争，必要时又加以调解，掌控了年轻人热情的汹涌波浪，自己也受到感染。他倚着桌子，双臂交叉在胸前，目光从这个学生移向那个学生，对这名学生微笑，偷偷眨眼，示意另一名学生作出反驳，而他的眼睛就跟昨天一样兴奋发亮。我感觉得出，他得要自我约束，不要插嘴抢了学生的话。而他拼命克制自己，我从他的双手看得出来，那双手越来越紧地压住胸膛，像个箍子；也从他掀动的嘴角猜得出来，那嘴角勉强按捺住已经到了嘴边的话。而他突然再也克制不住了，像个泳者啪地投身进入那场讨论，他的一只手用力一挥，就像用一根指挥棒压住了那场骚乱。大家立刻默不作声，这时候他总结了所有的论点。在他说话时，昨天那张脸浮现了，皱纹在变化生动的表情下消失，脖颈和身体伸展成勇敢的王者姿态，他从缩着身体聆听的姿势投入演说，就像投身于一股洪流。那种即兴演说令他陶醉，而我逐渐意识到，当他安静地独处、老老实实地讲课，或是在寂寞的书房里，他缺少能点燃热情的东西来炸开他心中的墙，如同在这堂讨论课上，在我们屏气凝神的入迷之中。噢，我深深感觉到，他需要我们的热情来点燃他的热情，需要我们敞开胸怀来让他挥霍热情，需要我们的青春来让他在欢欣鼓舞中恢复青春。他像个演奏者那样陶醉在自己用力敲打的双手越来越狂野的节奏中，他的演说也越来越出色，越来越激昂，在越发热烈的话语中越显生动，而我们的沉默越深（我感觉到大家全都屏住

① 羊人剧：古希腊剧院在演完三个悲剧或悲剧三部曲之后，须加演一出轻松愉快、引人发笑的戏剧，这种戏剧演出时歌队装扮成希腊神话中半人半羊的神萨提洛斯。

了呼吸)，他的声音就翱翔得越高，越引人入胜，越发像在歌颂。在这几分钟里，我们全都只属于他，全神贯注地聆听，沉浸在这洋溢的情感中。

当他突然引用歌德谈及莎士比亚的那篇演讲作为结束，我们的激动再度猛然中断。他又跟昨天一样，筋疲力尽地倚着桌子，脸色苍白，但脸上还留下神经颤动的痕迹，眼中异样地闪烁出丰沛情感得到宣泄的喜悦，就像一个女子刚刚挣脱了强而有力的拥抱。我感到害羞，不敢现在去跟他讲话，但他的目光凑巧落在我身上。他显然感觉到我兴奋的感激之情，因为他和气地对我微笑，微微朝我弯下身子，搂住我的肩膀，提醒我今天晚上依约到他家去。

于是我在晚上七点准时到他家去。我这个大男孩儿第一次踏进那道门槛时颤抖得多厉害！没有什么比一个年轻人的崇拜更为热情，没有什么比年轻人的害羞不安更为羞怯，更像个女孩儿。仆人把我带进他的书房，那是个昏暗的房间，起初我只隔着发亮的玻璃看见许多五颜六色的书脊。书桌上方挂着拉斐尔的《雅典学院》，是他特别喜欢的一幅画（这是他后来跟我说的），因为各种教学形式以及对心智的塑造，都以象征的手法完美地统一在这幅画上。我头一次看见这幅画，忍不住觉得画中苏格拉底固执的面容跟他的额头有着相似之处。某件白色大理石的东西在后面发出光亮，是巴黎那座伽倪墨得斯[①]雕像缩小尺寸的美丽复制品，旁边是德国古代一位大师雕塑的塞巴斯蒂安[②]，悲剧性的美少年放在享乐的美少年旁边，这大概并非出于偶然。我等待着，一颗心怦怦地跳动，就跟周围这些高贵沉默的艺术品一样屏住了呼吸。这些物品具有象征性，向我述说一种新的精神美感，是我从不曾意识到的，对我而言也还不清晰，但我自觉已

① 伽倪墨得斯：希腊神话中的一个美少年，因为其年少貌美，因此受到众神之王——宙斯的喜爱，将他带到天上成为宙斯的情人并代替青春女神——赫柏为诸神斟酒。

② 塞巴斯蒂安：即圣塞巴斯蒂安，在公元3世纪基督教迫害时期，被罗马皇帝杀害。传统上认为他死于公元287年1月20日。在文艺作品上，他被描绘成捆住后用乱箭射穿的形象。他健美的躯体和利箭穿透身体时的痛苦和毁灭所给人带来的震撼和壮美，能激发艺术创作的欲望，因此，圣塞巴斯蒂安受难成为艺术家们经久不息的创作题材。

经准备好要去亲近、去感受。不过，我没有多少时间沉思，因为我等待的人刚刚走进屋来，朝我走近。那道将我围住的柔软目光再度投向我，像被盖住的火焰一样微微燃烧，融解了我心中最深的秘密，令我自己也感到惊讶。我立刻自在地跟他交谈，就像跟一个老朋友谈话，当他问起我在柏林的学业，我突然脱口说出父亲来访的那件事，话出口的那一刹那我也吓了一跳。我向这个陌生人述说了我秘密立下的誓愿，要认真投入学习。他大受感动地看着我，然后说："不仅是要认真，孩子，首先要带着热情。没有热情的人，顶多只能成为一个教书匠。一个人必须要发自内心地去钻研事物，永远要从热情出发。"他的语气越来越温暖，房间里越来越暗。他谈了很多自己青年时代的事，说他起初也很愚蠢，后来才发现兴趣所在。他说我只需要鼓起勇气，他会尽他所能来协助我，不管我有什么愿望或疑问，都可以向他求助。在我的一生中，从不曾有人这样充满关怀和理解地对我说过话，我由于感激而颤抖，庆幸房间里很暗，遮掩了我湿润的双眼。

我忘了时间，原本可能会继续待下去，而这时有人轻轻地敲门。门开了，一个细瘦的身影走进来，像个黑影。他站起来向我介绍："这是我太太。"那个细瘦的身影模模糊糊地走过来，伸出瘦削的手和我相握，然后转身提醒他："晚餐已经准备好了。""好，好，我知道了。"他急促地回答，样子有点儿不高兴（至少我这么觉得）。他的声音里似乎突然渗进了一丝冰冷，当电灯亮起，他带着漫不经心的表情向我道别，又成了学校无聊的讲堂里那个苍老的人。

接下来两个星期我热情地发愤阅读和学习，几乎足不出户。为了不耽误时间，我站着吃饭，不停地用功，没有休息，也几乎没有睡觉。我就像东方童话故事里的王子，揭开了一间间紧闭房门上的封印，在每一个房间里又找到更多的金银珠宝，越来越贪婪地去搜寻那一整排房间，并且迫不及待地想走到最后一间。我就像这样读了一本又一本的书，每一本都令我陶醉，但没有一本能令我满足，如今我那不羁的天性奔向了精神世界。对于精神世界的辽阔无际，我有了最初的概念，觉得那就跟城市的冒险一样诱人，但我同时也像个男孩儿般害怕自己无法掌握这个世界。于是我省下睡眠、玩乐、谈话的时间，少做任何会让我分心的事，只为了好好利用时间，我头一次明白了时间的可贵。不过，让我如此发愤学习的主要原因是我想在老师面前有所表现，不想辜负他的信赖，想赢得一个赞许的微笑，让他感觉到我，一如我感觉到他。每一个短暂的机会都被我当成测试，我不断地鞭策自己虽不灵活却异常振奋的心智，想令他印象深刻，令他惊喜。如果他在课堂上提起一位作家，而我没读过其作品，下午我就努力去找来读，以便第二天能在讨论中虚荣地炫耀我的知识。他偶然表达出的愿望，其他同学几乎未加注意，我却将之视为命令。例如，他随口表示反对大学生老是吞云吐雾，我就立刻扔掉点燃的香烟，从此改掉这个他指责过的坏习惯。如同《圣经 · 福音书》上的话，我把他的话视为恩赐和法律。我不停地窥探，紧绷的注意力急切地抓住他随口说出的每一个意见。我贪婪地把他的每一句话、每一个手势带回家，在家里用所有的感官热情地去触摸我所攫取到的东西，并加以保存。由于我将他视为唯一的领袖，我那不懂得包容的热情把所有的同学都视为敌人，我怀着嫉妒，每天都重新发誓要超越他们，胜过他们。

不知道是他感觉出他对我有多么重要，还是他渐渐喜欢上我性格中的那种狂热，总之不久之后，我的老师就对我另眼相看。他对我所读的书提供意见，在共同的讨论中把我这个新来的学生推到前面，而且我经常获准在晚上去拜访他和他亲昵地交谈。他通常会从架上取下一本书，用洪亮的声音朗诵诗歌和悲剧，或是说明有争议的问题，他的声音在兴奋时总是变得更加嘹亮、更加清脆。在这令人陶醉的头两周里，对于艺术的本质，我学到的要比过去这十九年来学得更多。在这段对我来说总是嫌短的时间，我们一向单独相处。快八点时敲门声会轻轻响起，是他太太提醒他晚餐时间到了。但她再也不曾走进书房，显然是遵照他的指示，不要打断我们的谈话。

十四天就这样过去，这段饱满充实的日子，温暖的初夏时光。直到有一天早晨，我失去了工作的力量，就像一根弹性疲乏的弹簧。在那之前，我的老师就已经提醒过我，叫我不要用功过度，偶尔该休息一天，去户外走走。如今这个预言突然成真：我从深沉的睡眠中昏昏沉沉地醒来，一试着去读书，所有的字母就像大头针的针头般颤动。凡是我老师所说的话，不管再怎么微不足道，我都像奴隶般深信不疑，于是立刻决定听他的话，在发愤向学的日子之间也偶尔放假一天。早上我就出门了，头一次去参观这部分城区相当古老的城镇，我爬上教堂尖塔的几百个阶梯，只为了伸展身体。站在尖塔的平台上，我在周围的绿地当中发现了一个小湖。身为来自海岸地区的北部人，我热爱游泳，尤其在这尖塔上，那些斑驳的草地闪闪发亮，就像绿色的池塘，仿佛一阵风从家乡吹来，我突然有股按捺不住的渴望，想再一次纵身跃入我心爱的水中。吃过饭后，我找到那个浴场，在水中嬉戏，再度愉悦地感觉到自己的身体，手臂上的肌肉几星期以来再度伸展，赤裸的皮肤感受到风和阳光，在半个小时之内，我就变回了从前那个狂热的小伙子，曾经狂野地跟同伴扭打，胆敢冒着生命危险去做一件鲁莽的事。我尽情地伸展四肢、舒展身体，把书本和学问全给忘了。以我天性中固有的狂热，我又陷入久违的热情，在我重新发现的大自然中翻滚了两个钟头。我大概从跳板上往下跳了三十次，为了在坠落中发泄过于充沛的力气，我两次横渡那座小湖，却仍未耗尽我的精力。我气喘吁吁，摇撼全身绷紧的肌肉，到处寻找新的考验，迫不及待地想去做一件大胆放纵的事。

这时，从女子浴场那边传来跳板嘎吱作响的声音，我感觉到那用力跳离跳板的振动，余震一直传到跳板架上。一具苗条的女性身体也已经从高处俯冲而下，跳跃的曲线画出犹如土耳其弯刀的半弧形。有一瞬间，那一跳啪的一声在水中形成冒出白沫的旋涡，接着那结实的身形浮出水面，用力划水，游向湖中的小岛。“跟在她后面！追上她！”比赛的欲望启动了我的肌肉，我猛地冲进水里，耸起肩膀，快速跟在她后面。不过，她显然察觉有人追在后面，同样有意一竞高下，利用她领先的优势，灵活地斜斜切过那座小岛，再急忙往回游。我立刻看出她的意图，同样转向右边用力打水，向前伸的手已经碰到她打起的水花，我们之间只剩下十几米的距离。这时候她突然大胆而狡猾地潜入水中，不久之后就在隔开男女浴场的分隔线旁冒出水面，阻止了我继续追逐。获胜的她从梯子上爬出来，身上还滴着水，她不得不稍事休息，一只手按在胸膛上，显然是喘不过气来。但她随即转过身，看见我被挡在边界之外，她得意扬扬地大笑起来，露出白白的牙齿。由于阳光刺眼，再加上她戴着泳帽，我无法看清她的脸，只有那嘲讽的笑容闪闪发亮，毫不掩饰地投向被击败的我。

我又怒又喜，自从离开柏林以来，我头一次又感受到女人欣赏的目光，说不定有一场艳遇在向我招手。我划了三下，游回男子浴场，迅速把衣服套在湿漉漉的身上，希望能及时在出口处拦截她。我等了十分钟，我那个傲慢的对手才踩着轻快的步伐走出来，那个像男孩儿般细瘦的体型让我不会认错。一看见我在那儿等待，她就加快脚步，显然不想给我攀谈的机会。她走路就跟游泳一样敏捷，全身的关节都瘦而结实，听从这具如少年般瘦削的身体，但也许太瘦了一点儿。要追上这个飞快大步前进的女子，我实在气喘吁吁，很难不引人注目。但我终于成功了，在道路转弯处灵巧地超到她前面，用大学生的方式摘下帽子，远远地挥了一下，尚未直视她的眼睛，就问她是否准许我陪她一起走。她从侧面投来嘲弄的一瞥，并未放慢疾行的速度，嘲讽地回答："为什么不呢！如果您不觉得我走得太快的话，我赶时间。"她的落落大方鼓励了我，我更加纠缠不休，问了十几个好奇的问题，大多很幼稚，但她却乐于回答，带着令人惊讶的坦率，与其说是鼓励了我的企图，不如说令我感到迷惑。因为我在柏林跟女孩子攀谈所用的老套话语，主要是用来对付女孩儿的反抗和嘲弄，却不是用来面对在急速行走时的坦率交谈。于是我再次感到自己相当笨拙，碰到了一个远胜于我的对手。

但事情还要变得更糟。当我更加冒失地纠缠，问她住在哪里，一双大胆的褐色眼睛突然锐利地朝我望过来，闪出光亮，根本不再掩饰其笑意："我跟您住得很近。"我讶异地盯着她。她从侧面再一次望过来，看看这一箭是否射中了，而这一箭果然正中我的咽喉。我顿时无法再用柏林那种厚脸皮的攀谈语气说话，心中完全没了把握，我简直是卑躬屈膝，结结巴巴地问她是否讨厌我跟她同行。“怎么会呢？”她又露出笑容，“我们再过两条街就到了，大可以一起把这段路走完。”在这一瞬间，血液在我身上窜流，我几乎无法再向前走，可是我又能怎么办？假如这时候改变方向会更加失礼，于是我只好跟她一起走到我住的那栋屋子。在那里她突然停下来，伸手跟我相握，随口说道：“谢谢您的陪伴。今天晚上六点您要来见我先生，对吧？”

我想必羞红了脸。但我还来不及道歉，她就已经敏捷地上了楼梯，而我站在那儿，显然吓坏了，回想我像个傻瓜一样大胆说出的幼稚话语。我这个笨蛋把她当成裁缝女工，连哄带骗地邀请她星期天一起去郊游，用老掉牙的方式称赞她的身材，然后还弹起大学生孤身在外的感伤老调。我羞愧得简直想呕吐，恶心的感觉哽在喉头。我想象此刻她正笑着，兴高采烈地去她丈夫那儿告诉他我做的蠢事。在所有的人当中，我最在乎他的评价，在他面前出洋相，对我来说要比在广场上裸着身体被鞭打还要痛苦。

到傍晚之前的那几个钟头真是难熬，我千百次设想他会如何带着优雅的嘲讽微笑接待我，噢，我知道他善于运用挖苦的艺术，懂得把一句嘲笑削尖到无比锋利，让它直刺进血液中。一个死囚走上断头台时也不会比我爬上楼梯时更为艰难，我才走进他房间，强压下喉头一口浓浓的唾液，就感到更加心慌意乱，仿佛听见隔壁房间里有女子衣裙发出轻轻的簌簌声。肯定是她兴高采烈地在隔壁偷听，享受着我的尴尬，乐于见到这个废话连篇的小伙子大出洋相。终于，我的老师来了。“您是怎么了？”他担心地问，“您今天脸色这么苍白。”我婉拒了他的关心，等待着他的捉弄。可是我担心的处决并未发生，他就跟平常一样谈起学术上的事，没有一句话隐藏着暗示或讽刺，不管我再怎么仔细去听。直到这时候，我才又惊又喜地明白了：她没有说出来。

八点时又响起了敲门声。我向老师道别，一颗心再度在胸中战栗。当我走出房门，她从我旁边走过，我跟她打招呼，而她的目光微微露出笑意。我全身的血液窜流，把她的原谅视为她将继续保持沉默的承诺。

从那一刻起，我有了一份新的注意力。在那之前，我那男孩儿般的虔诚敬仰把我所崇拜的老师视为来自另一个世界的天才，完全忘了去注意他在尘世间的私人生活。真正的醉心都带有一份夸张，让我把他的生命完全抬高到这个秩序井然的世界所有日常事务之上。就像初恋之人不敢在思绪中替他所爱慕的女孩儿宽衣解带，将之视为与其他成千上万穿裙子的生物同样自然，我也不敢去偷窥他的私人生活。我一直都把他理想化了，脱离了一切平凡具体的事物，视他为文字的使者、心智创造力的化身。如今，由于那次可笑又可悲的冒险让我与他太太不期而遇，我不由得更加密切地观察起他的家居生活。事实上，违反了我自己的意愿，一份不安窥视的好奇让我睁开了眼睛。而我才开始窥视，就已经被弄糊涂了。因为这个人在自家屋子里的生活十分独特，像谜一样几乎令人恐惧。在我跟师母巧遇之后不久，我头一次受邀跟他们一起用餐，当我不是单独看见他，而是看见他和师母在一起，我心中就起了异样的疑心，觉得他们的共同生活十分怪异。而我跟这个家庭越熟悉，这种感觉就越发令我迷惑。倒不是他们俩在话语或姿态中显示出彼此之间有敌对或是不和，正好相反，他们之间丝毫没有任何紧张气氛，而正是这种空白奇怪地笼罩着他们，让人无法看透。那是种不流露出任何感觉的平静，沉重而郁闷，比起激烈的争吵或是隐藏的怨恨更让气氛显得压抑。表面上没有任何迹象泄露出恼怒或敌意，却能明显感觉到他们内心的距离。因为他们很少交谈，而在寥寥可数的交谈中，询问和回答只仿佛像是蜻蜓点水，从不曾由衷地深入彼此内心。在吃饭时，即使是跟我交谈，他讲话也是断断续续、有所拘束。有时候，在我们回书房去工作之前，谈话冻结成一大片沉默，到最后没有人敢去打破，那冰冷的负担之后还会沉重地压在我心上好几个小时。

最让我吃惊的是他完全孤独。这个胸襟开阔、情感奔放的人一个朋友也没有，只跟他的学生来往，学生是他唯一的安慰。他跟大学的同事之间只有礼貌的往来，他从不参加社交活动，除了从家里到大学的那二十步路之外，他往往许多天都不会走上别的路。他把一切都默默地埋在心里，既不向别人透露，也不诉诸文字。如今我也了解他在学生面前说话时的那种爆发力、那种狂热的宣泄：他积压了许多天的话在这种时候爆发出来，他默默埋在心里的所有想法忍不住冲出来，冲破沉默的围篱，冲进言语的竞逐中，就像马匹在马厩失火时拔足狂奔。

在家里他很少说话，尤其很少跟他太太说话。就连我这个缺少人生经验的年轻人也看得出他们夫妻之间飘着一层阴影，这片阴影总是在那儿飘荡着，虽然摸不着，却把他们两个人完全隔绝开来。我怀着恐惧而近乎羞耻的讶异头一次意识到，一桩婚姻藏着多少外人难以知道的秘密。仿佛门槛上画着符咒，他太太从不敢在未经邀请的情况下踏进他的书房，这明显表示出她完全被排除在他的精神世界之外。而当她在场时，老师也绝口不提他的计划和工作，她一走进来，他就把一句热情洋溢的话硬生生从中截断，那种方式简直令我难堪。那几乎带着侮辱，显然带着轻视，而他甚至没有礼貌地加以遮掩。他粗鲁地公然拒绝她的关心，她却似乎并未察觉那份侮辱，或是已经习惯了。她有张男孩儿般兴高采烈的脸，体型苗条而结实，上楼下楼轻快敏捷，总是忙得不可开交，却还是有时间上剧院，也不错过任何体育活动。不过，这个大约三十五岁的女人对于书本、家庭和一切悠闲安静的事物都不感兴趣。她总是哼着歌，很爱笑，随时乐意跟人斗嘴，似乎只有在尽情伸展四肢时才感到畅快，像是去跳舞、游泳、跑步，或是做任何激烈的运动。她从不严肃地跟我讲话，总是把我当成大男孩儿来戏弄，在最好的情况下只把我当成较量力气的对手。她这种开朗活泼的个性跟我的老师那种阴沉内向、只受精神事物激励的生活方式形成对比，令人迷惑，让我一再讶异地自问，这两个天性截然不同的人怎么可能会结为夫妇？不过，这种奇怪的对比对我来说却只有好处。当我在读书读得筋疲力尽之后，如果跟她交谈，就仿佛有人从我头上取下了一顶沉重的头盔。一切都从狂喜激动中再度回到尘世，回复白昼的清晰，要求我别忘了生活中轻快的一面。有他在场时令人紧张，我忘了该怎么笑，而笑声减轻了精神事物的巨大压力，令人舒畅。在她和我之间建立起一种男孩儿般的同伴情谊。正因为我们一向只随便闲聊些无关紧要的事，或是一起去上剧院，我们的相处非常轻松。只有一件事会尴尬地打断我们无忧无虑的谈话，那就是当我提起他的名字。这件事每一次都令我迷惑。这时候她总是用恼怒的沉默来抵制我好奇的询问，或是在我热情地提起他时，对我报以诡异的微笑。但她始终守口如瓶，把这个男人排除在她的生活之外，一如他把她排除在他的生活之外，方式虽然不同，态度却同样激烈。然而他们两个同住在一个屋檐下已经有十五年了。

不过，这个秘密越是无法参透，对于好奇难耐的我就越具有诱惑力。这儿有一片阴影、一层轻纱，在每一句话扬起的风里我都感觉到它在晃动，出奇地靠近。好几次我自以为已经掌握到了一个线索，这片令人迷惑的轻纱就又溜走了，而在下一刻又重新让我感觉到它的存在，但从来不是以摸得着的话语、抓得住的形式出现。然而，对一个年轻人来说，没有什么比模糊的猜测这种累人的游戏更令人心烦，更令人警醒。平常散漫的想象力突然有了狩猎的目标，我热切地投入追踪猎物的乐趣之中。在那些日子里，我这个一向迟钝的大男孩儿突然长出了全新的感官：一片偷听的薄膜，捕捉到每一个泄露真情的声调；锐利而充满猜疑的窥视目光；再加上一份四下搜寻、在黑暗中到处挖掘的好奇。神经伸展出去直到作痛，总是为了一份预感而兴奋，从未成为明确的感觉。

但我不想指责我那不停刺探的好奇心，毕竟它是纯净的。我所有的感官之所以变得格外敏锐，并非由于喜欢看热闹，想要幸灾乐祸地在一个比我优越的人身上发现低劣的人性。正好相反，我的好奇带着秘密的恐惧，带着无助的同情，怀着一份莫名的忧虑，在这两个沉默的人身上猜到了一份痛苦。因为我越是走近他的生活，我亲爱的老师脸上那片已经刻出痕迹的阴影就更加令我心情沉重。那是份高贵的忧郁，因为他高贵地加以克制，从不曾降格为闷闷不乐，或是任性的发怒。如果说在刚认识的时候，他以火山爆发般光彩夺目的话语吸引了我这个陌生人，如今他的沉默、那片在他额头上掠过的愁云，更加撼动了已跟他熟识的我。没有什么比男性庄严的忧郁能更有力地抓住一个年轻人的心：米开朗琪罗那个俯视自己内心深渊的沉思者，贝多芬痛苦绷紧的嘴，这些愁苦的悲伤面具要比莫扎特银铃般的旋律和达·芬奇画中人物周围的明亮光线更能打动尚未定型的年轻人。青春本身就是美，不需要美化，在过度充沛的活力中，青春渴望悲哀的事物，乐于让忧郁吸吮它缺少人生经验的血液。因此年轻人总是乐于接受危险，并且总是对任何精神上的痛苦流露出兄弟之情。

而我头一次看见一张如此真正在受苦的面孔。我身为小市民之子，在市民阶层的舒适生活中平安地长大，我只识得日常生活中戴着可笑面具的忧愁，装扮成恼怒，穿着妒羡的衣服，对金钱斤斤计较。但这张脸上的烦忧却来自更神圣的原因，这一点我立刻感觉得到。这份阴郁来自暗处，心灵的残酷石笔在早衰的脸颊上刻出了皱纹和裂缝。有时候，当我走进他房间（总是像小孩儿接近恶魔住处一样胆怯）时，陷入沉思的他没有听见我敲门，当我突然站在这个忘我之人面前，我既害羞又惊慌失措，我就觉得坐在这里的仿佛是瓦格纳[①]，戴着面具，穿着浮士德的衣服，心智在谜样的深渊和恐怖的女妖之夜里四处飘荡。在这些时刻，他的感官完全关闭，既听不见走近的脚步声，也听不见我羞怯的问候。等他蓦然回过神，惊醒过来，就试图用仓促的话语来掩饰尴尬。他会走来走去，设法用提问来把我观察的目光从他身上移开。但那片阴影仍然久久地笼罩在他的额头上，只有渐渐热烈起来的谈话才能驱散那片从内心聚集起来的乌云。

他想必偶尔也感觉出他的样子深深打动了我，也许是从我的眼睛，从我不安的手，或是猜到在我唇上浮着一个看不见的请求，请求他信赖我，也可能从我试探的态度中看出我秘密的热情，渴望接下他的痛苦，分担他的痛苦。没错，他肯定感觉到了，因为他会出乎意料地中断热烈的谈话，激动地看着我，让我淹没在这道异常温暖的目光里，他的目光由于承载了过多的东西而黯淡。这时他常会握住我的手，不安地久久地握着，而我总是在期待：现在，现在，现在他将会对我诉说。但他并未对我诉说，往往

---

① 瓦格纳：歌德的代表作《浮士德》中的人物，是浮士德的学生和助手，通常被视为一个与主人公浮士德作对比的学究和书呆子的典型。

摆出一副生硬的姿态，有时甚至说出一句冰冷的话，或是一句嘲讽的话，故意让自己清醒过来。活出热情的他也滋养并唤醒了我心中的热情，但这种时候他会突然把热情从我身上抹去，就像在一份差劲的作业上抹去一个错误。他越是看出我由衷地敞开胸怀，渴望得到他的信赖，他就越是愤怒地吐出冰冷的话语，像是“您不懂”或是“不要这么夸张”。这些话激怒了我，也令我绝望。这个人像闪电般发出刺眼的光芒，一会儿热，一会儿冷，跟他在一起我受了多少折磨。他不自觉地使我热血沸腾，突然又将寒霜泼向我。他用自己的狂热激发了我的狂热，却又突然拿起冷嘲热讽的鞭子。是的，我有一种恐怖的感觉，觉得我越是想亲近他，他就越冷硬、越恐惧地将我推开。他不愿意、也不允许任何人接近他的秘密。

因为，我越来越强烈地意识到，在他具有神奇吸引力的深处藏着秘密——一个陌生而骇人的秘密。从他闪避的目光，我猜到一件难言之隐，当别人感激地臣服于他，他的目光时而热情逼人，时而羞怯地闪避。我感觉到了那个秘密，从他妻子怨恨噘起的嘴唇上，从城里那些人异常冷淡的矜持上，若是有人称赞他，他们会投来几近愤慨的眼神。我从上百个奇特之处和突如其来的惊慌中感觉到那个秘密。而那是多么痛苦啊！自以为已经置身于他人生的内部，却只能茫然地原地打转，像在一座迷宫里，不知道哪一条路能通往他的内心！

不过，对我来说，最无法解释、最令我激动的是他的任性行为。有一天我去上课的时候，教室贴着一张纸条，说这门课要中断两天。那些学生似乎并不感到奇怪，但我昨天才去过他那儿，我担心他可能生病了，于是急忙赶回住处。当我那样冲进去，泄露出我的激动，师母只露出冷淡的微笑。“这种事经常发生。”她异常冷淡地说，“只不过您还没碰到过罢了。”果然，我从同学那儿得知他经常这样在一夕之间消失，有时候只拍了电报来请假，有一次一个学生凌晨四点时在柏林的一条街上碰到他，另一个学生在一座陌生城市的饭馆里遇见他。他忽然离开，像瓶塞脱离了瓶子，然后又再回来，没有人知道他去了哪里。他的突然出走令我情绪激动，就像生了一场病，那两天我魂不守舍地走来走去，慌张不安。他不像平常一样在那儿，让我顿时觉得学业空洞而毫无意义，我用嫉妒的胡乱猜测折磨着自己，对于他那样封闭自己的行为，我心中涌起了类似憎恨和愤怒的情绪，恨他把满怀热情想要亲近他的我隔绝在他真正的生活之外，就像把一个乞丐留在冰天雪地里。我徒然地想说服自己，说我这个学生并没有权利要求他解释和说明，他好心地给予我的信赖已经百倍于一位大学教师所应尽的义务。然而，理智控制不了燃烧的热情，我这个傻孩子每天都要去问上十次，问他是否已经回来了，到后来，师母的否认越来越没好气儿，我已经感觉出她的恼怒。我大半夜都醒着，竖起耳朵想听见他回家的脚步声，早晨不安地在门口晃来晃去，如今我已经不敢再去询问。等他在第三天终于出人意料地走进我的房间，我大大地喘了一口气，我想必受到很大的惊吓，这一点我从他尴尬的惊讶中感觉出来。在惊讶中，他仓促地接连问了几个无关紧要的问题，目光回避着我。我们的谈话头一次别扭地兜着圈子，一句话绊倒在另一句话上，由于我们两个都竭力避免提起他出走一事，正是这件没有说出口的事阻挡了我们把话说清楚。当他离开我时，燃烧的好奇心像一股火焰般蹿起，渐渐地，这股好奇在清醒和睡眠时都折磨着我。

这场寻求解释和更深认识的努力持续了好几个星期。我固执地朝那个炽热的核心推进，自以为感觉到在岩石般的沉默之下有火山般炽热的核心。终于，在一个幸运的时刻，我头一次得以进入他的内心世界。我在他的书房里又一次一直坐到黄昏，这时他从锁住的抽屉里拿出几首莎士比亚的十四行诗，先用自己的翻译把这几首宛如用青铜浇铸而成的诗歌朗诵出来，然后奇妙地阐明了诗句中看似无法理解的密码文字，我在欣喜中忽然感到一股惋惜，惋惜滔滔述说的他给予我的一切都将在易逝的话语中流失。这时我突然鼓起勇气——我不知道这勇气从何而来——问他为什么没有完成他那部大作《环球剧院的历史》。可是，我才大胆问出那句话，就已经惊慌地明白，我无意间触碰到一个显然很痛的秘密伤口。他站起来，转过身去，沉默良久。房间里突然弥漫着暮色和沉默。他终于走过来，严肃地看着我，嘴唇颤动了好几次才微微张开，接着痛苦地吐出了他的自白："我没办法再写长篇的作品。这已经是过去的事了，只有年轻人才会做出这么大胆的计划，如今我没有那种耐力了。老实说吧，我成了活在短暂瞬间的人，没有办法坚持下去。从前我精力比较充沛，现在已经不行了。我只能用说的，偶尔我的精力还足够让我说上一段。但是要总是一个人静静地坐着写作，这我已经办不到了。"

他那认命的神情撼动了我。出于由衷的信念，我敦促他应该要把他每天随手撒给我们的东西用拳头紧紧握住，不要只是付出，也把自己的东西写下来加以保存。"我没办法写作，"他疲惫地又说了一次，"我不够专注。""那么您就口述，让我来代写！"这个想法迷住了我，我差点儿扑上去央求他，"那么您就口述，请您试试看。也许先口述开头部分，之后您自己也会欲罢不能。请您试试看，我请求您，就算是为了我！"

他抬起眼睛来，起初很惊讶，然后陷入深思。这个想法似乎令他思索。"为了您？"他重复着我的话，"您真的认为，我这个老人还能够做些什么让人高兴的事吗？"从这句话里我感觉出他渐渐开始让步，也从他的目光感觉出来，他的目光刚才还黯淡地垂下，此刻却被温暖的希望融化，渐渐探出来，由于那份希望而变得明亮。"您真的这么认为吗？"他又说了一次，我感觉出他已经有了意愿，然后他突然说："那我们就来试试看！年轻人总是对的。听从者是聪明人。"我的狂喜和得意似乎让他也有了活力，他快步走来走去，几乎像个年轻人一样兴奋，于是我们约好每天晚上九点，在吃过饭后，先试着每天工作一个小时。第二天晚上我们就展开了口述和听写。

我该如何描述这些时光！我一整天都在等待这个时刻的来临。下午时，一种消耗神经的郁闷不安就像电击般压抑着我焦躁的感官，那几个钟头简直难以忍受，直到夜晚终于来临。我们在用餐之后立刻到他的书房去，我在书桌前面坐下，背对着他，他则踩着不安的脚步在房间里走来走去，直到他脑海中酝酿出节奏，开头那句话蹦了出来。因为这个奇特的人是从感觉的音乐性来塑造一切，总是需要一股推力，让他的思想活动起来。通常是一个意象，一个大胆的比喻，一个立体的场景，他再将之扩展成戏剧化的场面，不由自主地在快速踱步中激昂起来。凡是具有创造力之人那种伟大的浑然天成，常常会从这种即兴表演的火花中闪现。我记得有几行就像是抑扬顿挫的诗句，另外几行则像瀑布般急流而下，一个接一个的列举，就像荷马的船舰目录和惠特曼的粗犷颂歌。我这个还在成长的年轻人头一次有机会窥见创作的秘密：我看见思想起初还没有颜色，只不过是一股流动的热流，像熔化的溶液一样从灵感的锅炉里涌出，然后逐渐冷却，找到它自己的形式，也看见这个形式渐渐变得圆满，并且呈现出来，直到话语终于清楚地从中蹿出，就像钟舌一样，这才让钟发出响声，让诗人感受到的东西有了人类的语言。每一段文字都起于节奏，每一段描述都来自意象，这整部长篇作品完全不似语文学著作，而像一首颂歌，一首对大海的颂赞。大海乃是尘世间看得见、感受得到的永恒，波涛起伏，无边无际，上接苍天，下有深谷，在天地间捉弄着尘世间的命运——人类摇摇晃晃的小舟，似有意义又无意义。以这个伟大的比喻，从大海的意象衍生出对悲剧性的描述，将之描述为一种大自然的力量，滔滔奔流，具有毁灭性地掌控着我们的血液。接着这个意象中的波涛卷向一个特定的国度：英国浮现了，那座岛屿，永远被不安的海水环绕，危险的海水包围了大地的所有边缘，包围了各个纬度和地区。在英国，大海塑造了国家，海水冷而清澈的目光一直渗入眼睛里。每个人既是水手也是岛屿，一如他的国家，在几百年的航海中不断考验其力量。由于暴风和危险，强烈的情感在这个民族里就像空气一样无所不在，然而此刻，和平笼罩着这个被海水包围的国度，这些人却习惯了风暴，仍然想要出海，想要每日都带来危险的骤变事件，于是他们在血淋淋的游戏中再次创造出紧张刺激的气氛。起初是为了斗兽和搏斗而建起木棚。熊流血而死，斗鸡野蛮地刺激了残忍的快感。不过没有多久，提升的鉴赏力就想要享受来自人类英勇冲突的紧张气氛。于是，人类另一种波澜壮阔的游戏自虔诚的剧院和教会的神秘仪式中产生。所有的冒险与航行重新再现，但如今是在人类的心灵之海上。那是另一座无边无际的新海洋，有着激情的大潮和心智的巨浪，这支仍旧强大的盎格鲁—撒克逊民族有了新的乐趣，他们兴奋地去掌控这片新海洋，在这片海洋中任由大浪抛掷：英国的戏剧诞生了，伊丽莎白一世时期的戏剧。

他狂热地描述这段野蛮原始的开端，鲜明的话语圆润地响起。他的声音起初是飞快地低语，肌肉和声带随后伸展开来，声音化作金属般闪闪发亮的飞机，越飞越高，越飞越自由。这个房间对他的声音来说变得太过狭窄，发出回声的墙壁太过拥挤，这声音需要广阔的空间。我感觉到暴风在上方吹动，大海翻腾的唇用力喊出震耳欲聋的话语。俯身在那张书桌上，我觉得自己仿佛又站在故乡的沙丘上，千百道海浪和挟带着海水的风呼啸着逼近。一阵战栗痛苦地笼罩着一个人和一句话的诞生，当时我惊慌而喜悦的心灵头一次感受到这阵战栗。

老师口述时的强大灵感改变了他写作学术著作的企图，思想成了文学，当老师结束了口述，我踉跄地站起来。沉重的疲惫强烈地穿过我全身，这种疲倦无力跟他的疲倦无力十分不同，他的无力是发泄出一切之后的筋疲力尽，我却是由于被汹涌的思想淹没而颤抖。在那之后，我们两个人都还需要放松地交谈，才能够去睡觉或是休息。通常我会再复诵一次我的速记记录，说也奇怪，那些符号一旦转换成语言，就有另一个声音在我的声音里说起话来，在呼吸，仿佛有一个精灵调换了我口中的语言。这时我便看出：我在尽力模仿他说话时的抑扬顿挫，模仿得那么像，以至于仿佛是他借由我来说话，而不是我自己在说话，我成了他生命的共鸣，他话语的回声。这一切已经是四十年前的往事了，然而时至今日，我在做演讲时，当话语脱离了我而回荡，我仍会羞怯地感觉到不是我在说话，而是另一个人借着我的嘴在说话。这时我就会认出一位可敬死者的声音，这个死者只在我唇上仍有一丝气息。每当我热情澎湃，我就变成了他。而我知道：在他书房里那些时光深深地影响了我。

这件工作在增长，在我四周长成一座树林，渐渐遮蔽了望向外面世界的目光。我只活在阴暗的屋子里，活在这部日渐增长作品越发浓密的枝叶中，活在这个人温暖的身边。

除了大学里那寥寥几堂课，我一整天的时间都属于他。我跟他们同桌吃饭，在他们的住处和我的住处之间，日日夜夜都有消息在楼梯上上下下地传送。我有他们的房门钥匙，他也有我的钥匙，他随时可以找到我，不必先去喊半聋的房东老太太。然而，我跟他们的关系越是密切，跟外界就越疏远。随着我分享了他内心世界的温暖，我同时也分享了他们与世隔绝生活的那份凄冷孤独。同学们一致对我摆出冷淡不屑的态度，不知道是私下对我有何不满，还是只是嫉妒我明显受到老师偏爱，总之他们不跟我来往，在讨论课上也避免跟我打招呼或交谈，像是约好了似的。就连其他的教授也不隐藏他们带有敌意的反感。有一次，我向罗曼语①系的讲师请教一件小事，他嘲讽地打发了我："身为某教授的入门弟子，这您总该知道。"我徒劳地想为这份无端的轻视找到解释，但对方的话语和目光都在回避。自从我跟这两个孤单的人生活在一起，我自己也完全被孤立了。

本来我并不会在乎这种社交上的孤立，毕竟我把全部注意力都献给了精神生活。然而，我的神经渐渐受不了这种持续的拉扯。接连几个星期持续用脑过度不可能没有后果，再加上我大概过于突然地彻底改变了生活，过于狂热地从一个极端转向另一个极端，无法不危及大自然赋予我们的神秘平衡。在柏林，轻松的闲荡令我的肌肉舒适地放松，跟女人的艳遇松弛了不安的情绪，在此地却有一种焚风般的压抑气氛，不断压迫我受到刺激的感官，让我的感官颤动着，带着电流般跳跃的触角在我脑中游走。我无法再好好睡觉，虽然我总是誊写每天晚上的口述记录直到清晨，而且乐在其中（出于虚荣，我等不及想尽早把稿子送去给我亲爱的老师），或者也可能正是因为如此而无法熟睡。此外，上课和狼吞虎咽的阅读也要求我付出更多精力，再者，与老师谈话的方式也令我兴奋，因为每一根神经都处于备战状态，也从不允许我在他面前显得心不在焉。对于这种过分的行

---

① 罗曼语：属于印欧语系，是欧洲语言的语族，主要包括罗曼语族诸语言，例如法语、意大利语、西班牙语、葡萄牙语等。罗曼语多以冠词和介词替代语言中复杂的格变化，用助动词来构成复合时态，这也是其他语言不具备的。

为，受欺负的身体不久就进行了报复。我好几次晕倒，那是身体的自然状态被危及时所发出的警讯，我发狂似的不顾及自己的身体。但那种犹如被催眠的疲倦感越来越频繁，情感的表达变得激烈，被磨利的神经带着尖刺向内生长，撕裂了睡眠，激发了原先受到抑制的混乱念头。

头一个注意到我的情况相当严重的是师母。我好几次感觉到她担心的目光在试探我，她越来越刻意地在谈话中掺进提醒的话语，例如我不可能在一个学期之内征服全世界。到最后她把话说得很明白。有一个星期天，我正在美好的阳光中苦读文法，她跳过来抢走了我的书："够了，一个活泼的年轻人怎么能够这样甘心被野心奴役？不要老是拿我丈夫做榜样。他已经老了，而您还年轻，您必须过不一样的生活。"每当她提起他，总是带着这种轻蔑的口吻，让全心奉献给他的我一再感到愤怒。我感觉出，她越来越故意地想让我远离他，用冷嘲热讽来阻止我过分投入，也许是出于用错地方的嫉妒。如果我们晚上口述的时间太长，她就会用力敲门，迫使我们停止工作，丝毫不在乎他生气的反对。有一次，当她发现我昏倒在地上，她愤愤地对我说："他还会弄坏您的神经，会完全毁了您。才几个礼拜，他就把您变成这副样子！我再也受不了看着您这样糟蹋自己了，而且……"她顿住了，没有把话说完，但她的嘴唇由于按捺住怒气而颤抖。

老师也的确没让我好过，我越是热情地为他效劳，他似乎就越不看重我的殷勤崇拜。他很少向我道谢，当我在早上把熬夜完成的稿子拿给他，他只会冷淡地说："其实明天再给我就行了。"话中带着排拒之意。如果我热心过度，在他并未请求的情况下表示愿意替他做些什么，在谈话当中他会突然抿起嘴唇，用一句嘲讽的话把我推开。不过，等他看见我屈辱而困惑地缩回去，那道温暖的目光就又朝着绝望的我涌过来，安慰地围绕着我，只是这种情形很少发生，太少发生了！他这种忽冷忽热的个性，一会儿亲近得令我激动，一会儿又生气地把我推开，把我克制不住的情感弄糊涂了。我渴望着——不，我永远也说不清我到底在渴望什么，我希望、要求、追求的到底是什么，我的热情奉献究竟想从他那儿得到何种关切？若是爱慕一个女子，就算那热情是纯洁的，也仍然不自觉地追求肉体上的满足，就这种热情而言，大自然让拥有对方的身体成为最高的结合。然而，由一个男子呈献给另一个男子的精神热情想要的是什么呢？完全的满足在这种热情上不可能实现。这份热情不断改变被爱慕之人，一再闪烁成为新的狂喜，永远无法透过最后的献身而平静下来。这份热情一再涌出，却永无竭尽之时，就跟心智一样永远不会满足。因此他的亲近对我来说总嫌不够，在那些长谈中，他从不曾完全揭露出自己，永远无法令我满足。就算他充满信赖，抛开一切生疏，我却仍旧知道，转眼间他就可能断然切断这亲密的联结。这个善变的人一再搅乱了我的情感，如果我说我由于过度受到刺激，往往就要做出荒唐的事来，这话并不夸张。一些微不足道的小事就足以让我心烦意乱几个小时、甚至几天。例如他把我介绍的一本书随手推到一旁，或是当我们在晚上深入谈话，当我完全沉浸在他的思想中，他却突然站起来（先前他还温柔地把手搁在我肩膀上），不客气地说："现在您该走了！已经很晚了。晚安。"也许由于我激动的情绪不断被挑起，过于敏感的我也可能把一些无心之事看成伤害。然而，这些事后的自我安慰对于迷乱的心绪又有什么帮助呢？只有这件事每天一再发生：在他身边我感到痛苦的煎熬，远离他又使我感到寒冷，我总是为了他的矜持而感到失望，没有什么表示能令我安心，每一桩偶发事件都令我迷惘。

奇怪的是，每当我敏感地觉得受到委屈，我就会逃到师母那儿去。也许那是种不自觉的冲动，想去找一个同样忍受这种无言的疏远的人，也可能只是想跟某个人说说话，就算对方帮不上忙，至少能够了解我。总之，我逃向她，就像逃向一个秘密的盟友。通常她会取笑我的敏感，或是耸耸肩膀，冷淡地说我应该已经习惯了他这种折磨人的古怪。不过，当我在绝望中突然在她面前大发牢骚、流泪不止、语无伦次时，偶尔她会异常严肃地看着我，几乎带着诧异的目光。但她什么也没说，只不过在她嘴唇周围会出现克制住的阴晴变化，而我感觉出她必须用尽全力，阻止自己脱口说出什么气话或是欠考虑的话。毫无疑问，她也有话要对我说，她也藏着一个秘密，也许跟他的秘密是同一个。只不过，当我的话冒犯到他，他会不客气地加以抗拒；她则多半用一句玩笑或是即兴的捉弄来回避。

只有一次，我差点儿就让她吐露心声。那天早上我把听写的稿子送过云，忍不住兴奋地向老师说，这一段描述（那是对马洛所作的描绘）如何令我震撼。在热情洋溢中，我又钦佩地加了一句，说从来没有人替马洛做过这么卓越的描绘。这时他咬住嘴唇，粗鲁地转过身去，扔下那张纸，不屑地嘀咕："不要胡说八道！您哪里懂得什么叫卓越！"这句不客气的话（想来只是为了掩饰他的羞愧）就足以毁掉我一整天。下午我跟师母独处了一个小时，我的情绪突然歇斯底里地爆发，我抓住她的手："请您告诉我，他为什么这么讨厌我？为什么这么瞧不起我？我做了什么对不起他的事，为什么我说的每一句话都会惹他生气？我该怎么做？请您帮助我！为什么他受不了我？请您告诉我，我求求您。"

她被我这激烈的爆发给吓了一跳，用尖锐的目光凝视着我。"受不了您？"一阵笑声从她的齿缝间冒出来，恶毒刺耳又尖锐，让我不由得向后退。"受不了您？"她又重复了一次，愤怒地看进我慌乱的眼睛。但她随即俯身朝我凑近，目光渐渐变得柔和，几乎带着同情，然后她突然伸手抚摩我的头发（这是第一次）。"您真的是个孩子，是个傻孩子，什么也没察觉，什么也看不见，什么也不知道。不过这样也好，否则您还会更加不安。"

接着她就猛地转过身去。我徒然地寻找安慰，就像被困在一场无法挣脱的噩梦中，犹如被装在绑住的黑袋子里，我拼命想找到一个解释，想从这些矛盾情感的迷惘中清醒过来。

四个月就这样过去了，我在这段时间里发生了出人意料的自我提升和蜕变。学期即将结束，我害怕地看着假期即将来临，因为我热爱我的炼狱，家乡那种平静、缺乏精神性的家庭生活对我来说就像是放逐和剥夺。我开始拟定秘密的计划，想向父母谎称有重要的工作把我留在这里，我已经巧妙地编织了谎言和借口，以便延长眼前这段折磨人的时光。然而，我在此地的时间早已屈指可数。结束的时刻无形地悬在我的上方，就像正午时分的钟声悬在铜钟里，然后出其不意地庄严响起，召唤闲荡之人去工作或道别。

那个改变命运的夜晚一开始是多么美好，美好得多么阴险！我跟他们夫妇同桌吃饭，窗户敞开，在暗下来的窗框里，暮色渐深的天空和白云缓缓走进来。飘浮的白云反射出温和清澈的光芒，触动人心深处。师母和我闲聊着，比平常更轻松、更平和、更热烈。老师对我们的交谈不置一词，但他的沉默悬在我们的谈话上方，仿佛天使带着静静收拢的翅膀。我偷偷地从旁边瞄向他，今天他带着异样的神采，一种蠢蠢欲动，但不带任何慌张，就像夏天里的白云。偶尔他举起酒杯，对着光线欣赏葡萄酒的色泽；当我的目光愉快地追随他的动作，他露出微笑，举起酒杯向我致意。我很少看见他的脸如此明朗，很少看见他的动作这般圆滑冷静。他坐在那里，近乎庄严而喜悦，仿佛在聆听街上传来的音乐，或是在倾听一段无声的谈话。他的嘴唇周围平常总是有小小的细纹，此时却柔软而安静，像剥开的果实，他的额头微微朝向窗户，反射着温和的天光，让我觉得比任何时候都美。看见他这样安详真是奇妙。是纯净夏夜的余晖和色调改变的温和空气美化了他？还是一件令人安慰的事让他从内心焕发出光彩？我不知道。然而，我习惯了审视他的脸，就像阅读一本摊开的书，我只感觉到：今天有个好心的神替他抚平了内心的裂缝和皱纹。

此刻他站起来，习惯性地撇撇头，邀请我随他到书房去，模样罕见地郑重。平常急促的他踩着出奇严肃的步伐。然后他又倒回来，从橱子里拿了一瓶还没打开的葡萄酒（这也很不寻常），从容地带着那瓶酒到书房去。就跟我一样，他太太似乎也察觉到他举止有异，诧异地从她的缝纫工作上抬起眼睛，好奇地默默观察他那不寻常的从容，看着我们走向书房准备工作。

书房就跟平常一样完全暗了下来，熟悉的暮色等待着我们，只有灯光在那叠待用的白纸周围洒下金色的圆形光圈。我在平常坐的位子上坐下，从手稿中复诵了最后几个句子。为了调整情绪，他总是需要节奏来作为音叉，让话语继续奔涌出来。不过平常他会紧接着最后一句话往下说，这一次我却没有听见接下去的声音。沉默在房间里弥漫开来，成为紧张的气氛，从墙壁上压向我们。他似乎还没有完全集中精神，因为我听见他在我背后紧张地来回踱步，说：“请再念一遍。”真奇怪，他的声音忽然不安地振动。我复诵了最后几段，这时他突然直接从我念的话语接下去，口述得比平常更快、更完整，只用了五句话就勾勒出了整个场景。在这之前，他描述了戏剧在文化上的先决条件，描绘出那个时代，像一幅壁画，勾勒出一段历史的轮廓。此时他把话锋转向剧场本身，推着小车四处表演的流浪剧团终于安顿下来，替自己建造了一个家，拥有了书面确认的权利和特权，起初是“玫瑰剧院”，然后是“命运剧院”，都是木板搭成的小屋，演出如木板般生硬的戏剧。不过随着戏剧文学日渐成长，工匠打造出木板制成的新装：在泰晤士河的河滩上，用木桩在廉价的潮湿泥地上围起来，建起“环球剧院”那座笨重的木造建筑，有一座六角形的粗笨塔楼，莎士比亚这位大师就出现在这座剧场的舞台上。一艘奇特的船像被大海扔了出来，海盗般的红旗挂在最高的桅杆上，这座剧场稳稳地下了锚，停泊在那块泥地上。下层民众在底层座位喧哗拥挤，上流人士则从楼上座位朝下面的演员微笑，虚荣地和他们聊天。观众不耐烦地要求开始演出，他们跺脚、叫闹，用剑柄敲着木板，直到终于有几支蜡烛被端出来，烛光晃动，照亮了下面的舞台，穿着粗糙戏服的人物走出来，演出看似即兴创作的喜剧。直到今天我都还记得他当时口述的话：“话语如同暴风般呼啸而出，那片热情的无边大海，冲出这个木板围成的边界，把血一般的波浪拍向人类心灵的各个时代、各个地区，无穷无尽，深不可测，既欢畅又悲哀，多彩多姿，描绘出人类特有的形象，这就是英国的剧场，莎士比亚的剧作。”

在这激昂的话语中，口述骤然中断，接下来是一阵郁闷的长长沉默。我不安地转过身去，老师站在那里，一只手用力扶着桌子，露出筋疲力尽的表情，这是我在他身上常见到的。然而这一次，他那副呆立的模样有点儿吓人。我跳起来，担心他出了什么事，怯怯地问我是否该停下来。他只是看着我，还没喘过气来，样子没有改变，一时仍僵在那里。不过他的眼珠随即又发出蓝色的光芒，嘴唇也放松下来，他走过来一边对我说“嗯，您没有发现吗？”一边急切地看着我。“什么事呢？”我结结巴巴地问，毫无把握。他深深吸了一口气，露出浅浅的笑容，经过这几个月，我再次感觉到他柔软温和的目光围绕着我。“第一部分已经完成了。”我很难按捺住想要欢呼的冲动，惊喜之感流过我全身。我怎么会没注意到呢？的确，整个架构已经建立，从昔日的原始地基上一阶阶堂皇地向上建起，直到门槛：现在可以让那些作家出场了，马洛、本·琼森、莎士比亚，让他们胜利地大步跨过这道门槛。这部作品在庆祝它的头一个生日，我急忙去数手稿的页数，这部作品的第一部分包含了一百七十页，每一页都写得密密麻麻。这也是最难的一部分，因为接下来他就能自由发挥，在这之前的叙述则必须忠于史实。毫无疑问，他将会完成这部著作，他的作品，我们的作品！

我发出欢呼，手舞足蹈，不知道是出于自豪还是出于快乐。但我的兴奋想必流露出前所未有的欢欣，因为他的目光微笑地追随我，看我一会儿浏览着最后几句话，一会儿又匆匆去计算那些纸页，去触摸它们，去掂它们的分量，已经操之过急地在心里计算我们何时可以完成整部作品。我的喜悦反射出他积蓄已久、深深隐藏的自豪，他感动地看着我，面带微笑。然后他缓缓走向我，靠得很近很近，一双手握住我的手，目不转睛地看着我。平常他眼珠的颜色只像闪光灯般颤动，此时一种有生命的澄蓝渐渐盈满他的眼珠，在大自然中，只有深邃的水和深邃的人类情感能够产生这种蓝色。这发亮的蓝色从他瞳孔中升起，涌出来，再渗入我的身上。我感觉到温暖的波浪从这双眼睛柔和地进入我内心深处，在我心底涌动，扩散开来，让我的感受延展成奇妙的欲望，我的胸膛由于这股满溢的力量而骤然开阔，我感觉到古意大利的正午在我心中升起。"我知道，"他的声音盖过了这道光亮，"要不是有您，我永远不会开始这项工作，这件事我将永远铭记在心。是您让疲惫无力的我再度振作起来，拯救了我散失的生命里仅存的东西。就只有您一个人！没有人替我做过更多的事，没有人这样忠诚地协助过我。因此，我不说这一切我都得要感谢'您'，而说……这一切我都得要感谢'你'。来！现在让我们像兄弟一样度过这个小时！"

他轻轻地把我拉到桌旁，拿起那瓶事先准备好的酒。那儿也有两个酒杯，他想跟我共饮这具有象征意义的酒，以表示感谢之意。我高兴得颤抖，没有什么比炽热的愿望骤然实现更令人心乱。我一直不自觉地渴望能得到他明显表达的信赖，而他的感谢找到了最美好的表达方式：“你”这个表示兄弟之情的昵称。我们跨越了年龄的鸿沟，由于这遥远的距离而更显珍贵。酒瓶叮咚作响，像个无言的施洗者，从此将永远让我具有信念，抚慰我的恐惧，我心中也发出同样清脆的响声。只有一个小小的阻碍延迟了这个庆祝的时刻：酒瓶用软木塞塞住，而书房里没有开瓶器。他想站起来去拿，但我猜出他的意图，就迫不及待地冲向餐厅，毕竟我热切地期待这一刻，能够终于让我放下心来，明显地证明他对我的好感。

当我冲出书房，冲进被灯光照亮的走廊，在黑暗中我撞到了一个软软的东西，那东西赶紧让开——那是师母，她先前显然在门后偷听。但说也奇怪，虽然我那么用力撞上了她，她却没有发出一点儿声音，只是无言地让开，而我也吓了一跳，说不出话来，全身动弹不得。这情形僵持了一会儿，我们两个人无言地站着，彼此都感到尴尬，她在偷听时被逮个正着，我则由于这个意外的发现而呆住了。不过，在黑暗中随即响起轻轻的脚步声，灯光亮起，我看见她脸色苍白，面带挑衅地倚着橱柜，目光严肃地打量着我，她一动也不动的姿势流露出某种神秘、警告和威胁，但她一句话也没说。

我双手颤抖，紧张地摸索了好一阵子，才终于找到开瓶器。我必须两度从她身旁走过，而每一次当我抬起眼睛，就碰上这道僵直的目光，像磨亮的木头一样发出又硬又暗的光泽。她没有因为被瞥见在门边偷听而流露出羞愧，正好相反，她的眼睛坚决地向我发出一种我不明白的威胁，而她固执的表情显示出她无意离开这个不恰当的位置，打算继续守在这里偷听。这份强悍的意志力令我迷惑，在这道带着警告的紧迫目光下我不禁低下头。等我终于脚步踉跄地回到书房，老师已经不耐烦地把酒瓶拿在手里，我原先的狂喜已然冷却，成了一种奇特的恐惧。

而他却无忧无虑地等我回来，目光愉快地投向我。我一直梦想着有朝一日能够看见他这个模样，能看见阴霾从他忧郁的额头上散开！然而，当这个额头第一次闪烁出平和，真诚地面对我，我却一句话也说不出来。那秘密的喜悦仿佛从毛孔中溜走了。我心中迷惘，羞愧地听见他再次向我道谢——如今用的是昵称的“你”，酒杯相碰发出清脆的声音。他伸出手臂，亲切地搂住我，带我走到靠背椅旁，我们面对面坐下，他的手轻松地搁在我手中。我头一次感到他任由情感完全自由坦率地流露，但我却说不出话来，忍不住一再瞄向房门，怕她还站在那里偷听。我不断地想着：她在偷听，偷听他对我说的每一句话，偷听我说的每一句话。为什么偏偏在今天？偏偏在今天？当他用温暖的眼神围绕着我，突然说道：“今天我想跟你谈谈我自己，谈谈我自己的青年时代。”我吓坏了，伸出央求的手来阻止，他讶异地抬起眼睛。“今天不要，”我结结巴巴地说，“今天不要……请您原谅。”想到他可能会向一个偷听者泄露了秘密，这个念头对我来说太过可怕，而我又不得不对他隐瞒门外有人在偷听。

老师不安地看着我。“你是怎么回事？”他问，有点儿扫兴。“我累了……请您原谅……大概是太激动了……我想……”我一边颤抖着站起来，一边说，“我想我该走了。”我的目光不由自主地越过他身上投向门口，我不得不猜想那份带着敌意的好奇仍旧嫉妒地潜伏在那儿。

他也费力地从靠背椅上站起来，阴影掠过他顿时显得疲惫的脸。“你真的要走了吗……今天……偏偏在今天？”他握着我的手，一股隐隐的拉力让我的手变得沉重。但他蓦然松开我的手，宛如让一块石头落下。“真可惜，”他失望地脱口而出，“我原本期望能够坦率地跟你谈一谈！真可惜！”有那么一会儿，这深深的叹息就像一只黑色的蝴蝶在房间里飞舞。我满心羞惭，怀着不知所措、无法解释的恐惧。我不安地走出书房，把门在身后轻轻关上。

我吃力地摸索着上楼回到我的房间，倒在床上，但我睡不着。我从不曾如此强烈地意识到我住的地方就在他们住处的上方，只隔着薄薄的楼板，被无法穿透的深色梁柱托着。此刻我敏锐的感官神奇地感觉到，他们两个在楼下还醒着，我不必去看就能看见，不必去听就能听见，听见他在楼下房间里不安地来回踱步，看见她无言地坐在别处，或是在四下偷听。我感觉到他们两个都睁着眼睛，而他们还醒着这件事令我心中恐惧，像一场梦魇，这整栋沉重无言的屋子连同它的阴影和黑暗突然压在我身上。

我掀开被子。我的双手发烫。我落入了什么情况？我感觉到那个秘密十分接近，脸上已经感觉到它温热的呼吸，而现在它又走远了，但那沉默而无法看透的阴影仍在喃喃低语，走来走去。我感觉到这危险的阴影在这屋子里，像猫一样踩着柔软的脚掌悄悄潜行，始终在那儿跳过来跳过去，总是用它带电的毛皮蹭过去，令人迷惑，却又犹如幽灵。而我从黑暗中一再感觉到他围绕着我的目光，如同他伸出的手一样柔软，也感觉到另一道目光，师母受到惊吓而又带着威胁的锐利目光。在他们的秘密中我该如何自处？他们何以将眼睛被蒙住的我放在他们激烈情感的中央？何以把我驱赶到他们难以理解的纷争之中，强迫我感受他们各自的愤怒和怨恨？

我的额头还在发烫。我跳起来，推开了窗户。窗外是安详地躺在夏夜云朵下的城镇，还有几扇窗户亮着灯，但那些窗户里的人在和气地交谈，或是在读一本书，或是奏着音乐。而在白色窗框后面已经暗下来的窗户，那儿的人肯定在平静的睡眠中呼吸。在这些休憩着的屋顶上飘着一股温和的宁静，就像银色光晕里的月亮，给人一种放松下来、轻柔荡漾的寂静，钟楼敲出的十一声钟响轻轻落入他们凑巧在聆听或是在做梦的耳朵。只有我在这栋屋子里还感觉到清醒，感觉到陌生的思绪凶恶地包围了我，内心努力地想了解这混乱的低语。

突然我吓得倒退。楼梯上响起的莫非是脚步声？我站直了身子，竖耳倾听。果然，是有脚步声仿佛盲目地摸索着上楼来，小心翼翼，踌躇迟疑。我熟悉被踩旧的木梯这种吱吱嘎嘎的呻吟。这脚步只可能是往我这儿来，毕竟顶楼上除了那个耳聋的老太太之外没住别人，而她早已经睡了，不会接待任何人。难道那人是我的老师吗？不，这不是他那种跌跌撞撞的急促步伐。楼梯上的脚步每走一阶都在踌躇，步履胆怯——现在又走了一阶——一个潜入者、一个歹徒才会这样走近，不会是朋友。我紧张地竖耳倾听，耳朵开始嗡嗡作响。一股寒意顿时从我赤裸的双腿传上来。

这时门锁轻轻地发出咔嗒一声：他想必已经到了门口，这个阴森的访客。我光着的脚趾感觉到一丝气流，这表示外面那扇门被打开了，而只有我的老师有钥匙。可是如果是他，为什么他这么犹豫，这么陌生？难道是他觉得担心，想来看看我？而这个阴森的访客此刻为何在前厅犹豫？因为那像贼一般潜近的脚步骤然停住。我也由于恐惧而呆住了。我忍不住想放声尖叫，可是喉头却黏住了。我想把门打开，双脚却僵在地板上。在我和那个阴森的访客之间只隔着一道薄薄的墙，但他没有朝我迈出一步，我也没有朝他迈出一步。

这时候钟楼的钟敲响了，只敲了一下，十一点一刻。但这声钟响把我从呆立中唤醒。我用力把门打开。

果然，我的老师站在那里，手里拿着蜡烛。门猛然打开掀起的气流让烛火向上蹿了一蹿，在他身后，颤动的影子从呆立的他身上被扯开，在墙壁上像个醉汉一样踉踉跄跄，犹如巨人。当他看见我，他也动了一下，把身体缩起来，就像一个人被骤然吹起的风从睡梦中惊醒，不由自主地打着寒战，把被子往上拉。然后他才向后退，蜡烛晃动着，融化的蜡滴在他的手上。

我发着抖，显然被吓坏了，只能结结巴巴地说："您怎么了？"他看着我，没有说话，也有个东西哽在他喉头里让他说不出话来。终于，他把蜡烛搁在五斗柜上，像蝙蝠一样在房间里乱飞的影子立刻安静下来。最后他结结巴巴地说："我想要……我想要……"

他的声音又哽住了。他站在那儿看着地板，像个被逮住的小偷。这份恐惧，这样站着，真令人难以忍受，我只穿着衬衣，冷得发抖，他则缩着身子，羞愧而迷惘。

突然，那虚弱的身影振作起来。他朝我走过来，带着一抹恶毒的微笑，那笑容像森林之神，只从眼睛里危险地闪现，嘴唇却紧紧抿着，那微笑像个陌生的面具。他凝视了我一会儿，然后他的声音尖锐地吐出，犹如一条蛇吐出分叉的舌头："我只是想告诉您……我们最好还是别用昵称的'你'……那……那不适合用在学生和老师之间……您了解吗？……我们得要保持距离……距离……距离。"

他一边说一边看着我，充满了憎恨，充满了侮辱人的恶意，他的手不由自主地像爪子般蜷起来。我踉跄地向后退。难道他疯了吗？还是喝醉了？他站在那儿握紧了拳头，仿佛想朝我扑过来，或是一拳揍上我的脸。

但这份恐怖只持续了一秒，这道刺人的目光就缩了回去。他转过身，喃喃地说了些什么，听起来像是在道歉，然后拿起了那支蜡烛。原本缩在地板上的影子又跳了起来，像个殷勤的黑色魔鬼，赶在他之前一阵风似的出了门。然后他也走了，我还来不及集中精神想出一句话来。门重重地关上，楼梯在他重重坠落的脚步下痛苦地呻吟。

我忘不了这一夜。冷冷的愤怒和不知所措的绝望疯狂地交替，思绪像火箭一样在我脑中刺耳混乱地冲来冲去。他为何这样折磨我？我揪心的痛苦自问了上百遍，他何以这么恨我？竟然特地在夜里悄悄上楼来，只是为了带着敌意当面侮辱我？我做了什么对不起他的事？我该怎么做？如果我不知道自己哪里得罪了他，那么要怎么跟他和解？我发着热，倒在床上，又站起来，再把自己埋进被子底下，但那个幽灵般的影像始终在我面前，蹑手蹑脚的老师在我面前心慌意乱，在他身后是那个巨大的影子，带着谜一样的陌生，在墙壁上踉踉跄跄地动着。

等我第二天早上在短暂浅眠之后醒来，起初想说服自己只是做了一个梦，但是蜡烛滴下来的蜡脂还又圆又黄地黏在五斗柜上。在阳光灿烂的房间里，我一次又一次地回想起昨夜那个像小偷一样悄悄溜上来的访客。

一整个上午我都没有出门，一想到会遇见他，我就全身无力。我尝试书写、阅读，却什么也做不成。我神经衰弱，随时可能发作，具体表现为痉挛、啜泣或咆哮。我看见自己的手指犹如陌生的叶片在树上颤抖，无法使它们安静下来，而我的膝盖发软，仿佛肌腱被割断了。我该怎么做？该怎么做？我一再自问，问到我筋疲力尽，血液在太阳穴旁嗡嗡作响，眼前发黑。但我就是不出门、不下楼，在我还没有把握之前，在我的神经尚未恢复力气之前，不想突然跟他面对面。我又倒在床上，又饿又迷惘，没有梳洗，心慌意乱，我的感官再度试图穿过薄薄的楼板，想着他此刻坐在哪里？在做什么？他跟我一样醒着吗？跟我一样绝望吗？

中午了，我还心绪混乱地躺在床上，楼梯上终于响起了脚步声。我所有的神经都发出警讯，但这个脚步很轻快，无忧无虑，两阶并一阶地跳上来。接着一只手用力敲门。我跳下床，但没有开门，问道："是谁？""您为什么不下来吃饭？"师母的声音有点儿生气地说道，"您生病了吗？""没有，没有，"我结结巴巴地说，心里一片混乱，"我这就来了，这就来了。"我没有别的办法，只好赶紧穿好衣服下楼去，但我步履踉跄，不得不扶着楼梯的扶手。

我走进餐厅。桌上摆着两副餐具，师母坐在其中一副前面跟我打招呼，微带责备之意，怪我还得要她去提醒。他的位子是空的。我觉得血液涌到头部。这意外的出走意味着什么？难道他比我更害怕和我碰面吗？他感到羞愧？还是从此以后再也不想跟我一起同桌吃饭？终于我决定发问，问教授是否前来用餐。

她诧异地抬起眼睛："您难道不知道他今天一早就走了吗？""走了？"我结结巴巴地问，"去哪里？"她的脸立刻绷紧了："我先生没有告诉我，大概又是他常做的出游吧。"然后她突然转向我，带着询问的表情，"可是这件事您居然不知道？昨天晚上他明明还特地上楼到您那儿去。我以为他是去向您道别……真奇怪，实在奇怪……他居然也没有跟您说。"

"跟我……"我只发得出一声尖叫。这声尖叫把这几个小时以来聚积的一切全都喊了出来，让我感到羞愧，感到耻辱。我忍不住啜泣，号啕大哭，全身痉挛，口齿不清地吐出一连串的话语和叫喊，喊出在心中纠结的混乱绝望。我哭泣，在歇斯底里的啜泣中颤抖地吐出所有积蓄的痛苦。我的拳头疯狂地敲着桌子，像个哭闹的小孩儿，我的脸上淌满泪水，把几个星期以来犹如暴风雨般悬在我心头的情绪全都发泄出来。这场发泄让我感到痛苦有所减轻，又因为在她面前暴露自己而感到无比羞愧。

"天哪！您是怎么回事！"她跳了起来，不知所措，但随即赶紧把我从餐桌旁带到沙发上。"请您躺下来，冷静一下。"她摸摸我的手，抚摩我的头发，尚未平复的啜泣仍旧令我颤抖。"不要折磨自己，罗朗，不要让别人这样折磨您。这一切我都明白，我有预感事情会变成这样。"她仍旧抚摩着我的头发，但声音突然变得冷硬，"我知道他能让人发狂，没有人比我更清楚。但请相信我，我一直想要提醒您，我看出您完全依靠他，而他却是个不可靠的人。您不了解他，您太盲目，还是个孩子，什么也没意识到，直到如今始终没有意识到。也许您今天头一次开始明白某件事，若是这样，对他和对您来说都比较好。”

她仍旧温暖地俯在我身旁，她的话语宛如来自玻璃深谷，她抚慰的双手减轻了我的痛苦。终于，我终于又感受到一丝同情，这种感觉很舒服，终于又感觉到女性的手温柔地靠近，几乎像个母亲，这种感觉也很舒服。也许我太久没有跟女性接近了，当我此刻隔着悲伤的面纱，感觉到一个女子温柔的关怀，使我在痛苦的同时感到愉悦。但我是多么羞愧！——为了这场泄露自身情感的情绪爆发，为了自己流露出的绝望。我吃力地坐起来，不由得哽咽地再度大声诉苦，埋怨他对待我的方式，他如何排斥我、折磨我，却又吸引我，他如何毫无理由地严厉对待我，他是个虐待者，我却依恋着他，我对他又爱又恨。我又激动起来，从沙发上跳起来，她不得不再度安抚我，用柔软的双手把我轻轻按回沙发上。我终于平静了一些，她若有所思地沉默不语。我感觉她了解这一切，也许比我自己了解得更多……

我们沉默了几分钟，然后师母站起来。“好了，您像个小孩儿一样闹得够久了，现在请像个男子汉，到餐桌旁坐下来吃饭。没什么大不了的，只是个误会罢了，会澄清的。”当我有意拒绝，她恼火地加了一句：“事情会澄清的，因为我不会让您再这样受摆布，再这样迷惘下去。这件事得要结束，他得学会稍微控制自己。对于他这种冒险游戏来说，您太善良了。我会去跟他谈，您可以信赖我。可是现在还是过来吃饭吧。”

我惭愧地任由她把我带回餐桌旁。她刻意谈起无关紧要的事，仿佛没听见我失控的情绪爆发，仿佛已经把那件事给忘了，为此我心里很感激。她说明天是星期天，她要跟 W 讲师和他的未婚妻一起去附近的湖边郊游，要我摆脱那些书本一起去开心一下，她说我所有的不愉快都只泄露出我用功过度，神经太容易受到刺激，只要游游泳，出去走一走，我的身体就会立刻恢复平衡。

我答应我会去。做什么都好，只要不要孤单一人，不要待在我的房间里，不要有这些在黑暗中打转的念头。“还有，今天下午您也别待在家里！出去散散步，跑一跑，去玩一玩！”她怂恿我。“真奇怪，”我心想，“她竟然猜出了我心底的感觉，她明明跟我不熟，却总是知道我需要什么，什么会令我难过，而明明了解我的他却错看我，折磨我。”这件事我也答应了她。我感激地站起来，看见一张新的脸：在她关心的温柔目光中，平常让她看起来像个大胆男孩儿的嘲讽和傲慢消失了。我从没见过她这么严肃。“为什么他从不曾像这样好意地看着我？”我心中的迷惑带着渴望自问，“为什么他从来感觉不到他令我难过？为什么他不曾这样温柔体贴地把手搁在我的头发上，或者搁在我的手上？”我感激地吻了她的手，她不安地、接近恼怒地把手抽回去。“不要折磨您自己。”她又说了一次，她的声音离我很近。

然而她的嘴唇又露出那种冷硬的表情，她猛地站起来，小声地说：“相信我，他不值得您这样待他。”

这句轻到几乎听不见的话，让我接近平静的心又感到刺痛。

那天下午和晚上做的事，现在看来都十分幼稚可笑，许多年来我都羞于回想。可以说，内心的审查机制每次都立刻阻止我去回想。如今我不再为了那些愚蠢的行为而感到羞愧，正好相反，我深深了解当年那个狂乱热情的大男孩儿，了解他想把自己不安的情感抛在脑后。

像是从一条长廊的尽头回望过去，也像是透过望远镜看过去，我看见了自己：那个颓丧、绝望的大男孩儿，他上楼回到房间，不知道该拿自己怎么办。然后他突然穿上外套，改变了步伐，摆出异常坚决的姿态，踩着精力充沛的脚步走上街道。是的，那就是我，我认出了自己，了解当年这个愚蠢、苦恼、可怜的小伙子，知道他的每一个念头。我知道当时我突然打起精神，站在镜子前面对自己说：“我才不在乎他！让他见鬼去吧！我何苦为了这个老傻瓜而折磨自己！她说得没错：我应该开心起来，去乐一乐！去吧！”

的确，当时我就这样走到街上。那样做是想让自己解脱，也想怯懦地逃离心中明知的事实，可这份快乐的坚决一点儿也不快乐，那块坚硬的冰仍旧沉甸甸地压在我心上。我还记得我当时走路的样子，我把沉重的手杖紧紧握在手里，狠狠盯着每一个大学生。一种危险的欲望在我心中激荡，想借故跟别人起争执，把哪个挡了我路的人痛揍一顿，来发泄那份无处宣泄的怒气。不过，幸好根本没有人注意到我。于是我到同学常去的那家咖啡馆，准备好未经邀请就坐到他们那一桌去，谁要是表现出一丝挖苦之意，我就将之视为挑衅。然而，我企图打架的意图又扑了个空。天气晴朗，大多数的同学都去郊游了，坐在咖啡馆里的两三个同学则礼貌地跟我打招呼，让我急于发泄的情绪找不到一点儿借口。不久之后我就生气地站起来，去到郊区一个名声欠佳的娱乐场所，在小型女子乐队震耳欲聋的演奏下，小城里想找乐子的人渣在啤酒和烟雾中三五成群地挤在一起。我急急地灌下了两三杯酒，邀请一个声名狼藉的女人和她的女友跟我同桌，那女友身材干瘪，化着浓妆，也是个欢场女子。我的举止十分引人注目，对此我有一种病态的快感。在那座小城里人人认得我，大家都知道我是那位教授的学生，那两个女人则由于大胆的装束和举止让人不会错认。就这样，我享受着那种幼稚可笑的虚假乐趣，让自己出丑，也让他丢脸（这是我当时的愚蠢想法）。就让他们看着吧，我想，看我根本不在乎他，根本不管他。在众人面前，我以最不得体、最无耻的方式向这个大胸脯的女人大献殷勤。我沉醉在愤怒的恶意中，不久之后我也真的醉了，因为我们把各种酒混着一起乱喝，葡萄酒、烈酒、啤酒，我开始乱推周边的东西，椅子倒在地上，邻桌的客人小心翼翼地避开。但我不感到羞耻，正好相反，我这个傻瓜愤怒地想：尽管让他知道这件事，让他看看我根本不在乎他，哼，我一点儿也不悲伤，不难过，正好相反。“拿酒来，葡萄酒！”我用拳头敲着桌子，酒杯都颤动了。最后我跟她们两个一起离开，左拥右抱，横越大街，那是晚上九点，大家都出来散步，大学生、女孩儿、市民和军人都安详惬意地齐聚在大街上闲晃。我们三个像一片油腻腻的三叶草，步履蹒跚，在路上大声喧哗，最后一名警察终于生气地走过来，厉声命令我们安静。在那之后发生的事我就无法再详加叙述了，劣酒让我脑中一片混沌，模糊了我的记忆，我只记得那两个喝醉的女人让我感到恶心，我自己也几乎神志不清，付了钱打发了她们，又去某个地方喝了咖啡和白兰地，在大学前面，为了娱乐几个路过的小伙子，我发表了一篇抨击教授的演说。之后出于隐约的本能，想把自己糟蹋得更厉害，也想惹恼他——由于狂怒而起的荒唐念头！——我想到一家妓院去，但我找不到路，最后只能懊恼地踩着蹒跚的脚步回家。我虚弱的手连打开门锁都很吃力，勉强拖着脚步爬上头几阶楼梯。

可是一走到他门前，那昏沉的陶醉感就顿时消失，仿佛我的头突然浸在冰水里。我一下子清醒过来，看出自己气昏了头的愚蠢，看见了自己的扭曲。我感到羞耻，垂头丧气，像只挨了揍的狗，蹑手蹑脚地悄悄上楼回到房间，生怕有人听见。

我睡得像个死人，当我醒来时，阳光已经淹没了地板逐渐爬上床缘。我猛地跳下床，在作痛的脑袋里，昨夜的记忆渐渐浮现。但我压抑住羞愧，不想再为自己感到羞愧。那明明是他的错，我故意这样劝自己，我这样放浪形骸也只能怪他。我安慰自己，昨天的事只不过是大学生找点儿乐子罢了，几个星期以来，我除了用功还是用功，找点儿乐子也无可厚非。但是这样替自己开脱我心里并不舒坦，我忐忑不安，沮丧地下楼去找师母，想到我昨天答应要一起去郊游。

真奇怪，我才碰到他的房门把手，他就又在我心里浮现，而心中狂乱翻搅的痛苦也随之出现。我轻轻敲门，师母走过来，眼神异常温和。“罗朗，您做了些什么傻事？”她说，语气中同情多于责备，“您何苦这样折磨自己！”我惊愕地站在那里，看来她也已经听说了我的愚蠢行径。不过她立刻逗我开心，让我不再尴尬：“今天我们可要规矩一点儿。W讲师和他的未婚妻十点会到，然后我们搭车出游，去划船、游泳，你会忘掉所有的蠢事。”我还鼓起勇气，小心翼翼地询问教授是否回来了。她看着我，没有回答，我自己也知道这句话是白问的。

十点时那位讲师准时抵达，他是个年轻的物理学家，身为犹太人，在学术圈里相当孤立，事实上也只有他还跟我们这些被排斥在社交圈外的人来往。他的未婚妻跟他一起来，也可能只是他的情人，那是个年轻女孩儿不停地笑着，头脑简单，有点儿幼稚，不过正因为如此，倒很适合参加这场即兴的玩乐。我们先搭火车到附近的一座小湖，一路上不停地吃东西，聊天，对彼此大笑。几个星期来劳心的严肃工作让我不再习惯轻松的交谈，单是这一个钟头就像微微冒着气泡的葡萄酒一样令我微醺。真的，他们孩子般的兴高采烈成功地把我的思绪从那暗暗膨胀的蜂房引开，否则我的思绪总是嗡嗡地绕着那个蜂房打转。一走到户外，我就跟那个年轻女孩儿赛起跑来，我又感觉到自己的肌肉，顿时变回从前那个身体结实、无忧无虑的小伙子。

在湖边我们租了两艘划桨小船，我们那艘船由师母掌舵，在另一艘船上，那位讲师和他的女友都坐在划船的位子上。船才离岸，我们就有了比赛的兴致，想要超过对方，而我自然是处于劣势，因为他们是两个人在划，我却得以一敌二与他们对抗。不过，身为受过训练的划船选手，我把外套一扔，使劲地划，强而有力地划几下，一再超前。开玩笑的加油声此起彼伏，不断刺激着彼此。我们不顾七月的炙热，不在乎汗流浃背，就像古代划橹舰的奴隶一样卖力，彼此激烈地竞争。终于快要抵达目的地了，那是湖畔一个小小的岬角，上面长满了树木。我们更加卖力地划，在师母的欢呼下，我们那艘船首先冲上沙滩，她也被这场比赛吸引住了。我下了船，热得全身是汗，沉醉在久违的阳光下，沸腾的血液和胜利的喜悦也令我陶醉。我一颗心怦怦地跳，像要跳出胸口，被汗水浸湿的衣服紧紧黏在身上。那位讲师的情况也没好到哪儿去，由于我们气喘吁吁，模样相当狼狈，那两个兴高采烈的女子不但没有夸奖我们这两个顽强的战士，反而大大嘲笑了我们一番。她们总算给我们一点儿时间，让我们先凉快下来。我们开玩笑地划分出男士浴场和女士浴场，分别在灌木丛的左右两边。我们迅速换上泳装，白色的内衣和赤裸的手臂在灌木丛后面闪现。当我们两个男生还在准备，两个女生已经舒舒服服地跳进水里。讲师不像以一敌二赢得胜利的我那么疲累，立刻跳进水里跟在她们后面。但我划船划得太卖力了，一颗心还在胸中剧烈跳动。我先舒舒服服地躺在树荫底下，愉快地看着云朵从上方飘过，享受着在流动血液中嗡嗡作响的甜蜜倦意。

然而几分钟之后，热烈的呼喊就从水中传来："罗朗，快来！来比赛游泳！比赛潜水！有奖品噢！"我动也没动，仿佛可以就这样躺上一千年，皮肤由于从树叶间渗下的阳光而微微感到灼热，同时又在温柔拂过的和风中感到凉爽。可是笑声再度传来，讲师的声音说："他在罢工！我们彻底把他整垮了！您去把这个懒鬼抓过来！"我果然听见打水声接近，听见师母的声音就在近处："罗朗，过来！来比赛游泳！我们得给他们一点儿颜色瞧瞧！"我没有回答，享受让她来找我的乐趣。"您在哪里？"石子路上响起了脚步声，我听见她赤脚跑在湖岸上寻找，突然她站在我面前，泳衣紧贴着那男孩儿般苗条的身体。"您在这儿。真懒散呀！现在起来吧，懒鬼，他们两个都快游到岛上了。"我惬意地躺着，懒洋洋地舒展四肢："这里舒服得多。我晚一点儿再过去。"

"他不愿意。"她把手圈起来，像吹喇叭一样笑着往水里大喊。"带着那个吹牛大王下水来！"讲师的声音远远地传过来。"好了，来吧，"她不耐烦地催促，"别让我出洋相。"但我只是慵懒地打个呵欠。这时候她半开玩笑、半是生气地从灌木丛里折了一根树枝。"快来！"她又坚决地说了一次，用树枝打在我手臂上来催我。我跳了起来。她打得太用力了，我手臂上出现一道细细的血痕。"这样我更不要去了。"我说，同样半是开玩笑，半是恼怒。可是这会儿她真的生气了，命令着："过来！快点！"我倔强地一动也不动，她又打了我一下，这一次比先前更大力，热辣辣的。我生气地跳起来，想从她手里抢过那根树枝，她向后退，但我抓住了她的手臂。在抢夺树枝的时候，我们半裸的身体不由自主地接近。当我抓住她的手臂，扭住她的手腕，想迫使她松手放开树枝，她在闪避中把身体深深向后仰，突然啪的一声，她泳装的肩带断了，露出她赤裸的左乳，红红的乳头刺进我眼中。我不由自主地去看，只有一秒钟，但足以令我心慌意乱。我颤抖着，羞愧地放开她的手。她脸红了，转过身去，用发夹把断裂的肩带勉强接起来。我站在那儿，不知道该说什么，而她也沉默不语。从这一刻起，我们之间就出现一种令人窒息的不安，让人透不过气来。

“喂……喂……你们在哪里？”另外两人的声音已经从小岛上传过来。“我这就来了。”我急急地回答，纵身一跃跳进水里，很高兴摆脱了一份新的迷惘。我在水里潜了几下，享受推着自己前进的快感，湖水清澈沁凉，血液中危险的嘶嘶流动似乎已经被更强烈、更明亮的欲望给冲走了。我很快就追上了他们两个，和体弱的讲师进行一连串的比赛，而我全都获胜。我们游回那片岬角，留在那儿的她已经穿好衣服在等我们，她从带来的篮子里拿出食物，我们快活地野餐。然而，我们四个虽然轮流开着玩笑，我们两个却不由自主地避免跟对方交谈，仿佛回避着彼此。当我们的目光相遇，就在没有说出口的相同感受中互相闪避。先前那件插曲引起的尴尬尚未平息，我们都感觉到对方羞愧不安地回想起那件事。

下午很快地过去，我们又去划船，但运动的热情渐渐被舒适的倦意取代。葡萄酒、温暖的天气、吸收的阳光渐渐渗进血液中，让血液流动得更快。讲师和他的女友开始做出小小的亲昵举动，我们两个不得不尴尬地容忍。他们两个靠得越来越近，我们两个则更加小心地保持距离。然而，那种成双成对的感觉越发明显，由于他们两个喜欢在林间小路上落在后面，显然是想不受打扰地亲吻。当我们两个被单独撇下，总有一份拘束妨碍我们交谈。最后我们四个都很高兴又坐上了火车，他们两个期待两情缱绻的夜晚，我们则庆幸终于摆脱了那尴尬的场面。

讲师和他的女友陪我们走到门口，我们两个单独爬上了楼梯。一进屋里，我就又感觉到他的存在，令人痛苦、渴望而又混乱。“要是他已经回来就好了！”我烦躁地想。而她仿佛从我唇上读出那声并未发出的叹息，说道：“让我们看看他回来了没有。”

我们走进屋里。公寓里静悄悄的，他的房间里冷冷清清。我感到激动，不自觉地在那张空椅子上勾勒出他抑郁而悲伤的身影。那些纸张躺在那里，无人碰触，就跟我一样在等待。怨恨之情又涌上心头：他为什么逃走？为什么撇下我一个人？嫉妒的愤怒越来越强烈地升至喉头，那愚蠢混乱的欲望又在我心中隐隐翻腾，想对他做件恶意、充满憎恨的事。

她跟在我后面。"您会留下来吃晚餐吧？今天您不该独处。"她怎么会知道我害怕那空荡荡的房间，害怕那嘎吱作响的楼梯，害怕那折磨人的回忆。她总是能猜到我心中的一切：我所有不曾说出的念头，每一个邪恶的欲望。

恐惧向我袭来，一种对自己的恐惧，害怕在我心中乱窜的恨意。我想要拒绝。但我太过怯懦，不敢说不。

我一向憎恶婚姻中的出轨，但并非出于自以为是的道德感、出于古板和礼教，也并非因为那意味着暗中偷窃，占有不属于自己的身体，而是因为几乎每个女人在这种时刻都会泄露出丈夫最私密的事。每个女人都是大利拉[①]，从被欺骗的丈夫那里窃取他最私人的秘密，关于他的力量或弱点，将之泄露给一个陌生人。女人献出自己的身体，这件事本身我倒不觉得是背叛，我认为她们背叛丈夫之处在于她们为了证明自己出轨有理，几乎总会揭开丈夫的遮羞布，仿佛趁不知情的丈夫熟睡之际，让他的秘密袒露在好奇的陌生人面前，任由对方嘲笑。

当时我由于愤怒的绝望而心情混乱，在师母的拥抱中找到安慰，她的拥抱起初只是同情，后来才变得温柔，同情致命地迅速变成另一种感情。不过，让我直到如今还视为我一生中最卑鄙可耻的行为并非这件事（因为那是在无意之中发生的，我们两个都不知不觉地坠入这个灼热的深渊），而是我在温热的枕头上还容许她向我述说他的隐私，容许那个怨恨的女人泄露他们婚姻里最深的秘密。我为什么任由她告诉我他许多年来都避免碰触她的身体，任由她做出隐晦的暗示？为什么我没有在她这样说时把她推开，为什么没有呵斥她，阻止她谈起他性生活的隐私？但我急于想知道

---

① 大利拉：参孙的情妇，参与非利士人的计划套出参孙神力的原因——如果剪掉他的头发他就会手无缚鸡之力，最后导致参孙被非利士人挖其双眼并囚于监狱中折磨，受尽羞辱。

他的秘密，渴望知道是他对不起我，对不起她，对不起所有的人，于是迷迷糊糊地听她愤怒地诉说自己受到的冷落。毕竟她的感觉跟我自己遭到排拒的感觉如此相似！于是，我们两个出于共同的恨意做了某件看似爱情的事。然而，当我们的身体寻找着彼此，互相贴近，我们一再想起他、谈起他，想的、谈的始终都是他。有时候她说的话令我痛苦，而我因为自己做出我厌恶的事而感到羞愧。但我的身体不再服从我的意志，它狂野地在自己的欲望中扭动，我战栗地亲吻背叛了我最亲爱之人的嘴唇。

第二天早晨，我悄悄地上楼回到我的房间，舌头上由于恶心和羞惭而有苦涩的味道。当我的感官不再由于她的体温而模糊，就在那一刻，我感觉到残酷的现实和我可憎的背叛。我立刻知道，我再也无法走到他面前，再也无法握住他的手。我没有偷走他的东西，我偷走的是我自己最美好的一部分。

如今我只剩下逃走这一条路。我急忙收拾所有的东西，把书本整理好，付了房租给房东太太。我不能让他再找到我，我也应该就此消失，没有理由，充满秘密，就跟他从我生活中消失一样。

可是就在这番忙碌中，我的手突然僵住了。我听见木头楼梯嘎吱作响，一个脚步声急急地爬上楼梯——他的脚步声。

我想必是面如死灰，因为他才踏进来就大吃一惊地说："孩子，你怎么了？你生病了吗？"

我向后退，当他想走过来扶住我，我闪避开来。

"你怎么了？"他惊恐地问，"你出了什么事吗？还是……还是……你还在生我的气？"

我痉挛地转身面向窗外。我无法看着他。他温暖关切的声音仿佛撕开了我心中的一个伤口。我差点儿晕厥，感觉到羞愧从我心中涌出，炙热地燃烧，烧毁了一切。

他也诧异而迷惘地站在那儿。突然，他犹豫地压低了声音，轻声问了一个奇怪的问题："是有人……有人对你……对你说了什么关于我的事吗？"

我做了个表示否认的动作，并未转身面向他。但某个害怕的念头似乎控制了他，他固执地又再问了一次：

“告诉我……坦白告诉我……是有人向你说了什么关于我的话吗？随便哪个人，我也不问那人是谁。”

我再度否认。他不知所措地站在那儿，但似乎突然注意到我的行李已经收拾好，书本堆到了一块儿，发现他的到来刚好打断了我旅行前的准备工作。他走过来激动地说道：“你要离开，罗朗，我看得出来……告诉我真相。”

这时候我打起精神：“我必须离开……请您原谅……但我无法去谈这件事……我会写信给您。”我的喉头哽咽，再也说不出更多话来，每一个字都让我一颗心怦怦跳动。

他仍然呆立在那儿，然后又流露出那种疲倦的神情。“这样或许也比较好，罗朗……是的，这样比较好……对你和所有的人来说。不过，在你走之前，我还想再跟你谈一次话。七点时过来，在平常那个时间……然后让我们向彼此道别。以男人对男人的方式……不要想逃避自己，不要写什么信……那样做太过幼稚，和我们不相称……再说，我想对你说的话是无法写出来的……所以，你会来吧？”

我只好点点头，仍然不敢把目光从窗外移开。但我不再看得见明亮的晨光，一层浓密的黑纱隔在我和世界之间。

七点时，我最后一次踏进我深爱的那个房间。过早降临的暮色从门帘后面隐隐透出来，那几个大理石雕像从房间深处闪出几乎看不见的光泽，所有的书本都黑漆漆地沉睡在闪着珍珠光泽的玻璃后面。我记忆中的秘密角落，在那里语言变得具有魔力，我不曾在其他任何地方经历过那种精神上的陶醉和狂喜。我总是看见离别时刻的他，看见我尊敬的身影从椅子上慢慢站起来，像影子般朝我走过来。只有饱满的额头闪着亮光，像黑暗中一盏石膏灯，上方飘着一片烟雾，是老人的白发。此刻一只手吃力地举起，在寻找我的手，现在我看见那双眼睛严肃地转向我，我感觉到他轻轻抓住我的手臂，拉着我在椅子上坐下。

“坐下来，罗朗，让我们把话说清楚。我们是男人，必须要坦率。我不会逼你，可是，如果在临别前的最后时刻能让我们把一切都说清楚，不是比较好吗？所以，告诉我，你为什么要走？你是为了那件无聊的侮辱而生我的气吗？”

我做了个手势表示否认。想到他这个被欺骗、遭到背叛之人，居然还想把过错揽到自己身上，这个念头令我震惊。

“还是我有意或无意地让你受委屈了？我知道我有时候很怪。我刺激了你，折磨了你，虽然我并不想这么做。我不曾因为你的关切好好谢过你，这我都知道，一直都知道，就算是在我伤害了你的那些时刻我也知道。难道这就是原因吗？告诉我，罗朗，因为我希望我们能诚实地向彼此道别。”

我再度摇头，说不出话来。他原本稳定的声音开始有点儿迷惑。

“还是……我再问你一次……有谁偷偷告诉你关于我的什么事吗？某件让你觉得下流，觉得……反感的事……某件让你……让你瞧不起我的事？”

“没有！没有！没有！”这声抗议像啜泣般从我嘴里吐出来。我怎么会瞧不起他！

他的语气变得不耐烦。“那么是什么事呢？不然还会是什么事？是你厌倦了工作吗？还是有别的东西吸引你离开？一个女人……是一个女人吗？”

我沉默不语。而这份沉默大概很不一样，让他感觉出我是默认。他弯下身子，凑得更近，轻声低语，但并不激动，也不带丝毫愤怒：

“是一个女人吗？是我太太？”

我还是沉默不语，而他明白了。我全身一阵颤抖：这个时刻来临了，现在他将会爆发，会朝我扑过来，揍我，教训我……而我几乎渴望他会鞭打我这个小偷，这个背叛者，把我像只癞皮狗一样从他被玷污的家里赶出去。可是真奇怪……他十分平静，若有所思地自言自语，听起来简直像是松了一口气：“这我其实早该料到。”他在房间里来来回回走了两次，然后停在我面前，几乎像是轻蔑地说：

“而你把这件事看得这么重？她难道没有告诉你，她是自由的，她想做什么，想要什么都随便她，我无权干涉她任何事？我无权禁止她什么，也完全没有兴趣去禁止她什么……再说，她有什么理由要克制自己？为了谁呢？何况对方是你……你年轻，开朗，俊秀……你跟我们很亲近……她怎么可能不爱你……你这个俊秀的年轻人，她怎么可能不爱你……我……”他的声音突然颤抖起来。他朝我凑近，近到我能感觉到他的呼吸。我又感觉到他的目光温暖地围绕着我，又感觉到那道奇特的光，就像……就像在他和我之间那些稀有的特殊瞬间。他靠得越来越近。

然后他轻声低语，嘴唇几乎没有动：“我……我也爱你。”

我跳起来了吗？还是忍不住吓得倒退？总之我的身体想必流露出吃惊、意欲逃离的姿态，因为他踉踉跄跄地向后退，像是被人推了一把，他的脸蒙上一层阴影。“现在你瞧不起我吗？”他小声地问，“现在你觉得我令人厌恶吗？”

为什么我当时说不出话来？为什么我只是无言地坐在那里，冷漠、尴尬、麻木，而没有朝那个爱我的人走过去，卸下他错误的担忧？然而，所有的回忆都在我心中剧烈地波动起伏。仿佛有一个密码瞬间破解了所有无法理解的讯息，现在我以可怕的清晰明白了一切。明白了他温柔的接近和生硬的防卫，震惊地理解了他那一夜的来访，还有他对自己的压抑，想逃离我急切的热情。爱，其实我从他身上一直都感觉得到，温柔而羞怯，一会儿澎湃，一会儿又强力加以克制。我一直在每一道落在我身上的短暂光亮中爱着这份爱，享受着这份爱。然而，当“爱”这个字眼此刻从一张长着胡子的嘴里温柔地说出来，我太阳穴旁还是响起一阵恐惧，这感觉又甜蜜又可怕。尽管我心中充满对他的依顺和同情，但我这个迷惘、颤抖、受到打击的大男孩儿却找不到一句话来回应他意外向我坦诚的热情。

他颓丧地坐在那儿，凝视着沉默的我。“原来这件事对你来说是这么可怕，这么可怕。”他喃喃地说，“所以说……就连你也不能原谅我……为了你，我咬紧嘴唇，差点儿就要窒息……我在任何人面前都不曾像在你面前这样隐藏自己……不过，现在你知道了，这样比较好，现在这件事不再压得我喘不过气……因为我已经承受不了……我宁可结束，也不要再这样沉默隐瞒……”

那颤抖的语气充满悲伤，充满温柔和羞惭，直刺进我的内心深处。我感到惭愧，这样冰冷无情地在他面前沉默不语，我从他那儿得到的胜过从任何人那儿得到的，而他却如此荒谬地在我面前屈辱自己。我的灵魂急切地想对他说句安慰的话，但我颤抖的嘴唇不听使唤。我就那样尴尬、可悲地坐在那里，蜷缩在椅子上，让他几乎有点儿生气地要我打起精神：“别这样坐在那儿，罗朗，别这样要命地一言不发……镇静一点儿……这件事对你来说真有这么可怕吗？我让你觉得这么羞耻吗？反正一切都已经过去了，我把一切都告诉你……让我们至少好好地道别，像两个男人、两个朋友那样。”

但我还是无法控制自己。这时他碰了碰我的手臂，说道：“来，罗朗，坐到我身边来……自从你知道这件事，自从我们之间终于把话说明白了，我心里轻松多了……起初我一直担心你会猜到我有多么爱你……后来我又希望你自己会感觉出来，免得我得向你表白……但现在我向你表白了，现在我自由了……能够以不曾对其他人用过的方式对你说话，因为这些年来，你比任何人跟我更为亲近……我不曾像爱你一样爱过任何人……孩子，没有人像你一样，把我生命中最后一点儿东西给唤醒了……因此，在道别之际，你也应该比任何人得知更多关于我的事，在这段时间里，我清楚地感觉到你的询问，你无言的询问……唯有你应该得知我的全部人生。你愿意听我说吗？”

从我的目光，从我迷惘而激动的目光，他看出了我表示愿意。

“那么靠近一点儿……到我这边来……这些事情我无法大声地说。”我把身子向前倾，模样虔诚。可是我才跟他相对而坐，等待着，倾听着，他就又站了起来：“不，这样不成……你不能看着我……否则……否则我无法述说。”他伸手关掉了电灯。

黑暗笼罩了我们。我感觉到他在身边，我从他的呼吸能感觉出来，他的呼吸沉重，犹如喘息。突然之间，一个声音在我们之间出现，向我述说起他的一生。

自从那一晚，当我最敬爱的人向我揭露他的命运，宛如打开一个坚硬的贝壳，自从四十年前的那一晚，我就觉得作家与诗人在书中所叙述的不平凡故事，还有演员在舞台上表演的悲剧，全都无足轻重，犹如儿戏。不知是由于懒散、怯懦还是目光短浅，他们总是只描绘出人生被照亮的表层边缘，在那里，感官坦白而规律地演出，而在心灵下层的地窖、树洞和阴沟里，真正危险的激情野兽磷光闪闪，四处行走，它们在隐秘处交配，互相撕咬，形式离奇，纠缠牵连。难道是恶魔般炙热的气息、沸腾的烟雾吓坏了它们？难道它们害怕人类的溃疡会弄脏它们太过柔嫩的手？还是它们的目光习惯了平淡的明亮，找不到通往下面的台阶？那滑腻、危险、渗出腐败气味的台阶？然而对知情者来说，没有什么比得上挖掘隐藏之事的乐趣，没有什么比危险带来更强烈的战栗，没有什么比由于羞耻而摆脱不了的痛苦更为神圣。

在这里却有一个人赤裸裸地向我揭露自己，在这里，一个人撕裂了胸膛最深处，热切地准备好要让一颗心裸露出来，那颗破碎、中毒、燃烧殆尽、化脓的心。在这番压抑了多年的告白里，一种疯狂的快感折磨着自己，鞭笞自己，让自己得到解放。只有一辈子都为自己感到羞耻的人，只有一辈子都蜷缩着遮掩自己的人，才会这样如痴如醉，在这番坦诚中毫不退缩地尽情发泄。在这里，一个人毫无保留地吐露出他的人生，在这一个小时里，我这个大男孩儿头一次望进了世间情感的无底深渊。

起初他的声音只是无形地在房间里起伏，激动的模糊烟雾暗示着秘密发生的事，然而，正是从这种勉强克制中，我可以感觉到激情即将出现的巨大力量，就好比在快速节奏之前刻意放慢的节拍，让我们的神经能预感到即将来临的狂野乐章。不过，那些影像随即如火光闪现，从内心的激情风暴中被颤抖地拉出来，逐渐变得明亮。我首先看见一个羞怯内向的男孩儿，他连一句话也不敢对同学说，可是一股起于身体的莫名渴望却使他热情地想要接近学校里最俊秀的同学。然而，当他过于温柔地接近，一个同学愤愤地推开他，把他赶走，另一个用难听的露骨话语嘲笑他。更糟的是，这两个同学把他反常的欲望张扬出去。大家立刻一致嘲讽侮辱这个迷惘的男孩儿，把他像个麻风病患一样隔绝于他们快乐的团体之外。每天上学的路都成了磨难，夜晚则由于自我厌恶而让早早被众人贴上标签的男孩儿心慌意乱。被排斥的男孩儿将他反常的欲望视为疯狂和丢脸的罪恶，这欲望起初只在梦中变得清晰。

述说的声音不稳地颤动，有一刹那似乎就要在黑暗中熄灭。但一声叹息又让这个声音扬起，从阴暗的烟雾中闪现出新的影像，像幽灵般列队出现。男孩儿成了柏林的大学生，这座城市的地下生活头一次让他长久克制的欲望得到满足，但这份满足却由于恶心而被玷污，由于恐惧而中了毒，那些靠眨眼来示意的邂逅，在黑暗的街角，在火车站和桥梁的阴影中，在颤抖的欲望中多么可悲，其危险又是多么恐怖，而且这件事大多悲哀地以勒索告终，每一次邂逅在几星期之后都还拖着冰冷的恐惧，就像蜗牛在身后留下的黏液。这是一条在阴影与光亮之间的地狱之路：在用功的明亮白天，心智的澄净透明让这个研究学问的人变得纯净，夜晚却一再将这个热情的男孩儿推进市郊的人渣之中，推进可疑的团体之中，那帮人看见警察的尖顶头盔就要逃跑，推进烟雾弥漫的地下室啤酒屋，猜疑的门只对特定的笑容开放。他必须要有钢铁般的意志，小心翼翼地隐藏这种双重生活，在旁人的目光下遮掩如蛇发女妖美杜莎[1]般的秘密，在白天里维持一位讲师的严肃和尊严，夜里则不为人所知地在地下世界漫游，在闪烁街灯的阴影下进行令他羞愧的冒险。这个饱受折磨的人一再绷紧神经，用自我克制的皮鞭来把偏离常规的激情赶回围篱里，但本能又一再吸引他去做黑暗危险的事。这种撕裂神经的扭斗持续了十年、十二年、十五年，就像一场痉

① 美杜莎：是希腊神话中的一个女妖，戈耳工三女妖之一。美杜莎的头发由无数条小蛇组成，她眼睛发出的光芒可以把人石化。

挛，抗拒着无法治愈的性向那种无形的吸引力。他有享受之意，却并无享受之情，羞耻心令他窒息，而他的激情让他渐渐有了那道羞怯隐藏的黯淡眼神。

终于，在已经很迟的时候，在他三十岁之后，他努力尝试想把生活拉回正轨。在一个亲戚家里，他认识了后来的妻子，一个年轻的女孩儿，她隐约受到他那种神秘性格的吸引，向他流露出真诚的好感。而她男孩儿般的身体和青春活泼的举止头一次短暂地骗过了他的激情。一段短暂的关系克服了他对女性的抗拒，这份抗拒头一次被征服。他希望借由这份正常的关系来掌控他走偏的性向，他迫不及待地想把自己用锁链拴住，他头一次找到支撑，来对抗导向危险的内心信号，他很快地娶了那个年轻女孩儿，婚前也坦诚地向她自白，他以为回到那个可怕地方的路已被封锁。他过了短短几个星期无忧的日子，但随即证明了这个新刺激并无作用，那原始的欲望再度任性地强大起来。从此以后，那个令他失望、本身也失望的妻子就只能充当门面，对世人掩饰他旧病复发的性向。他的人生之路再度危险地走在法律和社会的边缘，往下走进危险的黑暗中。

这份内心的迷惘又添加了特别的痛苦：在他选择的职业中，这种性向变成了诅咒。他身为讲师，不久之后又被任命为教授，跟年轻人相处成了他的义务，诱惑一再把新的青春花朵推到他眼前，在普鲁士的法律条文世界里一个无形竞技场上的青年。他们全都热情地爱戴他——新的诅咒！新的危险！——但并未在这位教师的面具背后认出爱情的脸。当他的手（那只暗中颤抖的手）和蔼地轻触他们，他们全都感到喜悦，他们把钦佩之情浪费在一个面对他们必须时时克制自己的人身上。这是希腊神话中坦塔罗斯[①]的痛苦：面对热烈的情感，他必须板起面孔，永无休止地对抗自己的弱点！每当他自觉就要屈服于一份诱惑下，他就突然逃走。这就是那些

---

① 坦塔罗斯：是希腊神话中主神宙斯之子，起初得到众神的宠爱，坦塔罗斯也因此变得骄傲自大，侮辱众神，最后被打入地狱。后来以其名喻指受折磨的人，以“坦塔罗斯的苦恼”喻指能够看目标却永远达不到目标的痛苦。

一再发生的出走事件，曾经令我那般迷惑。如今我看见这条可怕的逃亡之路，为了逃离他自己，他逃进可怕的歧路和深渊。在那种时候，他总是搭车到大城市去，在那里他能在偏僻处找到密友，那些低下阶层的人，和他们的邂逅是种玷污，是那种娼妓般的年轻人，而不是那些神圣地倾心于他的年轻人。但是他需要这份恶心、这个泥沼、这份厌恶和失望的毒液，让他回来之后，在大学生成群的熟悉圈子里，确知他能控制自己的情感。啊，他在自白中提到的都是些什么样的邂逅！都是些犹如幽灵、却又发出臭气的俗人。这个才智极高的男子，天生能感受到形式之美，他像呼吸空气一样需要形式之美，这个熟悉各种情感的学者必须遭遇世上最屈辱的事，在烟雾弥漫的下等酒吧里，在那种只允许熟客进入的场所。他见识过化了妆的男妓的大胆，搽了香水的理发师助手的虚情假意，男扮女装之人的吃吃轻笑，失业演员对金钱的贪婪，嚼烟草水手粗鲁的温柔——所有这些扭曲、恐惧、颠倒、古怪的形式，在这些形式中，迷失了的性向在城市最底层的边缘寻找自己，认出自己。他在这些容易失足的道路上遭遇过各种贬抑、屈辱和暴力：好几次他被洗劫一空（要去跟一个马夫扭打，他过于软弱，也过于高贵），没有了怀表，没有了大衣，还被市郊小旅馆里喝醉的伙伴嘲笑，他就这样狼狈地回家。勒索者紧跟着他不放，其中一个接连几个月一步步地跟踪他，一直跟到大学里，无耻地坐在他课堂上的第一排，带着下流的微笑望着台上全城知名的教授，他在此人狎昵的眨眼下颤抖，勉强把课讲完。有一次——他连这件事也说给我听，我一颗心停止了跳动——半夜里，他在柏林跟一伙人在一间声名狼藉的酒吧里被警察抓获，他全身发抖，一个脸颊红润的胖警察记下了他的姓名和身份，带着低阶人员那种嘲讽的微笑，趁此机会在一个知识分子面前耀武扬威。警察最后慈悲地向他表示，这一次还不加处罚将他释放，但他的名字从此就留在某张名单上。一如一个人长久地坐在弥漫着劣酒气味的酒馆里，他的衣服最后会明显沾上那股气味，渐渐地，在他居住的小城里，不知从哪个角落开始，流言蜚语渐渐传了出来，就跟当年在学校的班级里一样，如今在同事圈子里，别人越来越明显地不再跟他交谈和打招呼，直到最后，那个玻璃般透明的空间也把这个一向孤单之人和其他人隔绝开来。而在他隐秘的生活中，在他那间重重深锁的屋子里，他仍然觉得受到窥视，被人识破。

这颗受尽折磨、饱受惊吓的心从不曾有过真正的朋友，不曾结交过高尚的心灵，不曾得到男性柔情的庄严响应。他总是必须把自己的情感切割为上与下，一部分是和大学里那些年轻的精神同伴往来，带着温柔的思慕，另一部分则是在黑暗中追求的同伴，到了早上，想起他们只会令他战栗。这个日渐老去之人从不曾体验过单纯的好感，或是一个年轻人的深情爱慕。他因失望而疲倦，神经由于这种大海捞针之举已消耗殆尽，这个认命之人已经心灰意冷，这时候又有一个年轻人走进了他的生命。这个年轻人热情地走向他这个老人，用言语和个人特质向他献出自己，向他发出光热。他意外地被征服，惊愕地面对不再指望会发生的奇迹，他觉得自己配不上如此纯净、如此不自觉地献出的礼物。青春的使者再次来临，身形美好，思想热情，在心智的火焰中为他发光发热，透过好感温柔地和他相系，渴望得到他的好感，却没有感到此举的危险。爱神的火把在青年不知情的心灵里，大胆而无知，就像帕西法尔[①]那个傻瓜，弯身凑近国王中毒的伤口，却对魔法一无所知，也不知道他的到来就已经带来了治愈。这就是他等待了一生的人，却在他人生的迟暮时分才走进他屋里。

随着对这个人物的描述，黑暗中的声音也抬高了，当这张能言善道的嘴巴说起这个年轻人，这个他在晚年所爱的人，似乎有种明亮的东西使这个声音变得纯净，一份款款深情让这个声音成了优美的音乐。我由于激动和感同身受的幸福而一起颤抖，但一把槌子突然敲在我心上，因为老师所谈到的这个热情的青年，这人就是……就是……羞愧爬上了我的脸颊……这人就是我自己。我仿佛看见自己从燃烧的镜子里走出来，笼罩在我并未意识到的爱的光芒中，那道光芒炽热到连反光都能将我烧焦。是的，那个人就是我——我越来越清楚地认出自己，我急切、兴奋的态度，一心想与他亲近，我含着渴望的狂喜，不满足于精神上的接近，我这个愚蠢疯狂的

---

① 帕西法尔：由德国作曲家瓦格纳编剧并谱曲的三幕歌剧《帕西法尔》中的主人公。

小伙子，在不识得其威力的情况下，在那个封闭自我的人心中再度唤醒了创造力的种子，再度点燃了他心灵中已经倾颓的爱情火把。我这才惊讶地看出我这个羞怯的男孩儿对他具有的意义，他爱我那奔放的热情，视为他老年最神圣的惊喜。我也战栗地看出，他在我面前表现出多么强大的意志力。因为他纯洁地爱着我，不想从我这儿受到嘲讽和拒绝，不想经历身体受辱的战栗，不想把命运最后的恩赐交给感官去做情欲的游戏。因此，他顽强地抵抗我的接近，用冰冷的嘲讽赶走我泛滥的热情，把温和友善的话语化为拘谨的生硬，克制那只温柔拥抱的手。就只是为了我，他强迫自己做出这些粗暴生硬的举动，要使我清醒过来，并且保护他自己，就是这些举动在这几个星期里扰乱了我的心。如今我明白了那一夜的混乱，他在过于强大的感官控制下像个梦游者，爬上那道嘎吱作响的楼梯，为了用那句侮辱人的话来拯救他自己，拯救我们的友谊。我感到战栗，并深受感动，像发烧般激动，在同情中融化，我明白他为了我受了多少折磨，为了我，他英勇地克制住自己。

这黑暗中的声音，让我深深感觉到它钻进了我胸膛的最深处！那声音有种语调，发自平凡人无法触及的深处，在那之前我从不曾听过，在那之后也不曾再听过。一个人像这样对另一个人说话，一辈子只会有一次，在那之后他将永远沉默，就像传说中的天鹅故事，天鹅只有在垂死之际才会扬起沙哑的声音歌唱一次。这声音炙热地钻进我心里，我接受这个热切吐出的声音，战栗而痛苦，就像一个女子接受一个男人进入她的身体……

这个声音突然沉默下来，在我们之间只剩下黑暗。我知道他就在身旁，我只需要抬起手来，伸出去触摸他。而我有股强烈的冲动，想要安慰这个受苦之人。

但这时候他动了一下，灯光亮起。一个疲惫、苍老而苦恼的身影从椅子上站起来。一个筋疲力尽的老人缓缓走向我：“再见，罗朗……现在我们一句话都别再说！你能来很好……而你走了对我们两个都好……再见……让我……跟你吻别！”

仿佛被一股神奇的力量给拉着走，我摇摇晃晃地朝他走过去。那道微微燃烧、平时像被混乱的烟雾给遮蔽的光芒，此刻毫无遮蔽地在他眼中发光，燃烧的火焰从中高高蹿起。他把我拉近，双唇饥渴地压在我的嘴唇上，在一阵颤抖的痉挛中，他紧张地抱紧了我的身体。

那是我从不曾在女人身上得到过的吻，狂热、绝望，犹如垂死的呼喊。他身体的痉挛传到了我身上。我感到战栗，被一种矛盾的陌生恐惧攫住——我的心灵献给了他，但我的身体抗拒着男性的碰触，这份抗拒深深吓着了我——情感的迷惑令人害怕，那几秒钟我感觉漫长得令人眩晕。

这时他猛地一推放开了我，仿佛身体强行撕裂开来，他吃力地转过身去，跌坐在椅子上，背对着我。他坐在那儿，眼神空洞地凝视前方好几分钟。然而他的头渐渐变得过于沉重，他更为疲倦无力地弯下身子，接着犹如一件重物久久摇晃，突然坠入深处，垂下的前额重重地落在书桌上，发出一声闷响。

我心中涌起无尽的同情。我不由自主地走近，但那倒下的背部突然再次痉挛，他转过身来，从扭绞的双手之下，沙哑地大声呻吟："走开！……走开！……不要！……不要靠近我！……看在老天的分上……看在我们两个的分上……现在走吧……走吧！"

我明白了，于是战栗地后退，像个逃亡者一样离开我心爱的房间。

在那之后我不曾再见过他，从未收到他写的一封信或一个讯息。他的著作从不曾出版，他的名字被人遗忘。除了我以外，再没有人知道他。然而直到今天，一如当年那个无知的男孩儿，我仍然感觉到：我感谢他胜过在他之前的父亲母亲，也胜过在他之后的妻子儿女。我爱他胜过任何人。

夜色朦胧

是风又把雨吹到了这座城市的上空，才让房间里顿时暗了下来？不，此时空气清澈明净，静谧安详，这样的好天气在夏日是很罕见的，但此时天色已晚，而我们没有察觉。只有对面的天窗还在微光中露出笑容，屋脊上方的天空已经被金色的烟雾所笼罩，再过一个小时就是黑夜。这是美妙的一个小时，因为没有什么颜色能比此时的色彩更美，这颜色逐渐凋萎、黯淡，之后黑暗在房间里从地板上涌起，直到那黑色的潮水终于无声地在墙壁上相会，带着我们一起进入其幽暗之中。此时如果有人相互对坐，无言地注视彼此，在这个时刻，你会觉得那张熟悉的面孔仿佛在阴影中老去，变得较为陌生、较为遥远，仿佛你们从不曾认识这样的对方，仿佛你们越过辽远的空间和悠悠的岁月彼此相望。但你说你此刻不想要沉默，否则你会过于忐忑地听着时钟把时间敲成千百个碎片，而呼吸在寂静中变得大声起来，如同病人的呼吸。你要我说个故事给你听。我很乐意。只不过这并不是我的故事，因为在这些无边无际的城市里，我们的生活缺少不平凡的经历，也可能是我们这样觉得，因为我们尚不知什么真正属于我们。但我将要说个故事给你听，为了这个原本只爱沉默的时刻，而我但愿这故事能略似黄昏温暖、柔和、流动的光线，这光线像层轻纱一般飘浮在我们的窗前。

我不知道自己是怎么想到这个故事的。我还记得我只是午后在这儿久坐，读着一本书，后来把书搁下，迷迷糊糊地做着白日梦，或许是浅浅地睡着了。突然之间，我在这儿看见了人影，他们沿着墙壁滑行，我能听见他们的话语，看见他们的生活。然而，当我想要目送那些消失的人影时，我就醒了过来，再度独自一人。那本书已滑落，躺在我的脚边。当我把书拾起，去寻找刚才那些人物，可是在书中却再也找不到那个故事了，仿佛它从书页里掉出来，落入我手中，要不然就是它从不曾在那本书里出现过。也许那个故事是我梦见的，或是在一片缤纷的云彩中读到的，那些云朵今天从遥远的国度来到这座城市，带走了压抑我们多时的淫雨。还是说我是从那首单纯的古老歌谣里听来的？一架手风琴在我的窗下咿呀地奏出的歌谣，还是多年前曾有人向我述说过这个故事？我不知道。这类故事常常在我心中浮现，而我任由它们的情节从我指间流过，没有将之留住，如同一个人在路过时轻抚麦穗和长梗的花朵，但并未将之摘下。我只是梦见这些故事，从一幅骤然浮现的彩色影像到一个较为柔和的结尾，但我并未将它抓住。不过，今天你想听我说个故事，在这个时刻，当暮色让我们的眼睛越来越看不清，而我们渴望看见色彩及动作在眼前闪动时，我就把这个故事说给你听。

该怎么开始呢？我觉得，我得让一个瞬间从黑暗中升起，突出一个画面和一个人物，因为这奇怪的梦境就是这样在我脑海中浮现。这会儿我想起来了。我看见一个修长的男孩儿从一座城堡宽阔的台阶上走下来。那是在夜里，一个只有黯淡月光的夜晚，但我如同拿着一面明亮的镜子把他灵活身躯的每一道轮廓都照亮了，把他的面容看得清清楚楚。他异常俊秀，一头黑发仍梳成孩童的发式，平滑地垂在几乎过高的额头上，双手纤细优美，在黑暗中向前伸出，摸索着，去感受吸满阳光的温暖空气。他脚步踌躇，恍恍惚惚地走下台阶，走进广大的庭院，许多茂密的树木簌簌作响，唯一一条宽阔的道路穿过庭院，像一座闪闪发亮的白桥。

我不知道这一切发生在何时，是昨天？还是在五十年前？我也不知道这件事发生在何处，但我认为那多半是在英格兰，或是苏格兰，因为我只在那儿见过这种用大块方石建成的高大城堡，远远望去像座堡垒一般孤傲耸立，要从近处看，才会看见这些城堡都热情地向繁花似锦的庭院低头。没错，如今我很确定，那是在苏格兰高原，因为只有在那儿夏夜才会如此明亮，天空闪耀着宛如蛋白石一样的乳白色的光亮，原野从来不会变暗，一切仿佛从内部微微发光，只有一些阴影落在明亮的平原上，犹如巨大的黑鸟。噢，现在我全然确定那是在苏格兰，而我若费点儿心，就也能替这栋伯爵的城堡和那个男孩儿找到名字，因为那个梦境的深色外壳这会儿迅速剥落，一切是那么清晰，仿佛那并非记忆，而是经历。那个男孩儿在夏天里去他已婚的姐姐家做客，按照英国上流家庭那种亲切的待客方式，他并不孤单，晚上有一群一起打猎的朋友偕同妻子齐聚一堂，还有几个女孩儿——高个子的美人，她们洋溢着愉悦和青春的笑声在古老围墙上发出阵阵回声，却并不让人感到喧闹。白天，马儿来回奔跑跳跃，狗儿被系上皮带，河流上两三艘小船闪闪发亮，这活跃但不忙碌的景象，让日子有种轻快的节奏，令人愉悦。

但此刻是夜晚时分，围坐在桌旁的人群渐渐散去。男士坐在大厅里抽烟、玩牌，直到午夜，白色的光柱边缘抖动，从明亮的窗户落入园中，偶尔也传出一阵诙谐的洪亮笑声。女士大多已经回到自己的房间，也许还有一两位在前厅里闲聊。因此，这男孩儿在夜里就只能独自一人。他还不被允许加入那些男士，或是只能加入一会儿，而在那些妇人身边他又觉得害羞，因为往往当他按下房门的把手，她们就突然压低了声音，让他觉得她们在说一些他不该听见的事情。再说他也根本不喜欢跟她们在一起，因为她们问他话的样子，就像在问一个小孩子，而且对他的回答也漫不经心地听着。她们只不过是利用他来帮千百个小忙，然后向他道谢，就像谢谢一个乖巧的小男孩儿。于是他原打算上床睡觉，也已经爬上了那弯曲的楼梯；但房间里太热了，充满滞留的热气。白天的时候他们忘了把窗户关上，于是阳光大剌剌地占据了这块地方，晒热了桌子，也把床晒得发烫，并且在墙壁上久久驻留，炽热的暑气仍在角落和窗帘里激烈颤动。何况时间还早，在室外，夏夜像支白色蜡烛一样闪着光亮，这般宁静，没有一丝风吹过，安静得打消了一切胡思乱想。于是男孩儿又爬下城堡高高的台阶，走进庭院，天空在庭院隐隐约约的边缘上方发出暖暖的光芒，像个光环，庭院里一股来自许多看不见的花朵的香气诱人地朝他扑来。他有种异样的心情。十五岁的他感觉混乱，他不知道该怎么说，但他的双唇颤动，似乎非得朝着黑夜说些什么不可，他举起双手，久久地合上眼睛，仿佛在他和这个静谧夏夜之间有某种神秘的亲昵，这份亲昵想要言语或是一个问候的手势。

那男孩儿从宽阔的林荫大道缓缓走上一条狭窄的侧路，那儿的树木高高耸立，顶上的树冠在银光照耀中仿佛在互相拥抱，下方则是沉沉的暮色。此时一片寂静，只有静谧的花园里一种难以形容的寂静之声，那种嗡嗡振动的声音，朝着大步前行的男孩儿吹拂过来，仿佛一阵细雨落入草中，又仿佛草茎彼此簌簌轻抚。他完全沉浸在这难以理解的甜蜜忧伤之中，偶尔轻轻去碰一棵树，或是停下来倾听那易逝的声响。帽子压住他的额头，于是他把帽子摘下，好让敞露的太阳穴感受到昏昏欲睡的风轻轻拂过，他听见血液在太阳穴上流动。当他走进黑暗更深处，突然发生了一件骇人的事。在他身后的石子路沙沙作响，他吓了一跳，转过身去，只见一个高高的白色人影闪动，朝他飘过来，已经走到他身边，他吃了一惊，感觉到一个女子用力搂住了他，却毫不粗暴。一具温暖柔软的身体紧紧贴住他，一只手战栗地抚过他的头发，动作很快，把他的头拉得向后仰。他眩晕地感觉到有颗陌生的果实在他嘴上绽开，是她颤抖的双唇正吸吮着他的双唇。这张脸和他的脸如此贴近，他看不清其面貌。而他也不敢去看，因为寒战击打着他的身体，犹如痛楚，让他不得不闭上眼睛，听任对方摆布，成为这双炙热嘴唇的猎物。此刻他的双臂犹豫地搂住这个陌生的身影，怯生生的，像在询问，他如醉如痴地用力把那具陌生的身体拉近自己，双手贪婪地顺着那柔软的曲线抚摩，停下不动，又再颤抖着向前，逐渐变得更狂热，更愤怒。此刻那具身体的整个重量都压在他的胸膛上，把他向下压，越来越紧迫，他的身体已经过度弯曲，形成一个幸福的沉重负担。在这沉重呼吸的挤压之下，他觉得自己仿佛在往下沉，在流动，而他的膝盖随即一弯。他什么也不去想，不去想这个女子是怎么到他这儿来的，也不去想她叫什么名字，就只是闭上眼睛，在这个芳香湿润的陌生嘴唇上贪婪地吸吮着，直到他醉了，了无意志，失去意识，漂进一股巨大的激情之中。他眼冒金星，觉得仿佛是星辰骤然坠落，他所碰触的一切都在颤抖、燃烧，宛如火花。他不知道这一切持续了多久，不知道他在这温柔的束缚中过了几个钟头，还是只有几秒钟。他觉得一切都在肉体交缠的狂野感觉中燃烧，他飘飘荡荡，踉跄地跌进一种美妙的眩晕里。

然后突然之间，那炙热的束缚松开了。那个拥抱骤然放开他被压迫的胸膛，简直像带着恼怒，那陌生的人影直起身子，一道白色光影随即沿着树木飘逝，明亮而迅速，他还来不及伸出双手将之抓住，那身影就已飘然远去。

那人是谁？刚才持续了多久？他魂不守舍地倚着一棵树站起来。冷静的思考渐渐又流回发烫的太阳穴之间，他觉得自己的人生仿佛骤然向前推进了千百个小时。难道他对女人和情欲的胡思乱想突然成真了吗？还是那其实只是一场梦？他在自己身上摸索，抓抓自己的头发。没错，在剧烈跳动的太阳穴周围，头发湿漉漉的，这是由于他们先前跌进草地，而草地上的露水又湿又凉的缘故，此刻一切又从他眼前闪过，他感觉到双唇再度炙热，从衣服里吸进来自她的衣鬓间带着肉欲的陌生香气，他试图回想每一句话，却一句也想不起来。

此刻他顿时吃惊地想起，她什么话也没说，就连他的名字也不曾叫过，想起他只听见她发出的叹息，只听见那情欲的呻吟被痉挛地抑制住。他识得她散乱秀发的香气，她胸脯热烫烫的压力，她光滑如瓷的皮肤，她的形体、她的呼吸、她全身震颤的感觉都属于他，但他却不知道这个女子是谁，这个在黑暗中用她的爱偷袭了他的女子。如今他必须要讷讷地寻找一个名字，来为他的惊讶、他的幸福命名。

此刻，那闪烁的秘密从黑暗中用诱人的眼睛凝视着他，相形之下，他刚才和一个女子所经历的骇人之事显得十分贫乏而微不足道。这个女子是谁？他飞快地考虑了所有可能性，所有住在这座城堡中的女子，她们的影像聚集在他眼前。他回想每一个有所蹊跷的时刻，从记忆里挖出和她们作过的每一番谈话，有五六个女子可能卷入这个谜题中，他回想她们的每一个微笑。也许是年轻的伯爵夫人E，她常常怒声呵斥她年迈的丈夫；或是他叔叔的年轻妻子，她的眼睛异常温柔而且呈现虹彩；或是那三姐妹当中的一个？这个念头令他一惊。那是他的表姐，她们十分相像，全都高贵而倨傲。不，她们可全都是冷静谨慎的人。过去这几年，他常常自觉是个被摒弃之人，是个病人，自从秘密的情欲在他体内翻腾，并且跳动地落入他的梦中，他是多么羡慕那些如此平静、毫不眩晕、毫无欲望的人，或是外表看起来如此的人。他害怕自己正在苏醒的情欲，就像害怕残疾似的。而现在……她是谁呢？她们当中是谁这么懂得掩人耳目呢？

这个疑问挥之不去，渐渐消除了他血液中的飘然之感。时间已晚，赌场大厅里的灯光已经熄灭，城堡中只有他还醒着，也许还有哪个陌生的女子也醒着。他感到倦意微微涌上来。现在何必再苦苦思索？明天，一个目光、一道眼波、一次暗中相握就会向他揭露一切。他恍恍惚惚地爬上台阶，一如他先前恍惚地走下台阶，然而却又截然不同。他的血液还微微带着兴奋，那被晒热的房间此刻显得清新一些，也凉爽一些了。

当他在次日早晨醒来，马儿已经在下面顿足扒地，他听见笑声，当中有人提到他的名字。他赶紧跳起来——早餐已经错过了——他急忙穿上衣服，冲到楼下，其他人已经愉快地在那里迎接他。“贪睡鬼。”伯爵夫人E笑着对他说，笑意在明亮的眼睛里闪烁。他贪婪的目光抓住了她的脸；不，不可能是她，她的笑容过于无忧无虑。“做了个美梦吧？”叔叔的年轻妻子取笑他，但他觉得她娇柔的身体太过瘦弱。他的疑问从一张脸迅速飘向另一张脸，但没有一张脸上有一抹会意的微笑在等待。

他们骑马到乡间去。他一边聆听每一个人的声音，一边将目光望向在马上晃动的女子躯体，望向每一个线条、每一道波动；他窥探每一次拐弯，看她们如何抬起双臂。中午在餐桌上，他在谈话时弯身凑近，用以探寻嘴唇的那股香气或是头发的浓郁气味，可是一无所获，他没有得到任何信号，没有一点儿蛛丝马迹能让他激动的思绪追寻下去。白天无比漫长地向夜晚延伸。当他想读一本书，那一行行字从页边上溢出，突然溜进了庭院。时间又成了夜晚，那奇特的夜晚，而他感觉到自己又被那陌生女子的手臂给圈住。于是他任由那本书从颤抖的手中滑落，一心想到池塘边去。突然他又站在石子路上，在同一个位置，自己也吓了一跳。吃晚餐时他发着烧，双手静不下来地东摸西摸，仿佛受到追踪，眼睛羞怯地缩回眼皮下。终于，其他人把他们的椅子挪开，他才高兴起来，随即从房间里跑出去，跑进园子里，在那条白色小路上走来走去。那条路宛如一片乳白色的雾在他脚下发出微光，他走来走去，徘徊踟蹰，上百次，上千次地走着。大厅里的灯光已经点亮了吗？是的，灯光终于亮起，二楼总算也有几扇窗户透出光亮。女士们回到自己房间了。现在只需要再等几分钟——如果她想来的话。然而随着他的焦躁不耐烦，此刻每一分钟都膨胀到即将爆裂。他又再次走来走去，只是这样急促地来回移动，仿佛被秘密的绳子拉动。

此时，那个白色人影突然从台阶上走下来，动作很快，太快了，让他无法认出她来。她像一片月光，也像一片遗失的轻纱在树木之间飘动，被急急的风吹赶过来，此刻吹进了他的臂弯里。他的双臂犹如爪子，贪婪地攫住这具狂野的身体，这身体由于匆匆奔跑而发热，剧烈地颤动着。当这道暖流出乎意料地撞上他的胸膛，让他觉得自己在那甜蜜的撞击下晕厥，一心只想随波而去，流进幽暗的情欲之中。一如昨天一样，这次又只是一瞬间。然而这份陶醉骤然消失，他克制住自己的热情。不，不要沉醉在这美妙的肉欲中，不要沉溺于这吸吮的双唇，他得要先知道这具身体冠着什么名字。这具身体紧紧贴着他，让他觉得这颗怦怦跳动的陌生心脏仿佛在自己的胸腔里跳动！他把头向后仰，避开她的吻，想看看那张脸。然而阴影落下，在不稳的光线里跟那暗暗的头发融成一片。树影太过浓密，笼罩在云里的月光又太黯淡，他只看见那双眼睛闪闪发亮，像块烧红的石头，深深地嵌在光泽黯淡的大理石里。

此时他想听到她说一句话，哪怕是只言片语也好。“你是谁，告诉我，你是谁？”但这张柔软湿润的嘴没有话语，只是一味地亲吻。他想逼出一句话来，逼出一声痛苦的叫喊，于是用力去压那条手臂，把指甲深深掐进肉里，但从她绷紧的胸膛他只感觉到喘息声，还有激动的呼吸和那固执不语的嘴唇冒出的热气，那双嘴唇只是偶尔发出微微的呻吟声，他不知道那是由于痛苦还是情欲。他无力支配此人执拗的意志，这个来自黑暗的女子占有了他，却不曾向他透露自己是谁，他可以填补她欲壑难填的娇躯，却无法得知她的名字，这令他发狂。一股怒气涌上来，他抗拒她的拥抱；而她感觉到他垂下的手臂，察觉到他的不安，于是她用亢奋的手抚摩他的头发，安慰他，引诱他。当她的手指拂过，他感觉到有某件东西在他额头上轻轻地叮咚作响，是个金属小坠饰——一枚钱币——在她的手镯上晃动。他顿时起了个念头，像是沉溺在最狂野的激情中似的，把她的手压向自己，把那枚钱币深深地压在他半裸的手臂上，直到钱币在他的皮肤上留下印记。现在他确定自己得到一个记号，而由于他的身体炙热，他便心甘情愿地委身于这压抑住的激情，深深地把自己压在她身上，从她的嘴唇吸吮情欲，默不作声地拥抱着她，坠入神秘欲望的烈焰之中。

当她突然跳起来溜走，如同昨天那样，他并没有试图拦下她，因为对那个记号的好奇在他血液中发烫。他冲回他的房间，把暗淡的灯火拨亮，急切地俯身去看那个钱币在他手臂上印出的标记。

印痕已经有点儿模糊，完整的圆形已经消失，但有一角仍旧印得很清晰，红红的，不会错认。印记的角落磨得棱角分明，那个钱币想必是八角形的，中等大小。那个印记像火般灼热，由于他这般急切地打量，那印记犹如伤口般突然令他感到疼痛，直到他把手浸在冷水里，那疼痛的灼热感才消失。现在他全然确定那个坠饰是八角形的。他的目光里闪着得意，明天他就能得知一切。

次日早晨他属于最早出现在早餐桌旁的几个人，女士当中只有一位年长的未婚女子，还有他的姐姐和伯爵夫人 E。她们全都心情愉快，她们的谈话满不在乎地忽略了他，因此他更能好好观察。他的目光迅速地掠过伯爵夫人纤细的手腕：她没有戴手镯。他这才能够平静地与她交谈，但他的目光一再不安地扫向门边。那三姐妹，他的表姐们此刻一起走了进来。他的心中再度涌起不安。他看见她们手臂上的饰物被掩在衣袖底下，隐隐约约地让人看不清楚，然而她们过于迅速地在他对面坐下，栗色头发的吉蒂，金发的玛尔戈特，还有伊丽莎白，她的发色十分明亮，在黑暗中闪亮似银，在阳光下则流动似金。三姐妹全都跟平常一样沉着安静，不太理人，庄重自持，他多么痛恨那份庄重，因为她们的年纪其实并不比他大多少，几年前还是他的玩伴。他叔叔的年轻妻子还没到。男孩儿的一颗心越来越不安，由于他感到真相大白的时刻就要来临，而他突然觉得这份谜样的折磨几乎变得可亲起来。但他的目光好奇地沿着桌边扫过，在桌边的白光里，那些女子的手静静地搁着，或是缓缓地移动，像闪闪发亮的海湾里的船只。他看到的仅仅是一双双手，而他顿时觉得那些手犹如独立的生物，像舞台上的人物，每一只手都有自己的生命和灵魂。血液为何在他的太阳穴旁跳动？他吃惊地看见三个表姐全都戴着手镯。他在儿时就知道这三个女子执拗内向，但是他所寻找的女子，很可能是她们其中之一，这一点令他迷惑。那个神秘人会是她们当中哪一个呢？是年纪最长也是他最不熟悉的吉蒂，还是态度生硬的玛尔戈特，或是年纪最小的伊丽莎白？他根本不敢指望是她们当中任何一个，也暗中希望不会是她们其中之一，或者说他并不想知道那个人。可是此刻他的心中充满了强烈的渴望，他一定要弄个水落石出。

“吉蒂，我可以再要一杯茶吗？”他的声音听起来像是喉头有沙子。他把杯子递过去，现在她必须举起手臂，越过桌面，伸到他面前。就是现在——他看见一个坠饰从手镯上垂下，抖动着，有一秒钟他的手僵住了，然而那是块绿色的石头，镶成圆形，听起来有点儿像是陶瓷。他的目光像一个吻，感激地从吉蒂身上抚过。

有一瞬间他屏住了呼吸。

“玛尔戈特，可以请你给我一块方糖吗？”一只纤细的手在桌子另一头苏醒，伸出来，握住一个银罐，把罐子递了过来。他的手微微颤抖，当她的手腕缩回衣袖里，他看见一枚古老的银币从一个绞得很精细的手镯上垂下来，晃动着，磨成八角形，像一分钱硬币那么大，显然是件家传的东西。而它是八角形的，有着和昨天印在他肉里的图形相同的锐利棱角。他的手没能稳定下来，夹方糖的夹子两度夹歪了，之后他才把一颗方糖加进茶里，却忘了去喝。

玛尔戈特！这个名字在他的唇上发烫，他差点儿发出一声无比惊讶的呼喊，但他紧紧咬住了牙关。此刻他听见她在说话，她的声音显得那么陌生，仿佛有人在讲台上对着下面的学生说话，冷静、斟酌字眼、轻声说笑，呼吸如此平静，让他几乎为了她人生那可怕的谎言而感到恐惧。这果真是同一个女子吗？昨天她像只猛兽一样在夜里扑向他，而他压下了她的喘息声，饮过她湿润的双唇。他一再凝视那双嘴唇，是的，那份执拗，那份内向，只可能隐藏在这双轮廓鲜明的嘴唇上，然而那份热情又向他泄露出了什么呢？

他更加仔细地凝视着她的脸，仿佛第一次见到她。而他头一次感觉到，她在这份执拗中是多么美丽，在她的秘密中是多么诱人，他欢呼着，幸福地战栗着，几乎想要哭泣。他的目光狂喜地描摹着她眉毛的线条，那眉毛呈圆弧形，然后陡然呈锐角高高挑起；他把目光深深埋进她冷冷如玉的灰绿色双眸中，用目光亲吻她脸颊微带透明的苍白肌肤，把她此刻紧绷的嘴唇想象成噘起欲吻的弧形，任目光在那头金发旁胡乱游走，随即向下移动，狂喜地攫住了她的整个身形。在这一秒之前，他从不曾真正认识她。当他此刻从桌边站起来，他的膝盖在发抖。他在她的注视下醉了，仿佛饮下浓郁的醇酒。

此时他的姐姐已经在下面呼喊。早晨骑马出游的马匹已经备好，它们焦躁地蹦蹦跳跳，不耐烦地咬着马衔。很快地，他们一个接一个地坐上马鞍，一列色彩缤纷的骑士队伍随即穿过庭院里宽阔的林荫大道。起初是缓慢的小跑，对这男孩儿来说，那慵懒的和谐步伐跟他血液急促流动的节奏毫不相称。然而，随后在大门外，他们放松了缰绳，从道路的左右两侧往下冲，冲到草地上。早晨的草地仍旧微带湿气，夜里想必下了重重的露水，因为不安的微光在犹如轻纱的薄雾之下闪烁，空气清凉美妙，犹如临近一座瀑布。原本聚在一起的马队随即散开，犹如链条断裂成彩色的碎片，几名骑士已经消失在山丘之间的树林里。

玛尔戈特属于骑在最前面的几个骑士之一。她喜欢那剧烈的震荡，喜欢风热情地扯动她飞舞的头发，喜欢急驰时向前飞奔那种难以形容的感觉。男孩儿跟在她后面向前冲，看见她骄傲的身躯高高挺立，由于激烈的活动而摇荡出美丽的线条，偶尔看见她的脸微微染上红晕，看见她闪亮的双眸，而此刻，当她如此奔放地充分展现她的活力，他再度认出了她。他绝望地感觉到他强烈的爱情、他的渴望。一股猛烈的欲望朝他袭来，想在此刻突然抓住她，把她扯下马，拉进自己的臂弯里，再度吸吮这不羁的嘴唇，承受她兴奋的心在他的胸膛间撞击。他向马腹抽了一鞭，马儿就长嘶一声跃向前方。现在他骑在她身侧，两人的膝盖几乎要相碰，马镫轻轻和鸣。这会儿他得把话说出来，非说不可。“玛尔戈特。”他结结巴巴地说。她转过头来，鲜明的眉毛向上挑起。“波普，怎么了？”她说这话时十分冷静，双眼也十分冷静明亮。他感到一阵战栗，直冲膝盖。他原本想说些什么呢？他记不得了。他讷讷地随口说要往回骑。“你累了吗？”她说。他觉得她这话略带嘲讽之意。“不累，不过其他人都远远落在后头了。”他还勉强说了这一句。他觉得再过一瞬，他就会做出全然荒唐的事，猛然把手臂伸向她，或是开始哭泣，或是用像通了电的马鞭颤抖着朝她打过去。他倏地把马向后拉，使得马儿用后腿站立了一会儿。她继续向前奔驰，身子高高挺立，一副骄傲，难以接近的神态。

其他人很快就赶上了他。嘹亮的交谈声在他左右响起，但那些话语和笑声毫无意义地从他身旁嗡嗡掠过，一如马蹄坚硬的嗒嗒声。他觉得难受，怪自己没有勇气向她说出他的爱，没有勇气逼她承认。想要驯服她的渴望变得越来越强烈，像一片红色的天空落在他眼前，笼罩了那片土地。为什么他没有嘲讽她，一如她用她的执拗嘲讽他？他不自觉地驱马向前，在剧烈的急驰中才觉得轻松一些。其他人喊着该往回骑了。太阳已经爬到山丘上，在正午时分高高挂着。从原野上飘来一阵如烟的柔和香气，色彩开始变得耀眼，像熔化的金子一样刺进眼睛里。闷热沉重的空气吹过这片土地，汗流浃背的马儿已经有点儿困倦，开始小步跑着，身上冒着热气，气喘吁吁。这一列马队又慢慢聚拢在一起，快活的情绪慵懒了些，谈话也变少了。

玛尔戈特再度现身。她的马吐着白沫，白色泡沫在她衣服上抖动，圆圆的发髻眼看就要散开，只靠着发夹松松地撑住。男孩儿着迷地凝视着这金色的发髻，想到这发髻可能会突然松开，披散下来，成为飞扬的发辫，这个念头令他兴奋欲狂。在大道的尽头已经看得见闪闪发亮的庭院拱门，门后就是通往城堡的宽阔道路。他小心翼翼地驾驭马匹越过其他人，头一个抵达花园。他跳下马，把缰绳交给急忙赶来的仆人，然后等候着那列骑士队伍。玛尔戈特属于最后一批回来的人，她缓缓地让马儿以小跑步接近，身体放松，无力地向后靠，那筋疲力尽的样子，宛如在激情过后。他觉得在纵情陶醉之后，她想来就是这副模样，昨夜和前天夜里想必就是这副模样。这份回忆又令他激动起来。他朝她挤过去，气喘吁吁地协助她下马。

当他扶住马镫，他发烫的手顺势握住她纤细的脚踝。“玛尔戈特。”他呻吟着，低声呢喃。她甚至没有用一道目光来响应，泰然自若地在跳下马时抓住他递过去的手。

“玛尔戈特，你是多么美好。”他又结结巴巴地吐出一句。她锐利的目光看着他，眉毛又高高地在额头上蹙起。“波普，我想你是喝醉了！你在胡说些什么？”他气她的装模作样，热情令他盲目，他把仍然握住的那只手紧紧地压在自己身上，仿佛想把她的手刺进自己的胸膛。这时玛尔戈特气得红了脸，使劲把他推开，他一个踉跄，她迅速地大步从他身旁走开。这一切发生得那么快，在一闪之间发生，没有人注意到，就连他自己也觉得那只是个吓人的梦。

一整天里他都苍白而激动，金发的伯爵夫人 E 在经过时摸了摸他的头发，问他是否哪里不舒服。他是这般愤怒，以致当他的狗吠着跳向他时，他一脚把它踢到一边；他在玩游戏时是那般笨拙，招来那些女孩子的嘲笑。想到她今天晚上不会来了，这个念头在他血液里下了毒，使他恼怒而没好气儿。喝茶时他们一起坐在户外的庭院里，玛尔戈特坐在他对面，但她没有看着他。他的双眼如同被磁铁吸引，一再颤抖地望向她的双眼，然而她的双眸冷静，如同灰石般静止不动，没有丝毫回应。怨恨攫住了他，他怨她这样玩弄他。当她此刻断然地回避他，他握紧了拳头，觉得他大可以一拳把她击倒。

"波普，你怎么了？你脸色这么苍白。"突然有个声音说。那是伊丽莎白，玛尔戈特的妹妹。在她眼中闪着一道温暖柔和的光亮，但他没有察觉。他觉得自己仿佛被人逮着了，生气地说："不要管我，省省你们那该死的关心。"话刚出口，他就后悔了。因为伊丽莎白的脸色变得苍白，别过身去，声音里含着泪说："你可真是奇怪透了。"大家都生气地看着他，几乎气势汹汹，他也感到自己的失礼。然而他还没来得及道歉，一个冷硬的声音，玛尔戈特的声音，就越过桌子传过来，赤裸锐利犹如刀锋："我压根儿就觉得，以波普的年纪来说，他很没有教养。别人不该把他当成绅士来对待，或是当作成年人来对待。"这话出自玛尔戈特口中，昨夜还把她的双唇献给了他的玛尔戈特。他觉得天旋地转，眼前浮起一层雾。一股怒气攫住了他。"你应该知道的，就是你！"他说，带着恶意的强调。他站了起来，由于动作猛烈，椅子在他身后倒地，但他没有再回头。

然而，尽管他自己也觉得愚蠢，夜里他还是又站在庭院里向上帝祈祷，希望她会来。也许她只是假装，只是执拗，不，他不想再质问她了，也不想再折磨她，只要她来，只要他能再度在嘴上感觉到那柔软湿润的双唇，感觉到那份含怨的强烈渴望，这份渴望会封住所有的疑问。时间似乎睡着了，黑夜静卧在城堡前，像只慵懒无力的野兽；时间真是无比漫长。他觉得周围草地里发出的声响仿佛怀着捉弄，树木的枝丫轻轻摇动，就像嘲讽的手，跟树影和轻轻闪烁的光线玩着游戏。所有的声响都陌生而混乱，比寂静更令人痛苦不安。有一次，外面一条狗吠了起来，又一次，一颗流星飕飕地横越天际，坠落在城堡后方。夜晚似乎越来越亮，树木投在道路上的阴影则越来越暗，而这低鸣声越来越混乱。之后游荡的云朵又笼罩了天空，让天空成了一片忧郁的黑色。这份寂寞折磨着他这颗灼热的心，令他隐隐作痛。

那男孩儿走来走去，越来越急，越来越快。有时他愤怒地去打一棵树，或是把树皮放在指间揉碎，那般愤怒地去揉，手指都流血了。不，她不会来了，他早已知道，但他不愿相信，因为这表示她永远也不会再来了。这是他一生中最辛酸的一刻。他还如此年轻，一想到这里，他就激动地扑向潮湿的苔藓，双手抓进了泥土中，他泪流满面，怨恨地轻声啜泣，长这么大他还从不曾这样哭泣过，将来也不会再像这样哭泣。

此时，树丛里突然传来轻轻的咔嚓声，把他从绝望中唤醒。他跳起来，双手盲目摸索着向前伸，他又把那具身体搂进了臂弯里，他疯狂梦想着的那具身体，在他胸膛上这猛烈温暖的一撞何其美妙。一阵啜泣从他喉头冒出，他整个人都剧烈地痉挛着，他把这具高大丰盈的身体紧紧压向自己，如此专横，以至于那个默默无语的陌生嘴唇发出了一声呻吟。当他感觉到她在他的力量下呻吟，他头一次明白自己驾驭着她，而非像昨天和前天一样是她善变情绪的猎物。他心中涌起一阵渴望，想要折磨她，为了他上百个钟头所受的折磨，想要惩罚她的执拗，为了今晚在其他人面前那些轻蔑的话语，为了她生活中那些骗人的游戏。恨意和他炙热的爱情交织在一起，无法分开，以至于这拥抱与其说是温存，更像是一场搏斗。他夹紧她纤细的手腕，使她整具喘息的身体都颤抖地随之蜷缩，再猛烈地把她拉向自己，让她无法动弹，只能一再低声呻吟，他不知道那呻吟是由于情欲还是痛楚。但他无法逼她说出一句话来。当他用双唇吸吮她的双唇，想把这低声呻吟也堵住，他感觉到那唇上湿乎乎的，是血，流淌的血，她的牙齿深深地咬进了嘴唇。他就这样折磨着她，直到他突然感到自己的力量消逝，情欲的热浪在他体内翻腾，他们两个都在喘气，胸贴着胸。火焰坠落在黑夜之上，星星似乎在他眼前闪烁，一切都变得混乱，思绪旋转得更为狂乱，万事万物都只有一个名字：玛尔戈特。他心里的火焰翻腾着，终于从内心深处吐出了这个字眼——是欢呼，也是绝望，是思慕、恨意、愤怒，也是爱情，他把三天来的折磨压缩成一句话，一声呼喊：玛尔戈特，玛尔戈特。对他来说，在这几个字音里回荡着全世界的音乐。

她的身体如同受到一击，热烈的拥抱顿时僵住，她拼命把他推开，从她喉头里发出一阵啜泣，一声哭泣，她的动作随即又激烈起来，但只是为了挣脱开来，像要挣脱令她厌恶的碰触。他吃了一惊，试图搂住她，但她和他缠斗，在她的脸凑近时，他感觉到愤怒的眼泪在她脸颊上颤抖，而她苗条的身体如蛇般耸立。突然她恼怒地把他推开，顺势逃走了。她衣服的白色光亮在树木之间闪动，随即被黑暗淹没。

于是他再度孤零零地站在那里，神色慌张，心情混乱，就像是那份温暖和热情第一次骤然滑出他的臂弯。星星在他眼前湿润地闪烁，血液在他额头上钻出尖锐的火花。到底发生了什么事？他摸索着穿过那排渐渐松散的树木，走进庭院更深处，他知道那儿有一座小喷泉在喷涌。他让喷泉的水轻柔地流过他的手，白色的水发出银光，轻声向他呢喃，月亮缓缓地从云中苏醒，泉水在月光的反射中发出美妙的光芒。此刻当他的目光清澈了一些，一股猛烈的悲伤攫住了他，真奇妙，仿佛是柔和的风把那悲伤从树木间吹落。从他的胸膛涌出热泪，他感觉到他是多么深爱着玛尔戈特，这感觉比起在那些颤抖交缠的分分秒秒中还要更加强烈，更加清楚。到目前为止的一切——那份占有的心醉神迷，战栗与痉挛，以及对于探索无果的愤怒都烟消云散。一种几乎不带欲念却仍旧强大的爱意完全包围了他，忧伤而甜蜜。

他为什么要那样折磨她？在这三个夜晚，她所给予他的东西不是多到无法形容吗？自从她教会了他温存和爱情的激烈战栗，他的人生不是突然从一种黯淡的朦胧中进入了一片闪烁而危险的光亮？而她流着泪，在愤怒中离开了他！在他心中涌起一份无法抗拒的温柔渴望，他想要和解，想要一句温和平静的话语，渴望把她静静地拥在怀里，除此之外一无所求，对她说他是多么感谢她。对，他要到她那儿去，全然谦卑地告诉她，他是多么纯粹地爱着她，告诉她，他将再也不会呼喊她的名字，再也不会强迫她回答不被允许的问题。

银色的泉水潺潺流动，他不禁想起她的泪水。他又想，也许现在她独自一人在房间里，只有这轻声呢喃的黑夜听她说话，黑夜偷听每个人说话，但并不安慰任何人。这般与她相距既近且远，看不见她一丝闪亮的秀发，听不见她半被吹散的话语，两人的心灵却仍旧互相牵系，这对他来说成了难以忍受的折磨。想在她身边的渴望变得无法抗拒，哪怕只是像条狗一样卧在她房门口，或是像个乞丐一样站在她窗子下面。

当他迟疑地从树木的阴影中蹑手蹑脚地走出来，他看见她在二楼的房间里还透出光亮。那光线黯淡，泛黄的微光几乎连那棵大枫树的叶片都无法照亮。那枫树把枝丫像手一样搁在窗前，敲击着，在微风中向前伸出，又再缩回来，在那一小片光亮的玻璃窗前，像个黑暗而巨大的窃听者。想到玛尔戈特在这片光亮的玻璃后面还醒着，想到她也许还在哭泣，或是想着他，这个念头令男孩儿异常激动，他不得不倚着树干，以免站立不稳。

他向上凝视，仿佛入了迷。白色的纱帘飘来荡去，在风中嬉戏，从黑暗中飘出来，在室内温暖灯光的照射下泛出深金的色泽，当纱帘飘出来，接触到从圆形树叶之间筛落的闪烁月光时，呈现出银色。朝向室内的窗玻璃反映出这光与影的流动，由反射的光线松散地编织而成。这个激动的男孩儿从暗影中用炽热的双眼向上凝望，对他来说，那犹如写在发亮的黑板上的神秘而古老的文字。暗影流动，银色光泽如轻烟般拂过那光亮的表面，这瞬间的感受填满了他的想象，成为颤动的影像。他看见了她，玛尔戈特，俏丽动人，长发披散，噢，那头浓密的金发，她正怀着忐忑不安的心情，在房间里走来走去，他看见她在热情的躁郁中激动难安，在愤怒中轻声啜泣。此刻他仿佛能透视那高高的墙壁，宛如看穿一片玻璃，看见她最轻微的动作：她的双手颤动，在椅子上颓然坐下，无言地、绝望地凝视着白色的星空。有那么一瞬间那片窗玻璃亮了起来，他甚至以为认出了她的脸，看见她怯生生地弯下身子，向下望进这浅睡中的庭院，寻找他的身影。这时他猛烈的情感控制了他，他向上喊出她的名字，有所克制，却仍旧迫切：玛尔戈特！……玛尔戈特！

那儿不是有什么东西一闪而过吗？像一片白色轻纱，匆匆掠过那光亮的表面。他认为他看得清清楚楚。他竖耳倾听，但毫无动静。在慵懒的风中，睡意蒙眬的树木在轻声呼吸，草地里发出丝绸般的窸窣声，这声音微微增强，一会儿变得更加遥远，一会儿又变得更加大声，宛如一道轻轻消逝的温暖波浪。夜平静地呼吸，那扇窗户依旧默默无声，像个银框，围住一幅被遮暗的影像。难道她没有听见他吗？还是她不想再听见他？围绕着那扇窗户的颤动光芒令他迷惘。那份渴望让他的一颗心重重地跳出来，撞上树皮，那树皮似乎在如此猛烈的热情下颤抖。他只知道现在他必须见她，跟她说话，哪怕是呼喊她的名字，喊得众人都寻声出来，喊得众人都从睡梦中惊醒。此刻他觉得某件事必须发生，再荒唐的事他也乐意去做，就像在梦中，任何事情都变得很容易，都能够达成。当他的目光再一次向上朝着那扇窗户探去，他突然看见靠窗的那棵树伸出的枝丫像是路标一样，而他的手也已经猛然抓住树干。他恍然大悟：他得爬上树去，从树上呼喊她，树干虽然很宽，摸起来却柔软而有弹性，距离她的窗户只有一小段距离。在那儿，靠近她，他将和她说话，在她没有原谅他之前决不爬下树。他一秒也没有犹豫，只看见那扇窗户发出诱人的微光，感觉到那棵树在他身旁，树干粗壮，准备好要背负他。他迅速攀了几下，再纵身向上一跃，双手就已经抓住一根枝丫，使劲把身体往上拉。此刻他悬在树上，几乎在树叶最高处，叶片在他下方惊慌地摇晃。这阵战栗的簌簌声犹如波浪一般，一直流向最后一片树叶，向前伸出的枝丫朝着那扇窗户弯得更厉害了，仿佛想要向那个不知情的女孩儿示警。爬在树上的男孩儿此刻已经看见那个房间的白色天花板，还有天花板中央那盏灯发出的金色光晕。他兴奋得微微发抖，知道在下一刻他就能看见她本人，她或是在哭泣，或是在无声地啜泣，或是在她身体不加掩饰的欲望中情难自持。他的手臂变得无力，但他又镇静下来，慢慢顺着那根面向她窗户的枝丫往下滑。他的膝盖磨出了血，手也磨破了，但他继续攀爬，几乎已经被窗户近处的光亮照到。只剩下一大丛树叶遮蔽了视线，遮住了他如此渴望的最终一眼。他举起手来，想把那丛树叶拨到一旁，当那束光线已经毫无遮蔽地落在他身上，当他颤抖着向前弯下身子，他的身体晃了一下，失去平衡，他打着转摔了下去。

闷闷的一声轻响落在草地上，犹如一颗沉重的果实坠地。上方一个身影在窗边探出身来，不安地向下望，然而黑暗中毫无动静，就像一座池塘把一个溺水之人吞进了深水中。上方的灯光旋即熄灭，在暗藏危险的朦胧天光里，在沉默无语的阴影之上，庭院再度鬼影憧憧起来。

几分钟后，坠落的男孩儿从晕厥中苏醒。有一秒钟，他的目光茫然地向上凝视，上方是苍白的天空，缀着几颗迷途的星星，冷冷地向下看着他。但他随即感觉到右脚有一阵猛烈抽搐的剧痛，这疼痛在他头一次试图稍微移动时差点儿令他叫出声来。此刻他顿时明白自己出了什么事，也明白他不能躺在这里，在玛尔戈特的窗子底下，他不能请人来帮忙，也不能呼救，更不能大声移动。血从额头上流下来，他想必是撞到了草地上的一块石头或木头，但他伸手把血抹掉，只为了让那血不至于流到眼睛里。然后他蜷缩起来，把全身重量都放在左侧，双手深深抓进泥土中，慢慢把自己拖向前。每一次碰到那条骨折的腿，或只是摇晃到那条腿，就是一阵痛苦的抽搐，令他担心自己会再度晕过去。但他逐渐把自己拖向前，花了将近半小时的时间，把自己拖到台阶前面，而他已经觉得双臂麻木。冷汗在他的额头上跟缓缓滴下的血混在一起，他还得克服这最艰难的最后一段路：这段台阶。他在剧痛中吃力地慢慢把自己拖上去。等他到了上面，颤抖地抓住栏杆，他累得呼吸困难。他再把自己朝着赌场大厅的门拖了几步，他听见那儿有人声，看见灯光闪动。借着门把，他把身体撑起来，随着向里面打开的门，骤然摔进那个灯火通明的房间，仿佛被甩了出去。

他的样子想必很可怕，当他那样跌进去，脸上流着血，满身污泥，随即像一团重物倒在地板上，那些男士慌乱地跳起来，椅子砰砰地交叠倒地，大家都急忙挤向前来帮助他，小心翼翼地把他抬到沙发上。此时他还能口齿不清地说话。他说他想到园子里去时从台阶上摔了下去，接着黑纱突然在他眼前垂落，来回飘动，完全缠绕了他，他的意识消失，就此不省人事。

马匹立刻准备好了，一个人骑马到附近去找医生。这座被惊动的城堡起了骚动，灯光像萤火虫在走廊上晃动，从各扇房门里传出低语和询问，睡眼惺忪的仆人畏怯地前来，终于把这个昏厥的男孩儿抬到楼上他的房间里。

医生诊断出一条腿骨折，要大家放心，说情况并不危险，只不过伤者得要裹上绷带，无法动弹地躺上许久。当别人把这话告诉那男孩儿，他无力地微笑。这对他并非沉重的打击，因为这样躺着很好，独自一人久久地躺着，没有嘈杂声和人群，在一个宽敞明亮的房间里，他要是梦见他所爱的女孩儿，树梢会轻轻地把窗子摩挲得沙沙作响。这样平静地把一切事情思考一遍，在梦中梦到那个女孩儿，不受任何日常事务和义务的打扰，安逸地和梦中这些温柔的影像独处，这是何等美妙的一件事啊！当他把眼皮合上片刻，这些影像便出现在床边。爱情最为宁静美好的片刻也许就是这些模糊朦胧的梦想时分。

在头几天里他还痛得很厉害，但这疼痛中掺杂着一种奇特的幸福。一想到他为了玛尔戈特，为了他的爱人而承受这番痛楚，这个念头给了那男孩儿一种十分浪漫、几乎过度激昂的自豪。他很乐意有个伤口，他心想，真应该在脸上有一道血红的伤口，让他可以经常露着，就像一名骑士佩戴着他心仪的贵妇人的颜色；或者干脆就别醒过来，而是一动也不动地躺在那下面，在她的窗前粉身碎骨，那样也很好。他就这样继续做梦，梦想着她之后在早晨醒来，因为窗下人声嘈杂，呼声混乱，当她好奇地俯身下望，看见了他摔碎在她窗下，为了她而死去。而他在梦中看见她发出一声尖叫，颓然倒地。他耳中听见这声刺耳的尖叫，看见她的绝望、她的忧伤，看见她终其一生惘然若失，一身黑衣，阴郁而严肃地行走，当别人问起她的伤痛，她嘴唇周围轻轻地抽搐。

他就这样接连几天做着梦，起初只在黑暗中，后来也睁着眼睛做梦，随即习惯了愉快地忆起那心爱的影像。对他来说已经不存在一个过于明亮或过于吵闹的时候了，她的影像总是以淡淡的影子从墙壁上轻轻溜过，来到他这儿，或是她的声音在外面从树叶簌簌流动的声音中分离出来，从沙子在猛烈阳光照射下的沙沙声中分离出来。他就这样跟玛尔戈特说上几个小时的话，或是梦想着和她一起去旅行，共度美妙的旅程。然而，偶尔他会怅然若失地从这些白日梦中醒来。她果真会为了他而悲伤吗？她到底会不会想起他？

当然，她偶尔会来探望这个病人。往往是正当他在想象中和她说话，她明亮的影像似乎就站在他面前，此时门开了，而她走进来，高大美丽，却跟那梦中人如此不同。因为她并不温柔，也没有如同梦中的玛尔戈特那样激动地俯身来亲吻他的额头，她只是坐在他所坐的躺椅旁，问他情况如何，问他痛不痛，说些形形色色的事情给他听。当她在场，他总是受到甜蜜的惊吓，心情混乱，根本不敢正眼看她。他往往合上眼皮，好更清楚地听见她的声音，更深地吸进她言语的音调，在那之后，这独特的音乐还会在他周围回荡好几个钟头。他迟疑地回答她的问话，因为他深爱那片静默，只要能听见她的呼吸，深深地感觉到他正和她独处在这个房间里，在这个宇宙空间里。等她站起来，转身朝门走去，他就会吃力地抬起身体，为了再一次把她身体移动时的每一个线条刻画在心里，趁着她尚未再度坠入虚无缥缈的迷离现实中之前，再一次环抱活生生的她。

玛尔戈特几乎每天都来探望他。不过，吉蒂和伊丽莎白不也是每天都来探望他吗？伊丽莎白甚至总是那般受惊地看着他，用温柔体贴的声音问他是否好些了。他姐姐不也每天都来探视他的情况吗？还有其他那些女士，她们不全都真挚地对待他吗？她们不也待在他身旁，跟他讲形形色色的故事吗？她们甚至待得太久了，因为她们的在场赶走了他耽于梦想的心绪，把他的意识从沉思的平静中唤醒，驱使他去作无关痛痒的谈话，去说无聊的空洞言词。他希望她们全都不要来，只有玛尔戈特一个人来，只要一个钟头，只要几分钟，然后他就又可以独自一人，与她在梦中相会，不受打扰，不被妨碍，轻松愉快，宛如被柔和的云朵托着，完全沉浸于爱人在他心中令人安慰的影像。

因此，有时候当他听见一只手按下门把的声音，他就合上眼皮，假装在睡觉。于是访客就会踮着脚尖，再悄悄地走出去。他听见房门迟疑地关上，知道现在他又可以跳进梦想的温暖潮水中，在其中浸浴，让梦想轻柔地载着他，载向无比诱人的远方。

而有一天发生了这么一件事：玛尔戈特已经来过他这儿，只待了一会儿，但是她的头发却带来了庭院里的所有芬芳，绽放茉莉的浓郁香气，还有她眼中灿烂的八月阳光。这会儿他知道今天不必指望她会再来了。这将是个悠长、明亮的下午，在甜蜜的梦想中发光，因为不会再有人来打搅他，大家都骑马出去了。当此刻房门再度犹豫地开启，他闭上眼睛，假装睡着。但是走进来的那个人——在悄然无声的房间里他听得很清楚——并没有再走出去，而是无声无息地把门关上，免得吵醒他。此刻她踩着谨慎的步伐，几乎没有碰到地板，悄悄地朝他走近。他听见一件衣服轻轻地簌簌作响，听见她在他床边坐下。隔着闭上的眼睛，他感觉到她的目光像紫红色的光抚过他的脸庞。

他的心开始不安地跳动。那是玛尔戈特吗？肯定是，他感觉到了。然而，此刻不要睁开眼睛，只是凭感觉知道她在身边，这种感觉就更甜蜜，更强烈，更令人兴奋，也更加隐秘，更加刺激。她会做些什么？这几秒钟在他的感觉里无比漫长。她只是一直看着他，观察他的睡眠，这犹如电流刺激着他的毛孔，这份自觉令他不自在，却又令他陶醉。他无力抵抗，盲目地任由她端详，知道如果此刻他睁开眼睛，他的目光将会像件大衣一样裹住玛尔戈特受惊的面孔，把她的脸裹在他的温柔中。但他一动也不动，只是压低了呼吸，他的呼吸在过于狭窄的胸膛里变得短促不安，他等待着，等待着。

什么也没发生。他只觉得她仿佛更深地朝他俯下身来，依稀觉得这阵淡淡的香气更加靠近他的脸，这湿润清淡的丁香花香，他从她的嘴唇上闻到过。而此时她把手搁在他的床上，隔着毯子，平静而谨慎地抚摩他的手臂，他的血液像一阵热浪冲向全身，他感觉到那抚摩的磁力，血液一再猛烈地流向被抚摩之处。这种轻柔的温存感觉十分美妙，既令人陶醉，又挑起热情。

她的手还在抚摩他的手臂，慢慢地，几乎有着节奏。他偷偷眨眼，从眼皮之间向上望。起初只是一片朦胧的紫红色，一片如云般摇曳不安的光线，然后他看见了洒着深色斑点的天花板在他上方伸展。此刻他看见那只抚摩的手，那手仿佛来自非常遥远的地方；他朦朦胧胧地看着这只手，只是一道窄窄的白色闪光，像一朵明亮的云，飘过来又再缩回去。他把眼皮之间的缝隙推得越来越大。现在他清楚地认出那犹如瓷器般白而发亮的手指，看见那手轻轻弯着，向前抚摩，又再向后缩，虽然有挑逗的意味，但仍旧充满内在的活力。那手指像触角一样爬近又再缩回去，在这一刻他觉得那手也具有独立的生命，像只依偎在一件衣服上的猫，像只小白猫缩起了爪子，发出呼噜呼噜的声音，充满依恋地接近你。当它的眼睛突然开始发亮，他也不会觉得吃惊。果然，在这逐渐接近的白色中不是有一道闪动的目光在发亮吗？不，那只是金属的光泽，一丝金色的光芒。当那只手再度向前抚摩，他清楚地看见了它，是那个坠饰，从手镯上垂下抖动，那个泄露了秘密的神秘坠饰：八角形，一便士大小。这是玛尔戈特的手在爱抚他的手臂，他心中涌起一股渴望，想把这只白皙光洁、没戴戒指、轻盈的手拉到唇边亲吻，但此时他感觉到她的呼吸在移动，感觉到玛尔戈特的脸跟他的脸靠得很近，于是他无法再把眼皮紧闭，而是幸福地、喜滋滋地把目光投向那张贴近的脸。这个举动很明显吓到了她，她赶忙把脸缩回。

当阴影从那张低垂的脸庞散开，光亮掠过那激动的容颜，他认出了伊丽莎白——玛尔戈特的妹妹，年轻古怪的伊丽莎白。他四肢抽搐，宛如受到重击。那是一场梦吗？不，他呆望着那张此刻泛起红晕的脸，那张脸怯怯地把目光移开：确实是伊丽莎白。他顿时猜到了那可怕的错误，他的目光急忙移到她手上，果然，她的手上有那个坠饰。

片片轻纱开始在他眼前旋转，一如他晕过去时的感觉，但他咬紧了牙关，他不想失去知觉。往事飞快地掠过，都压缩在这一秒钟里，玛尔戈特的诧异，玛尔戈特的高傲，伊丽莎白的微笑，这道奇特的目光轻触着他，像只缄默的手——不，不，这不可能发生误会。

他心中涌起唯一的小小希望。他望向那个坠饰，也许是玛尔戈特送给她的，今天或是昨天，还是之前送的。

但此时伊丽莎白已经开口对他说话。这激动的思索想必扭曲了他的面容，因为她忧心忡忡地问他："波普，你觉得痛吗？"

她们的声音是这么相似，他想。而对于她的询问，他只是心不在焉地回答："对，对……我的意思是，不痛……我很好！"

又是一阵沉默。那个念头像一道热浪一再涌来：也许那个坠饰不过是玛尔戈特送给她的。他知道这不可能是真的，但他还是得问她。

“你那个坠饰是个什么东西？”

“噢，就是一个美洲国家的硬币，我也不知道是哪个国家。这是罗伯特叔叔有一回带给我们的。”

“我们？”

他屏住了呼吸。现在她不得不说了。

“玛尔戈特和我。吉蒂不想要，我也不知道为什么。”

他感觉到某种湿润的东西在他眼里涌动。他小心地把头偏向一侧，让伊丽莎白看不见他的泪，那泪水想必就要夺眶而出，无法再勉强压回去，此刻正缓缓滚下脸颊。他想说些什么，却害怕他的声音在忍不住想啜泣的压力下会扭曲。两人都沉默不语，胆怯地互相窥探。然后伊丽莎白站起来，说道：“我要走了，波普。祝你早日康复。”他闭上眼睛，房门随即嘎吱一声轻轻关上。

这时他的思绪翻飞，像一群被惊动的鸽子。直到此刻，他才明白那天大的误会，对于自身愚蠢的羞惭和恼怒攫住了他，同时却又感到一阵猛烈的痛苦。如今他知道他永远地失去了玛尔戈特，但他觉得他对她的爱依旧不变，也许现在更加爱她，带着那种对于无法企及之物的绝望思慕。而伊丽莎白——他在怒气中把她的影像推开，因为对他来说，她的全心奉献和如今这压抑住的热情都比不上玛尔戈特的一个微笑，也比不上她轻轻抚摸他的纤手。假如伊丽莎白当时向他现身，他就会爱她，因为在那个时刻，他的热情还像个孩子，但如今在那千百个梦里，玛尔戈特的名字已经在他心里烙得太深，他已经无法把这个名字从他生命中抹去。

他觉得眼前一黑，连续不断的思绪逐渐模糊成为泪水。他努力想在眼前幻想出玛尔戈特的影像，就像在生病以来的这些日子里，在那些漫长的寂寞时刻里所做的那样，却徒劳无功。伊丽莎白的身影总是会挤过来，还有她那双流露出思慕的深邃眼睛，然后一切成了一片混乱，他又得再度痛苦地思索这一切是怎么发生的。每当他想起他曾经站在玛尔戈特的窗前呼喊她的名字，羞惭就攫住了他，对于一头金发、安静的伊丽莎白，他又深表同情，在这些日子里他不曾和她说过话，也不曾瞧过她一眼，而他的感谢之情原本应该像火焰一般散发出来。

第二天早上，玛尔戈特到他床边待了一会儿。有她在身旁，他全身战栗，不敢正视她的眼睛。她对他说了什么？他几乎没有听见，太阳穴的猛烈鸣声比她的声音更大。等到她从他身边走开，他才又渴慕地用目光环住她的整个身形。

下午伊丽莎白来了。她的手有时抚过他的手，带着一丝淡淡的亲昵。她的声音很轻，像是蒙上了轻纱。她说起无关痛痒的事，带着某种恐惧，仿佛她谈起自己或是谈起他时，会泄露了真情。他不太明白自己对她有什么感觉。为了她的爱，他有时感到同情，有时觉得感谢，但他什么也无法对她说。他几乎不敢正眼看她，因为害怕自己会对她说谎。

现在她每天都来，也待得比较久。仿佛自从他们逐渐意识到彼此之间的秘密，从那一刻起，那份不安也随之消失。但他们仍然始终不敢谈起在黑暗庭院里的那些时刻。

有一次，伊丽莎白又坐在他的靠背椅旁边。外面阳光灿烂，摇曳的树梢在墙壁上投下绿色的光影，在墙壁上微微抖动着。在这种时刻，她的头发就像燃烧的云朵一样闪亮，肤色苍白而透明，整个人都闪闪发光，显得异常轻盈。他的枕头上有一片阴影，从那里可以看见她的脸在近处微笑，却又十分遥远，因为那张脸散发出的光亮无法触及他。在这一瞬间，他忘了所发生的一切。当她朝他俯下身来，她的双眼似乎变得更深邃，成为神秘的螺旋向里转动，当她的身体向前倾，这时他的手臂搂住了她的身子，把她的头弯向自己，吻了她单薄湿润的唇。她颤抖得很厉害，却没有反抗，只是微带悲伤地伸手抚摩他的头发，然后对他轻轻耳语："你爱的人就只有玛尔戈特一人。"她的声音里带着温柔的悲伤。他从内心深处感觉到那无私的语气，那份认命的绝望，直到灵魂深处感觉到那个深深撼动他的名字。但他在这一刻不敢说谎。他沉默不语。

她又一次轻吻他的唇，像是姐妹般的吻，然后她走了出去，一句话也没说。

这是他们唯一一次说起这件事。再过几天，这个逐渐康复的男孩儿就被带到庭院里，第一批掉落的黄叶已在路上互相追逐，早早来临的夜晚令人想起忧郁的秋天。又再过几天，他已经可以吃力地独自行走，在这一年最后一次站在树木的缤纷彩叶之下，比起在那三个温暖的夏夜里，如今那些树木在摇摆的风中更大声、更不耐烦地说话。男孩儿忧伤地走到那个位置。他觉得这儿仿佛竖起了一堵无形的神秘墙壁，墙后面是他的童年，在暮色中已经十分模糊，而在他面前的则是另一片土地，陌生而又危险。

晚上他向大家道别，再一次深深地凝视玛尔戈特的脸，仿佛他必须为了这一生而把这副面容吸进心里，他忐忑不安地把手放进伊丽莎白的手中，她的手温暖地紧紧圈住他的手。他对吉蒂、那些朋友和他姐姐几乎视而不见，他的心灵如此满溢，由于爱一个女孩儿而又被另一个女孩儿所爱的那种感受。他很苍白，脸上有种严肃的神情，让他看起来不再像个男孩儿。他头一次看起来像个男子汉了。

然而，当马匹拉动车子，他看见玛尔戈特满不在乎地转身，准备爬上台阶，又看见伊丽莎白的双眼突然蒙上一层湿润的光泽，看见她握着栏杆，此时这整番丰富的新体验朝他袭来，让他像个孩子似的纵情沉浸在自己的泪水中。

那座城堡离自己越来越远，在马车扬起的尘土之间，那黑暗的庭院显得越来越小，景色一再掠过，到最后他所经历的一切都看不见了，只成了迫人的回忆。两小时的车程把他带到附近的火车站，次日早晨他就抵达了伦敦。

又过了几年，现在的他已经不是小男孩儿了，然而那最初的经历在他身上太鲜活，再也不会凋萎。玛尔戈特和伊丽莎白都结了婚，但他不想再跟她们见面，因为有时候，对于那些时刻的回忆会猛烈地向他袭来，让他之后的人生在这份回忆的现实中仿佛只是梦境和假象。他成了不再懂得该如何去爱女性的那种人，因为在他人生的某个瞬间，爱与被爱的两种感受如此全然地结合在一起，任何欲望都不会再促使他去寻找那早早就落在他那惊恐不安、任凭摆布的孩子手中的东西了。他去过许多国家旅行，是一个安静有礼的英国人，许多人认为这种人没有感情，因为他们那么沉默，也因为他们的目光冷静地掠过女人的脸庞和她们的笑容。然而有谁能想得到，他们其实是把自己不断凝视的影像放在心里，和他们的血液合而为一，那血液不断围着这些影像燃烧，就像圣母像前那永恒的烛光。这会儿我也明白了，我是怎么想到这个故事的。在我今天下午读的那本书里夹着一张卡片，是一个朋友从加拿大写给我的。他是个年轻的英国人，我在一次旅行中和他相识，常跟他在夜晚长谈，在他的话中偶尔会神秘地浮现对两个女子的回忆，一如遥远的雕像，这回忆跟他少年时期的某一刻持续地纠结。我跟他的谈话已经是很久以前的事了，而我大概也已经忘了当年的谈话。然而今天，当我看到那张卡片，那份回忆又再度浮现，恍惚地掺进了各式各样的自身经历，而我觉得自己仿佛在那本从我手中滑落的书中读到了他的故事，或是在一个梦里发现了这个故事。

但是，现在房间里变得多么昏暗，在这深深的暮色中，你离我是多么遥远！我猜想你的脸庞就在这里，但我只看见一道温和明亮的微光，而我不知道你是否在微笑，还是觉得悲伤。我不知道你是否由于我替并不熟识的人虚构出离奇的事件而微笑？笑我梦想出整个命运，然后又平静地任由这些命运溜回自己的人生和世界里。这个男孩儿与爱情擦身而过，他由于一时迷失而永远离开这甜蜜梦境的庭园。看啊，我不希望这个故事忧伤而黑暗，我只想向你述说一个骤然受到爱情袭击的男孩儿的故事——他自己的爱，还有另一个女孩儿对他的爱。然而，凡是在晚上述说的故事全都会踏上这条安静的忧伤之路的。暮色落在这些故事上，给它们披上轻纱，栖息在夜晚的所有悲伤形成一个没有星星的穹顶，让黑暗渗进它们的血液里，于是那些承载它们的缤纷词语全都染上一种浑厚沉重的音色，仿佛来自我们最私密的人生。

一个女人一生中的二十四小时

战争爆发前十年，我住在里维埃拉的一家供膳宿的小旅馆里，在我们那一桌掀起了一场激烈的辩论，这场辩论眼看就要变质为粗暴的冲突，甚至是反目成仇，恶言相向。大多数的人想象力贫乏，只要事情没有直接牵涉到他们，没有像块尖锐的楔子一样硬生生地敲进他们的感官，他们绝对会无动于衷。可是一旦事情就发生在他们眼前，近到能直接触动他们的感觉，哪怕只是件小事，也会在他们心中激起过度的热情。可以说他们用一种过火而失当的激烈来取代平时的漠不关心。

这一次也是这样，我们这一桌的客人全都属于中上阶层，平常和气地闲聊，开开无伤大雅的玩笑，通常在用餐完毕后就立刻四下散去：那对德国夫妇去郊游，览胜摄影，胖胖的丹麦人去做无聊的钓鱼活动，高雅的英国女士去看书，那对意大利夫妇去蒙特卡洛狂欢，我则坐在庭院的椅子上无所事事，或是写点儿东西。可是这一次，那场激烈的辩论却把我们拴在了一起。如果我们当中有人突然跳起来，那并不是像往常一样礼貌地告辞，而是由于勃然大怒，我先前已经说过，这恼怒简直已经变得粗暴。

使得我们这桌客人如此激动的事件，说来也的确离奇。从外面看起来，我们这七个人所住的旅馆是座独立的别墅——啊，从窗户眺望岩石嶙峋的海滩，景色多么美妙！——但它其实只是“皇宫大饭店”收费较低廉的附属建筑，花园与饭店直接相连，所以我们这些住在隔壁的客人跟饭店住客其实一直有往来。而在前一天，这家饭店里发生了一桩不折不扣的丑闻。事情是这样的，一个法国年轻人搭乘中午十二点二十分那班火车抵达（我必须如此准确地叙述时间，因为不论是对于这个丑闻，还是作为那番激烈讨论的主题，时间都很重要），租下一个靠近海滩能眺望大海的房间，这件事本身就显示出他的经济状况相当宽裕。不过，他引人注目、讨人喜欢之处不仅在于他含蓄的高雅，主要在于他那出众而博人好感的俊秀：一张瘦削的脸庞犹如少女，丝绸般的金色小胡子衬着热情性感的嘴唇，鬈曲柔软的褐发呈波浪状，覆在白皙的前额上，眼神柔和，每一道目光都像是爱抚。他整个人都柔和、妩媚、令人喜爱，却没有一丝矫揉造作。从远处看时，他会先让人想起大型服饰店橱窗里的粉红色蜡像，手里拿着手杖斜倚着身子骄矜作态，代表着理想的男性美；然而在近看时，那种纨绔子弟的印象就消失了，因为此人身上（这种情况极为罕见！）的可爱之处是自然天成的，宛如他的天性。他在经过时向每个人打招呼，态度既谦虚又诚恳，他那份随时准备展现的优雅一有机会就自然流露，看着的确令人愉快。如果有位女士往衣帽间走去，他就急忙过去替她拿大衣，他对每个小孩子都投以亲切的目光，或是开个玩笑，表现得既随和又有分寸。简而言之，他似乎属于那种幸运儿，一再感觉到自己能借由开朗的面容和年轻的魅力取悦他人，并把这份自信又进而转为翩翩风度。对于这家饭店绝大多数的年老病弱的客人来说，他的在场不啻是件善举。他踩着青春的胜利脚步，挟着翩翩风度赋予他的无忧和朝气，不可阻挡地走进众人的内心，赢得大家的好感。他抵达此地两个小时之后，就已经在和两个女孩儿打网球——十二岁的安妮塔和十三岁的布兰雪，她们的父亲是个来自里昂的大腹便便的工厂主，而她们的母亲——秀丽、温柔而拘谨的亨丽叶夫人——露出浅浅的微笑，看着两个女儿像羽翼未丰的雏鸟一样不自觉地卖弄风情，跟那个年轻的陌生人调情。晚上他来我们棋桌旁观战，看了一个钟头，偶尔轻松地说些趣闻轶事，又陪着亨丽叶夫人在露台上来回踱步了许久，而她的先生和平常一样，在跟一个生意上的朋友玩多米诺。夜深时，我还看见这个年轻人跟饭店的女秘书在昏暗的办公室里交谈，亲昵得令人起疑。第二天早上，他陪我那位丹麦伙伴去钓鱼，展现出惊人的垂钓知识；之后他和来自里昂的那位工厂主聊政治，两人聊了很久，证明他也是个聊天高手，因为可以听见那位胖先生洪亮的笑声传过来，压过了海涛声。吃过饭后——要了解情况，的确需要我仔细地汇报他每个时段的活动——他又跟亨丽叶夫人单独在庭院里喝了一个小时黑咖啡，随后跟她的两个女儿打网球，在大厅里同那对德国夫妇交谈。六点时我去寄一封信，在火车站附近碰到他。他急忙朝我走过来，仿佛要表示歉意，说别人突然叫他回去，但过两天他就会回来。晚上在餐厅里果然少了他，不过少了的只是他的身影而已，因为在每一桌，大家都只谈论他，称赞他那讨人喜欢、活泼开朗的生活态度。

夜里，大概快十一点时，我坐在房间里，想把一本书读完，透过敞开的窗户，我突然听见庭院里有不安的叫喊，在饭店那一边明显起了骚动。我与其说是好奇，不如说是感到不安，立刻匆匆跑到五十步之外的饭店去，发现客人和工作人员都乱成一团，情绪激动。亨丽叶夫人一如每个晚上在海滩露台上散步，她先生依照习惯和来自比利时纳慕尔的朋友玩多米诺。可是她没有回来，因此大家担心她出了意外。那个平常肥胖迟缓的男人像头公牛一样一再冲向海滩，用激动得走调的嗓音朝着黑夜里大喊“亨丽叶！亨丽叶！”，声音里带着受到致命一击的巨兽那种受惊而原始的声音。服务生和门童紧张地在楼梯上跑上跑下，所有的住客都被叫醒，也打了电话到警察局去。而在那当中，那个肥胖男子一再失去理智地朝着黑夜里哭喊那个名字——“亨丽叶！亨丽叶！”他跌跌撞撞，脚步沉重，敞着背心。这期间楼上的两个孩子也醒了，穿着睡衣从窗户向下呼喊她们的母亲，此时她们的父亲又急忙上楼去安慰她们。

接着发生了一件可怕的事，可怕到几乎无法重述，因为在过度激动的时刻，猛然的紧张往往让人的神态流露出强烈的悲惨，无论是图画还是言语，都无法以同样雷霆般的力量将之重现。那个胖大笨重的男子突然从那嘎吱作响的楼梯上走下来，表情已变，面容疲惫，却又带着怒色。他手里拿着一封信。“把所有的人都叫回来！”他用勉强还能听懂的声音向饭店主管说，“把所有的人都叫回来，没必要去找她了。我太太离开我了。”

这个受到致命一击的男子天性中有份自持，在周围这许多人面前展现出超乎凡人的竭力自持，他们好奇地挤过来看着他，此刻每个人都大吃一惊，惭愧而困惑地转过身去。他用身上仅存的力气蹒跚地从我们身旁走过，没有看任何一个人，在阅览室里把灯关掉。接着大家听见他那沉重的庞大身躯重重落在一张扶手椅上，听见一阵野兽狂嚎般的啜泣声，只有从未哭泣过的男人才会这样哭泣。这种深切的痛苦对我们每一个人都产生了令人眩晕的力量，包括身份最卑微的人在内。没有一个服务生，也没有一个出于好奇而悄悄走过来的房客敢露出微笑，或是说出一句惋惜的话。大家都默默无语，似乎为这场令人震惊的情感爆发而感到羞惭，我们一个个蹑手蹑脚地回到自己的房间，只留下这个被击倒之人在那个黑暗的房间里颤抖、啜泣，形单影只；全楼的灯光渐渐熄灭，大家都窃窃私语，低声嘀咕，喃喃自语。

这样一件犹如晴天霹雳的事件，直接发生在我们眼前，自然很适合让那些平常只习惯于枯燥生活和轻松消遣的人大为激动。然而后来在我们那一桌激烈爆发、差点儿上升为肢体冲突的辩论，固然是由于这桩令人惊愕的事故而起，本质上却更是对基本看法的争论，是敌对人生观的剧烈冲突。那个完全崩溃的丈夫在束手无策的怒气中把信揉成一团，随手扔在地板上，一个女仆读了那封信，泄露了这个秘密，于是大家迅速得知亨丽叶夫人并非独自离开，而是在彼此合意的情况下跟那个法国年轻人一起走的（大多数人对他的好感顿时消失）。嗯，乍看之下，这似乎很容易理解，这个娇小的包法利夫人把她肥胖的乡巴佬丈夫换成了一个高雅年轻的美男子。然而，旅馆里众人之所以如此激动，是因为那个工厂主和他的两个女儿以及亨丽叶夫人之前都没有见过这位情圣，也就是说，晚上在露台上那两个小时的谈话，再加上花园里喝咖啡的那一个小时，就足以让一个年约三十三岁、无可指摘的女人在一夜之间抛下丈夫和两个孩子，随随便便跟着一个素昧平生的年轻纨绔子弟而去。而我们这一桌人一致拒绝这个看似显而易见的事实，将之视为那对情侣阴险的障眼法和狡猾的花招儿：亨丽叶夫人肯定早就跟那个年轻男子暗通款曲，而那个拐骗者之所以到这儿来，只是为了确定私奔的最后细节，因为——大家这样推断——一个良家妇女只不过跟对方认识了两个小时，在对方一声口哨之下就这样跑掉，这种事绝无可能。这时我觉得持不同的看法倒也有趣，于是竭力为这种可能性辩护：一个女人，长年处在令人失望的无聊婚姻中，内心已为任何有力的行动做好准备，这不但可能，甚至是极为可能的。

我这出人意表的反对立场随即引起了广泛辩论，尤其那两对夫妻的观点将这场辩论激化。他们拒绝这种“一见钟情”的存在，不管是那对德国夫妇，还是那对意大利夫妇，都以近乎侮辱的轻蔑视之为一种愚蠢和小说中的低俗幻想。

这番争执从喝汤开始，一直持续到布丁上桌，其激烈过程在此没有必要重述。只有公共餐桌的常客才能妙语如珠，一般人在席间偶然而起的激烈争执中所持的论点通常都很乏味，因为那不过是匆忙中随手抓来的陈词滥调。我们的辩论何以会如此迅速地变成恶言相向，这也很难解释。我认为，这份火气起于两位丈夫不由自主地表示，自己的妻子绝不可能做出这种肤浅鲁莽之事。可惜，他们找不出更好的论点，只会反驳我说：只有根据单身汉碰巧轻易得手的例子来评断女性心理的人才会这样说。这已经有点儿令我生气，接着那位德国太太又以一副教训人的口吻将这番大道理添油加醋，说世上有真正的女人，也有“天生的妓女”，依照她的看法，亨丽叶夫人想必就属于后者。这时我完全失去了耐性，也变得好斗起来。我说：在人生中的某些时刻，一个女人会情不自禁、不明所以地听任神秘力量摆布，这是显而易见的事实，硬不承认只是遮掩了对自身本能的恐惧，害怕我们天性中疯狂的那一面。有些人似乎很得意地自以为比那些“易受引诱之人”更坚强、更有德行、更纯洁，我个人却认为，如果一个女人自由而热情地顺从她的本能，要比一般常见的情况，即在丈夫的怀抱里闭上眼睛，心里想的却是别人的行为更加诚实。我大概就是这么说的，在这番火药味渐浓的对话中，其他人越是攻击可怜的亨丽叶夫人，我就越热烈地为她辩护（事实上远远超出我内心的感觉）。对那两对夫妻来说，我这份热情等于是种挑衅，他们这组不太和谐的四重唱同仇敌忾地对我群起而攻之，让那个丹麦老人偶尔不得不用指节敲敲桌子提醒："各位先生，请保持风度。"他表情愉快，坐在那儿充当裁判，手里拿着秒表，像在看一场足球比赛。但他的提醒总是只有片刻效用。一位先生已经三度涨红了脸，从桌旁跳起来，他太太费了很大的劲儿才使他冷静下来。简而言之，若非C夫人像润滑油一样抚平了这番波涛汹涌的谈话，再过个十几分钟，我们的辩论就会以大打出手收场。

C夫人是位年迈的英国女士，一头白发，举止高雅，是我们这一桌自然产生的荣誉主席。她端正地坐在自己的位子上，对每个人都同样友善，她沉默寡言，但饶有兴趣地聆听，光是她的仪表就令人赏心悦目：她有贵族的矜持，散发出美妙的自制和平静。她跟每个人都保持一定的距离，但懂得巧妙得体地向每个人表达出特别的友善。通常她都在花园里看书，偶尔弹弹钢琴，很少看见她和别人在一起，或是作深入的交谈。别人几乎不会注意她，但她对我们大家却有种奇特的力量。因为此刻，当她第一次介入我们的谈话，她才刚开口，我们就全都感到难为情，觉得自己先前太大声，也太失控了。

当那位德国先生猛然跳起来，又被轻轻拉回桌边，产生了一段令人难堪的沉默，而C夫人就趁此机会，出人意料地抬起清澈的灰色眼睛，犹豫地看了我一会儿，然后按她的意思重拾那个话题，态度鲜明且客观，语气冷静而明确：

"如果我理解正确的话，您是认为亨丽叶夫人或一个女人会无辜地被卷入一场突如其来的冒险之中，认为有些行为是这样一个女人在一个小时之前自己也认为不可能的，因此根本不能归咎于她？"

"我对此深信不疑，亲爱的夫人。"

"可是这样一来，任何道德判断就都毫无意义了，任何逾矩的行为都能得到辩解。如果您真的认为法国人所谓的'出于激情之罪'不是罪，那又哪里还用得着国家的司法机构？在这种事上并不需要太多的善意，就能在每一桩罪行中找出一份激情，并基于这份激情加以原谅。"她微笑地加了一句，“而您的善意多得惊人。”

她那番话语调清晰，几近快活，让我觉得十分舒服，我不自觉地模仿她那就事论事的态度，同样半开玩笑、半认真地回答：“国家的司法机构对这些事的判决肯定比我严格。它有责任不带同情地去维护一般的社会道德和习俗，这迫使它去判决，而非去原谅。但身为平民的我却不明白，为何我得要自愿承担起检察官的角色，我宁可做个职业辩护人。对我个人来说，了解别人要比审判他们更愉快。”

C 夫人用她清澈的灰色眼睛直直地看着我好一会儿，一直犹豫着。我正担心她没有完全听懂我说的话，准备用英文把刚才那番话重述一次。但她又继续提出问题，带着一种异样的严肃，仿佛像在考试。

“一个女人抛下了丈夫和两个孩子，随便跟人走了，而她根本还无法知道那人是否值得她去爱，您难道不觉得这件事卑鄙或丑陋吗？您真的能够原谅一个女人这种轻率大意的行为吗？毕竟她也不算太年轻了，单是为了她的孩子，她不就应该要自重自爱吗？”

“我再向您重述一次，亲爱的夫人，”我坚持己见，“我拒绝在这件事情上进行评断或做出判决。在您面前，我大可承认自己先前稍微夸大了一点儿。亨丽叶这个可怜的女人肯定不是英雄，甚至不是生性爱冒险的人，更不是个‘恋爱高手’。以我对她的认识，她只不过是个平庸而软弱的女子。我对她怀有一点儿敬意，因为她敢于顺从自己的意志，但我对她有更多的惋惜，因为她肯定明天就会感到深深的悲伤，说不定今天就已经感到悲伤。也许她那样做很愚蠢，肯定是过于仓促，但绝对不卑鄙，不下流，而我始终认为，任何人都没有权利蔑视这个可怜的不幸女人。”

“那您自己呢？您对她仍然怀有同样的敬意和尊重吗？一个是前天与您共处的名声良好的女子，另一个是昨天跟陌生男人私奔的女子，在这两者之间，您完全不作任何区分吗？”

“完全没有区分。丝毫没有区分，一点儿区分也没有。”

“是这样吗？”她不自觉地说起英文，这番谈话似乎令她深思。她沉思了一会儿，又抬起清澈的目光询问似的看着我。

“假如明天您碰到亨丽叶夫人，例如说，在尼斯遇见她挽着那个年轻人的手臂，您还会跟她打招呼吗？”

“当然。”

“会跟她说话吗？”

“当然。”

“您会——假如您……假如您是已婚的话，您会把这样一个女人介绍给您的妻子吗？仿佛什么也不曾发生？”

“当然。”

“您真会这么做吗？”她又用英文说，充满不可思议、大为吃惊的讶异。

“肯定会。”我不自觉地也用英文回答。

C夫人沉默不语，似乎仍在费力思索，突然她看着我，仿佛对自己的勇气感到惊讶，说道：“我不知道我会不会这么做，也许会吧。”她站起来，亲切地向我伸出手，带着那种难以形容的沉着，只有英国人才懂得如此结束一番谈话，而不至于显得失礼。由于她的影响，气氛又回复了平静，我们全都由衷地感谢她，让刚才还剑拔弩张的我们此刻可以还算客气地彼此致意，在几句轻松的玩笑话中，已经相当危险的紧张气氛又缓和了下来。

虽然我们的辩论最终似乎以具有骑士风度的方式收场，但那份被激起的愤怒还是在我跟那些对手之间造成了些许疏离。那对德国夫妇态度收敛，意大利夫妻则在接下来那几天里一再嘲讽地问我有没有“亲爱的亨丽叶夫人”的消息。尽管我们的举止看来通情达理，我们那一桌以诚相待、自然而然的愉快共处却无可挽回地受到些许破坏。

不过，我先前的对手那种嘲讽的冷淡之所以格外明显，是因为C夫人在那场辩论之后对我特别友善。平常她一向极为拘谨，除了用餐时间以外几乎不会跟同桌伙伴谈话，如今她多次找到机会在花园里跟我攀谈，我几乎想说她是借此表彰我，因为她的态度高尚拘谨，进行一番私人对话就已经像是一种特别的恩宠。是的，说实话，我得说她简直是在刻意找我，利用每一个机会来跟我交谈，假如她不是位白发苍苍的老太太，我很可能会想入非非，起了奇怪的念头。不过，我们若是闲聊，话题就又不可避免、无法转移地回到最初的起点，回到亨丽叶夫人身上。她指责那个忘却责任的女子心志不坚、不可靠，似乎从中得到某种神秘的享受。然而，她似乎同时也为我的毫不动摇而感到高兴，我坚持同情那位温柔秀丽的女子，无论什么都无法使我否认这份同情。她一再把我们的谈话引到这个方向，到最后，我不再知晓该如何看待这份奇特、近乎古怪的执拗。

就这样过了几天，大约五六天吧，她一个字也不曾透露，这种交谈对她如何至关重要。但其重要性毋庸置疑，这一点明摆在眼前。在一次散步时，我顺便提起我待在此地的时间将要结束，我打算在后天起程。此时，她平时毫无情绪起伏的面容突然露出异样的紧张，像一片云影掠过她大海般的灰色眼睛："真可惜！我还有那么多话想跟您说。"从这一刻开始，一种慌张不安泄露出她在说话时想着别的事，那件事强烈地盘踞在她心头，令她分心。最后，这份心不在焉似乎也令她难堪，因为在一段骤然出现的沉默之后，她出人意料地向我伸出手：

"我看出，我无法清楚地说出原本想告诉您的话。我还是写信给您好了。"接着她就走回旅馆，步伐急促，不像我平常所熟悉的她。

果然，到了晚上，就在晚餐之前，我在房间里发现一封信，信上是她遒劲坦率的笔迹。可惜我处理年轻时期的书信相当草率，所以无法逐字逐句地重述，只能大略提一下实际的内容，她在信中问到是否可以把她人生中的某件事说给我听。她写道，那则插曲发生在很久以前，跟她目前的生活几乎已经毫不相干，又说由于我后天即将起程，让她比较容易启齿，去谈这件二十多年以来一直在内心折磨着她、令她思之再三的事。如果我不认为这样一番谈话太过冒昧，那么她想请求我给她一个小时的时间。

在此处我只记下此信的内容，而那封信非常吸引我，信是用英文写的，单是这一点就赋予那封信高度的清晰和果决。尽管如此，要回信却并不容易，我撕掉了三份草稿之后才如此回复：

“您对我如此信赖，我深感荣幸。如果您要求我诚实地回答，那么我答应您，我一定会照做。凡是您不想吐露的，我当然不会请求您相告。但您所叙述的，请您对自己、对我都完全诚实。请相信我，我将您的信赖视为一份殊荣。”

这张纸条在晚上被送进她房里，次日早晨我发现了回信：

“您说得完全正确：半个真相一文不值，全部的真相才有价值。我将鼓起所有的力量，对我自己、对您都无所隐瞒。晚餐后请您到我房里来，我已经六十七岁了，无须担心遭人误解。因为在花园里或是在众人身旁我无法开口。请您相信我，光是要下定决心，对我来说就很不容易。”

白天里我们还在餐桌上碰面，客气地聊些无关紧要的事。可是在花园里，她遇见我时就避开我，带着明显的慌乱，看着这位白发老太太像个少女般害羞地逃进一条松林道里，让我觉得既难堪又动人。

晚上在约好的时间，我去敲门，门马上就开了。房间里光线昏暗，只有桌上一盏小小的阅读灯在这光线黯淡的空间里投射出一个黄色的圆锥形。C 夫人大大方方地迎向我，请我在一张扶手椅上坐下，自己坐在我对面。我感觉出她的每一个动作都已事先在心里做好准备，尽管如此，却还是出现了一个沉默的空档，显然有违她的意志，之所以出现空档是由于难以下定决心。那空当变得越来越长，我却不敢用一句话来打断，因为我感觉到有一股强烈的意志在跟另一股强烈的抗拒奋力搏斗。一曲华尔兹断断续续的曲调不时从楼下的聊天室里隐约传来，我侧耳倾听，仿佛想让这份寂静减少一点儿沉重的压力。她似乎也已经感觉到这份沉默造成了不自然的紧张，因为她突然打起精神，开口了：

“只有第一句话难以说出口。这两天来我都在准备，要把话说得清清楚楚，而且符合事实，但愿我能做到。也许您此刻还不了解，我何以会向您，一个陌生人，述说这一切，但是我没有一天，几乎没有一个小时不想着这个特定事件。您不妨相信我这个老妇人的话，一辈子都凝视着自己生命中的一个点，生命中唯一的一天，这令人难以承受。因为我将告诉您的这一切，只不过涵盖了我六十七年生命中的二十四个小时而已。我常常近乎发狂地告诉自己，如果一个人曾在一刹那做出了荒唐的事，那也不算什么。但是我们摆脱不了我们没把握称之为良心的东西。当我听见您就事论事地谈论亨丽叶那件事，我就想，假如我能下定决心，向哪个人坦率地谈起我生命中的这一个日子，也许这种无意义的回想和不断的自我控诉将会结束。假如我信奉的不是英国国教而是天主教，那么我就会在忏悔中说出这件被隐瞒的事，从而得到赦免。但我们得不到这种安慰，所以今天我才做了这个奇特的尝试，借由向您述说来为自己开脱。我知道这一切都很奇特，但您毫不犹豫地答应了我的提议，我为此感谢您。

“嗯，我已经说过，我只想向您述说我人生中唯一的一天，其余的一切在我看来都没有意义，对别人来说也很乏味。在我四十二岁以前所发生的事没有一步偏离常规。我的父母亲是苏格兰的富有地主，家里拥有大型工厂和田产，按照当地贵族的生活方式，一年当中大半时间都住在我们的庄园里，社交季节则在伦敦度过。十八岁时，我在社交场合认识了我的丈夫，他是名门望族R家的次子，在驻扎于印度的军队里服役过十年。我们很快就结婚了，过着我们那个社会阶层的无忧生活，每年有三个月住在伦敦，三个月住在我们的庄园，其余时间则轮流住在意大利、西班牙和法国的饭店里。我们的婚姻不曾有过一丝阴影，我们所生的两个儿子如今都已成年。在我四十岁时，我先生突然过世。他在热带生活的那些年里染上了肝病，在可怕的两周之内，我就失去了他。我的大儿子当时已经在工作，小儿子在上大学，就这样，在一夕之间，我就完全陷入空虚之中，我习惯有人温柔相伴，这份孤单对我而言是种可怕的折磨。屋子里的每一件东西都让我想起我悲哀地失去了心爱的丈夫，我觉得无法在那栋凄凉的屋子里再多住一天，于是我决定在接下来那几年里，在两个儿子尚未成家之前多去旅行。

基本上，从这一刻起，我认为我的生活毫无意义，毫无用处。二十三年来和我朝夕相处情投意合的男人已经死了，孩子不再需要我，我担心自己的阴郁和忧伤会妨碍他们的青春，而就我自己而言，我不再想要什么，不再有所渴望。我先是移居到巴黎去，由于无聊就去逛逛商店和博物馆；

但那座城市和那些事物令我感到异常陌生。我避开人群，因为我受不了他们见我身着丧服、礼貌地投来惋惜的目光。那几个月我麻木恍惚地四处漂泊，那段日子是怎么过去的，我不再能够叙述，只知道我一直有寻死的愿望，只是没有力量自行加速这渴望已久的事情。

“在丧偶之后的第二年，也就是在我四十二岁那年，我在三月末去了蒙特卡洛。那是种我不愿承认的逃避，为了打发那变得毫无价值、无法消磨的时间。老实说，那是出于无聊，出于内心的空虚，那种空虚感折磨着我，仿佛涌起一种恶心的感觉，这份空虚至少想用小小的外界刺激来加以填补。我越是心如死灰，就越感到有股强烈的力量把我推向生命陀螺旋转得最快的地方。对那些毫无生活经历的人来说，别人的情感波动也是种令人紧张的经历，就像看戏或听音乐。

“因此我也常到赌场去，看见喜悦或惊恐在别人脸上不安地来回摆荡，我感到刺激，而在我自己心中却是可怕的退潮状态。再说我的丈夫生前偶尔去赌场玩玩，虽然并不轻率任性。而我带着某种并非刻意的崇敬，忠实地维持他从前的所有习惯，就在那里开始了那二十四个小时，比所有的赌博都更令人激动，我之后的命运多年来一直为之困扰。

“那天中午，我跟M公爵夫人一起用餐，她是我们家的一个亲戚。晚餐之后，我觉得还没有累到想上床睡觉，于是就走进赌场大厅，在那些赌桌旁闲逛，自己并没有下注，而是以特别的方式观看那些混杂的赌客。所谓‘以特别的方式’指的是我已逝的丈夫教过我的一种方式。有一回我看得倦了，向他抱怨：老是盯着这些面孔实在无聊，在椅子上坐上几个钟头才敢下注的干瘪老太太，奸诈的职业赌手和赌场交际花，那一群被凑在一起的人物，您也知道，这群人根本不像那些拙劣小说里所描绘的那么诗情画意，那么浪漫，仿佛他们是名人雅士和欧洲的贵族。虽然二十年前的赌场要比现在迷人得多，当时在桌上滚动的还是看得见的现金，沙沙作响的钞票、金光闪闪的拿破仑金币和厚实的五法郎硬币交互翻滚。而在现代新盖的豪华赌场中，只有透过旅行社安排的小市民游客了无情趣地挥霍毫无特色的筹码。不过，当年我就已经觉得这些面无表情的面孔十分单调，毫无吸引力，直到我丈夫有一回教我一种特别的注视方式。他私底下的嗜好是手相术，而他教我的那种注视方式要比懒洋洋地闲晃有趣得多，更令人兴奋，也更刺激，那就是：永远不要去注视一张面孔，而只去注视四方形的桌子，在四方形的桌面上，又只是去注视众人的手，只看手的特殊动作。我不知道您自己是否曾经碰巧只把那张绿色桌子纳入视线，就只是那个绿色的方块，方块中央一颗球像个醉汉似的踉踉跄跄地从一个数字晃到另一个数字，在那些被分隔开来的四方形格子上，一张张钞票、一枚枚圆形银币和金币滚落，犹如播种，然后庄家的耙子就像锋利的镰刀一样一把将之割去，或是像一捆麦穗一样推到赢家面前。从这样的角度观察，唯一有变化的就是那些手，在那张绿色桌子四周有许多双敏锐、动来动去、等待着的手，全都从不同的袖口冒出来。每只手都是一头猛兽，准备要一跃而起，每只手都有不同的形状和颜色，有些光着身子，有些戴着戒指和叮当作响的链子，有些像野兽般长满毛发，有些像滑溜溜的鳗鱼一样蜷缩着，但全都由于极度焦躁和不耐烦而紧张颤抖。

“那总是让我忍不住想起一座赛马场，在起跑前得使劲把那些兴奋的马匹拉回来，免得它们太早冲出去。那些手就像那些马匹一样颤抖、昂首、腾跃。从这些手可以看出一切，从它们等待的方式，看它们如何伸出，如何顿住：从紧紧抓住的手认出贪婪之人，从放松的手认出挥霍之人，从冷静的手认出老谋深算之人，从颤抖的手腕认出绝望之人。从抓钱的手势可以暴露出上百种性格，有人把钱弄皱，有人紧张地把钱捏紧，有人筋疲力尽地用疲倦的手掌把钱压住。所谓‘赌博见人品’，我知道这是句老话，但我要说，赌博时的手更明显地泄露出人品。因为所有的赌徒，或者说几乎所有的赌徒，都很快学会如何控制自己的面部表情。他们在衬衫领口之上戴上无动于衷的冷淡面具，他们强压下嘴边的皱纹，咬紧牙齿，隐藏激动的情绪，拒绝让自己的眼睛流露出明显的不安。他们抚平脸部跳动的肌肉，露出故作高尚的冷淡神情。然而，正由于大家拼命集中注意力来控制最能彰显出他们本性的面孔，就忘了自己的手，忘了有人只观察这些手，借由这些手猜出脸上微笑噘起的嘴唇和故作漠然的目光所试图隐瞒的一切。而这时，他们的手却不知羞耻地揭露了他们最深的秘密。因为那一刻终将来临，所有这些吃力控制住的、看似在沉睡的手指会从高尚的慵懒中拉出来：当轮盘上那颗球落入小小的池中，那个赢得赌注的数字被喊出的那一秒，在这一秒，那一百只或五百只手出于原始本能，不自觉地各自做出因人而异的动作。若有人像我一样，由于我丈夫的嗜好而受到特别教导，习惯于观察这个手的舞台，一定会感觉到这千百种性格会以出人意料的方式暴露出来，要比戏剧或音乐更令人兴奋。我根本无法向您描述这些手会有几千种变化，长着毛发的蜷曲手指犹如野兽，像蜘蛛一般把钱牢牢抓住；还有紧张颤抖、指甲苍白的手，几乎不敢去碰钱；有的高贵，有的卑鄙，有的粗暴，有的胆怯，有的狡猾，有的结结巴巴。然而，每一只手都显得与众不同，因为每一双手都表达出一个独特的人生，除了那四五个赌场职员的手之外。作为庄家，他们的手纯粹是机器，运作起来带着冷静客观、公事公办、置身事外的精准，相对于那些越来越有生命的手，就像一具钢制计量器啪嗒作响地关闭。然而由于这几双冷静的手与那些猎人般的热情同类形成对比，它们也显得令人惊讶。我想说，它们身穿另一种制服，就像警察站在一群汹涌波动、群情激愤的暴民中间。再加上还有对我个人的吸引，在几天之后，我就熟悉了每只手的许多习惯和癖好；几天之后，在它们当中就有了我熟识的手，而我把它们跟人一样分成讨人喜欢的和令人讨厌的：有些手的恶习和贪婪令我十分厌恶，我总是把目光移开，就像看见某种下流的举动。桌旁每一只新的手对我来说都是一番经历，引起我的好奇。往往我忘了去看上方那张脸，那张脸高高在上，连着衣服领子，只不过是一张冷淡的社交面具，一动也不动地竖立在一件晚礼服的衬衫之上，或是在一个珠光宝气的胸脯上。

“那天晚上当我走进赌场，经过两张人满为患的桌子，走向第三张赌桌，已经准备好几枚金币，此时我意外地听见一种十分怪异的声响从正对面传来。当一颗球已经疲弱无力，只在两个数字之间摇摇晃晃，就会出现一阵停顿，这期间完全无人言语，气氛紧张，仿佛因为寂静而隆隆作响，在这样的停顿中，我听见一阵咔嚓咔嚓、犹如关节折断的声音。我不禁诧异地望过去，而我看见——真的，我吓了一跳！——我从未见过的两只手，一只右手和一只左手，像愤怒的野兽一样紧紧纠缠，在腾跃而起的紧张中探向彼此，紧紧相握，互相缠斗，以至于手指关节噼啪作响，发出核桃被砸开时那种干裂的声响。这是一双罕见的美丽的手，细巧纤长，却肌肉绷紧，肤色白皙，指甲近乎苍白，被修成圆弧形，呈现珍珠的光泽。一整晚我都注视着这双手，可以说是吃惊地注视这双超乎寻常、简直是独一无二的手。不过，起初让我如此讶异的是这双手的激情，它们那充满热情的疯狂表情，这种痉挛似的互相扭绞和彼此扶持。我立刻明白，这是一个情感过度充沛的人，把全部的激情都挤到了指尖上，免得自己被这激情炸得粉碎。而此刻……在那一秒，当那颗球以单调乏味的声音落入池中，庄家喊出那个数字……在这一秒，这两只手突然各自跌落，像两只野兽被同一粒子弹射穿。它们跌落下来，双双倒下，不仅是筋疲力尽，而是真的死了，它们如此活灵活现地表现出无力、失望、如遭雷击、一命呜呼，我无法用言语加以形容。因为我从未见过如此善于说话的手，在那之后也不曾再看见，每一条肌肉都是一张嘴，几乎能感觉到那份激情从毛孔中冒出来。有那么一刻，那两只手躺在绿色的桌子上宛如被抛出水面的水母平摊在水边上，了无生气。然后有一只手，那只右手吃力地从指尖再度爬起来，颤抖着缩回去，转着圈，摇摇晃晃地旋转着，突然紧张地向一个筹码伸出去，把筹码在拇指和食指的指尖之间犹豫地转动，像个小小的轮子。突然之间，那手像豹子一样弓起身子，把那个一百法郎的筹码扔到黑色格子里，简直像是喷射而出。那无所事事沉睡的左手犹如收到了一个信号，立刻也激动起来；左手直起身子，悄悄凑近，可以说是偷偷地爬向颤抖的右手，那兄弟般的右手似乎由于刚才扔出筹码的动作而疲惫。两只手此刻战栗地躺在一起，两只手都用关节无声地敲着桌子，就像罹患疟疾时牙齿轻轻地喀喀打战。不，我从不曾见过表达能力如此惊人的双手，会把激动和紧张表达得如此震撼人心。在这个有拱顶的房间里，从各个厅里传来嗡嗡声响，庄家发出小贩叫卖般的呼喊，人群来来去去，那颗球来回滚动，此刻那球从高处被甩出去，在犹如地板般光滑的圆形笼子里疯狂跳动。所有这些嗡嗡、飕飕的景象刺耳地在我的神经上飞驰，可是我突然觉得这一切呆滞而了无生气，在这两只颤抖、呼吸、喘息、等待、打着哆嗦、战栗的手旁边，在这两只罕见的手旁边，我仿佛着了魔似的凝视着它们。

“而我终于忍不住了，我必须看看那个人，看看那张脸，看看这双具有魔力的手属于谁，而我胆怯地——没错，的确是胆怯地，因为我对这双手感到害怕！——把目光缓缓沿着衣袖和瘦削的肩膀向上移动。我再度吃了一惊，因为这张脸就跟那双手一样，说着同样放纵而激情的语言，表现出同样吓人的顽强，具有同样柔和、近乎女性化的美丽。我从未见过像这样的脸，一张如此暴露内心、激动忘形的脸，而我有充分的机会把这张脸当成一张面具从容地观察，当成一尊没有眼睛的雕像。这双着了魔的眼睛连一秒钟也不曾左顾右盼，瞳孔立在睁大的眼皮下，呆滞、漆黑、宛如没有生命的玻璃球映照出另一颗球，那颗球是桃花心木色的，疯狂而放肆地在圆形轮盘里滚动、跳跃。我必须再说一次，我从未见过如此紧张、如此迷人的脸。这张脸属于一个大约二十四岁的年轻人，这张脸瘦削、柔和、略长，然而表情丰富。一如那双手一样，这张脸不太男性化，更像是属于一个纵情玩耍的男孩儿。不过这一切是我后来才察觉的，因为此刻这张脸完全消失在贪婪、狂躁的激烈表情之后。那薄薄的嘴唇渴望地张开，半露出牙齿，在十步以外就能看见那些牙齿发疯似的上下互撞，嘴唇则僵直地张开。一绺淡金色发丝湿漉漉地黏在额头上，就像跌了一跤似的向前垂下。鼻翼不断抽搐，仿佛那儿有看不见的小小波浪在皮肤底下起伏。这个完全前倾的脑袋不自觉地越来越凑向前，让人觉得它会被卷入那颗旋转的小球制造的旋涡之中。我这才明白，这双手何以痉挛似的往下压：唯有借由这股反作用力，唯有透过这种痉挛，那具失去重心的身体才能够保持平衡。我从不曾——我必须一再这么说——见过这样一张脸，在这张脸上，激情赤裸裸地流露出来，如此坦率、如此兽性、如此不知羞耻。而我凝视着这张脸……被它的如痴如狂深深吸引，一如那些目光被那颗转动的球的跳跃和颤动吸引住。从这一秒开始，我再也察觉不到大厅里的任何事，和这张脸散发出的火焰相比，一切都显得平淡、沉闷、模糊、黯淡无光。我无视所有人，就只观察着这个人和他的每一个手势，大约有一个小时之久。他的眼睛过度闪烁，犹如刺眼的光线，双手痉挛地交缠，当庄家把二十枚金币推向这些贪婪的手指，它们仿佛被一场爆炸给炸开。在这一秒，这张脸突然变得容光焕发，而且十分年轻，皱纹舒展开来，眼睛开始发亮，痉挛前倾的身体矫健轻盈地抬起。突然之间，他像个骑士一样坐在那里，全身放松，被胜利的感觉支撑着，手指虚荣而爱恋地拨弄那些圆圆的金币，把金币弹得互相碰撞，让它们舞动，叮当作响。然后他再度不安地转动头部，扫视绿色的桌面，像只年轻的猎犬，翕动鼻孔，在寻找正确的踪迹，然后猛一下把整把金币抖落到桌面一角。窥探和紧绷立刻再度开始。嘴唇再度触电般地抽搐，双手再度痉挛，那张男孩儿的脸罩上贪婪的期待，直到那抽搐的紧绷爆炸般地在失望中瓦解。那张刚才还像个男孩儿般兴奋的脸憔悴下来，变得灰白而苍老，眼睛呆滞无光，而这一切都发生在一秒之内，当那颗球落进他猜错的数字上。他输了。有几秒钟的时间他都呆呆地望着，目光近乎痴呆，仿佛无法理解似的；然而，当庄家发出第一声鼓动的呼喊，他的手指立刻又向几个金币抓过去。但是那份自信不再，他先把那些钱币放在其中一格上，接着又改变心意，挪放到另一格上，当那颗球已经开始滚动，他又用颤抖的手顺着一个突如其来的念头，迅速把两张揉皱的纸钞再扔到那个方格里。

“在输钱和赢钱之间，这种起起伏伏持续了大约一个小时，在这一个小时里，我没有把我着迷的目光从这张不断变化的脸上移开过一瞬，各种激情在这张脸上如潮水般涨落。我的眼睛离不开这双具有魔力的手，这双手以每一根肌肉具体表现出那犹如喷泉般起落的感情强弱。就算在剧院，我也从不曾如此紧张地看着一位演员的脸像看着这张面容一样，在这张脸上，各种颜色和感受交相变化，倏然掠过，就像光与影掠过一片风景。我从不曾如此全身心地关注过剧情，如同观察这位陌生人激动情绪的投射。假如有人在这一刻观察我，想必会以为我目不转睛地凝视是受到了催眠，而我的情况也的确如催眠一般目眩神迷。我就是无法把眼睛从这张脸的表情变化上移开，屋里其余的一切，在室内交织的灯光、笑声、人群和目光，都只是一阵黄色的烟雾，没有形状地在我身边飘浮，这张脸处于这片烟雾中，宛如火焰之中的火焰。我什么也听不见，什么也感觉不到，没有察觉人群在我身旁向前推挤，众人的手像触角般突然伸向前，把钱扔出去或是捞回来。我没看见那颗球，没听见庄家的声音，却还是看见了发生的一切，犹如在梦中，借由这些手，由于激动和情绪泛滥，一切像透过凹面镜般放大。因为不管那颗球是落在红色还是黑色上，是滚动还是停顿，若想知道，我无须望向那轮盘：每个阶段，输与赢，期待与失望，都像火烧的裂痕一样爬过这张受激情宰割的脸。

“可是接着出现了可怕的一刻，整个晚上我都隐隐担心会有这么一瞬间，这一刻悬在我绷紧的神经上，就像一场暴风雨，然后突然把我的神经从中撕裂。轻轻地咔嗒一声，那颗球再度落进圆格里，那一秒再度出现，当两百片嘴唇屏住呼吸，直到庄家的声音宣告——这次是：“零”——急急伸出的耙子已经从四面八方把叮当作响的钱币和沙沙作响的纸钞耙了过去。在这一刻，这两只痉挛的手做了一个触目惊心的动作，它们仿佛跳了起来，想抓住一件并不在那儿的东西，然后只凭借重力掉在桌上，筋疲力尽，了无生气。接着它们却又突然再度活了过来，发疯似的从桌上跑回自己的身体上，像野猫一样爬在躯干上，忽上忽下，忽左忽右，紧张地伸进所有的口袋，看看是否在哪里还藏着一枚被遗忘的钱币。然而它们总是一无所获地回来，越发激烈地重新展开这种毫无意义、毫无用处的搜寻。此时轮盘已经再度转动，其他人继续下注，钱币叮当作响，椅子移来移去，几百种小小的声响凑在一起，嗡嗡地填满了大厅。我全身颤抖，被恐惧撼动了，我不得不感同身受地清楚感受到那一切，仿佛那是我自己的手指，绝望地在皱巴巴的衣服里寻找一枚钱币，搜遍口袋和衣褶。突然，那个人霍然在我对面站了起来，就像一个人意外地感到不适，站直身子，以免窒息。椅子在他身后砰的一声倒在地上，但他一点儿也没察觉，也没去注意邻座的人，他们胆怯而诧异地避开这个步履踉跄之人，他脚步沉重地离开那张桌子。

“这一幕让我呆住了。因为我立刻明白此人将走向何处：他是走向死亡。凡是这样站起来的人不会走回一家旅馆，一家酒店，回到一个女人身边，或是走进一节火车车厢，走进任何一种形式的生活，而是直接坠落至无底的深渊。在这个地狱般的大厅里，即便是最冷漠的人也会看出，此人不管是在家里、在银行里、还是在亲戚那儿都不再有任何依靠，而是带着他最后的钱，以他的生命作为赌注坐在这里，此刻他踉踉跄跄地不知走向何处，但肯定将走出这个人生。我一直就在担心，从最初那一刻起就奇妙地感觉到，这次赌的远远超乎输赢。尽管如此，当我看见生命从他眼中骤然流逝，死亡把这张刚才还充满生命力的脸涂成灰白，一道黑色闪电击中了我，我心里一震。当此人挣脱了他的座位，蹒跚地走开——他那生动的姿态依旧历历在目——我必须用手紧紧抓住自己，因为他蹒跚的景象传进了我的身体里，一如之前他的紧张渗进了我的血管和神经。可是接下来我被拉着向前，不由自主地跟着他，并非我想要那么做，但我的脚却推着自己向前。那完全在无意识的情况下发生，根本不是我在那么做，而是那件事发生在我身上，我跑向通往出口的走廊，没有去注意任何人，也对自己没有丝毫感觉。

“他站在衣帽间旁边，服务生替他把大衣拿来。但他的手臂已不听使唤，于是那个殷勤的服务生就吃力地把他的手臂伸进袖子里，像在帮助一个瘫痪之人。我看见他机械性地把手伸进背心的口袋，想给对方一点儿小费，但那些手指扑了个空之后又再摸索着出来。此时他似乎突然又忆起了一切，神情尴尬，结结巴巴地向服务生说了句什么，就跟刚才一样猛然向前冲，随后像个醉汉踉踉跄跄地走下赌场的台阶。那个服务生还目送了他片刻，起初带着轻蔑，后来才会心一笑。

“这个动作是如此令人震撼，注视到这一幕令我感到惭愧。我不由自主地把头转开，感到难为情，因为我注视着一个陌生人的绝望，像在注视剧场的舞台。然而那股莫名其妙的恐惧随即又突然推着我向前。我迅速请人取来我的衣帽，没有什么特定的念头，完全是机械性的，全然出于冲动，我仓促地跟着这个陌生人走进了黑暗中。”

C夫人讲到这里，停顿了一会儿。她一动也不动地坐在我对面，以她特有的平静和客观几乎毫不间断地述说，只有内心已经准备好、将所发生的事件仔细整理过的人才会这样说话。此刻她头一次停顿下来，犹豫了一会儿，然后突然撇下她的叙述，直接对着我说：

“我答应过您，也答应过自己，”她有点儿不安地说道，“要坦率说出所有的事实。不过，此刻我得请求您，要完全相信我这份坦率，不要认为我的行为有隐而未言的动机。即使我真有别的动机，如今我也不会感到羞惭，但在这件事情上，这样估计是完全错误的。因此我要强调，我当时跟着这个崩溃的赌徒走上街道，丝毫不是爱上了这个年轻人。我根本没把他当成一个男人，事实上，我当时是个已经年过四十的妇人，在丈夫死后就不曾再正眼看过任何一个男子。男女之情对我来说彻底结束了。我特别向您强调这一点，必须把这话告诉您，否则您就无法了解接下来所发生的一切有多么可怕。当然，另一方面，我也很难说得清楚，当时让我不得不尾随那个不幸之人的那种感觉，那当中有好奇，但主要是种可怕的恐惧，或者说得更贴切一点儿，是恐惧某种可怕之事将要发生，从第一秒开始，我就隐隐感觉到这件可怕的事像乌云一样笼罩着这个年轻人。然而这种感觉无法剖析，尤其是因为这些感受交相混合，过于突兀，过于迅速，过于冲动，单是这个原因就使人无法分析。很可能我当时所做的事只不过是本能地提供协助，就像把一个在马路上跑向一辆汽车的孩子拉回来那样。又像是自己不会游泳的人看到有人溺水就从桥上跳下去，这要怎么解释？在他们还来不及去判断自己的大胆行为有无意义之前，就有一股力量神奇地拉着他们，有一股意志推着他们往下跳。恰好就像这样，我当时没有多想，缺乏清醒的考虑就跟着这个不幸的人从赌场大厅走到出口，又从出口走到露台上。

“而我很确定，不管是您还是任何一个目光清晰、感觉敏锐的人，都无法摆脱这份充满恐惧的好奇，因为没有比这更骇人的一幕了：一个顶多二十四岁的年轻人，像老人般吃力，像醉汉般摇晃，仿佛关节松动、断裂，从台阶上拖着身子走到临街的露台上。在那儿，他整个人跌坐在一张长椅上，笨重得像个麻袋。从这个动作中，我再度感觉出：这个人走到了尽头。只有死人才会这样倒下，或是一个全身肌肉都丧失活力的人。他歪着头，倒在椅背上，手臂松垮无力地垂下，在暗暗闪动路灯的昏暗光线中，任何一个路人都会以为他遭到了射杀。就这样——我无法解释，为何这个幻觉突然在我心里出现，但它突然就在那儿，具体得可以抓得到，真实得可怕，真实得恐怖——就这样，在这一秒，我看见他在我面前，像个被射杀的人，而我心中确信他口袋里揣着一把手枪，明天将会有人发现这具躯体躺在这张长椅或别的长椅上，没有生命，淌满鲜血。因为他倒下的样子完全像块石头，一块坠落深渊的石头，在尚未抵达深谷之前不会停住；我从未见过一具身体表现出类似这样疲惫而绝望的表情。

“现在请您想想我的处境：我站在那张长椅背后二三十步的地方，长椅上是那个一动也不动、彻底崩溃的人，我不知道该从何着手。一方面，想要伸出援手的意志推我向前；另一方面，教养及先天的羞怯又推我向后，我不敢在街道上跟一个陌生男子攀谈。煤气路灯在云层密布的天空下暗暗摇曳，少有人影匆匆经过，因为时间已近午夜，我几乎是独自跟这个意欲自杀之人在公园里。我已经五次、十次鼓起勇气，朝他走过去，每次却又被害羞给拉回来，拉我回来的也可能是那种直觉，在心底深处知道坠落之人往往会把协助者一起扯下去。就这样来来回回，我自己也清楚地感到这个情况可笑而毫无意义。尽管如此，我还是开不了口，也无法走开，我既不能做些什么，也无法丢下他。希望您会相信我，我告诉您我站在那个露台上，走来走去下不定决心，大约有一个小时之久，在这无尽漫长的一小时里，一片看不见的大海里的千万个细浪将时间撕碎；这个彻底垮掉的人的这副模样深深震撼了我，留住了我。

“然而我却没有勇气说一句话，做一件事，说不定我会就这样等上大半夜，也许较为明智的自私自利最后会促使我回家，是的，我甚至认为自己当时已经下定决心，任由这个可怜的家伙倒在那儿，但此时一股强大的外力让我不再犹豫，因为这时突然下起雨来。一整个晚上海风都吹个不停，把沉重蒸腾的春云推到了一块儿，用心肺就感觉得到天空沉甸甸地向下压，雨滴突然啪的一声落下，随即大雨滂沱，雨水被风追赶，成为一条条沉重的雨柱。我不由自主地躲到一个售货亭的篷檐下，虽然我把伞撑开了，阵阵狂风还是把一绺绺雨水泼洒在我的衣服上。雨珠落地四溅，冷冷的水沫喷洒到我的脸上和手上。

“然而，在这场倾盆大雨中，那个可怜的家伙仍旧坐在那张长椅上，一动也不动。那幅景象是如此骇人，在二十年后的今天，那份回忆仍然让我喉头一紧。雨水从所有的檐槽汩汩流下，车辆从城里轰轰驶来，人们竖起了大衣领子从左右两边逃离。凡有生命之物全都胆怯地蜷缩起来，寻找避雨的地方，在人类和动物身上都感觉得到对那倾盆暴雨的恐惧，只有长椅上那黑黝黝的一团人形一动也不动。我先前已经跟您说过，此人具有一种神奇的力量，能透过动作和姿态把他的每一种感受具体地呈现出来；而他纹丝不动，毫无感觉地坐在倾盆大雨中，似乎疲惫过度，都无法站起来走到一个能遮风挡雨的屋檐下，他对于自己的生命全然无动于衷。世间没有什么能比他更加撼动人心地表达出绝望、自暴自弃、虽生犹死。没有哪个雕塑家、哪个诗人，不论是米开朗琪罗还是但丁，都没有这个活生生的人让我感受到如此动人的绝望至极的姿态，感受到人间最深切的悲惨。他任由自己被大雨淋湿，他过于无力，过于疲惫，再也动弹不得，无法保护自己。

“这让我按捺不住，我非得做点儿什么不可。我猛地一下冒着鞭笞一样使人疼痛的雨水冲了过去，把那个浑身湿透的人从长椅上摇起来。‘跟我来！’我抓住他的手臂。他吃力地向上凝视，似乎恢复了一点儿意识，但是他没有听懂我说的话。‘跟我来！’我再度拉扯那湿湿的衣袖，我简直要发怒了。此时他缓缓站起来，摇摇晃晃地任人摆布。‘您有什么事？’他问，而我无法回答，因为我自己也不知道要带他去哪儿，只求能带他离开这片冷雨，别再让他由于绝望至极而没有意义、自杀般地呆坐在这里。我没有放开他的手臂，我拉着那个丧失意志的人往前走，一直走到那个售货亭，在那里，那个窄窄的遮篷至少可以稍微让他免受狂风暴雨袭击。我不知道自己还能做什么，我什么也不想做，只想到干燥的地方去，只想把这个人拉到一道屋檐下，其余的事我当时想也没有想过。

“于是我们两个就这样并排站在那一条非常狭窄的干燥的地方，背后是售货摊关闭的墙面，上方就只有那个太小的屋檐，在那屋檐下，那永不满足的雨阴险地探出手来，骤起的狂风一再把湿冷的水沫打在我们的衣服和脸上。情况变得令人无法忍受。我总不能继续这样站在这个滴水的陌生人身旁。而另一方面，在我把他拉到这儿来之后，我也不能一句话不说地任由他站在这里。总得有件事情发生，渐渐地，我强迫自己做清楚直接的思考。我心想，最好是叫辆车送他回家，然后我自己再回家，到了明天他自然会想办法的。于是我问那个一动也不动地站在我旁边的人‘您住在哪儿？’，他愣愣地望进那急驰的黑夜：

“‘我没有住处……我晚上才从尼斯过来的……要到我那儿去是不行的。’

“最后那一句话我没有马上听懂。后来我才明白此人把我看作是……看作是个娼妓，看作是夜里在赌场周围成群徘徊的那种女人，因为她们希望能从幸运的赌徒或醉汉那儿捞到一点儿钱。话说回来，他怎么可能会有别的想法呢？因为直到此刻，在我向您重述时，我才感觉到我当时的处境实在令人难以置信，简直是荒诞离奇。他怎么可能会对我有别的想法，毕竟我把他从长椅上拉起来，理所当然地拖着他一起走，那的确不像是个淑女能做的事。但这个念头并没有立刻在我脑中浮现。直到后来，在为时已晚的时候，我才渐渐明白他对我这个人抱持的可怕误会。否则的话我绝对说不出下面这几句话，这些话想必更加深了他的误解。我当时说道：‘这样的话，就只好去一家旅馆找个房间。您不能留在这里，您得要找个地方安顿下来。’

“但此刻我立即察觉了那令人难堪的误解，因为他根本没有转身面向我，只用一种略带讥讽的表情表示拒绝：‘不，我不需要房间，我什么都不再需要。你别费劲了，从我这儿你拿不到什么。你找错对象了，我没有钱。’

“这些话又是说得那么可怕，带着一种骇人的无动于衷。这个浑身湿透的男人站在那里，打从心底里筋疲力尽，这种浑身无力的倚墙而立使我深受震撼，让我根本没有时间顾虑这种侮辱。我只感觉到这里有个人正濒临死亡，一个活生生、还在呼吸的年轻人，而我必须要救他。从我看见他踽跚走出大厅的那一刻，我就这样感觉到，在这不可思议的一个小时里也不断这样觉得。我朝他走近一点儿。

“‘别担心钱的事，跟我来！您不能待在这里，我会找到地方安顿您。您什么也不用担心，现在只要跟我来！’

“他转过头来，雨水哗啦啦地在我们四周沉沉落下，檐槽噼啪噼啪地把水浇在我们脚边，我感觉到他在黑暗中头一次努力地想看清我的脸。他的身体似乎也慢慢地从冷漠中苏醒过来。

“‘嗯，随便你吧，’他让步地说，‘我什么都无所谓……反正有何不可呢？我们走吧。’我把伞撑开，他走到我身侧，挽住了我的手臂。这突如其来的亲昵让我觉得不自在，可以说令我震惊，那一惊直到我心底深处，但我没有勇气去禁止他做什么。因为如果我这时候把他推回去，他就会坠入无底深渊，那么到目前为止我试图去做的一切就都是枉然。我们往回走了几步，朝着赌场走去，此时我才想到，我不知道该拿他怎么办。我迅速地思考了一下，最好是带他到一家旅馆去，在那儿把钱塞到他手里，让他能在旅馆过夜，明天能搭车回家，其他的事我并没有多想。当马车匆匆地从赌场前面驶过，我叫住一辆，我们上了车。车夫问要去哪里，起初我不知该怎么回答，但我突然想起，我旁边这个完全湿透、还在滴水的人进不了任何一家高级饭店。另一方面，我也实在毫无经验，根本没想到什么暧昧之处，就对那车夫喊道：‘随便去一家普通的旅馆！’

“那车夫很沉着，他自己也被雨水淋湿了，随即策马向前。我身旁那个陌生人一言不发，车轮隆隆直响，雨水重重地敲打着车窗，在这个黑暗无光、棺材般的四方形里，我觉得自己像是跟一具尸体同行。我努力思索，想找到一句话来减轻这默默共处的诡异，但我想不出来该说些什么。几分钟后，马车停住，我先下车，付了钱给车夫，同时那人仿佛睡意蒙眬地下车关上车门。此刻我们站在一家陌生的小旅馆门口，上方是一块拱形玻璃遮篷，罩着一小块挡雨的空间，四周不停地下着雨，单调得令人心烦，把看不透的黑夜撕成了流苏。

“那个陌生人屈从于自身的沉重，不由自主地倚墙而立，水滴从他湿透的帽子和压皱的衣服上滴落下来。他像个被人从河里救起的溺水之人，神智仍旧昏沉，他就那样站在那儿，在他倚靠的那一小块地方，水向下流淌，形成了一道细流。但他丝毫没有抖一抖衣服、甩一甩帽子，水滴一再从他的帽子上沿着额头和脸往下流。他完全无动于衷地站着，而我无法告诉您，这副万念俱灰的样子是如何震撼了我。

“然而，在此刻我必须要采取行动。我伸手到提包里掏钱。‘这里是一百法郎，’我说，‘用这笔钱要个房间，明天搭车回尼斯去。’

“他诧异地抬起眼睛。

“‘我在赌场大厅观察了您，’我察觉到他的犹豫，便催促他，‘我知道您输光了一切，担心您会去做傻事。接受帮助并不丢脸……喏，拿去吧！’

“但他把我的手推回去，我没料到他会有这么大的力量。‘你是个好人，’他说，‘但是别浪费你的钱。没有人帮得了我。这一夜我睡不睡完全无所谓，反正明天一切就结束了。没有人帮得了我。’

“‘不，您得要收下，’我劝他，‘明天您就会有不同的想法。现在您先上去，好好睡一觉再说。在白天事情看起来就会不一样。’

“然而，当我再度要把钱塞给他时，他近乎发怒地把我的手推开。‘不要这样，’他又低沉地重复了一次，‘这没有意义。最好是我就在外面了结，免得用血弄脏了那些人的房间。一百法郎帮不了我，一千法郎也帮不了。反正明天我又会带着剩下的最后几法郎到赌场去，没有全部输光之前不会罢手。何必重头再来一次呢，我受够了。’

“您无法估量这阴沉的语气是如何刺进了我的灵魂。不过，请您想象一下：就在离您几英寸远的地方站着一个年轻、聪明、活生生的在呼吸的人，而您知道，如果您不竭尽全力，这个会思考、会说话、会呼吸的年轻人在两个小时之后就会成为一具尸体。此时我想要战胜这毫无意义的抗拒，那仿佛成了一股怒气，一份恼火。我抓住他的手臂，说道：‘别再说这些蠢话！您现在就上去要个房间，明天早上我会过来送您坐上火车。您必须离开此地，明天就搭车回家，在我没有亲眼看见您拿了车票坐上火车之前，我不会罢手。年轻人不该抛弃自己的生命，只因为输掉了几百法郎还是几千法郎。这是种懦弱，是种愚蠢的歇斯底里，只是出于气愤和恼怒。明天您就会觉得我说的没错！’

“‘明天！’他复述着，语气异样阴沉、嘲讽，‘明天！如果你知道明天我人在哪里！假如我自己能知道的话，其实我也好奇自己会在哪里。不，回家吧，乖孩子，你别费力气了，也不要浪费你的钱。’

“但我不再退却。那就像是一股狂热，像我心中的一股暴怒。我使劲抓住他的手，把那张钞票塞进去。‘拿了这钱，马上进去！’我坚决地走到门铃旁边按了铃。‘现在我已经按铃了，门房立刻就会过来，您上楼去躺下。明天上午九点我会在门口等您，马上带您到火车站去。其余的一切您都不必担心，我会安排好一切必要的事，让您能一路回到家。不过，现在您先去躺下，好好睡一觉，不要多想！’

“在这一刻，钥匙从门里咔嚓响起，门房开了门。

“‘来！’此时他突然说，声音强硬、坚决、恼怒，而我感觉到自己的手腕被他的手指紧紧扣住。我大受惊吓……彻底受到惊吓，我被吓呆了，像被闪电击中，让我失去了所有的意识……我想要抗拒，想要挣脱……可是我的意志力仿佛瘫痪了……而我……您会了解的……门房站在那儿不耐烦地等候，在他面前和一个陌生人拉拉扯扯让我感到羞惭。于是……于是我突然就进了那家旅馆，我想要说话，想说些什么，可是喉头哽住了……他的手沉重地搁在我手臂上，控制着我……我隐隐感觉到那只手拉着意识模糊的我上了楼梯……一把钥匙咔嚓转动……而我突然就跟这个陌生人单独在一个陌生的房间里，不知在哪一家旅馆，直到今天我都不知道那家旅馆的名字。”

C夫人再度停顿，突然站了起来。她的声音似乎不再听她使唤。她走到窗前，默默地望出窗外好几分钟，也可能只是把额头贴在冷冷的窗玻璃上。我没有勇气去仔细看她，因为要在这位老夫人情绪激动时观察她令我感到难为情。于是我静静地坐着，没有问问题，没有作声，只是静静地等待着，直到她又踩着克制住的步伐走回来，在我对面坐下。

“嗯，最难说出口的现在已经说了。我希望您会相信我，当我此刻再度向您保证，我可以凭着所有对我而言神圣的东西向您起誓，以我的荣誉和我的孩子们，发誓直到这一秒之前，我没想过会……会跟这个陌生人有什么关系，发誓我真的毫无清醒的意志，可以说是毫无意识地，从我人生的平坦道路上突然陷入这个处境。我向自己发过誓，要对您诚实，也对我自己诚实，所以我再向您重复一次，我只是一心想要救人，几乎热心过度而被卷入这桩悲剧性的冒险，并非由于其他因素，并非由于个人的情感，也就是完全没有任何愿望、任何预感。

“那一夜在那个房间所发生的事，请容许我就不对您述说了。那一夜的每一秒钟我都不曾忘记，也将永远不会忘记。因为在这一夜，我跟一个人为了他的生命而搏斗，我再重复一次：这场搏斗攸关生死。我的每一根神经都清清楚楚地感觉到，这个陌生人，这个已经毁掉一半的人在死亡的威胁下，用全部的贪婪和激情抓向最后的希望。他紧紧抓住我，仿佛已经感觉到脚下的深渊。我则豁出一切，竭尽所能地拯救他。这样的时刻一个人一生中也许只会经历一次，而这种人在几百万人当中又只有一个。若非这桩可怕的巧合，我也绝对想不到，一个自暴自弃的绝望之人会多么炽热、多么绝望地再一次吸吮生命的每一滴红色汁液，带着无法抑制的贪婪。我远离生命中所有的恶魔力量已有二十年之久，本来将永远无法明白大自然何等伟大，何等神奇，有时会把热与冷、生与死、陶醉与绝望压缩在短短几次呼吸里。这一夜充满了搏斗和对话，充满了激情、愤怒和憎恨，充满了恳求之泪和陶醉之泪，使我感觉仿佛持续了千年之久，而我们两个人彼此交缠，踉踉跄跄地从深渊里爬出来，一个一心求死，另一个一无所知，从这番致命的混乱中走出来，我们都和先前判若两人，带着不同的知觉，不同的感受。

“但我不想谈这个。我无法描述，也不想描述。只有我早晨醒来时那前所未有的一分钟，我还是得向您提一下。我从沉睡中醒来，从我不曾识得的暗夜深处醒来。我花了很久的时间才睁开眼睛，而我首先看见上方陌生的天花板，我继续一点一点地看去，看见一个陌生而丑陋的房间，我不知道自己是怎么进到这个房间的。起初我说服自己还在做梦，一个较为明亮、较为透明的梦，是我浮出了那场深沉而混乱的睡眠之后进入的梦境。可是真实的阳光已在窗前，刺眼而明亮，不会错认的晨光，街道上的辘辘车声、电车铃声和人声从下面传上来，于是我知道我不再是在梦中，而是已经醒来。我不由自主地坐起来，想要记起一切，而此时……当我把目光转向旁边……我看见——我将永远无法向您描述我受到的惊吓——一个陌生人睡在我旁边，在同一张大床上……可是这般陌生，陌生，陌生，一个半裸的人，一个我不认识的人……不，这份震惊是无法描述的，它如此可怕地朝我袭来，让我无力地倒回床上。但那并非完全不省人事，正好相反，我以闪电般的速度意识到一切，又无法解释这一切，我赫然发现自己跟一个全然陌生之人躺在一张陌生的床上，在一间想来可疑的低级旅馆里，出于恶心和羞耻，我真想一死了之。我还清楚地记得，我的心跳停止了，我屏住呼吸，仿佛要借此消除我的生命，尤其是消除我的意识，这份意识清楚得可怕，它领会了一切，却又什么都不明白。

“我永远不会知道，自己那样四肢冰冷地躺了多久，死人想必就像这样僵直地躺在棺材里。我只记得我闭上了眼睛，向上帝祈祷，向天上的任何一个神明祈祷，但愿这不是真的，但愿这并非事实。然而，我的感官敏锐起来，不再容许任何欺骗，我听见隔壁房间里有人在讲话，水管流出的水发出哗哗的声响，外面走廊上有啪哒啪哒的脚步声，所有迹象都无情地证实了我感官的清醒。

“这可怕的状态维持了多久，我说不上来，这样的分分秒秒跟生活中正常的分分秒秒是不同的时间。而另一种急促的恐惧突然向我袭来：这个我连名字都不知道的陌生人，此刻可能会醒来对我说话。我立刻明白，我现在只有一件事可做：在他醒来之前穿上衣服，悄悄地溜走；不要再让他看见我，不要再和他说话；及时拯救自己，马上离开，离开，回到自己的生活，回到我住的饭店，马上搭下一班火车离开这个堕落的地方，离开这个国家，再也不要遇见他，再也不要看进他眼里，没有目击者，无人控诉，也无人知情。这个念头让我清醒过来，我小心翼翼地，像个小偷一样蹑手蹑脚，一寸一寸地（只为了不要弄出声响）把身体挪下床，去拿我的衣服。我小心翼翼地穿上衣服，每一秒都在颤抖，害怕他会醒来。眼看我已经穿好衣服，我已经成功了，只有我的帽子躺在另一边的床脚下，此刻，当我踮起脚尖走过去把它捡起来，在这一秒，我忍不住想再朝这个陌生人的脸上瞄一眼，他像块从墙上掉落的石头一样掉进我的生活。我只想瞥上他一眼，可是……那很奇怪，因为躺在那儿酣睡的陌生年轻人——对我来说的确陌生，乍看之下，我根本没认出昨天那张脸。因为那个异常激动之人受激情驱使，激动而紧张的面容仿佛消失无踪，躺在那儿的人有一张不同的脸，十分天真，全然像个男孩儿，简直是焕发出纯洁和快活的一张脸。昨天还恶狠狠地咬在齿间的嘴唇在梦中柔软地张开，略呈圆形，带着笑意；那头金色鬈发顺着平滑的额头落下，犹如柔和的波浪从呼吸平静的胸膛掠过静卧的身体。

“您也许还记得，我先前向您叙述过，说我从未在一个人身上观察到像这个在赌桌旁的陌生人那样表现出的如此强烈、如此罪恶的贪婪和激情。而我要对您说，我也从未见过这种纯洁明亮的表情，这种真正幸福的酣睡，就连在小孩子身上都不曾见过，虽然沉睡中的婴儿偶尔会散发出一种天使般的喜悦光辉。在这张脸上，各种感情表现得鲜活丰富、淋漓尽致，此刻是一种置身天堂般的放松，摆脱内心所有的沉重，无所牵挂，获得拯救。看到这令人吃惊的景象，所有的害怕、所有的恐惧，就像一件沉重的黑色大衣从我身上滑落。我不再羞愧，不，我几乎很高兴。那件无法理解的可怕之事对我而言突然有了意义。想到这个温柔俊美的年轻人，他像朵花一样快活而安静地躺在这里，要是没有我的献身，他就会摔得粉身碎骨，鲜血淋漓，带着一张碎裂的脸，了无生命，眼睛睁得大大的，在哪个山崖陡坡上被人发现。我救了他，他得救了。这令我感到高兴，觉得自豪。而此刻——我无法用别的话来表达——我以母亲般的目光看着这个沉睡之人，我将他再一次生下，让他重获生命，比生下我自己的孩子还要痛苦。就在这个陈旧、肮脏的房间中央，在这间恶心、龌龊的廉价旅馆，我有一种感觉——就算您会觉得这句话很可笑——宛如置身于教堂之中，感到由于奇迹和神圣而起的幸福。从我一生中最可怕的一秒如今派生出第二秒，那最令人诧异、最动人心弦的一秒。

“是我的动作太大声了吗？还是我不由自主地说了什么？我不知道。但那熟睡之人忽然睁开了眼睛。我吓了一跳，向后倒退。他诧异地环顾四周，就跟我先前一样，此刻他似乎也吃力地从无尽的深处和混乱中爬出来。他的目光费力地扫过那个陌生的房间，然后惊讶地落在我身上。可是他还没来得及开口说话或回想起什么，我就镇静下来。我不容许他说什么，问什么，不容许任何亲昵，不让任何事重新发生，关于昨天和这一夜，什么也不要解释，什么也不要讨论。

“‘现在我得走了，’我迅速向他表示，‘您留在这儿，把衣服穿好。十二点时我们在赌场入口碰面，在那里我会安排好其余一切。’

“他还来不及回答，我就逃了出去，只为了别再看见那个房间，头也不回地离开了旅馆，我既不知道那间旅馆的名字，也不知道那个陌生男子的名字，我跟他在这间旅馆里共度了一夜。”

C夫人中断了一会儿她的叙述，但她声音里的紧张和痛苦均已消失。如同一辆马车艰难地爬上山坡，但在抵达高处之后，轻松地向下奔驰，此时她的叙述也如释重负地飞快进行：

“于是我急忙穿过晨光照亮的街道，走回我所住的饭店，那场暴雨洗去了天空的所有阴霾，我心中的痛苦此刻也一扫而空。因为别忘了我先前对您说的话：在我丈夫死后，我完全放弃了自己的人生。孩子不需要我，我自己也不知道该如何度过余生。活着并没有特定的目的，生活就是个错误。如今头一次有件任务意外地落在我身上：我救了一个人，用尽所有的力量把他从自我毁灭中拉了回来。现在只剩下一点点困难要克服，我必须完成这件任务。于是我急忙走回饭店，门房看见我直到早上九点才回来，向我投以诧异的目光。对于所发生的事，我的感官不再受羞耻和气恼的压迫，而是感到我的生命意志重新焕发，感到自身存在的必要，这感觉温暖地流过丰沛的血管。在房间里，我迅速换了衣服，不自觉地（我后来才察觉）换下了那身丧服，换上一件色彩较明亮的衣服去银行领钱，然后匆匆赶到火车站去询问火车的发车时刻。以一种连我自己都感到惊讶的果决，我还办妥了另外几件事，赴了几个约会。此时我已没有别的事可做，除了把那个命运扔给我的人送上车，完成彻底的拯救。

“当然，此刻要当面走向他，这需要力量。因为昨天的一切都发生在黑暗中，在一道旋涡里，就像被一道急流卷走的两块石头突然撞在一起，我们几乎没有看见彼此的脸，我甚至不确定那个陌生人是否能认出我来。昨天是个巧合，是阵迷乱，是两个迷惑之人的心神错乱，今天却需要我更加坦率地显露自己，因为此刻在无情的明亮日光下，我必须身为活生生的人与他相对。

“但一切都比我所想的要容易。在约定的时间，我刚走近赌场，一个年轻人就从一张长椅上跳起来，急急忙忙朝我走来。在他那份惊讶中有种本能、天真、无心与愉悦，在他每一个擅于表达的动作中也是一样。他就那样飞奔而来，眼睛里闪着感谢而敬畏的喜悦，一察觉我的眼神在他面前显得慌乱，他就谦卑地垂下眼睛。我们很少感受到别人的感谢，尤其是心怀感激之人找不到表达的方式，他们神情迷惑，沉默不语，感到羞惭，有时会故作别扭来隐藏他们的感受。可是在这个人身上，上帝像个神秘的雕塑家，把千姿百态的感情都生动地呈现出来，感性而美丽。在他身上，感谢的姿态也透过身体灿烂地焕发出来，就像一股激情。他弯下腰，拉起我的手，谦卑地垂下男孩儿般轮廓瘦削的头部，有一分钟的时间他维持着这个姿势，恭敬地吻了我的手，只轻轻触及我的手指，然后才向后退，向我问好，动人地看着我。他的每一句话都庄重有礼，几分钟之后，我的最后一丝担忧就消失了。周遭的景色仿佛反射出自身豁然开朗的感受，也从着魔的状态中清醒过来，闪闪发亮。昨天怒涛汹涌的大海宁静而明亮地静静躺着，每一粒小石子在拍岸的细浪下闪着白光。魔窟似的赌场衬着阴霾尽扫、锦缎般的天空。那个售货亭此时打开了，原来是一家花店，昨天那场滂沱大雨曾把我们逼到它的篷檐下：一丛丛白色、红色、绿色和五彩斑斓的花花草草摆了一地，卖花的少女身穿鲜艳的彩色上衣向路人兜售鲜花。

“我邀请他在一家小餐厅共进午餐，在那里，这个陌生的年轻人向我述说了他悲剧的冒险故事。当我在那张绿色桌子上看见他颤抖、惊惧的双手，对他的故事曾有最初的预感，此时从他所说的话里得到了证实。他出身于奥属波兰的古老贵族世家，已被安排好将展开外交官生涯，他在维也纳读大学，一个月前以优异的成绩通过了初级考试。为了庆祝这一天，他伯伯叫了辆出租马车带他到普拉特游乐场去玩作为奖励。他们一起去了赛马场，他伯伯是参谋总部的高级军官，而他就住在伯伯家。他伯伯赌马的运气很好，连赢了三次，之后他们带着赢来的大把钞票，在一家高级餐厅用晚餐。第二天，这个未来的外交官从他父亲那儿收到了一笔钱作为他通过考试的奖励，那笔钱相当于他每个月的生活费。两天前他还会觉得这笔钱很可观，可是如今，在轻松赢得那笔钱之后，他觉得这笔钱微不足道。于是在吃过饭后，他立刻又到赛马场去，大胆而狂热地下注，而他的好运——或者应该说是他的不幸——让他在最后一场赛马之后带着三倍的金额离开了普拉特游乐场。于是赌博的狂热不时向他袭来，在赛马场、咖啡馆或是俱乐部，赌博耗尽了他的时间、学业、精神，尤其是金钱。他无法再思考，无法再平静地睡觉，尤其无法再控制自己。有一次在夜里，他在俱乐部里输光了一切回到家，在脱衣服时，他发现背心里还有一张皱皱的钞票。他待不住，又穿上衣服到处乱走，直到在某家咖啡馆里发现几个玩多米诺的人，他就又坐下来，跟他们一直赌到天亮。有一次他已婚的姐姐帮助他，替他偿还了高利贷的债务，那些人看他是名门贵族的继承人，都很乐意借钱给他。有一段时间，他的手气又好起来，但之后就越来越差，而他输得越多，就更加贪婪地想要大赢一笔，以偿还没能支付的欠款，按时兑现用名誉担保的承诺。他早已经典当了表和衣服，最后发生了那令人震惊之事：他从柜子里偷拿了老伯母很少戴的一对大耳环。他典当了其中一个，拿到一大笔钱，就在同一天晚上赢得了四倍的钱。可是他不但没有去把耳环赎回，反而大胆地拿整笔钱去下注，把钱全输光了。在他出发时，这桩偷窃尚未被发现，于是他典当了第二个耳环，他灵机一动，搭上火车前来蒙特卡洛，想在轮盘赌上赢得他梦寐以求的财富。他已经卖掉了他的皮箱、衣服和雨伞，只剩下那把左轮手枪、四枚子弹，还有一个镶着宝石的小十字架，那是他的教母X侯爵夫人送给他的，而他不忍割舍。但那天下午，就连这个十字架他也以五十法郎的价格卖掉了，只为了晚上能够再赌最后一次，尝试赌博攸关生死的刺激。

“他向我述说这一切时，显得性格活泼开朗，神态优雅动人。而我聆听着，大受震撼，又感动又激动，但丝毫没有想生气，也并不介意此刻和我同桌的人其实是个贼。像我这样的妇人过着规规矩矩的生活，与人交往严格要求传统的自尊自重，假如昨天有人对我说，哪怕只是暗示，说我会跟一个完全陌生的年轻人亲昵地坐在一起，他的年纪几乎不比我儿子大，还偷了珍珠耳环，那我会认为说话的人神志不清了。可是在他叙述时，我一刻也没有感到恐惧，因为他是那么自然地叙述这一切，带着一种热情，让他像是在报告一场高烧、一场疾病，而不是件令人生气的事。再加上，谁要是像我一样，在前一夜里经历过那急流般的意外事件，对那人来说‘不可能’这三个字就突然失去了意义。比起之前循规蹈矩度过的四十个年头儿，在那十个小时里，我体验到的现实知识要多得多。

“尽管如此，在那番忏悔中却有另外一点吓着了我，那就是他眼中放出的狂热的光芒，当他说起赌博的激情时，这光芒让他脸上所有神经都像触电般抽动。就连述说都令他兴奋，他那表情生动的面孔以吓人的清晰重现出每一份紧张，时而兴奋，时而痛苦。他的双手，这双奇妙、纤细、紧张的手，不自觉地又变成猛兽，就像在赌桌旁一样，时而捕猎，时而逃窜。在他叙述时，我看见他的手突然从手腕以下开始颤抖，使劲地弯曲和握紧，然后又猛然张开，再重新扭成一团。当他说到偷窃那对耳环时，他的手闪电似的往前一蹿（我不禁吓了一跳），做出迅速偷窃的动作，我简直像是目睹了他的手指疯狂地扑向那件首饰，仓皇地将它握进拳头里。我怀着一股无名的惊慌，看出这个人连最后一滴血都中了赌瘾之毒。

“在他的叙述中就只有这一点震撼了我，令我无比惊恐：一个年轻、聪明、本性无忧无虑的年轻人，如此可悲地受制于一项疯狂的嗜好。于是我认为我的首要任务是和气地劝说这个意外受我保护之人，让他必须马上离开蒙特卡洛，此地的诱惑实在危险，让他必须今天就回家去，趁着尚未有人发现那对耳环不翼而飞，趁着他的前途尚未永远葬送。我答应给他旅费和赎回那件首饰的钱，但是有一个条件，就是他今天就得起程，并且以他的荣誉向我发誓，再也不碰一张纸牌，再也不做任何赌博。

“我永远不会忘记，这个失落的陌生人是如何怀着感激之情倾听我说话，起初神色谦恭，渐渐神情开朗，当我答应要帮助他，他是如何吞饮我所说的一字一句。突然他把双手伸过桌面，抓住我的双手，以一种令我难忘的姿态，仿佛像在膜拜神明，发誓许愿。他原本略带慌乱的明亮眼睛噙着泪水，由于幸福激动，全身都神经质地颤抖。我已经多次尝试向您描述他的姿势神情具有独特的表达能力，然而这一个神情我无法描述，因为那是一种欢喜若狂、超越尘世的幸福，一般人的脸平常很难流露出这样的幸福，只有当我们从梦中醒来，以为瞥见了一个天使正在消失的面容留下的白影可以与之比拟。

“何必隐瞒呢？我承受不住这道目光。感谢之情令人愉悦，因为我们很少明显体会到这种感情，温柔之情令人舒畅，对我这个稳重冷静的人来说，这样强烈的情感流露是种令人愉快的新鲜事物，可以说是令人幸福的。再加上，一如这个受到震撼、遭到践踏之人，周遭景色在昨天那场雨后也神奇般地苏醒了。当我们走出那家餐厅，平静无波的大海闪闪发亮，一片蔚蓝直连到天际，在更高的天空上又是一片不同的蓝色，偶尔有白色海鸥翩翩飞过。您也知道地中海岸的景色，它一向很美，却美得平淡，犹如一张风景明信片，总是把饱满的色彩从容地伸到你眼前，那是一份沉睡、慵懒之美，满不在乎地任由每一道目光欣赏，在它永远丰盈的温顺中几乎带着东方情调。可是有时候，在罕见的情况下会有那种日子，当这个美人站起身来，精力充沛地朝你走来，带着绚烂炫目的色彩，把她鲜花般的缤纷色彩洋洋得意地朝你甩过来。这位美人热情如火，鲜艳如炽。而当时，在那个狂风骤雨的暴风雨之夜过后，随之而来的就是这样一个热情的日子，被洗白的街道闪闪发亮，天空碧蓝，绿地湿润，灌木遍地丛生，犹如彩色的火把。周围的群山骤然逼近，轮廓更为鲜明，空气不再湿热，阳光灿烂，山峦好奇地围拢，凑近这座被擦得熠熠生辉的小城，放眼望去，处处都感觉到大自然的邀请和鼓舞，不由得令人心旷神怡。'让我们叫辆车，'我说，'然后沿着滨海大道走走。'

"他兴奋地点头，自从他抵达此地，这个年轻人似乎头一次注意到这幅景色。到目前为止，他就只识得那带有霉味的赌场大厅，里面弥漫着汗水蒸腾的气味，挤满丑陋变形的人群，还有一个粗暴、灰暗、咆哮不已的海洋。但此刻那一大片阳光普照的海滩在我们面前呈扇形开展，我们纵目远眺，从一端移到另一端。我们搭乘马车徐徐前进（当年还没有汽车），走在那条风光明媚的道路上，沿途经过许多别墅和美景，遇见不少游客，一幢幢别墅掩映在五针松的绿荫下，经过这样的别墅，你心中就会上百次地浮现最隐秘的愿望：愿能在此地生活，平静无扰，心满意足，远离尘世！

"在我的一生当中，可曾有过比这一个小时更快乐的时光？我不知道。在马车里，这个昨天还被死亡和厄运紧紧攫住的年轻人坐在我旁边，此刻带着惊讶的表情，浸浴在太阳洒下的白色阳光里，仿佛多年的岁月从他身上溜走，他似乎又成了一个男孩儿，一个醉心于嬉戏的俊秀男孩儿，眼神高兴忘形，又充满敬畏，而他最令我着迷之处莫过于他的体贴入微。如果马车爬上陡坡，马匹走得很吃力，他就灵活地跳下车，从后面帮忙推车。如果我提到一朵花的名字，或是指着路边的一朵，他就急忙去把那朵花摘下来送给我。一只小蟾蜍被昨天的雨引出来，吃力地在路上爬，他将它拾起，小心翼翼地送到绿草中，免得它被之后驶来的车辗过。他兴高采烈地说起引人逗趣的事物，我认为这些笑声对他来说是一份拯救，他那骤然流露的强烈情感如此欢欣，如此陶醉，若不开怀大笑，他就要引吭高歌或纵身跳跃，或是做出疯狂的事。

“当我们在山上缓缓穿过一个小村庄，他突然在经过时礼貌地脱帽致意。我很诧异这个身处异地的陌生人，他在跟谁打招呼？在我的询问下，他微微红了脸，近乎道歉地解释，说我们刚刚经过一座教堂，而在他的故乡波兰，一如所有虔诚信奉天主教的国家，他们从小就养成习惯在每一座教堂和圣殿前脱帽致敬。这份对宗教的美好敬畏深深感动了我，我同时想起他曾提起的那枚十字架，就问他是否信神。当他略带愧色、谦虚地承认，他希望能享有神的恩典，我突然起了一个念头。‘请停车！’我向车夫喊道，便急忙下了车。他惊讶地跟着我下了车，问道：‘我们要去哪里？’我只回答：‘请跟我来。’

“在他的陪同下，我走回那间教堂。这是一座砖砌的乡下小教堂，内墙涂着石灰，灰暗阴森，空荡荡的，门敞开着，一束圆锥形的黄色光线射进里面的黑暗中，在教堂里，阴影蓝幽幽地笼罩着一个小小的祭坛。两支蜡烛从烟雾缭绕的温暖微光中望出来，像遮着面纱的眼睛。我们走进去，他脱下帽子，把手浸进圣水钵，在胸前画了十字，屈膝跪下。而他刚站起来，我就抓住了他。‘走过去，’我敦促他，‘到一座祭坛或哪张对您来说神圣的画像前面，在那里照着我说的话立下誓愿。’他看着我，一脸讶异，简直吓了一跳。但他旋即会意，走向一个壁龛，画了十字，听话地跪下。‘请跟着我说，’我说，自己也激动得发抖，‘请跟着我念：我发誓’——‘我发誓。’他复诵着，而我继续往下说：‘我再也不会参加赌钱的游戏，不管是哪一种形式，再也不会让我的生命和荣誉受到这种癖好的威胁。’

“他颤抖地重复这些话，这些话清晰响亮地回荡在这空荡荡的教堂里。接着是片刻的安静，静得能听见外面的风吹过树梢，树叶飒飒作响的声音。突然，他像个忏悔之人向前扑倒，带着我从未听过的激情，用波兰语急急说出一连串混乱的话语，我听不懂它的意思。但那想必是一番激动的祈祷，一番感谢的祈祷、悔悟的祈祷，因为这激动的告解一再使他谦卑地朝祈祷台俯首，那些陌生的语音一再重复，越来越狂热，越来越激烈，带着难以形容的热情一再吐出同一个字。在那之前，我从不曾在世上任何一间教堂里听过有人这样祈祷，在那之后也不曾再听过。他的双手痉挛，紧紧抓住那木制的祈祷台，一场内心的飓风摇撼他的全身，时而将他拉起，又将他扔下。他什么也看不见，什么也感觉不到，整个人似乎在另一个世界里，在一座蜕变的炼狱中，或是飞升到一个更神圣的领域。终于，他慢慢站起来，画了个十字，然后吃力地转过身。他双膝颤抖，面色苍白，像是疲累至极。可是当他看着我，他的眼睛焕发出神采，一抹真正虔诚的纯洁微笑照亮了他前倾的脸。他朝我走近，像俄国人似的深深弯下腰，抓住我的双手，敬畏地用嘴唇去触碰：'上帝派您到我这儿来，我为此而向他致谢。'我不知道该说什么。但我真希望管风琴会在那排低矮的座椅上方骤然响起，因为我觉得我成功了：我永远地拯救了这个人。

"我们从教堂里走出来，回到这灿烂涌动的五月艳阳天的日光当中，我觉得世界变得比往常更加美好了。我们又乘车走了两个小时，缓缓沿着这条风光明媚的道路越过山丘，这路每转一个弯，就赠予我们新的景致。但我们不再说话，在这番情感的宣泄之后，任何一句话似乎都只会冲淡情绪。每当我们的视线凑巧相遇，我不得不难为情地移开：看见我自己创造的奇迹，我所受到的震撼过于强烈。

"接近下午五点时，我们返回蒙特卡洛。此时我还有一场跟亲戚的约会，已经没办法取消。我内心深处其实也渴望能休息一下，能放松一下心中澎湃的感受。因为那是太多的幸福。在我一生中，我从未经历过类似的状态，觉得我必须要脱离这过度激动的狂喜，好好休息一番。于是我请我的被保护人跟我回饭店一下，在我的房间里，我把旅费和赎回那件首饰的钱交给他。我们约好，在我去赴约时，他去买车票，然后晚上七点在途经热那亚带他回家的那班火车离站前半小时，在火车站的入口大厅碰面。当我想把那五张钞票递给他，他的嘴唇变得异样地苍白：'不……不要钱……我拜托您，别给我钱！'他从齿缝里挤出这句话，手指头颤抖着缩回去，紧张而急促。'别给我钱……别给我钱……看到钱我受不了。'他又说了一次，仿佛满心厌恶或是极度惊恐。但我安抚了他的羞愧，说这钱只不过是借给他的，如果他觉得心里不安，可以写张借据给我。'对……

对……写张借据。’他别开视线喃喃地说，把那几张钞票揉起来塞进口袋里，看也没看，仿佛那是个会黏在手上把手弄脏的东西，然后他在一张纸上飞快地写了几个字。当他抬起眼睛，额头上有一层湿湿的汗水，似乎有件东西从他体内一阵阵上涌，他刚把那张纸塞给我，就全身颤抖，突然——我被吓得不由自主地向后退——他跪下来，吻我的裙边。这个姿态无法形容，它的巨大力量令我全身颤抖。一种异样的战栗朝我袭来，我感到迷惘，只能结结巴巴地说：‘谢谢您如此心怀感激。但现在请您走吧！晚上七点，我们在火车站的入口大厅道别。’

“他看着我，眼眶湿润，闪着感动的光芒。有一瞬间我以为他想说些什么，有一瞬间他似乎朝我走近，但他突然再度深深弯腰，然后离开了房间。”

C夫人再度中断了叙述。她站起身来，走到窗边望出去，一动也不动地久久站着。从她剪影般的背部轮廓，我看见一阵轻轻的颤抖。突然她坚决地转过身来，一直安静而置身事外的双手突然做了用力分开的动作，仿佛想把某样东西撕裂。然后她坚定地、近乎勇敢地看着我，又突然开口：

“我向您承诺过要完全诚实，而此刻我看出这个誓言是多么必要。因为直到此刻，当我强迫自己，头一次有条有理地叙述当时的整个过程，找到清楚的话语来描述当时彼此交叠的混乱感受，直到此刻我才清楚地明白了许多事，我当时所不知道的事，或者只是不想知道的事。因此我要毅然决然地向我自己、也向您说出真相：当时，在那一秒，当这个年轻人离开那个房间，留下我独自一人时，我觉得一颗心被重重地撞了一下，那感觉如同一阵眩晕隐隐向我袭来。有件什么东西让我心痛，那个受我保护之人，他的态度分明令人感动而且充满敬意，而我不知道——也许是拒绝知道——他何以令我那般伤痛。

“然而如今，当我强迫自己要坚定而有条理地把过去的一切像件与我无关的事物一样从内心倾吐出来，而您的见证不容许我有任何隐瞒，不容许有令人羞愧的感觉懦弱地躲藏，如今我清楚地知道：当时让我那么心痛的是那份失望……失望于……这个年轻人如此听话地走了……丝毫没有试图把我留住，留在我身边……我一叫他离开，他就谦卑而敬畏地听从了，而没有……没有试图把我拉向他……他只把我当成出现在他生命途中的圣女来尊敬……而没有……没有把我当成一个女人。

“这就是我感受到的失望……一份我没有向自己承认的失望，我当时没有承认，后来也没有承认，但是一个女人的感觉无所不知，无须言语和意识。因为……现在我不再自我欺骗了——假如此人当时抱住我，恳求我，我就会随着他去天涯海角，让我的姓氏蒙羞，还有我孩子的姓氏……我会跟着他一起走，不在乎世人的闲言闲语，也不在乎内心的理智，就像亨丽叶夫人跟着那个法国年轻人走了一样，那个她前一天还不认识的人……我不会问要去哪里，去多久，不会回头向我过去的人生再看上一眼……我会牺牲我的金钱、名声、财产和荣誉……我会去乞讨，为了他，在这个世上可能没有任何卑贱之事是我不会去做的。我会抛开世人称之为羞耻和顾虑的一切，只要他说一句话，只要他朝我走近一步，只要他试图抓住我，在这一秒我完全任他摆布。然而……我已经跟您说过了……这个异常昏沉的人没有再看我一眼，再看我这个女人一眼……而我一颗炽热的心全献给了他，这一点我直到独自一人时才感觉到，刚才他那张明亮犹如天使的脸所掀起的激情，如今又跌回我的心里，此刻在被掏空的胸膛里起伏。我勉强振作起来，加倍厌恶那场约会。我觉得仿佛有一顶沉重的铁罩压在额头上，其重量令我站立不稳。当我终于前往另一家饭店去见我的亲戚，我的思绪一如我的步伐那样散乱。在那里我麻木地坐着，在大家热烈的闲聊中，一再受到惊吓，当我凑巧抬起目光，看着他们面无表情的脸，比起那张犹如被云朵的光影变幻弄得无比生动的脸，我觉得这些面孔犹如面具，或是已经冻僵。这个社交场合死气沉沉，如此可怕，我仿佛是坐在一群死者中间。当我把糖加进杯子里，心不在焉地陪着交谈，那张脸一再在我内心浮现，宛如被跳动的血液往上推，观察那张脸成了我炽热的喜悦，而我——想到这一点令人震惊！——在一两个小时之后将最后一次看到这张脸。我想必忍不住轻轻叹了一口气，或是呻吟了一声，因为我丈夫的表姐突然朝我弯下身子，问我怎么了，是否觉得不太舒服，说我看上去脸色这么苍白，这么苦恼。这个意外的询问正好帮了我一个忙，让我毫不费力地匆匆找个借口，说我的确有点儿偏头痛，请她允许我悄悄离开。

“就这样，我得以脱身，立刻赶回我的饭店。我又回到独自一人的状态，那种空虚、孤单的感觉就再度袭来，与这份感觉紧紧相系的是对那个年轻人的渴望，那个今天我将与之永别的人。我在房间里走来走去，毫无必要地打开百叶窗，更换衣服和丝带，突然发现自己站在镜子前面细细审视，看看装扮过的自己能否吸引住他的目光。而我顿时明白自己的心意：尽一切努力，只求不要离开他！在感情冲动的一秒钟之内，这份意志就成了决心。我下楼去门房那儿，告知我将搭乘今晚的火车离开。此刻动作要快，我按铃找女仆来帮我收拾行李，毕竟时间紧迫。当我们两个争先恐后地把衣服和小件用品塞进皮箱，我幻想着这整桩惊喜，想着我将陪他走到火车旁，然后在最后一刻，在最后一刻，当他已经伸手向我道别时，我突然上车，走向这个惊愕之人，和他一起共度这一夜——只要他需要我，我就会和他共度每一夜。一种陶醉、兴奋的眩晕在我血液中旋转，偶尔我一边把衣服扔进皮箱里，一边出人意料地大声笑出来，这让女仆很讶异，我感觉到我的心思一片混乱。侍者来拿皮箱，我先是不明所以地呆望着他，当内心的激动强烈地占了上风，我很难去想实际的事情。

“时间紧迫，那时大约是七点左右，距离火车开动顶多还剩下二十分钟。不过我安慰自己，自从我决定陪他搭这趟车，如今我前去车站已经不再算是告别。他容许我陪多久，我就陪多久，容许我陪多远，我就陪多远。侍者先把皮箱搬过去，我急忙到饭店柜台去结账。经理已经把找的钱递过来给我，我正打算离开，此时一只手轻轻碰了碰我的肩膀。我吓了一跳。那是我丈夫的表姐，她因为我声称身体不适而感到担心，她过来看看我的情况。我眼前发黑，此刻我并不需要她，每一秒钟延迟都意味着灾难性的耽搁，然而出于礼貌，我有责任至少跟她交谈几句，回答她的询问。‘你得上床去，’她敦促我，‘你一定发烧了。’可能我的确在发烧，因为脉搏在我太阳穴上重重地跳动，有时候我感觉到眼前浮现接近昏厥时的那层蓝色阴影。但我拒绝了她的好意，尽量表现出感谢，虽然每一句话都令我焦急不安，而我巴不得把她这份来得不是时候的关心一脚踢开。然而这位心里担忧的不速之客偏偏待着不走，不仅是不走，她还拿古龙水给我擦，坚持要亲手替我把那凉凉的香水擦在太阳穴上，我却在数着分分秒秒，一边想着他，想着我如何能找个借口挣脱这份折磨人的关切。而我越是不安，她就越是起疑，到最后她几乎想强迫我回房间去躺下。她正在劝说之际，我突然看见大厅中央的时钟：还差两分钟七点半，而七点三十五分火车就要开动。我硬生生地把表姐的手用力推开，以绝望之人那种粗鲁的不顾一切说道："再见，我得走了！"我没有理会她惊愕的目光，没有四下张望，我从一脸讶异的饭店服务生旁边冲过去，冲出大门，跑上街道，直奔火车站。侍者带着行李在那儿等待，远远地，从他激动的手势，我已经察觉时间想必快要到了。我发狂地朝着闸门冲过去，可是又被站务员拦下：我忘了买票。当我差点儿想拼命说服他让我进到月台上，那列火车已经动了起来。我呆呆地望过去，四肢颤抖，只盼还能从哪扇车窗捕捉到一道目光、一次挥手、一声招呼。然而在列车的急速转动中，我没能再看见他的面容。一节节车厢越来越快地驶离，一分钟之后，在我发黑的眼前就只剩下一团弥漫的黑烟。

"我想必是犹如化石般站在那里，天知道我站了多久，因为那个侍者大概好几次试图跟我说话却徒劳无功，才鼓起勇气来碰我的手臂。这时候我才惊醒过来。他问是否要把行李再送回饭店。我花了几分钟的时间来思索。不，不行，在那样可笑而仓皇地离开之后，我不能再回去，也不想再回去，再也不想。于是我吩咐他把行李堆放在保管处，迫不及待地想要独处。在那之后，在不断来来去去的熙攘人群中，我试着思考，车站大厅里人声喧哗，众人挤在一块儿，又再四散离开，我试图清楚地思考，试图拯救自己摆脱这股交织着愤怒、懊悔和绝望的痛苦心情，因为——为什么不承认呢？——想到我由于自己的过错，错过了最后一次相遇，这个念头无情地在我心中翻搅，像炽热的利刃。我差点儿就要放声尖叫，这灼热的刀锋越来越无情地在我的心里来回乱戳，戳得我那么痛。大概只有完全不识得激情的人，才会在唯一动情的瞬间爆发出势如雪崩、猛如飓风的激情，所有的岁月从我胸中崩塌滚落，多年未曾用到的力量在心中郁积成恼怒。无论是在那之前还是在那之后，我从未经历过类似在这一秒钟中所经历的惊讶，还有愤怒的无助。当我准备好去做最大胆鲁莽之事，准备好将未加使用、累积起来、集中起来的人生孤注一掷，却赫然发现一堵荒谬的墙堵在我面前，我的激情用额头无力地撞在这堵墙上。

“接下来我所做的事，怎么可能不是毫无意义的呢？说出来真是愚蠢，甚至荒谬，我几乎羞于启齿，但我向自己承诺过，也向您承诺过要毫无隐瞒。嗯，我……我又去找他……意思是，去找回我跟他共度的每一刻……有股力量拉我回到所有我们昨天一起待过的地方——庭院里我扯着他离开的那张长椅，我第一次见到他的赌场大厅，甚至是那家简陋的旅馆，只为了再一次……再一次重温往事。明天我打算搭马车沿着滨海大道再把同一条路走一次，在我心中重温每一句话、每一个手势——是的，我的心慌意乱是如此荒谬，如此幼稚。可是您得考虑到，那些事件疾如闪电地向我涌来，我只感觉到那令人眩晕的一击，除此之外几乎什么也感觉不到。而此刻，猛然从那番混乱中被唤醒，我想要再次一点一滴地回味那逝去的种种经历，靠着我们称之为回忆的自我欺骗的魔力。当然，这种事有人能够了解，有人不能。也许一个人得要有颗熊熊燃烧的心才能够理解。

“于是我首先回到赌场大厅，去找他坐过的那张桌子，在众多只手当中去想象他的手。我走进去，我还记得我最初看见他是在第二个房间左边那张桌子。他的每一个手势仿佛都清晰地在眼前，就算像个梦游者一样闭着眼睛，向前伸出双手，我也能找到他坐过的位子。于是我走了进去，立刻穿越了大厅。而此时……当我从门边把目光投向那熙攘的人群……一件奇特的事情发生了……就在我幻想着他所坐的地方——高烧时的幻觉！——果真坐着他……他……他……就跟我刚才幻想中所见到的他一样……就跟昨天一样，眼睛直愣愣地盯着那颗球，苍白犹如鬼魂……但的确是他……不会认错……

“我大受惊吓，觉得自己仿佛要放声尖叫，但我抑制住这个荒唐幻象带来的惊吓，闭上了眼睛。‘你发疯了……你在做梦……你在发烧，’我告诉自己，‘这是不可能的，这是你的幻觉……他在半个小时前就搭车离开此地了。’然后我再次睁开眼睛。但是可怕极了，他就跟先前一样坐在那里，实实在在，我不会认错……就算在几百万只手当中我也能认出这双手……不，我不是在做梦，那的确是他。他没有遵守誓言搭车离开，这个疯狂之人坐在那里，把我给他的返乡旅费捧到这张绿色的桌子上，沉溺于赌瘾之中，浑然忘我地在这里赌了起来，我却绝望地由于思念他而揪着一颗心。

“一股力道推着我向前，怒气模糊了我的视线，我气得双眼发红，我想掐住这个违背誓言之人的咽喉，他如此可耻地欺骗了我的信赖、我的感情、我的奉献。但我还是克制住自己，刻意放慢了脚步（那费了我多大的力气！），走到那张桌子旁，正好对着他，一位先生礼貌地让出位子来给我。我们之间隔着两米宽的绿色桌布，我能够注视他的脸，就像从剧院的楼上座位向下注视一出戏剧，同样的一张脸，两个小时前我看见它焕发出感激之情，被上帝恩典的光芒照亮，而此刻又完全消失在激情的地狱之火中。那双手，同样的一双手，下午我还看见它们在神圣无比的誓言中紧紧抓住教堂座椅的木头，此刻它们又弯曲着在钱堆里抓来抓去，像喜不自胜的吸血鬼。因为他赢了钱，想必赢了很多。乱糟糟的一堆筹码、金币、钞票在他面前闪闪发亮，随便散放着，他的手指惬意地在其中伸展、浸浴。我看见那些手指捏住一张张钞票，把钞票折叠起来，转动那些硬币并加以爱抚，然后突然抓起一把钱扔到其中一格上。此时他的鼻翼立刻开始急速地抽搐，庄家的呼喊让他睁大眼睛，那双眼睛贪婪地眨动，目光从那堆钱移向那颗跳动的球，灵魂仿佛出了窍，而他的手肘宛如被钉在那张绿色桌子上。他那完全着魔的神态比前一天晚上更可怕、更恐怖，因为他的每一个动作都扼杀了我心中的另一幅肖像，宛如在金色背景上闪闪发光的肖像，我那般轻信地纳入内心的肖像。

“我们就这样隔着两米远的距离各自呼吸，我凝视着他，他却没有注意到我。他没有看着我，没有去看任何人，他的目光只滑向那堆钱，随着那颗滚回来的球不安地跳动，他的所有感官都局限在这一个疯狂的绿色圈子里，快速地来来回回转动。对这个好赌成瘾的人来说，整个世界，全部人类都融化成这一块撑开的四方形桌布。而我知道，我可以在这里站上好几个小时，他也不会意识到我的存在。

“但我再也忍受不住了。我突然下定决心，绕着桌子走到他身后，用力地抓住他的肩膀。他的目光恍恍惚惚地抬起，有一秒钟的时间，他用呆滞的眼珠陌生地呆望着我，就像一个醉汉，别人费劲地把他从睡眠中摇醒，而他的眼神还蒙眬迷茫，由于内心的烟雾而昏昏沉沉。然后他似乎认出了我，他的嘴颤抖地张开，欣喜地仰望着我，带着一种迷惘而神秘的亲昵，他结结巴巴地小声说：‘我运气很好……当我走进来，看见他在这里，我立刻就知道……我立刻就知道了……’我不懂他的意思，只注意到他沉醉在赌戏中，注意到这个疯狂之人忘了一切，忘了他的誓言、他的约定，忘了我和整个世界。然而，即使是在着魔状态中，他的狂喜仍旧吸引着我，让我不由自主地顺着他的话，吃惊地问是谁在这里。

“‘那边，那个独臂的俄国老将军，’他轻声地说，紧紧贴着我，免得有人偷听到这个神奇的秘密，‘那边，留着白色络腮胡，身后有仆人的那人。他总是赢，昨天我就在观察他，他一定是有一个诀窍，而我总是跟着他下注……昨天他也一直在赢……只不过我犯了个错误，在他走了之后还继续玩儿……那是我的错……昨天他想必赢了两万法郎……而今天他也每次下注都赢……现在我总是跟着他下注……现在……’

“说到一半他突然停了下来，因为庄家用法文响亮地喊出‘请下注！’而他的目光已经移向前，移向那个白须俄国人所坐的位子，那个俄国人神气而轻松地坐着，从容不迫地先把一个金币放在第四格里，接着又犹豫地放上了第二个。我面前那双迫不及待的手立刻伸进那堆钱里，扔了一把金币到同一格里。一分钟后，庄家喊出‘零！’，把耙子转了一圈儿，就把整张桌子扫空了，他呆呆地目送那堆流走的钱，就像望着一个奇迹。可是您以为他会朝我转过身来吗？不，他完全把我给忘了；我已经从他的生命中消失了，从他的生命中彻底隐没了。他全神贯注，只凝视着那个俄国将军，那人满不在乎地又把两个金币拿在手里掂着，不知道要把金币押在哪个数字上。

“我无法向您描述我当时的恼怒和绝望。但您想想我的感受：你把全部的生命献给了一个人，而你对他而言不过就像随便伸手一挥就能赶走的苍蝇。一波怒气再度向我袭来，我紧紧抓住他的手臂，把他吓了一跳。

“‘马上站起来！’我轻声对他低语，用的却是命令的语气。‘想一想今天您在教堂里发的誓，您背弃了誓言，您这个可悲的人。’

“他呆呆地望着我，一脸惶恐，脸色苍白，眼神顿时像一只挨了打的狗，他的嘴唇在颤抖。他似乎突然想起过去发生的一切，对自己感到恐惧。

“‘对……对……’他结结巴巴地说，‘噢，天哪，天哪……好……我马上走，请您原谅……’

“他的手已经把全部的钱收拢在一起，起初很迅速，似乎在振作精神，紧接着，这双手渐渐又缓慢下来，如同被一股反作用力给推了回去。他的目光又落在那个俄国将军身上，那人刚刚下注。

“‘再等一下……’他急忙扔了五个金币到同一格里，‘只要再玩儿这一次……我向您发誓，我马上就走……只要再玩儿这一次……只要再……’

“他的声音再度消失。那颗球开始滚动，吸引了他的注意。这个着了魔的人再度忘了我，也忘了他自己，随着那颗小球被甩进那平滑的凹槽，在那个凹槽里滚动、跳跃。庄家再度高喊，耙子又把那五个金币从他面前耙走，他又输了。可是他没有回头，他把我给忘了，一如他的誓言，一如他在一分钟前对我的承诺。他那贪婪的手已经又伸向那堆逐渐减少的钱，如痴如醉的目光只投向吸引他意志的那块磁铁，投向对面那个带来幸运的人。

“我的耐心用尽了。我又去摇他，但这会儿很用力。‘马上站起来！马上！您说过了，只再玩儿这一次……’

“然而，这时候发生了出人意料的事。他突然转身，可是那张看着我的脸不再属于一个谦卑、慌乱的人，而属于一个发狂的人。他一脸怒气，眼睛冒着火，嘴唇由于愤怒而颤抖。‘不要烦我！’他对我怒吼，‘走开！你给我带来霉运。每次你在这里，我就输钱。昨天你就是这么做的，今天你又这么做。走开！’

“有一瞬间我愣住了。但是随着他的疯狂，我的怒气也越发不可收拾。

“‘我给你带来霉运？’我斥责他，‘你这个说谎的人，你这个小偷，你向我发过誓……’可是我没有说下去，因为这个中了邪的人从他的位子上跳起来，把我推开，不在乎他引起的混乱。‘不要来烦我，’他毫无顾忌地大声喊，‘我并不受你监护……拿去……拿去……这是你的钱，’他把几张一百法郎的钞票朝我扔过来，‘现在别再来烦我！’

“他着了魔似的高声喊出这番话，不在乎周围有上百个人。大家都在注视着我们，窃窃私语，指指点点，哈哈大笑，还有好奇的人从隔壁厅里挤过来。我觉得自己仿佛被剥光了衣服，光着身子站在所有这些好奇的人面前……‘夫人，请安静！’赌场职员盛气凌人地用法文大声说，用耙子敲着桌子。这个可鄙的小伙子，他这句话是对我说的。我受到屈辱，一身羞耻，面对众人窃窃私语的好奇，像个被人把钱丢给她的妓女。两三百只放肆的眼睛盯着我的脸，这时候……当我完全屈服于这副屈辱和羞耻的重轭之下，闪避地把目光移向旁边，这时我的目光正好碰上了一双眼睛，仿佛由于吃惊而锐利如刀，那是我丈夫的表姐，她失魂落魄地看着我，嘴巴张开，一只手像是受到惊吓般举起来。

“这场景深深击中了我，在她还没能有什么动作之前，趁着她尚未从惊愕中回过神来，我冲出了那座大厅，勉强还能冲到那张长椅那儿，就是那个着了魔的人昨天颓然倒下之处。而我同样无力地倒在那坚硬无情的木头上，同样筋疲力尽，彻底崩溃——

“这已经是二十四年前的事了，然而当我想起这一刻，当我站在千百个陌生人面前，被他的讥嘲鞭笞，我血管里的血液就变得冰冷。而我再度惊恐地感觉到，我们一向大言不惭地称之为灵魂、心灵、感情的东西，我们称之为痛苦的东西，是多么软弱、可怜、微不足道——因为这些东西的分量再怎么多，也无法使受苦受难的身体完全爆裂，因为我们的血液终究会继续流动，让我们挺过这些时刻，而不会像一棵被闪电击中的树那样倒下、死亡。只有那么一下，只有那么一瞬，这份痛苦撕裂了我的关节，让我倒在那张长椅上，无法呼吸，全身麻木，带着那份非死不可的近乎狂喜的预感。但我刚才说了，凡是痛苦都是胆小的，在求生的强大欲望下退缩，那份求生欲望附着在我们的肉体上，似乎要比心灵里所有求死的激情更加强烈。在情感遭到这番重击之后，我自己也无法解释我如何能再站起来，但我的确又站了起来，只是不知道该做什么。而我突然想起，我的皮箱已经在火车站了，一个念头立刻在我脑海中闪过：走吧，走吧，走吧，只要离开这里，离开这个受诅咒的地狱魔窟。我谁也不理，径直跑向火车站，询问下一班驶往巴黎的火车何时开出。门房说十点，而我立刻把行李交付给托运。十点——自从那次可怕的邂逅，就刚好过了二十四个小时。在这二十四个小时里，充满了荒谬绝伦的感受，这些感受如同狂风暴雨般交相出现，永远摧毁了我的内心世界。然而，起初我什么也感觉不到，除了一个不断敲打、抽动的字眼：走吧！走吧！走吧！我的脉搏在额头后面不断敲击着太阳穴，像块楔子：走吧！走吧！走吧！离开这座城市，离开我自己，回家，回到家人身旁，回到我从前的生活，回到我自己的人生！我连夜搭车前往巴黎，在那里从一座火车站前往另一座火车站，直接前往布洛涅，从布洛涅前往多佛，从多佛前往伦敦，从伦敦前往我儿子的住处。我一路飞奔，没作考虑，不去思索，四十八个小时里我不吃不睡，不言不语，在这四十八个小时里，所有的车轮都只隆隆地响着：走吧！走吧！走吧！等我终于走进我儿子的乡间寓所，每个人都觉得意外，全都大吃一惊。我整个人、我的眼神想必有些异样，泄露了我的心情。我的儿子想要拥抱我、亲吻我，我别过身去，想到他要碰触我认为已被玷污的嘴唇，这个念头令我无法忍受。我拒绝回答任何问题，只要求洗个澡，因为我渴望把其余的一切也随着旅途的尘埃一起从我身上洗掉，这些污垢似乎还是来自那个着了魔的人，这个一文不值之人的狂热。然后我拖着脚步走进我的房间，一连睡了十二个小时、十四个小时，睡了沉沉的一觉，在那之前我从不曾这样睡过，在那之后也不曾，睡过那一觉之后，如今我知道了死后躺在一副棺材里会是什么感受。我的亲人照顾我，就像照顾一个病人，但他们的体贴只会令我难受，他们的尊敬和尊重令我羞愧，我必须时时提防自己会突然大喊出来，我是如何背叛了他们，遗忘了他们，抛弃了他们，只是为了一股鲁莽而疯狂的激情。

“我漫无目的地又旅行到法国的一座小城，在那里我谁也不认识，因为那个疯狂的念头纠缠着我，我认为每个人在第一眼就能从外表看出我的耻辱，我的改变。我深深感到自己被出卖了，被污辱了，直到灵魂的最深处。有时候，当我早晨在床上醒来要把眼睛睁开时，我心中怀着可怕的恐惧，脑中又涌起对那一夜的回忆，想起我突然在一个半裸的陌生人旁边醒来。这时我总是又只有一个愿望，只想马上死去，就跟当时一样。

“然而到最后，时间毕竟具有深深的力量，年纪尤其会削弱所有的感受。你感觉到死亡逐渐逼近，它的黑色阴影笼罩在路上，这时候一切事物都不再那么刺眼，不再那么强烈地进入你的内心，大大失去了危险的力量。渐渐地，我摆脱了那次打击。多年之后，有一次我在一个社交场合遇见奥地利公使馆的专员，一个年轻的波兰人，我向他问起那个家族，而他叙述这个跟他是亲戚的家族有个儿子于十年前在蒙特卡洛举枪自尽，那时我甚至没有颤抖。那几乎也不再令我心痛，也许——何必否认自己的自私？——那甚至令我感到舒坦，因为如今最后的恐惧也消失了，我不必害怕还会再遇见他。除了我自己的回忆，再也没有不利于我的证人。在那之后，我平静多了。老去其实就意味着不再害怕往事。

“如今您也会了解，何以我突然会跟您谈起我自己的命运。当您维护亨丽叶夫人时，您激动地说，二十四个小时完全足以左右一个女人的命运，我觉得那指的是我自己。我感谢您，因为我仿佛头一次感到自己得到了认同。于是我想发自灵魂地把心里的话全说出来，也许能消除那股持续的魔力，也许能解除对往事的永恒凝视。那么明天我也许能够到蒙特卡洛去，走进当年我与命运相遇的同一座赌场大厅，却不再对他或对自己怀有怨恨。那么灵魂就能卸下一块石头，重重压在所有的往事之上，避免那段往事再度复活。能够向您述说这一切对我而言是件好事，现在我觉得轻松多了，几乎感到愉快……为此我谢谢您。”

说这几句话时，她突然站了起来，我感觉到她说完了，有点儿尴尬地想找句话说。但她想必感觉出我的为难，迅速地拒绝了。

“不，请您别说什么……我不希望您回答我什么，或跟我说些什么……请接受我的谢意，谢谢您的倾听，祝您旅途愉快。”

她站在我面前，伸手和我握别。我不由自主地抬起头来看着她的脸，我觉得那张脸美好动人，这位老妇人亲切地站在我面前，面容却略带羞怯。她的脸颊突然泛起一阵不安的红晕，直升到白发边上，那是昔日激情的反射吗？还是迷惘？而她站在那儿完全像个少女，回忆往事让她像个新娘一般慌乱，为了自己的坦白而羞愧。我不禁受到感动，很想说句话来向她表明我的敬意。然而我的喉头哽塞，于是我弯下腰，恭敬地亲吻了她干枯的手，那手微微颤抖，像一片秋叶。

看不见的收藏——德国通货膨胀时期的一则插曲

列车开过德累斯顿之后的第二站，一位年长的先生进入我们这个车厢，礼貌地打了声招呼，然后抬起目光，再次刻意地向我点头致意，就像碰到一个熟人。我一时想不起来他是谁，可是他才微微一笑，正要道出他的姓名时，我就马上想起来了：他是柏林最具声望的艺术古董商之一，战前我常去他那儿玩赏并购买古书和手稿。我们先是聊起无关紧要的事，突然他冷不防地说：

“我可得告诉您我刚刚是从哪儿来的，因为这桩插曲可以说是我这个老古董商从事这一行三十七年以来碰见过的最奇特的事。您大概也知道目前艺术品交易界的情况，自从钱的价值犹如空气般蒸发，那些暴发户突然对哥特式的圣母像、古版书、古老的版画和绘画有了兴趣，我们根本没法替他们弄到足够的东西，甚至得要防备别让自己家里被搜刮一空，他们巴不得把你袖子上的袖扣和书桌上的台灯都买走。要不断弄到新货越来越困难——请原谅我突然把这些平常令我们肃然起敬的东西称为货物——可是这群讨厌的家伙让我们自己也习惯了把一本精美的威尼斯古版书视为一笔美金，把圭尔奇诺[①]的一幅素描视为几张百元法郎钞票的化身。面对这群突然染上购买欲的狂人的需索无度，抵抗毫无用处。于是一夕之间我又被

① 圭尔奇诺（1591—1666）：意大利巴洛克风格画家。

掠夺一空，我真想把百叶帘放下来暂停营业，我是如此羞愧，看到我们这家从祖父传下来的老店里只零零落落地剩下一些可怜兮兮的破烂，从前在北方，就连沿街卖旧货的小贩都不会把这些破烂放上推车。

“在这样的尴尬处境中，我动了个念头，去检视旧的事务历史记录来找出从前的顾客，也许我能说服他们再出让几件复制品。这样的老顾客名单向来就像一片坟场，尤其是在当今这个年头儿，能提供给我的数据其实很少。我们的老主顾大多早已被迫把财产交付拍卖，不然就是已经去世，从剩下的少数人那儿也没什么好指望的。然而，此时我突然发现来自一位老顾客的一整捆信件，他可能是我们店里最老的主顾。我先前之所以没有想到他，是因为自从一九一四年世界大战爆发之后，他就再也不曾向我们订购或询问过。那些信件可以回溯到将近六十年前——我一点儿也没有夸大其词！——在我父亲和祖父的时代，他就已经向他们买过东西，然而我却记不得他在我自己做这行的三十七年里曾经来过我们店里。一切都指出他想必是个奇特、老派而古怪的人，就像门采尔[①]和施皮茨韦格[②]这两位画家笔下那种已经消失的德国人，在我们这个时代，只有在乡间小镇上还零零星星有这种稀有人物。他手写的文本可以说是书法作品，写得工工整整，金额用直尺和红色墨水画上底线，而且他总是把数字重复两次，免得弄错。此外他用的纸都是从书籍开头撕下来的空白页和旧信封，这些都显示出一个无可救药的乡下人那种小家子气和节俭的癖好。这些奇特的文件在署名处除了他的名字之外，总是加上冗长的头衔：已退休之林务暨农业顾问，退役上尉，一级铁十字勋章得主。身为一八七〇年的老兵，如果他还在世，至少也有八十多岁了。然而，身为古老版画的收藏者，这个古怪可笑的节俭之人却显露出不凡的聪明、卓越的知识和极佳的品位。当我慢慢列出他在将近六十年中所订购的作品，最早的一次买卖用的还是银币，我发现，在那个用一枚德国银币就能买到许多精美德国木刻版画的年代，

① 门采尔（1815—1905）：德国画家，擅长从日常生活中撷取作画主题。

② 施皮茨韦格（1808—1885）：德国画家及插画家，常为幽默杂志画插图。

这个乡下小人物想必默默收集了一套铜版画收藏，跟那些暴发户大肆炫耀的收藏放在一起也绝不逊色。因为在半个世纪的时间里，光是他用小额马克和芬尼从我们这儿购得的作品，如今就具有惊人的价值，除此之外可以想到他也在拍卖会上和别家古董商那儿搜刮到物美价廉的作品。不过，从一九一四年以后，他就不曾再订购过什么，而我又太过熟悉艺术品买卖的所有交易，像这样一批作品若是被拍卖或出售，我不可能不知道。因此这个奇人想必还活着，不然这批收藏就是在他的继承人手中。

“这件事引起了我的兴趣，第二天，也就是昨天晚上，我立刻搭车前往，直奔萨克森一座最难以想象的乡间小镇。当我走出那座小火车站，漫步穿过镇上的主要街道，我简直无法相信，这些摆着小市民破烂杂物的平庸俗气的房屋里，当中居然会住着一个拥有伦勃朗杰出画作的人，还有丢勒[①]和曼特尼亚[②]完整无缺的全套铜版画。然而，当我在邮局询问此地是否住着一位叫这个名字的林务官暨农业顾问，我惊讶地得知这位老先生还在世，于是我在中午之前就动身前去拜访。老实说，我心里有点儿忐忑。

“要找到他的住处一点儿也不难。他的公寓位在一栋简陋的乡间房舍的三楼，大概是哪个投机的泥水匠兼建筑师在一八六〇年代匆匆盖起来的。二楼住着一位老实的裁缝师傅，三楼左边挂着一位邮局主管的名牌在闪闪发亮，右边总算看见写着那位林务官暨农业顾问姓名的瓷牌。我迟疑地按了门铃，立刻就有一位戴着干净的黑色小帽的白发老太太出现。我把名片递给她，问我能否跟林务顾问先生谈一谈。她惊讶地先看看我，再看看那张名片，带着一丝猜疑。在这个远离尘世的小镇上，在这栋旧式屋子里，来自外地的访客似乎很稀有。但她客气地请我稍候，拿着那张名片走进房间里。我依稀听见她在轻声说话，然后一个男子洪亮的声音突然响起：‘啊，来自柏林的R先生，来自那家大古董商……请进，请进……我

① 丢勒（1471－1528）：德国画家、版画家及木版画设计家，主要作品有《启示录》《基督大难》《小受难》等。

② 曼特尼亚（1431—1506）：意大利文艺复兴时期知名画家及铜版画家。

很高兴！’而那位老太太也已经踩着细碎的快步走过来，请我进客厅去。

“我脱下外套，走进去。在那个朴素的房间中央，一个仍旧健壮的老人直挺挺地站着，他蓄着浓密的小胡子，身穿半军装似的便服，亲切地向我伸出双手。这个坦率的姿势显然表达出欣喜而由衷的问候，但他站在那儿的样子有种奇怪的僵硬，这两者之间互相矛盾。他没有朝我走出一步，我必须走近他，好跟他握手，我心里微感诧异。然而，当我想去握他的手，这双手却没有移动而维持着水平的姿势，我因此察觉这双手没有来找我的手，而是在等待我的手。我随即明白了一切：他是个盲人。

“我从小在面对盲人时总是感到不自在，感觉到一个活生生的人在我面前，却又知道我看得到他，他却看不到我，这令我始终摆脱不了一股害羞与尴尬的感觉。此刻我也必须克服最初的惊吓，因为我看见在两道竖起的白色浓眉之下，这双没有生命的眼睛愣愣地望向虚空。但那个盲人没让我有太多时间讶异，因为我的手才碰到他的手，他就十分用力地握住，用令人舒坦的洪亮声音热烈地再打了一次招呼。‘真是稀客，’他朝我露出大大的笑容，‘真是个奇迹，一位柏林的大人物竟然来到我们这个小地方……不过，当一位古董商先生坐上火车，那可要当心了……在我们家有句老话：如果吉普赛人来了，就要关上房门，也要看紧钱包……是的，我可以想得到您为什么来找我……在我们走下坡路的可怜的德国，这会儿生意不好，不再有买主了，于是这些大老板又想起他们的老顾客，来寻找他们走失的小羊……可是，恐怕您在我这儿碰不上好运，我们这些贫穷而年迈的退休人士的桌上如果还能有块面包就很高兴了。以你们如今开出的疯狂价格，我们没法再加入了……像我们这种人是永远被排除在外了。’

“我立刻更正，说他误会了，我来此不是为了卖什么东西给他，我只是刚好在这附近，不愿意错过来拜访他的机会，他既是我们店里多年的老主顾，也是德国数一数二的大收藏家。我才说出‘德国数一数二的大收藏家’这几个字，这老人的脸上就出现了一种奇特的变化。他仍然直挺挺地站在房间中央，但此刻在他的姿态中流露出一种突如其来的神采和发自内心的自豪，他转身面向他推测他妻子所在的方向，仿佛想说：‘你听见了吗？’然后声音里充满喜悦，不带一丝刚才他显露出的那种军人的粗豪语气，而是柔和、简直是温柔地对我说：

“‘您真是太好了……不过，您不会白跑这一趟。您将会看到不是每天都看得到的东西，就算是在浮夸的柏林也看不到……有几件作品，就连在阿尔贝蒂娜美术馆[①]或是在该死的巴黎都找不到更好的……是的，如果收集了六十年，就能累积各式各样的东西，不是平常在马路上随处可见的。路易丝，把柜子的钥匙拿给我！’

“这时候却发生了出人意料之事。站在他旁边的那位老太太先前礼貌地关注我们的谈话，面带微笑，亲切地静静聆听，此刻她突然恳求地朝我举起双手，一边猛摇头表示不可，起初我并不明白这个暗示的意思。她这才朝她丈夫走过去，把双手轻轻搁在他肩膀上。‘可是，赫尔曼，’她提醒他，‘你还根本没有问这位先生有没有时间来欣赏你的收藏，都已经快要中午了，而且饭后你得要休息一个小时，这是医生的吩咐。如果你等吃过饭后再把所有东西拿给这位先生看，之后我们再一起喝咖啡，这样不是更好？到时候安娜玛莉也会在这儿，她对一切都更了解，可以帮你的忙！’

“而又一次，她话还没有说完，就又瞒着那个不知情的老人，重复了那个迫切恳求的手势。这时我懂得了她的意思。我明白她希望我能不要马上就欣赏那些画，于是我赶紧编出了一个有午餐约会的借口，说我很高兴，也很荣幸能够观赏他的收藏，不过在三点以前实在没办法，但在那之后我很乐意前来。

“像个小孩儿被拿走了最心爱的玩具那样，那个老人气呼呼地扭动身体。‘当然，’他咕哝着，‘柏林的这些先生总是没空。可是这一次，您非得腾出时间来不可，因为这不是三五件作品，而是二十七本画册，每一位大师都有一本，而且没有一个是半空着的。那就三点吧，可是您得要准时，否则我们看不完。’

---

① 阿尔贝蒂娜美术馆：位于维也纳的国立美术馆，藏品包括约四万件的素描作品以及超过一百万件的版画作品。

“他再次朝我伸出手来，仍旧伸进空茫之中。‘看着吧，您可以感到高兴——也可以生气。而您越是生气，我就越高兴。我们这些收藏家就是这样：一切都留给自己，一点儿也不留给别人！’他再度用力地跟我握手。

“那个老太太送我到门边。我已经注意到在这整段时间里她都有点儿不自在，流露出尴尬的担忧。而此时就快到门口了，她用压得很低的声音结结巴巴地说：‘可以……可以……让我女儿安娜玛莉去接您吗？在您来我们这儿之前？……这样会比较好……基于种种理由……您大概会在旅馆里用餐吧？’

“‘当然，我会很高兴，乐意之至。’我说。

“果然，一个小时之后，当我在集市广场旁那家旅馆的小餐厅里刚刚用餐完毕，就有一位不是很年轻的姑娘走进来，她衣着朴素，带着搜寻的目光四处找人。我朝她走过去自我介绍了一番，表示乐意立即和她同去观赏那批收藏。但她突然脸红了，和她母亲一样流露出慌乱的尴尬，请求是否可以先跟我说几句话。我立刻看出她很难启齿。每当她打起精神试图开口，那片不安飘动的红晕就直染上她的额头，而她的手攥紧了衣服。终于，她结结巴巴地开始说话，心慌意乱，一再从头开始：

“‘家母叫我到您这儿来……她把一切都告诉我了，而……我们要请您帮个大忙……我们想在您去见家父之前先告知您……家父当然会想要向您展示他的收藏，而那份收藏……那份收藏……已经不完整了……少了一批作品……很遗憾，甚至还缺得很多……’

“她又得再喘口气，然后突然看着我，急促地说：

“‘我必须对您完全坦白……您知道这个年头儿，您会了解一切……家父在战争爆发之后就全盲了。在那之前，他的视力就经常出问题，而战争爆发带来的激动终于完全剥夺了他的视力。因为尽管他已经七十六岁了，他还想去法国作战，当军队没有马上像在一八七〇年那样顺利推进，他激动得要命，而他的视力就急速退化。在其他方面他其实还很硬朗，不久之前还能走上好几个钟头，甚至去打猎，那是他喜爱的活动。可是如今他不能再去散步了，而他的收藏成了他唯一的喜悦，他每天都去看……意思是，他并没有看见这些收藏，他其实什么也看不见了，但他还是每天下午把所有的画册都拿出来，至少去摸摸那些作品，一件接一件，总是按照相同的顺序，是他几十年来记熟了的……如今没有别的事能引起他的兴趣，而我总是把报上所有关于拍卖会的新闻读给他听，他听见的价格越高，他就越开心……因为……糟就糟在这里，家父不再懂得物价，也不再懂得这个年头儿……他不知道我们失去了一切，靠着他的退休金我们一个月活不了两天……再加上我妹夫在战场上阵亡，留下我妹妹和四个幼小的孩子……然而，家父对于我们经济上的种种困难毫无所知。起初我们尽量节省，比以前更加节俭，但是那却无济于事。接着我们开始变卖——我们当然没去动他心爱的收藏……我们变卖我们所拥有的那一点儿首饰，可是，老天，那算什么，毕竟这六十年来，家父把他能省下的每一分钱都用来买画了。有一天再没有东西可卖了……我们不知道该怎么办……于是……于是……家母和我卖掉了一张画。家父绝对不会允许，毕竟他不知道情况有多糟，不知道要在黑市弄到一点儿食物有多困难，他也不知道我们输掉了那场战争，割让了阿尔萨斯和洛林，报上的这些消息我们全都不再读给他听，免得他激动。

"'我们卖掉的是一幅很珍贵的作品，一幅伦勃朗的铜版画。那个商人出价好几万马克，而我们希望能靠着这笔钱维持好几年的生活。可是您知道钱贬值得有多快……我们把剩下的钱全存在银行里，而两个月之后就全用完了。于是我们只好再卖一件，又卖一件，那个商人总是很晚才把钱寄来，那笔钱已经又贬值了。后来我们尝试在拍卖会上出售，可是在那里一样受骗，尽管别人出价几百万……等我们拿到那几百万，那些钱就又已经成了废纸。于是渐渐地，家父收藏的珍品几乎都散尽了，仅仅为了勉强维持这贫困的可怜生活，而家父对此一无所知。

"'所以当您今天前来拜访，家母才会大为惊慌……因为等他在您面前打开那些画册，一切就瞒不住了……我们在原来那些纸板上放进了复制品或是类似的纸张来代替那些被卖掉的作品，这样一来，他在碰触那些纸板时就什么都不会察觉，靠着触摸，他认得每一张纸板。只要他能够触摸这些纸板，能够数过一遍（他把顺序记得清清楚楚），那他就会得到相同的喜悦，就跟从前他用一双明眼看见那些作品时一样。毕竟在这个小镇上，家父认为没有人有资格来看他这批珍藏……而他如此热爱每一张画，假如他得知自己手里这批画早就四处流散，我想他会心碎。这么多年来，自从德累斯顿铜版画陈列馆的前任馆长去世以后，您是头一个他打算为之展示收藏的人。因此我恳求您……'

"这位芳华已逝的姑娘突然举起双手，眼里闪着泪光。

"'……我们恳求您……不要让他伤心……不要让我们伤心……请不要毁掉他最后的幻想，请您帮助我们，让他相信他将向您描述的那些画全都还在……否则他会活不下去，哪怕他只是猜想到画不见了。也许我们对不起他，可是我们没有别的办法，我们总要活下去……而人的生命——四个孤儿，像我妹妹的那四个孩子——毕竟要比拓印的画作来得重要……到今天为止，我们也不曾剥夺他的喜悦；他很快乐，能够每天下午花三个小时翻阅一遍那些画册，对着每一幅作品说话，就像对一个人说话一样。而今天……今天或许会是他最快乐的日子，毕竟多年以来，他一直等待着有一天能把心爱的收藏展示给一个行家看；拜托……我举起双手来向您恳求，请您不要毁掉他这份喜悦！'

"她说的一切是如此令人震撼，我的重述根本无法表达。我的老天，身为商人，我见过许多人受到无耻的掠夺，被通货膨胀卑鄙地欺骗了，家传了数百年的珍贵物品被人用一块奶油面包的价格给骗走。然而，命运在此创造出一个特殊情况，格外令我感动。我自然向她承诺会保守秘密，并且尽力而为。

"于是我们一同前往她家。途中我又愤慨地得知别人用多么微不足道的金额欺骗了这些没有经验的贫穷女子，但这只是更加强了我的决心，要帮她们到底。我们走上楼梯，才要按下门把，就已经听见老人愉快洪亮的声音从客厅里传出来：'请进！请进！'他以盲人的敏锐听觉，想必早已经听见我们上楼的脚步声。

"'赫尔曼今天根本没办法午睡，因为他等不及要把他的宝贝拿给您看。’老太太微笑地说。她女儿的一个眼神就已经让她安下心来，明白我同意帮忙。桌上摊放着那一本本画册，正在待命。那个盲眼老人才碰到我的手，就抓住我的手臂，没有多寒暄，压着我在沙发上坐下。

“‘嗯，现在我们就马上开始——要看的东西很多，而这位来自柏林的先生又没有时间。这头一个画册是大师丢勒的作品，收集得相当完整，这一点您会看得出来，而且一件胜过一件精美。这您自己可以判断，看看这个！’他翻开这本画册的第一张画，‘这是《大马》。’

“此时他小心翼翼地从这本画册里拿出一张纸板，就像一般人平常碰触易碎物品一样，用指尖细心呵护地去碰触纸板上框着的一张已经泛黄的空白纸张，他赞叹着把那张毫无价值的废纸举在面前。他看着它好几分钟，但其实并未真的看见，但他陶醉地用张开的手把那张白纸举在眼前，整张脸奇妙地流露出一个正在注视之人的专注表情。在他以空洞瞳孔凝视着的眼睛里突然出现一道反射的光亮，一种智慧的光芒，这是由于纸张反射而产生的吗？还是来自内心的光辉？

“‘嗯，’他自豪地说，‘您见过比这更美的拓本吗？每个细节是多么鲜明，多么清晰。我把这一张和德累斯顿的那一张比较过，相形之下，那一张显得十分呆板无力。这里还有它的来源证明！’他把那张纸翻过来，用指甲分毫不差地指着那张白纸背面的几个位置，让我不由自主地去看那些记号是否果真在那儿。‘这里是纳格勒收藏品的戳记，这里是雷米和埃斯戴尔的戳记；这些曾经拥有这张画的知名收藏家怎么也没有料到，他们的收藏品有一天会落到这间斗室里。’

“我的脊背发冷，当这个不知情的人如此赞赏一张完全空白的纸张，看着他用指甲分毫不差地指出那些如今只存在于他想象中的收藏家的戳记，那种感觉令人发毛。我的喉头由于恐惧而收紧，不知道该如何回答。可是当我不知所措地抬起头来，望向那两个妇人，我又看见那个颤抖而激动的老太太央求地举起双手。于是我镇静下来，开始扮演我的角色。

“‘真是罕见！’我总算……结结巴巴地说道，‘一张出色的拓本。’他整张脸立刻由于自豪而神采飞扬。‘这还根本不算什么，’他得意扬扬地说，‘您得先看过那张《忧愁》，或是这张《基督受难》，这幅色泽鲜明的拓本，世间再无这样的珍品。您看看，’他的手指又温柔地轻轻拂过一幅想象中的图像，‘这份清晰，这种颗粒分明、温暖的色泽。这会轰动整个柏林，包括柏林所有的古董商和博物馆里的那些专家。’

“这份滔滔不绝的得意就这样继续下去，整整两个钟头。不，我无法向您描述和他一起看着这一两百张空白纸片或是粗劣的复制品，那感觉有多么吓人，然而在这个不知情的可怜人的记忆中，这些画却是十分真实的，他能以分毫不差的顺序赞美并描述每一件作品，包括最精确的细节。这批看不见的收藏想必早已四处流散，可是对这个盲人来说，对这个令人感动的受骗老人来说，这批收藏仍旧真真实实地存在，而他那热情的幻觉是如此动人心魄，乃至于我差点儿就要相信起来。只有一次，清醒的危险骤然打断了他那份梦游者的自信，他赞叹观赏的自信：在伦勃朗那张《安提俄伯》（一个试印样张，想必确实曾具有难以估计的价值），他再度夸赞印刷的鲜明，而他感觉敏锐的不安手指深情地随着印痕描摹，但他敏感的触觉神经却没有在那张陌生纸张上找到那个纹路。此时他额头上突然闪过一道阴影，声音也变得困惑。‘这的确是……这的确是那张《安提俄伯》吧？’他喃喃自语，有一点儿尴尬，而我立刻采取行动，急忙把那张裱起来的画从他手里拿过来，兴奋地描述那幅我也熟悉的铜版画，包含所有想得到的细节。此时那个盲人变得尴尬的面容又放松下来。我越是夸赞，在这个瘦削、年迈的男子身上就越发洋溢出一种和蔼的真挚，一种憨厚的喜悦之情。‘这会儿来了一个懂得鉴赏的行家，’他发出欢呼，得意扬扬地转向他的妻女，‘总算……总算有这么一个人，你们也听见他说了，我这些画多有价值。你们总是不信赖我，怪我把所有的钱都花在我的收藏上。是啊，六十年来我不喝啤酒，不喝葡萄酒，不抽烟，不旅行，不上剧院，不买书，总是节省再节省，全为了省下钱来买这些画。可是有一天你们会看见，等我离开人世，到时候你们就富有了，比镇上所有人更富有，跟德累斯顿最有钱的人一样富有，到时候你们就会为我所做的傻事感到高兴。不过，只要我还活着，一张画也不许离开这间屋子，得先把我抬出去，然后

才轮到我的收藏。'

"他一边说，一边伸手温柔地抚摩那些早已清空的画册，像在抚摩某种有生命的东西，这让我既觉得恐怖，又深受感动，因为在战争岁月里，我不曾在一个德国人的脸上见过如此完全而纯粹的幸福表情。那两个妇人站在他身边，如同德国大师丢勒那幅铜版画上的女子一般神秘，她们前来拜访耶稣基督的坟墓，站在打开的圆顶墓前，面露惊恐，同时又流露出虔诚、乐于见到奇迹的狂喜。如同画上那些女信徒意识到耶稣的神性，这两个年华老去、憔悴而贫穷的小市民妇女感染了这个老人天真幸福的喜悦，半是笑、半是泪，我从不曾经历过如此撼动人心的情景。但那个老人对我的赞美百听不厌，一再把那些画册叠起来，翻来翻去，饥渴地听进我说的每一个字。因此，当他必须不情愿地把桌子空出来喝咖啡，当那些骗人的画册终于被推到一旁，那对我来说是个休息。然而，跟这个仿佛年轻了三十岁的老人的快乐忘形相比，我这种心虚的如释重负算得了什么！他说起千百件轶事，关于他买画还有捡到便宜的故事，一再伸手摸索，拒绝所有的协助，再把一张又一张的画拿出来，就像喝了葡萄酒一样快乐忘形，如痴如醉。当我终于说我得告辞了，他简直是吓了一跳，像个任性的小孩儿一样情绪大变，倔强地跺脚，说这可不行，我连一半都还没看完。那两个妇人费了很大的功夫才让固执恼怒的他明白，他不能再留我，否则我会赶不上火车。

"在拼命抗拒之后，他终于顺从，而我们即将道别时，他的声音变得非常柔和。他握住我的双手，以一个盲人的全部表达能力，用手指顺着我的手一直抚摩到手腕，仿佛他的手指想要对我更加了解，想对我说出远非言语所能表达的爱。'您的来访带给我很大、很大的喜悦。'他开口说道，带着涌自内心的激动，令我永生难忘，'那真是令我欣慰，终于……终于能够再次跟一个行家一起欣赏我心爱的画。不过，您到我这个盲眼老人这儿来没有白跑一趟。在我太太面前，以她为证人，我承诺将在我的遗嘱里再加上一条附加条款，把我的收藏交由您这家老店来拍卖。您将会有幸管理这份不为人知的珍藏，'他一边说，一边把手放在那些被掠夺一空的画

册上，‘直到它流散到世界各地。您只要答应我做一份精美的目录，这将是我的墓碑，没有比这更好的墓碑了。’

“我看向他的妻女，她们俩靠得很近，偶尔会有一阵颤抖从一个人身上传到另一个人身上，仿佛她们是一体，在一致的震撼中颤动。我自己则感到一阵庄严，因为这个不知情者令人感动，他就像委托一件珍贵之物那样把那看不见的、早已零落四散的收藏托付给我管理。我感动地向他许下永远无法实现的承诺，他空洞的眼睛里再度闪出一阵光亮，我感觉得出他从内心渴望感觉到我这个有血有肉的人：我从他的和蔼可亲，他的感激及誓愿，他手指充满爱意的按压上，感受到了这种渴望。

“两个妇人送我到门边。她们不敢说话，因为他敏锐的听觉会听到每一个字，但她们在热泪之中把目光那样热烈地投向我，充满感激之情！我愣愣地摸索着下楼，其实心中十分惭愧。我像童话故事中的天使一样走进一户穷人家，帮忙做了一个善意的欺骗，并且无耻地撒谎，让一个盲人复明了一个小时，但实际上我是个卑鄙的商人，想来巧取几件珍贵的作品。而我带走的其实更多：在这个郁闷的年代，我得以再次鲜活地感觉到纯粹的热情，一种照亮心灵、完全投注于艺术的狂喜，这是我们国人似乎早已遗忘了的感情。我感到肃然起敬——我无法用别的话来表达——尽管我仍然感到羞惭，却并不知道究竟为什么。

“我已经下了楼，站在街道上，上方一扇窗户发出响声，我听见有人喊我的名字。果然，那个老人坚持要用他盲了的双眼目送他认为我所走的方向。他把身子深深向外探出来，那两个妇人不得不预作防备地扶着他，他挥动手帕，用小男孩儿般快活、清亮的声音喊道：‘祝您一路顺风！’那幅情景令我难忘：这个白发老人喜悦的面容，在上头的窗边，高悬在街道上那些闷闷不乐、仓促奔忙的芸芸众生之上，无害的幻想犹如白云，轻轻将他托起，超脱于这令人厌恶的真实世界之上。而我不禁想起那句真切的老话——我想这句话是歌德说的——‘收藏家是幸福的。’”

一颗心的沦亡

命运若要狠狠撼动一颗心，不见得总需要给予重重一击，从转瞬即逝的原因发展成毁灭，尤其能激起命运身为雕塑家的乐趣。在我们人类含糊的语言中，把这种最初的轻轻触动称之为诱因，并且惊讶于一个微小诱因往往能产生巨大的影响。不过就像疾病多半在尚无征兆时即已形成，一个人的命运往往也在命运成为可见事件之前便已展开。早在命运从外面碰触到心灵之前，就已经在身心中起了作用，对命运的认知就已经是对命运的抗拒，而且大多是徒劳。

老人名叫索罗门松，当他在国内时，自称为枢密顾问。他在复活节假期陪同家人来到加尔达湖[①]畔，夜里由于一阵剧烈疼痛而在饭店里醒来。他觉得身体仿佛被箍板紧紧圈住，绷紧的胸部让他几乎无法呼吸。老人吓坏了，毕竟他经常受胆痉挛折磨，而他不顾医生的劝告，没有去卡尔斯巴德[②]疗养，却为了家人选择到南部来度假。他担心危险的疾病再度发作，害怕地摸着自己胖大的身体，虽然疼痛依旧，但一会儿之后他就放下心

① 加尔达湖：位于意大利北部，是意大利最大的湖泊，也是知名观光景点。

② 卡尔斯巴德：位于今日的捷克，捷克文称之为卡罗维发利，自19世纪以来即为著名的温泉疗养地。

来，确认只有胃部感到压迫，显然是由于他吃不惯意大利菜，不然就是有轻微的食物中毒，这是旅行当地之人常患的毛病。他松了一口气，放下颤抖的手，但那股压迫感还在，让他呼吸困难。于是老人一边呻吟，一边笨拙地下了床，想稍微走动一下。果然，站起来之后，那股压迫感减轻了一些，走动一下，压迫感就更轻了。但是漆黑的房间里空间不大，再加上他怕会吵醒睡在邻床的妻子，引起她不必要的恐慌。于是他披上睡袍，赤着脚穿上毛毡拖鞋，小心翼翼地摸索着走到走廊上，在那里稍微走一走，以减轻闷胀的感觉。

当他打开通往漆黑走廊的门，敞开的窗户正好传来教堂塔楼的报时钟声。钟声响了四下，起初很嘹亮，随后柔和地回荡在湖面。时间是凌晨四点。

长长的走廊一片漆黑，不过从白天的记忆中，老人清楚地记得这条走廊又直又长。于是他无须照明，就呼吸沉重地从走廊的一端走到另一端，走了一趟又一趟，察觉胸部被夹住的感觉逐渐消失，他觉得心满意足。借着这番令身体舒畅的运动，他几乎已经完全摆脱了疼痛，正打算再回房间去，这时一阵声响把他吓了一跳，让他停下脚步。在黑暗中，一阵低语从附近某处传来，声音很弱，但还是不会听错。某样东西在梁柱下发出轻响，一扇门打开了一条缝，透出一道窄窄的光，有一瞬间照进一片漆黑之中。那是什么？老人不由自主地躲在角落里，并非出于好奇，只是由于难为情，怕被人发现他古怪的梦游行为，而这份担心也不难理解。然而，在灯光照进走廊的这一秒，他依稀看见一个身穿白衣的女子身影从那个房间里溜出来，随即消失在走廊尽头。果然，在走道末端有一扇门此刻轻轻响起按下门把的声音。接着一切又没入黑暗中，四下一片寂静。

老人突然站立不稳，仿佛心脏受到重击。在走道末端，在门把泄露了声响的地方，那儿是……那儿只有他的房间呀，是他为家人租下的套房，有三个房间。几分钟前他才离开熟睡的妻子，那么——不，他不可能看错——这个女子的身影，这个偷偷从陌生房间里回来的身影不可能是别人，只可能是他的女儿艾琳娜，她还不满十九岁。

老人一阵战栗，震惊得全身发冷。他的女儿艾琳娜，那个快活开朗的孩子——不，这不可能，他一定是弄错了——她在陌生人的房间里做什么？难道……他把这个念头赶走，就像赶走一只凶恶的野兽，然而那个溜走的身影犹如鬼魅般紧紧抓住他的太阳穴，再也扯不开，再也摆脱不了。他必须要弄个清楚。他喘着气，摸着走廊的墙壁走到她房门口。她的房间刚好和他紧连在一起。可是事情太令人震惊了：就在这里，就在走廊上这一扇门里，有一丝细细的光线从门缝里透出来，白色光点自钥匙孔中钻出，泄露了秘密，在走廊上就只有这一扇门里还透着灯光。在凌晨四点，她房间里居然还亮着灯！此刻又有了新的证据：房里的电灯开关刚刚咔嗒一声响，那道白色光线不留痕迹地没入黑暗中——不，不，自我欺骗也无济于事——夜里从陌生人床上溜回自己床上的人就是他的女儿艾琳娜。

老人由于恐惧和寒冷而颤抖，汗水从身上冒出来，淹没了毛孔。他最初的感觉是想要破门而入，把这个不知羞耻的女孩儿痛揍一顿，但他的双脚在胖大的身体下摇晃，差点儿连走回房间躺回床上的力气都没有。回到房间里，他意识昏沉地倒在枕头上，像只负伤的野兽。

老人一动也不动地躺在床上，睁着眼睛，凝视着黑暗。在他旁边，妻子的呼吸绵长而无忧无虑。他的第一个念头是把她摇醒，告诉她这个可怕的发现，把心里的话都呐喊出来，尽情发泄。然而这令人震惊的事要怎么说出口？如何用话语大声说出来？不，不，他永远也说不出口。可是他该怎么做呢？该怎么做？

他试着思考，但思绪就像蝙蝠一样盲目地四下乱飞。这件事太过骇人：艾琳娜，这个受过良好教养的温柔女孩儿，有一双讨人喜欢的眼睛……曾几何时，他还看见她在埋头做功课，粉红色的小指头吃力地描摹着难写的文字……曾几何时，他还带着一身淡蓝色衣服的她在放学后到糕饼店去，还感觉到她沾着糖粉的小嘴在亲吻他……那难道不就是昨天吗？……不，那已经是许多年前了……可是真的仿佛就在昨天，她还像个小孩儿一样向他央求，求他替她买下那件蓝金两色的毛衣，那件鲜艳的毛衣在橱窗里很抢眼。"爸爸，拜托拜托！"——她双手合十，带着他一向无法抗拒的笑容，那自信而愉快的笑容。而现在，在距离他房门只有两步路的地方，她居然在夜里溜到陌生男子的床上，在那里赤裸而饥渴地翻滚……

"天哪！……天哪！"老人不由得大声呻吟，"丢脸啊！丢脸！……我的孩子，我那备受呵护的温柔女儿竟然跟随便哪个男人……跟谁呢？……那人会是谁呢？……我们来到加尔达湖才不过三天，那些衣冠楚楚的纨绔子弟她之前一个也不认识，不认识那个细长脑袋的乌巴尔基伯爵，不认识那个意大利军官，也不认识那个来自麦克伦堡的骑师……直到第二天她才在舞会上认识了他们，而她居然就已经……不……事情一定是早就开始了……在家里的时候就开始了……而我一无所知，一无所觉，我这个傻瓜，这个被蒙在鼓里的傻瓜……可是我又上哪里去知道关于她们的事呢？……我整天都为了她们辛苦工作，在商行里坐上十四个小时，就跟从前一样提着装样品的箱子坐在火车上……只为了她们而赚钱，赚钱，赚钱，让她们能穿美丽的衣服，变得富有……而晚上，当我筋疲力尽地回到家里，她们又已经出门了：去剧院看戏，去参加舞会，参加社交活动……我哪里知道她们的事，哪里知道她们整天都在做什么？……现在我只知道，我的孩子夜里带着她年轻纯洁的身体去找男人，就跟街上的妓女一样……噢，真是丢脸啊！"

老人一再大声呻吟。每一个新产生的念头都把伤口撕裂得更深，他觉得他的大脑仿佛血淋淋地敞开，红色的蛆在里面蠕动。

"可是我为什么要容忍这一切？……我为什么现在还躺在这里，折磨着自己，而那个小荡妇却安稳地睡着？……我为什么没有马上冲进她房里，让她明白，她做的这些不要脸的勾当我都知道了？……我为什么没有打断她的骨头？……因为我无能……因为我怯懦……面对她们母女我一向很软弱……什么事都由着她们……我很自豪能让她们过舒服的日子，哪怕我自己的人生已经毁了……我一分钱一分钱地辛苦攒钱……只要能看见她们心满意足，我愿意让别人剜掉我手上的肉……可是，我刚使她们变得富有，她们就觉得我让她们丢脸……觉得我不够高尚……没有教养……我要从哪里学到教养呢？我才十二岁就得辍学，必须去赚钱，赚钱，赚钱……提着装样品的皮箱，从一个村庄搭车到另一个村庄，再从一座城市到另一座城市，直到我能够自行开业……而她们一有了地位，有了自己的房子，就不再喜欢我这个古老诚实的好姓氏……我不得不花钱去买参议、枢密顾问的头衔，好让她们不必被称呼为索罗门松太太和小姐，好让她们能够显得高贵……高贵！高贵！……当我抗拒那种自以为高贵的做法，抗拒她们所谓的上流社会，当我向她们说起我母亲如何持家，愿上帝保佑她在天之灵，她安静、谦虚，只为了丈夫和子女而活，她们就嘲笑我，说我是个老古板……'爸爸，你是个老古板。'女儿总是这样笑我……是啊，老古板，是啊……而现在她跟陌生男人上床，我的孩子，我唯一的孩子……噢，丢脸啊！丢脸！……"

老人从胸中吐出痛苦的叹息，他辗转反侧，终于惊醒了身边的妻子。"怎么了？"她睡眼惺忪地问。老人一动也不动，屏住了呼吸，就这样一动也不动地躺在痛苦的棺材里直到早晨，思绪像虫子一样啃噬着他。

早晨他头一个来到早餐桌旁。他叹了一口气坐下来，每一口食物都令他作呕。

"又只有我一个人，"他想，"总是一个人！……早上当我去上班，她们在跳舞和看戏之后还舒舒服服地睡着懒觉……等我晚上回到家，她们已经出门去玩乐了，去参加社交活动，在社交场合她们不需要我……噢，钱，那该死的钱让她们堕落了……让她们跟我疏远了……我这个傻瓜拼命攒钱，在自己身上苛刻，让自己过得很穷，让她们变坏了……我白白辛苦工作了五十年，没有休息过一天，到头来却落得个孤身一人的下场……"

他渐渐感到不耐烦。"她为什么还没有来……我想跟她谈一谈，我必须告诉她……我们得离开这里，马上离开……为什么她还不来……也许她还很困，心安理得地睡得香甜，而我揪着一颗心，我这个傻瓜……她母亲要花好几个小时梳妆打扮，得要洗澡、化妆、修指甲、做头发，十一点以前不会出现……会发生这种事有什么好奇怪的？……那孩子会变成什么样子？……噢，钱，该死的钱！”

轻轻的脚步声从后面响起。“爸，早上好，昨晚睡得好吗？”她温柔地从旁边弯下身子，浅浅的吻拂过他剧烈跳动的额头。他不禁把头一偏，闪避开来，科蒂香水甜腻的气味令他作呕。然后……

“爸，你怎么了……心情又不好了吗？……服务生，请给我一杯咖啡，还有火腿加蛋……你是没睡好吗？还是听到了坏消息？”

老人克制住自己。他垂下头沉默不语，没有勇气抬起眼睛。他只看见她搁在桌上的手，他所爱的手，那双修过指甲的手懒洋洋地在白色桌布上戏耍，就像被宠坏的灵活猎犬在草地上玩耍。他颤抖着，目光羞怯地向上摸索，看见她娇柔的少女臂膀，从前……女儿那双臂膀经常在睡觉前搂着他……他看见她隆起的美好胸部，在那件新毛衣下面随着呼吸轻轻起伏。“光着身子……光着身子……跟一个陌生男人在一起翻滚。”他愠怒地想，“这些他全都抱过、摸过、尝过、享受过……我的骨肉……我的孩子……噢，这个陌生的混蛋……噢……噢……”

他不自觉地又发出呻吟。“爸，你怎么啦？”女儿讨好地凑过来。“我怎么了？”他在心里怒吼，“我女儿是个妓女，而我却没有勇气把这话告诉她。”

但他只是含糊地喃喃说道：“没什么！没什么！”然后急忙拿起报纸，将它打开权充围栏，挡住她询问的目光。他的双手在颤抖。“现在我必须告诉她，现在，趁着还只有我们两个人。”这个念头折磨着他，但他发不出声音，甚至没有力气抬起眼睛来。

突然，他猛地推开椅子，踩着沉重的脚步逃进花园里，因为他感觉到一颗豆大的泪珠忍不住从他脸颊上滑落，而他不想让她看见。

矮小的老人在花园里乱走，久久凝视着湖面。强忍住的泪水让他视线模糊，但他还是被眼前的景色吸引住了。在银色的光线后面是呈波浪状渐渐隆起的绿色丘陵，色彩柔和，由柏树的细线勾勒出黑色阴影，丘陵后面则是陡峭的山岳，严峻但并不高傲，俯瞰着明媚的湖面，就像严肃的男子俯视着心爱的小孩儿玩着无邪的游戏。这片风景温和地敞开自己，开满花朵，用坦诚、好客的姿态，劝诱世人做善良而快乐的人，上帝在南国露出他永恒的幸福微笑！“幸福！”老人摇着他太过沉重的脑袋，心思混乱。

“在这里，一个人可以得到幸福。我也希望能够拥有一次，也能够亲身感受到一次，那些没有烦恼的人的世界有多么美好……经过五十年的书写、计算、讨价还价和锱铢必较，我也想享受几天快乐的日子……一次，就这么一次，在我入土之前……老天，我六十五岁了，在这个年纪，死神的手已经伸进你的身体里，金钱再也帮不了你，医生也帮不了你……我只想在死前还能轻松地呼吸几下，也为我自己做点儿什么……可是我死去的父亲总是说：‘享乐不属于我们这种人，一个人得背着他的担子进坟墓。’……昨天我以为自己也可以舒服一下……昨天我可以算是个幸福的人，为了我美丽开朗的女儿而感到喜悦，为了她的喜悦而感到喜悦……而上帝就已经惩罚了我，把她从我身边夺走……因为如今那幸福一去不回……我没法再跟自己的孩子讲话……没法再注视她的眼睛，我为她感到羞耻……不管是在家里、在办公室，还是夜里在床上，我将时时刻刻去想她现在人在哪里？刚才去了哪里？她做了什么？……以前我回到家里，她跑来迎接我时，看着她这么年轻美丽，我心花怒放……现在我再也不会有这种感觉了……如果她亲吻我，我会在心里想：昨天有谁吻过这双嘴唇……当她不在我身边，我将时时刻刻活在恐惧中，当我看见她的眼睛，我将永远感到羞耻……不，一个人没法这样活下去……没法这样活下去……”

老人像个醉汉一样步履蹒跚，喃喃自语。他一再凝视着湖面，眼泪一再流进胡子里。他不得不摘下夹鼻眼镜，睁着噙着泪水的近视眼，呆呆地站在狭窄的小路上。一个刚好路过的年轻园丁惊愕地停下来，放声大笑，用意大利文说了几句玩笑话，取笑这个心慌意乱之人。这个举动把老人从痛苦的眩晕中唤醒，他戴上夹鼻眼镜溜到花园的侧面，想在那儿找张长椅把自己藏起来，让别人看不见他。

但他才接近花园中的僻静之处，一阵笑声就从左边传来，又把他吓了一跳……那是他熟悉的笑声，此刻却令他心碎。她快活的轻笑围绕在他耳边十九年了……为了这个笑声，他连夜搭乘火车，坐三等车厢前往波兹南和匈牙利，只为了赚更多的钱给她们，就像把黄色的肥沃土壤堆在她们身上，让这无忧无虑的快活从那土中绽放……他就只为了这个笑声而活，为了这个笑声而积劳成疾……只是为了让这个笑声能一直在他所爱的那张嘴边响起。而此刻，这该死的笑声就像一把烧红的锯子，切进他的内脏。

但他还是禁不住这笑声的吸引。他看到女儿站在网球场上挥舞着球拍，手脚灵活地把球拍高高挥出又再收回来。每次球拍挥舞，那欢快的笑声就同时飞向蔚蓝的天空。三位男士欣赏地看着她，乌巴尔基伯爵穿着轻便的网球衫，军官穿着贴身的笔挺制服，骑师则穿着合身的马裤，三个男子各具风格，像雕像一样围绕着这个如蝴蝶般飞舞的女孩儿。老人自己也看得入迷。天哪，阳光洒在她的金发上，她穿这件露出脚踝的浅色衣服可真美！她年轻的身体在跳跃奔跑中感觉到自身的轻盈，举手投足富有韵律，她陶醉在其中，也令人陶醉。此刻她兴高采烈地把白色的网球扔到半空中，接着又扔出第二个、第三个，真美妙呀，看那苗条犹如树枝的少女身体在弯身接球时摆动，这会儿跳起来，接住最后一颗球。他从不曾见过她这副模样，如此像火焰般纵情燃烧，摇曳飘动的白色火焰围绕着这具身体，上方飘着夹带笑声的银色轻烟，像个从南国花园的常春藤里显现出来的青春女神，从映照出天光的淡蓝湖面乍然浮现。在家里，这具苗条结实的躯体从不曾在游戏中如此尽情伸展。不，他从不曾看过她这副模样，在那到处是围墙的沉闷城市里，在房间里，在街道上，也不曾听过她像云雀一般的笑声。这笑声摆脱了俗世的沉闷，快活得犹如歌唱，不，她从不曾如此美丽。老人目不转睛地看着女儿，浑然忘我，只看着这道摇曳的白色火焰。他可能会一直这样站着，用热情的目光追随她的影像。这时，她灵活地转身，喘着气纵身一跃，接住了被耍弄的最后一颗球，她气喘吁吁，全身发热，带着自豪的眼神，笑着把球压在胸前。“太棒了！太棒了！”三位男士鼓掌欢呼，就像刚听完一曲歌剧咏叹调，兴奋地看着她灵巧地接住了球。男子带着喉音的嗓音把老人从陶醉中惊醒，他愤怒地盯着他们。

“这就是那些混蛋，”他一颗心怦怦跳动，“就是他们……不过，是他们当中的哪一个呢？……是这三个人当中哪一个占有了她？……他们打扮得多么高雅呀，搽了香水，刮了胡子，这些游手好闲的家伙……我在他们这个年纪的时候得要穿着补过的长裤坐在店里，在顾客面前卑躬屈膝……而他们的父亲也许直到如今还这样坐着，为了他们做牛做马，连指甲都磨出血来……他们却到处旅行，向上天窃取了大好时光，无忧无虑的面孔，明亮大胆的眼睛……他们怎么会感觉不到容光焕发、轻松愉快呢？只需要对哪个虚荣的女孩儿说几句甜言蜜语，就能把她弄上床……可是，是这三个人当中的哪一个呢？究竟是谁？……我知道是他们其中之一，他透过这件衣服看见她的裸体，津津有味地咂着舌头：我拥有过她……见过她的热情，心里想着今天晚上还能再拥有她而对着她眨眼——噢，这只狗！……我真想用鞭子把他打死，这只狗！”

他们发现了他。女儿挥动球拍向他打招呼，对他露出笑容，那三位男士也向他致意。他没有回礼，只是用泛着血丝的湿润眼睛看着她充满笑意的嘴唇。“你这个不知羞耻的女孩儿，居然还能这样笑……不过，那个男的说不定也在心里偷笑，心里想着，那边站着的那个愚蠢的老男人，夜里在床上鼾声大作……这个老傻瓜！假如他知道的话……是的，我知道，你们在笑，你们从我身上跨过，就像跨过一堆脏东西……可是我女儿青春温顺，像妓女一样上了你们的床……而她母亲虽然已经有点儿发胖，打扮过度，浓妆艳抹，不过，如果跟她说说好话，说不定她也还敢跳支小舞……你们这些狗，你们做得对，如果这些发情的女人追在你们后面，这些不要脸的女人……别人的心痛与你们有何相干……只要你们玩得开心……只要她们玩得开心，这些不要脸的女人。我该用手枪把你们给毙了，用鞭子去抽你们……可是你们做得对，只要没有人拿手枪和鞭子来对付你们……如果我只是把愤怒往肚子里吞，就像一条狗吞下别人扔给它的东西……你们做得对，如果我这么怯懦，怯懦得可悲……没法走过去，抓住那个无耻女孩儿的衣袖，把她从你们身边拖开……如果我只是无言地站在这里，胆汁涌到嘴里，怯懦……怯懦……怯懦……”

老人用双手扶着栏杆，无助的愤怒摇撼着他。突然他朝自己的脚前啐了一口，蹒跚地离开了花园。

老人脚步笨重地走进那座小城，突然在一面橱窗前停下脚步。观光客用得上的各种物品在橱窗里堆叠，衬衫和网袋、女衫和钓鱼用具、领带、书籍、糕点饼干，有些被随便摆在一起，有些堆成了金字塔，五颜六色，层层堆叠。但他只凝视着一件物品，它不起眼儿地躺在那些高贵的物品当中。那是根有节的手杖，又粗又笨重，末端因包着铁皮而更加坚硬，拿在手里很沉，一杖打下去大概后果很可怕。“打死他……打死他，那条狗！”这个念头让他感到一阵眩晕，几乎带着快感。他进了这家杂货店，只花了一点儿钱就买下这根有节的棍棒。他才把这件又笨重又危险的东西拿在手里，就觉得自己强壮多了：一件武器向来能让体弱之人对自己更有信心。他感觉到握住杖柄的肌肉用力绷紧，他喃喃自语：“打死他……打死他，那条狗！”他沉重蹒跚的步伐不由得稳定起来，走得更挺拔、更迅速。他沿着湖滨走来走去，简直是在小跑；他喘息着，不过这主要是由于情绪激动，并非由于脚步加快。他的手握住笨重的杖柄，越来越剧烈地痉挛。

老人带着武器走进饭店大厅清凉的阴影中，立刻用怒气冲冲的目光搜寻那个看不见的对手。果然，他们全都坐在角落里柔软的藤椅上，他太太，他女儿，还有少不了的那三位男士，懒洋洋地聚在一起，用细细的吸管啜饮着威士忌和苏打水，快活地聊着天。“究竟是哪一个？是哪一个？”他阴郁地想，拳头紧紧握住手杖上沉重的结。“该把他们当中哪个人的头敲碎？哪一个？究竟是哪一个？”然而艾琳娜误会了他不安的搜寻，跳起来走向他：“啊，爸爸，你在这里！我们到处找你。你知道吗？梅德维兹先生要用他的菲亚特汽车载我们去兜风，我们要绕过整座湖，直到德森扎诺。”她一边说一边温柔地把他推到桌旁，仿佛他还得为了对方的邀请而表示感谢。

三位男士礼貌地站了起来，伸手与他相握。老人颤抖着，但她温暖的身体就在他手臂旁边，柔软而醉人地安抚着他。他失去了意志力，跟他们一个接一个地握了手，然后无言地坐下，掏出一根雪茄，用愠怒的牙齿咬进柔软的雪茄来发泄他的怒气。他们重新接续中断的谈话，无视他的存在用法文交谈，其间夹杂着兴高采烈的笑声。

老人无言地垂头坐着，咬着雪茄，雪茄的褐色汁液流到他牙齿上。“他们做得对……他们做得对，”他想，“别人应该对我吐口水……现在我还跟他握了手！……三个人的手都握了，但我知道那个混蛋就是他们其中一个……我没有把他打倒，反而平静地跟他同坐一桌……我没有把他打倒，还很有礼貌地跟他握手……他们做得对，他们是该嘲笑我……而他们这样无视我而交谈，仿佛我根本不在这里！……仿佛我已经入土了……艾琳娜和她母亲明明知道我一句法文也听不懂……她们两个都知道，都知道，可是她们谁也没有做做样子来问我些什么，让我不要这么可笑地坐在这里，真是可笑得要命……对她们来说我就像空气，空气……我是个令人难堪的附属品，是个累赘，妨碍了她们……令她们感到羞惭，她们之所以没有抛弃我只是因为我会赚钱……钱，钱，这肮脏可悲的钱，我用钱把她们给惯坏了……这些该受到诅咒的钱……我的太太，我的女儿，她们一句话也不对我说，眼里只有这些游手好闲的家伙，这些油头粉面的纨绔子弟……看她们怎么对他们笑，像被搔了痒似的，仿佛他们伸手去摸她们的肉……而我，我容忍这一切……我坐在这里听着她们笑，什么也听不懂，我就只是坐在这里，却没有抡起拳头……没有用这根手杖朝他们打下去，把他们打散，趁着他们还没有在我眼前卿卿我我……我容许这一切……我坐在这里，一声不吭，愚蠢，怯懦……怯懦……怯懦……”

“您允许吗？”在这一瞬，意大利军官用不流利的德语问了一声，伸手去拿打火机。

老人从激动的思绪中惊醒，抬起头来，愤怒地凝视那个一无所知的人。那份怒火还在他心中，他顿时紧紧握住手杖，但嘴巴随即斜斜地向下撇，露出一抹冷笑：“噢，我允许，”他重复着对方的话，声音尖锐刺耳，“我当然允许，嘿嘿……我什么都允许……我拥有的一切都任由您取用……您想怎么做就怎么做……”

意大利军官讶异地看着老人。他的德文并不好，没有完全听懂老人的话，然而这抹歪斜的冷笑令他不安。同样来自德国的男爵不禁吓了一跳，两位女士脸色灰白，有一刹那，众人之间的空气凝结，悄无声息，犹如闪电和雷声之间的短暂寂静。

但老人扭曲的表情随即放松下来，手杖也从痉挛的拳头里滑出。老人像只挨了揍的狗一样缩了回去，尴尬地咳嗽，被自己的大胆给吓坏了。为了冲淡这难堪的紧张气氛，艾琳娜急忙重新接续被打断的谈话，德国男爵也刻意轻松愉快地回答，几分钟之后，大家就又无忧无虑地继续滔滔不绝。

老人坐在这群闲聊的人当中，跟众人完全疏远，别人甚至会以为他睡着了。那根笨重的手杖从他手里掉出来，在他两腿之间晃来晃去，他的脑袋撑在手上，滑得越来越低。但没有人再去注意他，闲聊的话语像波浪一样从他的沉默上翻滚过去，偶尔一句轻佻的玩笑激起了笑声，像浪花一样溅起白沫。他却一动也不动地躺在无边的黑暗中，被羞耻和痛苦淹没。

三位男士站了起来，艾琳娜急忙跟在他们后面，她母亲的动作稍微慢一点儿。她们听从了男士们愉快的提议，到旁边的音乐厅去，而她们觉得没有必要特别去邀请昏昏沉沉打着瞌睡的老人。直到他感受到周围骤然空了下来，他才醒过来，像一个睡着的人在夜里被子滑落，冷风拂过赤裸的身体而被寒意惊醒。他的目光不禁望向那些空下来的椅子，而从旁边的钢琴演奏厅里也已经叮叮咚咚地传来一首爵士乐，那是首流行歌曲。他听见笑声、兴奋的呼喊声，他们在隔壁跳舞。没错，跳舞，总是在跳舞，他们就会跳舞！总是要让自己血液沸腾，总是要淫荡地在彼此身上摩擦，直到欲火难耐。跳舞，晚上跳，白天也跳，这些懒惰虫，这些无所事事的人，他们就是这样钓到女人的。

他恼怒地又握住那根结实的手杖，拖着脚步尾随他们而去。他在音乐厅门口停下脚步，那位德国骑师坐在钢琴前面，叮叮咚咚地弹着一首美国流行歌曲，他凭着记忆，弹得大致没错，他半转过身去，以便同时看着在跳舞的人。艾琳娜跟那名军官共舞，瘦高的乌巴尔基伯爵则略显吃力地把她强壮笨重的母亲随着节奏推向前、推向后。然而，老人只盯着艾琳娜和她的舞伴。那个灵活的军官轻巧地把双手搁在她柔嫩的肩膀上，仿佛她已经完全属于他！看着她的身体摇摆着，贴向他的身体，仿佛已经以身相许。他们在他眼前彼此交缠，勉强克制住一再迸发的激情！没错，就是他——因为在这两具摇摆的身体上明显流露出一份熟悉，一种已经渗入血液中的相属之感。没错，就是他——只可能是他，老人从她的眼睛里看得出来，她的眼睛半闭，却依旧热情洋溢，在舞动中忆起一段热烈享受过的激情，并将之反映出来——就是他，这个贼，夜里热切地搂住她此刻藏在单薄衣服里的身体，那半透明的衣服飘动着，他的女儿，他的女儿！他忍不住走近，想把她从那人身边拉开，但她没有发现他。她的每一个动作都随着节奏、随着带舞之人暗中引领她的力道，把自己献给这个引诱者。她把头向后仰，湿润的嘴巴微微张开，浑然陶醉忘我，在柔和流淌的音乐中轻轻摇晃，感觉不到空间，感觉不到时间，也感觉不到那个颤抖喘气的老人，他泛着血丝的眼睛在狂怒中盯着她。她只感觉到自己，只感觉到自己年轻的四肢随着舞曲旋律的节奏急速旋转，毫无抵抗之力，她现在只感觉到自己，只感觉到一个贴近她的男子对她的渴望，感觉到他有力的臂膀搂着她，感觉到在这柔软的飘浮中她必须要克制自己，不要带着热情的双唇和意欲献身的诱人热气倒在他身上。说来神奇，老人在自己沸腾的血液中也感觉到了这一切，每当那支舞把她从他身旁卷走，他就觉得她仿佛永远地沉沦了。

音乐突然中断，就像一根叮咚作响的琴弦断裂。德国男爵跳起来，笑着用法文说："我替各位弹得够久了，现在我自己也想跳一会儿。"大家都兴高采烈地表示赞成，两两成对的舞伴散开来，松散地站在一起。

老人又清醒过来，他想，现在该做点儿什么，说些什么！不要像个傻瓜一样站在旁边！他太太刚刚摇摇摆摆地从他身旁走过，由于费力跳舞而有点儿气喘吁吁，神情却满足愉悦。愤怒让他顿时果敢起来，他挡住了她的路，不耐烦地喘着气说："来，我有话跟你说。"

她讶异地看着他，他苍白的额头上汗涔涔的，眼神慌乱。他想干什么？为什么偏偏要在这个时候打搅她？她正想说句话来打发他，但他的举止带着一种颤抖，一种危险，让她突然回想起先前他所发的脾气，于是便不情愿地跟着他走。

"抱歉，各位先生，我离开一下！"走之前她还转过身去用法文向那三位先生道歉。激动的老人愠怒地想："她向他们道歉，但他们站起来离开座位时却没有向我道歉。对他们来说我只是一条狗，像块破烂的踏脚布，任人践踏。不过，他们做得对，做得对，因为我容忍他们这么做。"

她严厉地扬起眉毛，他站在她面前，嘴唇颤动，像个站在老师面前的学生。

"怎么啦？"她终于问道。

"我不希望……我不希望……"他终于结结巴巴地说，模样笨拙，"我不希望你们……不希望你们跟这些人来往。"

"跟哪些人来往？"她故意装作没听懂，不满地抬起目光，仿佛他得罪了她。

"跟那边那些人，"他怒气冲冲地把低着的头往音乐厅的方向一扭，"我不喜欢他们……我不希望……"

"为什么呢？"

"她老是用这种质问的口气，"他愤愤地想，"仿佛我是她的仆人似的。"他更激动了，结结巴巴地说："我有我的理由……我不喜欢这样……我不希望艾琳娜跟这些人交谈……我不必把话全说出来。"

"这样的话我很抱歉，"她盛气凌人地拒绝了，"我觉得这三位男士全都非常有教养，比起我们在家里来往的那些人要高贵得多。"

"高贵得多！……这些游手好闲的家伙……这些……这些……"他气得无法呼吸，越来越难以忍受。突然他跺起脚来喊道："我不希望这样……我不允许……你明白了吗？"

"不，"她冷冷地回答，"我什么也不明白。我不知道我为什么要败坏女儿的兴致……”

“她的兴致！……她的兴致！……”他仿佛受到重重一击，踉踉跄跄，他的脸涨红了，额头上冒出涔涔汗水。他伸手去抓那支沉重的手杖，想用来支撑自己，或是用来打人，却抓了个空，他忘记把手杖拿过来了。这又让他清醒过来。他克制住自己，一道暖流突然从他心头掠过，他走近了一些，仿佛想握住她的手。他的声音变得很小，简直像在乞求：“你……你不了解我……我并不是为了我自己……我只请求你们这么做……这是我多年来头一次向你请求：让我们搭车离开这里……离开……到佛罗伦萨去，还是罗马，你们想去哪里都行，我都不介意……一切都由你们来决定，随你们高兴……只要离开这里，我求求你……离开……只要离开，今天就离开……今天……我再也受不了了……再也受不了。”

“今天？”她惊讶地皱起眉头，表示拒绝，“今天起程？这个念头太可笑了……就只因为那几位先生不讨你喜欢……你可以不必跟他们来往。”

他仍旧站在那儿，央求地举起双手：“我跟你说过了，我受不了……受不了，受不了。我求你别再多问，我求你……但是请相信我，我受不了了……就是受不了。就这么一次，请为了我而这么做……”

音乐厅里的钢琴声又再度叮叮咚咚地响起。她抬起眼睛，不由得被他的呼喊打动。可是他的模样有着说不出的可笑，这个又矮又胖的男人，脸像中风似的涨得通红，眼神慌乱，眼睛肿胀，双手从过短的衣袖里颤抖着举向空中。他这副可悲的模样实在令人难为情，原先软化下来的情感僵在话语中：

“这不可能，”她下了决定，“今天我们答应他们要一起搭车出游……而且我们房间的租期是三个星期，如果明天就起程离开会很可笑……我看不出有什么理由要离开……我要留下来，艾琳娜也一样……”

“那么就是说我可以走了，对吗？……我在这里只会打搅你们……只会妨碍你们的……乐趣。”

他用这声沉沉的呼喊把她的话从中截断。他蜷缩着的胖大身体猛然直起来，双手握拳，额头上的青筋在愤怒中危险地抽搐。他还有些东西想要用言语或拳头发泄出来，但他突然猛地转过身朝楼梯走去，步履蹒跚，双腿沉重，脚步却越来越快，匆匆地爬上了楼梯，像是有人在追赶他。

老人气喘吁吁地爬上楼梯，现在他只想回到房间里，只想独处，克制住自己，压抑住神经，别做出荒唐事！他已经爬到了楼上，这时——仿佛体内有一只灼热的爪子撕裂了内脏——他突然脸色灰白，踉踉跄跄地倒向墙边。噢，这种剧痛灼热地绞动，他必须咬紧牙关，免得大声叫出来。身体遭到这阵痛楚的突袭，呻吟着蜷缩起来。

他立刻明白这是怎么回事：胆痉挛发作。这可怕的毛病最近经常折磨他，但没有一次像这一次这么厉害。就在这一瞬间，就在疼痛之中，他想起医生告诉过他："要避免情绪激动。"而就在疼痛之中，他还愠怒地自嘲："说得倒容易，避免情绪激动……医生应该来示范一下要如何避免情绪激动，如果……噢……噢……"

老人呻吟着，那只无形的爪子在他受折磨的身体里翻搅。他吃力地走到他所租套房的客厅门口，推开门，倒在沙发上，用牙齿咬住椅垫。躺下来之后，疼痛立刻减轻了一些，那只爪子的炙热指甲不再那样深深抓进他严重受伤的内脏。"我该替自己热敷一下，"他想起来，"服用药水，之后立刻就会好一点儿。"

但没有人能帮助他，一个人也没有。而他没有力气走到另一个房间，就连走去按铃叫人都走不动。

"没有人在这儿，"他怨恨地想，"有一天我会像条狗一样死掉……因为我知道是什么在作痛，作痛的并不是我的胆……而是死亡，它在我体内生长……我知道自己已经完了，哪个医生也帮不了我，去哪里疗养也帮不了我……一个六十五岁的人不可能再恢复健康……我知道是什么在我体内钻刺翻搅，那是死亡，而我仅剩的几年将不再是生命，只是在等待死亡……而我究竟什么时候活过呢？……为我自己活过？……那算是什么样的人生？总是在攒钱，攒钱，总是只为了别人而活，而现在这对我有什么帮助？……我有过一个妻子，在她还是少女时娶了她，我是她的第一个男人，而她替我生了一个孩子。年复一年，我们在同一张床上一起呼吸……而现在她在哪里……我不再认得她的脸……她跟我说话时完全像个陌生人，从不曾考虑过我的生活，没考虑过我的感受、我的痛苦、我的想法……这么多年来，她对我完全就像个陌生人……那份感情到哪儿去了？到哪儿去了……我也有过一个孩子……她长大了，离开了我的手心，我原本以为生命在她身上可以重新开始，只要她比我活得更开朗、更幸福，我的生命就不会完全死去……而她在夜里溜出去，献身给那些男人……我只能孤单地死去，就只有我一个人……因为对其他人来说我已经死了……天哪，天哪，我从不曾如此孤单……”

那只无形的爪子时而用力抓紧，时而松开。然而另一种痛楚越来越深地敲进他太阳穴里，那些思绪刺进他的额头，就像坚硬、尖锐、炙热无情的小石子。现在别再想这些了，千万别再想了！老人把外套和背心扯开，肿胀的身体臃肿而不成形地在鼓起的衬衫下颤抖。他小心翼翼地用手压住作痛的部位，心想：“只有那个作痛的部位是我，只有这一块灼热的皮肤是我……只有在身体里面折磨我的东西还属于我，这是‘我的’病，‘我的’死亡……我就只剩下这个……我不再是商务顾问，没有妻儿，没有钱，没有房子，没有店铺……只有我现在用手指摸到的东西才是真实的，我的身体，还有在体内发热、作痛的东西……其余一切都是蠢事，都不再有意义……因为那作痛的东西只会令我一个人疼痛……令我担忧的事情就只令我一个人担忧……她们不再了解我，我也不再了解她们……我从不曾感到如此孤单。但我现在知道了，当我躺在这里，感觉到死亡在我体内生长，在六十五岁的时候才知道已经太迟了，我离死亡不远了，而她们在跳舞，去散步，或是到处闲晃，这些不知羞耻的女人……现在我知道，我只是为了她们而活，从不曾为了自己而活，连一个小时也不曾，而她们并不感谢我……可是她们跟我还有何相干……还有何相干……何必想着她们，既然她们从不曾想到我？……我宁愿翘辫子，也不要她们来同情……她们跟我还有什么相干……”

疼痛一点儿一点儿地渐渐消退，那只愤怒的手不再像只爪子一样重重抓进这个受苦的人身上，但仍留下一种隐隐的感觉，几乎不再觉得痛，某种陌生的东西压着、挤着，向体内挖掘出一条坑道。老人闭着眼睛躺着，绷紧神经，倾听这小声的拉扯。他觉得这股异样陌生的力量仿佛挖空了他体内某种东西，先用尖锐的工具，再用比较钝的工具，仿佛在他封闭的体内有某样东西的纤维正在一根一根地松开、脱落。现在不再撕扯得那么厉害，也不再作痛，但他体内却有某种东西在微微燃烧，在悄悄腐烂，某种东西开始坏死。他活过的一切，他爱过的一切，全都在这缓缓消耗的火焰中消失，烧得发黑，直到变成松脆的焦炭，化为微温的泥渣，但无人在乎。当他这样躺着，激动地思考他的一生时，他隐隐感觉到某件事情发生了，某件事情到了终点。是什么呢？他往自己的身体里聆听，听了又听。渐渐地，他的心开始沉沦。

老人躺在逐渐昏暗的房间里，闭着眼睛，半睡半醒。而在半梦半醒之间，这个心绪混乱的人觉得仿佛从某处（从一个他并不知道、也并未作痛的伤口）有种湿热的东西悄悄渗进里面，仿佛他在流血，可是这血却往里面流，流进他自己的身体里。这种看不见的流动并不会痛，流量也不大，只是像眼泪一样微温地缓缓流淌、滴落，就这样一滴滴落下，而每一滴都正中心脏。但颜色暗沉的心脏一声不吭，默默吸进这陌生的液体，像一块海绵，因此变得越来越沉重，在狭窄的胸腔里肿胀起来。它渐渐地吸满了，太满了，由于本身的重量，他的心开始悄悄下坠，韧带被拉长了，拉扯着绷紧的肌肉，疼痛的心由于自身的重力越来越沉重地向下压，向下挤，已经变得硕大无比。而此刻（多么痛苦啊！），这个重物脱离了肌肉的纤维，十分缓慢，不像一块坠落的石头，也不像坠落的果实，而像一片泥沼，吸满了水分，越来越深地陷落，陷落到某种微温、空洞之处，落到他体外某个没有实体的地方，一个宽广无边的黑夜。顿时，刚才那颗温暖、涨大的心还在的部位变得安静得可怕，那儿空荡荡的，阴森而寒冷。它不再跳动，不再滴血，变得完全寂静，一片死寂。战栗的胸膛又空又黑，像具棺材，包围着这沉默无言、难以理解的虚空。

这种如梦的感觉如此强烈，这片迷惘如此深沉，当老人悠悠醒来，他不由自主地去摸左胸，去摸摸他的心是否还在里面。感谢老天！那儿还有个东西在跳动，在触摸的手指下有节奏地隐隐跳动，然而，这仿佛只是麻木地敲进空气，仿佛他的心已经不在了。真奇怪，他仿佛觉得自己的身体突然脱离了他。不再有撕裂的疼痛，不再有回忆折磨他的神经，体内的一切全都没有了声音，僵住了，化作石头。“这是怎么回事？”他想，“刚才还有那么多东西在折磨我，刚才我体内还灼热地挤压着，刚才每一根纤维都还在颤动。我出了什么事？”他倾听着，像是在听一个空洞的地方，听听从前那颗心是否还在动。但他听了又听，什么也没有听见，那流淌声、沙沙声、滴落声和敲击声，全都没有一点儿回音。再没有什么东西折磨他，再没有什么东西涨大起来，再没有什么东西在作痛。那里面想必又空又黑，就像一个被烧焦的树洞。他顿时觉得自己仿佛已经死了，不然就是体内有件东西已经死去，血液停滞无声，如此恐怖。他的身体冷冷地躺在他下面，就像一具尸体，他害怕用温暖的手去触碰。

老人仔细地倾听着，没听见报时的钟声一再从湖上传进房间，每一声都笼罩在更深的暮色里。在他周围夜色越来越浓，黑暗把物件从渐渐模糊的房间里抹去，就连四角形的窗户里那片明亮的天空也完全消失在黑暗之中。老人没有察觉这一切，他只凝视着自己体内的黑暗，只聆听自己体内的虚空，像是聆听自己的死亡。

这时隔壁房间终于响起了开怀的笑声，隔壁的灯光亮起，门只是虚掩着，一道光束从门缝洒了进来。老人吓了一跳：那是他的妻子和女儿！她们马上就会发现他躺在沙发上，会问他怎么了。他急忙扣上外套和背心，何必让她们知道他的病又发作了，这跟她们有何相干？

但母女两人并非来找他。她们显然在赶时间，锣声第三度用力敲响，通知大家去用餐。看来她们是在梳妆打扮，隔着打开的门，老人听得见每一个动作。现在她们把抽屉打开，现在她们把戒指搁在洗手台上发出叮叮的轻响，现在鞋子砰的一声重重落在地板上，偶尔她们也说着话，每一句话、每一个音节都传进老人倾听的耳中，清晰得可怕。起初她们谈起那几位男士，嘲笑他们，谈起乘车出游途中发生的小事，全都是些轻松愉快的话，她们一边梳洗、弯身、打扮，一边断断续续地胡乱闲聊。这时话题突然转到了他身上。

“咦，爸爸在哪里？”艾琳娜问道，讶异自己这么晚才想到他。

“我怎么会知道？”是她母亲的声音，光是听见女儿提起他就立刻感到气恼，“他大概是在下面的大厅里等着呢，又在《法兰克福日报》上读他已经读了一百遍的股市行情，除此之外，别的东西都引不起他的兴趣。你以为他去看过那座湖一眼吗？今天中午他告诉我他不喜欢这里，说他希望我们今天就起程离开。”

“今天就起程离开？……可是为什么呢？”又是艾琳娜的声音。

“我不知道。谁懂得他？我们交游的对象不称他的意，他显然不喜欢那几位男士，大概自己也感觉到他跟他们是多么不相称。看他那样走来走去真是丢脸，衣服总是皱巴巴的，领口也敞开着……你应该要提醒他一下，至少在晚上要稍微注意一下仪表，你说的话他还会听。还有今天上午……我恨不得有个地洞钻进去，看他为了那个打火机是怎么教训上尉的……”

“是啊，妈妈……那是怎么回事？……我本来就想要问你……爸爸是怎么回事？……我从来没见过他这副样子……我真的吓坏了。”

“没什么，心情不好罢了……大概是股市又跌了……不然就是因为我们当时说的是法文……他受不了别人开心快活……你没注意到，我们在跳舞的时候，他站在门边，像个躲在树后面的凶手……起程离开！马上起程离开！就只因为他突然想这么做……就算他不喜欢这里，总也该让我们享受我们的乐趣……不过，我才不去管他的情绪，他想怎么说怎么做，都随便他。”

谈话中断了，显然她们已经在谈话中完成晚间的梳妆。没错，门打开了，此刻她们走出房间，电灯开关咔嗒一声，灯光熄灭了。

老人安安静静地坐在沙发上。每一句话他都听见了，但说也奇怪，那些话不再令他难过，一点儿也不再令他难过。那颗激动的心从前会敲击、撕扯，此刻却在胸腔中完全静止，想必是碎裂了。这番猛烈的触动没有激起任何情感。没有愤怒，没有憎恨……什么都没有……什么都没有……他平静地把衣服扣好，小心翼翼地摸索着走下楼梯，在她们那张桌子旁坐下，就像跟陌生人坐在一起。

那天晚上他没有跟她们说话，而母女两人也没有注意到他那攥成拳头的沉默。他没有道晚安，就又走回他的房间，在床上躺下，关了灯。过了很久，他太太才开心地聊完天回来，以为他睡着了，就在黑暗中换衣服。没多久，他就听见她沉重无忧的呼吸声。

老人睁着眼睛，独自凝视着黑夜无边的虚空。在黑暗中，某个东西躺在他身旁，在深深地呼吸。他努力地在回忆：这具在同一个房间里呼吸着同样的空气的身体，就是当年那具年轻灼热的身体，曾经为他生下一个孩子，由于血缘的奥秘而与他相连。他一再强迫自己去想身旁这温暖柔软的东西，他能用手去触碰的东西，曾经是他的生命。可是真奇怪：这份回忆再也激不起任何感觉。这呼吸声在他听来就跟从窗外传来的细碎浪花声没有两样，那细浪拍打在湖岸的碎石上汩汩作响。一切都遥远而缺少实质，只不过是个身旁之物，一种偶然而陌生的东西，成为过去，永远地成为过去。

他听见隔壁女儿房间的门传来悄悄的转动声，他又颤抖了一次。“所以说今天她还要去。”在他认为已死的心里还感觉到一阵小小的刺痛。有一秒钟的时间，在那颗心完全坏死之前，有某种像是神经的东西在颤动。接着这阵颤动便也成为过去：“随便她想怎么做就怎么做吧！她跟我还有什么相干！”

老人又躺回枕头上。黑暗更柔和地贴近作痛的太阳穴，一阵凉意舒服地渗进血液中。没多久，浅浅的睡意就笼罩了他疲惫的感官。

等他太太早晨醒来，看见先生已经穿上大衣，戴上帽子。“你在干吗？”她睡眼惺忪地问。

老人没有转身，还镇静地把睡衣及盥洗用具塞进手提箱里。“你知道的，我要搭车回去。我只随身携带最必要的物品，其他东西你们可以再寄给我。”

妻子吓了一跳。这是怎么回事？她从没听过他这种语气：每一个字都十分冷漠、十分僵硬地从齿缝间吐出来。她把两条腿一伸，下了床。“你该不会是要离开这里吧？……等一等……我们也一起走，我已经跟艾琳娜说过了……”

但他用力挥手表示拒绝：“不……不……你们别费事。”他没有转身，就笨重地走到门边。为了按下门把，他必须暂时把手提箱搁在地板上。就在这一刹那，他忆起自己曾经千百次像这样把装着样品的箱子搁在陌生的门前，再倒退着打躬作揖，卑躬屈膝地告别，请对方再关照生意。然而，这里再也没有他的事了，于是他一句道别的话也没说。没有再看一眼，没有再说一句话，他又提起行李，门咔嚓一声关上，隔开了他和他从前的人生。

母女俩都不明白发生了什么事，但他这次离去的粗鲁和坚决让她们两人都感到不安。她们立刻写信给德国南部家中的老人，猜想这当中有什么误会，大费周章地解释，极其温柔又充满关怀地询问他旅途是否顺利，是否平安抵达，也突然让步，表示愿意随时中断假期。他没有回信。于是她们更加急切地写信，还打电报回来，但仍旧没有回音。她们只收到从店里寄去的一笔钱，是她们先前在一封信里提到过所需要的款子。那是张邮局的汇票，盖着公司的章，没有他亲手写的一句话，也没有问候。

这种情况无法解释而又令人烦恼，促使她们提前踏上归途。虽然她们事先打过电报通知，却没有人来火车站接她们，在家里也没人做好迎接她们回家的准备。仆人信誓旦旦地说，老人心不在焉地把电报扔在桌上，没有任何交代就出门了。晚上当她们已经坐下来用餐，才终于听见大门打开的声音，母女俩跳起来迎接他。他吃惊地看着她们，显然把那封电报给忘了，也没有流露出任何特别的感受。他冷漠地接受了女儿的拥抱，然后被她带到餐厅去。但他什么问题也没问，只是无言地抽着雪茄，有时候用三言两语回答，有时候对询问和交谈听而不闻，仿佛睁着眼睛在睡觉。之后他沉重地站起来，走回他的房间。

接下来那几天仍旧是这种情况。不安的妻子试图跟他谈话，却徒劳无功。她越是激动地逼问他，他就越发回避。他身上有某种东西被封锁了，变得无法接近。他还跟她们同桌吃饭，有客人来时他仍旧坐在一旁，沉默不语，把自己埋藏起来。但他不再参与谈话，当客人在谈话中碰巧与他目光相接，便会觉得难为情，因为那是一道没有生命的目光，无神而呆滞，对他们视而不见。

没多久，就连最陌生的人也注意到老人越来越奇怪。如果熟人在街上碰到他，他们开始会偷偷地碰碰彼此。财富在城中数一数二的老人像个乞丐一样，蹑手蹑脚地贴着墙走，帽子歪了，而且被压扁了，外套上沾着雪茄烟灰，每一步都怪异地摇摇晃晃，往往还会低声地自言自语。若是有人跟他打招呼，他就会抬起受惊的目光，倘若有人跟他说话，他就眼神空洞地呆望着对方，都忘了应该和别人握手。有些人起初以为他耳聋，就更大声地把话重复一遍。但他并非重听，只是需要时间把自己从内在的睡眠中唤醒，而在谈话当中，他也会再度陷入那种奇特的失魂状态。于是他顿时双眼无光，匆匆中断谈话，继续蹒跚地向前走，没有察觉对方的惊讶。似乎他总是从一场沉沉的梦境、从迷茫的出神思索中被吵醒。看得出来，旁人对他来说不再存在。他不问起任何人，在自己家里也察觉不到妻子阴郁的绝望和女儿不知所措的询问。他不看报，不听人谈话，没有一句话、一句询问能穿透他那份阴沉的漠然，哪怕只有一瞬。就连他的商行，他最熟悉的世界，于他也变得陌生。他偶尔还会木然地坐在办事处里签署信件，可是等秘书在一个小时后来取签好的信，发现老人就跟他先前离开时一样带着同样空洞的眼神，仿佛在做梦，对那些未加阅读的信件视而不见。到最后老人也察觉到自己的多余，就根本不再到店里来。

不过，对全城居民来说最奇怪也最令人惊讶之处在于：从来不属于信徒的老人突然虔诚起来。他对其余一切都漠不关心，用餐和与人相约总是不准时，却从不曾错过去教堂的机会。他站在教堂里，戴着黑色丝绸小帽，肩上披着祈祷时所穿的外套，总是坐在同一个位子上，就跟当年他父亲所坐的是同一个，在吟诵赞美诗时把疲倦的脑袋晃来晃去。在半空着的教堂里，当话语陌生而黑暗地在他周围嗡嗡作响，他最能够跟自己独处，一种平和覆盖了他的迷惘，他跟自己胸中的黑暗交谈。然而，若是碰到为亡故之人祷告，而他看见死者的子女亲友激动地善尽生者义务，一再弯身恳求，替死者祈求上帝的宽容，他的双眼就会变得黯淡。他知道他是家族的最后一人，不会有人替他祷告。于是他虔诚地跟着喃喃祈祷，就像为一名死者那样为自己祈福。

有一天晚上，他在心思混乱的漫游之后回家，半途碰上下雨，而老人就跟平常一样忘了带伞。花一点儿小钱就能叫辆车，房屋的大门和遮篷也能让人躲避骤来的豪雨，但这个怪人步履蹒跚、摇摇晃晃地继续走，一点儿也不在乎身上在滴水。雨水在他被压扁的帽子上累积成小水塘，往下渗透，从衣袖滴下的水像小溪一般落在他自己的脚步上。他毫不在意，继续慢慢走，在空荡荡的街道上几乎是唯一的行人。就这样，他全身湿透，滴着水，更像个流浪汉，而不像那栋高级别墅的主人。他抵达家门前的车道入口时，一辆汽车正好紧挨着他停下，车灯还向前洒出光亮，停车时溅出的湿泥喷了这个不留心的行人一身。车门被拉开，他太太从电灯照亮的车厢里匆匆走下来，在她身后有某个高贵的客人替她撑伞，除此之外还有另一位男士。快到大门时，他们碰到一块儿。他太太认出了他，看见他这副模样她吓坏了，他身上在滴水，衣服皱巴巴的，就像刚刚被人从水里捞出来。她不禁别过视线，而老人立刻就明白了：在客人面前他令她感到羞耻。于是，为了避免她要向客人介绍他的难堪，他像个陌生人一样再往前走了几步，走到仆人专用的楼梯，心中并不激动，也不带怨恨，卑屈地从那里进了屋子。

从此以后，老人在自己家里就只走仆人专用的楼梯。在那里他确定不会遇到任何人，不会打扰到谁，也不会有人打扰他。他也不再和家人一起用餐，一个老女佣会把食物送到他房间去。如果妻子或女儿试图接近他，他就会尴尬而坚决地抗拒，急忙把她们赶走。到最后她们就随他去了，习惯了不再问起他，而他也不问起任何事。他常常听见笑声和音乐透过墙壁传进来，来自那些已经变得陌生的房间，也听见外面有车辆来来去去，直到深夜。但他对这一切都漠不关心，甚至不会向窗外望上一眼。这一切跟他有何相干？只有那条狗偶尔还会上楼来，躺在那张已被遗忘的床前。

那颗坏死的心不再作痛，但那只黑色鼹鼠还在身体里面继续挖掘，把颤动的肉撕扯得鲜血淋漓。病痛发作的次数越来越频繁，受折磨的老人终于在医生的催促下去做了特别的检查。医生的目光很严肃，小心翼翼地让他做好心理准备，表示一场手术如今无法避免。但老人并未受到惊吓，只是阴郁地微笑：感谢老天，终于熬到尽头了。死亡的过程即将结束，死亡这件好事总算来临。他不准医生向他的家属透露，自行决定了动手术的日期，做好了一切准备。他最后一次到他店里去（店里再也没有人料到他会去，大家全都看着他，像看着一个陌生人），再一次坐上那张老旧的黑色皮椅，他在这张椅子上坐了三十年，坐了一辈子，坐了几万个小时。他请人把支票簿拿来，填写了其中一张，把支票拿去给教区执事，对方看到那个巨额数字差点儿吓坏了。这笔钱是要用来做慈善工作以及建造他的坟墓。他不愿接受道谢，急忙脚步蹒跚地再走出来，这当中他的帽子掉了，但他并未弯身去将帽子拾起。就这样，他没戴帽子，脸色蜡黄，满脸皱纹，目光浑浊，他慢慢走到墓园（大家诧异地目送着他），去到他父母坟前。墓园里有几个闲人观察着这个老人，再一次感到讶异：他对着半朽的墓碑大声说话，说了很久，就像对着活人说话。他是在预告自己即将来到这里？还是想得到他们的祝福？没有人听见他在说什么，只看见他的嘴唇无声地动着，摇晃的脑袋在祈祷中弯得越来越低。离开墓园时，乞丐纷纷朝这个大家都认识的人涌来。他急忙从口袋里搜出硬币和纸钞，把所有的钱都分完了，这时候又来了一个干瘪的老妇，她一跛一跛地来迟了，哭着向他乞讨。他慌乱地到处找，却一毛钱也找不到，只有手指上还有某件沉甸甸的陌生的东西，那是他的结婚戒指。某个回忆向他袭来，他急忙把金戒指褪下来，送给那个讶异的老妇。

就这样，他身无分文，囊空如洗，老人独自去动了手术。

当老人从麻醉中醒来，医生看出情况危险，就把他此刻已接获通知的妻女叫进病房。他的眼睛吃力地从青青的眼皮底下望出来。“我在哪里？”他凝视着这个从未见过、陌生而洁白的房间。

这时女儿俯身在他可怜而虚弱的脸上表示亲昵。那四下盲目摸索的瞳孔突然像是认出了什么。一道微小的光在瞳孔中升起：那是她，他的女儿，他无限深爱的孩子，是她，艾琳娜，那个温柔美丽的孩子！他怨恨的嘴唇缓缓放松开来，露出一丝很浅的微笑，这张紧闭的嘴早已不习惯微笑。这吃力流露的喜悦令她感动，她凑得更近了，去亲吻父亲失去血色的脸颊。

然而这时候——是那带着甜味的香水让他回想起来了吗？还是他尚未从麻醉中完全清醒的大脑忆起某个遗忘的瞬间？——他刚才还流露出喜悦的面容突然起了可怕的变化：失去血色的嘴唇一下子紧紧闭上，愤怒地抗拒着，毯子下的手使劲想要举起来，像是想推开某件他厌恶的东西，手术后的身体由于激动而颤抖。“走开！……走开！……”他苍白的嘴唇模糊不清地说，没有发出声音，却还是能让人明白。无法动弹的老人痉挛的脸上呈现出吓人的厌恶，让医生担心地把他的妻女推到一旁。“他在胡言乱语，”他轻声地说，“两位现在最好是让他独处。”

她们两个一走，他扭曲的表情又无力地松弛下来，呈现出空虚的困倦。他还在沉沉地呼吸，从胸膛越来越深处发出呼噜声，呼吸着生命的沉重空气。但没多久那胸膛就倦了，无力再吸进这苦涩的养分。当医生伸手去检查他的心脏，那颗心已经不再让老人痛苦了。

巧识新艺

在一九三一年四月那个不寻常的早晨，空气潮湿，但已经被阳光穿透，十分美好。那空气犹如一颗糖果，尝起来甘甜清凉，湿润闪亮，经过过滤的春天，纯粹的新鲜空气，在斯特拉斯堡大道上，你能意外吸进从草地和大海上升腾起来的芬芳。一场暴雨促成了这明媚的奇迹，那种任性的四月阵雨，春天往往以顽皮的方式来预告自己的来临。我们搭的火车在途中就已经朝着阴暗的地平线驶去，那乌黑的地平线从天空切进原野。不过，一直到了摩乌附近，那吸满水气的臃肿乌云才终于迸裂，宛如玩具骰子的郊区房屋已经在那一带零星散布，头几个广告牌已经刺眼地竖立在被惹恼的绿地上，同一个车厢里坐在我对面的英国老太太已经急忙把她那十四件提袋、瓶罐和旅行用品收拢在一起。自从过了埃佩尔内城，这片铅灰色的乌云就凶恶地和火车头赛跑。一道苍白的小小闪电发出信号，好斗的滂沱大雨随即哗啦啦地落下，用湿漉漉的水弹像机关枪一样扫射这列行驶中的火车。车窗玻璃被重重击中，在冰雹噼里啪啦的敲击下哀号，火车头吐出的灰烟朝地面低垂表示投降。什么也看不见了，什么也听不见了，除了这阵滴落在钢铁和玻璃上的激动雨声，而火车在发亮的铁轨上一路飞奔，像一只饱受折磨的野兽想逃离这场暴雨一般。可是看哪，这才刚刚愉快地抵达车站，站在有顶篷的站台上等待搬运行李的人就把行李送来，在灰色的雨水天棚背后，那条林荫大道的立体图像又已经明亮地闪现；一道锐利的阳光用三叉戟刺穿散开的云层，房屋的正面立刻闪闪发亮，犹如擦亮的黄铜，天空则闪耀着大海般的蔚蓝，犹如阿弗洛狄忒·安娜迪奥梅娜[①]赤裸而熠熠生辉地自波涛中升起，这座城市也褪下了雨的外衣，呈现一副美妙的景色。刹那之间，路人从左右两边纷纷自几百个躲雨处涌上街头，抖落身上的雨水，笑着奔向各自的去路；堵塞的车流滚动起来，叽叽嘎嘎，呼啸而过，再度随着几百部车辆混乱地转动；万物都在呼吸，为了重新出现的阳光而喜悦。就连大道上被紧紧束缚在柏油路面的瘦弱树木，刚才被大雨淋湿，此刻还在滴水，就把小而尖的叶芽伸向重现的蓝天，努力散发出些许香气。而它们果然成功了，奇迹一个接一个地出现，有几分钟的时间，你能清楚地闻到栗树花朵怯生生的淡淡芬芳，就在巴黎市中心，就在斯特拉斯堡大道上。

这个受到祝福的四月天还有第二个美好：刚刚抵达的我要直到午后才与人有约。巴黎的四百五十万居民当中，无人知晓我在此地，也无人等待着我，因此我无比自由，可以想做什么就做什么。我可以散步闲逛或是看报，随我高兴，我可以坐在一家咖啡馆里，或是去吃点儿东西，或是去逛逛博物馆，浏览橱窗或码头上的书籍，我可以打电话给朋友，也可以就只是凝视那温暖的甘甜空气。不过，幸好我出于无所不知的直觉做了最合理的事：即什么也不做。我完全不做计划，给自己充分的自由，摆脱愿望和目的，完全让巧合来决定我要走的路，意思是我随意前行，看街道把我带向何处，我轻松地经过路边五光十色的店铺，加快脚步穿越人行道的急流。最后那道人潮把我抛进了几条大道上。我坐在一家位于豪斯曼大道和德鲁奥特大街交叉口的一家咖啡馆门前的座位上，虽然疲倦但很愉快。

我舒服地靠坐在柔软的藤椅上吸着一根雪茄，心想：我又回来了，而你仍在此，巴黎！整整两年，我们这两个老友不曾相见，现在我们好好地互相凝视。那就来吧，开始吧，巴黎，让我看看自从上次相见以来你又学到了什么，来吧，开始吧，在我面前播放你那部杰出的有声影片《巴黎大

---

① 阿弗洛狄忒·安娜迪奥梅娜：希腊神话中爱与美的女神。

道》，这部光与色彩与动作的杰作，有着成千上万数不清的临时演员，全都无偿演出，再配上你那独一无二的街头音乐，叮叮咚咚，铿铿锵锵，唧唧嗡嗡！不要有所保留，加快速度，让我看看你的能耐，让我看看你的面貌，奏起你的自动管风琴，演奏无调性、泛调性的街头音乐，让你的汽车行驶，让你的小贩大声叫卖，让你的海报噼啪作响，让你的汽车喇叭震耳欲聋，让你的商店闪闪发亮，让众人奔跑。我坐在这里，一如既往地敞开心胸，有时间也有兴致地看着你，听着你，直到我眼花缭乱，心里发晕。来吧，来吧，不要有所保留，不要有所压抑，给得多一点儿，再多一点儿，狂野更狂野，更多不同的叫唤和呼喊，汽车喇叭和四分五裂的声响不会令我疲倦，因为所有的感官都向你敞开，来吧，来吧，把你自己整个献给我，一如我也乐意把自己整个献给你，你这座独一无二、一再重新令人着迷的城市！

因为——这是这个不寻常早晨的第三个美好——我已经从发痒的神经感觉出，这又是好奇心发作的一天，我在一趟旅行或是彻夜未眠之后往往如此。在这种好奇心发作的日子，我仿佛化作两个自己，甚至是多个自己，不再满足于受到限制的生活，体内有种东西在向外挤，在绷紧，仿佛我必须钻出皮肤，就像蝴蝶从蛹里钻出来那样。我的每一个毛孔都张大了，每一条神经都弯曲成精细、灼热的铁爪，听觉和视觉顿时异常敏锐，神志清醒得令人害怕，让我的瞳孔和鼓膜变得更加锐利。目光所及之处，一切于我都变得神秘。我可以接连几个小时看着马路上一个工人用电钻凿开柏油路面，单是透过观察就能强烈感受到他所做的事，他不停震动的肩膀的每一个动作都不由自主地转而成为我的动作。我可以久久地站在一扇陌生的窗户前面，尽情幻想着陌生人的命运，他或许就住在这里，或是可能住在这里。我可以接连几个小时注视某个行人，跟在他后面，被好奇心如磁铁般无意义地拉着走，同时完全自觉这种行为对任何一个凑巧旁观的人来说都是无法理解而又带着傻气的。然而对我来说，这种幻想和游戏的欲望要比任何现成的戏剧或书中的冒险故事更令人陶醉。我从不曾试图去解释这种神秘的激动，这种兴奋过度、这种神经质的敏锐视觉，有可能是自然而然地源自于地点的突然转换，只不过是气压改变引起了血液中的化学变化。可是每一次当我感觉到这份激动，我平时的生活就显得像是苍白的昏沉度日，其余的普通日子都显得平淡而空洞。只有在这样的瞬间，我才完全感受到自己，完全感受到生活的丰富多彩。

在那个受到祝福的四月天里，我也像这样完全探出了自身之外，渴望游戏，我绷紧了神经，坐在那张椅子上，在人潮流动的岸边等待着，但我并不知道自己在等待什么。但我等待时带着钓鱼者那种微微的颤抖，等待钓绳被扯动，我本能地知道自己一定会碰上某件事，遇上某个人，因为我是那么渴望交流，渴望陶醉，想把某样东西拉过来，供我的好奇心玩耍。然而那条街道起初什么也没扔给我，半个小时后，熙来攘往的人群让我的双眼疲惫，我不再能清楚地看见个别的事物。大道犹如河流，随波流过的人群在我眼中渐渐失去了面孔，他们成了一股模糊的洪流，黄、褐、黑、灰的帽子、便帽、船形帽，一张张浓妆艳抹或者不施脂粉的脸，汇聚成一条令人作呕的由人流汇聚而成的脏水，越来越失去了颜色，越来越灰暗，我也看得越来越疲倦。我已经筋疲力尽，犹如看了一部因拷贝不佳而不断闪动的影片，我打算站起来继续往前走。这时候，我终于发现了他。

起初，我之所以注意到这个陌生人是由于他一再出现在我的视线中。其余在这半小时里从我眼前飘过的那几千个人，都仿佛被看不见的皮带给拖走了，他们匆匆露出一个侧面、一个身影、一道轮廓，那道洪流随即又将他们永远卷走。这个人却一再出现，而且总是在同一个位置上，我因此注意到他。如同海浪有时会以无从理解的固执把一株肮脏的海草冲上海滩，立刻又用它潮湿的舌头把这株海草给吞回去，随即又再吐出来，再吞回去，这个人影也一再随着人潮漂过来，而且每一次都相隔着近乎规律的时间，并且总是在同一个位置，也总是带着同样那种下垂而遮遮掩掩的目光。除此之外，这个不倒翁并无可观之处，他的身体干瘪瘦弱，裹在一件不合身的鲜黄色的夏季外套里，显然并非为他量身剪裁，因为他的整双手都消失在过长的衣袖里。这件早已过时的鲜黄色外套宽大得可笑，对这个老鼠般尖尖的瘦削脸庞来说过于巨大，他的嘴唇苍白，几乎根本看不见了，嘴唇上方一撇金色的小胡子仿佛在害怕地颤抖。这个可怜的家伙身上的一切都不自然而又松垮无力地晃荡，他歪着肩膀，一双腿细瘦犹如小丑，表情惶惶不安，从人潮旋涡里溜出来，一会儿从左边，一会儿从右边，接着看似不知所措地站着，像一只小兔子在偷吃燕麦似的，胆怯地四下窥探，随后再度消失在人群中。此外，这个衣衫褴褛的瘦小男子令我想起果戈理[①]小说中的一名官吏，他似乎严重近视或是特别笨拙，这是第二件引起我注意之处，因为我两度、三度、四度看见较为匆忙、目的地更明确的行人擦撞到街上这个可怜的瘦小家伙，差点儿把他撞倒。但他似乎并不怎么在乎，他谦卑地闪到一旁，低下头，接着又重新出现。他总是一而再、再而三地出现在同一个地方，此刻在这短短半小时里也许已经是第十次或第十二次了。

嗯，这引起了我的兴趣。或者应该说，我先是感到生气，而且是气我自己，如此好奇的我居然没能立刻猜出这个人在这里是想干吗。我越是徒劳无功地费心思索，我的好奇心就越发强烈。可恶，老兄，你到底在找什么？你在那儿等什么呢？还是在等什么人？你不是乞丐，乞丐不会这样笨拙地站在拥挤的人群中，在人潮里谁也没空伸手去口袋里掏钱。你也不是个工人，因为工人在上午十一点钟没机会在这儿闲晃。而你更不可能是在等一个女孩儿，因为像你这样的瘦竹竿就连老太婆和最潦倒的女人也不会想要。那么，你到底在那儿找什么？也许你是那种可疑的导游，从旁边偷偷走过来，从衣袖里掏出猥亵的照片，向乡下来的人承诺罪恶之城的一切美好，只要对方赏一点儿小费？不，这也不对，因为你不曾向人攀谈，正好相反，你胆怯地避开每个人，目光奇怪地低垂。见鬼了，你这个胆小鬼究竟是什么人？你在我的辖区做些什么？我越来越锐利地盯住他，想弄清楚这个鲜黄色的“不倒翁”想在这条大道上做什么，五分钟之后，这就已经成了我的一份狂热，一种瘾头。而我顿时明白了：他是个侦探。

---

① 果戈理（1809—1852）：俄国作家，俄国现实主义文学的奠基人，代表作有《死魂灵》《钦差大臣》等。

他是一个侦探，一个便衣警察，我完全是出于本能地从一个小细节上认了出来，即那道斜斜的目光，他用这道目光匆匆打量每一个从旁经过的人，警察在受训的第一年就必须学会这种检视的目光。这道目光并不容易，因为它首先必须要像一把刀一样迅速沿着衣缝由下而上，直到对方的面部，再用这具照亮的闪光灯掌握对方的相貌，同时在心里把这副相貌拿来跟已知的通缉犯特征做比对。其次，启动这道打量对方的目光必须要完全不引人注意。这一点也许更困难，因为侦查者不能在其他人面前泄露出自己的身份。嗯，我注意到的此人成绩优异地通过了他的训练，他一脸瞌睡，像在做梦似的，悄悄地在人群中穿梭，看似无动于衷，任由自己被推来推去，毫不在意，然而在那当中，他总是会突然睁开松垮的眼皮，就像一具相机按下快门时发出闪光，将目光投掷出去，宛如投掷一支镖枪。周围似乎没有人在观察他执行勤务，若非这个受到祝福的四月天凑巧也是我的“好奇日”，而我又焦躁不耐烦地在暗中守候了这么久，我怎么会有这样的好运气呢？

而在其他方面，这个便衣警察想必也是他这一行的高手，因为他的伪装术真是高明，为了执行捕捉犯人的勤务，懂得在举止、走路姿态和衣着（说是一身破布也许更为贴切）上，模仿地道的街头流浪汉。平常你肯定能在百步之外就认出一个便衣警察，因为纵使他们乔装改扮，这些先生总是无法下定决心放下最后一丝公职尊严，他们永远无法逼真地学会那种胆小畏怯的卑屈——凡是长年受贫穷压迫的人在走路时都自然地流露出这种卑屈。可是这一位，你得对他肃然起敬，他把流浪汉的褴褛潦倒简直是学到了家，仔细钻研过流浪者的样貌直到最小的细节。那件鲜黄色外套和那顶微微歪戴的褐色帽子还勉强流露出一点儿高雅，裤脚已经脱线的长裤和破损的上衣则透露出赤裸裸的贫穷，单是这一点，在心理学上就何其正确。身为老练的搜捕者，他想必观察到“贫穷”这只贪吃的老鼠总是先从边缘啃咬每一件衣物。在容貌特征上，那副挨饿的模样也与这一身悲惨的装束配合得极佳，那一撇稀疏的小胡子（说不定是粘上去的）刮得很差劲，那一头刻意弄乱的头发，让每一个客观的人都会信誓旦旦地认为这个可怜的家伙昨夜睡在一张长椅上，不然就是睡在警察局的木板床上。再加上他用手掩住那一阵病恹恹的咳嗽，怕冷地把那件夏季外套拉紧一点儿，步履蹒跚，仿佛四肢里灌了铅；老天可以做证：这个变装艺术家完美地表现出肺结核末期的临床症候。

我不羞于承认这个极佳的机会令我兴奋，能够在暗中观察一名官方的盯梢警察。虽然在另一层感受里，我同时觉得他这样做很卑劣，在这样一个受到祝福的晴朗日子里，在上天亲切的四月阳光之下，一位已可退休的公务人员乔装改扮，想逮到哪个可怜家伙，把他从这灿烂的春光中拖进牢房里。不论如何，追踪他令人兴奋，我越来越急切地观察他的一举一动，每次发现新的细节就感到开心。然而，我这番揭发的喜悦骤然消逝，就像一件冰冻之物在阳光中融化，因为在我的推断中有件事让我觉得不太对劲儿，我失去了把握。他真是个侦探吗？我越是锐利地仔细打量这个奇特的行人，我的怀疑就越发强烈，觉得他所流露出的穷困实在“太”真实了一点儿，不像是警方设下的圈套。最初让我起疑的是他的衣领。不，不会有人愿意把这么脏的衣服从垃圾堆里捡起来，用赤裸的手指把它围在自己的脖子上，只有真正走投无路的潦倒之人才会穿这么脏的衣服。其次，第二件矛盾之处是那双鞋子，如果这块可怜兮兮、就要散开的破烂皮革还能称之为鞋子的话。右脚那只靴子没有用黑色鞋带，只用一根粗糙的绳子绑住，左脚那只靴子的鞋跟已经松脱，每走一步就像青蛙嘴一样张开。不，就算是在乔装改扮，也不会打造出这样的鞋子，完全不可能。此刻我再无怀疑，这个衣服松垮、蹑手蹑脚的“稻草人”不是警察，我先前的判断是个错误的结论。可是如果他不是警察，那么他会是什么人呢？为何这样不停地来来去去？为何会有这道仓促窥伺的目光？这目光从下方往上瞄，在寻找，在打转。我不禁因为看不透此人而生起气来，恨不得抓住他的肩膀，问他：“老兄，你想做什么？老兄，你在这里干吗？”

可是突然之间，如同引信沿着神经被点燃，我陡然一惊，顿时就像近距离射击一般十拿九稳。刹那间我明白了一切，而且此时完全确定，彻底了解，不容驳斥。不，此人不是侦探，我先前怎么会那样任由自己被愚弄？可以说，此人跟警察正好相反：他是个扒手，一个地地道道、受过训练、如假包换的专业扒手，在这条大道上试图捞到皮夹、怀表、女士的钱包和其他战利品。我之所以能确定他所属的行业，是当我察觉他总是往人群最拥挤的地方去，这会儿我也明白了他何以看似笨拙地去碰撞陌生人。对我来说情况越来越清楚，越来越明确。他之所以挑中咖啡馆前面这个位置，靠近两条街道相交之处，原因在于一位聪明店主的妙点子，那位店主替他的橱窗想出了一个特别的花招儿。这家店卖的商品本身虽然都相当无趣，不怎么吸引人，像是椰子、土耳其甜点和不同种类的彩色焦糖，但是店主想出了一个绝妙的主意，不仅用假棕榈树和热带图片把橱窗布置出东方情调，而且让三只活生生的猴子在这一片壮观的热带景色中晃来晃去，在玻璃后面滑稽地扭动身体，龇牙咧嘴，在彼此身上寻找跳蚤，咧嘴微笑，吵吵闹闹，依照猴子的天性，举止随便而放肆。这个聪明的生意人所料不差，因为路过的行人在这面橱窗前聚集，女性对这一奇观似乎尤其感到开心，尖叫连连。每次当一群好奇的路人在这面橱窗前聚集得特别密时，我的这位“朋友”就蹑手蹑脚地迅速就位，带着虚假的谦逊，轻轻挤进这互相推挤的人群。到目前为止鲜少有人研究街头行窃这门艺术，就我所知，也从未有人好好地加以描述。不过，我毕竟知道扒手需要拥挤的人群才能出手，就跟鲱鱼在排卵时会集结成群一样，因为只有在推挤之中，受害者才不会感觉到那只危险的手窃取了皮夹或怀表。此外，我现在学到了，要好好出手显然也需要一件能够转移众人注意的事物，能够暂时麻醉每个人保护自身财产的本能警觉。就眼前这个情况来说，那三只猴子就转移了大家的注意，它们的举止的确滑稽逗趣，其他事物难出其右。这几只光着身子狞笑的小猴儿不自觉地成为我的这位扒手朋友持续行动的同谋和共犯。

这项发现简直令我雀跃，请原谅我这么说，因为我这一辈子还从不曾见过一个扒手。或者老实说，我在伦敦求学期间见过一次。当时我为了加强英文，常去法院旁听审判，有一次刚巧碰上一个长着青春痘的红发少年被两名警察带到法官面前。桌上摆着一个钱包作为犯罪证据，几名证人说了话，宣了誓，然后那位法官嘟哝了一连串英文，那个红发少年被带走了，如果我没听错的话，刑期是六个月。那是我见过的第一个扒手，不过，差别在于我当时无法确定那人真是个扒手。因为只有那些证人声称他犯了罪，我其实只听到了司法程序中对该项罪行的追述，并未亲眼见到罪行。我看见的只是个被告，只是个被判刑的人，没有真正见到那个窃贼。因为一个窃贼其实只有在他偷窃的那一刹那是个贼，两个月后为了罪行而站在法官面前时就不再是贼了。一如诗人本质上只有在创作时才是诗人，几年之后在麦克风前朗诵他的诗时就不再是了。犯罪者就只有在他犯罪的那一瞬间才是真正的犯罪者。然而，此刻我却有了这个罕见的机会，能在最能表露出其特征的一瞬看见一个扒手，在他本质最深的真相中，在那短短一秒，这一秒鲜少有人能仔细观察，一如受孕和分娩。单单是想到这个可能性就令我兴奋。

我当然打定主意，不要错失这样一个大好机会，不要错过准备偷窃的细节和行动本身。我立刻放弃了在咖啡馆的座位，在这儿我觉得自己的视线太受阻碍。此刻我需要一个视野开阔的位置，即所谓的流动观察哨，从那儿我可以放心大胆地窥探。试过几个地方之后，最后我选中了一根广告柱，上面贴着巴黎各个剧院五彩缤纷的广告。从那里我可以不引人注意地假装在专心研究那些节目预告，事实上却借由那根圆柱的掩护，紧紧追踪那人的一举一动。我就这样盯着他，以一种如今几乎已无法理解的耐力，看着这个可怜的家伙如何从事他沉重而危险的工作。我紧张地看着他，就我记忆所及，在剧院里或是观赏电影时我都不曾这么紧张地注视一位艺术家，因为现实在最为浓缩的一瞬要远远胜过任何艺术形式。现实万岁！

在巴黎这条大道上，从上午十一点到十二点这整整一个小时，对我来说的确犹如短短一瞬，虽然这一小时里充满了紧张，充满了无数令人兴奋的小小决定和小插曲（或者应该说正因为如此）。我可以用好几个小时来诉说这一个小时内发生的一切，它载满了神经能量，由于游戏的危险性而引人入胜。因为在这一天以前，我从来不知道，哪怕只是约略知道，在光天化日之下要在大街上行窃是多么困难的一门手艺，几乎不可能习得。不，应该说那是多么可怕、多么紧张吓人的一门艺术。到目前为止，一想到扒手，我就只联想到一种模糊的概念，涉及胆大和手巧。我的确以为这一行只跟手指有关，就像杂耍演员或魔术师般灵巧。狄更斯曾在《雾都孤儿》里描述过一个职业小偷如何训练那些小男孩儿，在对方浑然不觉的情况下，把一条手帕从对方的上衣口袋偷出来。上衣上系着一个小铃铛，如果一个新手把手帕从口袋里拉出来时铃铛响了，那就表示动作错误，太过笨拙。然而，如今我发觉狄更斯只注意到这件事粗略的技术层面，即手指的灵巧，很可能他从不曾在一个活生生的对象身上观察过一桩扒窃。他很可能从未有机会（如同我此刻由于一个幸运的巧合而有了这个机会），去察觉对一个在大白天里行窃的扒手来说，涉及的不单是一只灵巧的手，也涉及伺机而动和自我控制的心智力量，涉及老练、冷静而且快如闪电的心理学，尤其需要一股荒谬的勇气，几近疯狂的勇气。因为经过六十分钟的见习，此刻我已经明白，一个扒手必须具备外科医生缝合心脏时那种必要的迅速，因为一秒钟的延迟都会致命。然而在那种手术中，至少病人是被麻醉了躺在那里，他不能动，也不能反抗；扒窃时却必须轻轻地突然朝一个人完全清醒的身体伸过去，而皮夹周围正是一个人特别敏感之处。当这个扒手出手时，当他的手在下方迅速伸出，就在这无比紧张而激动的一刻，他还得同时掌控自己脸部的每一条肌肉和神经，必须表现得若无其事，几近百无聊赖。他不能泄露出他的激动，不能像一个暴徒、一个凶手用刀子刺下去时一样，在瞳孔中反映出他那一击的怒火。扒手必须在手已经伸出去时，还把清澈友善的目光投向他的受害者，在相撞时用极其低调的语气恭谨地说声“先生，对不起”。不过，扒手不仅在行动的那一刹那必须要聪明、警觉而熟练，在下手之前，他就得要证明自己的智力和他对人性的了解，他必须作为心理学家和生理学家来检视他下手的对象是否合适。因为根本就只有那些漫不经心、毫不猜疑的人才能被纳入考虑范围内，而在这些人当中，又只能考虑那些没把外套扣上、走得不是太快的人，让人可以不引人注目地接近。我在那一个小时里数了一下，在路上一百个、五百个行人中，能当作目标的顶多只有一两个。一个理智的扒手其实只敢向极少数的对象下手，而在这少数对象身上，由于必须共同起作用的无数巧合，行动大多仍会在最后一分钟失败。要从事这一行必须具备大量的人生经验、警觉性和自我控制（这一点我可以做证），因为还得要考虑到，窃贼在工作时必须要绷紧感官来挑选对象，并且悄悄接近对方，同时又得用另一份意识来提醒他紧张吃力的感官，不要在行动时被别人注意到。是否有一名警察还是一名侦探朝街角瞄过来？还是那些老是聚集在街上的好奇之人？这些人多得讨厌。这一切他都必须时时留心，是否有哪个在匆忙中忽略的橱窗会映照出他的手，从而揭穿了他，或是有人从哪家店铺里或哪扇窗户后面监视着他的所作所为。所以说，这件工作异常吃力，而且跟承担的风险几乎不成比例，因为一次失手、一次出错就会让他三四年看不见巴黎的大道；手指稍微颤抖、一个操之过急的紧张动作，就会让他失去自由。如今我知道，在光天化日之下，在一条大道上扒窃是一种极其勇敢的行为。从那以后，每当报纸似乎把这种行窃视为无足轻重的小小犯罪，在短短一栏里用三行字就报道完毕，我就为之抱不平。因为在这世上所有合法与非法的手艺中，这一项手艺最为困难，也最危险，在顶尖成就中几乎有资格自称为艺术。我可以这么说，我可以为之做证，因为在那个四月天我曾经亲眼见过，也亲身经历过。

当我说“亲身经历过”，我并未夸大其词，因为只有在一开始，只有在头几分钟，我能够实事求是地冷静观察此人从事他的手艺；可是每一次热情的旁观都会无法抗拒地引发情感，而情感又会使人产生联系，于是我不知不觉、不由自主地渐渐认同这个贼，在某种程度上变成了他，和他感同身受，变成了他的双手，从纯粹的观众变成了他的同伙。转变过程是这样开始的：在旁观了十五分钟后，出乎我自己意料之外，我已经在打量所有的路人，看他们是否适合被偷。他们的外套是扣着还是敞开，他们的目光是涣散还是警醒，能否指望他们有个饱满的皮夹，简而言之，他们是否值得我的新朋友动手。没有多久，我甚至不得不向自己承认，在这场正在展开的对抗中，我早已不再采取中立的立场，我内心绝对希望他终于能够得手，是的，我甚至得要努力按捺住想去协助他的冲动。就像牌局的旁观者忍不住想用手肘轻轻碰一下玩家，提醒他出正确的牌，当我的朋友错过了一个良机，我简直心痒难耐，想向他眨眼示意：那边那个人可以下手！就是那个捧着一大束鲜花的胖子。或是有一次，当我的朋友再度隐没在人潮中，一名警察出人意料地从街角大摇大摆地出现，我觉得自己似乎有义务去向他示警，因为那阵惊慌让我膝盖发软，仿佛我自己就要被逮，我已经感觉到警察的大手落在他的肩膀上，落在我的肩膀上。不过——解脱了！那个瘦小的男子已经又从人群中溜出来，从那个危险的执法人员旁边走过，样子平凡而若无其事。这一切都很刺激，但我还觉得不过瘾，因为我越是融入此人之中，越是渐渐了解他这门手艺，眼看他做过二十次徒劳无功的近身尝试，我就越发不耐烦他始终还没有下手，一直还只是在试探和尝试。对于他笨拙的犹豫和不断的退缩，我真的生起气来。可恶，你这个胆小鬼，你就赶紧下手吧！有勇气一点儿！就挑那边那个人！只要赶紧动手！

幸好我的朋友对我这份不请自来的关注一无所知，没有由于我的不耐烦而有丝毫动摇。因为这正是经过考验的真正艺术家和新手、外行人及业余爱好者之间的差别，艺术家从许多经验中得知，在每一次真正的成功之前必然会有命中注定的徒劳，他惯于耐心等候具有关键性的最后机会。一如文学创作者会无动于衷地放过千百个看似诱人而丰富的灵感（只有外行人才会立刻鲁莽地伸手抓住），以保留全部精力做最后一次投入，这个病恹恹的瘦小男子也放过了几百个我这个外行人认为极可能成功的机会。他试探、摸索、尝试，他挤到别人身边，想必已经上百次把手伸向陌生人的口袋和外套，但他从不曾下手，而是不知疲倦地耐着性子，依旧伪装得不引人注目，一再来回走着通往那面橱窗的那三十步路，同时用斜睨的警觉目光一再估算各种可能，并且和我这个生手还根本察觉不到的某种危险相衡量。不管我再怎么没耐性，在这份罕见的冷静坚持中有种东西令我赞叹，向我保证他终将成功，因为正是这股毅力透露出他在成功得手之前不会放弃。而我也同样坚定地下定决心，在目睹他的胜利之前绝不离开，哪怕我得等到半夜。

就这样到了中午，人潮汹涌的时刻，突然之间，所有那些小街小巷、楼梯和院落，把一股股宛如山涧的人流汇入了大道宽广的河床。从时装店、工作坊、办公室、学校、政府机关，无数挤在三楼、四楼、五楼的工作场所的工人、缝纫女工和售货员全都猛然冲出了户外。如同一道四下飘散的昏暗烟雾，这散开的人群流到了街上，工人身穿白色上衣或工作服，店员小姐三三两两地手挽着手，衣裙上别着一小束紫罗兰，低阶公务员衣着光鲜，或是把必不可少的皮制公文包夹在手臂下，抬行李的工人，身穿蓝色制服的士兵，还有无数难以分辨的人物，大城市里默默无闻的芸芸众生。他们全都在空气不流通的室内坐得太久，现在他们舒活舒活筋骨，混乱地行走奔跑，熙来攘往，呼吸着新鲜空气，由于他们同时出现，在这一个小时里为街道注入了一股强烈的欢乐活力。因为就只有一个小时，之后他们又得回到紧闭的窗户后面，做木工，缝衣服，在打字机上敲敲打打把一行行数字加总，或是印刷、裁剪、制鞋。这些人身上的肌肉知道这一点，所以愉快地大力伸展；心灵也知道这一点，所以快活地尽情享受这短短一个小时；心灵好奇地摸索，探向光亮和喜悦，只要能好好开心一下，乐上一会儿，它乐意接受一切。由于这份追求免费娱乐的愿望，难怪这个摆着猴子的橱窗会大受欢迎。一大群人聚集在这片令人期待的玻璃窗前，最前面是那些店员小姐，听得见她们在叽叽喳喳，声音尖锐刺耳，犹如来自一个争吵不休的鸟笼，那些工人和闲人则手脚利落地挤向她们，说着俏皮的笑话。这群观众越来越密地紧紧挤成一团，我那条身穿鲜黄外衣的“小金鱼”就越发活跃地迅速游动，一会儿出现在这儿，一会儿出现在那儿，在拥挤的人群中穿梭。此刻我在这个被动的观察位置上待不住了，现在我必须从近处仔细注视他的手指，以此来认识这门手艺最重要的关键动作。然而这很困难，因为这只训练有素的猎犬具有一项特殊的技巧，能够像条鳗鱼一样滑溜溜地从人群中最小的缝隙挤过去。刚才他还站在我旁边静静等待，这会儿我突然看见他神奇地消失了，一眨眼间就已经挤到了最前面紧靠橱窗的地方。他想必是一口气穿过了三四排人群。

我自然跟着他挤过去，因为我担心在我也挤到那面橱窗去之前，他可能已经又以那种类似潜水的独特方式消失在左边或右边了。不过他并未消失，而是静止不动地在那儿等待，静得出奇。当心了！这一定有什么意义，我立刻这样告诉自己，于是打量着他旁边的人。在他旁边站着一个异常肥胖的妇人，看得出是个穷人。她右手温柔地牵着一个脸色苍白、大约十一岁的小女孩儿，左手臂挂着一个敞开的用廉价皮革制成的购物袋，两条长长的法国面包从袋子里满不在乎地突出来，提袋里的东西显然是给她丈夫的午餐。这个来自一般民众的老实妇人没戴帽子，系着一条颜色刺眼的围巾，穿着一件自己剪裁的格子花纹粗棉衣服，她为那些猴子的表演深深着迷，乐得几乎难以形容。她略微臃肿的胖大身体在大笑之下摇晃得厉害，使得那两条面包也来回摇动，她高声欢呼，发出一阵阵大笑，没多久，她给其他人带来的乐趣就跟那只小猴子一样多。她享受着这场罕见的表演，带着性格单纯之人那种天真原始的喜悦，怀着生活贫乏之人的感激之情。唉，只有穷人才能够如此真正充满感激之情，当一件享受是免费的，仿佛是上天所赐，他们就视之为至高的享受。在这当中，这个好脾气的妇人一再朝小女孩儿弯下身子，问她是否看得清楚，是否没有错过那些滑稽的景象。“看哪，玛格丽特。”她一再用浓浓的南部口音鼓励那个苍白的小女孩儿，那孩子在这许多陌生人当中过于羞怯，不敢大声欢呼。看着这个妇人、这个母亲实在令人欣喜，着实是大地女神盖亚的子女，是法国民族健康兴旺的果实，让人简直想要拥抱这个了不起的妇人，为了她那快活无忧的欢声喜悦。可是突然之间，我心里有点儿发毛。因为我注意到，那件鲜黄外套的衣袖晃来晃去，越来越接近那个无忧敞开的购物袋（只有穷人不担忧）。

看在老天的分上！你总不会想从这个贫穷老实、无比善良而又欢乐的妇人身上，把那个单薄的钱包从购物袋里偷走吧？我心里顿时起了不平之意。到目前为止，我怀着观赏运动的乐趣观察这个扒手，我设身处地从他的身体、他的心灵来思考、来感觉，希望他在投入了莫大的辛苦和勇气、承受了这么大的风险之后，终于能够成功得手，甚至祝福他能成功。可是现在，当我头一次不仅看着偷窃的尝试，而且看见那个将要被偷的、活生生的人——这个天真动人、浑然不觉的快乐妇人，为了几个钱说不定要花好几个小时擦拭房间、洗刷楼梯，我不禁愤怒起来。老兄，闪开！我巴不得这样对他吼，去另外找个对象，别偷这个贫穷的妇人！我随即挤向前，想挤到那个妇人身边，去保护那个受到威胁的购物袋。可是就在我向前移动时，那个家伙转过身，滑溜地从我身旁挤过去。“先生，对不起。”一个单薄而且谦卑的声音在与我擦身而过时向我致歉（我第一次听见这个声音），那件黄色外套也已经从人群中钻了出去。不知道为什么，我立刻觉得他已经动手了。现在可不能让他离开视线！我粗鲁地从人群中挤出去，刚好还来得及看见那件鲜黄色的外套已经从这条大道的转角飘进一条巷子里，一位先生在我背后咒骂，因为我重重地踩了他的脚。现在去追他，去追他！去紧紧地盯着他！但我得加快脚步，因为这名我观察了一小时的瘦小男子突然摇身一变，一开始我简直不敢相信自己的眼睛。先前他步履蹒跚，像是羞怯，近乎微醺，现在他却像只黄鼠狼一样沿着墙飞奔，步伐紧张，像个错过公交车的瘦削文书员一样匆忙赶路，想及时抵达办公室。此时我再无怀疑，这是行窃之后的走路方式，是窃贼的第二种走路方式，为了不引人注目地尽快逃离犯案现场。没错，再也无可怀疑：这个坏蛋把那个穷苦的妇人的钱包从购物袋里偷走了。

在最初的怒气中，我差点儿就要大声示警：“抓小偷！”但我没有勇气。因为我毕竟没有观察到实际的行窃，不能操之过急地指控他。再者，要抓住一个人，替天行道，这需要勇气，而我向来不具备去指控一个人、告发一个人的勇气。因为我清楚地知道，正义是多么脆弱，在这个混乱的世界上，妄想从一桩复杂的单一事件中道出正义公理是何等自大。可是，当我在急忙追赶中一边考虑着该怎么做，一桩新的惊奇正等着我，因为在两条街之外，这个令人吃惊的人又启动了第三种走路方式。他突然不再猛烈奔跑，不再低着头，缩着身体，而是完全安静从容地走着，仿佛是在私下散步。显然他知道自己已经越过了危险区，没有人跟踪他，因此也就不再有人能够举报他。我明白了，在那巨大的紧张之后，现在他想要轻松地呼吸，可以说他是个下了班的扒手，是他这一行的退休人士，他们安静从容地抽着刚点燃的一根香烟，悠闲地迈着步子，是巴黎千千万万个人当中的一个。这个瘦小的男子带着一副若无其事的样子，踩着舒适、懒散的步伐，沿着安坦大道走下去。我头一次感觉到他甚至在打量路过的妇人和少女，打量她们漂亮的程度或容易接近的程度。

那么，现在你要上哪儿去？你这个总是令人惊奇的人。看哪，他走进三一教堂前方那个被刚发芽的绿树围绕的小广场，他要干什么？啊，我懂了！你想在一张长椅上休息几分钟，为什么不呢？那样不停地来回奔跑想必让你筋疲力尽。可是，不对，这个不断令人惊奇的男子没有在一张长椅上坐下，而是目标明确地朝着一间用来做最私密用途的公共小屋前进（请原谅我提到这个处所！），他谨慎地把那扇宽大的门在身后关上。

起初我忍不住放声大笑：难道高明的艺术竟然结束在如此平凡的地方吗？还是那番惊吓扰乱了你的肠胃？然而我又看出，不断恶作剧的现实生活总能发现最为逗趣的花样，因为现实生活比虚构出故事的作家更为大胆，敢于毫无顾忌地把非凡的事物和可笑的事物并列，并且讽刺地把平凡无奇的事物与令人惊讶的事物摆在一起。当我在一张长椅上等待（我还能怎么做呢？），等他从那间灰色小屋子再走出来，我明白了，这个经验丰富、受过训练的高手躲进四面可靠的墙里清点他赚到的钱，是遵照他这一行自然而然的逻辑行事。因为对一个职业小偷来说，他必须及时想到彻底摆脱到手猎物的证据，让人无从查证。这一点（我先前没有想到）也属于我们这些外行人根本没考虑到的困难。在这样一座永远清醒的城市里，总是有几百万双眼睛窥探着，要想找到能提供保护、让你能够完全躲藏起来的四面墙壁极其困难。即便是很少阅读法院审判记录的人，也会惊讶于有多少证人在最微不足道的事故上立即到场，同时具备惊人准确的记忆。在街上撕掉一封信，扔进水沟里，就有几十个人在看着，而你并未察觉；五分钟后，也许会有哪个闲着没事的男孩儿为了好玩儿，把那些碎片再拼起来。你若是在一栋屋子的走廊上检视皮夹，第二天，这座城市里若有哪个皮夹申报为失窃，一个你根本没看见的妇人就会跑到警察局去，对你的详尽的特征描述，足可媲美巴尔扎克。要是你走进一家餐馆，你根本未加留意的服务生记住了你的服装、鞋子、帽子、头发的颜色，还有你指甲的形状是圆是扁。在每一扇窗户、每一片橱窗玻璃、每一幅纱帘、每一个花盆后面，都有一双眼睛盯着你，就算你再怎么幸福地自以为没被观察，独自在街道上闲逛，到处都有不请自来的证人在场，好奇心撒下了一张每日更新的细密之网，包围着我们的全部生活。因此，这是个妙主意，你这个受过训练的行家，花五分钱就能拥有四面不透明的墙壁几分钟。没有人能够窥探你，当你把钱从偷来的钱包里挖出来，扔掉会让你遭到控告的钱包；就连我，你的分身和同行者，既失笑又失望地在这儿等待，也无法算出你赚到了多少。

至少我是这么想的，然而事情又和我所料不同。因为他刚用细瘦的手指按下门把，开了门，我就已经得知他运气不好，仿佛我也在那里面跟他一起清点了钱包：战利品少得可怜！他失望地把双脚向前挪，筋疲力尽，眼皮松垮，无力地覆盖着下垂的目光，从他这副模样我立刻看出：倒霉鬼，这一整个漫长的上午你都做白工了。在那个偷来的钱包里肯定没有多少钱（这一点我其实事先就可以告诉你），顶多只有两三张皱皱的十法郎钞票，以你投入的技术和承担的高度风险来说实在太少了。只不过很遗憾的是，对那个打杂工的倒霉妇人来说，这是很大一笔钱。此刻她说不定在贝尔维尔区向急忙赶来的邻居妇人哭诉她的厄运，咒骂那个可恶的坏蛋小偷，一再绝望地用颤抖的双手展示那个倒霉的购物袋。然而我一眼就看出，对这个同样贫穷的小偷来说，他没能捞到什么。几分钟后，我就看到我的猜测获得证实。因为身心俱疲的他此刻无比沮丧地站在一家小小的鞋店前面，渴望地久久打量着橱窗里最便宜的鞋子。他的确需要一双新鞋来取代脚上那双到处是洞的破鞋，有几十万人今天穿着完好的鞋底或轻声的橡皮鞋底在巴黎的铺石道路上闲逛，比起他们，他更加需要一双新鞋，为了他这门可悲的手艺，他非得有一双新鞋不可。然而那道饥渴又徒劳的目光明白地透露出：要买这样一双鞋，如同这双擦亮了摆在橱窗里、标价五十四法郎的鞋子，刚才偷到的钱还不够。他转身离开那犹如镜面的玻璃橱窗，肩膀犹如灌铅般沉重。

走去哪儿呢？再度展开那高度危险的狩猎？再度大胆地拿自由做赌注，为了这样可怜兮兮的战利品？不，可怜的你，至少休息一下吧。果然，仿佛他对我的心愿有所感应，此刻他转入一条巷子，终于在一家便宜的餐馆前面停下脚步。对我来说，跟着他是自然而然的事，因为我想要得知关于此人的一切，我已经血脉贲张、紧张颤抖地跟着他一起生活了两个小时。为了小心起见，我还赶紧去买了份报纸，以便能给自己更佳的掩护，之后我走进那家餐馆，故意把帽子在额头上压得低低的，在他后面的一张桌子旁坐下。不过，我的小心是多余的。这个可怜的人不再有力气感到好奇。他虚脱无力地凝视着白色的餐具，目光呆滞，直到服务生送来面包，他那双瘦骨嶙峋的手才醒了过来，贪婪地伸出去。从他开始咀嚼的那份急促，我大受震撼地看出了一切：这个可怜的人肚子饿了，真的饿了，从清早饿到现在，也许从昨天就饿到现在，而当服务生把他所点的一瓶牛奶送来时，我对他顿时感到难以抑制的同情。一个喝牛奶的小偷！这些微小的细节总是像一根点燃的火柴，骤然照亮了整个心灵深处。当我看见他，这个扒手，喝着最纯洁、最天真不过的饮料，喝着温和的白色牛奶，就在这一瞬间，他在我眼中就不再是个小偷。他只不过是在这个歪斜走样的世界上，那无数穷人、病人、可怜人、流离之人当中的一个，我顿时觉得自己在一个比好奇心更深的层次上与他有了关联。在共同的尘世生活的所有形式中，在赤身露体时、在严寒中、在睡眠中、在疲惫中、在身体受苦的每一种困顿中，人与人之间的区分就瓦解了，那种把世人分为正义之人与非正义之人、值得尊敬之人与犯罪之人的人为分类消失了。剩下的就只是那永恒不变的动物，这个尘世间的生物，他会饿，会渴，会疲倦，需要睡眠，就跟你我一样，跟所有的人一样。我着魔似的注视着他，看他小心翼翼，一小口一小口，却又贪婪地喝下那浓稠的牛奶，最后还把面包屑扒在一起，我同时为了我的注视而惭愧，惭愧这两个小时以来为了自己的好奇心，任由这个不幸之人像匹赛马一样奔跑在黑暗的道路上，而没有试图去拦下他，或是帮助他。我心中涌起一股无法估量的渴望，想朝他走过去，跟他说话，给他一些什么。可是我该如何着手呢？我该怎么跟他攀谈？我拼命思索，想找到一个借口、一个托词，却没有找到。因为我们就是这样！得体周到得到了可怜的地步，就算明知道对方处于困境，当你需要下定决心穿透隔开彼此的那层薄薄空气，却可悲地没有勇气，只是徒然有大胆的意图。然而每个人都知道，没有什么比帮助一个不曾呼救的人更难，因为当他不呼救，他还拥有最后一样东西：他的自尊，别人不能强行伤害。只有乞丐才能让别人轻松地帮助他们，为此我们应该要心存感谢，因为他们没有拒人于千里之外。但此人却属于那种倔强之人，宁可以极其危险的方式赌上个人自由，也不愿意乞讨，宁可偷窃，也不要接受施舍。假如我随便找个借口，笨拙地去接近他，岂不会把他吓坏，伤害他的心灵？再说，他那样疲倦不堪地坐在那儿，任何打扰都会太粗鲁。他把椅子推到墙边，身体靠在椅背上，头倚在墙上，铅灰色的眼皮闭上了一会儿。我明白了，也感觉到了，现在他巴不得睡一下，只要十分钟、五分钟。他的疲惫无力简直渗入了我的身体。这苍白的脸色莫非是牢房白墙的阴影？衣袖上一动就闪现的破洞岂非泄露出在他的人生中没有女子的温柔照料？我试着想象他的生活：在一间位于六楼的斜屋顶阁楼里，一张肮脏的铁床，房间里没有暖气，一个破了的洗脸盆，一个小皮箱，就是他全部的财产，而在这窄小的房间里，还得时时担心警察爬上嘎吱作响的楼梯时沉重的脚步声。在这两三分钟里，当他疲惫地把瘦骨嶙峋的身体和有点儿花白的脑袋倚在墙上，我看见了这一切。可是服务生已经招人耳目地过来收拾用过的刀叉：他不喜欢这种迟来的久留客人。我先付了账，迅速走出去，以避开他的目光。等他在几分钟后走到街道上，我跟在他后面；我无论如何不想任由这个可怜人自生自灭。

此时让我紧紧跟着他的已经不再是上午那好玩儿的好奇心，不再是那种贪玩的兴致，想认识一门我不熟悉的手艺。当我一察觉他又走上通往那条大道的路，我直到喉头都感到一股隐隐的恐惧，一种窒息的可怕感觉，看在老天的分上，你该不会又想回到那面有猴子的橱窗前吧？别做傻事！想一想，那个妇人想必早就去报警了，警察肯定已经在那儿等着了，等着马上抓住你那件薄薄的外套。再说，今天就别再工作了！你状况欠佳，别再重新尝试。你已经没有力气，没有干劲，你累了，何况在艺术上，凡是在疲倦中着手的事情永远都做不好。你宁可好好休息，可怜人，上床去吧，今天别再做了，就只是今天！我无法解释自己何以会有这种恐惧的念头，确知他今天在第一次试图出手时就肯定会被逮到，这份确知简直接近幻觉。随着我们越来越接近那条大道，我的担忧越来越强烈，已经能听见大道上那澎湃不息的湍急人流。不，千万不能再到那片橱窗前面，你这个傻瓜，我不容许你这么做！我已经在他身后，准备伸手抓住他的手臂，把他拉回来。可是他仿佛再度听见了我内心所下的命令，出人意料地转了个弯，在那条大道之前的德鲁奥特大街过了马路，走向一栋屋子，态度突然笃定起来，仿佛他就住在那里。我立刻认出了这栋屋子：那是德鲁奥饭店，巴黎知名的拍卖机构。

我愣住了，嗯，这个令人惊讶的男子不知道是第几次令我吃惊了。当我正努力想猜出他的生活，他体内想必同时有一股力量来迎合我最秘密的心愿。在巴黎这座陌生城市的几十万间屋子里，今天上午我正打算要去这一间，因为它总是带给我最兴奋、最能增长知识、也最有趣味的时光。这里比博物馆更生动，在某些日子就跟博物馆一样拥有丰富的珍藏，随时充满变化，总是不同，又总是相同，我热爱这间毫不起眼儿的德鲁奥饭店，视之为最美的陈列品，因为它呈现出整个巴黎物质世界的惊人缩影。平常在一间公寓封闭的墙壁里结合为有机整体的东西，在此被分割成无数个别对象，如同在一家肉铺里一只巨大动物被肢解的身体。最陌生的和最矛盾的，最神圣的和最日常的，在此都用最常见的东西联系了起来：在此展览的一切都想要变成金钱。床铺、十字架、帽子和地毯，钟表和洗脸盆，法国雕刻家乌敦[①]的大理石雕像和铜锌合金的餐具，波斯袖珍画像和镀银的香烟盒，肮脏的脚踏车摆在法国诗人保罗·瓦勒里[②]的初版诗集旁边，留声机放在哥特式的圣母像旁，范-德克[③]的画作跟拙劣的复制油画并排挂

① 乌敦（1741—1828）：法国雕塑家，以人物雕像知名。

② 保罗·瓦勒里（1871—1945）：20世纪法国重要诗人，曾于大学教授诗学，也有诗学理论之著述。

③ 范-德克（1599—1641）：佛来米族的卓越画家，曾长期在意大利和英国作画，是著名的肖像画大师。

在墙上，贝多芬的奏鸣曲摆在破炉子旁边，必需品和多余的物品，低劣的媚俗之作和珍贵的艺术，大大小小，有真有伪，或新或旧，人类的双手与心灵所创造出的一切，不论崇高或愚蠢，全都涌进这个拍卖场所，它冷漠无情地把这座巨大城市里一切有价值之物都吞进来，又再吐出去。在这个无情的转运中心，一切有价值的东西都被转换成钱币和数字，在这个人类虚荣心与必需品的巨大旧货市场，在这个奇妙的地方，你比在其他任何地方都更能强烈地感受到整个物质世界纷乱的多样性。在急难中，任何东西都能拿到这儿来变卖，有钱的人在这儿什么都能买到，不过在这里，你能买到的不仅是物品，也能买到眼力和知识。透过观看和聆听，用心的人可以在这儿学会更加了解每一种学问，艺术史知识、考古学、善本图书、邮票鉴定、钱币学，尤其也能增加对人的认识。因为在这里，物品和人一样五花八门，在从这些拍卖厅转卖至他人手中之前暂时休憩，免于被人拥有的奴役；来此的人在种族和阶级上也同样多元，他们好奇地围挤在拍卖桌旁，充满购买欲，出于做买卖的狂热，也出于收藏欲的神秘热情，他们的眼神不安。在这里，身穿皮草、头戴圆顶硬礼帽的大商人坐在肮脏的小古董商旁边，还有来自塞纳河左岸的旧货商，他们想用便宜的价格收购好的物品以此来塞满他们的小店，小投机商和批发商在其间穿梭闲聊，那些代理商、喊价者、宵小之徒吵吵嚷嚷，是战场上免不了会有的土狼，在一件物品被便宜卖出之前迅速攫取，或是如果他们看见一个收藏家真正醉心于一件珍贵物品，就会互使眼色来哄抬价钱。像羊皮纸般枯槁的图书管理员戴着眼镜，蹑手蹑脚地四处走动，像打瞌睡的貘；接着又有色彩缤纷的极乐鸟沙沙作响地走进来，那是戴着珍珠的高雅女士，她们先差遣了仆人来替她们占住靠近拍卖桌的前排座位；这时真正的行家像鹤一样静静地站在角落观望着，他们是收藏家共济会的会员。这些人都是由于真心关注而被吸引到这儿来，想做生意、出于好奇或是对艺术的喜爱。而在这些人之外，每次总有一大群纯粹出于好奇而凑巧出现的人，他们只是想借着免费的暖气取暖，或是高兴地看着价格数字被越抬越高，像闪亮的喷泉。不过，凡是来此之人都怀有一个目的，想要收集、玩耍、赚钱、占有，或者只是为了取暖，借由陌生人的激动而感到兴奋，而这群拥挤的混乱人群可归类成各种外貌，种类多得难以想象。但唯有一种人我从不曾在这里见过，也从未想过会在这里看见：扒手这一行。然而此刻，看见我的朋友以笃定的直觉溜进来，我立刻明白，这个地方想必是他施展高超技艺的理想地点，说不定是全巴黎最理想的地点。因为在这里，一切必要条件全都奇妙地结合在一起，那令人几乎难以忍受的可怕人潮，急切地观赏、等待和拍卖转移了注意力，这也绝对不可或缺。再者，除了赛马场以外，当今世上几乎只剩下在拍卖会场还必须把现金摆在桌上来支付，因此可以假定，在每一件外套底下都有一个圆鼓鼓的饱满皮夹。对一只灵活的手来说，绝无仅有的大好机会在这里等待着，此刻我才明白，上午那番牛刀小试对我的朋友来说也许只是个手指练习。在这里他才准备好要大显身手。

然而，当他此刻懒洋洋地爬上通往二楼的楼梯，我巴不得拉住他的衣袖，把他扯回来。看在老天的分上，你难道没看见那边那张用英文、法文和德文写的告示吗？“小心扒手！”你没看见吗？你这个粗心的傻瓜！在这里大家都知道你们这种人，肯定有几十个便衣警察在人群中悄悄穿梭，而且我再说一次，相信我，你今天状况欠佳！但是这个熟悉情况的老手用沉着的目光扫过那张他看来很熟悉的告示，冷静地爬上楼梯，这是个策略上的决定，就其本身而言我只能表示赞同。因为在一楼那几个厅里通常只出售粗糙的家庭用品，住宅陈设、橱子柜子，在那里熙来攘往的是一群旧货商，他们不讨人喜欢，从他们身上也赚不到多少，这些人也许还按照乡下人的好习惯把钱藏在腰带里，稳当地缠在肚子上，要想打那些钱的主意，想来收益既不高也不值得推荐。然而，在二楼那些厅里拍卖的是比较精致的物品，画作、首饰、书籍、名人手稿、珠宝，在那儿肯定有荷包更饱满、也比较不当心的买主。

我很吃力地跟在我的朋友身后，因为他一进入口，就开始在各个拍卖厅里钻进钻出，评估他在每个厅里的机会。他在这当中耐心而执着地读着贴出来的布告，就像一个老饕在读一份特别的菜单。终于，他选择了第七厅，那儿拍卖的是“伊芙 · G 伯爵夫人著名的中国与日本瓷器收藏”。毫无疑问，今天在这儿有惊人的高价商品，因为人群站得密密麻麻，视线被那些大衣和帽子挡住，起初从入口处根本看不见那张拍卖桌。一道紧密的人墙大约有二三十排，阻挡了投向那张绿色长桌的任何视线，从我们在入口门边的位置，勉强还能瞥见拍卖官逗趣的动作，他站在架高的讲台上，手里拿着白色的槌子，像个乐团指挥，指挥着整个拍卖的游戏，在漫长得吓人的休止符之后总是又再进入最快板。他很可能跟其他那些小职员一样住在梅尼蒙当区[①]，或是另外哪个城郊，有两个房间和一个瓦斯炉，一架留声机是他最珍贵的财产，窗前有几株天竺葵。在此处，在一群高贵的观众面前，他身穿笔挺的礼服，头发用发油仔细地分向两边，显然乐于享受这非凡的乐趣，每天得以接连三个小时拿着一柄小槌子，槌子在桌上一敲，就把巴黎最有价值的物品变成金钱。他带着杂技演员那种学来的和蔼可亲，优雅地从大厅左边、右边、桌上以及大厅后方接获不同的出价——“六百、六百零五、六百一十”——像接获一颗彩球，再把同样的数字掷回，元音饱满，子音分得很开，仿佛把那数字变得高雅了。在那当中，他扮演劝酒女郎，在无人出价、数字旋涡停止转动时，面带诱人的微笑提醒大家：“右边有人要出价吗？左边有人要出价吗？”或是在两道眉毛之间挤出一条戏剧化的小皱纹，用右手举起那支决定一切的象牙槌子，威胁着：“要落槌成交啰！”或是微笑地说：“看哪，各位先生，这一点儿也不贵。”在这当中，他像个行家一样向几个熟人打招呼，狡黠地向几个出价者鼓励地眨眼。每拍卖一件新物品，他都不带感情地先务实地作必要的确认，“第三十三件”，随着价钱提高，他的男高音就越来越刻意地提高，变得戏剧化。他显然很享受，接连三个小时让三四百个人屏住呼吸，贪婪地一会儿盯着他的嘴唇，一会儿盯着他手里那把神奇的小槌子。他以为一切都由他来决定，其实他只不过是那些随意喊出价钱的工具，这种虚假的错觉给他一种令他陶醉的自信。像只开屏的孔雀，他卖弄他的辞令，但这一点儿也不妨碍我在心中确认，对我朋友来说，此人和他夸张的手势其实就

① 梅尼蒙当区：位于如今巴黎市的第二十区，传统上居民多为劳工阶层。

像上午那三只滑稽的小猴子，只不过是同样不可或缺地帮忙转移了众人的注意。

我这个能干的朋友暂时还不能善加利用这位同谋者的协助，因为我们仍旧无奈地站在最后一排，要想穿过这坚实、温热、稠密的人群，往前钻到拍卖桌前，在我看来根本毫无指望。可是我再次察觉，在这门有趣的行当中，我确实还是个只有一天经验的门外汉。我的伙伴，这个有经验的高手和专家，早就知道在那个槌子终于敲下的那一瞬间——那个男高音刚刚欢呼着喊出七千两百六十法郎——在这短短一秒的放松当中，那堵人墙总是会松开一点儿。兴奋的脑袋垂下来，商人把价格记在目录里，偶尔会有一个因好奇来此的人离开，在那一瞬间，空气进入了拥挤的人群。而他高明地迅速利用了这一刻，低下头，像枚鱼雷一样向前钻，一口气就挤过了四五排人群。我明明发誓绝不抛下这个不小心的人，却突然独自站在那儿，看不见他了。虽然此刻我也挤向前去，但拍卖已经再度开始，那堵人墙已再度合拢，我无助地卡在拥挤的人群中，像一辆手推车陷在泥沼里。这种又黏又热的挤压实在可怕，前后左右都是陌生人的身体和衣服，而且靠得那么近，每一次旁边有人咳嗽，就会连带着使我震动。更令人难以忍受的是那空气，闻起来有灰尘的气味，还有霉味、酸味，尤其是汗味，凡是跟钱有关的地方就有这股气味。热气蒸腾之下，我试图解开外套，想伸手去拿我的手帕，却徒劳无功，我被挤得太紧了。但我不放弃，慢慢地不断向前挤，一排接一排。可是太迟了！那件鲜黄外套不见了，隐藏在人群当中，再也看不见了。无人知晓有他在场的危险，只有我知道，我的全部神经都由于一种神秘的恐惧而颤抖，害怕这个可怜的家伙今天会遭遇可怕的事。我预料每一秒钟都可能会有人大喊：“抓小偷！”接着会产生一阵骚动，一番对话，然后别人会把他拖出去，抓住他那件外套的两个衣袖。我无法解释自己心中何以会如此骇然地确定，知道今天他一定会失手，偏偏是今天。

可是看哪，什么事也没发生，无人呼喊，无人尖叫；正好相反，那些叽里咕噜、窸窸窣窣全都戛然而止，顿时变得异样地安静，仿佛这两三百人全都约好了一起屏住呼吸。此刻大家全都加倍紧张地望向那个拍卖官，他向后退了一步，走到灯光下，他的额头格外庄严地发亮。原来现在轮到了最重要的拍卖品，一个巨大的花瓶，是三百年前中国皇帝亲自派了一位公使送来赠予法国国王的礼物，在法国大革命期间神秘地离开了凡尔赛宫，就跟许多其他物品一样。四名身穿制服的仆役抬着这个珍贵的物品，刻意小心地放在桌上，这花瓶有白闪闪的曲线和蓝色的花纹。拍卖官先郑重地清了清嗓子，然后宣布了起价："十三万法郎。"肃敬的沉默响应了这个由于有四个零而变得神圣的数字。没有人敢立刻开始喊价，也没有人敢说话，或只是挪动脚步；又挤又热地卡在一块儿的人群出于敬意，全都僵在那儿。然后拍卖桌左端终于有位矮小的白发先生抬起头来，很快地小声说："十三万五千。"几乎有点儿难为情。拍卖官立刻果决地回喊："十四万。"

刺激的游戏随即展开：美国一家大型拍卖公司的代表每次只要举起手指，喊价数字就如同一支电表一样立刻向上跳了五千，从桌子的另一端，一个大收藏家（大家窃窃私语地小声说出他的名字）的私人秘书使劲与之竞价。渐渐地，这场拍卖成了那两位出价者之间的对话，他们坐在彼此的斜对面，固执地避免互相注视，双方都只对着拍卖官发话，他则显然心满意足地接受。终于，叫价到二十六万的时候，那个美国人头一次没有再举起手指；被喊出的数字悬在半空中，宛如冻结的声音。激动的气氛升高，拍卖官重复了四次"二十六万……二十六万……"他把这个数字高高地扔进大厅里，像只要捕捉猎物的老鹰。然后他等待着，紧张而微带失望地左顾右盼（唉，他很想再继续玩儿下去！）："没有人要再出价了吗？"只有一片沉默。"没有人要再出价了吗？"听起来简直接近绝望。沉默开始摆荡，像根没有声音的琴弦。那把槌子慢慢举起，此刻三百颗心都停止跳动……"二十六万法郎，第一次……第二次……第……"

那片沉默像块巨石压在无人作声的大厅里，不再有人呼吸。拍卖官把象牙槌子举在沉默的众人之上，带着近于宗教的庄严，再一次威胁着："要落槌成交啰。"没有声音！无人回应。"第三次。"槌子单调地狠狠敲下。结束了！二十六万法郎！在这单调的一敲之下，那堵人墙晃动了，又分散成一张张生动的面孔，大家都在动，在呼吸，在喊叫，在叹息，在轻咳。卡在一块儿的人群犹如单单一具身体，在一道激动的波浪里晃动，放松，向前推挤。

这一推也到了我这儿，而且一个陌生的手肘正中我胸膛，同时有人向我喃喃地说："先生，对不起。"我吓了一跳。这个声音！噢，真是个奇迹，是他，那个我深深惦念、寻找良久的人，那道松开的波浪刚好把他冲到我身边，这是多么幸运的巧合。现在他又在我身边了，谢天谢地，现在我总算可以仔细看顾他、保护他。我当然避免去直视他的脸，只从旁边偷偷望过去，并非去看他的脸，而是去看他的手，他从事这门手艺的工具，可是他的双手却奇怪地消失了。没多久我就发现，他把外套两个衣袖的下半截紧贴着身体，像个受冻的人把手指缩进御寒的衣袖边缘，于是手指就看不见了。如果现在他去碰一个受害者，对方就只会感觉到被柔软的布料给凑巧碰了一下，并没有危险，那只准备扒窃的手藏在衣袖底下，像猫咪的爪子缩进了柔软的脚掌。做得好，我心中赞叹。可是他出手的对象是谁呢？我小心翼翼地瞟向他的右边，那里站着一个瘦削的先生，衣服纽扣全扣紧了；在他前面是另一位先生，以难以下手的宽阔背部背对着他。因此我起初不明白，他要如何成功接近这两位其中一位。可是这时我感觉到自己的膝盖被轻轻压了一下，一个念头蓦地攫住了我，如同一阵寒战冰冷地通过我全身：难道这番准备竟是针对我而来？你这个傻瓜居然挑中了这座大厅里唯一知道你在这儿的人，而现在我将在自己身上测试你的手艺？作为令人迷惘的最后一课！果不其然，那似乎是冲着我来的，偏偏是我，这个无可救药的倒霉鬼看来偏偏挑中了我，偏偏是我，看透了他心事的人，唯一一个洞悉他手艺的人！

是的，那毫无疑问是冲着我来的，现在我无法再自我欺骗，因为我已经感觉到旁边那个手肘悄悄压在我身侧，那只被衣袖遮住的手一寸一寸地向前推进，大概准备趁着人群中的第一阵骚动，灵活地伸进我的外套和背心之间。虽然此刻我还大可以借由一个小小的反制动作来保护自己，只要转向侧面或是扣上外套就够了，但说也奇怪，我却没有力气这么做，因为我整个身体都由于兴奋和期待而被催眠了。我的每一条肌肉、每一根神经都仿佛被冻住了，我一边兴奋地期待着，一边迅速思索皮夹里有多少钱，而一想到我的皮夹，我感觉到（一想到皮夹，我们身体的每个部分都会立刻敏感起来，包括每一颗牙齿、每一个脚趾、每一条神经）皮夹还温暖而平静地压在我的胸膛上。所以说，我的皮夹暂时还在原位，在这有所准备下，我能够坦然承受他的出击。然而说也奇怪，我根本不知道自己希不希望他出手。我的感觉一片混乱，仿佛被一分为二。因为一方面，为了他好，我希望这个傻瓜不会找上我；另一方面，我无比紧张地等待着他一展身手，等待着那关键的一击，那种紧张就跟去看牙医时一样，等着钻子逐渐接近牙痛的部位。可是他似乎想要惩罚我的好奇心，一点儿也不急着出手。他一再停下来，但始终靠得很近，不慌不忙地一寸寸推进。虽然我的感官完全与这股推挤的碰触相系，我同时却以另一份意识清楚听见拍卖会越来越高的喊价声从桌子那边传来："三千七百五十……有人要加价吗？三千七百六十……七百七十……七百八十……没有人要加价吗？没有人出更多了吗？"然后槌子落下。又一次，在拍板成交之后，人群中出现一阵微微的松动，就在那一刻，我感觉人潮中有股波浪朝我袭来。那并非真正的攫取，而有点儿像是一条蛇滑过，我微微感觉到有东西在滑动，这么轻，这么快，假如不是我的全部好奇心都在那个受威胁的部位站岗，我绝对感觉不到。像凑巧被风拂过，我的大衣起了一道皱褶，我感觉到有件东西轻轻滑过，像一只鸟，然后……

然后突然发生了我始料未及的一件事：我的手从下面猛地向上伸出，抓住了在我外套下的那只陌生的手。我根本不曾计划要这样粗暴地抵抗，那是肌肉的反射动作，出乎我自己意料之外。由于身体的自卫本能，我的手自动向上伸出。此刻，我的拳头紧紧握住一个陌生人的手腕，一只冰凉、颤抖的手，我自己也吃了一惊。太可怕了，不，我根本不想这样！

我无法描述这一刹那。突然强行握住一个陌生人的手，把一块活生生、冰冷的肉握在手里，我完全吓呆了，他也同样被吓呆了。一如我没有力气，也不够镇定来松开他的手，他也没有勇气，也不够镇定来把手挣脱。"四百五十……四百六十……四百七十……"拍卖官在台上慷慨激昂地高喊，而我仍然抓着那只陌生的手，那只冰冷颤抖的扒窃之手。“四百八十……四百九十……”仍然无人察觉在我们两人之间发生了什么事，无人意识到在这两个人之间存在着异常紧张的命运，就只在我们两人之间，这场无名的战役就只在我们紧绷的神经之间进行。“五百……五百一十……五百二十……”，数字越来越快地冒出来，“五百三十……五百四十……五百五十……”我总算又能呼吸了，整个过程持续不到十秒钟。我松开那只陌生的手，它立刻缩了回去，消失在那件黄色外套的衣袖里。

“五百六十……五百七十……五百八十……六百……六百一十……”台上一再继续喊下去，而我和这个秘密行动的共犯仍旧并肩站着，双方都由于同一件经历而瘫痪。我仍然感觉到他的身体温热地贴着我，在激动消除后，我僵直的膝盖开始颤抖，而我仿佛觉得这微微的颤抖也传到了他身上。“六百二十……三十……四十……五十……六十……七十……”，数字迅速升高，而我们仍旧站着，被恐惧的冰冷铁环圈在一起。我终于有了力气，至少转过头去望向他。在同一瞬间，他也望向我，我们四目相接。饶了我，饶了我！不要举发我！那双潮湿的眼睛似乎在这样央求，他饱受压迫的心灵的全部恐惧，所有生物原始的恐惧，从这对圆圆的瞳孔中流露出来，那撇小胡子也在惊吓之中随之颤抖。我只清楚地看见这双睁大的眼睛，那张脸在无比惊恐的表情中变得模糊，在那之前我从未在一个人脸上见过这种表情，在那之后也不曾见过。我感到说不出的羞惭，居然有人这样看着我，像个奴隶，如此卑屈，仿佛我有权决定他的生死。他的这份恐惧让我觉得自己很可耻，我尴尬地又把目光移开。

然而他明白了。现在他知道我绝对不会举发他，这让他又有了力气。他把身体从我身边轻轻转开，我感觉到他想要永远离开我。先是下面挤过来的膝盖松开了，然后我的手臂感觉到那股紧贴的热度消失，我觉得身体的一部分仿佛离我而去，我旁边的位置突然空了。我那不幸的伙伴朝人群里钻，撤退了。起初我松了一口气，觉得四周又有了空气。可是在下一瞬间我吓了一跳：这个可怜人现在会去做什么？他需要钱呀，而我，我还欠他一声感谢，为了这刺激的几小时，身为他不由自主的共犯，我可得要帮助他才行！我急忙跟在他身后挤出去。可是糟了！那个倒霉鬼误解了我的一片好意，当他远远地在走道上瞥见我，他害怕起来。我还来不及向他示意，要他放心，那件鲜黄色外套就已经飘下楼梯，飘进人潮汹涌的街道上，再也找不到了。而我这堂课就这样意外地骤然结束，一如其开始。

西洋棋的故事

一艘大型客轮将于午夜从纽约驶往布宜诺斯艾利斯，船上十分热闹，一片出航前惯有的忙碌。岸上来替朋友送行的人挤成一团；递送电报的男孩儿歪戴着便帽，高喊着姓名，跑过一间间休息室，皮箱和鲜花被拖来拖去，小孩子好奇地在楼梯跑上跑下，在此同时，在甲板上演出的管弦乐团沉着地演奏。我避开这片骚动，站在供散步用的甲板上跟一个朋友谈话。此时在我们身旁闪起了两三次镁光灯，白光刺眼，看来是哪个名人在起程之前还匆匆接受了记者的访问和拍照。我朋友望过去，露出微笑。“您这艘船上有个少见的怪人，那个钱托维奇。”听到这则消息，我想必是一副不明所以的表情，于是他又解释了一下：“米尔柯·钱托维奇，西洋棋世界冠军，他走遍了全美国，从东岸到西岸，到处参加巡回比赛，现在要搭船前往阿根廷去寻求新的胜利。”

这会儿我果然记起了这位年轻的世界冠军，甚至记起了他在棋坛迅速崛起的一些细节。我朋友看报纸比我细心，又再次补充了许多趣闻轶事。大约在一年前，钱托维奇骤然跻身于地位早已奠定的棋坛大师之列，像是阿廖辛[①]、

---

① 阿廖辛（1892—1946）：俄国棋手，蝉联多年的世界冠军（1927—1935年，1937—1946年）。

卡帕布兰卡[①]、塔尔塔可夫[②]、拉斯克[③]、波戈留博夫[④]。自从神童雷舍夫斯基[⑤]参加了在纽约举行的棋赛以来，还不曾有过一个无名小卒跻身光荣棋坛如此广受瞩目。因为钱托维奇的智力似乎根本无法预示这样辉煌的前程。没多久就有秘密泄露出来，说这个西洋棋冠军私底下写不出一个没有拼写错误的句子，不管是用哪一种语言，而且，如同他一个恼怒的同行愤愤讥嘲的那样："他对所有的领域都同样无知。"他父亲是多瑙河上一名极其贫苦的南斯拉夫的船夫，有一夜，他那艘小舟被一艘运送谷物的轮船撞翻了。钱托维奇当时十二岁，父亲死后，那个偏远村落的神父出于同情收留了他，这个前额宽广、沉默寡言、有点儿迟钝的孩子，那位好心的神父竭心尽力地在家里替他补习，想教会他在村中学校没能学会的东西。

可是那些努力都是徒劳。他仍旧茫然地盯着已经向他解释过上百次的文字，即使是最简单的课程内容，他那反应迟钝的大脑也记不住。如果要做算术，他在十四岁时每次都还得扳手指来帮忙，现在都已经是少年了，要读一本书或是一份报纸还是十分吃力。不过，绝不能说米尔柯不情愿或是不服从。别人要他做的事，他都乖乖去做，去打水、劈柴、下田、整理厨房，可靠地做完别人交代他的工作，就算动作慢得令人生气。不过，最让那位好心的神父烦恼的是这个古怪的男孩儿对一切都漠不关心。如果没有人特别要求他，如果没有人明确地吩咐他去做什么，他就什么也不做，从来不问问题，不跟别的男孩儿一起玩儿，也不会自己找事做。一旦做完了家事，他就呆呆地坐在房间里，眼神空洞，那眼神就像牧草地上的羊群，对于身边发生的事丝毫不感兴趣。晚上，当神父惬意地抽着农民抽的

---

① 卡帕布兰卡（1888—1942）：古巴棋手，1921—1927年的世界冠军。

② 塔尔塔可夫（1887—1956）：犹太裔棋手，第一次世界大战后入籍波兰，曾带领波兰代表队赢得世界棋赛冠军。

③ 拉斯克（1868—1941）：德国数学家、作家及知名棋手，1894—1921年的世界冠军。

④ 波戈留博夫（1889—1952）：知名棋手，原籍俄国，曾赢得多次苏联冠军，后移民德国。

⑤ 雷舍夫斯基：美国著名的象棋手，多次获得美国个人冠军，在世界冠军赛中获得第三名和第四名。

长烟斗，按照惯例跟村中警官一起下三盘棋，这个迟钝的黄发男孩儿就默默地蹲在旁边，从沉重的眼皮下呆呆望着那个方格棋盘，似乎打着瞌睡，而且漠不关心。

一个冬夜里，当这两个棋友正专注于他们每日的棋局上，一架雪橇的铃铛声从村中道路传来，声音一阵比一阵急促。一个农夫踩着重重的脚步匆匆走进来，帽子上沾满雪花，说他的老母亲就要死了，请神父快点儿过去，及时为她施行临终涂油礼。神父没有迟疑，就跟着他走了。那个警官一杯啤酒还没喝完，临走前又点燃了一管烟斗，正准备要穿上厚重的长筒靴，此时他注意到米尔柯目不转睛地盯着棋盘上那局下了一半的棋。

“怎么，你想把这盘棋下完吗？”警官开玩笑地说，深信那个一脸瞌睡的男孩儿不会懂得该如何在棋盘上正确移动一枚棋子。男孩儿害羞地抬起眼睛，点点头，然后坐在神父的位子上。走了十四步之后，警官输了，而且他必须承认，他之所以输棋绝对不是因为漫不经心不小心走错了一步棋。第二盘的结果也一样。

“巴兰的驴子说话了！[①]”神父回来时吃惊地喊道，一边向不太熟悉《圣经》的警官解释，说早在两千年前就曾经发生过类似的奇迹，一个不会说话的生物突然说出了充满智慧的话语。尽管时间已晚，好心的神父还是忍不住要向这个接近文盲的弟子挑战一盘棋。米尔柯也轻松地赢了他。他下棋顽强、缓慢、毫不动摇，垂下的宽广额头一次也不曾从棋盘上抬起来。但他下棋下得很稳，无懈可击，不管是警官还是神父，在接下来那几天里都无法赢他一盘。神父比任何人都更能看出他这个学生在其他方面的迟缓，如今真正好奇起来，想知道这份单方面的特殊天赋是否经得起更严格的考验。他先带米尔柯到村中理发师那儿修剪了一头蓬乱的黄发，让他看起来稍微体面一点儿，然后驾着雪橇带他到邻近的一座小城，他知道在

---

① 见《旧约·民数记》第二十二章。智者巴兰骑驴赶路，途中遇到耶和华的使者持刀等待。驴子为了闪避使者而离开大路，后来又贴墙站立，巴兰生气地持杖打了它三次。耶和华使驴子开口对巴兰说：“我向你行了什么，你竟打我这三次呢？”

城中主要广场旁的那家咖啡馆里，有一个棋迷聚集的角落，依照他的经验，他自己也下不赢那些人。当神父推着这个十五岁少年走进咖啡馆时，颇引起了店里客人的惊讶。那少年一头黄发，脸颊红润，穿着毛皮翻向里面的羊皮外套，脚上是厚重的长筒靴。在咖啡馆里，这男孩儿害羞地垂下眼睛，不明所以地站在一个角落里，直到别人喊他，要他到一张棋桌那儿去。米尔柯输了第一盘，因为他在那位好心的神父那里从没见过所谓的"西西里开局法"。第二盘他就已经可以跟最好的棋手下成和局。从第三、四盘棋开始，他就一个接一个地击败了所有人。

在南斯拉夫的一个乡间小城，很少发生令人兴奋的事，于是，这个乡下高手在全体乡绅面前头一次出场就立刻造成轰动。大家一致决定，这个神童非得在城里待到明天不可，好让大家能去把棋社的其他成员都找来，尤其是去城堡里通知年迈的希姆奇茨伯爵，他对下棋有份狂热。神父带着一份全新的自豪看着他的养子，他虽然高兴自己发掘了这孩子的天分，却也不想耽误自己在周日主持弥撒的职责，表示愿意把米尔柯留下来接受进一步的考验。咖啡馆里那群棋迷出钱让年少的钱托维奇住进旅馆，这一天晚上，他头一次见到冲水马桶。次日是星期天，下午时，棋室里挤满了人。米尔柯一动也不动地在棋盘前坐了四个钟头，一句话也没说，也不曾抬起目光，却赢过了一个又一个的棋手。到最后，有人提议让他同时与多人对弈。大家费了不少工夫才让这个学习能力欠佳的少年明白，同时与多人对弈的意思是由他一个人同时跟好几个对手相抗。不过，米尔柯一旦懂得了这个规矩，就很快适应了这项任务，踩着他嘎吱作响的厚重靴子，缓缓地从一张桌子走到另一张桌子，最后在八盘棋中赢了七盘。

众人于是热烈商议。虽然严格说来，这个新科冠军并非这座城市的居民，可是乡土的民族自豪已被深深激起。到目前为止，这座小城在地图上几乎无人注意，也许这座城市将头一次有此荣幸，成为一个名人的故乡。有个经纪人名叫柯勒尔，平常只会介绍女歌手到军营去表演歌舞，表示只要有人提供一年的津贴，他愿意送这个少年到维也纳去，在他认识的一位下棋高手那儿接受专业的棋艺训练。希姆奇茨伯爵立刻捐出那笔金额，他六十年来每天下棋，却从未碰过如此奇特的对手。这个船夫之子惊人的棋坛生涯就从这一天展开。

半年后，米尔柯就掌握了下棋技巧的全部奥秘，只不过他有一个罕见的缺陷，后来在棋坛上广受注意，也备受讥嘲。因为钱托维奇从来无法把棋局熟记在心，哪怕就只是单单一盘棋，用专业术语来说，就是他无法下盲棋。他完全没有能力把棋局放进想象的无限空间里。那个黑白相间的六十四格棋盘，还有那三十二个棋子，都必须确确实实地在他面前。在他已经举世知名以后，他还是会随身携带一个可以折叠的袖珍棋盘，如果他想重现一盘大师棋局，或是为自己解决一个问题，就能把棋子的位置具体地摆在眼前。这个缺陷本身微不足道，却泄露出想象力的缺乏，这在小圈子里受到热烈讨论，就好比在音乐家当中有个杰出的演奏奇才或指挥家，但如果没有乐谱摊开在眼前就无法演奏或指挥。不过这个特殊缺陷却丝毫不曾减缓米尔柯惊人的蹿升。十七岁时他就已经赢得了十几个棋赛锦标，十八岁赢得匈牙利全国冠军，二十岁时终于摘下世界冠军。那些最厉害的高手，个个在想象力和胆量上都远胜于他，却都败在他顽强冷酷的逻辑下，如同拿破仑败给了迟钝的库图佐夫①，汉尼拔②败给了费边③，根据历史学家李维④的记载，费边在小时候也表现出明显的迟钝和低能。卓越的棋坛大师之中集结了各式各样智力出众的人物，包括哲学家和数学家，这些人精于算计、想象力丰富，往往充满创造力，这会儿头一次有个全然的局外人闯进来，一个迟钝寡言的乡下少年，就连最精明的记者也无法引他说出一句能刊载的话。不过，钱托维奇虽然没能给报纸提供洗练的警句，关于他个人的轶事却迅速地弥补了这一点。因为在棋盘前面他是举世无双的

---

① 库图佐夫（1745—1813）：俄国统帅，于1812年拿破仑入侵俄国时击溃了拿破仑的军队。

② 汉尼拔（公元前247—前183）：迦太基名将，曾经屡次击败罗马军队。

③ 费边（公元前280—前203）：罗马统帅，历任执政官，曾以拖延战术对抗汉尼拔，止住了罗马军队的连败。

④ 李维（公元前59—17）：罗马历史学家，曾撰写共142卷的罗马史著作，其中只有35册流传下来。

大师，可是一从棋盘前面站起来，钱托维奇就无可救药地成了一个近乎滑稽的古怪人物。尽管他身穿庄重的黑色西装，系着华丽的领带，配上有点儿刺眼的珍珠别针，指甲也费心修剪过，他的举止和态度仍旧还是那个头脑简单的曾在村子里替神父打扫房间的乡下男孩儿。他试图靠着他的天赋和名声来捞钱，能捞多少算多少，手法笨拙而且近乎无耻，带着小气的贪婪，甚至往往是粗鄙的，这令他的同行取笑，也令他们生气。他从一座城市旅行到另一座城市，总是住在最便宜的旅馆；他在最微不足道的棋社里下棋，只要对方同意付他酬劳；他允许别人把他的肖像登在肥皂广告上，甚至还把自己的名字卖给一家出版社，在一本名叫《西洋棋哲学》的书上挂名，不在乎竞争对手的嘲讽。他们很清楚他连三个正确的句子都写不出来，那本书实际上是加里西尼亚的一个穷大学生替那精明的出版商写的。就跟所有天性顽强的人一样，他完全不知道什么叫作可笑。自从在世界大赛中获胜，他就自认是全世界最重要的人物。他意识到他击败了所有那些聪明有才、能言善道、文笔出众的人，而且是在他们所擅长的领域，尤其是他比他们赚得更多这件事实明摆着，使他原本缺乏的自信转化成一种冷漠的骄傲，而且往往表现得很笨拙。

“话说回来，如此迅速成名怎么可能不冲昏这样一个空洞的脑袋呢？”我朋友做出结论，他刚刚向我吐露了钱托维奇幼稚自大的几个典型例子。“一个二十一岁、来自巴纳特地区的乡下小伙子，突然只要在一块木板上把几个棋子推来推去，一周之内所赚的钱就超过家乡全村人一整年靠着伐木和辛苦劳动所赚的钱，他怎么可能不染上虚荣的毛病？再加上，如果一个人根本不知道这世上曾经有过伦勃朗、贝多芬、但丁和拿破仑，要把自己视为一个伟大人物不也是很容易吗？这个小伙子在他那有所局限的大脑里只知道一件事，就是几个月以来他不曾输过一盘棋。由于他不知道在这个世上除了下棋和金钱以外还有别种价值，他大有理由以自己为傲。”

我朋友这番话自然引起了我的好奇。我一辈子都对各式各样具有偏执狂的人感兴趣——那种执迷于单单一种意念的人。因为一个人越是把自己隔绝开来，在另一方面就越接近无限，正是这种看似与世隔绝者用他们的特殊材料，像白蚁一样建造出一种奇特、独一无二的世界缩影。因此，我毫不隐瞒我的企图，打算在前往里约的这十二天航程中，仔细观察这个才智片面发展的特殊样本。

然而朋友提醒我：“在这件事情上您不会有多少运气。据我所知，还从来没有人成功地从钱托维奇身上找出一丁点儿心理学的材料。在他深不可测的迟钝背后，这个狡猾的乡下人极为聪明，从不暴露自己的弱点，靠的是一种简单的技巧，即避免跟任何人谈话，除了跟他背景相似的同乡之外，这些人他在小酒馆里找得到。只要感觉出有个具有文化教养的人在场，他就缩进他的蜗牛壳里；这样一来，就没有人能够自夸曾经听他说过一句蠢话，或是曾经测量过他那据说深不可测的无知。”

的确，我朋友说得没错。在航程头几天，事实证明要接近钱托维奇根本不可能，除非粗鲁地去纠缠，而我毕竟不是那种人。偶尔他虽然会在供散步用的甲板上走动，但总是把双手交叠在背后，摆出沉思的高傲姿势，就像那幅名画上的拿破仑。此外，他在甲板上散步总是匆匆忙忙，横冲直撞，如果要和他攀谈，就得要小跑步地追着他跑。另一方面，他从不出现在交际场所，不管是酒吧还是吸烟室。我私底下向服务生打听，据他透露，钱托维奇整天大部分的时间都待在自己的舱房里，在一个大棋盘上练习下棋或是重演过去的棋局。

三天之后，我的确生起气来，想到他顽强的防御技巧要比我想要接近他的意图更为高明。我这一生当中，还从不曾有机会亲自认识一位棋艺大师，而我越是努力去想象这种类型的人，就越觉得，一辈子都只围绕着六十四个黑白格子打转，这样的大脑活动简直不可思议。从自身的经验中，我当然知道这种“国王的游戏”具有神秘的吸引力，在人类发明的各种游戏中，只有这个游戏完全不受巧合干扰，唯有靠心智才能赢得胜利，或者应该说是靠着心智天赋的一种特定形式。不过，把下棋称为一种游戏，不就已经对他进行了一种带有侮辱意味的限制？它不也是一种科学、一种艺术，飘浮在这些范畴之间，独一无二地结合了各种对立词组：无比古老，却又永远如新；在设计上是机械性的，却必须透过想象力才能发挥作用；被限制在呆板的几何空间里，却有无限的组合；不断发展，却又不会有结果；一种没有结论的思考，算不出答案的数学，没有成品的艺术，没有材料的建筑。然而事实证明，它的存在要比所有书籍和作品更为持久，是所有民族与各个时代唯一共有的游戏，而没有人知道是哪个神把它带到了人间，让世人排遣无聊，砥砺心智，全神贯注。它从哪里开始？又在哪里结束？每个小孩子都能学会它的基本规则，每个生手都可以来尝试，然而，在这个不能改变的小小正方形上却培养出一种特殊的大师，有别于所有其他人，这种人局限的天赋只在于下棋，是特殊的天才，在他们身上，想象力、耐心和技巧交互发挥作用，一如在数学家、诗人和音乐家身上，只是以另一种方式堆叠组合。在过去热衷于相貌学的年代，像加尔[①]那样的医生或许会解剖棋艺大师的大脑，以确定这些下棋天才的大脑灰质中是否有特殊的弯曲，一块专司下棋的肌肉或是隆起比在常人头颅里更为明显。而这种相貌学家对于像钱托维奇这样的例子又将何等感兴趣，在此人身上，这份特殊天才似乎犹如一条细线分布在全然停滞的智力中，就像一缕黄金藏在一百公斤黯淡无光的石块里。原则上，我向来能够理解，一种如此独特而绝妙的游戏想必会创造出特殊的胜利者；然而要去想象这样一个心智活跃之人的生活却是多么困难，几乎不可能。对他来说，世界就只缩小成黑格与白格之间的窄小单行道，他只在三十二颗棋子的一来一往和前进后退中寻求人生的胜利。在开局时，先走马而不走卒就已意味着英勇，而在一本棋书的一隅占有小小的一席就意味着不朽。一个有才智的人，在十年、二十年、三十年、四十年中，把思考的全部活力一而再，再而三地用来做一件可笑的事：在一块木板上，把一个木头刻的国王逼进角落！而他居然没有发疯！

如今这样一个非凡之人、一个奇特的天才，或是一个谜样的傻子，头一次在空间上和我如此接近，在同一艘船上，只相隔六间舱房，而我这个

---

① 加尔（1758—1828）：德国医生，“颅相学”创始人，声称由颅骨形状可看出一个人的才能。

无福之人却无法接近他。在跟心智有关的事物上，我的好奇心往往变质成一种狂热，我开始想出再荒谬不过的计策：像是去挑起他的虚荣心，假装我要替一家大报社访问他；或是利用他的贪婪，向他提议去苏格兰参加一场有利可图的比赛。但最后我想起来，要把松鸡引诱出来，猎人最经得起考验的技巧就是模仿它的发情叫声。要引起一个棋艺大师的注意，还有什么会比自己也来下棋更有效？

我这一辈子从不曾认真研究过棋艺，理由很简单，我下棋总是很随便，纯粹是为了消遣。如果我在棋盘前面坐上一个小时，那绝对不是为了要绞尽脑汁，正好相反，是为了减轻精神上的紧张。我的确是在“玩儿”下棋，而其他人，那些真正的棋手，用我自创的这个大胆新词来说，把下棋“严肃化”了。说到下棋，就跟恋爱一样一定要有个对象，此时我还不知道船上除了我们之外，是否还有其他人喜欢下棋。为了把这些人从他们的洞穴里引诱出来，我在吸烟室里设下一个简陋的陷阱，跟我太太对坐在一张棋盘前面，像个捕鸟人一样，虽然她的棋下得比我更差。果然，我们才走了不到六步，就已经有人在经过时停下脚步，另一人请求我们准许他观棋，最后我想要的对手也终于出现，他向我挑战，要跟我下一盘。那人名叫麦克柯诺尔，是个苏格兰采矿工程师，据说在加州钻探石油赚得了大笔财富。从外表看来，他身材矮壮，下颚结实有力，几乎呈正方形，牙齿坚固，脸色红润，那鲜明的红色很可能归因于大量享用的威士忌，至少是部分原因。他的肩膀宽得出奇，几乎像运动员般粗壮，遗憾的是，这副肩膀在棋局当中也由于他的个性而引人注目。因为这位麦克柯诺尔先生属于那种自我意识太强的成功人士，就算是在根本无足轻重的游戏中，也把落败视为自身人格的贬低。这个白手起家的人在人生当中习惯肆无忌惮地达成目的，而且被实际的成功给宠坏了，粗壮的他怀着无法动摇的优越感，以至于任何阻力都令他恼怒，被他视为无礼的反抗，甚至是侮辱。当他输了第一盘，他变得闷闷不乐，开始啰里啰唆，专横地解释，说他之所以会输，只是由于一时不够专注。下到第三盘，他把自己输棋归咎于隔壁房间的喧闹，只要输了一盘，他就一定立刻要求再来一盘。起初我还觉得这种虚荣的求胜心切很有趣，到最后就只是无奈地接受，如果我想达成原本的目的，把那个世界冠军引诱到我们桌边来，这将是不可避免的伴随现象。

第三天，我成功了，却只成功了一半。钱托维奇可能是在甲板上散步时，从甲板的窗户观察到我们坐在棋盘前面，也可能他只是凑巧大驾光临到吸烟室来。总之，他一看见我们这些资格不足的人在从事他擅长的艺术，就不由自主地走近了一步，隔着适当的距离，朝我们的棋盘上审视地看了一眼。麦克柯诺尔正好走了一步，而这一步棋似乎就足以让钱托维奇得知，我们这种外行的较量根本不值得他这种大师继续关注。他从我们的桌旁走开，离开了吸烟室，带着一份理所当然，就像我们这种人在一家书店里，别人递来一本差劲的侦探小说，我们连翻都没翻一下就把书给放回去。“他掂过斤两，觉得太微不足道。”我心想，那道鄙夷的冷冷的目光有点儿令我恼火，为了设法宣泄怒气，我对麦克柯诺尔说：

“那位大师对您这步棋似乎不怎么欣赏。”

“什么大师？”

我告诉他，刚刚从我们旁边走过的那位先生就是西洋棋大师钱托维奇，而大师用不以为然的目光朝我们的棋局看了一眼。我又加了一句，说我们两个承受得了的，不会因为他的轻视而伤心；技不如人就只好忍耐。可是我随口说的这番话却在麦克柯诺尔身上产生完全出人意料的效果，令我大吃一惊。他立刻激动起来，忘了我们的棋局，而他的虚荣心开始跳动，简直能听得见。他说他不知道钱托维奇也在船上，而钱托维奇非得跟他下一盘不可。他这辈子还从未跟一位世界冠军下过棋，除了有一次，他跟另外四十个人同时跟一位世界冠军对弈，光是那样就已经够刺激了，而且那一次他差点儿就赢了。他问我跟那位西洋棋冠军是否相识。我说不认识。他又问我愿不愿意去跟他攀谈，请他到我们这儿来。我拒绝了，理由是据我所知，钱托维奇不怎么乐意结识新交。再说，一位世界冠军怎么会有兴趣纡尊降贵地来跟我们这种三流棋手下棋？

对一个像麦克柯诺尔这样虚荣心特别强的人，我实在不该说“三流棋手”的。他恼火地向后一靠，粗鲁地说，他不相信钱托维奇会拒绝一位绅士的礼貌邀请，这件事他会想办法。在他的请求下，我向他简短地介绍了这位世界冠军的为人，而他就已经毫不在乎地撇下我们这盘棋，以按捺不住的急躁冲到游步甲板上去找钱托维奇。我又一次感觉到，这个肩膀如此宽阔的人一旦下定决心去做某件事是拦也拦不住的。

我相当紧张地等待着。十分钟后，麦克柯诺尔回来了，看来不怎么高兴。

“怎么样？”我问。

“您说得没错，”他有点儿恼火地回答，“那位先生不怎么讨人喜欢。我向他自我介绍，告诉他我是谁，而他甚至没有跟我握手。我试着向他解释，说如果他愿意同时与我们对弈，这艘船上所有的乘客将会多么自豪，多么荣幸。但是他不为所动，真可恶。他说他很抱歉，他对他的经纪人有合约上的义务，合约上明文禁止他在巡回比赛期间无酬下棋，说他的最低酬劳是一盘棋两百五十美元。”

我笑了：“我还根本没想到，把棋子从黑格推到白格居然是桩利润如此丰厚的生意。嗯，希望您也就客客气气地告退了。”

可是麦克柯诺尔还是十分严肃地说：“棋局安排在明天下午三点，就在这间吸烟室。我希望我们不会这么容易就被打得落花流水。”

“什么？您同意给他两百五十美元？”我震惊地大喊。

“为什么不呢？这是他的职业。假如我牙痛，而船上刚好有位牙医，那我也不会要求他免费替我拔牙。那个人索取高价一点儿也没有错；在每一行，真正的好手也是最精明的生意人。对我来说，生意做得越干脆越好。我宁可付现金，也不想让钱托维奇先生向我施恩，到头来我还得向他致谢。反正我在俱乐部里一个晚上就输掉过不只两百五十美元，而且还不是跟一位世界冠军下棋。对一个‘三流棋手’来说，输给像钱托维奇这样的对手也不丢脸。”

察觉到我用“三流棋手”那个无辜的字眼深深伤了麦克柯诺尔的自尊，这让我感到好笑。不过，既然他打算为了那个昂贵的娱乐付钱，我对他那用错地方的虚荣心也就没什么好反对的，毕竟他的虚荣心将让我终于得以认识那个怪人。我们急忙去通知四五位声称自己会下棋的先生，告诉他们将要发生的事，并且不仅预订了我们那张桌子，也把旁边几张桌子一并预订下来，以求尽量不受到从旁经过乘客的打扰。

第二天，我们那一小群人在约好的时间全数到齐。那位大师对面正中央的位子自然是分配给麦克柯诺尔，他抽着粗粗的雪茄，一根接一根，借此来消除紧张，同时一再不安地去看表。可是那位世界冠军让我们足足等了十分钟——在我那位朋友跟我说过那些故事后，这其实已经在我意料之中——而他的出现因此更引人注目。他冷静而轻松地走到桌旁，没有自我介绍，这份无礼似乎在说："你们知道我是谁，至于你们是谁，我不感兴趣。"他随即以专家的单调语气说起具体的安排。由于在船上没有足够的棋盘，无法同时与多人对弈，因此他提议我们可以联手来与他对弈。每下完一步棋，为了不妨碍我们商量，他会改坐到吸烟室尽头的另一张桌子旁。由于桌上没有摇铃可用，等我们下完了一步棋，就用汤匙敲敲玻璃杯。他提议走一步棋最多可以花十分钟，如果我们没打算作别的安排。我们就像羞怯的学生一样，理所当然赞同他的每一个提议。挑选棋子颜色时，钱托维奇要了黑色；他还站着，就下了回应我们的第一步棋，随即走到他所提议的等候位置，随随便便地倚在那里，翻阅一本画报。

报道这盘棋没有什么意义，这盘棋理所当然地以它势必要结束的方式结束，即我们全军覆没，而且才不过走了二十四步棋。一个世界冠军轻轻松松地击败了六七个中下等级的棋手，这件事本身不足为奇；让我们大家受不了的其实只是钱托维奇傲慢的态度，让我们明显感觉到他对付我们轻而易举。每一次他都只朝棋盘上草草瞄一眼，目光漫不经心地从我们身上掠过，仿佛我们也只是没有生命的棋子。这副无礼姿态让人不禁想起有人丢一口食物给一条癞皮狗，却懒得看它一眼。照我的看法，如果他体贴一点儿，可以提醒我们所犯的错误，或是说句客气的话来鼓励我们。然而就连这盘棋下完之后，这个没有人性的下棋机器也一声不吭，在他说了"将军"之后，就一动也不动地在桌前等待，看是否还有人想跟他再下一盘。面对厚颜无耻的粗鲁，你也只能感到无可奈何。我已经站了起来，打算无奈地用手势来示意，至少就我而言，随着这桩美元交易完成，我们结识的乐趣便已结束。此时麦克柯诺尔在我旁边用十分沙哑的声音说“再来一盘！”引起了我的不快。

那挑战口吻简直把我吓着了，事实上在这一瞬间，麦克柯诺尔给人的印象更像个即将出拳的拳击手，而不像个有礼的绅士。不管那是因为钱托维奇对待我们的方式令人不悦，还是只是由于他那病态的虚荣心容易受到刺激，总之麦克柯诺尔像完全变了一个人。他一张脸涨得通红，直到额头发际，鼻孔由于内部压力而大大张开，他明显在流汗，一道皱纹从紧抿的嘴唇深深连到那好斗地抬起的下巴。在他的眼睛里，我不安地认出无法控制的激情，这种激情平时只会攫住在轮盘赌桌旁的人，当第六次、第七次加倍下注之后，他们所选的颜色还是没有出现。在这一瞬间，我明白这个虚荣心太强的人将会和钱托维奇一直对弈下去，下普通注或双倍下注，直到他至少赢了一盘为止，就算花掉全部的财产也在所不惜。如果钱托维奇能坚持下去，那么他就在麦克柯诺尔身上挖到了金矿，在抵达布宜诺斯艾利斯之前可以捞进几千美元。

钱托维奇仍然面无表情。“请，”他礼貌地说，“这一次各位持黑棋。”

第二盘的情况也没什么不同，只不过有几个好奇的人加进来，我们这个圈子不仅变大了，也变得更热闹。麦克柯诺尔牢牢地盯着棋盘，仿佛想用赢棋的意志来催眠那些棋子；我觉得他会乐于牺牲几千美元，只求能向那个厚颜无耻的对手喜滋滋地喊一声“将军”！说也奇怪，他那份愠怒的激动不知不觉也感染了我们。我们比先前更加激烈地讨论每一步棋，总是在最后一刻又互相拦住对方，等到大家一致同意才发出信号，把钱托维奇唤回我们桌旁。渐渐地，我们走到了第十七步，而此时出现一个布局看来对我们有利，这令人讶异，让我们自己也吃了一惊。因为我们得以把 c 线上的卒子推到 c_2 线上的倒数第二格，只需要把它再往前推，推到 c_1 线上，就能把它变成第二个王后[1]。当然这个机会过于显而易见，让我们不太放心，大家一致怀疑，这个看似由我们挣得的优势，一定是钱托维奇故意当作钓饵送上门来的，毕竟他更能综观全局。然而，尽管我们绞尽脑汁，一起寻思和讨论，却还是识不破那个隐藏的圈套。到最后，眼看允许我们考虑的时限就要到了，我们决定大胆走这一步棋。麦克柯诺尔已经伸手去碰那个卒子，打算把它推到最后一格上，此时突然有人抓住了他的手臂，小声但激动地低语："看在老天的分上！别这样走！"

我们全都不由自主地转过身去。一位年约四十五岁的先生想必是在刚才这几分钟走到我们这边来，当时我们正全神贯注于那个问题上。他一张脸瘦削，线条分明，之前在甲板上散步时我就已经注意到他，因为他的脸色白得出奇，几乎像石灰。他感觉到我们的目光，急忙补充说道：

"如果各位现在把这个卒变成后，他立刻就会用 c_1 的象把它吃掉，各位再用马把它吃回来。可是这时候他就把那个不受牵制的卒子走到 d_7，威胁到各位的车，就算各位用马去将他一军，最后还是会输，再走个九步、十步就被解决了。这跟一九二二年彼斯吉仁循环赛中阿廖辛对战波戈留博夫的那一盘棋几乎是同一个布局。"

麦克柯诺尔惊讶地把手从棋子上缩回来，跟我们大家一样诧异地看着这个人，他就像个天使意外地从天而降，前来援助。一个人若是能够在九步棋之前就算出一盘棋的结局，想必是个一流高手，说不定还是争夺冠军的竞争者，正要去参加同一场比赛。而他突然来到，在这样的关键时刻插手相助，几乎有点儿不可思议。最先镇静下来的是麦克柯诺尔。

"那您有什么建议？"他兴奋地轻声问道。

"不要马上向前，而是先行闪避！尤其是先把国王从受到威胁的 g_8 挪到 h_7。这样一来，他也许会把攻势转到另外一翼。不过，各位就把车从 c_8 移到 c_4 来反击，这会让他多走两步，损失一个卒，因此也就失去优势。

---

① 西洋棋中的卒子只要能抵达最后一排，就能升格为车、马、象或是王后，由于王后的威力最大，所以一般都选择升格为王后。

到时候就是卒对卒，如果各位能正确防守，还可以下成和局。其他的就不能奢望了。”

我们再度大吃一惊。他计算之精准和迅速都令人困惑，仿佛他是从一本印出来的书里把这几步棋给读了出来。毕竟，多亏了他的插手，我们出人意料地有了机会，能和一个世界冠军下成和局，这样的机会很诱人。我们一致退到旁边，让他能更清楚地看见棋盘。麦克柯诺尔又问了一次：

“所以说，把国王从 g_8 走到 h_7？”

“没错！先避开再说！”

麦克柯诺尔听从了，而我们用汤匙敲敲玻璃杯。钱托维奇踩着他惯有的那种满不在乎的步伐，走到我们桌前，只瞄了一眼我们刚才走的那步棋，就把国王侧翼的卒子从 h_2 走到 h_4，就跟我们这位不知名的救星先前预告的一模一样。而这位救星也已经激动地低语：

“车向前，车向前，从 c_8 到 c_4，这样一来，他就得要先去救卒。可是这也帮不了他！各位不要去管他的卒，把马从 c_3 走到 d_5，这样就能重新取得均势。全力向前方施压，不要防守了！”

我们不懂他这话的意思。对我们来说，他所说的像是艰深的外语。但是麦克柯诺尔已经被他吸引住了，没有多作考虑就照他说的去走。我们又敲敲玻璃杯，把钱托维奇唤回来。他第一次没有迅速决定下一步棋，而是聚精会神地注视着棋盘，不由自主地皱起眉头。然后他走了一步棋，就跟那个陌生人预告的一模一样，随即转身要走。不过在他走开之前，钱托维奇做了一件出人意料的新鲜事。他抬起目光，仔细打量我们这几排人，显然想要弄清楚，是谁突然如此强而有力地与他对抗。

从这一瞬间开始，我们的兴奋升高到难以估量的程度。到目前为止，我们其实没有认真抱着希望来下棋，可是这会儿，想到能够挫一挫钱托维奇冷冷的傲慢，这念头让我们全都热血沸腾。而我们的新朋友也已经又安排好了下一步棋，我们可以把钱托维奇唤回来，当我用汤匙去敲玻璃杯时，我的手指头在颤抖。接下来我们头一次获得了成功。到目前为止，钱托维奇一直是站着下棋，此时他踌躇再三，最后终于坐了下来。他笨拙地缓缓坐下，单就肢体语言来说，他一直以来“居高临下”的架势已经被破除了。我们迫使他必须跟我们平起平坐，至少是在空间上。他考虑了很久，垂下眼睛，一动也不动地盯着棋盘，在暗暗的眼皮下几乎看不见他的瞳孔。在费力的思索中，他的嘴巴渐渐张开，让他那张圆脸看起来带点儿憨傻。钱托维奇考虑了一分钟，下了那步棋，随即站起来。而我们的朋友也已经轻声说道：

“这是拖延战术！想得好！不过不要上当！逼他以子换子，非这样不可，那我们就能下成和局，哪个神仙也帮不了他。”

麦克柯诺尔言听计从。接下来在他们两个之间你来我往，我们这些人早已沦为无足轻重的配角，而那几步棋我们根本看不懂。走了大约七步之后，钱托维奇深思许久，宣告：“和棋。”

那一瞬间一片静默。忽然听得见海浪翻腾，听得见收音机播放的爵士乐从隔壁客厅传来，听得见游步甲板上的每一个脚步声，还有飕飕的风声轻轻地从窗缝里吹进来。我们全都屏住呼吸，事情发生得太突然，这件难以置信的事简直把我们全吓坏了，那盘棋本来已经输了一半，这个陌生人居然还能迫使那位世界冠军屈服于他的意志之下。麦克柯诺尔猛地向后一靠，清晰可闻地吐出了那口屏住的呼吸，愉快地脱口喊了一声“啊！”我则观察着钱托维奇，在下最后几步棋的时候，我就已经觉得他的脸色渐渐苍白。不过，他很懂得控制自己。他看似无动于衷地坐着不动，用冷静的手把棋子从棋盘上推开，一边懒洋洋地问道：

“各位还想再下第三盘吗？”

他纯粹是以那种就事论事的冷淡态度提出这个问题的。但奇怪的是在于他问这话时没有看着麦克柯诺尔，而是把锐利的目光直接投向我们的救星。如同一匹马从背上那人更平稳的骑坐感觉出换了一位更优秀的新骑士，他想必从最后那几步棋认出了他真正的对手。我们不由自主地跟随他的目光，期待地看着那个陌生人。这人还来不及思索，更来不及回答，麦克柯诺尔在虚荣的激动中就已经得意扬扬地朝他大喊：

“当然！可是现在得由您单独跟他对弈！您一个人对战钱托维奇！”

此刻却发生了一件料想不到之事。说也奇怪，那个陌生人仍旧凝视着已经被清空的棋盘，神情紧张，此时他惊醒过来，感觉到众人的目光都投注在他身上，感觉到有人如此兴奋地跟他说话。他的表情变得慌乱。

“这可不行，各位先生，”他结结巴巴地说，显然惊慌失措，“这绝对不成……我完全不在考虑之列……我已经有二十年，不，有二十五年没下过棋了……而且……现在我才看出我的举止有多么失礼，没有征得各位许可就来搅局……请原谅我的冒失……我肯定不会再继续打扰。”我们尚未从惊讶中回过神来，他就已经退了出去，离开了房间。

“可是这根本不可能啊！”容易激动的麦克柯诺尔大喊，用拳头敲了一下桌面，“要说这个人有二十五年没下过棋，这绝对不可能！他明明把每一步棋和每一步对应棋全都在五六步之前就先算出来了。这种事谁也不可能轻而易举做到。这根本不可能，对不对？”

问到最后一句，麦克柯诺尔不由自主地转向钱托维奇。但那位世界冠军仍旧表情冷淡，不为所动。

“这一点我无法判断。总之，那位先生棋下得有点儿令人意外，有点儿意思，就因为这样，我才故意给了他一个机会。”他懒洋洋地站起来，同时又以他那种务实的口吻加了一句：

“如果各位或是那位先生明天还想再下一盘，我从三点以后听凭吩咐。”

我们忍不住微微一笑。我们全都知道，钱托维奇绝对不是大方地给了我们那位不知名的救星一个机会，他之所以那样说，只不过是幼稚地找个借口来掩饰自己的失败。我们的渴望因此更加强烈，想看到这种无法动摇的傲慢遭到羞辱。突然之间，我们这些和平懒散的船上居民产生了一股强烈的虚荣斗志，想到在我们这艘船上，在海洋之上，有可能摘下那位棋艺大师的桂冠，这项记录将由各个电报局发送到全世界，这念头无比刺激地吸引着我们。再加上那位救星正值关键时刻出人意料地插手，这件事带着神秘，散发出一种吸引力，而他那近乎胆怯的谦虚又和那位职业棋手无法撼动的自信形成了对比。这个陌生人是谁？难道是偶然的机遇在此凑巧发掘了一位尚未被发现的下棋天才？还是一位知名大师基于不可知的理由隐瞒了姓名？我们极其兴奋地讨论了种种可能，那个陌生人谜样的羞怯、那番令人讶异的自白，还有他明摆在眼前的棋艺，为了要替这几件事找出一致的解释，就连最大胆的假设在我们看来也不够大胆。不过，在一件事情上我们却全都意见一致：无论如何不放弃再观战一次的机会。我们决定尽一切努力，让我们的救星于明天跟钱托维奇下一盘棋，麦克柯诺尔承诺将承担财务上的风险。借由向服务生询问，如今我们得知那个陌生人是奥地利人，身为他的同胞，向他提出请求的任务于是落到我身上。

没花多久时间，我就在游步甲板上找到了那个仓皇逃离之人。他躺在躺椅上看书。在朝他走过去之前，我先利用机会好好打量他。他轮廓鲜明的头颅倚在靠枕上，样子有点儿疲倦，我再次特别注意到他异常苍白的脸色，那张脸相对而言还算年轻，两鬓的头发却白得闪闪发亮。不知道为何，我觉得这个人想必是突然老去的。我一朝他走近，他就礼貌地站起来，向我自我介绍，他的姓氏我一听之下就很熟悉，那是奥地利一个古老的名门世家。我想起来这个家族有个成员曾是舒伯特的好友，另一个则是老皇帝的御医。我向 B 博士提出请求，请他接受钱托维奇的挑战，他显然很惊讶。原来他先前根本不知道刚才那盘棋通过了一位世界冠军的考验，而且还是目前最成功、名气最大的一位。基于某种原因，这个消息似乎令他印象特别深刻，因为他一而再、再而三地问起，我是否确定他的对手果真是位众所公认的世界冠军。没多久我就察觉，这一情况让我的任务变得轻松，只不过我感觉出他为人周到，所以认为最好不要告诉他，万一他输了，财务上的风险将由麦克柯诺尔承担。B 博士犹豫了许久，最后终于同意参加这场比赛，但他还是先明确地请求我再去提醒另外几位先生，要他们千万别对他的能力抱持过高的希望。

“因为，”他带着沉思的微笑，又补充道，“我真的不知道自己有没有能力按照所有的规则好好下一盘棋。请相信我，那绝对不是虚伪的谦虚，当我说我从中学以后就不曾再碰过一颗棋子，也就是自从二十多年以来不曾碰过。而就连在中学的时候，我也只被视为天赋平平的棋手。”

他这番话说得如此自然，不容许我对他的真诚有丝毫怀疑。尽管如此，我还是忍不住表达出我的讶异，问他怎么能记得许多大师的每个布局，不管怎么说，他想必至少用心钻研过棋术的理论。B博士又露出那种做梦般的奇怪笑容。

“用心钻研过！——老天，的确可以说我用心钻研过棋术。不过那是发生在极其特殊的情况下，可以说是独一无二的情况下。这是个相当复杂的故事，而在这个动人的大时代，我的故事顶多只能算是一件小小的插曲。如果您有耐心听上半小时的话……”

他指指身旁的躺椅，而我乐于接受他的邀请。我们旁边没有别人，B博士摘下了阅读用的眼镜，搁在一旁，开始叙述：

“您刚才很客气地提到，身为维也纳人，您记得我们这个家族的姓氏。但我推测，您多半不曾听过我们那家律师事务所，因为我们不接那些报纸上议论的案件，原则上也避免接新客户。事务所起初是由家父和我共同主持，后来则由我独自主持。事实上，我们根本就不再从事真正的律师工作，我们的工作范围纯粹只局限于为几家大修道院提供法律咨询，尤其是财产管理，家父曾经是天主教政党的议员，所以跟这些修道院关系密切。除此之外，我们也受托管理几位皇室成员的资产，如今君主政体已成为历史，说出来应该也无妨。我们家族跟宫廷和教士的渊源可以追溯到两代以前，我有个叔叔是皇帝的御医，另一个叔叔则是塞腾史特登修道院的院长，我们只需要把这份关系维持下去。借由这份代代相传的信赖而落在我们身上的工作，可以说是件安静无声的工作，所要求的只不过是严守秘密及忠诚可靠，这是先父充分具备的两项特质。事实上，不管是在通货膨胀严重的那些年，还是在皇室被推翻的那几年，由于先父的审慎，他得以为客户保住可观的财产。后来，当希特勒在德国掌权，开始掠夺教会和修道院的财产，我们也在奥地利国界之外进行了一些谈判和交易，以求至少能保住那些动产不至于遭到没收。关于教廷和皇室的某些秘密政治谈判，我们父子知道的远远超过大众所知。然而，正由于我们的事务所不引人注目——我们的门上甚至连个招牌都没有——再加上我们父子小心翼翼，刻意避开维也纳所有的保皇党人士，使我们得到最可靠的保障，免于受到闲杂人等的探询。事实上在那些年里，奥地利没有一个政府机关猜想得到，皇室的秘密信差总是前去我们那间位在五楼、毫不起眼儿的事务所，来领取或寄送他们最重要的信件。

“那时候，早在纳粹党人把军队武装起来对付全世界之前，他们已经开始在各个邻国组织起一支训练精良的危险部队，由那些受到歧视、遭到冷落、受到屈辱之人组成的军团。他们在每个政府机关、每个企业都安插了基层组织，每一处都有他们的耳目和间谍，包括陶尔斐斯[①]和舒斯尼格[②]的私人宅邸。就连我们那间不起眼儿的事务所都有他们的人，可惜我知道得太晚。那人其实只不过是个可怜而无能的文书员，是一位神父介绍来的，我之所以雇用他，纯粹只是为了让事务所看起来像间普通公司。实际上，我们只派他在无关紧要的事情上去跑跑腿，让他负责接电话，整理档案，意思是那些丝毫无足轻重、不会引人起疑的档案。我从来不允许他拆阅邮件，所有重要信件都由我亲手用打字机书写，不留副本，每一份重要文件都由我亲自带回家，秘密会谈一律转移到修道院院长办公室或是我叔叔的诊疗室进行。多亏了这些防范措施，这个奸细什么重要的事情也看不见。然而，由于一桩不幸的巧合，这个虚荣而且野心勃勃的小伙子想必察觉到了我们不信赖他，察觉各种有趣的事都在他背后发生。也许有一次当我不在的时候，一名信差不小心提起‘陛下’，而非按照我们的约定称之为‘费恩男爵’，不然就是那个坏家伙违法地拆阅了信件。总之，在我尚未起疑之前，他就从慕尼黑或柏林获得了监视我们的任务。很久以后，当我早已被监禁，我才想起来，起初他在工作上很懒散，在最后那几个月却突然勤奋起来，好几次自告奋勇要替我把信件送到邮局去，态度近乎纠缠。所以，这也得怪我自己不够小心。可是话说回来，就连那些伟大的外

① 陶尔斐斯（1892—1934）：奥地利政治人物，1932年起担任总理，1934年于纳粹分子发起的政变中身亡。

② 舒斯尼格（1897—1977）：奥地利政治人物，于多尔弗斯死后继任总理，于德军占领奥地利后被捕。

交官和军事将领不也遭到希特勒那帮人阴险的暗算吗？盖世太保早就已经在注意我了，注意得多么无微不至，从一件事情上就具体表现出来：就在舒斯尼格宣布下台的那一晚，在希特勒挥军进入维也纳的前一天，我就遭到纳粹党卫军逮捕。幸好，一从收音机里听见舒斯尼格的辞职演说，我还来得及烧掉最重要的文件，把其余的文件在最后一分钟送走，真的是在最后一分钟，包括那些修道院及两位大公爵把财产存放在国外的必要凭据，藏在一个洗衣篮里，交由我年迈可靠的女管家送到我叔叔那儿去。那些家伙随即破门而入。”

B 博士停止了叙述，点燃一根雪茄。在闪起的火光中，我察觉他右边的嘴角不安地抽动了一下，这一点我先前就已经注意到，就我的观察，这阵抽动每隔几分钟就会出现。那只是个转瞬即逝的动作，一闪而过，却让他整张脸呈现异样的不安。

“现在您多半会以为，我将要向您说起集中营，说起我在那儿受到的屈辱、折磨和严刑拷打，毕竟凡是效忠于奥地利旧王朝的人都被送到那儿去。但是像那样的事并没有发生。我被归类为另一种囚犯，没有被送去加入那群不幸之人，他们承受身心的屈辱，纳粹的爪牙借此来发泄蓄积已久的怨恨。我被归类为另一小群人，纳粹党人希望能从他们身上榨取金钱或是重要的情报。盖世太保对于我这个卑微的人物当然丝毫不感兴趣，但他们想必得知，我们是他们最顽强的敌人的代理人、财产管理人和亲信。他们想逼我说出可作为罪证的资料：对修道院不利的资料，他们想证明修道院转移财产；不利于皇室家族的数据，不利于奥地利所有那些为了君主政体而牺牲奉献的人。他们猜想——而且他们的确没有猜错——我们经手的那些资产还有一大部分藏在某处，让他们无法掠夺。因此，第一天他们就提审了我，想用他们屡试不爽的方法来逼我吐露秘密。由于纳粹想从我们这一类人身上榨取重要数据或金钱，因此我们没有被送进集中营，而被留下来接受特殊待遇。您也许还记得，我们的总理并未被送进铁丝网后面的战俘营，罗特希尔德[1]男爵也一样，纳粹想迫使他的亲戚交出几百万元。他们表面上受到礼遇，被送进‘大都会饭店’，那同时也是盖世太保的总部，每个人都得到一个被隔离的房间。我这个不起眼儿的人也获得了这份殊荣。

“在一家饭店里拥有自己的房间，这听起来非常人道，不是吗？但您可以相信我，如果他们没有把我们这些‘重要人物’塞进二十个人一间的冰冷棚屋，而让我们分别住在还算有点儿暖气的饭店房间里，他们绝非想用更人道的方式来对待我们，而是用了一种更狡猾的手段。因为他们想用更微妙的方式来向我们施压，迫使我们供出他们想要的‘证据’，借由再阴险不过的隔离，而非借由粗暴的殴打或肉体上的折磨。他们没对我们怎么样，只是让我们置身于完全的虚空中，因为大家都知道，在这世上，没有什么能像虚空一样对人类心灵产生如此巨大的压力。他们把我们每个人关进全然的真空里，在一个完全与外界隔绝的房间，借此让那股压力从内心产生，而非借由殴打或寒冷从外部产生，迫使我们最后不得不开口说话。乍看之下，分配给我的那个房间丝毫没有不舒适。房间有一扇门、一张床、一把椅子、一个洗脸盆、一扇装了铁窗的窗户。可是那扇门日日夜夜关着，桌上不准有书籍或报纸，也不准有一张纸、一支铅笔，窗户面对着一堵防火墙，在我周围、在我身上，全都空空如也。他们拿走了我所有的物品：拿走了我的表，让我无法知道时间；拿走了铅笔，让我无法写些什么；拿走了小刀，让我无法割腕；就连像香烟这种小小的麻醉品也不给我。除了警卫之外，我见不到任何人的脸，而他不准说一句话，也不准回答任何问题，我从来听不见人类说话的声音。从早到晚，从晚到早，眼睛、耳朵、所有感官都得不到一点儿养分，我独自一人，一筹莫展，伴随我的只有我的身体和那四五件无言的物品：桌子、床、窗户、洗脸盆。我活在寂静中，就像一个潜水员在黑暗的海洋里，在玻璃罩之下，甚至这个潜水员已经察觉那根与外界相连的绳索业已断裂，他将永远不会从这无声

---

① 罗特希尔德：德国知名的犹太家族，自18世纪以来世代皆为大银行家。

的海底深处被拉回去。无事可做，什么也听不见，什么也看不见，在我身边就只有虚空，无处不在，无休无止，那种既没有空间也没有时间的空无。我走来走去，思绪也随着来来去去，来来去去，一而再，再而三。然而，虽然思绪看似没有实体，却也需要支撑点，否则它们就会开始转圈，毫无意义地围着自己打转；就连思绪也承受不了那种虚空。从早到晚，我等待着某件事发生，却没有事情发生。我等了又等，想了又想，直到太阳穴作痛。什么也没有发生。我还是独自一人，独自一人。

“我就那样不知时间、与世隔绝地过了十四天。假如当时爆发了一场战争，我也不会知道；毕竟我的世界就只有桌子、门、床、洗脸盆、椅子、窗户和墙壁。我一再呆呆地望着同一面墙上的同一张壁纸，凝视得如此频繁，壁纸锯齿状花纹的每一个线条都像用金属雕刻刀刻进我大脑深处的皱褶里。在那之后，审讯才终于展开。我突然被传唤，不清楚那究竟是白天还是晚上。我被传唤，被带着穿过几条走廊，不知道自己被带往何处；接着我在某处等待，不知道那里是哪里，随后突然站在一张桌子前面，几个身穿制服的人坐在桌旁。桌上摆着一叠文件：档案夹，你不知道里面有些什么。然后他们开始问问题，真真假假的问题，有些明确，有些狡猾，有些是掩护，有些是圈套。在你回答的时候，陌生邪恶的手指在文件里翻动，你不知道那些文件里都包含了些什么，陌生邪恶的手指也在审讯记录里写下文字，而你不知道他们在写些什么。然而对我来说，审讯最可怕之处在于我永远无法猜到、无法算出这群盖世太保对我事务所里的业务究竟知道多少，哪些事才是他们想要从我这儿问出来的。如同我先前告诉您的，那些可作为罪证的文件，我已经在最后一刻交由女管家送到我叔叔那儿去了。可是他收到了吗？还是没有收到？那个文书员又泄露了多少？他们从截获的信件中得知了多少？在那些委托我们的德国修道院里，如今他们或许已经从一个不够机灵的神父那儿榨出了一些线索，而他们榨出了多少？他们一再盘问：我替某间修道院买了哪些有价证券，跟哪几家银行有书信往来，我是否认识某位先生，是否收到过来自瑞士的信？由于我永远不知道他们已经打听到了多少，每一个回答都成了无比巨大的责任。如果我承认了某件他们原本不知道的事，那么我也许毫无必要地置某人于险境。如果我否认得太多，就会害了我自己。

“但审讯还不是最糟的。最糟的是在审讯之后又回到我的空无之中，回到同一个房间，房间里同样是那张桌子、同一张床、同一个洗脸盆、同样的壁纸。因为我刚又独自一人，我就试图去回想应该怎么回答才最明智，下一次该说些什么来转移他们的怀疑，也许是我一言不慎而引起的怀疑。我把我对预审法官说过的话一个字一个字地加以考虑，加以深思，加以研究，加以检查；我重新整理出他们问的每一个问题，还有我做的每一个回答；我试着衡量，他们可能会把哪些回答记入笔录，却也知道我永远无法推敲出来，也永远不会得知。然而，在空荡荡的空间里一旦动了这些念头，它们就无法停止地在脑中转动，一再重新转动，每次都以不同的组合出现，而且还进入我的睡眠。每一次接受盖世太保的审讯之后，我的思绪就同样无情地继续拷问我，不停地盘问、追究和折磨，甚至也许还更加残忍，因为盖世太保的审讯毕竟在一个钟头之后总会结束，而由于寂寞这种阴险的酷刑，我对自己的审讯却永无休止。在我身边总是只有那张桌子、那个柜子、那张床、那张壁纸、那扇窗户，没有东西能够转移我的注意力，没有书籍、没有报纸、没有陌生的脸，没有铅笔能让我记下什么，没有可以把玩的火柴，什么也没有，什么也没有。直到这时候我才明白，把我们拘禁在饭店房间的办法是多么残酷有效，在心理上是多么难以承受。在集中营里，也许你得要用手推车运石头，直到双手流血，双脚在鞋子里冻僵，也许得要跟二十几个人在臭气和寒冷中挤在一起。可是你能看见人的面孔，能够凝视一片原野、一辆推车、一棵树木、一颗星辰，能够凝视任何一样东西。而在这里，你周围永远是相同的东西，永远相同，相同得恐怖。在这里没有任何东西能转移我的思绪、我的妄想、我那病态的反复搬演。这正是他们的目的，他们就是希望我被自己的思绪压得喘不过气来，直到那些思绪令我窒息，到最后我没有别的办法，只能把它们吐出来，把话说出来，把他们想要的一切都说出来，终于把那些证据、那些人交由他们摆布。我渐渐感觉到，在这片空无的可怕压力下，我的神经开始松弛，而我察觉到那份危险，便把神经绷紧，直到差点儿绷断，想找到任何一种能转移注意的东西，或虚构出这样的东西。为了让自己有事做，我试着复诵、追述所有曾经背熟的东西，不管是民歌还是童谣，不管是中学时代背诵过的荷马史诗还是民法条文。然后我尝试做算数，把任意的数字相加相除，可是我的记忆在空无中什么也抓不住。我无法把注意力集中在任何事情上，总是会被一再闪现的同一个念头打断：他们知道些什么？我昨天说了些什么？明天我该怎么说？

“这种难以形容的情况持续了四个月。唉，四个月，这写起来很容易，不过就是三个字！要说出来也很容易：四个月，不过就是三个音节。在四分之一秒的时间，嘴唇就能迅速发出这几个音：四个月！然而，在没有空间也没有时间的情况下，一段时间会持续多久，无人能够叙述、能够测量、能够说明，对别人、对自己都不能。而你无法向任何人解释，这种情况是如何腐蚀了你，摧毁了你，这种虚空，这种空无，在你周围总是只有桌子、床、洗脸盆和壁纸，除此之外一无所有，总是同样的寂静，同样的守卫，他把食物推进来，看也不看你一眼。总是相同的念头，在虚空中围绕着一件事打转，直到你要发疯。从一些细微的迹象上，我不安地察觉自己的脑筋陷入了混乱。起初我在审讯时心里还很清楚，说话时冷静而且经过深思，还能够同时想着我该说些什么，不该说些什么。如今就连最简单的句子都只能结结巴巴地说出来，因为就在我说话时，我凝视着那个笔尖，仿佛受到催眠，看着它在纸上划过，做笔录，仿佛想要紧紧追着我自己说的话。我感觉到自己的力量在减弱，感觉到那一刻越来越接近，当我为了自救，将会说出我所知道的一切，也许还会说得更多，为了摆脱这令人窒息的空无，我将会出卖十二个人，供出他们的秘密，只为了让自己能有片刻休息。有一天晚上，这一刻终于来临：当守卫凑巧在这样令人窒息的一刻把食物送来，我突然在他身后大喊：‘带我去接受审讯！我会把一切都说出来！全都说出来！我会说出那些文件在哪里，那些钱放在哪里！我全都会说出来，全部！’幸好他已经听不见我说话了，或许他也不想听见。

“在这极度危急的情况下，发生了一件始料未及的事拯救了我，至少是拯救了我一段时间。那是七月底，一个阴暗多云的雨天。我之所以能清楚记得这些细节，是因为当我被带去接受审讯时，雨水正敲打着走道旁的玻璃。我必须在预审法官的接待室里等待。每次被带去受审都必须等待，这也属于他们的审讯技巧。先通过传唤让你神经紧张，借由在夜里突然把你从囚室里带走，然后，当你已经准备好接受审问，已经绷紧了理智和意志来抵抗，他们就让你等待，无意义却深具用心的等待，让你在受审前等上一个钟头、两个钟头、三个钟头，让你身体疲惫，心灵脆弱。而在那一个星期四,七月二十七日，他们让我等得特别久，在那个接待室里，我站着等了足足两个小时。他们当然不准我坐下，我站了两个小时，站得腿都快断了。而我之所以清楚记得这个日期也有一个特别的原因，因为在这间接待室里挂着一份日历。我无法向您解释，出于对印刷品和文字的饥渴，我是如何一再紧紧盯着墙上这寥寥几个字——‘七月二十七日’，简直是把这几个字给吞进了脑中。然后我继续等待，等了又等，盯着那扇门，看它究竟什么时候才会打开，同时考虑着审讯官这一次可能会问我什么问题，却也知道，他们会问的问题跟我准备好要回答的问题将完全不同。但不论如何，这种站着等待的折磨却也是种享受，是种乐趣，因为这个房间毕竟跟我的房间不同，要更大一点儿，窗户有两扇而非一扇，没有床，没有洗脸盆，也没有窗台上我打量了几百万次的那条裂缝。那扇门被漆成不同的颜色，墙边摆着一张不同的椅子，左边是个档案柜，还有一个有挂钩的衣帽架，挂着三四件湿漉漉的军用外套，属于那些将向我逼供的家伙。也就是说，我有点儿新鲜的、不同的东西可以打量，我那双挨饿的眼睛总算有点儿别的东西可看，而它们贪婪地抓住每一个细节。我端详着那些外套上的每一道皱褶，例如，我注意到一颗水滴悬挂在一个淋湿的衣领上，您听起来也许会觉得可笑，我怀着荒谬的兴奋等待着，看那颗水滴是否终于会沿着那道皱褶流下来，还是能够抗拒地心引力，挂在那儿更久一点儿。是的，我屏住呼吸，凝视着这颗水滴好几分钟，仿佛我的生命就取决于此。等到它终于滚落，我又数起那些外套上的纽扣，一件上面有八颗，另一件也有八颗，第三件则有十颗，接着我又比较起每一件的翻领。我那双饿坏了的眼睛贪婪地触摸、围绕、抓住所有这些毫不重要的可笑细节，那份贪婪我无法形容。然后，我的目光突然呆呆地停留在某件东西上。我发现其中一件外套的侧边口袋有点儿鼓起。我走近一点儿，从那隆起的长方形形状，我自认为认出了这个略微鼓起的口袋里藏着什么：一本书！我的膝盖开始发抖：一本书！整整四个月我没有碰过一本书，光是对一本书的想象就令我陶醉，也令我眩晕，想到能在书里看见连接成串的字，一行行，一页页，一张张，能在书里读到不同、新鲜、陌生、能转移注意力的思想，能追随这些思想，将之纳入脑中。如同受到催眠，我的眼睛凝视着这本书在口袋里形成的微微隆起，我的双眼炙热地盯着这个不起眼儿的地方，仿佛想在那件外套上烧出一个洞来。到最后我按捺不住贪婪，不由自主地走得更近。光是想到能够至少用双手隔着衣料去触摸一本书，就让我手指上的神经发热，直到指尖。几乎在不自觉的情况下，我把自己推得离那件外套越来越近。幸好守卫没去注意我那显然怪异的举止，也可能是他觉得一个人在站了两个钟头以后，想在墙边靠一下也很自然。最后我已经离那件外套很近了，我故意把双手放在背后，让它们能够不引人注意地去触摸那件外套。我去摸那块衣料，隔着那块布，的确感觉到一件长方形的东西，可以折弯，而且微微沙沙作响——一本书！一本书！一个念头像子弹般倏地闪过：偷了这本书！也许你能成功，那你就可以把书藏在囚室里，然后一读再读，终于又能够阅读！这个念头才一闪现，就产生了犹如强烈毒药的作用，突然之间，我的耳朵开始嗡嗡作响，心脏剧烈跳动，双手变得冰冷，不再听使唤。然而在最初的麻木之后，我悄悄地偷偷朝那件外套又走近一点儿，用藏在背后的双手把那本书从外套口袋里一点儿一点儿地往上推，同时紧紧盯着守卫。然后我抓住了那本书，小心地轻轻抽出来，突然就把那本不怎么厚的小书拿在手里。直到此刻我才为自己做的事感到惊吓，但我已经无法回头。可是该把书藏在哪里呢？我把那本书在背后推到长裤下，在长裤被皮带系住的地方，再从那里慢慢推到臀侧，让我在走路时可以用手把它固定住，像个军人一样把手贴紧裤缝。接着要先测试一下。我从衣帽架旁边走开，一步、两步、三步。行得通。只要把手紧紧压在皮带上，我就能在走路时把那本书固定住。

“接下来是审讯。那对我来说比任何一次都更吃力，因为在回答时，我的全部精力并非集中在我所说的话上，而主要是用来不引人注目地扶住那本书。幸好那一次的审讯时间比较短，我把那本书安全地带回了房间。我不想用所有细节来耽搁您的时间，因为在走廊上，那本书有一次危险地滑了下去，而我得要假装咳嗽咳得厉害，好弯下身子，把那本书再平安地推回皮带下。而当我带着那本书回到我的地狱，终于独自一人，却又不再是独自一人，那一瞬何其美妙！

“这会儿您多半会猜想，以为我立刻就拿出那本书来端详、阅读。才不是！我首先想要细细品尝身边有一本书的喜悦，我故意延长这份喜悦，让它美妙地刺激我的神经，尽情想象这本偷来的书最好是本什么样的书：首先，字要印得密密麻麻的，包含许多许多字，许多许多薄薄的页面，让我能读得久一点儿。接着我又希望那是本必须费心去读的作品，不肤浅，也不轻松，而是能够让人学习、让人背诵，像是诗集，而且最好是——多么大胆的梦想！——歌德或荷马。但最后我终于克制不住自己的贪婪和好奇。我躺在床上，颤抖地从皮带底下把那册书拉出来，就算守卫突然打开门，也不至于把我逮个正着。

“第一眼令我失望，甚至令我怨恨恼怒：我冒了这么大的危险偷来的这本书，我如此热切期待、舍不得去看的书，就只不过是本棋谱，收集了一百五十盘大师棋局。假如门窗并非紧紧关闭，我在最初的愤怒之下可能会把那本书从敞开的窗户扔出去，因为这种没有意义的玩意儿对我有什么用？我在中学时代就跟大多数的男孩儿一样，偶尔会出于无聊而试着下一盘棋。可是这种理论的东西对我有什么用？毕竟没有对手下不了棋，更别提没有棋子、没有棋盘了。我懊恼地翻阅，希望或许还能发现一点儿可读的东西，一段引言，或是一段说明。可是什么也没找到，除了每一盘大师棋局的图解，一张张正方形的图，没有文字，下面是我起初无法理解的符号，a——a_2，sf_1——g3，诸如此类。这一切在我看来都像种代数，而我找不出解答。渐渐地，我才解开那个谜题，原来字母a、b、c代表纵列，数字一到八代表横列，表示每颗棋子当时所在的位置。如此一来，这些纯粹的图表至少有了一种语言。我心想，也许我可以在囚室里做出一个类似棋盘的东西，然后试着按照棋谱把那些棋局重下一次。如同是上天给我的暗示，我发现我的床单刚好是大方格图案。把床单按照正确的方式折叠起来，到最后就能出现六十四个方格。我先把那本书藏在床垫下，只把第一页撕下来。接着我动手把省下来的小面包块捏成棋子，包括国王、王后等等，当然捏得很不像样，很可笑。费了无尽的功夫，我总算能够在有方格图案的床单上重现那本棋谱里所画的棋局。为了加以区分，我把一半的棋子用灰尘抹得黑一点儿，可是当我试图把整盘棋演练一遍，却因为那些可笑的面包屑棋子而彻底失败了。在头几天里，我总是不停地搞混，必须一再从头开始演练这一盘棋，五次，十次，二十次。不过在这个世上，还有谁跟我这个受制于空无的奴隶一样，有这么多未加利用的无用时间呢？又有谁有这样无尽的贪婪和耐心？六天之后，我已经能够完美地下完一盘棋；再过了八天，我连床单上的面包屑都不再需要，就能够具体想象棋谱中的位置；再八天，那条格子花纹的床单也用不着了；书中那些起初看来抽象的符号a_1、a_2、c_7、c_8在我脑中自动转化成具体的位置。这种转换彻底成功了：我把棋盘和棋子都投射到内心，单单靠着那些公式，就能纵览各个棋子的位置，就像一个熟练的音乐家只要看看总谱，就能听见各种乐器的声音和它们的和声。又过了十四天之后，我就能够毫不费力地凭记忆把书中的每一盘棋照着下一遍，用棋界的专业术语来说就是能够下盲棋。直到此时我才渐渐了解，我大胆的偷书之举为我带来了无法估计的愉悦。因为我突然有件事可做，要说是一件毫无意义、毫无用处的事也可以，但它毕竟能够消除我周围的虚空，拥有了一百五十盘棋的棋谱，我有了一件神奇的武器，用来对抗时间与空间压迫人的单调。为了维持这件新活动对我的吸引力，从这时起，我仔细分配每天的时间：上午下两盘，下午下两盘，晚上再很快地复习一遍。我的日子原本像块凝胶一样没有形状地延伸，现在则被下棋填满，我有事可做，又不至于疲倦，因为下棋具有一种美妙的优点，借由把心智能量局限在一小块被限定的范围里，就算极为费力地思考，大脑也不会松弛无力，反而会增强它的灵活和张力。起初我只是机械式地按照那些大师棋局来下，渐渐地，一份带有艺术性和喜悦的理解开始在我心中苏醒。我理解了攻守之间的微妙、计谋和精准，掌握了预先设想、推理、重新布局的技巧，没多久，我就能从每一位棋艺大师的布局中准确无误地认出他的个人风格，如同一首诗读了几行，就能确认那是哪位诗人的作品。起初我做这件事只是为了填满时间，如今它成了享受，那些棋术大师成了我在寂寞中的亲爱伙伴，像是阿廖辛、拉斯克、波戈留博夫、塔尔塔可夫。无穷的变化每天都使这间寂静的囚室充满生气，正是这规律的演练让我的思考能力重新得回曾被动摇的自信。通过不断地思考训练，我觉得我的大脑恢复了活力，甚至犹如被重新磨利。我的思考更清楚，更简洁，这一点主要在审讯时显现出来。不自觉地，我在棋盘上把抵御虚假威胁和阴险诡计的功夫练得更加完美。从那时候开始，我在受审时不再暴露出弱点，我甚至觉得那些盖世太保开始怀着一点儿敬意来看待我。他们眼看其他人全都纷纷崩溃，或许在暗中自问，我是从哪个秘密的泉源汲取这种撼动不了的抵抗力。

“我每天有系统地把那本书里的一百五十盘棋照着下一遍，这段幸福时光大约持续了两个半月到三个月。然后我出乎意料地陷入僵局。突然之间，我又重新面对空无。因为一旦我把一盘棋演练过二十次、三十次，它就失去了新鲜的魅力，失去了惊奇，原本令人兴奋、令人激动的力量枯竭了。那些棋局每一步我都早已背熟，一再去重新演练这些棋局还有什么意义？我才一开局，接下来的过程就仿佛自动在我脑子里往下发展，不再有惊奇，不再有悬疑，不再有难题。要让我有事可做，提供我这种已经变得不可或缺的劳心和调剂，我其实需要有另一本棋谱，但这完全不可能。于是在这种奇特处境中，我只有一条路可走：我必须试着跟自己下棋，或者应该说是拿我自己当作对手来下棋。

“我不知道，关于一个人在玩儿‘游戏中的游戏’时的心智状态，您曾经思索到何种程度。但只要稍加考虑，应该就足以弄清楚，下棋是种纯粹的思考游戏，与巧合无关，因此，想要跟自己对弈自然意味着一种荒谬。基本上，下棋的魅力就在于其战术是从两个不同的脑袋里依不同的方式发展出来的，在这场心智战争中，黑棋不知道白棋的策略，必须不断设法猜出，并试图加以打乱，而白棋也得努力战胜黑棋的秘密意图，并加以还击。一旦黑棋和白棋都是同一个人，就出现了一个荒谬的局面，即同一个大脑知道的事，它同时又不该知道，当他是持白棋者，他就得在一声令下完全忘记一分钟前持黑棋时的意图。这样的双重思考其实需要先有完全分裂的意识，能够把大脑的功能随意开关，就像一件机械一样。想要跟自己对弈意味着一种矛盾，就如同想跃过自己的影子。

“嗯，长话短说，在我的绝望中，我尝试去做这种不可能的事、这种荒谬的事长达好几个月。为了不要完全发疯，不要陷入彻底的精神衰弱，除了这种荒谬，我别无选择。那可怕的处境迫使我至少尝试把自己分裂成持黑棋的我和持白棋的我，以免被周围那恐怖的虚空给压垮。”

B 博士向后靠在躺椅上，把眼睛闭上了一会儿，仿佛想要强压下一段令人心慌意乱的回忆。在他左边的嘴角又起了那阵异样的抽动，是他控制不了的。然后他从躺椅上稍微把身体抬起来。

“嗯，到这里为止，我希望我把一切都向您说明得相当清楚。但很遗憾的是，接下来的事我还能否像这样清楚地向您说明，我就完全没把握了。因为这种新活动要求大脑要绝对绷紧，使得大脑不可能同时进行自我控制。我已经向您约略提及，依我的看法，想要跟自己对弈这件事本身就很荒唐。不过，假如面前有张真实的棋盘，那么这种荒谬毕竟还有一丝机会，因为棋盘的实体终究还允许双方之间有某种距离，有实质上的治外法权。面对一张真实的棋盘，摆上真实的棋子，你可以插入思考的时间，可以把身体时而移到桌子这一边，时而移到另一边，借此一会儿采取黑棋的立场、一会儿采取白棋的立场，来综观棋局。然而，我却不得不把这场与自己对抗的斗争投射到一个想象的空间，或者也可以说是自我克制的斗争。我被迫在意识中把每颗棋子的位置明确地固定在那六十四个方格上，除此之外，不单是记得目前的组合，还得要算出双方接下来可能会怎么走，而且——我知道这听起来有多荒谬——双倍或三倍地加以想象，不，是六倍、八倍、十二倍，替持黑棋的我和持白棋的我各自先预想出四五步棋。我必须——请原谅我勉强您仔细思索这件疯狂的事——在这个想象的抽象空间里，身为持白棋者先算出四五步棋，同时身为持黑棋者也得先想出四五步棋，也就是说，我等于是要用两个大脑事先推算出在棋局发展中将出现的各种情况，一个白棋大脑，一个黑棋大脑。不过在这个难以理解的实验中，这种自我分裂还不是最危险的，最危险的是不断去想象棋局，这让我顿失依靠，坠入无底深渊。在先前那几个星期里，我只是演练大师的棋局，那毕竟只是一种模仿的成就，只是重演已经存在的材料，因此并不比背诵诗歌或熟记法律条文更吃力。那是种受到约束、有纪律的活动，因此是种极佳的心智锻炼。我每天上午和下午各自演练两盘棋，构成了一份定量的作业，我一点儿也不费力就能完成。它们弥补了我无法从事的正常活动。此外，如果我在下棋的过程中走错了，或是记不得接下去的走法，我还有那本书为依靠。正因为重演别人的棋局不会把我自己牵扯进去，这个活动对我受损的神经才会那般具有疗效，令我的神经平静下来。不管是黑棋赢，还是白棋赢，对我来说都无所谓，毕竟在争夺冠军桂冠的是阿廖辛或是波戈留博夫，而我自己，我的理智和心灵只是观众和行家，享受着每一场棋赛的转折和优美。然而，从我开始尝试跟自己对弈的那一刻开始，我不自觉地开始挑战自己。持黑棋的我和持白棋的我必须互相竞争，各自涌起一股野心、一阵不耐烦，都想战胜对方，赢得胜利。持黑棋的我每走一步，就急于知道持白棋的我接下来会怎么做。当对方犯下错误，两个我都感到得意扬扬，同时却又为了自己的笨拙而气恼。

“这一切都显得毫无意义，事实上，这样一种人为的精神分裂，这样一种意识分割，赌上了危险的情绪激动，在正常状态下，在一个正常人身上是无法想象的。但您别忘了，我被粗暴地扯离了一切正常状态，我是个囚犯，无辜地受到监禁，被人狡猾地用寂寞折磨了好几个月，早就想把蓄积的愤怒发泄出来，不管是发泄在哪件事情上。由于我除了荒唐的自我对弈之外一无所有，我的愤怒、我的报复心就疯狂地投入了这番对弈。一部分的我想要证明自己是对的，而我能够对抗的却只有另一个我，于是在对弈时，我越来越激动，几近疯狂。起初我还能平静而审慎地思考，还在两盘棋之间插入了休息时间，让我能从疲倦中恢复精神。但渐渐地，我受到刺激的神经不再允许我等待。持白棋的我才走了一步，持黑棋的我就迫不及待地出手；一盘棋才刚结束，我就向自己挑战下一盘，因为那两个我每一次对弈，总会有一个落败而想要复仇。由于这种疯狂的永不满足，我永远也说不清楚在最后那几个月里，我在囚室里究竟下了多少盘棋，也许上千盘，也许还要更多。那是种走火入魔，是我抵挡不了的，从早到晚，心里就只想着象、卒、车和国王，只想着 a、b、c、将军和‘王车易位’，我把全部身心都投入那个方格状的四方形上。下棋的喜悦变成了棋瘾，棋瘾又变成了下棋强迫症，一种狂热，一种疯狂的瘾头，不仅渗透了清醒的时辰，也渐渐渗入了我的睡眠。我只能想到下棋，只想到棋子的移动，下棋的难题；有时候我汗水淋漓地醒来，发现我想必就连在睡眠中也不自觉地继续下棋，如果我梦到了人，那些人也像棋子般移动，像是象和车，还有马的前后跳跃。就连我被唤去受审，我也无法再清醒地想到我的责任；我感到在最后几次审讯时，我说的话想必相当混乱，因为审问我的人有时会讶异地交换目光。然而事实上在他们问话和商量时，我身在不幸的棋瘾中，只是在等待着被带回囚室，好继续我的棋赛，我那疯狂的棋赛，再重新下一盘，一盘再一盘。每一次的中断对我来说都是种干扰，就连守卫来整理囚室的那十五分钟，还有他替我送食物来的那两分钟，都折磨着我激动的不耐烦。有时候那盘食物直到晚上我都没有去碰，下棋下到忘了吃饭。我身体上唯一感觉到的是一种要命的口渴，想来已经是由于不断动脑和下棋而造成的发烧。一瓶水我两口就喝干了，再去纠缠守卫，请他给我更多水，尽管如此，下一瞬间，我又觉得口干舌燥。到最后，我从早到晚再也不做别的事，而我下棋时的激动升高到了一种程度，一刻也无法再静静坐着。在我思索棋局时，我不断地走来走去，越来越快，越来越快，走过来，走过去，而且越是接近一决胜负的时刻就越激烈。想要赢棋、想要获胜、想要战胜自己，这种欲望渐渐成了一种狂热，我由于不耐烦而颤抖，因为在下棋的两个我当中，总有一个嫌另一个动作太慢。一方催促着另一方，这在您听起来也许很可笑，但我开始斥责自己——‘快一点儿，快一点儿！’或是‘走啊，走啊！’——如果其中一个我觉得另一个我回手不够快。如今我自然明白，我当时的情况已经完全是种病态，由于精神受到过度刺激，对这种病我想不出别的名称，只能用截至目前医学上还没有的说法称之为一种棋瘾中毒。到最后，这种偏执的走火入魔不仅侵袭了我的大脑，也侵袭了我的身体。我日渐消瘦，睡不安稳，心烦意乱，每次醒来都需要费力地强迫灌铅般沉重的眼皮张开，有时候我觉得非常虚弱，就连伸手去拿水杯，把杯子拿到唇边都很吃力，因为我的手颤抖得那么厉害。可是棋赛一旦开始，我就有了一股狂野的力量：我握紧拳头，走来走去，有时我会听见自己的声音，如同隔着一层红雾，沙哑而生气地对自己大喊‘将军！’

“这种难以形容的可怕状态是如何成了危机，我自己无法叙述。我只知道有一天早上我醒过来，而那次的苏醒跟平常不同。我的身体仿佛跟我分离了，我静静地躺着，柔软而舒适。一种舒服的浓浓倦意压在眼皮上，是我几个月以来不曾有过的感觉，那种感觉温暖而惬意，让我一时竟下不了决心把眼睛张开。我已经醒来好几分钟，但仍然享受这种沉重的麻木状态，慵懒地躺着，感官犹如麻醉般舒畅。突然，我听见自己身后仿佛有声音，活生生的人声，轻声细语的声音在吐出话语，您无法想象我的狂喜，因为好几个月来，将近一年，除了从法官席传来的那些尖锐无情的凶狠话语，我不曾听见别的话。‘你在做梦，’我对自己说，‘你在做梦！千万别张开眼睛！让这场梦持续下去，否则你又会看见那个该死的囚室，看见那张椅子、那个洗脸台、那张桌子和那张图案永远相同的壁纸。你在做梦——继续做下去吧！’

“可是好奇心占了上风，我小心翼翼地缓缓张开眼皮，而奇迹出现了：我置身于一个不同的房间，比起我在饭店的囚室要宽敞一些。一扇窗户没装铁窗，光线自由地照进来，让人能看见在风中摇曳的绿树，而非那堵呆板的防火墙。墙壁平滑，白闪闪的，天花板在我上方，又高又白——我果然是躺在一张新的床上，一张陌生的床，而那的确不是梦，有人在我身后轻声低语。由于惊讶，我想必猛烈地动了一下，因为我随即听见身后有脚步声走近。一个女子轻盈地走过来，头发上戴着白帽，是名看护，是个护士。我起了一阵狂喜的战栗：我已经一年没见过女性了。我呆望着她妩媚的模样，而我的仰望想必充满狂喜，因为走近的那名女子急切地安抚我，说道：'冷静一点儿，请您冷静下来！'我却只倾听着她的声音——那不是一个人在说话吗？在这世上难道果真还有一个不审问我、不折磨我的人吗？而且还是——不可思议的奇迹！——一个柔和、温暖、近乎温柔的女子声音。我贪婪地凝视她的嘴，因为在这犹如地狱的一年，我已经觉得一个人不太可能会亲切地对另一个人说话。她向我微笑——是的，她在微笑，的确还是有人能够亲切地微笑——她把手指搁在嘴唇上，提醒我别作声，然后轻轻走开了。但我无法听从她的指示，那个奇迹我还没有看够。我试着使劲在床上坐起来，好目送她离去，目送一个犹如奇迹的善良人类。可是当我想在床缘把自己撑起来，我没有成功。我感觉到在原本右手所在之处，手指和手腕那儿，有种陌生的东西，又厚又大、白白的一团，显然是一大圈绷带。我讶异地看着手上这团又白又厚的陌生事物，起初无法理解，然后才逐渐明白自己身在何处，并且开始思索自己出了什么事。想必是有人伤了我，或是我自己弄伤了手。我躺在一间医院里。

"中午时医生来了，是位和气的老先生。他认得我们家族的姓氏，满怀尊敬地提起我那位担任过御医的叔叔，让我立刻感觉到他对我是一片善意。接下来他问了我各式各样的问题，尤其是一个令我惊讶的问题——他问我是否是数学家或化学家。我说不是。

"'真奇怪，'他喃喃自语，'您在发烧时一再喊出奇怪的公式，像是 c_3、c_4。我们全都听不懂。'

"我问他我出了什么事。他露出异样的微笑。

"'没什么要紧的事，急性精神错乱而已。'他小心地四下张望了一下，

然后又低声加了一句，‘毕竟这也很容易理解。从三月十三号[1]直到现在，对不对？’

“我点点头。

“‘在这种方法之下，这一点儿也不奇怪。’他喃喃地说，‘您不是头一个。不过您不必担心。’从他安抚地轻声对我说这句话的态度，再加上那劝慰的眼神，我知道自己在他这里很安全。

“两天后，这位善良的医生相当坦率地告诉我之前发生了什么事。守卫听见我在囚室里大声喊叫，起初以为是有人闯入，而我正在跟那人争吵。可是他才出现在房门口，我就朝他扑过去，狂乱地向他尖叫，听起来像是：‘还不快走，你这个无赖，你这个胆小鬼！’我试图掐住他的喉咙，到最后猛烈地攻击他，他不得不叫救兵。等到他们把发狂的我拖去给医生检查时，我突然挣脱了，冲向走廊上的窗户，打破了玻璃，把手给割伤了——您还可以看到我手上这道深深的伤痕。在医院的头几夜我的脑部发烧，但现在他觉得我的神智完全清明。‘当然，’他小声地加了一句，‘这件事我最好别向当权者报告，否则到头来他们还会把你再送回那里去。相信我，我会尽力而为。’

“这位乐于助人的医生向那些折磨我的人报告了什么关于我的事，这我无从得知。总之，他达到了让我获释的目的。有可能他宣称我精神错乱，也有可能是我对盖世太保来说已经不再重要，因为希特勒在那之后占领了波希米亚，奥地利的问题对他来说已经解决了。我只需要签字承诺在十四天内离开祖国，而这十四天里排满了上千种手续，从前的世界公民可以自由旅行，如今要出境却必须办理种种手续——军事机关证明、警察局证明、缴税证明、护照、签证、健康证明——让我没有时间去多想之前发生的事。看来在我们的大脑里有神秘的调节力量，凡是可能对心灵造成负担、带来危险的事物，就会被自动排除，因为每次当我试图回想被监禁的那段时间，我的大脑里就仿佛熄了灯。直到时间一周一周过去，其实是直

① 1938年3月12日，希特勒挥军进入奥地利，将奥地利并入第三帝国。

到我在这艘船上，我才又鼓起勇气去回想发生在我身上的事。

“现在您也会了解，何以我在您那些朋友面前如此失礼，甚至是令人费解。我其实只是凑巧经过那间吸烟室，看见您的朋友坐在棋盘前面。由于诧异和惊吓，我不由自主地觉得双脚仿佛生了根。因为我完全忘了可以用真实的棋子在一张真实的棋盘上下棋，忘了在下棋时，两个完全不同的人可以活生生地坐在彼此对面。我的确花了好几分钟才想起，这些棋手在那儿做的事，跟我在无助之中有好几个月试图拿自己当对手来玩儿的，基本上是同一种游戏。我在疯狂的演练中拿来将就使用的代号只不过是种替代品，象征这些象牙制的棋子。看到棋盘上这些棋子的移动就跟我在脑海中所想象的一样，我大为惊讶，也许就跟一个天文学家同样惊讶，当他用极为复杂的方法在纸上计算出一颗新的行星，然后果真在天空中看见这颗行星，一颗又白又亮、具有实体的星星。我像被磁铁吸住了一样盯着那张棋盘，看见我棋谱中那些符号，马、车、国王、王后、卒子全是用木头刻成的真实棋子，要综观整个棋局，我不由自主地得先把棋子的位置从抽象的数字世界里变回来，变回有真实棋子在移动的世界。渐渐地，我涌起了好奇心，想观察一盘在两个对手之间真正的棋赛。令人难为情的事就在那时发生了，我忘了所有的礼貌，插手去干预各位的棋赛。可是您朋友走错的那步棋就像一根针刺进我心里。我之所以制止他，纯粹是出于本能，是一种冲动之举，就好比看见一个小孩儿趴在栏杆上，你会不假思索地把他拉回来。后来我才意识到自己的粗鲁无礼，由于我的冒失而造成的失礼。”

我赶紧向B博士保证，我们全都非常高兴由于这桩巧合而认识了他，又说在他向我吐露了这一切之后，我对于明天得以观赏那场即兴比赛倍感兴趣。B博士不安地动了一下。

“不，真的，请不要有太多期待。那将只是对我的一个测试……测试……我到底有没有能力下一盘正常的棋，在一张真正的棋盘上，用实实在在的棋子，跟一个活生生的对手……因为如今我越来越怀疑，我所下的那几百盘棋，说不定是几千盘，是否真是合乎规则的棋赛，而非只是一种梦中棋赛，在发烧中下的棋，就跟在梦中一样，总是跳过了中间阶段。希望您不至于认真指望我能够对抗一位棋艺大师，甚至还是世界第一的大师。让我感兴趣、吸引我的，就只是事后的好奇心，想确认我当时在囚室里所做的事是否还算下棋，还是已经是种疯狂，我当时究竟是站在那危险的悬崖边缘，还是已经坠落。我想知道的就只有这件事。”

这时从船尾传来了锣声，呼唤众人去用晚餐。我们想必聊了快两个小时，B 博士向我叙述的一切要比我在此摘要叙述的详尽得多。我衷心地向他致谢，与他道别。但我沿着甲板还没走几步，他就追了上来，补充了几句话，显然很紧张，甚至有点儿结结巴巴：

“还有一件事！希望您先转告那几位先生，免得我事后显得失礼：我只下一盘……那将只是把一笔旧账作个了结——是彻底地解决，而非新的开始……我不想再次陷入下棋的狂热中，回想起来我只觉得可怕……再说……再说，当时那位医生也告诫过我……明白地告诫过我。凡是曾陷入狂热的人，终身都受到危害，曾经棋瘾中毒的人——就算被治好了——也最好别再靠近一张棋盘……所以希望您能了解——就只是为我自己下一盘测试棋，如此而已。”

第二天下午在约好的时间，三点钟，我们准时聚集在吸烟室里。我们那伙人又多了两个棋艺爱好者，船上的两位高级船员，为了来观赏这场比赛，他们特地请了假。钱托维奇也没有像前一天一样让我们等待，按惯例挑选了棋子的颜色之后，这盘值得纪念的棋局就展开了，由这位无名氏对上那位知名的世界冠军。很遗憾，这盘棋只是为了我们这些缺乏专业素养的观众而下，其过程对棋艺年鉴来说是永远散失了，就跟音乐界失去了贝多芬的钢琴即兴曲一样。虽然在接下来那几天下午，我们尝试合力凭着记忆把这盘棋重新建构出来，却徒劳无功。也许我们在比赛当中全都过于热情地去注意那两位棋手，而没去注意下棋的过程。因为从外表上，在下棋过程中，两个对手心智上的对比越来越具体表现于肢体上。钱托维奇这个老手，在整段时间里都一动也不动，像块岩石，目光严肃而僵直地落在棋盘上。对他来说，思索简直就像是身体在使力，需要全身器官都极度专注。B 博士却一派轻松，举止自然。作为一个真正的业余爱好者，以最美好的含义来说，在游戏中就只有游戏本身带来喜悦。他全身放松，在头几次休息时跟我们聊天，向我们解释，轻快地点燃一根香烟，只有在轮到他时才朝棋盘上注视个一分钟。每一次看起来都像是他已经事先料到了对手所下的那一步棋。

开棋时按照惯例所走的几步棋很快就走完了。直到第七步或第八步棋，似乎才发展出一套特定的战术。钱托维奇拉长了考虑的时间，由此我们感觉出争夺优势的对抗已经展开。不过说实话，就跟每一场真正的棋赛一样，对我们这些门外汉来说，棋局逐渐开展意味着一种相当大的失望。因为那些棋子越是交织成一种奇特图案，我们就越是看不清实际战况。我们既看不出这一方的企图，也看不出另一方的企图，而且也看不出两人之中究竟是谁占了上风。我们只注意到各个棋子像杠杆一样被推向前，以求击破对方的防线，可是由于这些高手每走一步都已预先算出了之后的好几步，我们没有能力在这一来一往当中领会他们的战略企图。再加上，一种令人麻木的疲倦渐渐出现，主要得归咎于钱托维奇一思考起来没完没了，这显然也激怒了我们那位朋友。我担心地观察到，比赛的时间拖得越长，他就越来越不安地在椅子上动来动去，一会儿由于紧张而点燃一根根的香烟，一会儿伸手去拿铅笔，好记下些什么。然后他又叫了一杯矿泉水，一杯接一杯地急忙往下灌。事情显而易见，他推算的速度要比钱托维奇快上一百倍。每一次当钱托维奇在无尽的考虑之后下定决心，用沉重的手把一颗棋子推向前，我们那位朋友就只是露出微笑，像是看见早在预料之中的事情，同时已经回了一步棋。以他迅速运作的大脑，他想必已经把对手所有可能的步数都先算出来了。因此，钱托维奇下决定的时间拖得越长，他就越不耐烦，在等待时，他嘴唇四周出现一种生气的抽搐，甚至带着敌意。然而钱托维奇绝对不让别人催他。他固执地默默考虑，随着棋盘上的棋子越来越少，他停下来考虑的时间就越长。走到第四十二步时，足足过了两小时又四十五分钟，我们全都疲倦地围坐在棋桌旁，对棋局几乎失去了兴趣。一名高级船员已经离开，另一位拿了本书来读，只在棋局有了变化时才抬起眼睛来看一会儿。然而，在钱托维奇下了一步时，出人意料的事突然发生。一察觉钱托维奇伸手去拿马，准备把它挪向前，B博士就把身体缩起来，像只准备跃起的猫。他整个身体开始颤抖，钱托维奇才移动了那颗马，他就利落地把王后推向前，得意扬扬地大声说："好了！解决了"！仿佛他往后一靠，把双臂交叉在胸前，用挑衅的目光看着钱托维奇，瞳孔中突然闪出一道炽热的光芒。

我们不由自主地朝棋盘弯下身子，想弄清楚他如此得意地宣告的那一步棋。乍看之下，看不出直接的威胁。也就是说，我们那位朋友所说的话想必指的是后续发展，我们这些没法想得那么远的业余棋手根本算不出来。在我们当中只有钱托维奇动都没动，他那样不动如山地坐着，仿佛根本没听见那声侮辱人的"解决了！"什么也没发生，由于我们全都不由得屏住了呼吸，突然能听见那只表滴滴答答的声音，我们为了确认走一步棋所需的时间而把表放在桌上。三分钟过去了，七分钟，八分钟，钱托维奇一动也不动，但我觉得他那厚厚的鼻孔仿佛由于内心的使劲而张得更大了。我们那位朋友似乎比我们更受不了这种无声的等待，他猛地站起来，开始在吸烟室里来回踱步，起初很慢，然后越走越快。我们全都有点儿讶异地看着他，但是没有人比我更担心，因为我注意到，他这番来回踱步虽然激烈，他的步伐却总是局限在相同的范围里，仿佛他每一次都在空荡荡的房间里碰到了一道无形的栅栏，迫使他回头。而我不寒而栗地看出，这番来回踱步不自觉地重现了他从前那间囚室的范围。在他被监禁的那几个月里，他想必就是像这样来回踱步，像只被关在笼中的动物，就是这样扭绞着双手，缩着肩膀，想必就是这样在那儿来来回回地走了千百次，只可能是这样，眼神僵直，却又狂热，闪着疯狂的红光。不过他的思考能力似乎还完全正常，因为他不时不耐烦地朝棋桌转过身来，看看钱托维奇在这当中是否已经做出决定。可是九分钟过了，十分钟过了，然后终于发生了一件我们全都没有料到的事。钱托维奇慢慢举起他沉重的手，那手到目前为止搁在桌上一动也不动。我们全都紧张地注视着他的决定，但钱托维奇没有下那步棋，而是把手翻过来，用手背果决地一推，把所有棋子慢慢推出棋盘。在下一瞬间我们才明白：钱托维奇放弃这盘棋了。他投降了，以免在我们面前明显地被将军。不可思议的事情发生了，这个世界冠军，赢得了无数比赛的冠军，在一个默默无闻的人面前认输了，而此人已经二十年或二十五年不曾碰过一张棋盘。我们的朋友，这个匿名者，这个无名氏，在公开对抗中击败了世上最强的棋手！

在激动之中，我们全都不知不觉地一个个站了起来。每个人都觉得必须说些什么或做些什么，来发泄一下我们的惊喜。只有钱托维奇保持平静，没有移动。过了好一会儿，他才抬起头来，用冷漠的目光看着我们的朋友。

“再下一盘吗？”他问。

“当然。”B 博士回答，带着一股兴奋让我觉得不太自在，我还来不及提醒他先前说过只下一盘，他就立刻又坐下来，狂躁地把棋子摆回去。他激动地挪动棋子，动作之猛，一颗卒子两度从他指间滑落到地板上。他这种不自然的激动先前就已经让我十分难受，此刻这份难受升级成为恐惧。因为这个原本平静安详的人显然顿时过于兴奋，他嘴巴周围的抽搐越来越频繁，他的身体颤抖，像是被猛然发作的高烧给摇撼。

“别下了！”我小声地对他低语，“现在别下了！今天就到此为止吧！对您来说这太费力了。”

“费力！哈！”他恶狠狠地大声笑了，“这样慢吞吞的下法，这时间都足够让我下十七盘棋了！对我来说，唯一费力之处是不要在这种速度下睡着！——好了！您就开始吧！”

他最后这句话是对钱托维奇说的，口气激动，近乎粗鲁。钱托维奇平静而稳重地看着他，但那冷淡的僵直目光有点儿像个握紧的拳头。突然之间，这两个对手之间出现了一种新的情绪，一种危险的紧张，一种强烈的仇恨。他们不再是一对想玩一玩的棋友，借由对方来测试自己的能力，而是两个敌人，发誓要毁灭对方。钱托维奇犹豫了很久才下了第一步棋，而我明显感觉到他是故意犹豫这么久的。这个训练有素的策略家显然已经看出，他正好可以借由他的缓慢来使对手疲倦，来激怒对方。因此他等了足足四分钟，才下了那一步最普通、最简单不过的开局棋，把国王前面的卒子依惯例向前推了两格。我们那位朋友立刻把自己的王前卒也推出去，但钱托维奇又停顿了很久很久，几乎令人难以忍受。那就好比一道强烈的闪电击下，而你一颗心怦怦跳动等待着雷声响起，可是那雷声却迟迟不来。钱托维奇一动也不动。他静静地慢慢思索着，而我越来越确定他的缓慢带有恶意。不过，这却给了我充裕的时间来观察B博士。他刚刚灌下了第三杯水，我不禁想起他向我说过他在囚室里发烧般地口渴。异常激动的所有症候都明显显现出来，我看见他额头上汗湿了，手上的伤疤变得比之前更红、更显眼，但他还能控制住自己。直到第四步棋，钱托维奇又考虑个没完，他才失去了自制，突然气呼呼地喊道：

"拜托，您总该走了吧！"

钱托维奇冷冷地抬起眼睛："就我所知，我们讲好了每一步棋有十分钟的考虑时间。原则上，我下棋的时间不能更短。"

B博士咬住了嘴唇。我察觉他的鞋底在桌子底下越来越不安地敲打着地板，我自己也不禁更加紧张，由于那种压迫人的预感，感到某件荒唐事正在他身上酝酿。果然，下到第八步时，发生了第二桩风波。B博士等得越来越失去自制，不再能克制他紧绷的情绪，他动来动去，开始无意识地用手指敲着桌子。钱托维奇再度抬起他那粗重的脑袋。

"可以请您别敲桌子吗？这会干扰我。这样我无法下棋。"

"哈！"B博士短促地笑了一声，"看得出来。"

钱托维奇的额头涨红了。"您这话是什么意思？"他问，语气尖锐凶狠。

B博士又恶狠狠地短短笑了一声："没什么。我的意思只是您显然很紧张。"

钱托维奇不说话了，把头垂下。七分钟之后，他才走了下一步棋，而这场棋赛就以这种要命的速度拖下去。钱托维奇仿佛越发成了一具化石，到最后他每次决定下一步棋，都要用掉全部的考虑时间，而从一次等待到另一次等待，我们那位朋友的举止变得更加怪异。看起来就好像他根本不再关注这场棋赛，而在思索某件无关的事情。他不再激动地走来走去，而是动也不动地坐在位子上。他的眼神呆滞，几近混乱，凝视着前方，不停地喃喃说些听不懂的话语。他若非迷失在无尽的棋局组合中，就是——这是我心底深处的怀疑——在思索完全不同的棋局，因为每一次当钱托维奇终于下了一步，别人就得提醒他，把他从失神状态中唤回来。然后他总是需要好几分钟才能再回到目前的棋局。我越来越怀疑，在这种冷静的疯狂中，他其实早就已经把钱托维奇和我们这些人全给忘了，此一疯狂有可能突然激烈地爆发。果然，走到第十九步时，危机爆发了。钱托维奇才移动了他的棋子，B 博士并没有认真去看棋盘，就突然把象向前挪了三格，大声叫喊，把我们全都吓了一跳：

“将军！将军！”

我们立刻望向棋盘，期待看到一步特别的棋。可是一分钟后，发生了一件谁也没料到的事。钱托维奇十分缓慢地抬起头来，目光从我们这群人身上扫过，一个接一个，到目前为止他不曾这么做过。他似乎在深深享受着，因为他的嘴唇上渐渐浮起一抹心满意足的微笑，明显带着讥嘲。直到他充分享受了这份我们还无法理解的得意，他才带着虚伪的礼貌对着我们这群人说话。

“很遗憾，但我看不出来我被将军了。各位当中也许有哪位看见我的国王被将了？”

我们看着那张棋盘，然后不安地望向 B 博士。的确，钱托维奇的国王——这一点就连一个小孩儿也看得出来——受到一个卒子的掩护，足以抵挡那个象，也就是说，他的国王不可能被将军。我们不安起来。难道我们的朋友在激动中把一颗棋子挪错了地方，多挪了一格，还是少挪了一格？我们的沉默引起了 B 博士的注意，此刻他也凝视着棋盘，开始严重地口吃：

“可是那个国王明明是在 f_7 上……它摆错位置了，完全错了。您下错棋了！这张棋盘上所有的棋子都摆错了……那个卒子明明是在 g_5 上，而不是在 g_4……这是个完全不同的棋局……”

他突然说不下去了。我用力抓住他的手臂，或者应该说是用力掐住了他的手臂，让他就算在发烧般的迷乱中也不得不感觉到我抓住了他。他转过头来盯着我，就像一个梦游者。

“您……您想做什么？”

我就只说了声“切记！”同时用手指抚过他手上的疤痕。他不由自主地注视着我的动作，眼睛呆滞地凝视那一道血红的疤痕，然后他突然开始颤抖，一阵战栗通过他全身。

“看在老天的分上，”他用苍白的嘴唇低语，“我说了什么荒唐的话吗？还是做了什么荒唐事……莫非到最后我又……？”

“没有，”我小声低语，“可是您必须马上中断这盘棋，该是时候了。记得医生对您说过的话！”

B博士猛然站起来：“请原谅我愚蠢的错误。”他说，用他原本的礼貌口气，向钱托维奇鞠了个躬，“我说的话当然是胡说八道，这一盘当然是您赢了。”然后他转身面向我们，“我也得请各位原谅。不过，我事先就警告过各位，不能对我期望过高。请原谅我出丑了——这是我最后一次尝试下棋。”

他鞠了个躬，走了，以他最初出现时那种谦虚而神秘的方式。只有我知道这个人为什么再也不会去碰一张棋盘，其他人有点儿迷惑地待在那儿，隐约感觉到在千钧一发之际躲过了一件危险而不愉快的事。“该死的傻瓜！”麦克柯诺尔在失望中发着牢骚。钱托维奇最后一个从椅子上站起来，又朝着那盘没下完的棋看了一眼。

“真可惜，”他宽大为怀地说，“那波攻势安排得一点儿也不差。对一个业余爱好者来说，那位先生其实具有非凡的天分。”